in anderer zeit

In Gedenken an meine Eltern
Für Cecilia, Julia und Alexandra

Menschenleben sind Augenblicke –
eine kurze und intensive Begegnung mit der Welt

michael wolfgang geisler

in anderer zeit

roman

© 2014 tao.de in J.Kamphausen Mediengruppe GmbH, Bielefeld

1. Auflage (2014)

Autor: Michael Wolfgang Geisler
Lektorat: LektoRat Vita Funke, Freiburg
Umschlaggestaltung: Rosi Schüle grafik & gestaltung

Kerstin Hafenstein und Eugen Bauer, die mich bei der Realisierung dieses Buchs unterstützt haben, möchte ich an dieser Stelle ganz herzlich danken.

Mein ganz besonderer Dank gilt der Reinkarnationstherapeutin Sibylle Kannmacher, ohne deren Erfahrung und Mitwirkung dieses Buch nicht möglich geworden wäre.

Die Abbildungen in diesem Buch zeigen Skulpturen
von Herta Seibt de Zinser und
die Zeichnung Landschaft bei Soest von Eberhard Brügel.
Das Umschlagbild bildet ein Ölgemälde von Herbert Maier ab.
[07] Speicher | 2006 / 2007 | Öl auf Leinwand | 240x330 cm

Verlag: tao.de in J.Kamphausen Mediengruppe GmbH, Bielefeld,
www.tao.de, eMail: info@tao.de

Bibliografische Information der Deutschen Nationalbibliothek: Die Deutsche Nationalbibliothek verzeichnet diese Publikation in der Deutschen Nationalbibliografie; detaillierte bibliografische Daten sind im Internet über http://dnb.d-nb.de abrufbar.

ISBN: 978-3-95529-355-0

Das Werk, einschließlich seiner Teile, ist urheberrechtlich geschützt. Jede Verwertung ist ohne Zustimmung des Verlages unzulässig. Dies gilt insbesondere für die elektronische oder sonstige Vervielfältigung, Übersetzung, Verbreitung und sonstige Veröffentlichungen.

Ein fordernder Weg

Im Kloster
Japan von 729 bis 791 12

Unendliche Vielfalt der Bestimmung

Weihnachten 2021 34

Der früh gestorbene Soldat
Deutschland von 1922 bis 1942 40

Jugend, Aufbruch und ernste Gedanken
Die siebziger Jahre 55

Seemann in der neuen Welt
Neuspanien von 1730 bis 1804 70

Gespräch mit Konstanze 87

Ach, wäre es nie geschehen
Schweden von 1593 bis 1632 95

Die Welt ist voller Geheimnisse 103

Mein Mann 108

Geschäfte, Geld und Wert
Chicago von 1820 bis 1887 114

Alles hat seinen Wert 132

Stadtschreiber in Delft
Niederlande von 1400 bis 1492 152

Die Ordnung 165

Irrwege zum Ziel

Mönch auf der Suche
Norditalien von 1312 bis 1362 184

Der Einzelne und das Ganze 199

Totgeborene Zwillinge: ein kurzes Dasein
Mittelalter in Norddeutschland um das Jahr 1000 213

Das verlassene Kind
Sinai um das Jahr 1 221

Jenseits des irdischen Seins 225

Trennung, Leid und Illusion 226

Was steht an? 238

Bauernleben – Indien und Nordfrankreich
vom 7. bis zum 9. Jahrhundert 245

Täuschung 260

Der junge Graf und ich
Pfalz von 1520 bis 1550 272

Gespräch mit Judith 288

Eine Liebe voller Vorsicht
Süd-Ost Italien 300 n. Chr. 292

Fortsetzung des Gesprächs mit Judith 300

Das Mädchen, das ihren Mann liebt
Ostafrika vor langer Zeit 306

Abschluss des Gesprächs mit Judith 313

Das Leben geht mit Macht weiter 318

Ahnung der Erkenntnis

Eine Zugfahrt 343

Arabischer Krieger
Nordafrika von 906 bis 960 351

Ein Leben voller Kraft 362

Hohepriester
Judäa/Palästina um 100 v. Chr. 366

Ein Leben Gott gewidmet 378

Philosoph und Lehrer
Griechenland von 373 bis 309 v. Chr. 388

Der Philosph und die Kultpriesterin 417

Freiheit 435

Ein Brief – Zufall, Leid, das Böse und Heilung 451

Meister in Indien
Zeitlos oder im Jahre 521 v. Chr. 470

Ein Brief – Erkenntnis 485

Ein Besuch 489

Weihnachten 2021 497

Heute und ein Traum vom Reich Atlantis 500

Schöpfung

Es lebt der Mensch in seiner Zeit
verbunden mit der Ewigkeit.
Der Schöpfung Kind wird er genannt
von Gottes Geist, von Gottes Hand.

Und von der Wiege bis zum Tod
Erfahrung aus dem Leben holt
der Mensch zu unser aller Glück.
Wer sieht es denn, wer kennt dies Stück?

Die Seele soll die Liebe bringen,
aus dem Geist Bewusstsein springen,
der Körper stellt uns unseren Raum,
das Leben hierin aufzubauen.

Wo können wir denn Neues schaffen?
Wo kann uns Gott gestalten lassen?
In dieser Welt ist es erlaubt!
Nur hier wird etwas aufgebaut!

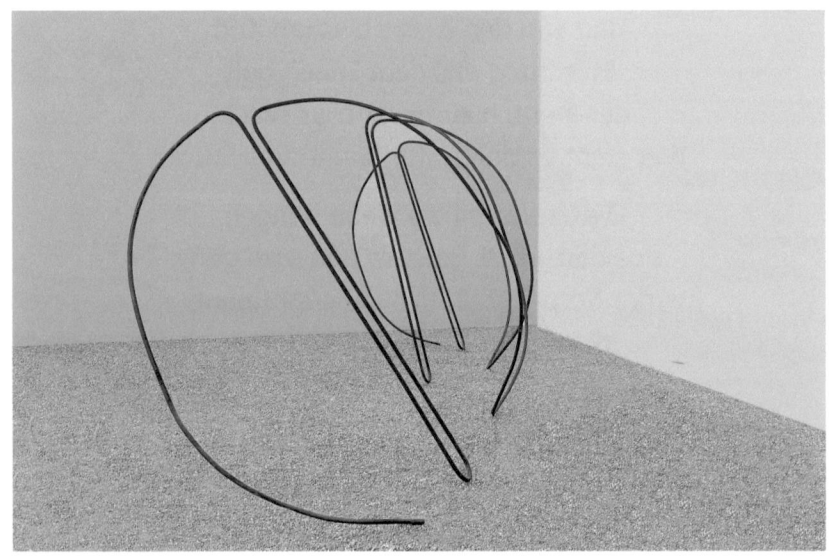
FRUTO II 2006

Ein fordernder Weg

Im Kloster
Japan von 729 bis 791

Mein Körper liegt aufgebahrt in der Halle. Lange weiße Haare umrahmen mein Gesicht und meine Schultern. Ich bin in ein weißes Gewand gekleidet. Um mich sind die Nonnen des Klosters – auch sie ganz in Weiß. Sie halten Totenwache. Der Weg vom Eingang des Klosters bis zur Halle, in der mein Leib auf Tischhöhe ruht, ist mit kleinen weißen Fahnen geschmückt. Sie flattern im Wind. Sie sollen den Menschen und den Geistern verkünden, dass hier jemand gestorben ist. Die Nonnen sitzen am Boden. Sie müssen aufblicken, wollen sie meinen Körper betrachten. Meine kleine Gestalt verliert sich in der Halle. Die Töchter Buddhas führen die Totenzeremonie durch.

Immer wieder stehen sie von ihrem Platz auf und verneigen sich fast bis zum Boden vor mir. Sie stellen kleine Schalen, gefüllt mit Totengaben, zu meinen Füßen. Dann setzen sie sich wieder auf ihre Kissen. Reglos mit verschränkten Beinen und aufrechtem Rücken sitzen sie dort. Sie meditieren.

Tee, das Getränk Buddhas, wird gereicht. Sein feiner Duft erfüllt die Halle und verbreitet eine vornehme Atmosphäre. Niemand spricht ein Wort. Keine Lieder ertönen. Keine Verse werden rezitiert. Nur der Klang des Gongs unterbricht die Stille, wenn ein Schlag mit dem Holzschlegel auf die bronzene Schale ihn ertönen und langsam durch den Raum gleiten lässt.

Meine Schwestern vermeiden es, sich gegenseitig anzuschauen. Sie sind eins mit der Zeremonie, so wie es uns gelehrt wurde. Der Augenblick ist das, was ist. Nichts soll die Harmonie des Augenblicks stören. Im Augenblick erfüllt sich die Einheit des Ganzen. Das Leben zeigt sich in seiner wahren Gestalt. Es gibt keine Grenzen. Es gibt kein Gut und Böse.

Ich schaue herab auf meine Nonnen. Viele Jahre habe ich mit ihnen zusammen in diesem Kloster gelebt. Ich war ihre Oberin. An mir lag es, sie zu lehren. Wir waren vierzehn Frauen.

Seit Langem wird an diesem Ort ein heiliger Fels verehrt. Ein Fels von ganz ebenmäßiger runder Gestalt, in hellem Weiß, mit gut drei Metern Durchmesser. Ein Fels, der die Vollkommenheit wiedergibt und in seiner Form und Farbe zeigt, dass alles eins ist. Sein Geist wird seit alters von den Menschen hoch geachtet. An dieser Stelle wurde einst ein kleiner Schrein errichtet. Besucher kamen und kommen hierher, wenn sie Rat und Unterstützung suchen. Unser großer Meister Zi Teng hat neben diesem Schrein unser Kloster gegründet. Er hatte zuvor viele Jahre in China die Lehren Buddhas praktiziert.

Diese Lehre war seit Langem im Reich der Chinesen bekannt. Die Kaiser in China folgten ihr. Unsere Tennō Shōtoku, die vor zwanzig Jahren verstorbene hoch verehrenswerte Kaiserin von Japan, hat unser Land für die Lehren des Buddha geöffnet.

Meister Zi Teng ist hier in die Berge, abseits der Dörfer und Straßen, gekommen, um die Lehre zur Vollkommenheit zu praktizieren. Denn jeder Mensch muss selbst zur Erkenntnis gelangen. Nur insoweit der Mensch sich selbst befreit hat, kann er anderen helfen. Nur aus der eigenen Befreiung erwachsen Mitgefühl und sorgende Liebe. Der Weg zur Vollkommenheit führt den Menschen zu dem Wissen, dass alles, was ist, in Verbindung miteinander steht, keine Grenze und Abtrennung wirklich ist, und die Erkenntnis des Ganzen und

Allumfassenden uns ein Leben in Mitgefühl für jedes Wesen zuweist.

In China war er Schüler bedeutender Lehrmeister. Über viele Jahre folgte er der Lehre des Chán. Dies ist der Weg der Meditation. In der Meditation lernen wir Menschen, die Grenzen aufzulösen, die uns hier auf der Erde in unsere kleine Welt einsperren. Wir sitzen in Stille und konzentrieren uns auf das, was hinter dem Wandel, dem Werden und Vergehen steht. Zeit und Ort verlieren ihre bestimmende Kraft. Was wir als unsere irdische Wirklichkeit kennen, ist nicht mehr – weder materiell noch als Idee.

Meister Zi Teng kehrte zurück nach Japan und wählte diesen Ort, der durch den weißen Fels das Vollkommene beschreibt, um die Lehren des Buddha und die Erfahrung des Chán zu praktizieren. Zuerst lebte und meditierte er hier alleine. Die Menschen, die zum weißen Felsen kamen, sahen, welch heiliger Mann er war. Sie spürten seine fürsorgende Liebe. Sie kamen zu ihm, um seinen Rat zu erhalten. In seiner großen Weisheit und aus dem in ihm lebendigen Mitgefühl zeigte er ihnen, welche Bestimmung ihr Leben barg. Sein Name wurde voller Ehrfurcht genannt. Zahlreich sind die Berichte seiner ruhmreichen Taten der Weisheit und Liebe.

Dann geschah ein denkwürdiges Ereignis. In einem Dorf, eine Tagesreise vom Schrein gelegen, lebten mehrere Familien, an die vierzig Menschen – darunter auch ich mit meinen Angehörigen. Wir lebten vom Anbau von Hirse, Reis und Gemüse und auch einige Tiere nannten wir unser Eigen. Das Dorf lag am Fuße von steilen Hängen, an denen Terrassen für die landwirtschaftliche Nutzung angelegt waren.

Im Herbst, nach einem warmen und vom Regen verwöhnten Sommer, die Ernte war schon eingebracht, kam ein großes Unwetter auf. Wie ein großer Wasserfall fiel der Regen vom Himmel. Der Wind peitschte ihn gegen die Berghänge. Das Unwetter wollte kein Ende finden. Der Tag wurde zur Nacht.

Ich war noch eine junge Frau. Meine Hochzeit sollte in der kommenden Woche stattfinden. Das Unwetter machte mich und meine Mutter unruhig, denn es gab noch viel für die bevorstehende Vermählung vorzubereiten. Trotz der vom Himmel strömenden Wassermassen gingen wir zum Haus einer Nachbarin. Sie lebte alleine mit einer ihrer Töchter. Ihr Mann war bereits vor einigen Jahren gestorben. Ihre anderen Kinder hatten geheiratet und wohnten außerhalb des Dorfes. Weitere vier Frauen aus der Nachbarschaft kamen hinzu, denn vielfältige Planung und Arbeit für die bevorstehenden Feierlichkeiten waren zu erledigen.

Ich stand in meinem fast fertigen Hochzeitsgewand, an dem die anderen Frauen noch arbeiteten, als wir ein furchtbares Grollen und Donnern vernahmen. Immer lauter kam es auf uns zu. Das Haus erzitterte. Wir kauerten uns in eine Ecke des Zimmers und hielten uns gegenseitig umklammert. Das laute Dröhnen schien uns eine Ewigkeit anzudauern. Dann trat Stille ein. Wir hörten den Regen gegen das Haus schlagen und waren zutiefst erschrocken. Wir ahnten, was es bedeutete. Der Hang war, aufgelöst durch das überreichliche Wasser, herabgestürzt. Eine Lawine von Erde, Steinen und Wasser hatte sich in das Dorf ergossen.

Zitternd und bleich wie der Tod öffneten wir die Tür. Im Dämmerlicht sahen wir nur Berge aus Schlamm. Trotz des strömenden Regens, ich immer noch für die Hochzeit gekleidet, kletterten wir hinaus auf die Geröllmassen. Ich bahnte mir den Weg zu dem Ort, an dem das Haus meiner Eltern gestanden hatte. Alles war bedeckt mit Erde und Gestein. Kein Lebenszeichen von meinem Vater, den Geschwistern und Großeltern war zu entdecken. Ich rief ihre Namen. Niemand antwortete! Ich sah meine Mutter verzweifelt Steine zur Seite räumen. Ich lief dorthin, wo das Haus meines zukünftigen Mannes sich befunden hatte. Auch hier nur Schlamm. Einzelne Bretter des Hauses ragten hervor. Es gab keinen Zweifel: Niemand, der sich in diesen Häusern aufgehalten hatte, konnte den Erdrutsch überlebt haben.

Völlig durchnässt und verdreckt, wie betäubt von dem, was wir gesehen hatten, kämpften wir uns zurück durch das Geröll. Teilweise versank ich bis über die Knie im Schlamm. Alle Häuser des Dorfes, außer jenem der Witwe, waren unter einer dicken Schicht aus Steinen und Erde begraben.

Ich weiß nicht mehr, wie wir die Nacht verbracht haben. Unsere Welt war zerstört! All die Menschen, mit denen unser Herz verbunden war, waren tot. Wir weinten, bis uns auch hierzu die Kraft fehlte. Wir flehten die Geister und Ahnen an, uns beizustehen. Auch den Geist des weißen Felsens und Meister Zi Teng riefen wir um Hilfe.

Erst am nächsten Nachmittag ließ der Regen nach. Im Licht des Tages bot sich ein furchtbares Bild. Wir hatten alles verloren: Haus, Nahrung, Angehörige und Freunde. Die Felder waren weggeschwemmt. An diesem Ort konnten wir nicht bleiben. Mich plagten Fieber und Husten. Erschöpft lag ich auf einer Matte und fiel in einen tiefen Schlaf.

Als ich nach vielen Stunden erwachte, war mir, als läge ein böser Traum hinter uns. Ich fühlte mich erholt. Doch mein

Schmerz war groß. Ich dachte an meine Geschwister, meinen Vater, die Großeltern. Alle waren tot! Ich dachte an die Freunde und Verwandten.

Ein Sonnenstrahl fiel in das Haus. Meine Mutter und die anderen Frauen lagen auf ihren Matten. Meine Mutter sah überaus erschöpft aus. Ihr Gesicht war grau und sie atmete schwer.

Ich ging zur Tür und öffnete sie. Das gleiche Bild wie am Vortag. Der Schlamm war etwas getrocknet. Das Haus der Witwe lag im Schatten eines kleinen Hügels. Das hatte uns gerettet. Ich ging zur Kochstelle und wollte uns ein warmes Getränk bereiten. Doch die Wasserbehälter waren leer. So nahm ich den Weg durch den Schlamm zum Bach, der nun breit und kräftig durch unser Tal floss. Ich füllte den Behälter und schaute auf das Wasser, wie es wild durch das Geröll strömte. Welche Macht das Wasser hatte und wie weich es zugleich sein konnte. Ich hörte das Rauschen und in diesem Rauschen meinte ich zu vernehmen, wie es immer wieder »Zi Teng« wiederholte. »Zi Teng, Zi Teng, Zi Teng«, sprach das Wasser zu mir.

Ich fühlte, wie mich mit diesen Worten neue Kraft durchströmte. Ja, wir sollten zu Meister Zi Teng gehen. Schon öfter waren wir beim weißen Fels gewesen, um seinen Rat einzuholen. Vor einigen Wochen hatte ich ihn zu meiner bevorstehenden Hochzeit befragt. Ich wollte wissen, ob ich den richtigen Pfad beschritt und was mich in Zukunft erwartete. Meister Zi Teng hatte meine Fragen schweigend angehört. Dann war er aufgestanden. Am nächsten Tag zum gleichen Sonnenstand sollte ich wieder zu ihm kommen.

Am folgenden Tag hatte er mich begrüßt und mich setzen lassen. Er gab mir eine Schale Tee zu trinken. Dies war das erste Mal in meinem Leben, dass ich dieses Getränk probierte. Der feine Geschmack, gepaart mit dem zarten Duft, versetzte mich in eine innere Andacht.

Dann begann Meister Zi Teng zu sprechen: »Mein wohlanständiges junges Mädchen. Diese Hochzeit wird eine Vermählung mit den Kräften des Himmels sein. In deinem Hochzeitsgewand wirst du vor sie treten und sie werden dich erwählen zu ihrer Braut. Das Leben wird Großes von dir fordern. Es lässt dir keine Wahl als die, es anzunehmen. Du bist stark und du wirst den Weg gehen.«

Meister Zi Teng hatte geschwiegen. Ich wusste nicht, was ich über das Gehörte denken sollte. Ich wartete. Doch er ließ erkennen, dass er gesagt hatte, was zu sagen war. Ich verbeugte mich tief vor ihm und ging zu meiner Mutter, die mich begleitet hatte. Wir saßen noch lange bei dem weißen Fels. Wir schauten zum Stein und wir schauten zu den Bergen. Die Worte von Meister Zi Teng klangen in mir nach. Ich versuchte zu verstehen, was er gemeint hatte. Würde ich Kinder haben? Dazu hatte er nichts verlauten lassen. Doch die Kräfte des Himmels waren auch die Herren darüber, ob Kinder geboren würden. Hatte ich großen Kinderreichtum zu erwarten? Heute weiß ich, was er gemeint hatte!

Als ich nun hier am Wasser stand, da fielen mir seine Worte wieder ein. Er hatte gesagt, dass ich stark sei und meinen Weg gehen würde. Dieser Weg, dachte ich, sollte uns als Erstes zu Meister Zi Teng führen. Bei diesem Gedanken atmete ich auf. Ja, das war der richtige Entschluss. Ich ging zurück zum Haus der Witwe und wollte mein Vorhaben mit den anderen besprechen.

Im Haus angekommen waren alle Frauen wach. Sie lagen erschöpft und mutlos auf ihren Matten. Ich zündete das Feuer an und bereitete uns ein warmes Getränk aus geröstetem Hirsepulver und stärkenden Kräutern. Wir saßen schweigend und nur unser Schlürfen unterbrach die Stille.

Dann begann ich zu sprechen: »Wir haben an diesem Ort keine Zukunft mehr. Unsere Familien sind nicht mehr unter uns. Die Häuser sind zerstört. Das Vieh ist unter dem Schlamm verschüttet. Die Felder sind unwiederbringlich verloren.«

Ich machte eine Pause. Die Frauen blickten weiterhin auf ihre Trinkschalen. Doch sie schienen mir zuzuhören.

»Soeben, als ich das Wasser geholt habe, da hat mir der Geist des Wassers einen Namen genannt: Meister Zi Teng. Wir sollen zu Meister Zi Teng gehen. Er wird uns helfen.«

Einige der Frauen hoben den Kopf. Ich meinte eine Andeutung von Zustimmung zu erkennen. Nur meine Mutter zeigte keine Regung.

Ich sprach weiter: »Morgen, wenn die Sonne aufgeht, werden wir aufbrechen. Heute müssen wir das wenige Essen und die Kleidung, die uns noch geblieben ist, zusammenpacken.«

Ich sah Einverständnis in den Gesichtern. Mein Vorschlag schien den Frauen wieder mehr Leben eingehaucht zu haben.

Am nächsten Morgen brachen wir auf. Beladen mit Mühsal zogen wir los. Ich stützte meine Mutter, die immer noch wie betäubt von Schmerz und Trauer war. Wir gingen durch Schlamm und Geröll das Tal hoch. Nach ungefähr einer Stunde kamen wir zu dem Pfad, der uns über die Berge zu Meister Zi Teng bringen würde. Wir liefen schweigend und keine von uns wandte den Blick zurück, um ein letztes Mal auf den Ort zu schauen, an dem, nun unter Steinen und Erde begraben, unser Dorf gelegen hatte. Meine Mutter seufzte hin und wieder. Es ging mir durch Mark und Bein zu hören, wie sich aus ihrem Innersten der Schmerz seinen Weg bahnte.

Der Pfad war beschwerlich. Wir waren erschöpft. Als nur noch der letzte Anstieg vor uns lag und der Schrein bereits zu sehen war, konnte ich erkennen, dass Meister Zi Teng am Ende der Steigung stand und zu uns herabschaute. Er schien uns zu erwarten. Ihn zu sehen, gab mir Kraft.

»Seht ihr Meister Zi Teng«, sprach ich zu den anderen. Sie schauten nur kurz auf. Doch es schien mir, als beschleunigte sich ihr Schritt.

Meister Zi Teng empfing uns am Ende des Pfads. Wir waren zu erschöpft, ihm unsere Ehrerbietung zu zeigen. Er führte uns zu seiner Hütte. Er hatte Tee aufgesetzt und eine Schale Hirse für jede von uns bereitgestellt. Schweigend aßen und tranken wir. Dann breiteten wir die Matten aus und schliefen bis zum nächsten Morgen.

Wieder hatte Meister Zi Teng eine Mahlzeit für uns zubereitet. Der Wächter des Schreins war mit Helfern aus dem Dorf in der Nachbarschaft gekommen. Sie errichteten eine kleine Hütte, in der wir schlafen konnten. Wir erzählten von unserem Unglück. Die Menschen hörten voller Entsetzen zu.

Meister Zi Teng sprach zu uns: »Euer Weg aus der Not und dem Leid hat euch zu mir geführt. Ihr könnt bleiben, wenn ihr möchtet. Wir werden für den Winter ein Haus bauen. Es werden in den nächsten Tagen viele Besucher zum Schrein kommen, denn das Fest des Wechsels zum Winter steht an, und sie suchen die Hilfe des Geistes des weißen Felsens. Die Besucher werden Gaben bringen, so dass ihr zu essen habt und ihr könnt ihnen helfen.«

Wir hörten seine Worte und sie klangen wie unsere Rettung. Es ereignete sich, wie er gesagt hatte. Wir lernten, den Besuchern beizustehen. Wir wiesen ihnen einen Platz zum Ruhen zu. Wir nahmen ihre Gaben entgegen und halfen ihnen, den Schmutz des Tages abzuwaschen. Wir holten Wasser aus dem Bach und stellten es bereit. Wollten sie beim Schrein die Nacht verbringen, konnten sie dies an offenen, aber überdachten Stellen tun.

Die Helfer aus dem Dorf hatten schnelle Arbeit geleistet. Wir konnten bald in unser neues Haus einziehen. Meister Zi Teng wies uns Aufgaben zu. Der Platz um den weißen Fels sollte eine neue Gestalt erhalten. Er wollte, dass sich die Harmonie des Steins in einem Garten zeige. Nach seinen Vorgaben bereiteten wir den Platz für Bäume, Sträucher und Blumen. Wir leiteten einen Arm des Bachs durch unseren Garten. Je mehr unser Werk an Gestalt gewann, desto mehr Besucher kamen zu dem Schrein, um zu sehen, was hier entstand.

Oft verbrachte ich schlaflose Nächte. Ich sah dann die Geister des Sturms kommen und unser Dorf mit Erde und Steinen verschütten. Ich sah, wie sie unser Haus unter Schlamm begruben. Meine Trauer war unendlich groß. Doch die Gemeinschaft tat mir gut. Wir halfen einander, wo wir konnten. Über das Unglück sprachen wir nicht. Immer waren wir beschäftigt. Meister Zi Teng trug uns jeden Tag zahlreiche Arbeiten auf.

Als das Frühjahr kam, legten wir kleine Felder zum Anbau von Gemüse und Kräutern an. Die Bewohner des benachbarten Dorfes halfen uns dabei. Meister Zi Teng wies uns an, für den Garten Bäume und Sträucher, Moos und Gras, Blumen und Kräuter zu pflanzen. Mir machte dies große Freude. Zudem gab es noch eine ganz besondere Aufgabe: Meister Zi Teng zeigte uns einige Pflanzen mit ebenmäßigen und glänzenden Blättern. Diese sollten wir ganz besonders pflegen. Aus den Blättern dieses Strauchs wurde der Tee bereitet. Wir hatten noch nie einen Teestrauch gesehen. Er kam mir überaus formvollendet vor. Fein und vornehm spiegelten die Blätter das Licht. Diese Pflanze wollte mit Achtung behandelt werden.

Meister Zi Teng erzählte uns, dass jenseits des Meeres in China der Teestrauch weit verbreitet sei. Er berichtete auch, dass Buddha aus einem fernen Land hinter hoch bis zum Himmel aufragenden Bergen stammte. Ich stellte mir Buddha als einen noch weiseren Meister Zi Teng vor.

Ein großer Kummer blieb: meine Mutter. Ihr Haar war grau geworden. Sie sprach kaum. Die Freude hatte sie verlassen. Sie klagte nicht, doch es war, als wäre das Leben aus ihr gewichen. Reglos saß sie auf ihrer Matte, aß und trank kaum und wälzte sich nachts ruhelos hin und her. Ich machte mir große Sorgen. Hin und wieder weilte sie beim weißen Fels. Sie saß dort und blickte zum Boden. Manchmal nahm sie den Pfad hinauf zur Schlucht. Ein kleiner Bach stürzte an dieser Stelle die Felsen hinab. Von hier hatte man einen wunderbaren Blick zum Tal. Das Rauschen des Wasserfalls und leichte Schwaden des sprühenden Wassers umhüllten einen. Oft stand sie lange dort und blickte dem fallenden Wasser nach.

An einem schönen, sonnigen Tag sah ich sie wieder einmal den Pfad hinaufgehen. Ihre kleine Gestalt verlor sich in der weißen Gischt. Ich wartete lange beim weißen Fels, dass sie wieder herabkäme. Doch sie kam nicht. So folgte ich ihr. Ich erreichte die Schlucht und konnte sie nicht entdecken. Ich blickte den Wasserfall hinab und sah sie unten im Bachbett liegen. Sie schien unversehrt, doch ich wusste, sie war tot. Der Schmerz war zu groß für sie geworden. Sie konnte ihn nicht mehr tragen.

Meister Zi Teng hielt die Totenzeremonie. Es war eine bewegende Feier. Ich konnte meine Mutter gut verstehen. Ich denke, für sie war richtig, was geschehen war. Sie ist an einem Ort mit dem Blick auf die Größe und Schönheit der Welt gestorben. Das war ihr Trost in ihrer Verzweiflung. Ich verabschiedete mich in großer Ehrerbietung von ihr. Sie wollte bei den Ahnen ihrer Familie sein. Meister Zi Teng hatte mir gesagt, ich sei stark genug, diesen schwierigen Weg zu gehen. Sie war es nicht.

Wir waren jetzt noch sechs Frauen. Auch die Witwe, in deren Haus wir den Erdrutsch überlebt hatten, hatte uns verlassen. Sie war zu ihrer ältesten Tochter gezogen. Wir Übrigen wollten hier beim Schrein, dem weißen Fels und Meister Zi Teng bleiben.

Als die Tage länger wurden, meinte Meister Zi Teng, er wolle uns nun in der Kunst des Chán unterrichten. So begann eine neue Zeit. Meister Zi Teng hatte uns bereits zuvor von seiner Reise nach China erzählt. Er berichtete von den wunderbaren Gärten, die er dort gesehen hatte. Gärten, in denen sich die Harmonie des Seins widerspiegelte. Solch einen Garten wollte er um den weißen Fels bauen. Die Menschen sollten an diesem Ort die Harmonie der Mächte des Kosmos sehen können.

Er lehrte uns den Tee auf eine Weise zuzubereiten, dass er den Menschen Klarheit und Feinsinn schenkt. Und natürlich sprach er von der Lehre Buddhas. Er fragte uns, ob wir dem Beispiel des Buddha folgen wollten. Dies sei überaus fordernd und er selbst, obwohl er seit vielen Jahren mit großer Kraft versuche voranzuschreiten, befände sich erst am Anfang. Doch er wolle uns einladen, das Leid dieser Welt zu überwinden und Schmerz und Trauer hinter uns zu lassen.

Seine Worte gaben uns Vertrauen. Hatten uns nicht die Geister des Sturms alles, was uns in diesem Leben lieb gewesen war, genommen? Wollten wir in Leid und Schmerz verweilen? Hatte uns nicht der Geist des Wassers den Weg zum weißen Fels und Meister Zi Teng gezeigt? In mir entstand ein Bild, wie das Wasser am weißen Fels vorbeifloss. Wie die Bäume und Sträucher und das Moos an seinem Ufer standen. Harmonie sollte herrschen! In der Harmonie hatte alles seinen richtigen Platz und das Leid war überwunden. Machtvoll trat dieses Bild des Gartens vor meine Augen. Ich weiß nicht, ob die anderen auch dieses Bild in ihrem Inneren gesehen haben. Doch wir waren uns einig. Wir wollten an diesem Ort bleiben.

Meister Zi Teng begann, uns Schritt für Schritt in die Meditation einzuführen. Er gab uns chinesische Namen, so wie er seinen Namen in China durch seinen Meister erhalten hatte. Mein Name lautete nun Mai Lin. Wir waren jetzt Nonnen des Buddha und folgten in diesem Kloster seinem Beispiel. Wenn keine Besucher beim Schrein weilten, dann saßen wir auf unseren Matten rund um den weißen Fels und betrachteten seine Vollkommenheit. Unser Atem floss gleichmäßig. Der kleine Bach sandte uns ein leichtes Rauschen. Wir saßen dort mit aufrechtem Rücken und gekreuzten Beinen. Die Welt der Sinne und Gedanken lag hinter uns. Wir waren eins. Wir waren, was um uns war, und was um uns war, waren wir. Wir hatten unsere Gestalt, ja die Idee unserer Gestalt, unsere Gedanken, die Idee unserer Gedanken überwunden. Lange Zeit lehrte uns Meister Zi Teng die Meditation.

Er gab uns auch auf, weiter den Garten zu gestalten. Die Pflanzen, die unter unserer Obhut gewachsen waren, wurden an ihren Platz gesetzt. Meister Zi Teng wusste, wo sie wachsen sollten. Steine kamen hinzu. Wir legten kleine Pfade und Stätten der Ruhe an. Moos umgab die Steine. Eine Brücke überquerte den Bach. Über die Jahre nahm der Garten immer mehr Gestalt an. Das Bild, das ich in vergangener Zeit in meinem Inneren wahrgenommen hatte, es hatte mich nicht getäuscht: Der Garten trug die vollkommene Harmonie in sich.

Unsere Gemeinschaft war in der Zwischenzeit größer geworden. Zwei junge Frauen hatten zu uns gefunden. Auch sie wollten den Lehren des Buddha folgen.

Als einige Jahre Erfahrung in der Meditation hinter uns lagen, übertrug Meister Zi Teng uns sechs älteren Schülerinnen eine weitere Aufgabe: Wir sollten den Menschen mit Rat zur Seite stehen. Meister Zi Teng hatte uns gelehrt, dass wir den Menschen, der zu uns kam, erkennen mussten. Wenn wir ihn erkannten, dann konnten wir ihm seine Bestimmung zeigen.

Zuerst empfingen wir nur wenige Ratsuchende. Oft vergingen viele Tage und niemand suchte mich auf, obwohl die Menschen zahlreich beim Schrein weilten. Doch bereits nach einem Jahr hatte sich dies gewandelt. Insbesondere Frauen kamen zu mir. Viel Schmerz, Trauer und Leid lag in ihnen. Tiefes Mitgefühl mit den Menschen erwachte in mir. Doch auch Glück war geboren. Ich konnte den Entwicklungspfad sehen, den ihr Dasein nehmen wollte und ihnen helfen zu erkennen, was das Leben von ihnen forderte.

Oft dachte ich an meinen Aufenthalt beim Schrein zurück, als Meister Zi Teng mir als jungem Mädchen die Vermählung mit den Geistern des Himmels verkündet hatte. Welche große Hilfe war mir das gewesen, als das Unglück über mich hereinbrach! Jetzt schöpfte ich meine Kraft aus der gemeinsamen Meditation mit Meister Zi Teng. Meine Ehrerbietung für ihn war unermesslich.

Zehn Jahre waren vergangen, seit ich zu Meister Zi Teng und dem weißen Fels gekommen war. Der Garten hatte sich in eine vollkommene Pracht der Harmonie gewandelt. Die Menschen kamen in großer Zahl zu uns. Da ließ mich Meister Zi Teng zu sich rufen. Als ich zu seiner Hütte kam, lag er auf der Matte. Er bat mich, ihm einen Tee zu bereiten.

Als ich ihm die Schale reichte, sprach er ganz leise zu mir: »Hochehrwürdige Frau, mein Körper ist zu schwach, den Kopf zu halten. Bitte tu du dies für mich und reiche mir einen Schluck Tee.«

Ich tat wie geheißen. Sein Kopf ruhte in meiner Hand. Er nahm einen kleinen Schluck Tee.

»Meine Zeit hier ist vorbei«, sprach er leise weiter. »Ich werde nun gehen und überlasse euch die Fürsorge für die Menschen und diesen Ort. Bestimmt eine Oberin aus eurem Kreis. Sorgt für den Garten und lasst die Harmonie sich zeigen. Sie ist Ausdruck der Schöpfung. Sorgt für die Menschen und helft ihnen!« Er stockte. Das Sprechen fiel ihm schwer.

Ich legte seinen Kopf auf die Matte. In seinen Augen konnte ich Angst erkennen. »Nicht«, hörte ich ihn sagen.

Ich nahm seine Hand und er hielt mich fest. Ich spürte seine Angst. Dann schloss er die Augen und sein Atmen hörte auf. Frieden umgab uns! Meister Zi Teng war gestorben. Zart und zerbrechlich lag er auf seiner Matte.

Ich rief meine Mitschwestern. Ehrerbietig verneigten sie sich vor ihm. Wir trugen seinen Körper in den Schrein, der uns auch als buddhistischer Tempel diente. Die Besucher verließen voller Achtung den Ort. Wir feierten die Totenzeremonie. Meister Zi Teng weilte nicht mehr unter den Lebenden.

Doch er wird weiterhin an diesem Ort verehrt. Die Menschen kommen, um ihn um Hilfe zu bitten. Meister Zi Teng hilft! Sein Mitgefühl ist bei uns!

So begann für uns Nonnen des Buddha eine neue Zeit.

Ich berichtete meinen Schwestern von den Anweisungen des Meisters. Bereits an einem der nächsten Tage wollten wir die Oberin bestimmen.

Wir setzten uns zusammen.

Unsere älteste Schwester ergriff das Wort: »Meine ehrwürdigen Schwestern, ich bin die Älteste in diesem Kreis. Daher möchte ich dieses Zusammensein leiten. Ich bitte eine jede von euch um ihre Meinung, wie wir unsere Wahl der Oberin treffen sollen.«

Sie blickte in den Kreis. Keine von uns erhob das Wort.

Sie sprach weiter: »Lasst uns ein Stäbchen aus Schachtelhalm in die Mitte des Kreises stellen. Dort, wohin seine Spitze fällt, sitzt unsere neue Oberin.«

Alle nickten voller Ehrerbietung. Wir holten das Stäbchen. Wir saßen in einem dichten Kreis um die Mitte. Unsere älteste Schwester beugte sich nach vorne und stellte das Stäbchen senkrecht auf die Erde. Ihr Finger löste sich und das Stäbchen fiel. Seine Spitze zeigte zu mir.

»Mai Lin soll unsere Oberin sein«, sagte sie.

Ich war nicht überrascht. Als Meister Zi Teng mir seine Anweisungen gegeben hatte, war dies bereits in seinen Augen zu erkennen gewesen. Ich spürte die große Verantwortung! Meister Zi Teng hatten wir überaus verehrt. Seine Weisheit und sein Mitgefühl waren groß. Ich sollte ihm nun nachfolgen! Unser Meister hatte uns jeden Tag gelehrt. Die Meditation mit ihm war uns Wegweiser gewesen. Konnte ich dies auch? Die Besucher würden nun Rat von mir wollen, so wie Meister Zi Teng ihn gegeben hatte. Ich wollte mein Bestes geben! Unser Meister hatte uns gelehrt, dass man den Menschen nur soweit helfen kann, wie man sich selbst befreit hat. Ich würde noch härter an meiner Befreiung arbeiten müssen.

Ich führte unser Leben auf die gleiche Weise fort, wie der Meister uns angewiesen hatte. Die Besucher kamen weiter zum Tempel, um Hilfe durch den weißen Fels und den Geist von Meister Zi Teng zu erhalten. Wir pflegten die Harmonie des Gartens. Wir übten uns in der Meditation. Wir empfingen die Besucher und gaben Rat, wenn sie uns fragten.

Das Dasein erfüllte mich mit großer Freude. Ich lernte immer besser, die Menschen zu erkennen. Oft war es nicht notwendig, dass sie zu mir sprachen. Welche Schritte für sie zu tun waren, um aus dem Leid zu finden und ihre Aufgabe zu meistern, war für mich auch ohne Worte zu sehen. Eine tiefe Verbindung mit den Menschen war entstanden.

Unser Garten entwickelte sich immer mehr zum Ausdruck vollkommener Harmonie. Kleine Steine fanden einen neuen Platz. Das Wasser erhielt eine Verzweigung. Es trennte sich vor dem weißen Fels, umfloss ihn von zwei Seiten, um sich dann wieder zu vereinigen.

Ein Garten zeigt das Leben. Ich lernte, dass sich auch die Harmonie wandelt. Der Garten soll jedoch nicht Ausdruck dieses Wandels sein, sondern die Einheit zeigen. Meister Zi Teng hatte uns dies gelehrt. Alles im Kosmos steht miteinander in Verbindung. Es gibt keine Trennung und keine Grenzen. Im Garten haben wir Menschen die Möglichkeit, das Gleiche aus verschiedenen Positionen wahrzunehmen und darüber zu erkennen, wie vielfältiger Ausdruck doch Ausdruck des Einen ist.

Zu meinen Aufgaben gehörte auch, meine Mitschwestern zu leiten. Ich wollte, dass sie ihre Freiheit fanden. Auf diese Weise konnte aus ihnen die sorgende Liebe für alles Leben entspringen. Das Leben wollten wir fördern – das Verletzen und Töten vermeiden. Meister Zi Teng hatte uns immer klare Anweisungen gegeben. So wollte auch ich es machen. Ich war streng zu meinen Schwestern, um sie auf dem Pfad des Buddha zu führen. Meine Schwestern bedurften unterschiedlich meiner Anleitung. Die meisten sahen ihre Bestimmung. Andere, wie auch Schwester Lai Chi, benötigten meine Hilfe. Oft fragte sie mich, was die richtigen Taten seien.

Ich sah, wie alle zum Buddha strebten, doch auch ich stand noch am Anfang und kannte nicht die Stationen, die wir zu finden hatten.

So vergingen unsere Tage. Der Ruf des Klosters reichte weit. Viele Besucher kamen zu uns auf den Berg. Die Tage im Dorf lagen lange hinter mir. Manchmal dachte ich an meine Eltern und Geschwister. Wie wäre es, wenn ich heute in meinem Dorf wohnen würde? Wäre ich glücklich geworden mit meinem

Mann? Hätte ich Kinder gehabt? Auf Kinder hatte ich mich immer gefreut. Es lag auch Wehmut über meinen Erinnerungen.

Ich wurde eine alte Frau. Mein Haar wurde weiß, wie das meiner Schwestern. Ich spürte, wir waren eins. Ich wusste, die Trennung war nicht wirklich und doch sehnte ich mich manchmal danach: Nach jener Verlockung, ein eigenständiger Mensch zu sein, der seiner Bestimmung folgt. Dieses Leben ist uns geschenkt worden, um einmalige Erfahrungen zu machen, um zu gestalten und Ausdruck zu finden. Ich konnte in den Besuchern erkennen, wie beides vor ihnen lag. Die Aufhebung der Trennung und die Festigung der Eigenständigkeit.

Es kam der Tag, an dem ich Abschied nahm von dieser irdischen Existenz. Es war ein leichter Abschied. Die Angst, die ich bei Meister Zi Teng wahrgenommen hatte, ich spürte sie nicht. Vielleicht, weil ich so sehr auf mein Erdendasein schaute. Trauer und Schmerz waren immer noch in mir. Ich war müde, mit ihnen zu leben. Selbst der Schreck über das mit Donnern herabstürzende Geröll war weiterhin in mir. Ich wollte nicht mehr damit sein.

Ich sehe meine Schwestern, die ich so sehr in mein Herz geschlossen habe, bei meinem Körper wachen. Ich sehe, wie sie sich vor mir verneigen. Mit mir verlässt sie ihre Führung. Für die einen mehr, für die anderen weniger. Ich erkenne Lai Chi und wie Tränen über ihre Wangen rollen.

»Lai Chi, höre mich!«, spreche ich in meinen Gedanken zu ihr. »Ich war streng zu dir. Zu streng! Lai Chi, ich wollte, dass wir die Freiheit finden. Ich kenne deine Angst vor dem Donnern des Gerölls. Wir haben es beide erlebt. Lai Chi, du hast immer meinen Rat gesucht. Nun gehe deinen Weg. Ich habe versucht, dir Rat zu geben. Doch jeder Mensch, auch du, Lai Chi, muss seine Bestimmung selbst finden. Suche sie in dir, nur dort kannst du sie finden.

Lai Chi, du darfst falsch handeln. Den Garten haben wir gestaltet, damit wir auch dann in Harmonie leben, wenn wir Fehler machen. Der Garten kann dir immer wieder zeigen, wohin du gehen sollst. Lai Chi, suche nicht den Meister, sondern suche dich. Auch ich wollte mein Leben lang wie Meister Zi Teng handeln. Doch kannte ich ihn? Meister Zi Teng ist meine Vorstellung. Ich wollte dir wie Meister Zi Teng sein. Doch ich bin nicht der Meister. Darum, Lai Chi, verzeihe mir, dass ich so streng war. Du und andere Menschen haben mir Macht gegeben. Macht zu haben verändert das Leben. Du bist nicht in Harmonie mit den Menschen, wenn du Macht über sie hast. Deine falschen Taten werden als richtige aufgenommen. Du musst weise sein, um deinen Einfluss für die Harmonie zu nutzen. Meister Zi Teng hat uns gelehrt, dass wir unsere Freiheit finden müssen, damit unsere Taten den Menschen dienen. Dieses Wissen lastete schwer auf mir. Mein Anspruch war groß. Doch darüber verliert das eigene Handeln an Wertschätzung. Denn alles, was ich gemacht habe, schien mir zu klein vor der Größe meines Anspruchs. Schaue ich zurück, kann ich erkennen, ich hatte zu wenig Achtung vor dem, was ich tat. Auch daher kam meine Strenge. Jetzt weiß ich, der Mensch ist nie perfekt. Er bleibt gefangen. Doch sein Mitgefühl ist von hohem Wert.«

Die Zuwendung zu Lai Chi hat mir Ruhe geschenkt. Frieden soll sein, wenn ich dieses irdische Sein verlasse. Der Garten zeigt sich vor meinem geistigen Auge. Von ihm gilt es noch Abschied zu nehmen.

»Mein geliebter Garten, auch zu dir möchte ich sprechen. In dir hat mein Geist seinen Ausdruck gefunden. Oft hatte ich das Gefühl, ich zeige mich in dir den Menschen ganz. Vollkommen verletzlich kam ich mir dabei vor. Doch jetzt sehe ich: Der Garten und der Gärtner sind nicht das Gleiche. Du bist der Garten und du bist aus dir selbst entstanden. Das Wasser und der Stein, der Baum und der Strauch, das Moos und die Blume, sie formen dich. Jeder Teil des Gartens leistet seinen Beitrag.

Ich versuchte zu helfen, dass jedes an seinem Platz ist. So wie die Menschen ihren Platz haben sollen. Dann leisten sie ihren Beitrag zur Harmonie. Die Menschen kommen zu dir. Sie sehen die Teile und sie sehen die Gesamtheit. Sie verweilen und betrachten dich. Immer wieder entdecken sie Neues – jeder auf seine Art. Großartig erhebt sich der weiße Fels.

Mein Garten, du bist aus dir und ich bin deine Dienerin. Ich habe dir geholfen zu sein. Die Menschen ruhen sich in dir aus. Mal sehen sie das Wasser auf sich zukommen, mal strömt es weg von ihnen. Mal wirft der Baum Schatten, mal liegt er im Schatten. Sie finden den Ort, der ihnen etwas zu sagen hat. Sie müssen nicht das Allumfassende des Gartens sehen. Sie können immer wieder zu dir kommen und Neues entdecken. Du erzählst ihnen von dem, das sie betrachten.

Und die Gärtnerin? Sie können mich fragen, aber sie müssen nicht. Wenn sie bei mir Rat suchen, erhalten sie Antwort. Denn die Menschen sollen sich selbst entdecken. Für jeden gibt es einen Platz und seinen Beitrag für das Ganze. Jeder ist einzigartig und wichtig. Er trägt einen Teil der Harmonie in sich. Ich danke euch Menschen und Wesen und lade euch ein, noch länger hier zu verweilen.«

Unendliche Vielfalt der Bestimmung

»Wieso aber, o Herr, kann es Wiedergeburt geben ohne eine Seelenwanderung? Erkläre mir dies.«
»Wenn zum Beispiel, o König, ein Mann eine Lampe an einer anderen Lampe anzündet, würde da wohl das Licht der einen Lampe zur anderen Lampe hinüberwandern?«
»Nicht doch, o Herr.«
»Ebenso auch, o König, wird man wiedergeboren, ohne dass dabei irgend etwas hinüberwandert.«

Die Fragen des Königs Milinda

Weihnachten 2021

»Oma Kristin, gibt es wirklich Engel?« Der achtjährige Lars hat diese Frage wohl schon eine Weile in sich getragen. Jetzt, da er alleine mit mir im Wohnzimmer ist, will er die Gelegenheit nutzen, sie zu stellen. Er nennt mich meist »Oma Kristin«. Er hat ja zwei Omas und ich bin eben »Oma Kristin«. Meine Schwiegertochter hat diesen Namen eingeführt. Ich verstehe mich gut mit ihr. Sie ist eine kluge und liebevolle Frau. Ihre Mutter ist die »Bacharach-Oma«. Sie wohnt in Bacharach. Dies muss ein schöner Ort am Rhein sein. Ich bin aber noch nie dort gewesen. Ich wundere mich, wie selbstverständlich Lars diesen schwierigen Namen »Bacharach« benutzt, wenn er von dieser Oma spricht.

Zu Weihnachten hat Lars ein ferngesteuertes Raumschiff geschenkt bekommen, das nun mit einem leisen Brummen durch das Zimmer schwebt. Er lässt es um den Weihnachtsbaum kreisen – immer knapp an den glitzernden Weihnachtskugeln vorbei. Sein Vater hat ihn schon einige Male ermahnt aufzupassen und gemeint, dass die Weihnachtskugeln einen Zusammenstoß nicht aushalten würden. Doch das Glitzern zieht ihn an. Ich vermute, er stellt sich vor, die Kugeln sind Sterne und das Raumschiff will diese nun erkunden.

Wie eine Fliege summt das Gefährt. Es ist ein Modell des Raumschiffs, das für den kommenden Flug zum Mars eingesetzt werden soll. Auf einem kleinen Monitor an der Steuerung kann Lars erkennen, was die Kamera des Raumschiffs aufnimmt. Eben ist auf dem Bildschirm ein Engel aufgetaucht. Die Figur hängt weit oben an einem Ast und hat eine Trompete in der Hand. Gibt es diese Engel wirklich? Leben sie im Kosmos, und fliegen sie von Stern zu Stern? Solche Überlegungen gehen ihm wohl durch den Kopf.

Ich denke über die Frage von Lars nach. Gibt es Engel? Was sind Engel? Ja, offensichtlich existieren sie für die Menschen. Seit alters her wird von ihnen berichtet. Immer sind sie Teil des menschlichen Seins gewesen. Mir geht durch den Kopf, wie schön es ist, sich im Leben beschützt und geleitet zu fühlen. Den Menschen tun Engel gut.

»Ja, ich glaube schon«, antworte ich. »Zwar habe ich noch keinen Engel gesehen, aber doch gespürt, dass sie um mich sind.«

Lars ist zufrieden und vertieft sich wieder in das Spiel mit dem Raumschiff. Er lässt es oben auf dem Schrank landen. Kurz vor dem Aufsetzen kann er es nicht mehr sehen und ist auf Kamera und Monitor angewiesen, um eine sanfte Landung hinzubekommen. Das Gleiche gilt dann für den Start. Es scheint ihn zu faszinieren, wenn er nach dem ferngesteuerten Start das Raumschiff wieder oberhalb des Schranks sieht. Ich betrachte ihn beim Spielen. Schön, dass die Familie zusammen ist. Mein Mann, die beiden Söhne, die Schwiegertochter und das Enkelkind. Gemeinsam haben wir Weihnachten gefeiert. Natürlich stand Lars im Mittelpunkt.

Wie war das Leben zu meiner Kinderzeit? Lange scheint es mir her und doch nur ein Augenblick. Damals gab es noch keine ferngesteuerten Raumschiffe zum Spielen, aber mein älterer Bruder erhielt jedes Weihnachten neue Gleise, Lokomotiven, Wagen oder anderes Zubehör für seine elektrische Eisenbahn.

Gemeinsam spielten wir auch mit dem Puppenhaus oder dem Kaufmannsladen. Zum Fest wurden die Regale des Kaufmannsladens mit neuen Waren gefüllt. In den folgenden Wochen nahm der Bestand dramatisch ab. Das meiste war süß und essbar. Damals, kurz nach dem Krieg, waren Süßigkeiten etwas ganz Besonderes. Der Krieg ist nun im Jahre 2021 seit über 75 Jahren vorbei. Ich erinnere mich noch an die Ruinen des zerstörten Bahnhofs und an die französischen Soldaten auf ihrem Weg zwischen Kaserne und Innenstadt. In neu errichteten Häusern, nicht weit von uns, lebten die Offiziersfamilien. Beeindruckt hatte mich, dass die Verletzungen und Wunden an den Beinen oder Armen der französischen Kinder dick mit rotem Jod bedeckt waren. So waren ihre Knie fast immer mit tiefroten Flecken versehen. Meine Mutter verwendete kein Jod. Wenn, dann wurde ein kleines Pflaster auf die Wunde geklebt.

Der Krieg war etwas Dunkles, das in der Vergangenheit lag. So erlebten wir das als Kinder. Meine Eltern sprachen nicht darüber. Meine Mutter erzählte aber ab und an von den Juden.

Einmal waren wir im Urlaub in Holland auf der Insel Ameland. Dort verbrachte in der Nachbarschaft auch eine holländische Familie mit ihrer kleinen Tochter Saskia ihre Ferien. Wir spielten öfter mit ihr und die Eltern freundeten sich an. Unsere Mutter erzählte uns – außer mir waren da noch meine ältere Schwester und mein Bruder –, dass die Familie Juden wären. Unsere Mutter war sich da ganz sicher. Sie erwähnte irgendetwas von angewachsenen Ohrläppchen und fehlenden Waden. Die Eltern von Saskia, erzählte meine Mutter, sprachen schlecht über Juden und sie wusste nicht, wie sie sich dazu verhalten sollte.

Wenn ich nachträglich daran denke, wollten die holländischen Bekannten sicher überprüfen, wie meine Eltern zum Nationalsozialismus stünden, bevor sie sich mit ihnen anfreundeten. Sie wollten wissen, wie meine Eltern auf antisemitische Bemerkungen reagierten. Meinem Vater und meiner Mutter war es zutiefst peinlich zuzugeben, dass sie bemerkt hatten, dass es sich bei den Nachbarn um Juden handelte. Auch wenn diese blond und in jeder Hinsicht holländisch aussahen. Sie wollten nicht dabei ertappt werden, dass sie zwischen Juden und Nicht-Juden unterschieden.

Meine Eltern waren ganz sicher keine Antisemiten, aber hilflos dem gegenüber, was in der Vergangenheit auch in ihrem Namen an Furchtbarem geschehen war.

Später in der Schule habe ich mehr über den Krieg und die Judenverfolgung erfahren. Eine tiefe Schuld habe ich in mir empfunden. Das ging so weit, dass ich die These aufstellte, durch meine Existenz anderen Menschen den Platz zum Leben wegzunehmen. Ich dachte hier insbesondere an Kinder in der Dritten Welt, denen all das fehlte, was ich an Nahrung, Kleidung und Unterkunft zum Leben hatte. Dieses Schuldgefühl hat mich immer begleitet. Wahrscheinlich hat das Gefühl von Schuld viele Quellen. Wir sind Teil eines Volkes, Teil einer Familie und eng verbunden mit deren Geschichte. Es mag aber auch ganz persönliche Gründe geben.

Als ich neunzehn Jahre alt war, hatte ich hierzu ein Erlebnis. Ich verbrachte mit Freunden ein verlängertes Wochenende im Elsass in einer Hütte der Naturfreunde. Tagsüber machten wir ausgedehnte Wanderungen zu den Gipfeln der Vogesen. Abends tranken wir Wein, aßen Tomaten, Zwiebeln und Gurken, dazu Baguette mit frischem Brie aus der Käserei nebenan. An einem Tag beschlossen wir aus einer Laune heraus, einen Soldatenfriedhof in der Nähe zu besuchen. Hier waren französische Soldaten bestattet, die 1945 bei den letzten Gefechten des Zweiten Weltkriegs gefallen waren. Meine Freunde fuhren dann noch zum Einkaufen in die benachbarte Kleinstadt. Mich veranlasste ein mir in der Bedeutung unklares, aber dennoch bestimmendes Gefühl, nicht mitzugehen. Ich erklärte, dass ich mich noch ein wenig vom letzten Abend ausruhen müsste. Nun saß ich alleine auf einer Friedhofsbank und blickte auf die Gräber.

Ich spürte, wie die Grabsteine allmählich vor meinen Augen verschwammen. Ich legte mich auf die Bank und mein Blick ging zum Himmel. Die Wolken flogen sanft vorüber. Es war mir, als hörte ich meinen Namen.

»Hallo Kristin, wie geht es dir?«, vernahm ich eine Stimme. Immer tiefer kam ich in eine ganz feierliche Stimmung. Mein Körper ruhte ausgestreckt und völlig entspannt. Mich zu bewegen schien mir nicht möglich. Gut, dass ich alleine war, so konnte ich mich meinen Gefühlen hingeben. Vom Körper getrennt schwebte ich zu den Wolken empor. Engel schienen mich zu begleiten und ich fand meinen Platz auf einer weißen Wolke. Eine Tür lag vor mir. Ich öffnete die einfache weiße Holztür und trat hinüber in ein anderes Leben hier auf dieser Erde.

FLOR I 2006

Der früh gestorbene Soldat
Deutschland von 1922 bis 1942

Es ist der 23. November im Jahre 1922. Die Hebamme aus der Nachbarschaft sitzt in unserem Wohnzimmer und trinkt eine Tasse Kaffee. In den frühen Morgenstunden haben bei meiner Mutter die Wehen eingesetzt. Doch es dauert seine Zeit. Es ist ihre erste Schwangerschaft. Ich komme dann erst am Abend auf die Welt. Eine unkomplizierte, wenn auch anstrengende Geburt.

Mein Vater ist überglücklich – ein Sohn. Hans werde ich heißen. Hans Eibler der Erstgeborene. Mein Vater ist national gesinnt und fühlt sich geehrt, einen Sohn und Stammhalter zu haben. Er ist Beamter in der nahen Kreisstadt und arbeitet für die Kreisverwaltung. Seine Aufgabe nimmt er ernst und sieht den Dienst als Beitrag für Höheres. Deutschland soll nach den verheerenden Kriegsfolgen, der nationalen Demütigung, dem Verlust des Kaisers und der wirtschaftlichen Not wieder erstarken und auferstehen. Er ist ein ehrlicher und redlicher Mann, fest verankert in einem protestantischen Arbeitsethos.

Wir leben in ländlicher Umgebung – flaches Land im Osten Deutschlands. Weit ausgedehnte Getreidefelder umgeben unser Grundstück. Eine einfache, kaum befestigte Straße führt, von der Stadt kommend, an unserem Haus vorbei und weiter zu verstreut liegenden Höfen.

Meine Mutter sorgt für das Haus und den Garten, der zum Anbau von Gemüse und Obst genutzt wird. Einen guten Teil dessen, was täglich auf den Tisch kommt, können wir dort ernten. Für den Winter legt meine Mutter Vorräte an: Kartoffeln, Rüben, Kohl, Gläser mit sauren Gurken, Äpfel, Nüsse. Wir sind gut versorgt. Es ist ein ruhiges Leben. Doch was sich in der Welt und in Deutschland tut, die großen Veränderungen und Umwälzungen erreichen auch diesen kleinen Ort.

Mit sieben Jahren komme ich in die Dorfschule. Es gibt zwei Klassen. Eine für die jüngeren und eine für die älteren Kinder. Mir gefällt es, die Schule zu besuchen. Das Lernen macht Spaß. Bald bin ich der beste Schüler. In der dritten Klasse überträgt mir der Lehrer die Betreuung der jüngeren Schüler. Ich mache das gerne und mit großer Ernsthaftigkeit. Unser Lehrer will, dass wir für unsere Nation eintreten. Wir Schüler sollen Deutschland dienen und dem Land zu alter Größe verhelfen. Dafür unterrichtet er uns streng, gerecht, aber auch mit viel Güte.

Als ich die vierte Klasse besuche, treffen sich mein Vater und mein Lehrer einige Male bei uns zu Hause. Sie sprechen über mich. Mein Lehrer möchte, dass ich das Gymnasium in der Stadt besuche. Ich bin unbeschreiblich stolz. Meinem Vater kommt diese Idee recht vermessen vor. Doch der Lehrer überzeugt ihn.

»Deutschland braucht seine begabten Söhne an vorderster Front. Es ist unsere Pflicht für Deutschland, dies zu ermöglichen.« Diese Worte des Lehrers haben sich in mein Gedächtnis eingebrannt.

Ich bin ergriffen von dieser Idee und schlafe einige Nächte kaum. Im Bett wälze ich mich ruhelos hin und her und sehe in Gedanken, wie ich als Offizier meine Soldaten zum Sieg führe oder mich in der Regierung für Wohlstand und Größe Deutschlands einsetze. Wir werden wieder einen Kaiser haben, dem das Wohl der Menschen am Herzen liegt. Gerne möchte ich all meine Kraft diesem Ziel widmen.

Die Mitschüler im Gymnasium kommen aus viel angeseheneren und reicheren Familien als ich. Aber ich strenge mich an und gehöre bald zu den Besten. Ich will meine Aufgabe für Deutschland übernehmen. Meine Eltern sind überaus stolz auf mich, wenn auch manchmal besorgt, ob ich gut genug gekleidet und erzogen bin. Ich werde meinen Eltern Ehre machen.

Ich bin nun zwölf Jahre alt. Während dieser Zeit auf der Schule habe ich zwei Schwestern bekommen. Ich mag sie sehr. Ich bin ihr großer Bruder und erzähle ihnen, was ich in der Schule gelernt habe. Manchmal darf ich in der Zeitung lesen. Mein Vater bringt hin und wieder eine Ausgabe mit nach Hause. Dann lese ich meinen Schwestern daraus vor. Ich erkläre ihnen auch, dass wir nun eine neue nationale Regierung haben, die für Deutschland sorgt. Wir können mit Hochachtung auf diese neue Regierung und die Partei, die sie trägt, schauen. Ich verspreche ihnen, dass ich helfen werde, damit es mit Deutschland aufwärts geht. Es soll meinen Schwestern in Zukunft gut gehen.

Mit vierzehn komme ich zur Hitlerjugend. Hitler ist ein besonders großer Führer, ja ein von der Vorsehung getragener Mann. Er sorgt für Deutschland. Es ist ungeheuer, was dieser Mann leistet. Obwohl er im Krieg nur Gefreiter war, führt er nun das ganze Reich. Das soll wohl so sein, weil Gott dies für uns vorgesehen hat. Ich bin davon überzeugt, dass es eine höhere Bestimmung für uns alle gibt. Ich werde meinen Teil zu ihrer Erfüllung leisten.

An wichtigen Festtagen hängen wir die Parteifahne neben der Deutschlandfahne aus dem Fenster. Mein Vater ist Mitglied der Partei. Auch viele meiner Lehrer sind Mitglieder. Wir werden es schaffen, unsere Ideale zu verwirklichen. Bei der Hitlerjugend treiben wir viel Sport und veranstalten auch schon militärische Übungen. Das macht mir große Freude. Ich bin zwar kein guter Sportler, trotzdem darf ich nun Führer einer kleinen Gruppe sein.

Meine große Leidenschaft ist die Literatur. Ich freue mich immer auf den Abend, wenn ich noch bis tief in die Nacht meine Bücher lesen kann. Von der Schule darf ich viele gute Bücher ausleihen. Auch mein Deutschlehrer unterstützt mich und gibt mir von seinen Büchern einiges zu lesen. Ich habe im Zeugnis ein »sehr gut« in Deutsch. Aufsätze zu schreiben, liebe ich über alles. Noch mehr erfüllt es mich, Gedichte zu verfassen. Mein Deutschlehrer hat mich deshalb sehr gelobt. Mein Lieblingsgedicht ist von August Graf von Platen: Das Grab am Busento. Schauer laufen mir den ganzen Körper runter, wenn ich es rezitiere.

Das Grab im Busento

Nächtlich am Busento lispeln,
bei Cosenza, dumpfe Lieder,
Aus den Wassern schallt es Antwort,
und in Wirbeln klingt es wieder!

Und den Fluss hinauf, hinunter,
zieh'n die Schatten tapfrer Goten,
Die den Alarich beweinen,
ihres Volkes besten Toten.

Allzufrüh und fern der Heimat
mussten hier sie ihn begraben,
Während noch die Jugendlocken
seine Stirne blond umgaben.

Und am Ufer des Busento
reihten sie sich um die Wette,
Um die Strömung abzuleiten,
gruben sie ein frisches Bette.

In der wogenleeren Höhlung
wühlten sie empor die Erde,
Senkten tief hinein den Leichnam,
mit der Rüstung, auf dem Pferde.

Deckten dann mit Erde wieder
ihn und seine stolze Habe,
Dass die hohen Stromgewächse
wüchsen aus dem Heldengrabe.

Abgelenkt zum zweiten Male
ward der Fluss herbeigezogen:
Mächtig in ihr altes Bette
schäumten die Busentowogen.

Und es sang ein Chor von Männern:
«Schlaf in deinen Heldenehren!
Keines Römers schnöde Habsucht
soll dir je dein Grab versehren!»

Sangen's und die Lobgesänge
tönten fort im Gotenheere;
Wälze sie, Busentowelle,
wälze sie von Meer zu Meere!

In diesem Gedicht liegt meine ganze Sehnsucht. Ich sehe mich mit den Goten durch Italien ziehen. Ich sehe Alarich blond und groß, voller Stolz und Kraft, das Schwert in der Hand. Ihm möchte ich folgen. Ich spüre die Trauer über seinen frühen Tod. Was hätte er noch Großes leisten können!

Die Literatur unserer großen deutschen Schriftsteller und Dichter ist mir wichtig. Mein Deutschlehrer hat mir vor Kurzem Wallenstein von Schiller zum Lesen gegeben. Der Tod Wallensteins hat mich intensiv beschäftigt. Unter welchen Bedingungen kann es richtig sein, einen Führer zu ermorden, habe ich mich gefragt. Und erfüllt sich die Vorsehung nicht immer? Sind wir nicht immer ihr Instrument, egal was wir machen? Ich habe keine Antworten auf meine Fragen gefunden. Ich werde weiter darüber nachdenken.

Durch meinen Vater habe ich gehört, dass mein Deutschlehrer von der Partei mit Misstrauen beobachtet wird. Sein Denken sei nicht national. Ich finde aber, er ist ein sehr guter Lehrer und weiß ungeheuer viel über Literatur. Neulich habe ich länger mit ihm über Goethe gesprochen. Er hat betont, dass der einzelne Mensch eine große Verantwortung für sein Handeln trägt. Er hat mich ernst angeschaut und gemeint, ein Mensch müsse auch für seine Überzeugung eintreten, wenn er dadurch keine allgemeine Anerkennung findet. Diese Worte sind mir noch lange durch den Kopf gegangen. In solchen Augenblicken möchte ich auch Dichter werden.

Unsere Wehrmacht musste in Polen einmarschieren. Noch heute habe ich das tiefe Brummen der Flugzeuge im Ohr, wie sie in großen Verbänden Richtung Polen über uns hinweg geflogen sind. Fasziniert habe ich zum Himmel geschaut. Ich meinte, die Piloten in ihren Kanzeln erkennen zu können. Sie kämpfen todesmutig für Deutschland. Sie sind Helden! Ich habe sie beneidet, dass sie diesen großen Dienst leisten dürfen. Die polnische Armee hatte keine Chance. Jetzt kann die Welt sehen, zu was das Reich in der Lage ist. Die Menschen aus den anderen Ländern brauchen aber keine Angst vor Deutschland zu haben. Wir kämpfen für das Gute.

Einer unserer Führer aus der Hitlerjugend ist in diesem Krieg gefallen. Er ist ein großer Held. Ich bewundere ihn! Was kann man mehr für sein Vaterland geben als sein Leben! Ich bin bereit dazu, falls es notwendig sein sollte. Meine Familie würde voller Achtung auf mich schauen.

Manchmal ist der Blick meiner Mutter tief besorgt, wenn ich vom Krieg erzähle, und dass ich Soldat werden möchte. Sie sagt dann nicht viel. Eigentlich nur: »Ach Junge – jetzt warte doch mal, was kommt! Das mit dem Krieg ist doch bald vorbei.«

Sie ist eine ganz wunderbare Mutter und ich liebe sie. Vom Krieg versteht sie aber nichts. Sie denkt eher, Krieg sollte es gar nicht geben, weil dabei so viele Menschen sterben. Da hat sie zwar auch recht, aber man kann sich das nicht immer aussuchen. Auch meine kleinen Schwestern brauchen jemanden, der sie beschützt.

Andere Führer der Hitlerjugend kämpfen nun in der Wehrmacht. Dadurch fehlen sie bei der Hitlerjugend. Ich erhalte immer mehr Aufgaben übertragen und führe eine Schar. Seit ich siebzehn Jahre alt bin, darf ich die Wehrmacht direkt unterstützen. Die Schulferien wurden um vier Wochen verlängert und wir sind zur Unterstützung im Westen von Deutschland stationiert. Manchmal macht es mich auch traurig, derart lange von zu Hause weg zu sein. Aber es muss sein und ist überaus wichtig, dass wir der Wehrmacht zur Seite stehen. Das kann man überall sehen und auch in der Zeitung lesen. Ich bin nun öfter mit Offizieren zusammen. Sie sind äußerst freundlich zu uns. Auch ich möchte einmal Offizier werden.

Der Krieg ist heftiger geworden. Es hat nicht gereicht, dass unsere Armee in Polen gezeigt hat, was sie kann. Wir kämpfen nun auch im Westen und Norden. Wir siegen. Wir haben die stärkste Armee der Welt! Ich bin stolz auf diese deutsche Armee. Meine Mutter macht sich allerdings immer mehr Sorgen und hofft, dass das mit dem Krieg schnell vorüber ist. Trotzdem, ich bin fest entschlossen, zur Wehrmacht zu gehen. Die Schule wird immer unwichtiger für mich. Zwar bin ich weiterhin ein guter Schüler, doch ich möchte Deutschland da dienen, wo es mich am nötigsten braucht. Und wenn ich an unser Haus, die Familie, das Dorf und die Stadt denke, dann bin ich bereit, dies alles zu verteidigen.

Der Krieg geht weiter. Ich habe mit unserem HJ-Führer gesprochen, dass ich zur Wehrmacht will. Ich bin zwar noch nicht achtzehn, aber es ist nur noch eine kurze Zeit bis zu meinem Geburtstag. Er hat gute Kontakte zur Führung und hat mich empfohlen. Er meinte, dass Deutschland genau solche Männer wie mich braucht. Ich fand es toll, dass er mich als Mann bezeichnet hat. Ich bin jetzt alt genug, meinen Teil zu übernehmen! Ich bin bereit, mich einzusetzen. Wir haben bei der HJ schon mit Karabinern geschossen und gelernt, wie man sich in einem Gefecht verhält.

Manchmal habe ich auch ein wenig Furcht davor. Ich glaube, es ist keine Angst, dass ich im Krieg falle. Dazu bin ich bereit. Ich denke daran, wie es ist, auf einen Menschen zu zielen und dann abzudrücken. Das habe ich mir vorgestellt, als wir auf dem Schießstand waren und dort auf Figuren zielten. Wenn das nun ein echter Mensch wäre. Natürlich ist es ein

Feind, aber doch auch ein Mensch. Vielleicht weiß er ja nicht, dass er im Unrecht ist. Aber als Soldat darf man sich solche Gedanken nicht machen. Trotzdem, manchmal wache ich nachts auf, und dann bin ich total erschrocken von der Idee, einen anderen Menschen zu töten. Da kann ich meine Mutter gut verstehen.

Es hat geklappt. Ich bin bei der Wehrmacht. Der Abschied von zu Hause war schwer. Meine Mutter hat geweint und wollte mich gar nicht gehen lassen. Meinen Schwestern habe ich versprochen, ihnen etwas Schönes mitzubringen. Sie haben all ihren Freundinnen erzählt, dass ihr Bruder jetzt Soldat ist. Ich werde eine Ausbildung zum Offizier machen. Ich hätte nie gedacht, dass meine Träume so schnell wahr werden könnten. Mein Vater ist sehr stolz auf mich. Zum Abschied hat er mir ganz feierlich die Hand gegeben und »Für Ehre und Vaterland« gesagt. Ich werde ihm zeigen, dass er zu Recht so auf mich schaut. Wir sind nach der Ausbildung nach Jugoslawien verlegt worden. Ich bin nun Fähnrich und bei der Artillerie. Ich bin einem Leutnant zugeordnet.

Als wir in Jugoslawien angekommen sind, war von Krieg nicht viel zu spüren. Unsere Armee hat den Feind vernichtend geschlagen. Jugoslawien hat kapituliert. Allerdings gibt es einige Gruppen von Partisanen, die ganz hinterhältig kämpfen. Sie überfallen immer wieder unsere Soldaten und haben auf diese Weise bereits viele Waffen erbeutet. Wir werden versuchen, sie aus ihren Rückzugsräumen zu vertreiben und es wird uns gelingen. Da bin ich sicher!

Seit unserer Ankunft sind einige Wochen vergangen. Ich habe nach Hause geschrieben, dass es mir gut geht und niemand sich zu sorgen braucht. In einigen Monaten haben wir hier Ordnung geschaffen. Meine Mutter hat mir sofort geantwortet. Sie war voller Freude, dass ich nicht in Kriegsgeschehen verwickelt bin. Sie hat den Brief mit der Hoffnung beendet, mich bald wieder unversehrt in die Arme nehmen zu können.

Ich denke öfter an den Brief von meiner Mutter und trage ihn immer in der Brusttasche meiner Uniform. Ich hoffe, sie macht sich nicht zu viele Sorgen. Manchmal wäre ich auch gern wieder zu Hause. Doch hier gibt es Wichtigeres zu tun. Unser Zug ist bereits in Gefechte verwickelt worden. Einige Kameraden sind gefallen, andere verwundet. Das ist traurig. Aber wir müssen hart sein. Es ist ungeheuer schwer, die Partisanen zu erwischen. Wir schießen zwar unsere Artilleriegeschosse auf ihre Stellungen, aber diese wechseln derart schnell, dass der Erfolg gering ist. Außerdem werden die Partisanen von den Bewohnern der Gegend unterstützt. Unser Leutnant hat der Bevölkerung bereits strengste Strafen angedroht, wenn das so weitergeht. Vor Kurzem wurden zwei Männer erschossen, weil sie offensichtlich Partisanen bei sich im Haus versorgt hatten. Es ist brutal, Derartiges mitzuerleben, aber es muss wohl sein. Ich glaube, die Bevölkerung ist uns gegenüber feindlich eingestellt. Dabei sind wir doch hier, um Ordnung und Sicherheit zu garantieren. Das wollen sie nicht sehen.

Gestern hatten wir ein schweres Gefecht. Unsere Artillerie war erfolgreich. Wir konnten eine Stellung der Partisanen zerstören. Das war ganz wesentlich mein Erfolg. Ich hatte sie entdeckt, wie sie im Wald ihre Stellung aufbauten. Wir haben unser Geschütz aufgestellt und gleich die erste Granate war ein Volltreffer. Sieben Tote haben wir gezählt. Sie hatten deutsche Karabiner und einen Mörser. Alles geklaut. Ich habe angeordnet, sie zu begraben, auch wenn es Feinde sind. Der Anblick der Toten ist belastend. Tag für Tag geht es weiter. Immer diese Unsicherheit, ob jemand auf dich schießt.

Wir sind auf eine Gruppe Zigeuner getroffen. Sie wollten fliehen. Da haben wir auf Befehl des Leutnants das Feuer eröffnet. Viele Tote! Eine ältere große Zigeunerin war nur verwundet. Unser Leutnant hat ihr einen Kopfschuss versetzt. Ihr Blick geht mir nach. Als sie auf dem Boden lag, so verwundet, hat sie mich angeblickt. Das ist mir durch Mark und Bein gegangen. Der Blick war entschlossen und um Hilfe bittend. Sie wollte noch leben. Neben ihr, das waren wohl ihre Kinder. Dass ich auf diese Menschen geschossen habe, verfolgt mich. Immer wieder sehe ich das Bild vor mir. Die Überlebenden haben wir durchsucht und dann laufen lassen. Man sagt allgemein, die Zigeuner hätten nichts mit den Partisanen zu tun. Es ist schlimm, auf Menschen schießen zu müssen. Solche Erlebnisse kann ich auch nicht nach Hause schreiben.

Vor Kurzem mussten wir ein Dorf niederbrennen. Partisanen haben sich dort versorgt. Eine Dorfbewohnerin konnte deutsch und hat mich angeschrien. Sie hat mich verwünscht, für das Unglück, das ich über sie und das Dorf bringe. Ihre Blicke waren voller Hass. Vielleicht hat sie ja recht? Ich frage mich, was das hier eigentlich mit Deutschland zu tun hat? Die Menschen wollen uns nicht. Es ist ein großes Leid, das dieser Krieg verursacht.

Nachts erscheinen mir die Bilder von den Toten. Insbesondere die Zigeuner. Die Kinder, die bei der Leiche ihrer Mutter geweint haben. Natürlich hassen sie uns. Krieg kann wahnsinnig brutal sein. Ich frage mich, ob ich ein Recht habe, diese

Menschen zu töten? Es geht immer so weiter. Wir zerstören und töten. Wir werden angegriffen und rächen uns. Das ist schrecklich.

Einer von unserer Truppe ist desertiert. Wir haben ihn dann wieder erwischt. Dorfbewohner haben ihn verraten, nachdem wir mit der Erschießung aller Männer gedroht haben. Er wurde sofort exekutiert. Eigentlich kann ich gut verstehen, dass er abgehauen ist. Was soll das hier alles?

Nach Hause schreibe ich kaum noch. Was kann ich denn sagen? Es ist so sinnlos! Ich habe ein trauriges Gedicht über den Tod verfasst. Es zu lesen tröstet mich. Als ich es geschrieben habe, musste ich weinen. Gut, dass mich niemand gesehen hat. Andererseits habe ich gedacht, dass ich ein Recht habe zu weinen. Es geschieht Furchtbares!

Soldatentod

Tod, mein Freund in Uniform.
Tod, mein Herr für dich gebor'n.
Mit schnellem Griff bist du zugegen.
Ein Augenblick, dann war das Leben.

Du kennst die Trauer, siehst den Schmerz.
Du kennst der Menschen gebrochen Herz.
Du siehst die Tränen der Mütter fließen.
Du siehst die Toten die Augen schließen.

So erwart' ich dich, dass du mich holst.
In jungen Jahren mich nicht verschonst.

Hans Eibler

Der Tod kann auch ein Freund sein. Den ersten Brief meiner Mutter trage ich immer bei mir. Ich denke, mein Vater kann sich gar nicht vorstellen, wie hier der Krieg ist.

Wir sind wieder im Gefecht. Diesmal starker Beschuss durch Mörsergranaten. Schwer zu sagen, wo die Stellungen der Partisanen genau liegen. Wir müssen dagegen halten. Wir müssen töten. Ich verlasse trotz Beschuss den Unterstand. Entweder wir können genauer orten, wo die feindlichen Stellungen sind, oder wir brauchen gar nicht zurückzuschießen. Irgendjemand muss sich hier einen Überblick verschaffen.

Ich höre ein Pfeifen in der Luft. Ich spüre ein Stechen im Kopf. Ein Brennen im Unterleib. Ich liege auf dem Boden. Stille tritt ein. Ich weiß nicht, wie viel Zeit vergangen ist. Das Gefecht ist vorbei. Weitere Kameraden sind gefallen. So viele Tote! Ein Granatsplitter ist links durch meinen Helm in den Kopf eingedrungen. Ich war sofort tot.

Ich blicke von oben herab, sehe mich in meinen schwarzen Stiefeln und der grünen Uniform auf der Erde liegen. Ich will hier weg. Ich bin zwanzig Jahre alt geworden. Ich will nichts mehr mit diesem Leben zu tun haben, alles hinter mir lassen und neu anfangen. Mein Körper liegt auf dem Boden – fast unversehrt, nur an Kopf und Unterleib verletzt.

Sie werden ihn begraben. Sie werden meine Eltern benachrichtigen – für Deutschland gefallen. Dieses Leben ist vorbei und ich bin froh darüber. Habe ich nicht den Unterstand verlassen, um all dem ein Ende zu setzen?

Was ist geblieben? Die Toten! Sie blicken mich an. Ein ganzer Haufen Toter liegt vor mir. Meine Toten! Ich habe sie getötet. Sie wissen das. Was soll ich ihnen sagen? Sie und ihre Angehörigen mussten furchtbar leiden. Ich sehe die Blicke der Toten. Ich sehe die tote Zigeunerin.

»Du hast mich schwer verwundet«, sagt sie. »Deshalb musste ich sterben.«

Ja, das ist wahr. Durch meine Granaten und Gewehrkugeln sind diese Menschen getötet worden. Ich spüre den Hass der Angehörigen, die solch großen Schmerz erfahren haben.

»Ihr seid meine Toten und das ist das Leid, das ich angerichtet habe. Ihr habt ein Recht, mich zu hassen. Ihr habt ein Recht, mich anzuklagen.

Doch ich will mit euch sprechen: Wir gehören zusammen. Wir haben erfahren, was Leid bedeutet. Lasst uns einander in die Arme nehmen, nun, wo wir tot sind.«

Der Sturm der Elemente

Sieh den Sturm und hör' sein Rauschen,
wilder Tanz und sanftes Lauschen.
Es bildet sich in dieser Welt
ein Baum, ein Tier, bis es zerfällt.

Ein Mensch entsteht und auch vergeht,
die Asche wird vom Wind verweht.

Geist und Erde sich so finden,
aneinander sie sich binden
für die Zeit, die wird gegeben,
für ein langes, kurzes Leben.

Alle Teile von dem Ganzen
sich in wildem Spiel umtanzen.
Spürt, dass starke Kräfte bauen,
weiter als ein Leben schauen.

Jugend, Aufbruch und ernste Gedanken
Die siebziger Jahre

Lars spielt weiterhin mit seiner Marsfähre. Ich schaue ihm dabei zu, wie er immer wieder neue Möglichkeiten entdeckt, sie durch den Raum zu steuern. Ganz vertieft wirkt er in das Geschehen. Ich betrachte den Weihnachtsbaum. Ein wenig Melancholie erfasst mich, angesichts der Erinnerungen, die in mir hochgestiegen sind. Wie lange ist das her! Das Erleben auf dem Soldatenfriedhof im Elsass. Meine Gedanken kehren dorthin zurück.

Damals hat mich wenig beeindruckt, was mir auf dem Friedhof begegnet ist. Die Geschichte, die ich gesehen habe, sie kam mir selbstverständlich vor. Später habe ich gelernt, dass tiefe Veränderung ganz unspektakulär erlebbar ist, wenn geschieht, was geschehen soll.

Es war nicht die Zeit, mir allzu viele Gedanken zu machen. Es waren die siebziger Jahre. Neue Ideen kamen in das Leben. Es gab keinen Bereich, der hiervon verschont blieb. Wir Jungen waren uns einig: Die Welt sollte sich ändern. Unsere Eltern hatten unendlich viel falsch gemacht: Gewalt, Krieg und Unterdrückung mussten überwunden werden. Da waren die Familie und Ehe. Wer benötigt die Zustimmung des Staats oder gar der Kirche für sein Zusammenleben mit einem Partner? So war unsere Haltung.

Das barg auch Widersprüche. Ich erinnere mich an eine Freundin, die von den Verhältnissen in Australien schwärmte. Später ist sie zusammen mit ihrem Freund dorthin ausgewandert. Rosi erzählte jedenfalls ganz enthusiastisch: »Weißt du, Kristin, in Australien haben unverheiratete Paare viel mehr

Rechte als in Deutschland. Sie sind Verheirateten fast gleichgestellt.« Rosi schaute begeistert. Ich wollte sie nicht kränken und fragen, warum sie denn dann nicht in Deutschland heiratete, um hier den gleichen Status in ihrer Beziehung wie in Australien zu haben.

Aber so war unsere Welt. Das Alte hatte keinen Wert. mehr. Worte und Ideen schwappten aus den USA zu uns herüber. Das Wassermannzeitalter war angebrochen, New Age, wir lasen die Bücher von Carlos Castaneda. Sein »Die Lehren des Don Juan« war gerade erschienen. Wilhelm Reich mit seinen verrückten und zugleich faszinierenden Ideen von Ufos und Regenmachen sowie später auch Thorwald Dethlefsen mit »Das Leben nach dem Leben« oder »Das Erlebnis der Wiedergeburt« gehörten zu unserer Literatur. Buddhismus und Hinduismus beschäftigten uns. Nirwana war ein stehender Begriff für eine völlig andere Vorstellung von der Welt. Was wussten wir aber wirklich darüber? Vielleicht hatten wir »Siddhartha« von Hermann Hesse gelesen, von Gurus und Ashrams gehört. Wer hätte nicht mal gerne nach Indien fahren wollen? Doch andererseits, diese Welt war auch weit, weit weg.

Doch zurück zu unserem Ausflug in das Elsass. Am Tag nach dem Besuch des Friedhofs machten Hilde, Traude, Uli, Rolf, Karlheinz, Bruno und ich uns auf zu einer langen Wanderung zum Grand Ballon. Die meisten von uns kannten sich vom Studium. Mit Uli und den anderen Jungs lernte ich zusammen in einer Arbeitsgruppe. Hilde war die Freundin von Uli und Traude die beste Freundin von Hilde. Die beiden machten gerade an der Unibibliothek ein Praktikum für ihre Ausbildung zur Bibliothekarin. So hatte sich dieser Kreis ergeben.

Wir waren ziemlich abgekämpft, als der letzte Anstieg zum Gipfel vor uns lag. Karlheinz meinte, an unserer Erschöpfung sei allein die Schwerkraft schuld. Die Jungs hatten sich bereits zuvor über die Relativitätstheorie und Gravitation unterhalten.

Karlheinz redete weiter: »Es ist doch total unverständlich, dass es so etwas gibt, was uns ohne Unterlass zum Mittelpunkt der Erde zieht. Man kann es nicht sehen, riechen oder hören, man spürt nur, wie es zieht. Gewaltig zieht! Und niemand weiß eigentlich, was das ist und wie es funktioniert.«

Obwohl ich mich wirklich ganz matt fühlte, horchte ich auf.

Rolf unterbrach Karlheinz: »Das liegt am Schwerkraftfeld«, meinte er fachmännisch.

Das wollte Bruno nicht so stehen lassen. Er hatte sich etwas näher mit der Relativitätstheorie beschäftigt.

»In der Relativitätstheorie gibt es kein Schwerkraftfeld. Die Gravitation ist vielmehr eine Eigenschaft der Raumzeit. Im Modell krümmt sie diese und Zeit und Raum verändern sich dadurch«, meinte er.

Jetzt trat erstmal Stille ein. Wir marschierten weiter bergauf. Ich denke, keiner von uns konnte sich etwas unter Raumzeit vorstellen. Es klang aber gut.

Uli dauerte das Schweigen zu lange und er meinte: »Wir alle haben Schwerkraft, weil wir alle Masse haben.«

Er schaute ganz ernst, als hätte er einen großen Gedanken verkündet.

Da begann Bruno zu singen: »Brüder zur Freiheit gegen die Schwerkraft, Brüder zum Grand Ballon empor.«

Bruno kam aus der französischen Schweiz und das war deutlich zu hören, als er sein Lied intonierte. Er entstammte reichen Verhältnissen. Sein Vater hatte eine große Mühle bei

Genf. Wir fielen in seinen Gesang ein. Es dauerte eine ganze Weile, bis wir uns wieder beruhigt hatten.

Dann meinte Bruno: »Es ist genau so. Jeder hat Schwerkraft. Jeder ist also eine Eigenschaft der Raumzeit. Das ist doch toll! Das gibt uns Unendlichkeit. Schwerkraft kann nichts und niemand aufhalten. Sie wirkt auf Ewigkeit in den Kosmos fort.«

Wir staunten. Was war das jetzt?

Rolf ergänzte, vor Anstrengung leicht keuchend: »Wir sind unsterblich!«

Karlheinz meinte: »Das kann man sich doch gut vorstellen – unsere Raumzeit-Eigenschaft. Unsere Masse schafft Schwerkraft. Was einmal an Schwerkraft von uns geschaffen wurde, kann nie mehr vergehen.«

Das Gespräch war wieder ernster geworden.

Bruno meldete sich noch mal: »Wir verewigen uns für alle Zeit. Die Frage ist nur, ob es eine individuell unterschiedliche Wirkung gibt, die nur ich und niemand sonst verursachen kann?«

Das war der Auslöser für Uli, das Wort zu übernehmen: »Mein Einfluss ist total individuell«, meinte er. »Nicht nur, dass meine Masse laufend schwankt, jede Millisekunde, und keiner mir das gleichtun kann. Insbesondere jetzt, wenn ich hier schwitze wie eine Sau.«

Uli sprach ein ziemlich breites Schwäbisch. »I denk, au moi Gefiehl und moine Gedanke verändere die Raumzeit-Eigeschaft von mir.«

Das gefiel uns. Hatten wir doch begründet, warum unser Sein in Ewigkeit weiter existiert. Wir einigten uns darauf, dass unsere Schwerkraft eine individuelle Spur schafft, die nicht gelöscht werden kann. So klein die Wirkung auch sein mochte, zum Beispiel im Verhältnis zu den Gestirnen, so gab es sie doch. Wir fanden es durchaus logisch, dass unsere Schwerkraftspur ganz individuell beschaffen sei. Denn unsere Gedanken und Gefühle hätten bestimmt einen Einfluss. Diese Raumzeit-Eigenschaft, die wir geschaffen hatten, würde sich durch Raum und Zeit bewegen und auch wieder mit der von anderen Menschen kreuzen. Bruno hat dann noch ergänzt, dass auch masselose Photonen die Raumzeit krümmen, wir somit mit der Idee des Einflusses unserer Gedanken und Gefühle nicht so falsch lägen. Zufrieden mit unserer Vorstellung, warum jeder Mensch auf Ewigkeit seine Spur hinterlässt, kamen wir dann erschöpft am Gipfel an.

Der Gedanke, dass ich durch die Gravitation, die von mir ausgeht, die Welt dauerhaft beeinflusse, ging mir auf dem Rückweg zum Naturfreundehaus nicht aus dem Kopf. Raumzeit ist doch nur ein anderes Wort für Schöpfung, dachte ich. In der Bibel beginnt auch alles damit, dass Himmel und Erde, Tag und Nacht, also Raum und Zeit, geschaffen werden. Dass von uns Menschen Schwerkraft ausgeht, war nach allem, was wir wussten, korrekt. Ebenso stimmte, dass sich diese durch nichts aufhalten lässt, also immer weiter besteht. Natürlich ist das nur eine kleine Kraft, die von uns ausgeht. Aber es gibt sie, und es kam mir vor, als sei ich mit ihr auf Ewigkeit verbunden. Vielleicht, überlegte ich, ist es auch so, dass sie sich wieder mit Masse und menschlichem Leben verbindet.

Ich dachte an die vielen Menschen, die früher, heute und morgen auf dieser Erde weilten, weilen und weilen werden. Ich fühlte mich mit ihnen tief verbunden. Es war, als spürte ich unsere Erde, wie sie uns Menschen eine Heimat schuf. Die großen Kräfte um uns legen Raum und Zeit fest, und wir haben unsere kleine Rolle in dem Ganzen.

Als wir weiter zurück zu unserer Hütte wanderten und die Gespräche immer spärlicher wurden, war mir, als empfände ich die Schwerkraft ganz neu, wie sie mich zur Erde zog. Woher hat die Erde diese Kraft? Warum verbraucht sich die Kraft nicht? Wenn Licht, Wärme oder Schallwellen entstehen, dann gibt es doch eine Quelle, die Energie benötigt. Wie ist das bei der Schwerkraft? Ist das eine unbegrenzte Fülle, die sie erschafft? Die Fülle eines nicht begrenzten Lebens? All das ging mir durch den Kopf, und ich nahm mir vor, es später mal mit meinen Freunden zu besprechen.

Abends in der Hütte bei Wein, Baguette und Käse diskutierten wir heiß und leidenschaftlich alles, was uns bewegte. Es ging wild durcheinander von Freundschaften bis zu politischen Ordnungen, von der Kirche über Relativitätstheorie, Quantenmechanik bis zu Übersinnlichem. Die Welt war bunt und vielfältig, und es machte Spaß, an ihr teilzuhaben. Vieles schien möglich und alles im Wandel.

Wenn ich jetzt zurückschaue, dann ist mir noch eine Bemerkung von Karl-Heinz ganz gegenwärtig, die er nebenbei hat fallen lassen. Karl-Heinz muss eine sehr schwierige Kindheit gehabt haben. Viel habe ich nie dazu gefragt. Aber das wenige, das ich wusste, hat mir dieses Bild gegeben. Zudem war deutlich erkennbar, wie ihm das tägliche Leben eine Last war. Er war in jungen Jahren als Pflegekind in eine ihm fremde Familie gekommen.

Heute würde ich mehr dazu wissen wollen. Doch als junges Mädchen haben mich andere Dinge interessiert. Jedenfalls: Karl-Heinz hat gesagt, dass wir Menschen viel Schuld mit uns tragen. Niemand ist weiter auf diese Bemerkung eingegangen. Keiner von uns hatte Lust, sich mit eigener Schuld zu beschäftigen. Trotzdem hat mich die Szene tief berührt. Damals habe ich das überhaupt nicht mit meinem Erleben auf dem Friedhof in Verbindung gebracht. Schon eigentümlich, wenn ich heute daran denke.

Schuld, was ist das denn, frage ich mich heute. Ein Gefühl, das Unbehagen bereitet. Ein Gefühl, das nach Ausgleich schreit. Erst im Rückblick wird mir deutlich, wie schwer Schuld zu tragen ist. Der Soldat in Jugoslawien hat nach seinem Tod versucht, zu einem Ausgleich und einer Versöhnung mit den Menschen, die er verletzt hat, zu kommen. Er wollte die Menschen bewusst wahrnehmen und anerkennen. Er wollte ihnen ihre Würde und ihr Recht geben. Warum ist das derart wichtig?

»Oma, schau mal, ich lasse das Raumschiff in der Küche fliegen.«

Lars hat mich aus meinen Gedanken geholt. Konzentriert schaut er auf seinen Monitor.

»Oma Kristin, schau doch mal.«

Ich setze mich zu Lars. Die Darstellung auf dem Monitor ist schwierig zu identifizieren. Schließlich kann ich – stark im Weitwinkel dargestellt – unsere Küche erkennen. Immer wieder aus anderen Perspektiven erscheinen Kühlschrank und Spüle, Herd und Mikrowelle auf dem Bildschirm. Lars verstellt ein ums andere Mal die Blickwinkel. Die Deckenleuchte taucht auf, der Fußboden kommt näher. Alle Ecken der Küche, alle Sichtweisen auf den Raum wechseln in schneller Reihenfolge. Ich bin verwirrt. Und doch, es scheint mir wie ein Gleichnis auf unsere möglichen Perspektiven, die Welt zu betrachten. Lars weiß sich zu orientieren. Er hat das Bild der Küche in seinem Kopf und fliegt durch die Küchenwelt.

»Oma Kristin, willst du mal das Raumschiff steuern?«

Ich will nicht.

»Oma, schau, der Tisch, ich werde dort landen! Dann würden die Astronauten aussteigen und Steine prüfen oder Bakterien finden. Oma, glaubst du, dass es dort Menschen gibt? Mein Freund Wolfi hat gesagt, das gibt es. Was glaubst du, Oma Kristin? Und meinst du, dass uns andere Menschen schon mal mit ihren Raumschiffen besucht haben?«

Es sprudelt nur so aus Lars. Was ihm da alles durch den Kopf geht.

Ich sage: »Ja.«

»Ja, was?«, fragt Lars.

»Ich kann mir gut vorstellen, dass es im Weltall Wesen so ähnlich wie Menschen gibt, und warum soll es nicht auch welche geben, die in der Lage sind, unsere Erde zu besuchen. Allerdings kann es natürlich auch sein, dass sie noch nie auf der Erde waren, es gibt ja viele Planeten.«

Keine sehr intelligente Antwort, die ich da gebe. Doch Lars nickt zufrieden. Für ihn ist das Thema erst mal erledigt und er widmet sich der Landung auf dem Esszimmertisch.

Mein Mann hat mal gemeint, dass wir in den letzten hundert Jahren derart große Fortschritte in der Technik gemacht hätten, weil es gelungen sei, verlässliche Gesetze zu formulieren, auf deren Geltung man bauen könne. Das sei der große Fortschritt, den die moderne Naturwissenschaft gebracht habe. Mit den heutigen wissenschaftlichen Methoden hätten wir es geschafft, tiefe Einblicke in die Materie zu erhalten. Die materiell nicht so leicht fassbare Wirklichkeit sei dabei in den Hintergrund getreten.

Ich beobachte Lars, wie er sich am Monitor orientiert. Warum kann er das so gut und ich nicht? Er hat ein festes Modell vom Raumschiff in der Küche im Kopf. Er weiß genau, welche Einstellung der Steuerung welche Bewegung des Raumschiffs verursacht. Er macht den Eindruck, sich bei seinem Handeln absolut sicher zu sein.

Ich antwortete meinem Mann damals: »Joe, ganz deiner Meinung. Ich denke, wir Menschen brauchen in jeder Lebenslage einen festen Grund. Es macht uns Angst, wenn alles möglich scheint. Wir wollen in einer sicheren und verlässlichen Ordnung leben. Je mehr wir die Welt auf das beschränken, was wir von ihr zu verstehen meinen, desto sicherer erscheint sie uns. Natürlich wird dabei unser Horizont immer kleiner. Doch in dieser kleinen Welt funktioniert alles auf die Weise, dass wir es verstehen.«

Joe nickte. Es war schön, solche Gedanken zu äußern und zu wissen, er würde nicken. Ich fühlte mich aufgehoben bei ihm. Mit ihm kann ich über vieles sprechen. Dafür liebe ich ihn.

Er fragte mich: »Kristin, hast du Angst vor dem Sterben?«

»Ich weiß nicht«, antwortete ich ihm. »Vielleicht, es ist noch zu weit weg.«

Ich war zu jener Zeit einundvierzig Jahre alt.

»Wer weiß schon, was nach dem Tod kommt? Niemand weiß das. Ist einfach alles vorbei? Gehen wir in eine andere Existenz über? Ist es wie eine Geburt? Es gibt viele Möglichkeiten. Ja, das kann schon Angst machen, gar nicht zu wissen, was einen erwartet. Vielleicht ist das Einfachste zu sagen, es ist Schluss. Dann sind alle Fragen beantwortet, du musst dir keine Gedanken machen und die Welt hat ihre feste Ordnung. Andererseits, das ist ganz ohne Hoffnung. Und das Leben wird reich durch Hoffnung. Will ich darauf verzichten?«

Joe hörte mir zu. Ich konnte ihm ansehen, wie es in ihm arbeitete.

Ich fuhr fort: »Weißt du, ich denke, wenn Menschen älter werden und dem Sterben nahe kommen, dann haben sie – allerdings in keiner Weise bewusst – eine Ahnung, was da kommen wird. Das gibt ihnen ein Gefühl von Sicherheit. Das ist jedenfalls meine Beobachtung.«

Es wunderte mich damals, dass wir in derart tiefe Gedanken gekommen waren. Aber ist es nicht oft so, dass sich in uns vorbereitet, was erst später als Erfahrung ins Leben tritt? Jedenfalls erinnerte ich mich an dieses Gespräch, als ich einige Wochen später eine faszinierende Begegnung hatte.

Ich unterrichtete alle vierzehn Tage einen Literaturkreis. Die Teilnehmerinnen, es nahmen nur Frauen teil, waren ganz unterschiedlichen Alters. Wir arbeiteten uns durch die Werke einzelner Autoren. Ein Autor stand für eine lange Zeit im Mittelpunkt. Wir versuchten den historischen Hintergrund, die Zeit, die Kultur und Gesellschaft zu verstehen. Gut zu erkennen war, wie dies die Literatur geprägt hatte. Vor diesem Hintergrund wurde das Eigene jedes Buchs umso deutlicher. Ich gab den Teilnehmerinnen auch auf, selbst kurze Geschichten, die in der gerade betrachteten Epoche spielten, zu schreiben. Geistreiche, witzige und hintergründige Texte entstanden auf diese Weise. Es war, als würden wir kurz in dieser Zeit leben.

Nach einem der Abende sprach mich Konstanze, eine der älteren Teilnehmerinnen, an. Ich kannte sie bereits seit einigen Jahren.

»Ich habe zwei Geschichten geschrieben«, sagte sie. »Gerne möchte ich dir diese vorstellen. Hast du Lust auf ein Treffen bei mir zu Hause? Der Inhalt ist zu privat, denke ich, um ihn in diesem großen Kreis zu präsentieren.«

Ich war ein wenig erstaunt, sagte aber spontan zu.

Konstanze hatte das Wohnzimmer gemütlich gestaltet, als ich bei ihr eintraf. Kleinigkeiten zum Essen waren vorbereitet und eine Flasche Wein geöffnet. Als wir zusammensaßen, begann sie sofort zu erzählen.

Seit dem Tod ihres Mannes, vor knapp zwei Jahren, hatte sie entdeckt, dass sie in anderen Menschen so etwas wie deren Vorleben erkennen konnte.

Sie erzählte mir: »Ich kann nun viel besser verstehen, was mich und meinen Mann zusammengebracht hat. Das Schöne und auch die Schwierigkeiten in unserem Leben haben einen tieferen Sinn erhalten. Durch dieses Erleben mit meinem Mann hat sich für mich eine andere Sicht auf das Dasein von uns Menschen ergeben. Ich sehe, wie jeder eine lange Geschichte in sich trägt, die über Kindheit und Geburt hinausreicht. Angeregt durch unseren Literaturkreis sind zwei Aufsätze entstanden, die ich als frühere Leben von dir ansehe. Das möchte ich aber nicht im größeren Kreis vorlesen und besprechen.«

Ich hatte bereits am Anfang unserer Bekanntschaft Konstanze mein Erlebnis auf dem Soldatenfriedhof erzählt, als ich in eine frühere Existenz eingetaucht war. Es war mir spontan in den Sinn gekommen. So ist es manchmal, wenn man mit anderen

Menschen zusammen ist, dass sich bestimmte Themen einstellen. Wir hatten eine ganze Weile über den Zweiten Weltkrieg gesprochen und was es für junge Menschen bedeutete, als Soldat kämpfen zu müssen.

»Wie hast du dich damals in Jugoslawien gefühlt?«, hatte sie gefragt.

Eine große Einsamkeit war in mir hochgestiegen. Das Leben als Soldat war über die Maßen einsam. Ich konnte fast nicht sprechen und die Tränen standen mir in den Augen, als ich daran dachte.

»Mein Zuhause war weit weg. Ich habe mich so sehr nach meinen Eltern und Schwestern gesehnt«, antwortete ich. »Am Abend habe ich in Gedanken mit ihnen gesprochen. Ich war doch noch fast ein Kind. Ich bin immer stiller geworden und habe meine Pflicht getan. Vor mir selbst und den anderen wollte ich meine Gefühle nicht zeigen. Ich wollte tapfer und ein guter Soldat sein. Meine Seele hat das tief verletzt. Heute würde ich sagen, ich war in einer Depression. Es hat furchtbar wehgetan, als Soldat derart alleine zu sein.«

Konstanze fragte mich auch, ob ich Schuldgefühle empfände, wenn ich an dieses Leben dächte. Da fiel mir wieder ein, wie damals Karl-Heinz an dem Abend in der Hütte im Elsass davon gesprochen hatte, dass wir Menschen viel Schuld in uns tragen. Ich erzählte Konstanze, was mir durch den Kopf ging. Wie schwer Schuld zu tragen ist und wie sehr sie nach einem Ausgleich verlangt.

Konstanze antwortete: »Das mit der Schuld ist eine besondere Sache. Es scheint immer um einen Ausgleich – vielleicht auch höhere Gerechtigkeit – zu gehen. Dein Fall kommt mir offensichtlich vor: Der Soldat hat anderen Menschen großes

Leid zugefügt. Manchmal ist die Frage der Schuld aber auch viel schwieriger zu verstehen.«

Konstanze legte eine Pause ein. Sie schien an ein sehr schmerzhaftes Ereignis zu denken. Es kostete sie offensichtlich Kraft, ihrer Stimme wieder den vollen Klang zu geben.

Dann fuhr sie fort: »Es ist nun schon dreißig Jahre her. Ich befand mich mit meiner besten Freundin Erika zu meinem ersten Skiurlaub in den Alpen. Das war für uns eine einzigartige Sache. Immer wieder hatten wir über so einen Urlaub gesprochen. Skifahren war damals etwas ganz Besonderes. Die Alpen, der Schnee, es war einfach wunderbar. Wir haben das in vollen Zügen genossen. Wir hatten uns eine lange Skitour vorgenommen. Lifte und dergleichen gab es noch kaum. Morgens ganz früh sind wir mit Fellen an den Skiern den Hang aufgestiegen. Fast drei Stunden hat das gedauert. Als wir am Ziel angekommen waren, lag das Tal mit dem kleinen Dorf wie Spielzeug unter uns. Vor uns der wunderbare Schnee. Die Sonne hat in den Hang geschienen. Erika ist vorausgefahren. Ich schräg am Hang hinterher. Wir kamen zu einer langgestreckten Mulde. Da ist es geschehen! Unter mir hat sich ein Schneebrett gelöst. Ich bin gestürzt, blieb dann aber im Schnee liegen. Die herabgleitenden Schneemassen haben Erika erfasst, mitgeschleift und begraben. Sie hat das nicht überlebt.«

Wieder machte Konstanze eine Pause und atmete schwer.

»Ich habe mich vollkommen schuldig gefühlt. Warum war sie gestorben und mir war nichts passiert? Ich dachte, es wäre mir im Leben nie wieder erlaubt, glücklich zu sein. Ihr Tod schien mir ungerecht und grausam. Jahrelang habe ich gelitten. Bis ich mit der Zeit gelernt habe: Ich kann ihr Unglück nicht durch mein Leiden ausgleichen. Sie war tot und ich lebte. Erika hätte gewollt, dass ich Freude in meinem Leben habe. Jeder von uns hat sein Schicksal. Wir müssen das anerkennen. Ich muss ihren Lebensverlauf anerkennen. Das zu verstehen war ein schwieriger Weg.«

An dieses Gespräch erinnerte ich mich, als wir in ihrem Zimmer saßen. Konstanze hatte ihre Aufschriebe vor sich hingelegt und wandte sich an mich.

»In der ersten Geschichte, die ich dir vorlesen möchte, geht es um deine Beziehung zu Lateinamerika«, sagte sie.

Wir hatten schon öfter über meine Reisen nach Mittelamerika und die Freundschaften, die sich dabei ergeben hatten, gesprochen.

Ich war überrascht, spürte aber zugleich viel Vertrauen zu Konstanze. Sie wusste manches, was mir wichtig war. Ich wollte hören, was sie zu sagen hatte.

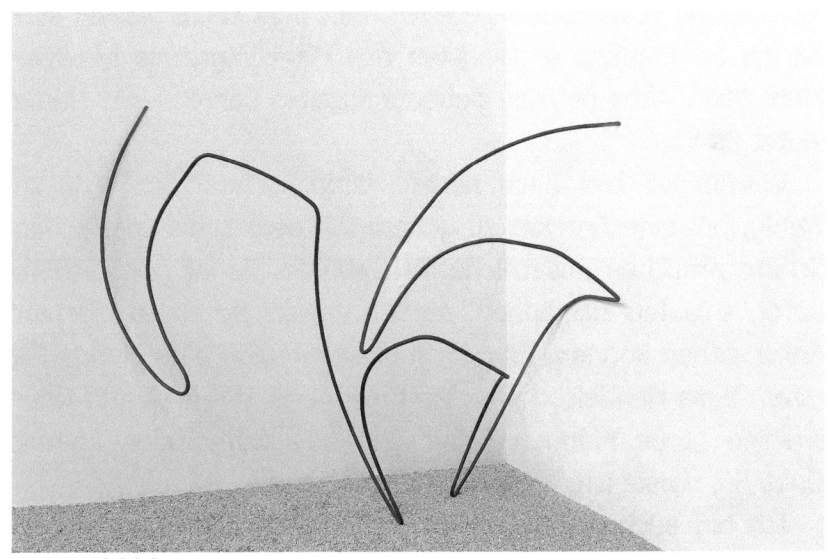
FLOR I 2006

Seemann in der neuen Welt
Neuspanien von 1730 bis 1804

Wir schreiben das Jahr 1767. Nach langer Fahrt ankert unser Schiff an der Küste. Wir haben den Auftrag zu prüfen, ob sich in dieser Gegend eine Bucht als Hafen eignet. Mit zwei Schiffen sind wir nach Süden gesegelt. Seit über sechs Jahren stehe ich als Matrose in Diensten des Vizekönigreichs Neuspanien. Mein Alter beträgt siebenunddreißig Jahre. Mein Name lautet Rodrigo.

Warum wir hier nach neuen Häfen suchen? Ich weiß zu wenig, um eine Antwort zu geben. Ich denke, die spanischen Schiffe brauchen zusätzliche Stützpunkte. Es ist gut, sichere Häfen anlaufen zu können. Auch Kriegsschiffe sollen hier vor Anker gehen können. Es gibt in dieser Region eine Menge Piraten. Viele Handelsschiffe sind unterwegs. Wir finden in Neuspanien große Mengen Silber und aus dem Süden kommt Gold. So, denke ich, ist das alles.

Ich bin auch Soldat. Wenn wir in neue Landstriche kommen, ist es wichtig, dass wir Soldaten mit unseren Waffen dabei sind. Immer wieder greifen Indios die Spanier an. Oft brauchen auch die Padres unseren Schutz. Und wenn die Indios nicht arbeiten wollen, dann müssen wir ihnen zeigen, dass wir stärker und mächtiger sind als sie.

Heute ankern wir in einer Bucht. Sie ist in einem fast runden Bogen wie ein Halbmond geschwungen und hat einen weißen Strand. Wir können vom Schiff aus weit in die Landschaft schauen. Es wundert mich, dass die kleinen Hügel, die wir sehen, derart karg bewachsen sind. Wenig grün, alles wirkt braun. Der Kapitän wird schon wissen, was er hier will.

Nach zwei Tagen in der Bucht geht es endlich an Land. Gut vierzig Mann steigen in die Boote. Wir rudern los. Wir wollen die Region hinter der Bucht erkunden. Entscheidend ist, ob wir Wasser finden können. Einige leere Fässer haben wir mitgenommen. Das Wasser auf dem Schiff schmeckt zunehmend schlechter. Es kann einem furchtbar übel davon werden. Viele von uns haben Bauchkrämpfe und Durchfall. Das ist hier ein richtiges Elend. Wenn ich mich nach etwas sehne, dann nach klarem, frischem Wasser.

Wir sind mit unseren Booten am Strand angekommen. Auf solche Ausflüge freue ich mich. Ich finde es aufregend, Neues zu entdecken und bin bekannt für meine Ausdauer. Der zweite Offizier leitet die Erkundung. Er ist vorsichtig. Er will sicher sein, dass uns keine Indios überraschend angreifen können. Der Offizier schickt mich als Wache und zur ersten Erkundung gute 300 Meter ins Landesinnere. Die restlichen Männer bleiben am Strand. Sie packen die Boote aus und bauen einen kleinen Schutzwall auf.

Ich gehe die Böschung zur Kuppe eines Hügels hoch. Meine ockerfarbene Hose passt zur Erde. In der Ferne sieht das Gelände wie Ackerland aus. Vielleicht hat der Kapitän deshalb hier geankert. Wo Menschen leben, da gibt es Wasser und Verpflegung.

Ich trage ein rostrotes Hemd und einen dunkelbraunen Umhang. Wie schön es ist, wieder Erde unter den Füßen zu spüren. Schuhe habe ich keine. Die Waffen sind noch am Strand. Wunderbar dieser Blick über die Landschaft mit den braunen Hügeln! Weiter hinten, das könnten trockene Maisfelder sein. Es ist früh am Morgen, aber die Sonne beginnt bereits heiß zu scheinen. Ich verliere mich in Gedanken, schaue auf den warmen und leicht feuchten Boden, höre ihn. Er ist so anders als das Meer.

Hinter mir in meinem Rücken, es klingt nach wildem Laufen! Ich drehe mich um und sehe Indios zu den Booten am Strand rennen. Eine große Gruppe Indios mit Waffen! Sind da nicht auch Frauen dabei? Ich stürme los und schreie so laut ich kann: »Indios! Indios!« Ich muss die Boote erreichen! Die Angreifer kommen von der rechten Seite, an der die Büsche und Palmen stehen. Sie bilden einen Halbkreis. Jetzt haben unsere Leute sie auch entdeckt. Sie schieben die Boote hastig zurück ins Wasser. Es sind zu viele Indios und sie sind schon zu nah, als dass wir sie noch aufhalten könnten. Unsere Musketen liegen noch in den Booten. Gerade sollte eine kleine Verteidigungsstellung aufgebaut werden. Dazu kommt es nicht mehr. Nichts wie zurück zu den Schiffen! Ich renne, was ich kann. Ich könnte es gerade noch schaffen, die bereits auf dem Wasser schwimmenden Boote zu erreichen. Da trifft mich ein Schlag am Kopf.

Mein Körper liegt am Strand. Um mich herum einige tote Kameraden. Am Kopf habe ich eine tiefe Wunde. Eine dieser scharfen Steinäxte hat mich getroffen. Mein Kopf ist voller Blut. Die Boote haben die Schiffe bereits erreicht. Die erste große Aufregung ist vorbei. Es war ein kurzer Kampf. Von oben herab sehe ich die Indios um mich herumstehen. Sie schleifen mich zur Strandböschung. Sie halten mir eine Kalebassenschale zum trinken an den Mund. Ich weiß nicht, was mit mir ist. Bin ich tot?

Mein Blick geht zurück. Im Jahre 1730 wurde ich in einer kleinen Hafenstadt an der Küste Portugals etwas nördlich von

Porto geboren. Mein Vater hatte ein Handelsgeschäft. Hauptsächlich mit England hat er Handel betrieben. Ich bin in einem großen Haus aus Stein, das direkt am Hafen lag, aufgewachsen. Ich lernte Lesen, Schreiben und Rechnen. Mit achtzehn Jahren habe ich das Elternhaus verlassen, um als Matrose auf einem Schiff die erste Reise nach Italien anzutreten. Die Ferne hat mich immer angezogen.

Es war der Liebeskummer, der mich in die Ferne trieb. Eine große Liebe, die ich nicht leben konnte. Marta. Ich habe mich nach ihr verzehrt! Nachts bin ich die Gasse an ihrem Haus auf und ab gegangen. Mein Blick war sehnsüchtig auf die Fenster gerichtet.

Oft saß ich auch für lange Zeit auf dem harten steinigen Boden. Meinen Rücken hatte ich an einer Häuserwand angelehnt. Ich schaute auf das Fenster, hinter dem ich meine geliebte Marta vermutete. Das Herz war mir schwer und die Sehnsucht nahm mich gefangen.

Ich weiß nicht, was ich erwartete. Es trieb mich dorthin. Ich wollte in ihrer Nähe sein. Ich bewegte mich möglichst lautlos, damit meine Schritte nicht auf dem Kopfsteinpflaster hallten. Ruhelos schweifte ich umher. Immer wieder führte mich mein Weg auch zum Hafen. Ich sah dort die Schiffe liegen. Das weite Meer. Meine Sehnsucht suchte ein Ziel, mein Herz einen Ausweg.

Marta war in meinen Gedanken – jeden Augenblick des Tags und der Nacht. Sie war älter als ich. Eine Frau von sechsundzwanzig Jahren. Sie war schön. Ihre Lippen fein geschwungen voller Sinnlichkeit. Ihre braunen Augen, ich meinte in ihnen zu sterben, wenn ich in sie schaute. Und sie war unerreichbar.

Marta war verheiratet mit Senhor Alvez, einem Geschäftspartner meines Vaters. Senhor Alves war erheblich älter als sie. Ich denke, bei der Heirat mit Marta war er schon fast fünfzig Jahre alt. Er hatte drei Söhne von seiner verstorbenen ersten Frau. Sie waren in meinem Alter und arbeiteten in seinem Handelsgeschäft mit.

Die Hochzeit von Senhor Alvez mit Marta lag bereits fünf Jahre zurück. Senhor Alvez hatte kurz zuvor seine Frau verloren. Sie war aus dem Fenster auf die Gasse gestürzt. Alle sprachen von einem tragischen Unfall. Doch hinter der Hand wurde manches gemunkelt. Sie habe sich das Leben genommen, hieß es dann, oder noch schlimmer: sie sei aus Angst vor ihrem Mann aus dem Fenster gesprungen. Das waren Gerüchte und niemand hätte es gewagt, sie laut auszusprechen. Senhor Alvez war einflussreich und bereit, jeden Gegner zu vernichten. Der Vater von Marta, auch ein Geschäftspartner von Senhor Alvez, sah nach dem Tod von dessen Ehefrau die Gelegenheit für eine günstige gesellschaftliche Verbindung. So wurde Marta verheiratet. Aber glücklich wirkte sie nicht.

Unsere Familie und die von Senhor Alvez waren seit Langem geschäftlich miteinander verbunden. Senhor Alvez finanzierte Handelsfahrten meines Vaters. Ich war öfter in seinem Haus und hatte auch Kontakt zu den Söhnen. Diese waren mir unsympathisch. Sie prahlten und dünkten sich etwas Besseres. Ich vermisste Ehrlichkeit bei ihnen. Sie standen unter der strengen Aufsicht ihres Vaters und ich vermied es, mehr mit ihnen zu verkehren.

Bei diesen Besuchen hatte mir Marta immer gut gefallen. Allerdings gab es kaum Gelegenheit, sie zu sehen. Senhor Alvez erlaubte Marta keine Kontakte mit ihm nicht vertrauenswürdig erscheinenden Menschen. Mich wusste er offensichtlich nicht richtig einzuordnen. Einerseits sah er den jungen Mann, andererseits den kleinen Sohn des Geschäftspartners, den er seit Jahren kannte.

Des Öfteren brachte ich Waren zu Senhor Alvez. Bei einem dieser Besuche – ich glaube, es war ein Gefäß mit Öl, das ich brachte – schickte er Marta vor, mir den Lagerplatz zu zeigen. Marta behandelte er mal wie eine Magd, so in diesem Fall, mal wie sein privates Spielzeug, das niemand außer ihm sehen durfte. Senhor Alvez war ein herrischer Mensch. Er war klein und gedrungen von Statur mit kräftigen Armen und Beinen. Ich überragte ihn bei Weitem. Doch er war der Herr, der das Sagen hatte.

An diesem Tag folgte ich Marta also zur Kammer, in der das Gefäß gelagert werden sollte. Ich wuchtete es über meinen Kopf auf das höchste Regal. Es machte mir Freude, hierbei meine Kraft zu spüren. Als ich mich zurückbeugte, fanden sich unsere Blicke und ich versank in den Augen von Marta. Ich spürte die Erregung in meinem ganzen Körper. Ich blickte auf ihren Mund und ihre leicht geröteten Wangen. Sie fasste meine Hand und hielt mich kurz zärtlich fest. Ich stand wie gebannt vor ihr. Unsicher, was hier geschah. Röte stieg auf, ich wusste nicht, was ich tun konnte. Ein ungeheures Verlangen durchströmte mich.

Marta hatte sich schneller wieder gefasst als ich. Sie ging zur Tür und zurück in den Eingangsbereich. Dort wartete Senhor Alvez. Er murmelte ein paar Worte und ich verabschiedete mich. Noch einmal traf mein Blick Martas Augen.

Ich nutzte von nun an jede Gelegenheit, sie zu sehen. Es gab nicht viele, aber diese wenigen waren intensive Augenblicke. Unsere Körper berührten sich leicht und immer wieder waren es die Augen, die sich begegneten. Einmal steckte sie mir eine Notiz zu. Darauf stand: »Ich denke an dich. Marta«. Meine Gefühle waren in tiefer Verwirrung.

Dann kam der Tag, als Senhor Alvez mich in einem Anfall von Cholerik auf's Übelste beschimpfte. Ich war auf der Treppe gestolpert – vielleicht weil ich in Gedanken bei Marta war – und hatte dabei ein Gefäß Olivenöl fallen lassen. Unglücklicherweise zerbrach der Behälter beim Aufprall und der gesamte Eingangsbereich war mit Öl bedeckt.

Als Senhor Alvez das sah, schrie er mich an: »Du Nichtsnutz! Schau, was du angestellt hast! Alles ist ruiniert! Wie kann man sich nur derart tölpelhaft benehmen? Du betrittst mir nie mehr mein Haus!«

Ich denke, in ihm gab es ein Gespür für meine Verbundenheit mit Marta. Sein Zorn darüber entlud sich bei dieser Gelegenheit.

Ich konnte meine große Liebe nicht mehr sehen. Nachts wachte ich vor dem Haus und streifte immer wieder durch die Gasse. Mein Herz wollte sich nicht beruhigen. In langen schlaflosen Nächten durchdachte ich die Lage. Ich sah keine Chance für meine Liebe zu Marta. So, wie die Situation war, konnte sie nicht bleiben. Ich war abgemagert. Schmerz und Trauer begleiteten mich. In mir reifte der Entschluss, als ich des Nachts am Hafen stand, ich würde auf einem Schiff anheuern und den Ort verlassen. Ich war nun fast neunzehn Jahre alt.

Es begann eine Zeit, in der ich auf vielen verschiedenen Schiffen unterwegs war, hauptsächlich im Mittelmeer, aber auch nach England. Nach Hause bin ich kaum noch gekommen.

Einmal allerdings, ich war inzwischen vierundzwanzig, musste ich meinem Vater eine Zeit lang im Geschäft helfen. Wieder ergab sich die Gelegenheit, Waren zum Haus von Senhor Alvez zu bringen. Ich wusste, Marta hatte inzwischen einer Tochter das Leben geschenkt. Ich hatte auch von meinem Vater gehört, dass Senhor Alvez auf das Strengste mit ihr umging und sie immer wieder schlug. Selbst mein Vater war der Ansicht, dass dies nicht richtig sei. Marta tat mir unendlich leid.

Ich betrat das Haus der Familie Alvez. Der Hausherr hatte längst vergessen, welche Drohungen er einst gegen mich ausgestoßen hatte. Er empfing mich freundlich, soweit ihm dies möglich war, und fragte, wo ich so lange gewesen sei. Er war deutlich älter geworden und wirkte auf mich trotz seiner nach außen gezeigten Freundlichkeit noch gereizter als früher.

Ich bewegte mich wie in Watte gewandet. Mein Herz war voller Erinnerung und mir wurde deutlich, die Liebe war noch genauso stark wie in den Jahren zuvor. Andere Frauen, die ich kennengelernt hatte, hatten nichts daran ändern können. Ich wollte Marta sehen, ich wollte in ihre Augen schauen.

Ich trug die Waren die Treppe hoch, vorsichtig in Gedanken an den damaligen Sturz. In diesem Augenblick kam Marta in den Treppenbereich. Sie war dünner geworden, aber immer noch unendlich schön. Unsere Blicke begegneten sich. Ein leichtes Lächeln flog über ihre Lippen. Mein Herz wollte zerreißen.

Da hörte ich die laute, herrschsüchtige Stimme von unten: »Marta, gehe sofort wieder in deine Räume!«

War sie herausgekommen, um mich zu sehen? Ich hatte keine Gelegenheit, darüber nachzudenken.

Senhor Alves brüllte mich an: »Steh nicht so blöd herum. Mach deine Arbeit. Dumme Jungen kann ich hier nicht gebrauchen.«

So verließ ich das Haus mit Schrecken und Trauer. Ich fühlte mich zutiefst gedemütigt. Meine alte Liebe war erwacht und damit auch der Schmerz und die Aussichtslosigkeit, Marta je in meinen Armen halten zu können.

Mein Vater wollte, dass ich einen besseren Beruf ausübte, am besten in seinem Handel mitarbeitete. Doch ich verließ unsere kleine Stadt wieder. Ich musste weg. Ich konnte nicht in der Nachbarschaft von Marta, die für mich unerreichbar im Haus von Senhor Alves litt, bleiben.

Meine Mutter war früh gestorben. Nichts hielt mich. Meine zwei Geschwister blieben in unserer kleinen Hafenstadt und waren Unterstützung für meinen Vater. Ich war der Jüngste, und ich zog wieder in die Welt.

Aus immer wieder anderen Gründen habe ich es nie geschafft, irgendwo länger zu bleiben. Auch über das Land hat mich mein Weg als Begleitung von Handelsfahrten geführt. Die Waren sollten sicher an ihrem Ziel ankommen. Viel konnte ich von der Welt sehen.

Als ich fast achtundzwanzig Jahre alt war, kam ich ein letztes Mal nach Hause. Es war auch der Abschied von Marta. Sie hatte inzwischen eine zweite Tochter. Senhor Alves war ein alter Mann. Wiederum ergab sich die Gelegenheit zu einem Besuch. Der Hausherr war schlecht gelaunt. Ihn plagten Schmerzen. Er schickte mich ohne weitere Beachtung nach oben. Und dort in einem der Nebenräume traf ich Marta. Sie weinte, als sie mich sah. Sie nahm mich in den Arm.

Sie sagte: »Hilf mir. Bitte hilf mir! Ich lebe in diesem furchtbaren Gefängnis. Bitte hole mich hier heraus!«

Sie küsste mich. Wir küssten uns auf den Mund. Verzweifelt drückte sich ihr Körper an mich. Ich spürte sie bei mir – und dass sie zu mir gehörte. Sie war meine Frau, meine Liebe.

Doch das durfte sie nur einen kurzen Augenblick sein. Ein lautes Brüllen ließ uns hochschrecken. Senhor Alves kam mit rotem Gesicht auf uns zugehinkt und schwang seinen Stock. Diesen benötigte er zum Gehen. Ihn plagte die Gicht. Er traf Marta, die einen Schritt auf ihn zugemacht hatte, am Kopf, und sie stürzte zu Boden. Er erhob seine Hand gegen mich. Ich wich aus und zog mein Messer. Er schlug mit dem Stock zu und ich fing ihn auf. Meine Faust umklammerte das Holz und ich drängte Senhor Alves gegen die Wand. In der anderen Hand hielt ich mein Messer auf ihn gerichtet. Senhor Alves war machtlos gegen mich. Ich war weitaus stärker als er.

Ich sah, wie Marta den Kopf vom Boden erhob. Blut tropfte aus der Wunde, die er ihr zugefügt hatte, in ihr Gesicht. Sie sah die Situation und rief: »Matá-lo! Matá-lo!« Ihre Stimme klang kräftig und verzweifelt. Ich sollte ihn töten! Dort stand er an die Wand gedrückt und schaute mich erschrocken an. Da schwand meine Wut. Ich sah diesen kleinen Mann und steckte mein Messer ein. Und sobald er erkannte, dass ich ihn nicht töten würde, fing er an, mich mit schriller Stimme zu beschimpfen.

»Du unnützer Vagabund, du Schande deiner Familie, du Schande dieser Stadt! Du willst mich mit deinem Messer bedrohen? Du willst mir meine Frau nehmen? Du bist ein Nichtsnutz! Dein Vater hat nur Leid durch dich.«

Er drückte seinen Stock gegen mich und ich wich zurück. Seine Worte hatten mich getroffen. Ich konnte nicht weitere Schande über meine Familie bringen. Schimpfend schob er mich die Treppe hinab zur Tür. Er verhöhnte mich und schaute voller Bosheit auf mich herab.

Was konnte ich tun? Wie betäubt ging ich nach Hause. Ich dachte an Marta. Ich fühlte, versagt zu haben. Ich hatte Marta nicht beschützt. Ich war nicht für sie da gewesen.

Am nächsten Tag sprach Senhor Alves mit meinem Vater. Dieser beschimpfte und schlug mich. Er verstieß mich als Sohn. Ich verließ diesen Ort und suchte die Weite der Meere und fremden Länder. Oft dachte ich an Marta. Ich fühlte mich schuldig, ihr nicht geholfen zu haben. Zugleich wusste ich: Es gab keine Lösung. Hätte ich Senhor Alves getötet, wäre für Marta nichts gewonnen gewesen. Ich hätte Rache genommen für das Leid, dass er ihr angetan hatte. Doch seine Söhne hätten ihr das Leben nicht minder zur Hölle gemacht als der Vater. Ich sah das erschrockene Gesicht von Senhor Alves vor mir. Diesen alten Mann, dem ich an Kraft vielfach überlegen war, hätte ich töten sollen?

Um mein dreißigstes Lebensjahr sprachen mich in Spanien Werber des Königs an. Sie suchten gesunde und unternehmungslustige Männer für Neuspanien. Da hatte ich schon von gehört. Schiffe mit Silber und auch Gold kamen aus Neuspanien. Ich heuerte als Soldat und Matrose auf einem Schiff nach Neuspanien an. Das ist nun bereits sechs oder sieben Jahre her. Wir waren immer viel unterwegs.

Jetzt liege ich hier am Strand und schaue wie von oben herab auf das Geschehen. Später tragen mich die Indios auf einer

Bahre ins Dorf und betten mich auf den mit Stroh bedeckten Boden einer Hütte.

Ich weiß nicht, wie viel Zeit seit unserer Landung in der Bucht vergangen ist. Sicher war ich lange bewusstlos. Nun bin ich aufgewacht. Eine junge Frau, fast noch ein Mädchen, schaut mich liebevoll an. Sie freut sich offensichtlich, dass ich die Augen öffne und reicht mir eine Schale zum trinken. Es fällt mir schwer zu verstehen, wo ich mich befinde. Ich habe keine Schmerzen. Es ist, als käme ich neu ins Leben.

Hinter der jungen Frau steht ein älterer Mann an der Eingangsöffnung der Hütte. Er schaut freundlich auf mich herab. Ich denke, er weiß Verletzungen und Krankheiten zu heilen. Er hat mich versorgt, da bin ich mir sicher, denn so spricht meine Erinnerung aus der Dunkelheit der Bewusstlosigkeit zu mir. Für mich ist er ein Medizinmann.

Wieder falle ich in einen tiefen Schlaf. Es dauert seine Zeit, bis mein Körper neue Kraft schöpft.

Doch der Tag kommt, an dem meine Lebensgeister erwacht sind. Ich schaue in die Welt und merke: Das Denken fällt mir schwer. Ein Verband aus getrockneten Blättern ist um meinen Kopf gebunden. Mir fehlen Erinnerungen. Sonst geht es ganz gut. Ich kann schon ein wenig aufstehen.

Die junge Frau weilt oft bei mir. Ich nenne sie Marta. Ihren Namen habe ich nicht richtig verstanden. Die Indios sprechen eine eigentümliche Sprache. Mit Gesten klappt die Verständigung einigermaßen.

Ich vergesse immer wieder, was war. Meine Vergangenheit kenne ich nicht mehr. Ich habe den Eindruck, dass ich schon eine Weile hier bin. Manchmal weiß ich nicht, wer die Menschen um mich sind. Dann spüre ich die Wunde am Kopf. Ein dumpfer Schmerz, der mich in einen Nebel packt. Der Verband ist nun ab. Die Wunde am Kopf ist überaus empfindlich. Nur ganz leicht kann ich sie betasten. Es fühlt sich an, als ob sie heilt.

Auch später noch, die Wunde ist gut verheilt, kommt oft der Medizinmann und schaut nach mir. Es ist angenehm, wenn er anwesend ist. Er versucht, mir einiges zu erklären. Für mich ist schwer zu verstehen, was er mir mitteilen möchte. Ich kann mir schlecht etwas merken. Ansonsten fühle ich mich kräftig. Ich habe schon auf dem Feld geholfen, Mais zu säen. So etwas mache ich gerne. Alle sind freundlich, schauen mich aber zugleich misstrauisch an. Oft weiß ich nicht, wo ich bin.

Das Wichtigste ist Marta! Sie wohnt bei mir in der Hütte. Sie macht das Essen und hilft mir. Ich fühle mich bei ihr aufgehoben. Ich lebe mit großer Freude, wenn sie da ist.

Es muss nun schon eine lange Zeit sein, die ich hier bin. Ich vergesse alles so leicht. Marta und ich schlafen zusammen auf dem Stroh. Manchmal bin ich ganz weit weg. Die Wunde ist geheilt, aber das Denken fällt mir schwer. Ich arbeite oft mit den anderen aus dem Dorf. Die Namen kann ich mir nicht merken. Auch die Sprache ist viel zu schwierig für mich.

Ich fühle mich hier zu Hause. Ich habe eine Familie. Zwei Kinder sind jetzt bei uns. Es sind zwei Mädchen, meine Kinder! Wenn ich sie sehe, ist die Welt voller Freude! Sie sind klein und viel um mich herum. Marta sorgt für sie. Ich weiß nicht richtig, was ich für die Kinder machen kann. Manchmal habe ich den Eindruck, dass ich durch die Wunde dumm geworden bin. Öfters habe ich auch Kopfschmerzen, dann gibt mir der Medizinmann in der Schale einen Trank. Er kann mir gut helfen.

Es ist ein schönes Leben. Nur: Ich würde gerne mehr können und verstehen. Das Leben ist warm und weich. Mein Körper ist kräftig. Ich kann gut arbeiten. Häufig sitze ich vor der Hütte. Meine Kinder sind dann bei mir und Marta versorgt uns. Das Erinnern fällt schwer. Oft weiß ich nicht, was in den vergangenen Tagen passiert ist. Das Leben verläuft gleichmäßig. Marta und die Kinder sind an meiner Seite. Manchmal tauche ich in die Welt meiner Bilder ein und begebe mich auf lange innere Reisen. Dann bemerke ich nicht, was um mich geschieht. Ich fühle mich aufgehoben, hier an diesem Ort.

Eines Tages bin ich mal wieder zu dem kleinen Hügel ein wenig abseits des Dorfs gegangen. Immer wenn ich auf dem Hügel sitze, schaue ich auf das Land und fühle mich leicht. Ich habe ein Zeltlager in der Ferne gesehen. Das kam mir bekannt vor. Ich bin hingegangen. Ich konnte einiges verstehen, was die Menschen dort gesprochen haben und sie haben verstanden, was ich sagte. Mir kam alles vertraut vor. Ich habe ihnen meine Wunde gezeigt und meinen Namen Rodrigo genannt. Sie haben mich zum Hauptmann geführt. Er hat gefragt, woher ich komme.

Ich habe ihm geantwortet: »Vor einigen Jahren bin ich verwundet worden.«

An mehr konnte ich mich nicht erinnern. Er hat mir einen Platz in einem Zelt zugewiesen. Ich habe Gepäck zum Tragen bekommen und wir sind weitergezogen. Manchmal habe ich an meine Familie gedacht und eine große Sehnsucht gespürt. Aber richtig konnte ich mich nicht erinnern.

Eine lange Zeit ist auf diese Weise vergangen. Ich weiß nicht mehr, was alles geschehen ist. Ich habe im Freien, in Zelten und Hütten geschlafen. Wir waren ständig unterwegs.

Ich habe immer viel Gepäck getragen. Wenn die Hauptleute Befehle gegeben haben, wusste ich nicht immer, was sie wollten. Ich habe auf meine Wunde gedeutet und oft haben die anderen dann gelacht. Sie waren meist freundlich zu mir. Abends und morgens war es schön, im Freien zu sitzen und das Land zu sehen. Manchmal wurde auch gekämpft. Da konnte ich nicht helfen. Es tat weh, die Schreie zu hören.

Nach einiger Zeit bin ich auf ein Schiff gebracht worden. Ich habe auch hier geholfen. Das Meer ist schön. Nur das frische Wasser zum Trinken hat gefehlt. Oft habe ich lange auf das Meer geschaut und diese Sehnsucht gespürt: Ich weiß, ich habe eine Familie. Sie ist weit weg von mir. Ich spüre Wärme, wenn mir Gedanken hierzu kommen. Ich sehe Bilder von Marta und den Kindern. Ich habe mal versucht, den anderen davon zu erzählen. Die haben gelacht. Das tut weh, wenn gelacht wird. Sie haben mich geärgert, mich mit bösen Worten beschimpft und aufgezogen. Danach habe ich nichts mehr erzählt.

Wir sind nach Spanien gekommen. Es war eine lange Fahrt. Ein Offizier hat mich mit in das Landesinnere genommen. Außerhalb eines Dorfes erhielt ich einen Platz in einer Hütte. Eine Frau lebte hier mit zwei Kindern. Es war eine liebe und tatkräftige Frau. Sie hat mich versorgt, mir zu essen gegeben und gesagt, was ich machen soll. Sie hat gerne gekocht und gegessen. Vielleicht war sie die Witwe eines Soldaten, der in Neuspanien gestorben ist. Die Kinder sind mir fremd geblieben.

Am liebsten waren mir die Ziegen. Mit ihnen war ich oft den ganzen Tag zusammen. Ich habe sie gehütet. Ich saß dann oben auf einem kleinen Hügel und schaute in das Land. Die

Weite war wunderschön. Die Tiere sind gerne zu mir gekommen. Ich habe ihre Köpfe gestreichelt und mich mit ihnen unterhalten. Oft war die Sehnsucht bei mir und ich wusste: Ich habe eine Familie ganz weit weg von hier.

Das Denken war schwer für mich und ich mied die Menschen. Manchmal tat mir der Kopf weh. Es gab Augenblicke, da hatte ich das Gefühl, viel vergessen zu haben. Die Zeit verging und ich lebte.

Später, ich muss ziemlich alt gewesen sein, fiel es mir immer schwerer zu verstehen, was um mich passiert. Man hat mir dann nicht mehr die Tiere zum Aufpassen gegeben. Trotzdem war ich häufig bei meinen Ziegen. Sie sind immer zu mir gekommen. Ich saß vor der Hütte und streichelte ihnen die Köpfe.

Weitere Jahre vergingen. Eines Morgens konnte ich nicht mehr aus dem Bett aufstehen. Die Frau hat mich versorgt. Sie hat das gut gemacht. Die Kinder waren kaum noch da. Dann ist der Priester gekommen. Er hat sich an mein Bett gesetzt. Deutlich habe ich das Bild meiner Familie gesehen. Marta und die Kinder. Es ist ein Gefühl voller Glück, sie zu spüren. Ich bin voller Dank für die Liebe und Fürsorge von Marta. Auch, dass sie für meine Kinder gesorgt hat. Gerne möchte ich, dass sie das weiß. Dass sie versteht, ich habe sie nicht verlassen. Ich konnte nicht richtig denken. Ich habe immer vergessen, was war. Aber ich habe sie gespürt und mich nach ihr gesehnt. Jetzt sehe ich sie, als ob sie an meinem Bett stünde. Sie soll nicht enttäuscht, zornig oder verbittert sein, dass ich plötzlich verschwunden war.

Der Priester kommt immer wieder, seit vielen Tagen. Ich liege auf dem Bett. Sie erwarten, dass ich sterbe. Das Sterben ist leicht. Ich war schon lange nicht mehr auf dieser Erde. Es gibt ein kurzes Begräbnis.

Ich bin froh, diese Welt zu verlassen. Meine Sehnsucht nehme ich mit. Ich weiß, dass bei meiner Familie Trauer und Enttäuschung, Zorn und Schmerz geblieben sind. Ich konnte nicht der Mann und der Vater sein, der ich gerne gewesen wäre. Ich kann nicht erklären, warum das so ist, aber vielleicht wird der Tag kommen, wo es möglich sein darf. Mit diesem Verlangen und dieser Not bin ich gestorben, aber auch mit Liebe und Dankbarkeit.

An Marta, meine Liebe aus Portugal, habe ich in all den Jahren nach der Verletzung nicht mehr gedacht. Die Erinnerung an sie war wie ausgelöscht. Vielleicht liegt das daran, dass ich damals am Strand in Neuspanien schon einmal gestorben bin. Vielleicht konnte ich nicht mehr mit diesem tiefen Begehren nach ihr leben?

Dieser Marta, dieser großen Liebe, möchte ich sagen: »Bitte verzeih mir, dass ich dir nicht habe helfen können. Es lag nicht in meiner Macht. Ich weiß, welch große Liebe uns verbindet und wie sehr du leiden musstest! Wie gerne hätte ich dein Leid gemindert! Mein ganzes Leben ist unter dem Zeichen der Liebe zu dir gestanden.«

Gespräch mit Konstanze

Die Tränen waren mir die Wangen hinuntergelaufen, als ich Konstanze zuhörte. Ich spürte den Schmerz und die Sehnsucht in mir. Während Konstanze vorlas, war ich tief eingetaucht in das, wovon sie erzählte. Zeit, Ort und Identität verloren sich. Der Seemann Rodrigo nahm Gestalt an. Ich konnte spüren, was er fühlte. Was hier geschah, das war voller Erkenntnis für mich. Ich wusste, welche Bereiche meines Lebens es betraf. Wir nahmen uns in die Arme. Meine Gefühle kamen langsam zur Ruhe.

»Eine wahrhaft ergreifende Geschichte«, sagte ich. »Ja, du hattest recht, es ist ein Teil von mir.«

»Lass dir Zeit, zu dir zu finden, Kristin«, entgegnete Konstanze.

»Kannst du mir sagen, wie du zu dieser Geschichte gekommen bist?«, fragte ich.

»So eine Geschichte läuft einfach vor mir ab. Es ist, als wäre ich bei dem, was passiert, dabei. Es ist mir aber vollkommen klar, dass es deine Geschichte ist und nicht meine. Ich weiß auch nicht, ob es diese Menschen, von denen ich berichte, historisch gegeben hat. Es ist auch gar nicht wichtig. Wichtig ist allein, dass dir dieses geschilderte Leben etwas sagt.«

»Es sagt mir viel«, warf ich ein. »Ich weiß genau, auf was es sich bezieht.«

Konstanze nickte mit dem Kopf und begann zu erzählen.

»Als Erwin, mein Mann, gestorben ist, da habe ich intensiv erlebt, was uns zusammengebracht hat. Damals ist mir klar geworden, dass wir sehr vieles in uns tragen, wenn wir auf die

Erde kommen. Es ist nicht nur so, dass wir in eine Welt geboren werden, die bestimmt, wie unser Leben verlaufen kann und die einen festen Rahmen gibt. Es ist auch so, dass wir eine Persönlichkeit in uns tragen, die ihren Ursprung in der Vergangenheit hat. Bei Erwin und mir war für mich gut zu erkennen, was wir miteinander zu leben hatten. Wir waren in früherer Zeit Schwestern gewesen, die den gleichen Mann liebten. Das hat uns in eine Gegnerschaft gebracht, sodass wir voller Neid und Eifersucht das Schlechte im anderen sehen wollten.«

Konstanze legte eine kurze Pause ein. Sie schaute mich fragend an, ob ich verstanden hatte, was sie meinte und fuhr dann fort.

»In der gegenwärtigen Partnerschaft haben wir entdeckt, in einem langen mühsamen Prozess, begleitet von Misstrauen und Unterstellungen, was wir aneinander schätzen und wie ähnlich wir uns im Guten wie im Schlechten sind. Dadurch, dass ich unser Zusammensein in einer anderen Existenz unter ganz verschiedenartigen Vorzeichen sehen konnte, habe ich viel mehr über unser gemeinsames Leben verstanden. Es hat mich, auch wenn mein Mann nun schon gestorben war, versöhnt und bereichert. Ich bin dankbar dafür.«

Konstanze schaute auf. Während sie gesprochen hatte, war ihr Blick in die Ferne geschweift.

»Konstanze, es beschäftigt mich noch etwas anderes«, meinte ich. »Es war für mich eine völlig neue Erfahrung, die Welt aus der Sicht von Rodrigo zu erleben. Das macht mich nachdenklich. Weißt du, Konstanze, als Frau hätte ich gesagt, dieser Rodrigo war ein Schwächling und ist weggelaufen. Ich hätte gewollt, dass er den Alves tötet und Marta befreit. Ich hätte ihm gesagt: ›Liebe ist nichts für Feiglinge!‹ Er hätte sich wehren und kein Angsthase sein sollen. Du merkst, ich rede mich richtig in Rage. Ich fühle mich mit Marta absolut solidarisch. Welche schlimme Zeit, als Frauen derart ihren Männern ausgeliefert waren.«

Konstanze schaute zustimmend.

»Als Rodrigo sieht die Welt anders aus. Er hat Marta wahrhaft geliebt. Ganz tief und ehrlich. Ihr Leiden hat ihn im Innersten geschmerzt. Er war jung und stark. Er war mutig. Die Welt stand ihm offen. Er hat sein Leben der großen Liebe zu Marta gewidmet. Ein hoher Preis!«

Ich stockte und versuchte meine Gefühle und Gedanken zu ordnen.

»Eine verheiratete Frau, die Ehefrau des Geschäftspartners seines Vaters, den er von klein auf kannte, zu lieben, sie derart zu begehren, das widersprach jeder Moral. Doch ich denke, es war nicht dies, was ihn hinderte, den Alves zu töten. Es war der Augenblick, als er in das erschrockene Gesicht geschaut hat. Da wurde für ihn deutlich: Auf diese Weise kann ich Marta nicht helfen! Auf diese Weise kann ich meine Liebe zu ihr nicht leben! Es ist nicht meine Aufgabe, diesen Mann zu töten!«

Ich schaute Konstanze an und hoffte, sie würde verstehen, was ich meinte.

»Marta hat Rodrigo sicher geliebt«, sagte Konstanze. »Aber er war für sie auch ein Instrument, von dem sie ihre Rettung aus diesem furchtbaren Gefängnis erhoffte. Er sollte sie von dem Despoten Alves befreien und hierzu wollte sie ihn bringen. Gehört es zur Welt von Mann und Frau, dass wir Frauen die Liebe eines Mannes gebrauchen, damit er sich für uns mit Gewalt einsetzt?«

»Konstanze, hat Rodrigo nicht Großes für Marta getan? Er hat ihr seine Liebe geschenkt. Mein Gefühl ist, sie sollte dankbar sein für seine Liebe. Doch das wird ihr nicht möglich gewesen sein. Resignation, Härte, Enttäuschung werden ihr Leben weiter bestimmt haben.«

Ich spürte Trauer, als ich auf diese Weise zu Konstanze sprach. Wie schwer ist es, Liebe zu leben!

»Konstanze«, wandte ich mich ein weiteres Mal an meine Gesprächspartnerin. In mir arbeiteten die Eindrücke aus dieser Begegnung von Marta und Rodrigo in Portugal.

»Wie Marta gerufen hat, er soll ihren Mann töten, dieses Bild will mir nicht aus dem Kopf. Was hat sie da empfunden? Sie fordert mit Nachdruck: Töte ihn! Ein Verlangen aus ihrem tiefsten Inneren. Rodrigo soll dieses Verlangen erfüllen. Er soll sie schützen! Meint sie tatsächlich diesen Rodrigo? Oder meint sie einen Mann, der an ihrer Seite stehen soll, unabhängig davon wie er heißt? Dieser Mann hat für sie seine Kraft, seine Gewalttätigkeit einzusetzen. Dafür liebt sie ihn.«

Ich sah Nachdenklichkeit in Konstanzes Gesicht.

»Ja, da spricht die ganze Weiblichkeit aus ihr. Sie verschwindet dahinter und Rodrigo verschwindet hinter der Männlichkeit«, erwiderte Konstanze. »Marta wird in diesem Augenblick nicht mehr an Rodrigo gedacht haben. Was für ihn diese Tat bedeutet, das ist völlig in den Hintergrund getreten.«

»Und Rodrigo? Was ist mit ihm?«, fragte ich Konstanze.

»Er zückt das Messer. Er ist bereit zu kämpfen. Doch dann geschieht etwas Erstaunliches. Er tötet nicht. Er bricht mit dieser Rolle der Männlichkeit. Er empfindet Mitleid. Er sieht den kranken, alten Mann«, antwortete Konstanze.

»Ist das auch Männlichkeit?«, fragte ich weiter.

Konstanze schaute ratlos.

»Eine andere Männlichkeit. Nicht mehr so archaisch. Einerseits war er sich sicher, richtig zu handeln, andererseits haderte er damit, Marta nicht geholfen zu haben. Eine schwierige Situation für ihn.«

Wir saßen noch eine Weile zusammen. Für die zweite Geschichte, die Konstanze geschrieben hatte, war kein Raum mehr.

Zuhause gingen mir die Bilder weiter durch den Kopf. Ich dachte an die Überfahrt zurück nach Spanien. Oft hatte Rodrigo an der Reling gestanden und auf das Meer geschaut. Die Farbe wechselte mit dem Licht. Mal lag die Oberfläche des Wassers ruhig da, mal war sie aufgewühlt oder große Wellen ließen das Schiff wie ein Spielzeug schaukeln. Die anderen machten sich häufig über ihn lustig und versuchten, ihn zu ärgern. Sie wollten, dass er wütend würde und lachten ihn dann aus. Rodrigo hat sich schlecht gefühlt. Ein großes Misstrauen den Menschen gegenüber ist geblieben.

Ich dachte auch an die erste Überfahrt nach Neuspanien. Voller Tatendrang war Rodrigo gewesen. Es gab zwar den Schmerz, wenn er an Marta dachte, doch er wollte leben. Er führte das Wort und genoss große Anerkennung bei der Mannschaft. Den Wind im Gesicht zu spüren war voller Lebendigkeit. Er wollte in eine für ihn neue Welt aufbrechen und die Trauer über Marta hinter sich lassen. Er fühlte sich stark.

Eine Woche darauf trafen Konstanze und ich uns wieder. Ich war neugierig, was nun kommen würde. Die Tage waren schnell vergangen. Ich hatte oft über das Leben in Neuspanien nachgedacht. Ich merkte, wie es in mir arbeitete.

Nachdem wir es uns im Wohnzimmer gemütlich gemacht und einige Worte ausgetauscht hatten, nahm Konstanze ihren Aufschrieb in die Hand und begann, ihre zweite Geschichte vorzulesen.

Das Leben annehmen

Schön ist der Mensch, erfüllt sein Leben,
vollkommen die Menschheit auf ihren Wegen.
Von weiser Hand ist sie geführt,
dessen Lebensfunke sie hat berührt.

Nehmt dieses Leben, nehmt es an,
weil nur dieses Dasein euch zeigen kann,
wer ihr seid, wohin ihr geht,
warum der Mensch das Menschsein lebt.

Von diesen tausend Lebensfunken
bist der eine, gut gelungen,
der tief berührt, wie's ihm gegeben,
die Schöpfung durch sein eigenes Streben.

Erkennt, dass es das Höhere gibt
und es euch allzeit dahin zieht.
Am Ende in euch immer siegt,
was wahrlich in dem Leben liegt.

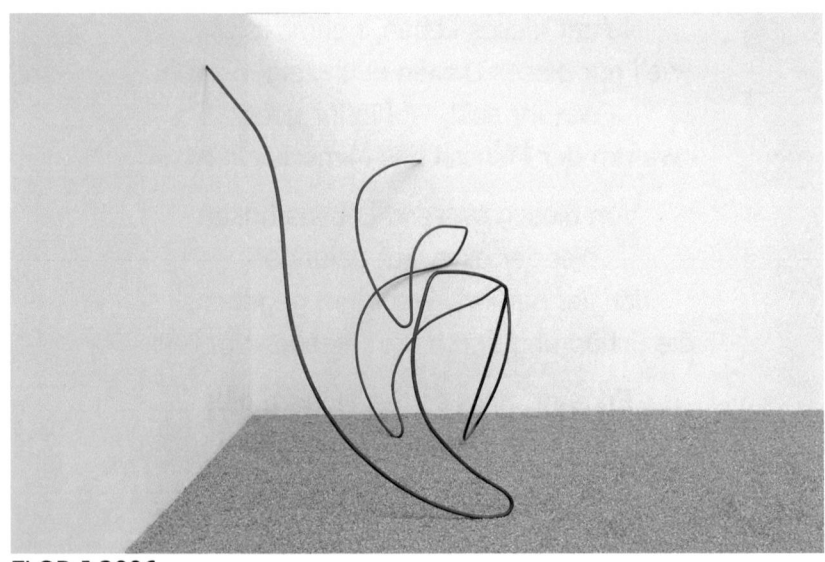
FLOR I 2006

Ach, wäre es nie geschehen
Schweden von 1593 bis 1632

Ich stehe mit den Füßen im Wasser am Strand. Die weiße Hose ist bis zu den Knien hochgekrempelt. Das marineblaue Hemd halb offen. Das Meer liegt ruhig vor mir und nur kleine Wellen erreichen das Ufer. Von Osten scheint die Sonne am blauen Himmel. Früher Morgen. Eine leichte Brise weht landeinwärts.

Nicht weit von mir schwimmt ein Menschenkörper im Meer. Der Körper treibt leblos, das Gesicht unter Wasser, der Rücken zum Himmel gewandt, mit jeder kleinen Welle weiter zum Strand. Ich ziehe ihn an Land. Ein Schwall Wasser quillt aus dem Mund.

Ein junges Mädchen mit lockigen blonden Haaren, so um die zwanzig Jahre alt, sitzt neben mir am Strand. Sie erzählt aufgeregt und lacht. Ich habe sie aus dem Wasser gezogen.

Ich bin geistig abwesend. Nichts kann mich richtig erreichen. Ich sitze am Strand und bekomme kaum mit, dass sie zu mir spricht. Ist das meine Tochter Wilhelmine? Was ist passiert? Sie nimmt meine Hände und will mich Richtung Himmel ziehen. Doch ich verstehe sie nicht und beachte sie kaum. Ich möchte am Strand sitzen bleiben.

Ich möchte Wilhelmine berühren – in den Arm nehmen. Aber das ist nicht möglich. Ich weiß nicht, wohin ich gehen könnte.

Das Bild des jungen Mädchens mit den blonden lockigen Haaren, wie sie bäuchlings im Wasser treibt, umspielt von den kleinen Wellen, taucht immer wieder auf. Wie kann es sein, dass sie nun neben mir am Strand sitzt? Sind wir überhaupt noch am Leben?

Wo bin ich? Für mich ist das nicht fassbar!

Was ist geschehen?

Deutliche Erinnerungen erscheinen vor meinem geistigen Auge!

Es ist der Strand der Normandie im Jahre 1632. Ich bin neununddreißig Jahre alt. Mein Name lautet Kirsten. Draußen im Meer ist in der Nacht mein Schiff zerschellt.

Am Morgen dieses Tages war das Wetter zwar stürmisch, aber nicht bedrohlich. Das Schiff war schwer beladen mit Handelswaren und lag tief und schwerfällig im Wasser. Jeden nur erdenklichen Stauraum hatten wir genutzt. Wir hatten die Sturmsegel gesetzt. Wind und Wellen trieben uns mehr, als dass wir die Richtung bestimmen konnten. Wir wollten uns unter Land an der französischen Küste halten, um nicht zu sehr dem Wüten der Naturgewalten auf dem offenen Meer ausgesetzt zu sein. Auf meinen Reisen hatte ich schon öfter solch ein Toben der Elemente erlebt. Noch ängstigte es mich nicht.

Doch dann mit dem Einbruch der Dunkelheit kam ein furchtbarer Sturm auf. Regen peitschte gegen das Schiff. Der Wind brüllte in der dunklen Nacht. Die Wellen schlugen über uns zusammen.

Einige Wochen zuvor waren wir in Mittelschweden etwas nördlich der Insel Gotland von unserem Heimathafen aufgebrochen. Eine weite Reise bis nach Portugal lag vor uns. Der Handel in der Ostsee war schwierig geworden. Es herrschten kriegerische Zeiten um uns herum. Doch Handelswaren aus dem Ostseeraum nach Portugal zu bringen und Wein von dort nach Schweden war ein gutes Geschäft. Allerdings auch ein gefährliches. Insbesondere die Umrundung der Nordspitze Dänemarks war unter Seefahrern gefürchtet. Manches Schiff war hier verloren gegangen.

Den Seehandel hatte ich von meinem Vater übernommen. Schon früh hatte er mich auf langen Fahrten in das Geschäft eingeführt. Allerdings waren wir zu dieser Zeit oft nach Osten gesegelt, in das Baltikum und nach Russland. Damals blühte der Handel mit diesen Regionen. Nun mussten wir weite Fahrten nach Süden antreten.

Zum Zeitpunkt dieser Reise nach Portugal war mein Vater bereits vor vielen Jahren gestorben. Meine Mutter lebte noch. Er war in zweiter Ehe mit ihr vermählt gewesen. Im Alter von ungefähr fünfzig Jahren hat er sie als junge Frau geheiratet. Seine erste Frau war gestorben, als das jüngste ihrer drei Kinder zehn Jahre alt war. Meinem Vater war es wichtig, sich wieder schnell zu verheiraten, um den Kindern ein Zuhause bieten zu können. Denn oft war er auf Reisen und es musste jemand den Hausstand versorgen.

Als ich geboren wurde, wohnten meine beiden älteren Halbbrüder bereits nicht mehr bei uns. Sie hatten im Landesinneren gemeinsam ein Landgut übernommen und dort Familien gegründet. Auch der Jüngste ist kurz darauf zu ihnen gezogen. Ihr Verhältnis zu unserem Vater war schwierig. Jedenfalls sah ich sie fast nie und bin wie ein Einzelkind aufgewachsen. Meine Eltern haben sich fürsorglich um mich gekümmert. Mein Vater hat immer mehr Geschäftsaufgaben an seine Angestellten übertragen und sich Zeit genommen, mir die Welt zu zeigen. Früh durfte ich ihn auf seinen nun eher seltenen

Reisen begleiten. Alle Arbeiten hat er mir aufgetragen. Als Matrose habe ich an Bord das Seemannshandwerk gelernt. Es war mir immer eine große Freude, den Mast zu erklimmen und von oben das Schiff durch das Meer gleiten zu sehen. Die Handelspartner meines Vaters lernte ich kennen und durfte bereits in jungen Jahren erste geschäftliche Gespräche mit ihnen führen. Als ich sechzehn Jahre alt war, unternahm ich eigene Fahrten.

Wir hatten ein schönes Haus, fast ganz aus Holz gebaut, etwas im Hinterland des Hafens. Am Hafen selbst standen die Lagerhallen. Als ich achtzehn war, freundete ich mich immer mehr mit der Tochter einer seit vielen Jahren mit uns verbundenen Familie an. Wir durften bald heiraten, da ich schon das Geschäft führte und einen Hausstand aufbauen sowie eine Familie ernähren konnte.

Bald nach der Hochzeit wurde unsere Tochter geboren. Wir nannten sie Wilhelmine. Dieser Name sollte sie als Mensch voller Mut, Willen und Kraft auszeichnen, der sie dann auch wurde. Sie blieb unser einziges Kind. Für meine Frau war es eine schwere Geburt und danach konnte sie keine Kinder mehr bekommen. Nur mit Glück und Gottes Hilfe hat sie die Geburt überlebt.

Von nun an war unsere Tochter der Mittelpunkt des häuslichen Lebens. Ich wollte ihr die Welt zeigen, so wie mein Vater es mit mir gemacht hatte. Sie hatte große Freude an der Schifffahrt. Schon früh begleitete sie mich auf kurzen Handelsreisen. Wie ein junger Mann konnte sie anpacken. Es war schön zu sehen, wie sie immer selbstständiger wurde, ihr Leben mehr gestaltete und die Welt entdeckte. Ihr blondes Haar leuchtete in der Sonne, ihre Augen funkelten voller Lebenslust und Neugier. Ihr Lachen schallte weit über Meer und Land.

Unsere Heimat blieb weitgehend von den Kriegen, der Not und der Zerstörung um uns herum in Europa verschont. Zwar konnten wir in der Ostsee immer weniger Handel treiben, doch fanden wir neue Partner weiter im Süden.

Ich hatte Wilhelmine das erste Mal auf eine so lange Reise nach Portugal, die uns über Monate von zu Hause wegbringen würde, mitgenommen. Unser Schiff hatte an die 25 Mann Besatzung. Wir waren bei gutem Wetter um Dänemark gesegelt. Wir hatten Zeit, um Wind und Wellen, Sonne und Meer zu genießen. Frühzeitig war das Meer zwischen England und Frankreich erreicht. Wir fuhren dicht an der französischen Küste und konnten tief in das Land schauen. Dann frischte der Wind immer mehr auf. Masten und Segel verkündeten unter Ächzen, dass sie an die Grenzen ihrer Belastbarkeit kamen. Wir refften die Segel noch stärker und fuhren in die stürmische schwarze Nacht. Gewitter mit hellen Blitzen und tiefem Donner entluden sich. Orientierung gab uns nur der Wind und wir hofften, weder zum Land noch auf das offene Meer getrieben zu werden.

Möglicherweise war ein Mast gebrochen oder auch nur das Segel vom Wind zerrissen. Ich war auf Deck und hielt mich an einem Schiffsaufbau fest, als mich etwas Schweres traf und in die Fluten schleuderte. Vielleicht war das Schiff auch auf Grund gelaufen. Jedenfalls stürzten die Wellen über uns zusammen. Teile der Ladung wurden aus der Befestigung gerissen und knallten mit voller Wucht gegen die Planken. Das Schiff war Spielball der Elemente und in kurzer Zeit vollständig zerstört.

Ich wurde unter Wasser gezogen und ertrank. Ob jemand von der Mannschaft überlebte? Ich denke, eher nicht. Leblos im Wasser treibend sah meine Seele das Werk der Zerstörung. Ich sah meine Tochter in den Wellen und wollte ihr helfen. Ich wollte zu ihr schwimmen, einen rettenden Balken greifen. Doch nichts war mehr möglich, ich war gestorben und auch sie ertrank.

Dann am Strand. Noch existierte der Wille, Wilhelmine zu schützen. Meine Seele war erfüllt von dem Streben, ihr die Welt zu zeigen, sie wachsen und sich entwickeln zu sehen. Sie sollte in die Welt gehen und diese entdecken. Ich wollte, dass sie voller Freude und Neugier im Leben stand. Meine Seele konnte sich nicht von diesem Streben, von diesen Gedanken verabschieden. Sie malte sich das Bild, Wilhelmine aus dem Wasser zu ziehen. Nein, gestorben durfte sie nicht sein! Noch so vieles lag vor ihr in diesem Leben. Das sollte doch noch geschehen!

Ich sitze am Strand. Die Jahreszeiten kommen und gehen. Ich bemerke es kaum, derart gefangen bin ich in meiner Vorstellung und dem Verlangen, mit Wilhelmine gemeinsam voller Freude in diesem Leben zu sein.

Und kommt meine Seele auch in neuer Gestalt auf die Erde, so bleibt ein Teil immer an diesem Strand und wartet, dass das glückliche Dasein mit meiner Frau und der geliebten Tochter eine Fortsetzung finden möge.

Meist bin ich allein am Strand. Ich halte das Geschehen an, weil nur auf diese Weise die Hoffnung weiterbestehen kann. Wilhelmine sitzt schon lange nicht mehr neben mir. Hin und wieder sieht sie nach mir, fordert mich auf, ihr zu folgen. Ihre

Fröhlichkeit unseres ersten Zusammenseins am Strand ist nun verflogen. Ihr Lachen fehlt. Sie spricht ernst mit mir, und ich höre sie nicht.

Wie ist es auf dieser Welt weitergegangen? Fischer von der Küste haben ihren Körper gefunden. Wilhelmine mit ihren blonden Locken hat sie tief in ihrer Seele berührt. Sie zimmerten einen Sarg für sie. Ein Priester leitete das Begräbnis und ein weißes Steinkreuz wurde auf dem Grab errichtet. Allein die Jahreszahl ihres Todes war eingemeißelt und das Wort »ertrunken«.

Nach langen Jahren des Wartens am Strand führt mich eine tiefe Sehnsucht dazu, die Umgebung zu erkunden. Ich weiß nicht, was ich suche, doch ich treffe auf Wilhelmines Grab. Trauer erfasst mich, als ich erkenne, dass ich vor ihrem Grabmal stehe. Eine Trauer, die mich schon so lange begleitet und nun neu erwacht.

In meinen Gedanken meißele ich ihr Geburtsjahr »1612« und ihren Namen »Wilhelmine Strobel« in den Stein. Eine lange Zeit verbringe ich an diesem Ort. In meinem Empfinden laufen mir die Tränen über das Gesicht. Hier liegt nun meine geliebte Tochter. Nun kann ich ihr sagen, wie sehr ich mir gewünscht habe, sie erwachsen werden zu sehen. Wie sehr ich daran geglaubt habe, dass sie ihr eigenes Leben in Selbstständigkeit und voller Freude würde gestalten können. Wie gerne ich ihr noch mehr von der Welt gezeigt hätte. Ich sitze an ihrer Grabstätte und nehme Abschied von ihr und meinen Wünschen. Ich weiß nun, hier liegt sie bestattet und hierher kann ich kommen, um meine Trauer zu leben.

»Wilhelmine Strobel, dein Körper liegt hier begraben. Doch wir wollen in einem anderen Sein gemeinsam durch das Leben gehen. Noch kann vor uns liegen, was damals nicht möglich war. Noch kann ich nicht verstehen, warum dein Leben nur zwanzig Jahre dauern durfte. Noch kann ich nicht verstehen, warum es auf dieser Welt so viel Leid und Schmerz zu erleben gibt.

Wir lebten in unserer kleinen Hafenstadt in Schweden auf einer Insel des Friedens und Wohlstands, als um uns herum Krieg, Gewalt und Not tobten, so wie der Sturm in jener Nacht. Dann sind auch wir vom Unglück getroffen worden. Ich denke an dein Lachen und deine Freude, als es zu Ende war. Ich weiß, du hattest recht mit deiner Freude. Deine Seele wollte, was geschehen ist, erleben. Du schaust zurück auf zwanzig Jahre der Entfaltung und Harmonie.«

Ich sitze an ihrem Grab und verabschiede mich von dieser Zeit.

»Wilhelmine, du flüsterst mir zu, dass wir den Quell der Freude entdecken sollen. Wir haben seinen Ausdruck in diesem Leben erfahren, doch seinen Ursprung kennen wir noch nicht. Lass uns neugierig sein, ihn zu finden. Noch vieles liegt vor uns. Wir wollen uns der Zukunft zuwenden.«

Die Welt ist voller Geheimnisse

Also, auch das hatte ich mit in mein heutiges Dasein getragen. Nicht allein die Sehnsucht und Trauer des Seemanns aus Neuspanien, sondern ebenso den verstörenden Schmerz, das geliebte Kind so früh in den Tod gehen lassen zu müssen. Das war ein Teil von mir. Natürlich hinterlassen solche Erfahrungen Spuren. Und mir war klar, es ging nicht darum, dass sich jetzt meine Wünsche erfüllten und das, was ich für mich in diesem vergangenen Leben gewollt hatte, nun einträte. Nein, es war alles schwieriger. Ich wusste, diese Geschichte von Wilhelmine bezog sich auch auf meinen jüngeren Sohn Raffael. Seit der Kleinkindzeit litt er an Diabetes. Die tägliche stete Sorge um ihn begleitete meinen Mann und mich. Ich wollte, dass er trotz seiner Krankheit zu Erfüllung und Eigenständigkeit fand.

Was bedeutet es, den Quell der Freude zu finden, fragte ich mich. Warum war Wilhelmine nach ihrem Tod so fröhlich gewesen? Hatte sich ihr Schicksal erfüllt und sie fühlte sich damit im Einklang? Was konnte Kirsten nicht verstehen und an was waren seine Gefühle so stark gebunden? Es schien, als würde durch diese Rückschau tief berührt, was meine derzeitige Existenz ausmachte. Was ist die Quelle des Leids? Tausend Fragen und noch ganz wenige Antworten.

Ich war nun über vierzig Jahre alt. Ich hatte Joe geheiratet und zwei Jungen das Leben geschenkt. Meinen Beruf hatte ich immer gerne ausgeübt. Es gab den großen Schmerz über die schwere Krankheit meines jüngsten Kindes. Doch wo war der Sinn, wo eine Lösung? Ich sollte Freundschaft schließen mit der Traurigkeit, dass mein Kind immer auf Hilfe angewiesen sein würde.

Noch einmal tauchten Bilder aus dem Leben als Kaufmann vor meinem geistigen Auge auf. Ich sah, wie Kirsten mit seiner jungen Frau zusammenlebte. Die Geburt ihrer Tochter: Welche Freude, dass ein gesundes Mädchen geboren war. Sie schaute sofort freundlich und neugierig. Doch zugleich lastete auf Kirsten die Sorge um seine Frau. Würde sie die Geburt überleben? Sie lag apathisch und völlig erschöpft in ihrem Bett. Wie konnte er ihr helfen? Dieser Schreck, sie verlieren zu können, ist über die Zeit lebendig geblieben. Ich kannte diese Angst vor dem Verlust.

Konstanze riss mich aus den Gedanken.

»Versuche, nicht zu viel und alles auf einmal zu verstehen. Du musst lernen, dich mit deiner Trauer und deinem Schmerz zu versöhnen. Sei verständnisvoll und gütig zu dir. Du hast es verdient. Unsere Existenz ist vielfältig, großartig und oft schwer. Sie ist bunt und voller Überraschungen. Sie birgt Freude und Leid, Schmerz und Glück. Sie ändert sich ständig und lässt sich nicht festhalten. Wir suchen Halt, wir möchten verstehen. Wir spüren das Sein, wie es uns geborgen hält und wie wir uns darin verlieren. Doch ich meine, je weiter wir schauen, umso mehr Hoffnung birgt es auch.«

»Und auch Irrtümer«, warf ich ein.

»Es gibt furchtbare Irrtümer. Warum sind wir so voller Wünsche? Warum wollen wir oft etwas ganz anderes, als wir erhalten?«

Wir schauten uns an. Wir wollten nicht versuchen, all diese Fragen zu beantworten. Es war gut, dass wir beieinander waren. Es war gut, dass ich meinen Mann hatte und die zwei

Söhne. Wir tranken einen Schluck Wein und sprachen über unser Leben.

All das ist mir eingefallen, während Lars seine Start- und Landeversuche auf dem Küchentisch vollführt. Seit diesen Gesprächen mit Konstanze sind viele Jahre vergangen. Es gibt nun Lars, es existieren Raumschiffe und weiterhin viele Fragen.

»Oma Kristin, ich finde, ich habe die tollsten Geschenke bekommen«, sagt Lars. »Wenn ich mal groß bin, dann möchte ich Kommandant von einem Raumschiff werden und ganz, ganz weit in den Weltraum fahren und andere Menschen treffen auf anderen Planeten.«

Schön, dass Lars voller Freude ist. Wieder widmet er sich seinem Spiel, während meine Gedanken erneut in die Vergangenheit schweifen.

Entwicklung

Ungewissheit, das ist Leben,
begleitet dich auf allen Wegen.
Denn was du weißt, hast du erfahren,
die Zukunft kann es dir nicht sagen.

Es kostet Mut, es kostet Kraft,
weil dieses Leben doch erst schafft,
wer du bist und wer du wirst,
dass du dich vielfach tief verirrst.

Der Blick zurück ist voll Verlockung,
ist voll Gewissheit und voll Hoffnung.
Du siehst, wer bist du einst gewesen,
willst auch in Zukunft dahin streben.

Zurück schreist du in großer Not,
zurück und nicht in Richtung Tod.
Zurück zu meinem Herkunftsort
schon viel zu lange bin ich fort.

Und muss ertragen, was mich teilt
in Zeitabschnitte und in Orte.
Das Leben hier nur kurz verweilt.
Mir fehlt das Heil, mir fehlen die Worte.

Warum nicht bleiben, wie ich bin?
Worin liegt denn der tiefe Sinn,
sich zu verändern und zu sehen
sich dort enden, wo begonnen?
Als wäre nichts mit mir geschehen,
was ist im Leben so gewonnen?

Aus dem Samen wächst die Pflanze.
Sie wandelt sich, es wächst das Ganze,
hat Blüten, Früchte und auch Samen,
die wieder in die Erde kamen
und dort beginnen, wie vor Jahren
der alte, nun vergangene Samen.

Mein Mann

Ich hatte meinem Mann von der Begegnung mit Konstanze erzählt. Ich wollte wissen, was er über die Geschichten dachte. Glaubte er, dass sie sich tatsächlich ereignet hatten? Ich war voller Fragen. Ich gab ihm zu lesen, was Konstanze aufgeschrieben hatte.

Joe ist eher ein nüchterner und praktischer Mensch. Diese Eigenschaften habe ich immer an ihm geschätzt. Nur manchmal hätte er auch ein wenig romantischer sein dürfen. Er versteckt seine Gefühle nicht, aber nur selten verführen sie ihn, seinen Verstand auszuschalten. Ich war gespannt, was er zu meinen Erfahrungen mit Konstanze sagen würde.

Als Joe die Erzählungen gelesen hatte, fragte er mich: »Hast du das Gefühl, dass du die Person bist, die dort aus ihrem vergangenen Leben berichtet?«

»Diese Leben sprechen mich an und das Wissen darüber schenkt mir innere Ruhe«, antwortete ich ihm. »Ich habe versucht zu vergleichen. Wenn ich dir eine Episode von mir als Kind, sagen wir mal mit sieben Jahren, erzähle, bin ich dann noch dieses Kind oder erinnere ich mich nur daran? Ich finde es schwierig, hier eine Antwort zu geben. Ich bin jemand anderes als vor fünfunddreißig Jahren: äußerlich mein Körper, mein Denken, mein geistiger Horizont, meine Erfahrungen, meine Gefühle. Alles ist anders als damals, als ich ein Kind war. Wer bin ich denn? Gibt es etwas, was in mir heute und in diesem Kind gleich ist? Ich möchte Ja sagen, aber ist das wirklich mehr, als dass ich weiß, ich bin aus diesem Kind entstanden? Was hat ein Samenkorn mit der Pflanze zu tun, die aus ihm wächst?«

In mir herrschte Verwirrung. Das Leben war eine große Entdeckungstour. Das meiste davon wusste ich noch nicht.

Joe schaute mich an und antwortete: »Was ist Identität? Wenn ich an die Zeit denke, als ich ein kleines Kind war, etwa zwei oder drei Jahre alt, da kann ich mich noch nicht einmal daran erinnern. Trotzdem spreche ich von ›Ich‹. Oder vor der Geburt. Was war da? Lass uns noch mehr ausprobieren, was wir über frühere irdische Existenzen herausbekommen können. Auf diese Art funktioniert doch unsere Wissenschaft. Wir machen ein Experiment. Es wird keine einfachen Antworten geben. Aber das Leben bietet Gelegenheit, Täuschung von Realität zu unterscheiden.«

»Und, was wollen wir herausbekommen?«, fragte ich.

»Erst mal, ob wir uns an frühere Erdenleben erinnern können und dann, was uns ein erinnertes Dasein sagt. Wie fühlen wir uns damit, hilft es uns, etwas darüber zu wissen? Das wäre für mich die wichtigste Frage.«

»Interessiert dich, ob es diese Existenz tatsächlich gegeben hat? Ob man Spuren dieser Menschen in der Vergangenheit finden kann? Zum Beispiel ein Grabstein, ein Eintrag in ein Kirchenbuch oder Ähnliches«, fragte ich meinen Mann.

»Klar, das wäre schon spannend. Aber was wäre dann?«, entgegnete er. »Heißt das auch, dass ich dieser Mensch war? Was soll in diesem Zusammenhang überhaupt das Wort ›Ich‹ bedeuten? Zudem: Wird es nicht immer auch viele Fehler in der Erinnerung geben? Das ist doch, wenn ich an meine Kindheit denke, ganz sicher so. Dann würde man sich möglicherweise nur noch mit diesen Fehlern beschäftigen. Nein, ich möchte einfach erfahren, was es für mich bedeutet, auf ein vergangenes Erdendasein zu schauen.«

Ich hatte das Gefühl, noch mehr Worte würden nicht weiterhelfen. Deshalb war ich einverstanden mit dem, was Joe gesagt hatte. Wir sollten die Sache einfach ausprobieren.

»Hast du ein bestimmtes Anliegen, was dich heute beschäftigt und wozu du in die Vergangenheit schauen willst?«, fragte ich.

»Ja, als du vorhin erzählt hast, da ist mir mein Vater eingefallen.«

Der Vater meines Mannes war vor Kurzem gestorben.

Joe fuhr fort: »Und ich dachte, ich würde gerne mehr darüber wissen, wo die Wurzeln unseres Zusammenseins liegen. Jetzt, wo er gestorben ist, spüre ich, dass manches offen und unklar ist.«

Wir sprachen mit Konstanze über unsere Idee. Sie hatte mir noch nicht alles über ihre Erfahrungen mit dem Thema Wiedergeburt erzählt. Sie kannte sich auch in der Kunst aus, andere Menschen zu Erinnerungen an frühere Existenzen zu führen. Das Erlebte hatte sie derart fasziniert, dass sie eine Ausbildung zur Reinkarnationstherapeutin absolviert hatte. Ich wunderte mich ein wenig, dass sie mir bisher nichts davon berichtet hatte. Wahrscheinlich war sie sich noch unsicher gewesen, was ich darüber denken mochte.

Joe traf sich mit ihr. Er hatte sogleich Vertrauen gefasst und war neugierig. Er wollte verstehen, was aus der Vergangenheit in sein jetziges Leben mit seinem Vater hineingewirkt hatte.

Als er von der Sitzung mit Konstanze zurückkehrte, wartete ich überaus gespannt auf ihn.

Joe sah ziemlich erschöpft aus, als er nach Hause kam. Ich wollte ihn nicht bedrängen und übte mich in Geduld, bis er von sich aus berichten würde. Er holte sich ein Glas Milch aus der Küche, setzte sich in den Sessel und erzählte mir ganz langsam, immer wieder durch Pausen unterbrochen, was er erfahren hatte.

Vergiss mein nicht

Im Augenblick ist alles Sein,
doch der Verstand dafür zu klein.
Dieser sucht den steten Lauf,
das Für und Wider, Ab und Auf.

Er braucht Aspekte zum Betrachten,
er will Gesichtspunkte beachten.
Wie kommt es denn, dass dies so ist,
wofür spricht meine Weltensicht?

Es gibt so vieles zu verstehen,
zu hören, fühlen und zu sehen.
Wie bildet sich das Ganze nun,
welche Teile Dienst hier tun?

Auch das Bewusstsein selbst muss wachsen,
es gibt so manches zu beachten.
Wie soll ich denn die Welt begreifen,
wenn ich doch selber muss erst reifen?

Da spricht zu uns Vergissmeinnicht,
spricht leise aus der Pflanzen Sicht:
Beachte mich, den Augenblick,
beachte ihn mit viel Geschick.

Alles ist in ihm verborgen,
das Gestern, Heute und das Morgen.
So klein er scheint, er doch vereint,
das Sein, die Zeit, sie sind gemeint.

FLOR I 2006

Geschäfte, Geld und Wert
Chicago von 1820 bis 1887

Es ist vorbei. Wir haben dieses Leben verlassen und sitzen nun – ganz einander zugehörig – halb versunken im weichen Grund. Aber was ist das für ein Platz, an dem wir uns befinden? Wie eine Wolke scheint er über dem und jenseits des irdischen Seins zu schweben. Markant steht hinter uns ein schwarzes Tor aus gusseisernen Stäben, eingelassen in eine Mauer, deren Konturen in den Wolken verschwimmen. Die Eisenstäbe des Tores laufen nach oben spitz zu. Hinter diesem Tor liegt unsere irdische Existenz und dorthin will ich keinesfalls wieder zurück. Ein Schritt durch dieses Tor und ein tiefer Absturz würde mich erwarten.

Wir ruhen bequem auf unserer Wolke – noch immer erfüllt vom Spaß und Schabernack, den wir dort unten auf der Erde erlebt und gemeinsam getrieben haben. Wie lustig ist es gewesen, die ach so klugen Banker und Geschäftsleute übers Ohr zu hauen! Wir haben Reichtümer angehäuft. In unseren Gedanken sehen wir Gold und Edelsteine. Derart schlau und raffiniert wie wir war kein anderer. Große Einigkeit bestand zwischen uns. Wir waren Zwillinge. Wir gehörten zusammen.

Ich spüre aber auch Leere. Wie soll es jetzt weitergehen? Es drängt mich, Rat zu suchen. Im Hintergrund, ganz in unserer Nähe, sehe ich eine hochgewachsene Gestalt auf uns warten. Es scheint mir ein weiser Mann zu sein, der uns zur Seite stehen kann. So habe ich mir früher einen Engel vorgestellt. Auch wir wirken mit unseren weißen Hemden, als wären wir einem Bilderbuch über Engel entsprungen. Es ist so, dass in dieser Welt, in der wir nun sind, alles so erscheint, wie man es sich vorstellt. Es ist keine materielle Welt und keine Welt für die uns bekannten Sinne.

Mit diesem Engel will ich sprechen, es zieht mich dorthin. Mein Bruder folgt mir. Wir setzen uns zu ihm und warten, was nun kommen mag. In mir entstehen Fragen: Was hat dieses Leben nun gebracht? Was bleibt von den Schätzen? Die gerade vergangene irdische Existenz muss noch einmal betrachtet werden.

Geboren wurden wir 1820 in Brandsville, Missouri. Unsere Großeltern stammten aus Frankreich. Der Vater trieb Handel mit Holz und Eisenwaren. Wir waren Zwillinge – ich eine halbe Stunde älter als mein Bruder. Unsere Eltern nannten meinen Bruder Jeremy und mich Josef. Von Geburt an ähnelten wir uns wie ein Ei dem anderen. Vater und Mutter hatten es nicht leicht mit uns. Wir waren kaum zu bändigen und immer stachelten wir uns gegenseitig zu neuen Taten an. Unsere Eltern maßen ihrer, wie sie meinten, vornehmen Herkunft aus Frankreich großen Wert zu. Es wurde viel Sorgfalt darauf gelegt, dass wir eine gute Bildung erhielten. Lernen machte uns Freude. Unsere Neugier war überaus groß und wir wollten erfahren, was alles auf der Welt geschah. Immer war der Zwillingsbruder da, um zu helfen, wenn es für den anderen ein Problem gab, und immer waren wir bereit, einen Streich anzustellen.

Mir fällt ein, wie einmal die Hühner unserer Nachbarn unserem ungezügelten Tatendrang zum Opfer gefallen sind. Oft spielten wir am Bach, der kräftig zwischen unserem Grundstück und dem des Nachbarn entlangrauschte. Wir hatten Spielzeugflöße gebaut und ließen sie im Wasser treiben. Dabei malten wir uns aus, wie wir einen langen Fluss hinabfuhren, gefährliche Stromschnellen meisterten oder geruhsam unsere Angel ins Wasser warfen.

Eines Tages, nach längeren Regenfällen, ließen sich besonders spannende Rennen veranstalten. Mein Bruder kam auf die Idee, dass die Flöße auch eine Besatzung brauchten. Wir testeten Frösche. Schnell verließen sie jedoch mit einem großen Sprung den fahrenden Untersatz, sobald dieser in rauere Gewässer kam. Bei der Suche nach geeigneteren Passagieren fiel unser Blick auf die Hühner des Nachbarn, die friedlich auf der angrenzenden Wiese nach Würmern und Insekten suchten. Ein Gedanke, ein Blick zwischen uns, und die Sache war beschlossen. Wir packten vier Hühner, banden sie jeweils an einem Floß fest – denn wir hatten ja von unseren Erfahrungen mit den Fröschen gelernt – und ab ging die Fahrt. Die Tiere flatterten und zerrten an ihren Fesseln. Wir rannten parallel am Ufer entlang, lachten und schrien. Die Strömung war schnell und wir kamen kaum hinterher. Alles ging gut. Dann kam die erste Stromschnelle. Die Flöße stürzten eines nach dem anderen um, und die Hühner tauchten kopfunter in das Wasser. Wir sahen sie noch verzweifelt flattern, ihre Köpfe stießen heftig gegen die Steine im Flussbett. Sie hatten keine Chance. Als wir die Flöße weiter unten an der Biegung aus dem nun wieder seichteren und ruhig fließenden Wasser zogen, waren sie ertrunken. Wir legten sie auf die Wiese zu den anderen Hühnern. Der Schreck war mir in die Glieder gefahren. Wie würden die Nachbarn reagieren? Hatten wir eine Strafe zu erwarten? Der Nachbar war ein raubeiniger Bursche. Oft lief er mit der Flinte in der Hand über sein Grundstück. Erst

Wochen nach diesem Geschehen getrauten wir uns wieder, am Bach zu spielen.

Solche Streiche banden uns Brüder eng zusammen. In diesem Fall haben wir nie etwas von einer Reaktion der Nachbarn erfahren.

Als wir fünfzehn Jahre alt waren, zogen unsere Eltern nach Illinois an das Südwestufer des Michigansees. In einem kleinen Ort mit wenigen Hundert Einwohnern, der Chicago genannt wurde, eröffnete mein Vater einen Laden mit allen Waren des täglichen Bedarfs. Mein Vater hatte diesen Platz bei einer seiner Reisen kennengelernt und meinte, dass es hier hervorragende Geschäftsmöglichkeiten gäbe. Die Gegend war Anziehungspunkt für zahlreiche Zuwanderer. Auch viele Siedler auf dem Weg nach Westen machten hier Station.

Der Handel blühte. Durch den See und den Chicago River war insbesondere der Holzhandel von großer Bedeutung. Vater kaufte ein großes Stück Land und errichtete ein Haus. Natürlich reichte sein eigenes Geld nicht für all diese Investitionen. Doch er bekam Kredit bei der Bank und sah optimistisch in die Zukunft.

Das Geschäft lief gut an. Mein Bruder und ich halfen tatkräftig mit, sowohl beim Einkauf als auch im Laden. Chicago wuchs rasant: Haus um Haus, Geschäft um Geschäft. Immer mehr Neuankömmlinge zogen in die Stadt. Schnell waren wir Teil des expandierenden und hektischen Chicago. Wir lernten viele Geschäftspartner kennen – Menschen voller Optimismus und Tatendrang. Alles schien möglich! Eine neue Zeit war angebrochen. Ein noch unentdecktes Land mit ungeheuren Ressourcen wartete auf uns. Wer zögerte, verlor. Wer schnell handelte und die Chance beim Schopf packte, der konnte in kurzer Zeit viel Geld machen. Die Geschäfte wollten heute gemacht sein, ein morgen gab es für sie nicht.

Mein Vater war ein bedächtiger Mann. Er gab sein Bestes, aber er brauchte eine verlässliche Welt. Alles veränderte sich. Kaum hatte er eine Geschäftsbeziehung aufgebaut, gehörte diese schon wieder der Vergangenheit an. Verzweifelt suchte er einen festen Halt. So kam es, dass alles um uns herum aufblühte, bei uns aber das Unglück einzog.

Ein Geschäftspartner hatte meinen Vater betrogen. Er hatte von ihm auf Kommission einen großen Posten Ware erhalten, diesen gewinnbringend weiterverkauft und war dann mit dem Geld in Richtung Westen verschwunden. Mein Vater erkrankte über diesen Schicksalsschlag, wie er es empfand, schwer. Plötzlich überkam ihn Herzrasen oder er hatte das Gefühl, sein Herz setze aus. Eine große Angst, ja Panik überfiel ihn dabei. Er traute sich kaum noch aus dem Haus und versank in Melancholie. Der Arzt konnte wenig helfen. Meinem Vater war diese Welt der schnellen Geschäfte über den Kopf gewachsen. Ohne verlässliche Beziehungen, immer auf der Hut sein müssen, immer bereit für das schnelle Geschäft. Das war nicht sein Leben und es überforderte ihn. Hinzu kam die Enttäuschung, derart um sein Eigentum gebracht worden zu sein. Auf was war in dieser Welt noch Verlass?

Meiner Mutter erging es kaum besser. Der geschäftliche Verlust und die Krankheit meines Vaters ließen sie in Hysterie flüchten. Manchmal lief sie schreiend und voller Angst durch Haus und Garten, um plötzlich in sich versunken innezuhalten und ein unverständliches Gemurmel von sich zu geben. Die Augenblicke, in denen sie mit vernünftigen Worten zu erreichen war, wurden immer seltener. Noch besorgte sie den

Haushalt und war für uns da. Doch die Lebensfreude hatte sie verlassen.

Wir Brüder wollten den Ernst der Situation nicht richtig wahrhaben. Wir waren neugierig auf diese neue Welt. Es machte uns Spaß zu sehen, wie alles im Wandel war und so vieles möglich schien. Wir machten weiter wie bisher, nur das notwendige Geld fehlte, um Teil des großen Rades zu sein, das sich hier drehte. Unser Vater nahm einen weiteren Kredit auf, um den Geschäftsverlust auszugleichen, und verpfändete sein Grundstück an die Bank. So nahm das Unglück seinen Lauf.

Ihm entglitt sein Geschäft immer mehr. Als er im kommenden Monat nicht die fälligen Kreditzinsen zahlen konnte – die Einnahmen aus dem Verkauf der neuen Waren reichten gerade zum Überleben und zum Begleichen der alten Forderungen –, da verlangte die Bank die Übereignung des Grundstücks. So war diese Welt. Jeder kämpfte an seinem Platz für seinen Reichtum. Mein Vater stand vor dem Ruin. Das große Rad war dabei, ihn mit aller Wucht von sich zu schleudern. Die Kraft, selbst mit am Rad zu drehen, fehlte ihm. Die Bank hatte den neuen Kreditvertrag in derart raffinierter Weise zu ihren Gunsten formuliert, dass es nun schien, als sei sein Eigentum verloren.

Das war zu viel des Kummers und Misserfolgs für meine Eltern. Ihre Welt lag in Trümmern. Es gab keinen Halt mehr. Ihr Stolz war gebrochen. Sollten sie auf der Straße leben? Sollten sie um Almosen betteln? Waren sie nicht Abkömmlinge eines angesehenen französischen Geschlechts?

Sie kamen sich nutz- und wertlos vor. Sie hatten vollkommen versagt! Was nun kommen würde, das wollten sie nicht mehr erleben. Den Menschen als Versager und Gestrandete unter die Augen zu treten, das sollte nicht sein.

Als wir am folgenden Abend, nachdem die Bank unseren Vater ultimativ zur Abtretung des Grundstücks aufgefordert hatte, nach Hause kamen, waren Vater und Mutter tot. Vater saß zusammengefallen im großen Sessel, die Mutter lag halb auf dem Sofa hingestreckt. Die fast vollständig geleerten Gläser mit dem Gifttrank hatten sie noch wohlbehalten auf den Tisch gestellt.

Wir standen unter Schock. Alles ging nun blitzschnell. Das Begräbnis fand statt. Unsere Welt war zusammengebrochen! Wir wagten kaum zu atmen. Warum waren unsere Eltern gegangen und hatten uns alleine gelassen? Wir waren gerade siebzehn Jahre alt.

In uns tobte eine große Wut – auf die Bank, auf das Leben, auf unsere Eltern. Wieso hatten sie nicht an uns gedacht? Waren das Haus und Grundstück wichtiger und mehr wert als wir? Hätten wir nicht gemeinsam jederzeit neu starten können! Weshalb fehlte das Vertrauen in uns, dass wir auch für Wohlstand sorgen könnten? Warum hatten sie nicht mit uns gesprochen? Tief in unserem Inneren waren wir getroffen! Viel tiefer, als wir es wahrhaben und uns eingestehen wollten. Verletzter, als wir selbst dachten.

Zudem existierten Schuldgefühle und Wut auf uns selbst, dass wir nicht gemerkt hatten, was unsere Eltern bewegte. Wäre im Vorfeld eine Lösung möglich gewesen? Große Angst packte uns! Wie schnell konnte alles im Leben zusammenbrechen! Die Trauer über den Verlust unserer Eltern, unseres Zuhauses raubte uns fast den Lebenswillen.

Viele Gefühle, zu stark, zu tief, zu gefährlich, um sie anzuschauen! Wir besaßen nur noch uns. Wir gehörten zusammen! Wir würden dieses Leben bestehen! Ohne Worte, ja ohne es bewusst zu wissen, schworen wir uns ewige, unzerbrechliche, brüderliche Treue, und dass wir dieser Welt, diesen Banken und Geschäftemachern zeigen würden, dass wir bestehen konnten und uns nicht zerstören lassen würden.

Die Bodenpreise in Chicago explodierten. Tag für Tag stiegen sie um ein paar Cent. Immer mehr Neuankömmlinge zogen zu. Ein Kanal zum Mississippi wurde geplant. Chicago war eine Goldgrube für jeden, der sich auf Geschäfte verstand. Mit all den verwirrten Gefühlen, ohne eine Idee, wie sie je zu lösen sein könnten, standen wir vor der Herausforderung, die Übereignung unseres Grundstücks an die Bank abzuwenden. Doch wir hatten uns vorgenommen: Wir würden unseren Besitz verteidigen.

Wir kannten zwei Geschäftspartner, die auch eng mit unserer Bank zusammenarbeiteten. Das waren der alte Mr. Robertson und der smarte Mr. May, der gerade mal zehn Jahre älter war als wir. Sie spekulierten mit Grund und Häusern. Könnten sie unser Grundstück erwerben, würde ihnen das lukrative geschäftliche Perspektiven eröffnen. Kanalbau, Eisenbahn, was war nicht alles möglich! Siedler strömten nach Westen. Die Einwohnerzahl Chicagos hatte sich vervielfacht und würde sich morgen schon wieder verdoppeln.

Unser Anliegen, ihnen das Grundstück zum Kauf anzubieten, klang plausibel. Waren nicht gerade unsere Eltern gestorben? Natürlich musste nun der Nachlass geregelt werden. Und zwar umgehend! Wir besuchten Mr. Robertson und klagten unser Leid, dass Mr. May unser Grundstück mit aller Macht erwerben wollte, uns unter Druck zu setzen versuchte und dass zusätzlich auch die Bank ein lukratives Geschäft zu tätigen trachtete. Das Gleiche erzählten wir Mr. May. Für beide entstand der Eindruck, viel Geld verdienen und zugleich einen ungeliebten Konkurrenten aus dem Felde schlagen zu können. Wir hatten die Wölfe geweckt und jeder wollte Herr der Beute sein, die verführerisch vor ihm lag. Geblendet von der Aussicht auf großen Gewinn und überzeugt davon, zwei junge einfältige Bittsteller vor sich zu haben, die in der Not jedes Angebot annehmen mussten, war für sie undenkbar, dass wir im Hintergrund die Fäden zogen.

Wir sprachen bei der Bank vor und berichteten, dass diese mächtigen Geschäftspartner unser Grundstück erwerben wollten und bereits mit anderen Banken in Gesprächen seien. Die Kämpfe und Intrigen starteten im Hintergrund. Die Bank fürchtete um andere für sie viel wichtigere Geschäfte mit den Grundstücksinteressenten Mr. Robertson und Mr. May. Sie gab schnell nach und uns einen zeitlichen Aufschub, die Schulden zu begleichen.

Der Preis unseres Grundstücks stieg. Wir hatten die beiden Spekulanten an der Angel. Oft führten wir gleichzeitig Gespräche und wussten schon instinktiv, was der andere gerade für Ergebnisse erzielte. Der anschließende Austausch diente nur noch der Bestätigung und dazu, neue Ideen auszuhecken. Denn wir erfuhren viel darüber, was unsere Gesprächspartner bewegte. Diese äußerst nützlichen Informationen reichten wir mit großem Geschick und unter dem Siegel der Verschwiegenheit weiter. Es fing an, uns Spaß zu machen. Derart leicht war es, Gier und Machtstreben der anderen für eigene Zwecke zu nutzen.

So gelang unser erstes Geschäft. Rechtlich übernahm eine alte Tante als unser Vormund die Verantwortung. Was sie unterschrieb, wusste sie nicht. Doch sie genehmigte alles, wie wir es wünschten. In kurzer Zeit hatten wir das Geschäft über die Bühne gebracht und eine erkleckliche Summe Gewinn dabei gemacht. Nicht allein materiell: Wir gehörten nun auch zu denen, die an dem großen Rad drehten. Wir hatten neue Geschäftsbeziehungen geknüpft und uns Respekt erworben. Geachtet wurde nur, wer mithalten konnte, wer seine Interessen mit Nachdruck vertrat und schnell viel Geld machte. Wir waren gerade achtzehn Jahre alt und Teil einer Welt, die sich immer schneller drehte. Wir kauften ein kleines Haus und zogen mit der alten Tante dort ein. Sie besorgte den Haushalt und wir begannen, uns in dieses Leben zu stürzen. Wir hatten gut aufgepasst, wie man es anstellen musste, wollte man erfolgreich sein.

Mr. Robertson, der aus dem Konkurrenzkampf als Sieger hervorgegangen war und unser Grundstück übernommen hatte, gab uns noch weitere kleinere Aufträge. Wir sollten ihm den Zugriff auf Land und auch Gebäude sichern, die in Kürze an Wert gewinnen würden. An sich kein schwieriges Geschäft. Das Wachstum von Chicago war ungebrochen. Die Kunst lag darin, Verkäufer zu finden, die um ihre Aussicht auf Reichtum nicht wussten, und dabei der nicht untätigen Konkurrenz immer einen kleinen Schritt voraus zu sein.

Wir waren erfolgreich und ein kleiner Wohlstand stellte sich ein. Immer mehr Geschäfte tätigten wir auf eigene Rechnung. Zusammen mit unserer Tante zogen wir in eine repräsentative Stadtwohnung in guter Lage.

Wir versuchten weiterhin, in unserem Tagesablauf feste Regeln einzuhalten. Morgens gemeinsames Frühstück um 7.30 Uhr. Die Zeitungen lesen, eine kurze Besprechung und anschließend Geschäftstermine. Wenn es möglich war, speisten wir mittags gemeinsam in einem guten Restaurant, aber meist hatten wir zu dieser Zeit Verabredungen mit Geschäftspartnern. Abends nach 9 Uhr, der Zeit für den Feierabend, saßen wir oft noch bis spät im Wohnzimmer, tranken ein Glas Wein, sprachen über den Tag, rauchten eine Zigarre und schmiedeten Pläne für die Zukunft. Es war ein angenehmes Leben. Immer schauten wir nach vorne.

Unsere Eltern, ihr tragischer Tod – wir wollten hieran keinen Gedanken mehr verschwenden. Trotzdem, ich weiß, wie mich die Bilder verfolgten. Ich spürte, wie sich mein Herz verkrampfte und Schweißperlen auf meiner Stirn standen. Traurigkeit war auch immer Teil unseres Seins. Doch dies ging vorüber. Wir hatten doch uns. Wir würden dieses Leben schon meistern.

Zunehmend erweiterten wir unser Geschäftsfeld. Wir handelten nun auch mit Vieh und Holz. Frühzeitig kauften wir Lieferungen auf, die erst in Wochen oder sogar Monaten erwartet wurden. Wir spekulierten damit, dass die Nachfrage und der Preis bis dahin gestiegen waren und konnten den Finanzierungsbedarf der Verkäufer ausnutzen, um unseren Einsatz möglichst gering zu halten. Wichtig war es, hier geschickt interessante, wahre Informationen und zweckdienliche Gerüchte zu mischen. Zum Beispiel konnte man das Gerücht streuen, dass große Viehtransporte erwartet wurden oder neue Händler in das Geschäft eingestiegen waren, um den Preis zu drücken.

So manche Meldung im lokalen Zeitungsblättchen ging auf uns zurück, was aber niemand wusste.

Ebenso von Bedeutung war es, Geschäftspartnern richtige und wichtige Informationen zu geben, die ihnen nutzten. War ein Viehtransport angekommen, an dem wir kein Interesse hatten, dann konnte es für uns von Nutzen sein, unsere Partner auf Käufer hinzuweisen, die dringend Vieh suchten. Wir nannten ihnen Gründe für hohe Preise, schufen uns hierdurch eine Vertrauensposition und konnten gleichzeitig unserer Konkurrenz schaden. Wir waren schlau, schnell und erfolgreich. Die Geschäftsleute kamen auf uns zu, um nach unserem Rat zu fragen.

Mein Bruder und ich kleideten uns betont verschiedenartig. Wir wollten Fremden gegenüber immer als zwei eigenständige Persönlichkeiten erscheinen. Frisur, Auftreten und Geschäftsgebaren sollten uns nach außen möglichst unterschiedlich erscheinen lassen. Der Vorteil lag darin, zwei Formen der Ansprache zu haben. Manchmal machten wir uns auch einen Spaß daraus, die Identität des anderen anzunehmen. Denn im Inneren fühlten wir uns gleich und fast wie eine Person. Doch dieser Wechsel der Erscheinung diente mehr unserer Unterhaltung, als dass sie uns wirtschaftlichen Vorteil brachte.

Wir hatten zwischenzeitlich eine Brokerfirma gegründet. Wir handelten mit allem und berieten unsere Kunden. In der Geschäftswelt von Chicago waren wir überaus angesehen. An der neu gegründeten Chicago Board of Trade machten wir Geschäfte mit Rohstoffen, Optionen und Futures. Unser Rat galt etwas. Die Geschäftsleute und Banker suchten das Gespräch mit uns, um dann zu deuten, was wir gesagt hatten und ihnen von Vorteil sein könnte. Das war unser wichtigstes Kapital, mit dem wir sehr pfleglich umgingen. Vertrauen sollten die Menschen in uns haben. Nie sollten sie uns für geldgierig oder unaufrichtig halten. Es gab zwei Welten: die unseres Erscheinungsbildes nach außen, das wir so positiv und vertrauenerweckend wie möglich zu gestalten versuchten, und die Welt unserer Geschäfte zu unserem Vorteil.

Die Tante war mit den Jahren alt geworden. Sie herrschte nun über eine Schar Angestellter und sorgte für unser Wohl. Frauen spielten keine Rolle in unserem Leben. Wir gingen häufiger in einschlägige Etablissements, ließen uns unterhalten und vergnügten uns. Doch fast nie wurde es spät dabei und immer fanden wir wieder gemeinsam den Weg nach Hause.

Gewiss, es gab auch traurige Stunden. Je älter wir wurden, desto öfter erfasste uns eine Melancholie. Doch wir erlaubten uns nicht, diesem Gefühl nachzugeben. Was dort in der Tiefe ruhte, war viel zu gefährlich. Wir widmeten uns den Geschäften. Die Firma entwickelte sich prächtig. Den Sezessionskrieg hatten wir einigermaßen unbeschadet überstanden. Zwar verloren wir Kunden und Kapital, doch auch neue Geschäftspartner fanden den Weg zu uns. Chicago wuchs ununterbrochen weiter. Auch später beim großen Brand hielt sich der Schaden für uns in Grenzen. Einige unserer Immobilien wurden zerstört, doch die Firma konnte dies verkraften.

Allein, eine Müdigkeit hatte uns ergriffen. Wir beschlossen, auf dem Land eine Ranch zu erwerben. Die Sonntage verbrachten wir nun regelmäßig dort. Das erinnerte uns an die Kindheit, wie wir im Freien gespielt hatten. Wir spürten Freiheit. Wir fühlten das Land. Auch dieses Grundstück durchzog ein kleiner Bach. Unsere Tiere hatten weites Land zum Weiden. Die Tierhaltung war von der Kostenseite her nicht lukrativ, aber sie machte uns Freude.

Je älter wir wurden, desto mehr Zeit verbrachten wir auf unserer Ranch; ich deutlich mehr als mein Bruder. Er hatte ein größeres Bedürfnis als ich zu kontrollieren, was in unserer Firma passierte. So wie er nie die Kontrolle über sein Tun, ja sein Fühlen und Denken, verloren hatte, wollte er diese auch über das Handeln der anderen haben. In ihm lebte die tiefe Angst – geboren durch den Verlust der Eltern –, verlieren zu können, was im Leben der größte Halt ist. Zudem suchte er die Bestätigung durch den Besitz von Macht und darin immer noch besser als die anderen zu sein.

Oft saß ich im Lehnstuhl auf der Veranda der Ranch. Auch im Herbst und im Frühjahr, dann wickelte ich mich in eine Wolldecke ein. Ich las Zeitung, rauchte eine Zigarre, trank ein Gläschen Wein und beobachtete die Landschaft. Die Vögel flogen in der Luft, meine Sinne wurden eins mit der Natur, und die Bilder meiner Kindheit, als unsere Eltern noch lebten, kamen mir in Erinnerung. Ich sah uns im Freien spielen, entdecken, was um uns geschah. Käfer, Würmer, Eidechsen fanden unser Interesse. Ich dachte an die Eltern, wie sie sich immer gesorgt hatten, dass wir eine gute Bildung erhielten. Die Schulstunden mit meinem Vater, Französisch lesen und schreiben sollten wir lernen. Das hat nie richtig geklappt. Ich erinnerte mich, wie die Hühner unserem Verlangen, ohne Gedanken der Rücksicht Neues zu versuchen, zum Opfer gefallen waren. Hühner waren nicht für das Leben auf oder im Wasser gemacht. Das hatte für sie schlecht enden müssen.

Vielleicht war auch ich nicht für diese Welt gemacht. Mir fehlte Halt. Sicher, ich war ein erfolgreicher Geschäftsmann.

Aber ich vermisste, mich in dieser Welt aufgehoben zu fühlen. Misstrauen den Menschen gegenüber und im Handeln immer den eigenen Vorteil zu suchen, wurde verlangt. Ich ahnte die tiefe Angst, die in mir schlummerte.

Sehnsucht erfasste mich, und ich wusste, hierüber konnte ich mit meinem Bruder nicht sprechen. So nah wir uns waren, zu verletzt war er durch den Tod unserer Eltern. Ich kannte seine nie gelebte Wut, seine Kontrollsucht, die Furcht davor, verlassen zu werden. Ich spürte, wie sich sein Herz verkrampfte, wenn er an den Tod unserer Eltern dachte, und ich traute mich nicht, ihn darauf anzusprechen.

Traurigkeit umgab mich. Ich suchte zunehmend die Einsamkeit und ging meinem Bruder des Öfteren aus dem Weg. Ich wusste ihn in der Stadt. Er nahm am gesellschaftlichen Leben teil, genoss die Bewunderung, die vorsichtigen Fragen, die ihm gestellt wurden, und fädelte manches Geschäft ein. Er glaubte an den Wert unserer gesellschaftlichen Bedeutung und freute sich über zusätzlichen Gewinn und Macht.

Unser Leben neigte sich seinem Abend zu. Wir vermissten Nachkommen, denen wir unseren Besitz vererben konnten. Verwandte waren uns nicht bekannt, und wir beschlossen, unser Vermögen im Todesfall einem Waisenhaus zu vermachen. Wir waren Waisen und fühlten uns den Menschen gleichen Schicksals nah. Besuche im Waisenhaus versuchten wir aber kurz und selten zu halten. Es war angenehm, als nobler Spender hofiert zu werden, aber die Traurigkeit, die uns in diesem Haus packte, wir suchten sie nicht.

Ich spürte, wie mein Herz immer schwächer wurde. An einem Abend, es war im Dezember, die Temperatur lag leicht unter dem Gefrierpunkt, ich hatte mich warm eingehüllt auf die Veranda gesetzt, da hörte mein Herz auf zu schlagen.

Ich weiß nicht, was noch geschah, ich wollte weg von diesem Leben und die Verletzungen, die Einsamkeit und Sinnlosigkeit hinter mir lassen. Ich wusste, mein Bruder würde mir bald nachfolgen.

So sitzen wir nun zu Füßen unseres weisen Lehrers. Unsere Eltern sind zu uns gekommen. Ich warte auf Rat und auf eine Lösung. Ich will die Eltern verstehen. Warum haben sie uns auf diese Art verlassen? Ich schaue auf sie. Voller Scham ist ihr Blick auf den Boden gerichtet. Sie scheinen verstört, tief zerrissen. Immer noch nagt das Gefühl, gänzlich versagt zu haben, an ihnen. Meine Frage ist für sie Vorwurf. Ich fühle mit ihnen, spüre ihre Verzweiflung und die Auswegslosigkeit ihrer Situation. Sie sind vollkommen in sich gefangen gewesen. Panik hat sie ergriffen und tiefe Depression. Sie haben sich unfähig gefühlt, dieses Leben fortzusetzen. Sie wollten uns nicht verlassen, sie haben uns nicht als wertlos angesehen, so wie wir das empfanden. Nein, sie haben sich als Last für uns gesehen.

Tief hatte uns der Verlust unserer Eltern getroffen. Das Gefühl, nicht ihrer Liebe und Fürsorge wert zu sein, war uns das ganze Leben Begleiter.

Als ich nun die Eltern mir gegenüber sitzen sehe, erfasst mich großes Mitgefühl. Wie unsäglich sie gelitten haben. Ihr Tod hat sie zersplittert. Noch immer stehen sie ganz unter dessen Eindruck. Ich kann ihre Liebe spüren – wie gerne hätten sie ihren Kindern mehr Zuwendung schenken wollen.

Trauer erfasst mich, die sich in Liebe wandelt. Lange sitzen wir zusammen und ich verstehe, dass dieses Leben der Versuch gewesen ist, meinen Gefühlen zu entrinnen. Ich habe Reichtum angehäuft. Ich habe am großen Rad des Kapitals mitgedreht. Doch was ist geblieben? Leere, nichts als Leere! Mit großen Zahlen habe ich jongliert, doch es waren nur Zahlen.

Unser Lehrer bestärkt mich, auf die Bedeutung der Dinge und des Handelns zu schauen. Woraus ergibt sie sich? Wir haben uns selbst keinen Wert gegeben. Wir haben geglaubt, das Leben durch den Tod der Eltern habe uns bewiesen, wir seien weniger geschätzt als materieller Besitz. Wir strebten nach Reichtum und häuften ihn an. Doch was ist das: »Wert«? Wo ist mein Wert? Was gibt mir Wert? Ich versuche unseren Lehrer zu verstehen. Er sagt, dass wir diesen Wert immer und unzerstörbar haben. Jeder Mensch hat ihn. Wir müssen lernen, ihn zu sehen. Erst, wenn wir ihn erkennen, ist er unser und wir spüren, wir sind von Bedeutung. Dieses Leben kann uns das zeigen.

Ich glaube zu verstehen, was der Meister meint, und zugleich fällt es mir schwer. Ich blicke auf meine Eltern, bemerke ihren gesenkten Blick. Sie verachten sich. Trotzdem, ich liebe sie. Ich will, dass sie sich selbst zu lieben lernen.

Ich betrachte meinen Bruder. Er hat neugierig verfolgt, was hier geschieht. Sein Blick auf die Eltern bleibt weiterhin vorwurfsvoll. Noch fühlt er sich von ihnen verraten. Sie sollen sehen, dass er es auch ohne ihre Hilfe geschafft hat. Dass er erreicht hat, was ihnen versagt geblieben ist. Er wünscht sich, dass sie seinen Reichtum bewundern. Dieses Leben hat durch den Reichtum und die gesellschaftliche Anerkennung, die er erworben hat, seinen Sinn. So einfach will er sich seine Leistung nicht schlecht machen lassen.

Mein Bruder und ich gehen mit ganz verschiedenartigen Gefühlen auseinander. Immer noch verbunden und entschlossen, einander zu unterstützen. Aber auch in dem Bewusstsein, dass zunächst getrennte Wege anstehen.

Getragen von den Erfahrungen, den vielen noch nicht gelösten Fragen und gebunden in unserer Beziehung sollten wir uns als Vater und Sohn wieder begegnen.

Alles hat seinen Wert

Ich war neugierig gewesen, was Joe bei Konstanze erlebt hatte. Würde er, wie ich, diesen Bezug zu einem früheren Sein spüren? An diesem Tag hatten mich die Gedanken hieran nicht mehr losgelassen. Wenn er nun nach Hause käme und meinte, das sei alles Quatsch? Es würde mich verletzen. Ich wollte eine enge Bindung zu Joe. Ich wollte, dass wir wichtige Lebensthemen gemeinsam erfahren konnten. Ich fühlte, dass sich für mich etwas Neues aufgetan hatte. Er sollte das mit mir teilen können.

Es hatte in unserer Ehe auch Zeiten gegeben, in denen er mir ziemlich fern gewesen war. Ich fühlte mich missverstanden und alleingelassen. Mir fehlte seine Unterstützung. Manchmal schien es mir zu einfach, wie er unser Zusammensein sah. Merkte er nicht, wie unsicher ich mir meiner Gefühle war? War er blind dafür, wie es mir ging?

Damals war ich wütend auf ihn gewesen, ohne recht zu wissen weshalb. Ich hatte ihn oft harsch angefahren, wenn mich etwas störte, und mich bei meinen Freundinnen bitter über seine Gleichgültigkeit beschwert. Mit Interesse habe ich nach anderen Männern geschaut. Würde ich ihnen gefallen? Könnten sie mich besser verstehen? Heute kommt es mir lange her vor. Vielleicht war ich damals eifersüchtig auf Joe? Bei ihm schien das Leben so gut zu klappen. Für ihn war alles leichter und ich musste mühsam versuchen mitzuhalten. Ich hatte das Gefühl, er konnte sich überhaupt nicht vorstellen, wie innerlich zerrissen ich mich fühlte. So richtig klar bin ich mir über meine Gefühle nie geworden.

Ich habe mal mit Konstanze darüber gesprochen. Konstanze war für mich eine wichtige Gesprächspartnerin. Sie war mitfühlend und solidarisch, aber sagte mir auch dann ihre Meinung, wenn ich diese eigentlich nicht hören wollte.

Jedenfalls erinnere ich mich, wie sie gesagt hatte: »Wir haben heute eine besondere Zeit. Wir Frauen, meine ich. Früher war es klar, dass durch einen Mann unser Leben bestimmt wird und er uns Status und Einkommen gibt. Unser Mann war entscheidend dafür, wie wir in der Gesellschaft stehen. Heute ist das auch noch möglich, aber zugleich können wir selbst viel stärker bestimmen, wie unsere gesellschaftliche Stellung ist. Es gibt auf einmal zwei gleichberechtigte Wege. Und was machen wir? Wir versuchen, beide zu gehen. Wir ergreifen einen Beruf ganz unabhängig von unserem Mann und suchen dort unser ›Glück‹. Zugleich möchten wir einen Mann, der uns möglichst gut stellt und für uns da ist.«

Ich hatte Konstanze konzentriert zugehört, aber nicht richtig erfasst, worauf sie hinauswollte und nachgefragt.

»Was meinst du, hatte das mit meinen Schwierigkeiten zu tun?«

»Ja, vielleicht geht das nicht so einfach, beides zu wollen. Unsere Erwartungen müssten sich ändern. Wir sollten die Männer anders sehen. Das fällt uns schwer. Spüren wir uns als Frau dieses Mannes, ist die Frage? Immer noch haben wir die Haltung, dass der Mann für unser Glück verantwortlich ist. Ist die Enttäuschung dann nicht zwangsläufig, weil alles zusammen nicht möglich ist? Sicher, wir alle hätten gerne den großen und erfolgreichen Mann, der für uns da ist.«

Ich hatte verstanden, was Konstanze meinte. Was wollte ich von einem Mann? Einiges davon ließ sich einfach nicht unter einen Hut bringen. Konstanze hatte schon recht. Wenn ich eigenständig sein wollte, dann durfte ich meinen Mann nicht für mein »Glück« verantwortlich machen. Doch wie ging das zusammen? Wie konnte ich mich dann als seine Frau fühlen?

An all das hatte ich mich erinnert, als ich auf ihn wartete.

Joe hatte mir die Geschichte aus Nordamerika erzählt. Dann schwieg er und schaute mich an.

»Weißt du, Kristin«, meinte er in seiner ruhigen Art. »Ich fand diese Kindheit in Missouri ausgesprochen schön. Wir waren immer zu zweit. Wir konnten toll in der freien Natur spielen. Ich sehe die Wälder vor mir, durch die wir gestreift sind und wie wir versucht haben, Eichhörnchen zu fangen. Oder morgens die nassen Wiesen, wenn wir barfuß durch das Gras gelaufen sind. Das war voller Leben. Später dann als alter Mann alleine auf der Veranda: Da habe ich oft an die Kindheit gedacht. Aber jetzt lag über allem ein dunkler Schatten, und ich war nicht mehr so vertraut mit meinem Bruder. Unsere Wege hatten begonnen, sich zu trennen. Schade!«

Wieder schwieg Joe.

»Mir kommt das alles so beispielhaft vor«, sagte ich zu ihm. »Die Frage der eigenen Wertschätzung, die Abhängigkeit von anderen Menschen hierbei, das betrifft doch uns alle. Wie sollten sich die Brüder selbst schätzen, wenn ihre Eltern am Leben verzweifelten? Sie tun mir leid, auch die Eltern, und trotz alledem haben sie das Leben auf ihre Art gemeistert. Geht es nicht auch um Mitgefühl für den anderen und darum, dass alle Menschen zusammengehören? Hängt Wertschätzung nicht auch daran, dass wir uns zusammengehörig fühlen? Ich meine, wenn wir unser Dasein auf diese Weise empfinden, dass wir alle Teil eines großen Ganzen sind, dann hat jeder seinen Platz und seinen Wert. Verstehst du, was ich meine?«

Mein Mann dachte nach.

»Ja, ich glaube, ich weiß, was du meinst. Der Wert jedes Menschen kommt auch daher, dass wir spüren, wir sind alle eins. Man muss das spüren. Die Eltern konnten angesichts ihrer eigenen Schwierigkeiten ihre Söhne nicht wahrnehmen. Sie waren in ihren Ängsten und Nöten gefangen.«

Joe legte wieder eine Pause ein.

»Dann gibt es noch diesen Aspekt des Materiellen in der Geschichte. Der Materie, beziehungsweise hierfür stehend Geld, ihm wird der eigentliche Wert gegeben. Diese Haltung hatte zu der Zeit eine gesellschaftlich überwältigende Bedeutung gewonnen. Eine Epoche stand hier an ihrem Anfang. Insofern zeigen diese Leben ganz Grundlegendes der Menschheitsgeschichte.«

»Es scheint«, führte ich den Gedanken weiter, »dass wir Menschen in jeder Epoche in einer anderen Form mit umfassenden Themen konfrontiert werden. Mit denen müssen wir uns auseinandersetzen. Im Chicago des 19. Jahrhunderts geht es um Wert in Verbindung mit Geld und Materiellem. Es geht um Wertschätzung, den anderen Menschen zu sehen, den eigenen Wert zu erkennen, und das vor dem Hintergrund, dass Wert in Geld bemessen wird. Das Geld stellt sich zwischen die Menschen.«

»Trotzdem«, meinte Joe, »ist es weiterhin wichtig, ob ich jemanden mag, ablehne oder mich verwandtschaftlich verbunden fühle. Auch spielen Hierarchien, Ansehen oder Macht eine Rolle.«

»Aber vieles im Zusammenleben wird durch Geld geregelt«, erwiderte ich. »Gastfreundschaft, gegenseitige Unterstützung, Macht und Einfluss werden zunehmend über Geld bestimmt. Darüber bekommt Wert die Maßeinheit einer Währung.«

»Das ist mit einer Betonung des Materiellen verbunden«, entgegnete mein Mann. »Diese Entwicklung geht parallel damit, dass alles materiell begründet wird. Geist und Gefühl werden zu Gehirn. Veranlagung, Neigung, Interessen oder Talent werden zu Genen.«

»Ist das nicht auch ein Ausdruck davon, dass wir Klarheit wollen und Wahrheit von Täuschung unterscheiden möchten?«, gab ich zu bedenken.

»Ja, die Materie ist in dieser Hinsicht viel einfacher zu beurteilen als Immaterielles«, antwortete Joe. »Hier lassen sich Tatsachen von Irrtümern gut unterscheiden. Zum Beispiel Krankheit. Eine körperliche Krankheit ist eine offensichtliche Angelegenheit. Am allerbesten ist es, wenn Bakterien und Viren mit im Spiel sind. Die Verhältnisse sind dann klar. Schwieriger wird es, wenn ich über Krankheiten der Psyche spreche. Alles wird viel komplexer und Wahrheit und Täuschung lassen sich schwerer auseinanderhalten. Wenn wir möglichst viel im Leben materiell betrachten, haben wir das Gefühl von größerer Klarheit. Doch diese Klarheit hat ihren Preis.«

»Das lässt sich deutlich am Geld erkennen!«, ergänzte ich. »Das Ganze, also viel Geld, ist nie mehr als die Summe seiner Teile. Wenn man Geld addiert, dann ergibt sich nie etwas Neues. Es fehlt die Lebendigkeit. Geld ist das Gegenteil von Leben. Im Leben bilden sich aus verschiedenen Teilen neue Organismen und Systeme, die ganz andere Fähigkeiten und Eigenschaften haben als ihr Ursprung.«

»Ich glaube, Aristoteles hat das so formuliert: ›Das Ganze ist mehr als die Summe seiner Teile‹ «, stimmte Joe zu. »Das Zusammenspiel schafft etwas Neues. Das kann Geld nicht.«

Wir schwiegen. Ich schaute meinen Mann an. Was hatte diese Begegnung mit der Lebensgeschichte aus Chicago bei ihm bewirkt? Das wollte ich wissen.

»Jetzt aber zu dir. Was bedeutet dir diese Existenz, von der du erfahren hast? Ist sie für dich plausibel? Hast du das Gefühl, es war dein Leben? Was ist mit deinem Vater?«

All diese Fragen stellte ich meinem Mann. An erster Stelle stand für mich, wie es ihm mit diesen neuen Erfahrungen ging.

»Die Geschichte passt. Sie sagt mir einiges und lässt vieles über meinen Vater, mich und unsere Beziehung klarer erscheinen. Es ist gut, dieses Leben gesehen zu haben. Auch wenn ich es als reine Fantasie oder als Gleichnis verstehen würde, dann wäre es ein ausgesprochen gutes Gleichnis. Manchmal kommt mir ja auch meine jetzige Existenz wie ein Gleichnis vor.«

Joe schwieg eine Weile, bevor er weitersprach.

»Als Kind, als Sohn sind viele Erwartungen an die Eltern gerichtet. Da sind Wünsche, Ängste, Bedürfnisse. Die Sicht aus einer anderen Position versöhnt mich mit meinen Gefühlen. Ich verstehe meinen Vater besser. Seine tiefe Verletzung, sein Bedürfnis nach Anerkennung ... Ich kann es fühlen.«

»Verbindet sich, was du erfahren hast, mit deiner bisherigen Haltung zu deinem Vater?«, unterbrach ich Joe.

»Ich spüre«, sprach er weiter, »dass ich das seit Langem gewusst habe, was nun in aller Klarheit anschaulich wurde. Ich habe seit meiner Kindheit immer Rücksicht auf die tiefen Verletzungen meines Vaters genommen. Zugleich gab es diesen kritischen Blick auf sein Leben. Da hat er sich durch mich missverstanden gefühlt. Seine Werte, seine Lebensziele schienen mir nicht erstrebenswert. Natürlich ist jetzt, wo ich dies bewusster wahrnehme, nicht plötzlich alles vollkommen anders, aber es kommt mir wie ein wichtiger Schritt vor.«

Wir schwiegen. Ich fühlte mich gut dabei, meinen Mann in dieser Weise zu erleben. Ich fühlte mich mit seiner Familie verbunden. Mein Schwiegervater war mir ans Herz gewachsen. Joe und er ähnelten einander. Ich konnte erkennen, wie ihm diese Geschichte half, sich mit seinem Vater auszusöhnen.

Joe begann ein weiteres Mal zu sprechen: »Weißt du, was mich noch bewegt? Es ist vielleicht ein wenig abstrakt. Aber dieser Mangel, den wir Menschen empfinden! Mein Vater hat immer gedacht, er bekommt zu wenig: zu wenig Anerkennung, zu wenig Liebe, zu wenig zu essen, zu trinken. Von allem zu wenig. Wie ist das denn? In dem Leben in Chicago hat er empfunden, zu wenig Zuwendung von seinen Eltern erhalten zu haben. Die haben ihn alleine zurückgelassen. Es war eine Welt, in der offensichtlich viele Menschen Angst davor hatten, zu wenig zu bekommen. Wir gehen doch davon aus, dass zumindest materielle Güter knapp sind. Das heißt, es gibt weniger davon, als wir gerne hätten. Das denken die, die tatsächlich wenig haben, aber auch die, die genug oder sogar viel haben.«

»In der Bibel wird von Jesus und seinen Worten zur falschen und rechten Sorge berichtet«, warf ich ein. »Wir sollen uns nicht um das Materielle sorgen. Gott weiß, was wir brauchen. Wie heißt es da: Fragt nicht, was ihr essen und trinken sollt und ängstigt euch nicht. Euch Menschen muss es um das

Reich Gottes gehen, wenn ihr euch darum kümmert, dann wird euch das andere dazu gegeben. Und Jesus spricht von den Vögeln oder auch Raben, denen alles für ihr Leben geschenkt wird, und den Lilien, die schöner als Salomo in seiner größten Pracht gekleidet sind. Er sagt dann als entscheidenden Punkt, dass wir Menschen mehr wert als Raben und Lilien sind und für uns besser gesorgt ist. Es hat mich häufig beschäftigt, was das bedeutet. Immer waren in mir diese Fragen: Ist das realistisch, was da gesagt wird? Sorgt Gott tatsächlich für uns? Gibt es tatsächlich für jeden genug zu essen und einen Platz zum Leben? Das ist ähnlich wie die Sache mit der Feindesliebe. Ist das lebbar, diese Liebe für den Feind?«

»Für mich ist Feindesliebe besser vorstellbar, als dass wir von Gott immer versorgt wären«, meinte Joe. »Das ist doch einfach nicht wahr! Wie viele Menschen leben in Armut, wie viele sterben und starben den Hungertod.«

So etwas wie Fassungslosigkeit meinte ich in der Stimme meines Mannes zu hören. Tiefste Empörung schimmerte durch, als er sprach, auch wenn er sie nicht zeigen wollte.

Noch einmal hob er die Stimme: »Also, es gibt Mangel an Materiellem und Immateriellem. An Essen, Trinken, Kleidung, Unterkunft und an Anerkennung, Liebe, Zuwendung. Bedingt sich das gegenseitig? Liegt eine Antwort darin, dass dies zwei Seiten einer Medaille sind? Dann macht dieses Gleichnis im Neuen Testament für mich mehr Sinn. Sind Immaterielles und Materielles einfach eins?«

»Ja, es geht darum, dass das Leben als wichtiger bezeichnet wird als die materielle Versorgung. Das heißt, das Leben ist nicht an das Materielle gebunden, sondern findet hierin einen Ausdruck. Das wird mir jetzt immer klarer. Lass uns noch etwas anderes hinzudenken«, sagte ich. »Es lässt sich so einfach sagen, wir könnten uns selbst und den anderen mehr Achtung, Liebe, Anerkennung, Fürsorge und Gemeinschaft geben. Dann wären wir reich, ein jeder hätte seinen Wert und wir lebten in der Fülle. Jedenfalls meinen wir, dass wir das eigentlich könnten. Was wäre, wenn wir es täten? Was wäre dann im Bereich des Materiellen?«

Wir ließen die Gedanken frei umherschweifen.

Dann meinte mein Mann: »Gerne möchte ich weiter schauen. Was gibt es noch in der Familie? Ich merke bei der Erinnerung an meinen Vater, meine Geschwister und ich haben es uns zur Aufgabe gemacht, dafür zu sorgen, dass es unseren Eltern gut geht. Was bedeutet es, das eigene Leben für die Eltern einzusetzen? Dazu möchte ich mehr wissen. Und auch zur Pflicht und Verantwortung suche ich Ursprünge für meine heutige Haltung.«

»Vorher habe ich noch eine Frage«, unterbrach ich meinen Mann. »Wie ist das mit dem Erbe, dass uns unsere Eltern hinterlassen? Drückt sich hierin nicht auch der Wert aus, den sie uns geben?«

Mein Mann schaute etwas gequält.

»Erbe, oh je, was für ein Thema! Klar empfinden wir als Kinder, dass sich im Erbe auch der Wert ausdrückt, den einem die Eltern geben«, meinte er.

Ich hatte einen wunden Punkt berührt, mit dem mein Mann gerade beschäftigt war. Joes Vater hatte den Großteil seines Vermögens seiner zweiten Frau und ihrem Sohn vermacht. Seine Kinder waren nur mit dem Pflichtteil bedacht worden.

»Du hast recht«, meinte mein Mann. »Genau dieses Thema berührt die Frage des Werts von Materiellem und Immateriellem. Man erbt ja auf allen Ebenen. Die Verbindung zu meinem Vater besteht weiter über seinen Tod hinaus.«

Joe holte tief Luft.

»Die Liebe, die ungeklärten Fragen, alles besteht weiter. All das ist Erbe, so wie das Materielle. Was drückt sich bei meinem Vater in seinem Testament aus? Geld war für meinen Vater ausgesprochen wichtig. Durch seinen Besitz wollte er Macht und Einfluss haben. Seine Frau sollte seine Bedürfnisse erfüllen, dafür hat er sie materiell versorgt. Er hat das System Chicago fortgesetzt.«

Vielleicht hätte ich mir diese Frage nach dem Erbe sparen sollen. Doch wie so oft waren meine Worte schneller gesprochen, als dass ich Zeit gehabt hätte, darüber nachzudenken. Es war offensichtlich, dass sich die immer noch ungelöste Suche nach Wert und Wertschätzung auch als Erbe weiter fortpflanzte und Wunden hinterließ. Verletzungen zu hinterlassen, das gehört wohl zu unseren Beziehungen.

»Da fällt mir noch etwas ein«, meinte Joe. »Es ist schon eine Weile her. Ich glaube, vor gut drei Wochen, da habe ich mit Robert über das Vatersein gesprochen.«

Joe traf sich öfters mit Robert, einem Freund, in der Mittagspause zum Essen.

»Robert meinte, niemand könnte einen derart verletzen wie das eigene Kind. Diese Bemerkung ist hängen geblieben. Ich bin mir unsicher, ob diese Aussage stimmt. Sei es, wie es sei. Jedenfalls existiert eine besondere Beziehung zwischen Eltern und Kindern. Verletzungen passieren schnell. Aber eigentlich wollte ich dir noch etwas anderes erzählen. Robert hat davon gesprochen, dass Mahatma Gandhi seinen Sohn verstoßen hat. Das ist doch wirklich verrückt. Dieser große Mann, der voller Verständnis, Anerkennung und Liebe für die Menschen ist, verstößt seinen Sohn, weil dieser alkoholabhängig und obdachlos geworden ist. Hier fehlen ihm Verständnis und Zuwendung. Kaum zu glauben, oder?«

Joe blickte mich ernst und fragend an.

»Das hat mich schon beschäftigt«, fuhr er fort. »Anderseits, es zeigt, wie sehr auch Gandhi Mensch war. Wie verletzlich er war. Vielleicht auch wie eitel? Er hat sich aufopfernd für andere Menschen eingesetzt, und beim eigenen Sohn war er völlig in seinen Gefühlen gefangen. Es kann sein, dass er sich schuldig fühlte, weil er keine Zeit für seine Kinder hatte? Wer weiß? Er war eine große Seele und doch auch ein kleiner Mensch. Das fällt uns schwer anzuerkennen. Wir suchen oft Ideale. Ganz besonders bei unseren Eltern.«

Joe hörte auf zu sprechen. Ich dachte an meine Eltern und wie sehr ich sie liebte und zugleich streng beurteilte.

Ich schaute meinen Mann an.

»Wie kommt es, dass zwischen uns Menschen immer etwas offen bleibt?«, fragte ich ihn. »Das, was ungelöst ist, bestimmt unser weiteres Zusammensein.«

Ich fühlte mich hilflos bei diesem Gedanken. Wir Menschen sind an unsere Vergangenheit gebunden. Es schien mir unmöglich, mich von all diesen mich bedrängenden Themen zu befreien. Ich sehnte mich nach Ruhe. Doch immer wieder schaffen wir uns neue Probleme.

Joe war noch in seinen Gedanken.

Er wiederholte meine Frage: »Wie kommt es dazu?« Er versuchte, sich zu konzentrieren.

»Ich glaube, da liegt etwas ganz, ganz Grundlegendes in deiner Frage. Weißt du, ich habe mit Jürgen über das Erbe meines Vaters gesprochen.«

Jürgen ist ein guter Freund von meinem Mann.

»Er meinte, man dürfe beim Erbe keine Ansprüche stellen. Derjenige, der vererbt, könne dies nach seinem freien Belieben entscheiden. Diese Aussage kam mir nicht richtig vor.«

Joe legte eine Pause ein. Sein Blick war nun auf mich gerichtet.

»Vielmehr denke ich, es gibt richtiges und falsches Verhalten. Die Frage für meinen Vater war, inwiefern seine Entscheidung für ihn Frieden und Versöhnung bringt. Bei Frieden und Versöhnung bleibt nichts mehr offen. Dann ist es gut. Fällt die Entscheidung anders aus, dann bleiben Wut, Trauer, Enttäuschung oder andere schlechte Gefühle zurück, dann bleibt etwas offen, was noch gelöst werden muss und an das wir gebunden sind.«

Joe schwieg. Sein Blick schien zu fragen, ob ich ihn verstanden hatte.

Ich nickte mit dem Kopf.

»Du meinst, so wie er vererbt hat, warst nicht nur du enttäuscht, sondern er hat für sich eine Entscheidung getroffen, mit der auch er nicht in Frieden sein kann?«

»Ja«, antwortet Joe. »Für ihn ist vieles ungelöst geblieben und das verlangt nach einem Ausgleich. Dieses Verlangen zerrt an uns Menschen und verursacht Leid. Wenn er mehr Glück wollte, dann hat er eine falsche Entscheidung getroffen.«

»Das machen wir Menschen doch laufend«, warf ich ein. »Aus Angst, aus Eifersucht, aus Wut, aus dem Gefühl der Wertlosigkeit heraus, immer wieder handeln wir auf eine Weise, die uns kein Glück, sondern Leid bringt. Was wir mit diesem Rückblick auf vergangene Leben erfahren, ist ja auch, wie stark diese offenen Fragen über lange Zeiträume weiterwirken.«

»Als ich über all das nachgedacht habe«, fuhr Joe fort, »da habe ich mich gefragt, was eigentlich Gefühle sind? Komische Frage, aber was ist das eigentlich, ein Gefühl?«

Ich schaute Joe ratlos an. Was war das denn für eine Frage?

»Weißt du, was ich denke?«, meinte Joe. »Meine Gefühle sind ein Ausdruck davon, wie meine Beziehung zu einem Ereignis, einem Menschen, einer Sache oder auch zu mir selbst ist. Es geht um die Qualität einer Beziehung. Die wird durch ein Gefühl beschrieben. Ich spüre eine Wut auf dich oder Zuneigung zu dir oder Angst vor dem Unwetter. Immer beschreibt das Gefühl eine Beziehung. Das heißt auch, wir sind nicht nur in Gefühle eingebunden, sondern stehen auf unsere spezielle Art in Beziehungen zu allem, was ist. Die Gefühle geben Auskunft, wie wir zu dem anderen stehen. Daran sind wir gebunden. Solange das Gefühl unangenehm ist, leiden wir daran, bis die Beziehung sich verbessert.«

Joe schaute mich jetzt mit wachem Blick an. Ich liebte es, wenn seine Augen so strahlten.

»Wunderbar«, entgegnete ich. »Sehr gut! Wenn wir diesen Gedanken ernst nehmen, dann geht es bei Gefühlen und auch Gedanken immer um unsere Haltung zur Welt. Das heißt, was wir als gut oder böse bewerten, ist nicht an sich so, sondern nur in Bezug auf uns?«, warf ich mit einem fragenden Unterton ein.

»Genau, das meine ich«, bestätigte mein Mann. »Wir schaffen unsere Welt durch die Art unserer Beziehungen. Wir bewerten nach unseren Maßstäben. Wir müssen das tun. An sich ist nichts gut oder böse, bedrohlich oder Glück spendend. An sich hat alles seinen eigenen Wert. Nur, dieser bleibt uns verborgen.«

»Dann bedeutet zu lieben, den Dingen, Menschen oder Ereignissen ihren eigenen Wert zu geben?«, setzte ich fort, was Joe angefangen hatte zu formulieren. »Da haben wir ja noch viel vor uns. Eigentlich müsste es in den Evangelien ein Gleichnis von den falschen und richtigen Interessen geben. Da stünde dann, dass wir immer prüfen sollen, ob wir mit unserem Handeln im Frieden sind. Wenn wir zu Lasten unserer Mitmenschen entscheiden und nicht beachten, dass wir in Harmonie mit unserer Handlung sein sollten, dann legen wir die Saat für Leid.«

Der Gedanke gefiel mir. Ich ging in die Küche, um nach dem Mittagessen zu schauen. Ein Topf auf dem Herd war schon fast am Überkochen. Jetzt brauchte ich erstmal zehn Minuten für das Essen. Während dieser Zeit ließen mich die Gedanken an das Gleichnis nicht mehr los. In meinem Kopf entstand eine Geschichte.

Das Gleichnis von den richtigen und falschen Interessen
Es war einmal ein Bauer, der lebte in einem kleinen Dorf. Er war ein fleißiger und vorausschauender Mann. Eines Jahres war die Ernte sehr schlecht gewesen und die Bewohner des Dorfs hatten kaum Saatgut für das kommende Jahr. Nur der

arbeitsame und vorausschauende Bauer hatte rechtzeitig für einen Vorrat gesorgt.

Da fragten ihn die anderen Bauern, ob er ihnen etwas Saat abgeben könnte. Sonst würden sie im kommenden Jahr zu wenig zu essen haben. Doch der fleißige Bauer wies sie ab. Er hatte sich die Saat vom Munde abgespart. Jetzt wollte er auch den Nutzen davon haben. Wie oft hatte er sich im vergangenen Jahr gefragt, warum seine Nachbarn nicht für die kommende Aussaat sparten. Die anderen Dorfbewohner waren traurig über seine Entscheidung. Doch alles Bitten half nicht.

So säte der fleißige Bauer im Frühjahr die Saat auf seinem Acker. Die anderen Bauern hatten nichts zu säen und ihre Felder waren voller Unkraut. Sie fingen an, den fleißigen Bauern zu hassen und schalten ihn einen Unmenschen. Es entstand große Feindschaft im Dorf. Der fleißige Bauer und seine Familie verloren alle ihre Freunde. Kamen sie auf die Straße, grüßte sie niemand mehr.

Als die Zeit der Ernte kam, schnitt er sein Getreide. Die anderen Familien litten Hunger. Er hatte genug zu essen. Sein Herz verhärtete sich und er wollte nichts von seinem Korn abgeben. Denn er meinte, er allein hätte die Arbeit geleistet. Voller Wut und Hass schaute er auf die anderen Dorfbewohner.

Da beschimpften ihn die Nachbarn und schalten ihn einen bösen Menschen. Er verlor alles Vertrauen und seine Heimat in der Gemeinschaft. Solange er lebte, war es ein Leben in Feindschaft.

Als es ans Sterben ging, da spürte er einen großen Schmerz. Er sah voller Enttäuschung und Verbitterung auf sein Leben. Seit dem Tag seiner Entscheidung, nicht zu teilen, war die Freude aus seinem Leben gewichen. Er war voller Angst. Die erfahrene Feindseligkeit hatte ihm sein Vertrauen geraubt. Wie anders hätte sein Leben verlaufen können, hätte er sein Gut geteilt! Deutlich erkannte er das vor seinem geistigen Auge. Wie viel Freude hätte er finden können! Welche Anerkennung und Achtung hätte er für sich und seine Familie erworben! Und er bereute sein Tun aus tiefstem Herzen.

Ich kam aus der Küche zurück in das Wohnzimmer. Joe und ich schauten uns nachdenklich an.
»Genug der tiefen Gedanken«, sagte ich. »Lass uns in die Zukunft schauen. Ich denke gerade an deine Frage zur familiären Sorge füreinander. Das klingt interessant. Du kannst Konstanze ja mal fragen, ob sie bereit ist, mit dir weiter zu erfahren, was es in der Vergangenheit noch gibt.«
Joe nickte zustimmend.

Als wir einige Tage nach diesen Erfahrungen Freunde zu Besuch hatten, meinte Joe anschließend, dass Georg, einer der Besucher, sicher in Chicago mit dabei gewesen war. Erinnerungen an ein solches Zusammensein waren ihm beim Treffen gegenwärtig geworden. Er war ganz aufgeregt, wie sehr die Zeit in Chicago nun Teil seines Erlebens geworden war. Der Gedanke daran hatte ihn intensiv beschäftigt. Er sprach von den »Chicago Boys«, die sich im heutigen Leben wieder getroffen hatten. Es war in ihm eine kleine Geschichte entstanden, die er mir erzählte.
Dieser Chicago Boy, der ihm jetzt als Georg begegnete, muss jedenfalls ein Prachtexemplar in Sachen Finanz- und sonstigen Geschäften gewesen sein. Ein dickes Kapital hatte er

unter anderem durch den Brand von Chicago verdient. Er war völlig skrupellos und geschickt gewesen, jeden Vorteil zu nutzen und in klingende Münze zu verwandeln, meinte mein Mann. Sein Motto war: »Du musst wissen, was der andere will, dann hast du alle Karten in der Hand.« Er war überaus raffiniert darin gewesen, aus den Wünschen anderer einen Gewinn für sich zu erzielen.

Beim Rückblick auf dieses Leben und die Zeit nach dem Tod meinte Joe zu erkennen, wie dieser Freund in ernsten Gesprächen mit einem Helfer der jenseitigen Welt war. Dieser erklärte ihm, dass er in einem zukünftigen Leben einen Ausgleich für all die Betrügereien versuchen und mit seinen Taten den Menschen nutzen sollte. Dem Chicago Boy war das durchaus einsichtig. Er wusste, welche Leere und Sinnlosigkeit das Leben in Chicago hinterlassen hatte. Er spürte auch, wie es ihm selbst schadete, dass er andere Menschen übervorteilt, ja teilweise in den Ruin getrieben hatte. All das hatte bei ihm eine große Einsamkeit verursacht. Er war klug und einfühlsam genug, dies zu erkennen. So war er dankbar für die Anteilnahme seines Unterstützers. Allein, was er in Chicago gelernt hatte, war noch präsent.

Er sah den Wunsch des Helfers, dass er Taten zum Wohl anderer Menschen vollbringen sollte. Aus diesem Wunsch, meinte er, müsste sich ein Vorteil sichern lassen.

Er machte einen Vorschlag: »Ich werde diese guten Taten vollbringen«, meinte er. »Ich kann dies aber nur, wenn du mir dabei zur Seite stehst. Wir sollten ein Abkommen treffen. Immer, wenn ich einem anderen Menschen helfe, dann erhalte ich Unterstützung.«

Er dachte, das wäre eine großartige Idee. Er könnte sein Ziel leicht erreichen und zudem noch an Ansehen gewinnen. Wenn sein Helfer unbedingt wollte, dass er ein edler Mensch würde, sollte er das Seine dazu beitragen.

Der geistige Führer willigte ein: »Wenn du die Taten von Herzen ehrlich zum Wohle anderer und nicht zum eigenen vollbringst, werde ich dir helfen«, versprach er.

Sie schlossen den Vertrag. Sein Unterstützer wusste sehr wohl um die Hintergedanken des Vertragspartners. Er respektierte diese als dessen Entscheidung. Er anerkannte das Bemühen jedes Menschen, seinen schwierigen Weg zu gehen.

So kam es, dass der Chicago Boy im heutigen Leben Arzt wurde. Für seine Mitmenschen schien er mit überaus großer Intuition ausgestattet. Ganz erstaunliche Einblicke hatte er in die Beweggründe der Menschen und wusste ihnen zu helfen. Der Pakt funktionierte. Er bemühte sich, Gutes zu tun, und es gelang. Doch wusste er nichts mehr von dem geschlossenen Vertrag. Voller Erstaunen und Unverständnis bemerkte er, dass meist ein Misserfolg am Ende seiner Bemühungen stand, wenn er im Vertrauen auf ein gutes Gelingen und in alter Chicago-Tradition für sich selbst, seine Finanzen oder seine Reputation eintrat. Ohne die Hilfe seines geistigen Führers schätzte er die Lage und seine Fähigkeiten falsch ein.

Er suchte Menschen, die Zugang zu jenseitigen Kräften zu haben schienen. Denn hier lag seine Hoffnung. Dieser Zugang war es doch, der ihn als Arzt erfolgreich sein ließ. Er verkannte dabei, dass auch diese Menschen eigene Interessen verfolgten. Er war nicht in der Lage, seine Wünsche durchzusetzen. Oft begegnete er ihrem Verlangen nach Ruhm und Anerkennung. Da blieb kein Platz für ihn.

Es gelang, was aus ehrlichem Herzen den Menschen diente. Es misslang, wenn er seinen persönlichen Vorteil auf Kosten anderer suchte. Dabei war immer noch aktiv in ihm, was er in Chicago erfolgreich angewandt hatte. Durch den Pakt war keine wirkliche Trennung von der Chicago-Tradition erfolgt. Das sind die Kosten seines Tricks.

Joe faszinierte, welche Facetten das Leben hat. Immer schien es um Erkenntnis zu gehen. Es war nicht die Absicht seines Helfers gewesen, den Chicago Boy zu täuschen. Voller Respekt schaute er auf die Menschen. Er hatte ihn seinen Trick leben lassen, damit er das Resultat selbst erfahren konnte. Alle Voraussetzungen waren ihm gegeben zu erkennen, was Sinn und Glück brachte und was Leere und Einsamkeit nach sich zog. Aber es war ein langer und schwieriger Erkenntnisprozess. Denn um Selbsterkenntnis zu erlangen, muss man wissen, für was man verantwortlich ist.

Joe entschloss sich, Konstanze um ein weiteres Treffen zu bitten. Sie sagte zu, und mein Mann vereinbarte einen Termin mit ihr. Leider war das eine der letzten Begegnungen mit ihr: Sie zog kurz darauf nach Australien zu ihren Kindern. Doch hier die Geschichte vom Stadtschreiber in den Niederlanden, die mein Mann bei dieser Begegnung erfahren hat.

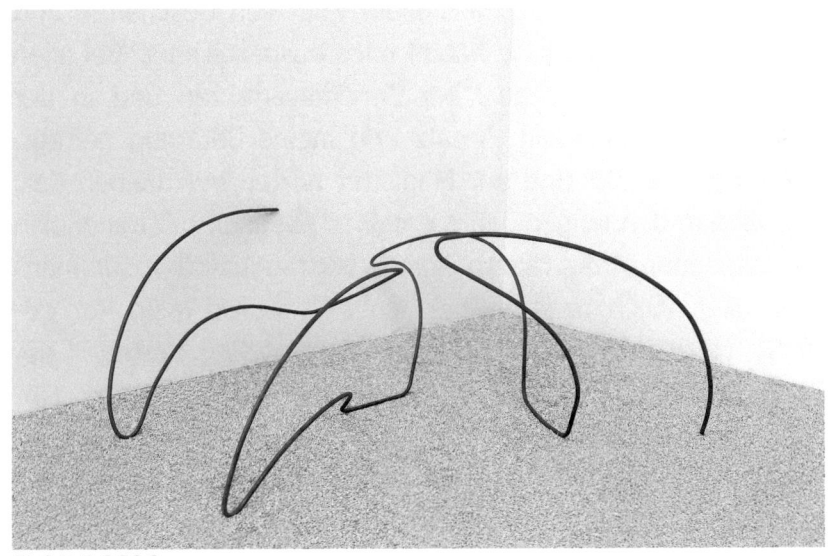
FLOR I 2006

Stadtschreiber in Delft
Niederlande von 1400 bis 1492

Mein Name ist Caspar van Berg. Ich war Stadtschreiber in Delft, einer niederländischen Stadt in der Provinz Holland. Stadtschreiber zu sein ist eine verantwortungsvolle Position. Umfassende Erfahrungen mit allen Arten von Geschäften und genaue Rechtskenntnisse haben mich ausgezeichnet. Bei allen Verhandlungen der Stadt, bei Gerichtsverfahren und in der Diplomatie waren mein Einsatz und meine Beratung gefragt. Der Bürgermeister und der Magistrat hörten auf meinen Rat. Ich habe in den langen Jahren meiner Tätigkeit mit den vielen verschiedenen Amtsträgern immer vertrauensvoll zusammengearbeitet. Auch nach meiner Amtszeit wurde mein Rat gesucht. Noch in meinem 92. Lebensjahr kamen Vertreter der Stadt zu mir, um Rechtsangelegenheiten zu besprechen. Obwohl ich wegen meiner schlechten Augen kaum erkennen konnte, mit wem ich es zu tun hatte, waren die Unterhaltungen immer von sachlicher Klarheit bestimmt. Ich konnte auf eine lange Erfahrung zurückschauen. Ich habe ein geordnetes Leben geführt. Ordnung und Recht waren mir immer wichtig – Schlampereien und Willkürlichkeit dagegen zutiefst zuwider. Streng, aber nie anmaßend, bescheiden und gottesfürchtig, so lässt sich meine Haltung beschreiben. Ich schaue mit Stolz auf mein Leben zurück, nun da es ein Ende gefunden hat.

Ich liege aufgebahrt in unserer guten Stube. Die Trauergäste müssen die schmale Treppe in den ersten Stock hinaufsteigen. Den ganzen Tag über kommen Besucher. Der einfache Kaufmann, der Handwerker, der reiche Magistrat, alle erweisen mir die letzte Ehre. Oft bringen sie ihre Familie mit, um Abschied zu nehmen von dem alten Mann, der lange die Geschicke der Stadt mitbestimmt hat. Mehrere Generationen der Familien habe ich in meinem langen Leben kennengelernt.

Ein bescheidenes Wohnhaus nenne ich mein Eigen. Es passt sich ein in die schmalen Häuser der Straße. Als Eckhaus hat es mehr Fenster als die anderen Gebäude. Die Fenster sind groß, das ist der Luxus, den ich mir leiste. Im Erdgeschoss sind die Küche und Haushaltsräume. Im ersten Stock liegen mein Schlafzimmer, die gute Stube und das Esszimmer. Im zweiten Stock haben meine Töchter ihre Zimmer.

Mein Gesicht ist scharf gezeichnet und blass. Ein ernster Ausdruck liegt in meinen Zügen. Man hat mich in gute Gewänder gekleidet. Mein Haar ist schütter und nach hinten gebürstet. Ich liege dort und die Gäste kommen, um Abschied zu nehmen. Meine Töchter wachen bei mir. Sie nehmen den Gruß der Gäste entgegen. Groß gewachsen füllt mein Körper den Raum. Ein hagerer alter Mann, in Ehren ergraut und in Ehren gestorben.

Große Schmerzen im Bauchbereich haben meine letzten Monate geprägt. Ich konnte nur noch flüssige Nahrung zu mir nehmen. Warme Suppen ohne Fett und Gewürze, etwas Gemüse, ein wenig Getreide, so musste ich mich ernähren. Und doch schmerzte jeder Löffel Nahrung, den ich aß, in den Eingeweiden. Kaltes Wasser zu trinken war das einzige, das mir keine Pein bereitete. Mein Körper und mein Gesicht wurden immer ausgezehrter. Jede Bewegung strengte mich über die Maßen an. Schlaflosigkeit war mein Schicksal. Ich wusste, es geht dem Ende zu, und erwartete den Tod mit Haltung. Der Tod gehört in die Ordnung unserer Existenz. Ich kann ihn ruhig erwarten. Gott ist gerecht. Ich habe mein ganzes Leben lang mit großem Ernst versucht, die Gesetze zu beachten.

In den letzten Tagen hatten die Schmerzen nachgelassen. Doch der leiseste Druck auf den Leib war nicht zu ertragen. Der Priester kam häufig zu mir. Es machte mir große Mühe, seinen Worten zu folgen. Er sprach von Gott, der Auferstehung und der Rechenschaft, die wir Menschen für unser Leben abzulegen haben.

Ein schöner Gedanke, dass Gott über unsere Taten wacht und dann sein Urteil fällt. Gut, dass alles seine Ordnung hat. Es ist eine zuverlässige und rechtmäßige Ordnung. Gott schaut, wo wir Recht und Unrecht getan haben, ob wir lasterhaft, unmäßig oder ungerecht waren, und rechnet dies mit unseren guten Taten, bei denen die Ordnung und das Recht Beachtung gefunden haben, auf. Wie wäre unser Leben, würde Gott nicht darüber wachen und uns nicht vor seinen Richterthron stellen? Das Böse der Menschen wäre nicht zu zügeln. Gerne höre ich dem Priester zu, wenn er darüber spricht.

Ich habe immer bescheiden gelebt. Bier, das unsere Stadt berühmt gemacht hat, und auch Wein habe ich nur in Maßen genossen. Die Fastenzeit einzuhalten, war mir wichtig. Nie gab es freitags Fleisch auf unserem Tisch und immer war das Essen auf das Notwendige beschränkt. Mein Tagesablauf war streng geregelt. Auch noch im Alter bin ich in der Frühe aufgestanden und habe mein Morgengebet gesprochen. Müßiggang hat in meinem Haus nie Einzug gehalten.

Als Stadtschreiber habe ich meine Aufgabe korrekt und mit Respekt für meine Mitmenschen ausgeführt. Wohnte ich einer Gerichtsverhandlung bei, gaben meine Protokolle alle wesentlichen Punkte in sauberer Aufschrift wieder. Fragte mich der

Richter um Rat, wusste ich von den ähnlich gelagerten Fällen und Urteilen aus der Vergangenheit zu berichten. Hatte ich Verhandlungen im Namen der Stadt zu führen, behandelte ich meine Gesprächspartner immer mit Hochachtung. Waren ihre Ziele auch andere und beurteilten sie die Situation auch abweichend von meiner Einschätzung, so betrachtete ich doch ihre Argumente als gleichwertig. In zahlreichen Fällen ist mir ein Ausgleich gelungen und wir konnten erhobenen Hauptes und einig auseinandergehen.

Die letzten Tage fühlte ich mich gelassener. Ich war überaus schwach. Meine Augen wollten ihren Dienst ganz versagen und mein Gehör ließ die Geräusche nur noch gedämpft zu mir vordringen. Ich dämmerte meist vor mich hin. In wachen Augenblicken dachte ich an mein langes Leben, das Gott mir geschenkt hatte.

Ich dachte an den Unfall, der mich in jungen Jahren der Kraft meines linken Armes beraubt hatte. Ein regnerischer Tag im Herbst – ich war gerade achtzehn Jahre alt. Der Wind peitschte Regenböen durch die Straßen. Ich hielt meinen Hut mit der rechten Hand fest, als ich die Straße aufwärts ging und versuchte, mich vor dem Regen zu schützen. Es war ein Kampf gegen die Elemente. Ein Pferdegespann kam mir entgegen. Dem Klang der Räder nach zu urteilen, war der Wagen schwer beladen. Die Pferde schnaubten, und ich meinte zu spüren, wie die kalte Nässe ihnen zusetzte. Ich schritt weiter voran. Mit meinem linken Fuß trat ich in einen Zuber, der dicht an einer Hauswand abgestellt war. Ich verlor den Halt und stürzte just in dem Moment auf die Straße, als das Gespann mich passierte. Die Pferde stoben voller Schreck davon. Der schwere Wagen rollte über meinen linken Oberarm, den ich beim Sturz nach vorne gestreckt hatte. Ich hörte, wie der Knochen krachte.

Zuerst war kein Schmerz zu spüren. Ich sprang auf. Mein linker Arm hing hinab. Ich sah die Pferde am Ende der Straße, kaum zu halten vom Kutscher, in Panik weiterlaufen. Dann lehnte ich mich voller Schmerzen an die Wand eines Hauses und klopfte an dessen Tür.

Blut quoll aus der Kleidung hervor. Man brachte mich zum Bader. Er schiente und verband den Arm. Die Schmerzen trieben mich lange Tage um. Meine Eltern taten ihr Bestes, mir beizustehen. Nach Wochen heilte die Wunde, doch der Arm blieb taub und unbeweglich. Ich hatte die Kraft meines linken Armes verloren. Es war wohl Gottes Wille, mir auf diese Weise einen Weg zu weisen.

Von nun an widmete ich mich mit noch größerem Einsatz der Lateinschule. Ich besuchte später die Universität zu Köln und studierte Juris Prudentia, das kirchliche und römische Recht. Ich lernte fleißig. Bis spät in die Nacht widmete ich mich meinen Studien. Ich musste mich, trotz meines nicht zu gebrauchenden Armes, als tüchtig für dieses Leben erweisen. Ich hatte es schwerer als andere, und es lag an mir, dieses Hemmnis auszugleichen. Durch meine Eltern erhielt ich vielfältige Unterstützung.

Ich war der Zweitgeborene. Mir folgten noch fünf weitere Geschwister nach. Vor mir stand mein älterer Bruder, nach mir der jüngere Bruder, drei Schwestern und der Jüngste. Für alle ihre Kinder sorgten meine Eltern mit Liebe und Strenge. Sie wiesen uns auf einen tugendhaften Pfad für unser Leben. Mein Vater handelte mit Getreide und Ölen. Seine Geschäftsbeziehungen reichten im Süden bis nach Italien, im Norden und

Osten zu den Hansestädten an der Nord- und Ostsee. Er war ein angesehener Mann mit guten Beziehungen zum Magistrat.

Als ich meine Studien abgeschlossen hatte, konnte ich als Hilfsschreiber der Stadt meinen Dienst antreten. Mich freute diese Arbeit. Wenn ich abends auf die erstellten Protokolle schauen konnte und spürte, wie an diesem Tag die Welt einer vorgesehenen Ordnung gefolgt war, war mein Herz beruhigt und ließ mich in einen tiefen traumfreien Schlaf sinken. Den Menschen sollte Recht geschehen. Sie sollten sich auf den Magistrat ihrer Stadt verlassen können. Es war gut, hierfür das eigene Leben zu verwenden.

Meine Protokolle waren in guter Sprache und schöner Schrift verfasst. Mein Sinn stand auf Ordnung und Gerechtigkeit. Schon bald wurde mir Anerkennung für mein Tun gezollt. Immer öfter durfte ich auch Verhandlungen der Stadt mit den Bürgern führen und Gerichtsverhandlungen beiwohnen. Bedeutende Vertreter unserer Stadt fragten mich um Rat und wir besprachen gemeinsam, was das Recht sagte und der Stadt und ihren Menschen diente. Die Jahre vergingen. Es war kurz vor meinem vierzigsten Geburtstag, als man mir das Amt des Stadtschreibers übertrug.

Mit zweiunddreißig Jahren heiratete ich die dritte Tochter eines angesehen Kaufmanns der Stadt. Unsere Familien kannten sich seit Langem. Unsere Eltern waren befreundet und einander geschäftlich verbunden. Mein ältester Bruder hatte inzwischen viel Verantwortung von meinem Vater übertragen bekommen. Auch er unterstützte diese Heirat. Meine Frau war keine Schönheit, aber sie war eine ehrliche und gottesfürchtige Frau. Sie führte unseren Haushalt mit Sorgfalt. Leider ist sie früh verstorben.

Meine Frau musste in ihrem Leben viel leiden. Unser erstes Kind verlor sie früh in der Schwangerschaft. Das war schwer für sie. Als zwei Jahre später ein Junge geboren wurde, war sie voller Freude. Es war ein schönes Kind. Auch ich war stolz. Wir nannten ihn Henrik nach seinem Großvater.

Henrik wurde nur acht Monate alt. Dann rief ihn der Herrgott zu sich. Er war von Geburt an recht zart gewesen. Ein blonder Junge, schmal gebaut. Oft hatte er Probleme mit seinem Bauch. Ihn plagten Schmerzen und er schrie nächtelang. Nichts konnte ihm helfen.

Es gab wenige Tage, an denen er lachte oder ruhig in seiner Wiege lag.

Dann kam die Zeit, als das Fieber nicht mehr weichen wollte. Es hatte mit leicht erhöhter Temperatur begonnen. Diese blieb über mehrere Tage. Dann stieg das Fieber. Mit rotem Gesicht und völlig erschöpft lag er in seiner Wiege. Drei Wochen danach ist er gestorben. Wir haben ihn im Familiengrab bestattet. Wie schwer ist es für Eltern, auch in solchen Momenten Gottes Willen zu akzeptieren!

Meine Frau wurde wieder schwanger. Unsere erste Tochter wurde geboren – ein ruhiges liebes Mädchen. Dieses gesunde Kind zu haben, wie froh waren wir! Doch die Angst, sie könnte uns wieder genommen werden, war unser steter Begleiter. Drei Jahre später folgte die zweite Tochter. Inzwischen war ich bereits zum Stadtschreiber ernannt worden und hatte viele verantwortungsvolle Aufgaben. Oft kam ich erst spät nach Hause. Die Kinder waren dann im Bett und meine Frau berichtete kurz vom Geschehen des Tags. Meine Töchter wurden immer größer. Beim gemeinsamen Kirchgang am Sonntag konnte ich das Woche für Woche sehen.

Die Arbeit als Stadtschreiber ist von wichtigen Aufgaben gekennzeichnet. Bürgermeister und Magistrat wechseln, doch der Stadtschreiber bleibt. Ich sorgte dafür, dass das Recht, so wie es gesprochen worden war, auch in der Zukunft galt, dass die Beziehungen zu den anderen Städten, den Grafen und Fürsten sowie zu der Hanse verlässlich gepflegt wurden. Ich tat gerne meine Pflicht!

Dann kam die Zeit, als meine Frau ein weiteres Mal schwanger war. Wir freuten uns auf einen Nachkommen. Doch wieder hatte Gott andere Pläne. Meine Frau verlor auch dieses Kind. Es geschah nach sieben Monaten der Schwangerschaft. Danach wurde meine Frau immer stiller. Sie hatte die Freude am Leben verloren. Den Haushalt führte sie ohne Tadel. Doch sie haderte mit Gott und versank in Trauer. Sie dachte an die nie geborenen oder gestorbenen Kinder. Zwar sprachen wir nie darüber, aber unser Haus war mit den Gedanken an sie und einer tiefen Trauer erfüllt.

Die Beschäftigung als Stadtschreiber forderte mich. Es war mir überaus wichtig, alle Aufgaben korrekt zu bearbeiten. Die Gesetze sollten gelten! Die Ordnung sollte erhalten bleiben. Das diente den Menschen. Und über allem steht Gott. Wir können nicht ergründen, was er für Pläne mit uns hat.

Meine Frau war im neununddreißigsten Lebensjahr, als sie erneut schwanger wurde. Sie, die sich so über ihre Kinder gefreut hatte, die jeder Geburt mit großer Erwartung entgegengesehen hatte, ihr fehlten nun die Kraft und die Zuversicht. Mit traurigem Blick schaute sie voller Sorge auf das, was kommen würde. Oft musste sie während dieser Schwangerschaft im Bett liegen. Ich sah die Angst in ihren Augen.

In der Nacht setzten die Wehen ein. Sie kamen früher, als wir erwartet hatten. Die Hebamme wurde gerufen. Lange zog sich die Geburt hin und wollte nicht zu einem Abschluss kommen. Meine Frau war schwach. Das Kind wurde tot geboren – ein Junge. In großen Strömen floss Blut aus dem Körper meiner Frau. Man rief mich hinzu. Man holte den Priester. Eine halbe Stunde nach der Geburt starb auch meine Frau. Bleich und gezeichnet von der Erschöpfung lag sie im Bett. Wie groß war mein Schmerz!

Frau und Sohn fanden gemeinsam ein Grab. Es war ein trauriges Begräbnis. Ich sah meine Töchter, noch so klein, am Grabe stehen. Wie sollten sie fassen, was hier geschah? Ich weiß, ich haderte mit Gott. Was verlangte er von uns? Warum ließ er dies geschehen? Doch es steht mir nicht zu, über Gott zu urteilen. Er richtet über uns. So ist die Ordnung dieser Welt!

Ich musste für meine zwei Töchter sorgen. Sie lebten weiter bei mir im Haus. Wie oft habe ich mir gewünscht, meine Frau und meine verstorbenen Kinder würden noch leben. Doch die Ordnung dieser Welt ist streng. Was wäre auch, gäbe es diese nicht? Die Menschen würden handeln, wie es ihnen gefällt. Wie oft hatte ich bei den Gerichtsverhandlungen erfahren, wie uneinsichtig und rücksichtslos die Menschen sein können. Was ist ihnen das Hab und Gut oder das Leben eines Menschen wert? Gäbe es nicht die Gesetze, die Menschen würden übereinander herfallen. Raub und Mord wären unser täglich Los. Es ist gut, dass Gott über die Welt wacht. Trotzdem, den Tod zu akzeptieren, wenn er die Liebsten trifft, fällt schwer. So leicht ich selbst meine letzte Stunde anzunehmen bereit war, es zerriss mir das Herz, wenn ich an meine Frau und die verstorbenen Kinder dachte.

Für die Töchter musste der Haushalt bestellt werden. Ich wollte sie nicht zu einer Familie meiner Geschwister geben. Ich stellte eine Haushälterin ein, die ordentlich und fleißig Haus und Kinder versorgte. Die Mädchen wuchsen heran. Sie lernten, was für Frauen ihres Standes von Bedeutung ist. Manchmal bewegte mich der Gedanke, wieder zu heiraten. Doch ich verwarf diese Idee. Wie es war, war es gut.

Als die älteste Tochter achtzehn Jahre alt war, übernahm sie es, den Haushalt zu führen. Kam ich des Abends spät nach Hause, stand in kurzer Zeit eine warme Speise für mich bereit. Auch die jüngere Tochter half fleißig. Mit großer Kunstfertigkeit bestickte sie feine Tücher und war überaus geschickt im Klöppeln. Wunderbare Spitzen entstanden auf diese Weise. Wir führten ein ruhiges Leben. Die Woche über standen wir früh auf. Der Tag wurde mit dem Morgengebet begrüßt. Ein einfaches Frühstück bereiteten die Töchter. Ich übernahm meine Aufgaben als Stadtschreiber. Zur Mittagszeit stand das Essen bereit. Und abends war es meist spät, wenn ich nach Hause kam. Dann saßen die Töchter an ihren Stickereien oder Spitzen. Sonntags besuchten wir die Messe und hatten die Familien meiner Geschwister zu Besuch oder waren dort eingeladen. Selten, dass fremde Gäste den Weg zu uns fanden oder dass wir von ihnen eingeladen wurden. So verging die Zeit.

Ich wollte, dass alles blieb, wie es war. Als die Töchter noch jünger waren, fragten die Menschen hin und wieder, ob es einen zukünftigen Ehemann geben mochte. Es gab Spekulationen und Gerüchte. Doch auch dies ging vorbei. Nie äußerten die Töchter den Wunsch zu heiraten. Warum auch? Wir waren eine Familie. Inzwischen war ich alt und gebrechlich. Ich benötigte ihre Unterstützung und Fürsorge. Meine Augen wurden immer schlechter, sodass ich meine Tätigkeit als Stadtschreiber beendete.

Ich half nun in der Kirchengemeinde, besuchte sonntags Mitglieder unserer Gemeinschaft und schaute, dass alles seinen rechten Gang ging. Als ehemaliger Stadtschreiber erhielt ich eine ansehnliche Pension. Wir führten ein gutes Leben. Die Jahre flogen vorbei. Meine Töchter waren nun reife Frauen. Viele Bekannte und auch meine Geschwister waren gestorben. Die Zeiten hatten sich geändert. Es gab ernste Streitigkeiten zwischen den niederländischen Kaufleuten und der Hanse. Alte Werte verloren an Bedeutung. Ich blickte zurück und schaute auf mein Ende, auf das ich wartete.

Nun ist es vorbei, dieses lange Leben. Ich stehe in Gedanken als junger Mann, in meine Sonntagskleider gewandet, an unserer Haustür und lasse die Gäste, die meinem Leichnam die letzte Ehre erweisen, vorbeiziehen. Ich sehe meine Töchter. Sie sind gefasst. Sie sind ernst. Es sind gute Töchter. Was habe ich ihnen noch zu sagen? Ich bin sehr alt geworden, älter als alle anderen Menschen, die ich kenne. Gott hat mir dieses Alter geschenkt. Er hat mir wichtige und auch schwere Aufgaben in diesem Leben gegeben. Nun bin ich bereit, vor ihn zu treten. Doch ich möchte noch zu euch sprechen, meine Töchter.

»Wir waren eine Familie. Ihr habt im Haushalt die Stelle der Mutter angetreten, die so früh gestorben ist, als ihr noch kleine Kinder wart. Es war eure Aufgabe, für das Haus und für euren Vater zu sorgen. Für mich war es gut und ihr habt nie geklagt. In den letzten Jahren habe ich mich gefragt, ob ihr nicht hättet heiraten sollen? Wie wäre es gewesen, ihr hättet eine eigene Familie mit Kindern gehabt? Ein schöner Gedanke, aber er macht mir auch Angst. Wie ist dieser Gedanke für euch?

Ich denke an die großen Schmerzen. Den verlorenen Arm. Die gestorbenen oder nie geborenen Kinder. Meine Frau. Das Leben ist schwer und doch möchte ich euch Mut zusprechen. Tragt das Leben weiter und nicht den Schmerz. Der Schmerz soll mit meinem Tod ein Ende finden.

Während meiner Bettlägerigkeit hatte ich Zeit, auf das Dasein von uns Menschen zu schauen. Ich konnte erkennen: Es gibt auch Freiheit für uns. Sie war nicht unser Begleiter, aber es gibt sie doch. Nun ist für mich diese irdische Existenz zu Ende. Wir wollen ihren Geist nicht weitertragen. Alles hatte seinen Platz und seine Ordnung. Auch dieses ist nun vorbei.

Jetzt beginnt für mich etwas Neues und später auch für euch. Lasst uns das Neue begrüßen. Ein Leben wie das unsere, ja jedes Sein, hat seine Möglichkeiten und Grenzen. Mit uns sollen auch die Grenzen sterben und sich die Möglichkeiten verändern. Meine lieben Töchter, es schmerzt mich, dass euer Dasein so begrenzt war. Was ihr erfahren habt, ist eine Existenz in einer strengen Ordnung. Das hat euch Sicherheit und Halt gegeben. Doch könnt ihr euch vorstellen, wie euer Leben ohne diese alles bestimmende Bindung wäre? Fühlt ihr euch in der Lage, selbstständig in das Leben zu gehen? Wollt ihr das lernen? Ich war euch ein strenger Vater. Nun steht ihr alleine in dieser Welt. Denkt gut von eurem Vater. Seht aber auch, dass er nur ein einfacher Mensch war.«

Lebensplan

Gottes Plan für diese Welt
er als sein Geheimnis hält.
Die Menschen sollen nur erkennen,
sollen nur mit Namen nennen,
was auf jener Stufe liegt,
die ihnen Gott zu sehen gibt.

Erkenntnis wird am Ende stehen
nach viel Werden und Vergehen.
Am Anfang ist die Dunkelheit.
Der Weg ist schwer, der Weg ist weit.

Die Ordnung

Ich holte Joe mit dem Auto ab. Ich freute mich, Konstanze kurz treffen zu können. Wie immer begrüßte sie mich herzlich. Mein Mann nickte freundlich, als ich eintrat. Er wirkte alt und müde auf mich, wie er erschöpft im Wohnzimmersessel saß. Im Licht der Deckenleuchte zeichneten sich deutlich die Falten in seinem Gesicht ab. Ja, er war nun Mitte vierzig und wir kannten uns viele Jahre. Wir waren älter geworden. Dieser Gedanke erschreckte mich ein wenig. Ich war nicht mehr die junge Frau aus den Tagen, als wir kennengelernt hatten.

Es war ein wechselhafter Apriltag. Jetzt am späten Samstagnachmittag kam noch einmal die Sonne zum Vorschein. Wir verabschiedeten uns von Konstanze und auf dem Weg zum Auto fragte ich Joe, was er davon hielte, uns noch kurz in das Café an der Straßenecke zu setzen, um die letzten Sonnenstrahlen des Tages zu genießen. Mein Mann stimmte zu.

Das hatten wir lange nicht mehr gemacht, zu zweit für uns im Cafe zu sitzen.

Wir waren uns während des Studiums vor siebzehn Jahren zum ersten Mal begegnet. Ich studierte vergleichende Kulturwissenschaften und nebenbei Literatur. Joe hatte sich für Maschinenbau entschieden. Als wir uns anfreundeten, war er bereits mitten im Examen. Deshalb hatten wir in diesem ersten Jahr unserer Beziehung wenig gemeinsame Zeit. Nur sonntags nahm er sich frei vom Lernen auf die Prüfung, und wir konnten den Tag gemeinsam verbringen. Wir machten dann oft Ausflüge in die Umgebung. Joe hatte einen alten Renault R6, den er mit viel Liebe und Fleiß reparierte und pflegte. Die Farbe war ein furchtbares Knallgelb. Aber das Auto war praktisch.

Man konnte die hinteren Sitze ausbauen und hatte dann eine riesige Ladefläche.

Manchmal packten wir unsere Isomatten und Schlafsäcke ein und übernachteten auf einem Parkplatz im Wald. Bequem war das nicht, aber romantisch. Morgens konnte man die Ladeklappe öffnen, gemütlich im Schlafsack liegen und nach draußen in den Wald schauen. In der Zeit des Examens versuchte Joe, spätestens am Montag um neun Uhr morgens wieder am Schreibtisch zu sitzen, sodass wir nicht allzu viel Zeit zum Träumen hatten.

Mit dem Campingkocher bereitete uns Joe am Morgen eine Kanne Kaffee. Dazu aßen wir Fertigmüsli aus der Tüte mit H-Milch. Am romantischsten fand ich es, wenn es morgens regnete. Die aufgestellte Ladeklappe schaffte uns eine überdachte Veranda. Die Regentropfen fielen auf den Boden und kleine Spritzer trafen das Gesicht. Der Wald war erfüllt mit dem Geräusch des fallenden Regens und dem Geruch von Erde und Holz. Das ließ den warmen Schlafsack noch viel gemütlicher wirken. Damals hatten wir noch keine Falten im Gesicht, aber auch noch keine zwei Kinder und keinen Beruf.

Wir nahmen an einem Tisch in der Sonne vor dem Café Platz. Die Bedienung fragte nach unseren Wünschen. Joe bestellte in offensichtlicher Erwartung des Frühsommers einen Eiskaffee, ich einen Cappuccino.

Es war keine sehr befahrene Straßenkreuzung, auf die wir schauten. Doch sie wurde über Ampeln geregelt. Wenn das Signal rot zeigte, mussten meist zwei oder drei Autos halten. Ich blickte auf das Geschehen und wunderte mich, wie geordnet die Abläufe waren. Waren die Autos rechts gestartet, mussten die auf meiner linken Seite warten. Dann wurde es für die Abbiegespur grün. Danach konnten die Autos links geradeaus fahren und der Ablauf wiederholte sich erneut.

Mein Mann schaute nachdenklich. Er erzählte mir, was er erlebt hatte. Seine Sätze waren kurz und präzise wie die eines korrekten Buchhalters. Wie ein einziger langer Augenblick schien diese Existenz als Stadtschreiber vor seinem geistigen Auge abzulaufen. Es gab kaum ein Stocken oder Innehalten, während er berichtete. Es beschäftigte ihn, dass die beiden Töchter auf ein Leben mit einer eigenen Familie hatten verzichten müssen.

»Ich hätte nie mein Leben derart ausschließlich meinen Eltern widmen wollen. Ich wollte immer große Eigenständigkeit. Ich bin mir sicher, dass meine Kinder in die Welt gehen und selbstständig sein sollen«, meinte er, nachdem er mit der Erzählung geendet hatte.

»Wie stehst du jetzt zu diesem Stadtschreiber?«, fragte ich neugierig.

»Es ist etwas Erstaunliches passiert«, antwortete mein Mann. »Ich achte die Art seiner Lebensführung und auch die seiner Töchter nun viel stärker. Früher hätte ich eine derartige Existenz als traurig und beschränkt bezeichnet. Meine Haltung dazu war wie aus einem schlechten Gewissen heraus oder als ob ich nichts damit zu tun haben wollte. Jetzt ist für mich deutlicher geworden: Jedes Leben ist unglaublich wertvoll. Die Töchter waren eine große Hilfe für den Vater.«

Mein Mann ist eher ein ruhiger Mensch. Nur selten ergreifen ihn seine Gefühle derart stark, dass die Worte aus ihm heraussprudeln. Im Augenblick war es, als wäre eine Quelle neuer Einsicht geöffnet worden, die jetzt an das Licht strömen wollte. Sein Ausdruck war lebhaft und die Augen funkelten.

»Wir sollen dankbar sein für jedes Leben. Der Vater kann den Töchtern und die Töchter können dem Vater dankbar sein für das, was sie einander gegeben haben. Ich denke, es ist wichtig, Ordnung in die Welt zu bringen.«

Ich sah die Freude im Gesicht meines Mannes. Er lächelte. Seine Gesichtszüge waren entspannt.

»Es hat dir gut getan, dieses Leben gesehen zu haben«, sagte ich.

»Es scheint, als ob in diesen zweiundneunzig Jahren etwas abgeschlossen wurde. Ein Grundstein für Neues konnte gelegt werden«, erwiderte Joe.

Als ich meinen Mann betrachtete, kam er mir ganz und heil vor. Ich spürte die Liebe und die Schönheit. Doch ich hatte auch noch viele Fragen.

»Wie empfindest du das?«, fragte ich ihn. »Hat es diesen Stadtschreiber wirklich gegeben?«

Joe antwortete sofort, als hätte er auf diese Frage gewartet. In den Jahren unseres Zusammenlebens habe ich beobachtet, dass solche Momente der Übereinstimmung, wohin unsere Gedanken und Gefühle gehen, immer häufiger geworden sind. Manchmal kam mir das so vor, als teilten wir einen gemeinsamen Geist, den wir mit der Zeit gebildet hatten.

»Das hat mich bereits beschäftigt, als ich über das Leben in Chicago nachgedacht habe. Wie ist das mit der Erinnerung? Vieles, was in der Vergangenheit liegt, vergessen wir. Warum denn? Damit meine ich nicht Verdrängtes, was uns innerlich weiter bewegt und steuert. Nein, vieles hat keine Bedeutung mehr. Das gibt es einfach nicht mehr. Und anderes, das bleibt Teil unserer Lebensbeschäftigung und Erinnerung. Mir kommt dieses Verlöschen von Erinnerung vor, als hätte ein Thema seine Antwort gefunden. Die Erfahrungen sind gemacht!«

Mein Mann schaute mich fragend an, ob ich seinen Gedanken gefolgt war und fuhr dann fort.

»Ich denke, wenn zwei Menschen beim gleichen Geschehen dabei waren, werden sie sich meist recht unterschiedlich erinnern. Wir achten jeweils auf ganz unterschiedliche Dinge. Der eine sieht mit Angst oder Hass, der andere mit Liebe, Wut oder Freude auf die Welt, und unter dem Eindruck dieser Gefühle nimmt jeder wahr, was geschieht. Zum Beispiel, wenn ich Angst vor Hunden habe, dann fühle ich mich, wenn ich einem freilaufenden Hund begegne, bedroht. Dagegen, wenn ich Hunde liebe, ist es mir eine Freude. Das ist unabhängig davon, wie der Hund sich verhält. Erinnerung ist immer eine persönliche Sache. Es geht um Erleben, das ist mehr, als Tatsachen zu beobachten. Die Frage ist, was habe ich erlebt?«

»Du meinst, es geht immer um das subjektive Erleben?«, warf ich ein.

Mein Mann nickte.

»Ja, darum geht es«, meinte er. »Vielleicht ist auch noch ein anderer Punkt wichtig. Ob uns andere Sichtweisen wirklich interessieren. Ob wir die Wahrheit überhaupt kennenlernen wollen oder doch lieber allein Bestätigung für unsere Sichtweise. Wir können von der Welt fordern: Gib mir Recht! Meine Mutter war böse und hat mich leiden lassen. Ich fordere von meinen Mitmenschen Solidarität, weil ich leiden musste. Ich kann aber auch versuchen, das Geschehen aus einem anderen Blickwinkel zu sehen. Kann ich andere Sichtweisen annehmen, lerne ich besser, die Welt zu verstehen. Man benötigt zwei Augen, um dreidimensional zu sehen. Ebenso benötigt man mehrere Standpunkte, um mehr von der Welt und sich selbst zu verstehen.«

Wir schwiegen, jeder in seinen Gedanken versunken. Ein schöner Moment der Gemeinsamkeit.

»Ach, da fällt mir noch etwas ein«, unterbrach mein Mann die Stille. »Ich spüre gerade, wie das ist, derart korrekt zu sein. Weißt du, wenn einfach alles seine Ordnung haben soll und nichts passieren darf, was diese Ordnung stört. Man befindet sich dann in einem Zustand, immer dafür sorgen zu müssen, dass alles seinen richtigen Gang geht. Das schafft eine innere Anspannung und Unruhe. Oder? Vielleicht ist es ja auch umgekehrt, dass die Unruhe die Suche nach der Ordnung auslöst. Ich weiß es nicht. Jedenfalls bin ich ständig beunruhigt in diesem Zustand. Nur, wenn alles genau klappt, wie es sein soll, kehrt ein wenig Ruhe ein.«

Es gibt viel Unbekanntes, dachte ich. Die Sonne war nun wieder verschwunden und dunkle Wolken zogen auf.

Joe bezahlte die Rechnung. Er ließ sich den Kassenbon für Cappuccino und Eiskaffee geben. Normalerweise schaut mein Mann nur kurz auf den Endbetrag und begleicht dann die Rechnung. Dieses Mal studierte er die einzelnen Beträge. Er fragte mich, wie denn die Preise in einem anderen Café seien. Dann schien er im Kopf die Beträge zu addieren. Er bemerkte kurz, dass die Mehrwertsteuer doch einen ordentlichen Zuschlag darstelle. Er rundete den Betrag auch nicht einfach um ein Trinkgeld auf, sondern legte einen krummen Betrag auf den Tisch. Offensichtlich hatte er einen festen Prozentsatz aufgeschlagen. Ich schaute Joe bei seinem Tun verwundert zu. So hatte ich ihn noch nie erlebt. Trotzdem, in diesem Augenblick liebte ich ihn – vielleicht auch deshalb, weil er solche

Verrücktheiten machte. Ich fühlte mich ganz mit ihm verbunden.

Wir fuhren nach Hause. Im Auto sprachen wir noch ein wenig über den Stadtschreiber. Mir tat seine Frau leid. Wie furchtbar muss es sein, ein Kind zu verlieren. Zu dieser Zeit war das der Normalfall, dass Kinder starben. Ich spürte, wie mir dieser Gedanke Angst machte und ich innerlich verkrampfte. Die arme Frau. Welcher Schmerz!

Zuhause angekommen holte uns der Alltag ein. Im Badezimmer lag ein Haufen Schmutzwäsche für die Waschmaschine. Das Abendessen musste noch bereitet werden. Der Tag ging zu Ende. So war mein Leben zu dieser Zeit. Ich wusste noch nicht, dass ich mich auf einen langen Weg begeben hatte. Licht war in das Dunkel der Vergangenheit gekommen. Mein Sein lag nun als eine lange Abfolge in Zeit und Raum vor mir. Das stiftete Sinn, auch wenn ich diese Erfahrungen nicht recht einordnen konnte. Das Jetzt hatte mehr Boden bekommen. Ich fühlte mich einer großen Ordnung zugehörig, in der ich aufgehoben war.

Am nächsten Tag kamen Freunde zu Besuch, ein befreundetes Ehepaar – Regina und Hans-Jürgen. Es war wärmer geworden und sie hatten das Fahrrad genommen. Wir wollten im Garten sitzen und diesen sonnigen Tag gemütlich bei einem Stück Kuchen genießen. Wir trafen uns meist bei uns zu Hause. Unsere Söhne waren nun elf und acht Jahre alt. Der Jüngere hatte Diabetes. Er hatte bereits in jungen Jahren eine schwere Zeit durchgemacht. Wir mussten immer ganz besonders auf ihn aufpassen. Er war noch zu klein, als dass wir ihn alleine lassen wollten. Leicht konnte eine Situation der Unterzuckerung mit Bewusstlosigkeit oder Schock eintreten.

Unser Besuch war ganz aufgeregt. Sie begannen sofort von einem Unfall zu erzählen, den sie eben miterlebt hatten.

»Wir sind das Tal hochgefahren und mussten dann eine kurze Strecke die große Straße nehmen – dort, wo die Umleitung ist«, berichtete Hans-Jürgen.

Da fiel Regina ihm ins Wort: »Ich hab in der Sonne geschwitzt und nach vorne auf den Asphalt geschaut. Es gab einen lauten Knall. Ich dachte, der käme von einem Flugzeug. Irgendwie klang das ganz weit weg. Ich hab gar nicht gesehen, was passiert ist. Du schon?«

Sie schaute Hans-Jürgen an.

»Ja«, sagte er, »keine fünfzehn Meter vor uns sind zwei Autos frontal gegeneinander gefahren.«

»Ich hab nur gesehen, wie sie auseinandergeschleudert sind«, fuhr Regina fort.

»Es gab kein Quietschen vorher, nichts, einfach nur einen lauten Knall. Ich hab auch nicht richtig mitbekommen, wie es passiert ist«, erzählte Hans-Jürgen weiter.

Während er sprach, schaute er ganz konzentriert auf den Boden, als würde er dort das erlebte Geschehen erkennen können.

»Aber an dieser Baustellenumleitung, ihr kennt die ja, da muss das Auto, das von oben gekommen ist, auf die falsche Spur geraten sein. Weißt du, das rote Auto, in dem die junge Frau saß, sie war auf der falschen Spur«, wandte er sich wieder an Regina.

»Die Autos standen doch genau anders herum. Das rote Auto stand mit der Front nach oben«, erwiderte Regina.

»Ja schon, die haben sich nach dem Aufprall in die andere Richtung gedreht«, meinte Hans-Jürgen. »Das war richtig schlimm. Der Fahrer des silbernen Autos war eingeklemmt und sah ganz bleich aus – stand unter Schock. Die junge Frau konnte aussteigen und hat sich auf die Erde gelegt. Der Rettungswagen ist gekommen. Ich hab mich total erschreckt. Wie schnell so etwas passieren kann!«

»Die junge Frau hat sofort danach gefragt, wie es dem Mann geht«, berichtete Regina. »Sie muss gesehen haben, wie sie beide aufeinander zurasten und gemerkt haben, dass sie auf der falschen Spur fährt.«

»Und er hat gesagt, was macht die Frau da?«, ergänzte Hans-Jürgen. »Das hat er mehrfach wiederholt. Die sind richtig heftig ineinandergeknallt.«

Wir sind an diesem Nachmittag immer wieder auf den Unfall zu sprechen gekommen. Es beschäftigt einen, wenn etwas Derartiges ganz in der Nähe geschieht. Ich denke, in einer Umleitung kann man leicht mal den Überblick verlieren, und dann ist es passiert. Schlimm, dass der Mann in seinem Auto eingeklemmt war. Das stelle ich mir furchtbar vor. Vielleicht hatte er Schmerzen und konnte sich nicht bewegen.

Am nächsten Tag stand ein Bericht über den Unfall in der Zeitung:

> ….Nach bisherigen Ermittlungen befuhr ein 44-jähriger Mann mit seinem Auto die L 128 in östlicher Richtung, sein Auto kollidierte mit dem entgegenkommenden Fahrzeug einer 19-Jährigen, die mit ihrem Auto auf die Gegenfahrbahn geraten war. Beide Fahrer wurden verletzt. Der 44-Jährige musste von der Feuerwehr aus seinem Auto befreit und mit dem Rettungshubschrauber in eine Klinik gebracht werden. Der Sachschaden beträgt mehrere tausend Mark. Die Straße

musste bis gegen 16 Uhr voll gesperrt und der Verkehr örtlich umgeleitet werden.

So schilderte die Zeitung in sachlicher Form diese heftige Begegnung. Was bestimmt im Kosmos, dass es zu einer solchen Begegnung kommt?

Normalerweise überblättere ich in der Zeitung die Seiten mit solchen kleinen lokalen Ereignissen. Doch heute schaute ich mit Neugierde auf all die Berichte. Was alles in der Welt geschah. Offensichtlich interessierte es viele Menschen. Mir fiel auch ein kleiner Beitrag ins Auge. Es war das Stichwort »frühere Leben«, das sofort meine Aufmerksamkeit hervorrief. In dieser Meldung stand:

Auf der Suche nach früheren Leben
In Freistadt hat sich ein Arbeitskreis zusammengefunden, der sich näher mit dem Thema Wiedergeburt beschäftigt. Heute trifft sich zum 4. Mal eine Gruppe Interessierter, die in ihre eigene Vergangenheit schauen und erforschen möchten, ob und wie sie schon einmal gelebt haben. Das Treffen findet um 19 Uhr im Kaminzimmer des Begegnungszentrum St. Georg statt. Neue Teilnehmer sind herzlich eingeladen.

Natürlich hat uns diese Meldung angesprochen. Einige Fragezeichen waren dabei. Was würde uns dort erwarten? Was werden das für Menschen sein?

Wir gingen hin, und der erste Eindruck war positiv. Drei Frauen und zwei Männer bildeten den Arbeitskreis. Die Jüngste, Sirikit, war zweiundzwanzig Jahre alt und die Älteste, Judith, wohl über siebzig.

Judith wirkte auf mich mit ihren weißen Haaren und der freundlich liebevollen Ausstrahlung wie die »Grande Dame« dieses Kreises. Ihre Erscheinung strahlte die Weisheit eines schwierigen, aber erfüllten Lebens aus. Sie hatte etwas, was mir sofort ein tiefes Vertrauen schenkte.

Dann waren da noch Jessica, Paul und Albert. Ich hatte das Gefühl, sie stehen mit beiden Beinen im Leben. Sie kannten sich zum Teil von früher, und soweit ich es verstand, ging es ganz wesentlich um zwei Anliegen Zum einen die Beschäftigung mit der Frage, auf welche Weise wir am besten die Voraussetzungen für eine möglichst ergiebige und erfolgreiche Erinnerung an frühere Existenzen schaffen können, und zum anderen die gemeinsame Besprechung des Erfahrenen.

Wir diskutierten diese Punkte ausführlich. Unsere Unterhaltung zeigte, dass es um eine Bewältigung von Last aus der Vergangenheit und die Erkenntnis der eigenen Bestimmung gehen muss. Für die Rückführungen probierten sie verschiedene Techniken aus. Auf diesem Gebiet hatten sie zum Teil jahrelange Erfahrungen. Judith besaß eine solide Ausbildung als Therapeutin.

Viel war in meinem Leben passiert bis zu dieser Begegnung. Als vor sechzehn Jahren mein Mann sein Diplom in der Hand hatte, begann für mich die Examenszeit. Joe hat mich dabei toll unterstützt. Seine Erfahrung war mir eine wirkliche Hilfe. Immer wieder hat er meine Magisterarbeit korrigiert. Lange haben wir über einzelne Abschnitte diskutiert.

Es war ihm nicht eilig damit, einen Job zu beginnen. Ihm reichte eine freiberufliche Tätigkeit für ein kleines Ingenieurbüro. Jetzt war es an mir, den Sonntag für gemeinsame Ausflüge frei zu halten. Weiterhin waren wir oft mit dem knallgelben R6 unterwegs. Allmählich konnte ich mich sogar mit der Farbe anfreunden. In meiner WG wurde ein Platz frei, und Joe zog bei uns ein.

Als ich dann mein Studium abgeschlossen hatte, blieb ich an der Hochschule. Ich konnte an einem Projekt über die afrikanische Kultur in Lateinamerika mitarbeiten. Dabei ergab sich die Gelegenheit, auch in Lateinamerika zu forschen. Doch wollte ich so lange von Joe getrennt sein? Wir heirateten und gingen gemeinsam für ein halbes Jahr nach Costa Rica. Von der Hochzeit machten wir nicht viel Aufhebens. Das geschah fast nebenbei.

Joe gab seinen Job auf und begleitete mich. Wir lebten an der Atlantikküste, um die kulturellen Wurzeln der dort ansässigen Bevölkerung, deren Vorfahren aus Afrika stammten, zu erforschen. Ich wohnte mit Joe in einer einfachen Hütte in einem kleinen Dorf nicht weit vom Meer. Wir lebten wie Hippies. Wir trugen immer die gleichen Klamotten. Frische Früchte bildeten den Tag über unsere Nahrung. Nie wieder in meinem Leben habe ich derart viele und unterschiedliche Arten von Bananen gegessen. Oft gingen wir auch zum Baden und zugleich für eine gründliche Reinigung ans Meer. Es war ein tolles Leben. Eine lange Hochzeitsreise. Die Dorfbewohner waren freundlich. Sie lachten viel, wenn wir ihr Englisch nicht verstanden oder dumme Fragen stellten. Ich weiß nicht, ob sie sich viele Gedanken machten, was wir eigentlich in ihrem Dorf wollten.

Auf Joe musste ich gut aufpassen. Im Dorf gab es schöne junge Frauen, die alles andere als prüde waren. Mit Anmut schwangen sie die Hüften und lächelten Joe mit ihren weißen

Zähnen verführerisch an. Joe war, denke ich, bei den jungen Mädchen im Dorf die Attraktion. Er war ein großer und schön gewachsener Mann. Für die Menschen in Costa Rica war er blond. Ich bezeichnete seine Haarfarbe eher als brünett. Besonders unsere junge Nachbarin Sarah Lucy – ich schätze, sie war so um die achtzehn Jahre alt – hatte ein Auge auf ihn geworfen. Sie nutzte jede Gelegenheit, mit Joe zu flirten, und des Öfteren ertappte ich ihn, wie er ihr tief in die braunen Augen blickte. Sie war ein überaus verlockender Anblick. Eine große schlanke Frau, die mich bei Weitem überragte, sehr charmant mit einem zauberhaften selbstbewussten Lächeln. Ich denke, ohne meine Aufsicht hätte Joe ihr nicht widerstehen können. Ob er es trotz meiner Kontrolle tatsächlich tat – ich bin mir nicht sicher. Jedenfalls versuchte ich, freundlich zu Lucy zu sein und ihr dabei deutlich zu zeigen, dass Joe mein Mann ist. Ich kommandierte ihn dann ein wenig herum oder schmiegte mich zärtlich an ihn, um die Verhältnisse klarzumachen. Gewisse Zweifel sind in mir geblieben und haben mich noch eine lange Zeit nach Costa Rica beschäftigt. Ich ertappte mich, wie ich an der Treue von Joe zweifelte und wie mir das weh tat. Was war da zwischen Joe und Sarah Lucy gewesen?

Unser Vorhaben in Costa Rica war es zu erforschen, wie sich das afrikanische Kulturerbe in dieser Region weiterentwickelt hatte. Die Schwarzen waren von den Westindischen Inseln, insbesondere Jamaika, als billige Arbeitskräfte nach Costa Rica gekommen. Sie sprechen ein englisches Kreol, das für uns nur schwer zu verstehen ist. Es sind freundliche, lebensfrohe Menschen. Beeindruckt hat mich, wie die ganze Welt in ihren Augen von Geistern und Göttern bevölkert ist. Die Ahnen sind immer Teil jeder Familie und jedes Dorfes. Alles in der

Natur ist von mächtigen und ausdrucksstarken Wesen beseelt. Dieses Weltverständnis ist voller Kraft und Leben. Dagegen wirkt unsere westliche Lebensart wie abgestorben. Eine große lebendige Ordnung umgibt diese Menschen, und sie sind Mitspieler unter vielen im gesamten Geschehen. Ich konnte spüren, wie aufgehoben sie sich in ihrem Kosmos fühlen und wie einsam wir in unserer technischen Ordnung demgegenüber sind.

Zurück in Deutschland lief mein Projekt nach einem weiteren Jahr aus. Ich erwartete unser erstes Kind. Joe hatte eine feste Stelle bei dem Ingenieurbüro angenommen, für das er bereits früher tätig gewesen war. Er verbrachte nun mehr Zeit bei der Arbeit. Ich fing kurz nach der Geburt unseres Ältesten, Fabian, wieder an zu arbeiten – halbtags bei einem Verlag. Einige Jahre später kam Raffael zur Welt. Da begannen kurz darauf die Sorgen mit seinem Diabetes. Ich habe diese Zeit als sehr angespannt in Erinnerung. Ständig mussten wir für Raffael da sein – die vielen Arztbesuche und Krankenhausaufenthalte. Joe hat deshalb seine Arbeit reduziert.

Anderen Menschen ist es schwer zu vermitteln, was es bedeutet, in ständiger Sorge um ein Kind zu sein. Raffael war sehr zart. Er neigte zusätzlich zu seinem Diabetes zur Anämie. Seine Blutwerte waren schlecht. Immer wieder hatte er schwere Infekte. Mit vier Jahren bekam er eine lebensbedrohliche Lungenentzündung. Er hat überlebt, doch der Tod war nah gewesen. So eine ständige Sorge verändert das Leben. Wie oft habe ich mit Gott gehadert! Warum leben wir in einer Welt, in der ein kleines Kind so leiden muss?

Meine Arbeit im Verlag machte ich gerne. Im Laufe der Jahre hatte man mir immer mehr Verantwortung übertragen. Problematisch war aber die wirtschaftliche Situation des Unternehmens. Ein halbes Jahr vor diesem Treffen mit der Rückführungsgruppe ging es dann nicht mehr weiter. Der Verlag meldete Insolvenz an. Für eine ganze Weile musste ich mich beruflich mit Literaturkursen an der Volkshochschule zufrieden geben. So war es auch eine Zeit des Umbruchs und der Suche, in der ich mich befand, als über diesen Arbeitskreis neue Themen und Menschen in mein Leben kamen.

Wir fühlten uns wohl in diesem Kreis. Schnell sind wir ins Gespräch gekommen. An diesem Tag wollte Albert von seinen Erfahrungen aus einer Rückführung berichten.

Bei Albert musste ich sofort an einen englischen Lord denken. Als steif und schrullig, aber gütig empfand ich seine Ausstrahlung. Er leitete seine Schilderungen kurz mit sorgfältig gewählten Worten ein.

»Es sind fünf Leben, von denen ich euch berichten möchte. Sie sind während dreier Rückführungen, die Judith geleitet hat, entstanden. Meiner Meinung nach lässt sich gut erkennen, wie Themen eines Lebens im nächsten Leben ihre Fortsetzung finden. Doch darüber können wir anschließend ausführlicher sprechen. Ich beginne einfach mal.«

Die helle Stimme von Lars reißt mich aus meinen Gedanken und holt mich zurück in den Augenblick.

»Oma Kristin, schau doch mal. Der Stern da ganz oben, wie schön der glitzert. Da würde ich gerne landen. Aber das geht nicht. Ich kann aber ganz dicht vorbeifliegen.«

Ich schaue auf Lars. Ich betrachte den Stern. Das Licht des Raumschiffs lässt ihn aufleuchten.

»Wirklich sehr schön«, sage ich. »Wie ein echter Stern am Himmel. Den würde ich auch gerne erkunden.«

Lars ist so beschäftigt, dass er mir nicht richtig zuhört. Er versucht, das Raumschiff möglichst dicht am Stern in der Luft zu halten.

So ist das mit dem Schicksal, denke ich. Für jedes Leben scheint es ein Thema zu geben. Meine Gedanken wandern zurück zum Arbeitskreis. Liebe und Trennung, der Glaube an Gott und die Beziehungen und Verflechtungen zwischen uns Menschen. All das hat uns intensiv beschäftigt. Diese Zeit wird nun wieder gegenwärtig. In meinen Gedanken beginnt Albert zu sprechen.

Selbst ist der Gedanke, um frei zu sein

Nur was wir aus uns selbst erschaffen,
nur das wird gänzlich unser sein.
Kann uns niemals mehr verlassen,
niemals sein nur bloßer Schein.

Gedanken, die aus uns geboren
Einzug halten, sind gegeben,
bilden sich, sind ganz verschworen,
bestimmen nun des Menschen Leben.

Frei des Menschen Schöpfungsdenken
ohne Grenzen, unendlich weit.
Sein Schicksal selber so zu lenken,
wenn er es weiß mit Gott vereint.

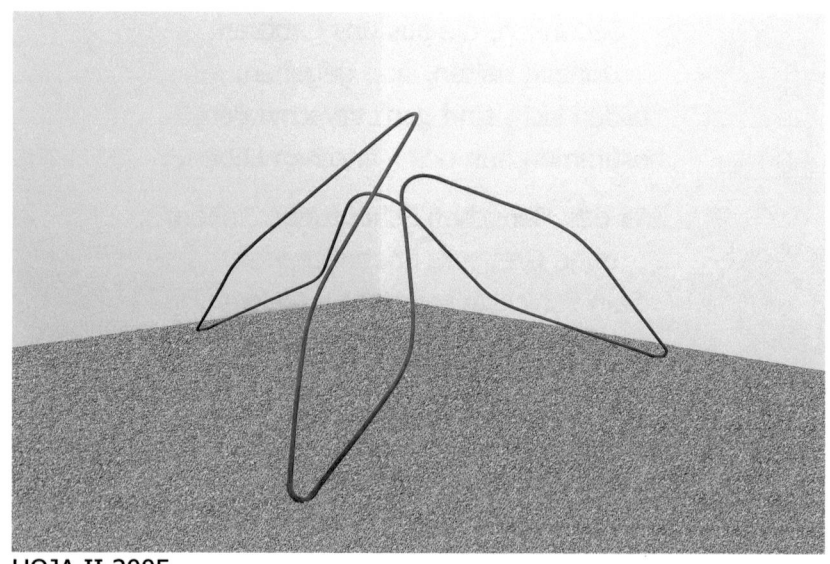
HOJA II 2005

Irrwege zum Ziel

»Wie könnt ihr nur an Gott nicht glauben?
Ihr wart doch tot, und er rief euch ins Leben:
Dann wird er euch sterben lassen
und euch erneut ins Leben rufen:
Dann werdet ihr zu ihm zurückgebracht.«
Koran 2:28, Übersetzung von Hartmut Bobzin

Mönch auf der Suche
Norditalien von 1312 bis 1362

Ich bin Bruder Pius, ein Mönch und Prediger. Zusammen mit meinen Brüdern wanderte ich durch das Land. Mal verweilten wir kurz in einem Dorf, dann wieder zogen wir durch Städte oder lebten für einige Zeit mit den Menschen. Ich arbeitete – flocht Körbe, war in einigen Handwerken bewandert und unterstützte die Bauern bei ihrer Arbeit. Meist nannten uns die Menschen Flagellanten – »Geißler«, obwohl die Zeiten der Geißelung hier bei uns im Norden Italiens vorbei waren. Dieses Leben führte ich seit meinem siebenundzwanzigsten Lebensjahr über fast zwei Jahrzehnte.

Ungefähr achtzig Jahre vor dieser Zeit hatte mit großer Macht begonnen, was wir weitertrugen. Die Menschen waren wie aus einem tiefen Schlaf aufgewacht. In Prozessionen für den Frieden zogen sie durch die Straßen und geißelten sich als Zeichen ihrer Buße.

Zu lange war die Welt in Unwissenheit gefangen gewesen. Die Herrscher, die kleinen und die großen, die Priester, Bischöfe und auch die Päpste, strebten nach Macht und Reichtum. Sie hatten vergessen, was in den Evangelien steht und was uns die Apostel berichten. Die Menschen standen auf, um Buße zu tun und um Gott nahe zu sein. Sie fürchteten seinen Zorn. Sie spürten, sie sollten das Leiden von Jesus, der in den Kerker geworfen, ausgepeitscht und getötet worden war, besser verstehen. Selbst wollten sie spüren, was es heißt, durch Leiden zu erlösen. Diesem Beispiel der Buße und Errettung folgten sie.

Eine gewaltige Zeit der Besinnung auf die Wahrheit und der Buße hat damals begonnen, die Menschen erschüttert und bewegt. Sie kehrten um in ihrem Tun und sahen, welche Fehler sie begangen hatten. Diebe gaben zurück, was sie gestohlen hatten, und baten die Bestohlenen um Verzeihung. Die Mächtigen ließen frei, wen sie zu Unrecht in den Kerker geworfen hatten. Die Worte von Jesus Christus wurden erkannt und die ganze Welt im Norden und Süden, im Osten und Westen erfasst. Denn wenn die Menschen verstehen, was die Bibel sagt, dann werden sie den Worten Gottes folgen.

Wir waren keine Geißler. Aber genauso wie die Flagellanten halfen wir den Kranken, unterstützten die Menschen, die uns beherbergten und taten alles, ihnen nicht zur Last zu fallen. Wir lebten die Gleichheit, die Armut vor Gott und der Welt. Wir lebten, was die Evangelien sagen. Dem Beispiel der Apostel wollten wir folgen.

Die Menschen sollten durch uns wahrhaft erfahren, was in den Evangelien steht, denn ihnen war die Sprache der Priester fremd. Sie konnten nicht lesen, was die Bibel sagt. Wir verehren keine Heiligen, denn jeder Mensch hat direkt Zugang zu Jesus Christus. Es gibt keine Hölle. Jesus ist mit seiner Liebe für alle da. Gott ist barmherzig und sorgt für uns. Kein Herrscher dieser Welt hat das Recht, über Menschen zu richten und sie zu strafen. Kein Mensch darf einen anderen töten. Allen Menschen gebührt Achtung.

Wir lernten von den Katharern und Waldensern. Sie suchen die Wahrheit. Sie möchten ein Dasein, wie Jesus es uns gezeigt hat, führen. Sie streben danach, in seinem Geist zu leben. Sie sind unsere Geschwister. Das Gleiche gilt für die Humiliaten, die von ihrer Liebe zu den Evangelien geführt werden. Schon damals hatten sie sich meist in die Klöster zurückgezogen. Joachimiten und Fratizellen begegneten uns auf unseren Wegen. Unsere Ziele waren gleich. Die Menschen dieser Welt waren aufgewacht und durchbrachen alte Begrenzungen. Sie strebten danach, dem, was wir durch Jesus erfahren hatten, ehrlich und demütig zu folgen.

Wir gaben uns keinen Namen und es gab keinen unter uns, der größer war vor den Menschen oder Gott. Wir folgten Jesus und waren frei, so wie jeder Mensch nur Gott über sich weiß. Uns war bekannt, dass die Bischöfe und der Papst unseren Brüdern und Schwestern verboten hatten, der Frohen Botschaft zu folgen und zu berichten, was dort geschrieben steht. Doch auch der Kirche gehörte unsere Achtung. Auch ihre Vertreter sind Gottes Kinder. Über viele Jahre haben sie die Bibel bewahrt und in Achtung gehalten. Wir wollten in Frieden mit ihnen leben.

In jungen Jahren lebte und lernte ich bei den Brüdern des Franciscus de Assisi. Sie hatten mich im Jahre des Herrn 1320 bei sich aufgenommen, als gerade mein achtes Lebensjahr vollendet war. An die Zeit davor kann ich mich kaum erinnern. Meine Eltern starben, als ich ein kleines Kind war. Ich kenne sie nicht und weiß nicht, woher ich stamme. Ich lebte bei einer Tante. Oft hatten wir wenig zu essen und Nachbarn und Freunde mussten uns helfen. Meine Tante brachte mich ins Kloster zu den Brüdern des Franciscus. Danach sah ich sie nie wieder.

Es war eine schöne Zeit im Kloster. Der Tag war durch Beten und Gottesdienste bestimmt. Ich arbeitete im Garten, pflegte Gemüse und Kräuter. Auch in den Werkstätten half ich. Wir hatten eine kleine Schmiede und die notwendigen Werkzeuge zur Bearbeitung von Holz. Man ließ mich überall mitarbeiten und lehrte mich im Handwerk.

Am häufigsten beschäftigte ich mich mit dem Flechten von Körben. Im Frühjahr schnitten wir die Triebe der Weiden. Ich stellte sehr schöne Körbe her. Im Freien zu sitzen, den begonnenen Korb auf dem Schoß, ihn langsam wachsen zu sehen und am Ende das fertige Stück in der Hand zu halten – es war eine wunderbare Arbeit. Meine Gedanken konnten sich frei durch Raum und Zeit bewegen, die Welt betrachten und neue Sphären betreten. Oft saß ich so, spürte den leichten Wind und dachte darüber nach, was wir zuvor bei unseren Studien der Bibel gesprochen hatten. Es war, als würden meine Gedanken, wie die Hände beim Flechten, aus den vielen jungen Trieben der Erkenntnis schöne Gebäude des Wissens formen. Am Ende des Tages war etwas für mich und die Welt entstanden. Ich fühlte mich Gott nahe und aufgehoben in dieser Welt.

Die Brüder konnten Latein und Griechisch. Wir lasen zusammen, was in den Heiligen Schriften steht. Oft studierten wir die Offenbarung des Johannes. Ein geheimnisvolles Buch von großer Weisheit. Tief tauchten wir ein und wollten verstehen, was Johannes uns zu sagen hat. Wir sprachen über Jesus. Wie er mit seinen Freunden und mit den Menschen gesprochen hat, die zu ihm gekommen sind. Wie er geheilt hat. Das Leben von Jesus war uns ganz gegenwärtig.

Ich weiß noch, wie ich einmal halb in der Sonne saß, es war noch am Morgen, und begonnen hatte, einen Bienenkorb zu flechten. Dies war etwas Besonderes für mich. Ein Bienenkorb ist etwas Ganzes, das sein Inneres vor dem Blick von außen verschließt. Die Bienen haben Zugang durch kleine Öffnungen und den Ertrag ihrer Arbeit bringen sie herein. Im Korb herrscht dann großer Reichtum. Die Bienen arbeiten fleißig an der Aufgabe, die ihnen Gott aufgetragen hat.

Ich sah, mit dem Kopf im Schatten sitzend, auf das Licht, das auf den Korb fiel, und mir wurde klar, was Jesus von uns möchte: Erfülle deine Aufgabe in dieser Welt und bringe den Ertrag deines Lebens ein, sprach er zu mir! Sieh, wie ich gelebt habe, und sieh, was ich den Menschen gegeben habe. Das ist auch deine Aufgabe. Vor euch liegt das Buch, ihr besitzt es und damit die Wahrheit. Erntet den Schatz, so wie die Bienen, und schenkt ihn den Menschen. Arbeitet unermüdlich an dem Schatz. So wie die Bienen nicht müde werden, so werdet auch ihr nicht müde. So wie für die Bienen der Tisch reich gedeckt ist, so ist er für euch mit der Fülle geistiger Güter gedeckt. Seht die Schönheit dieses Lebens, das euch geschenkt ist, so wie den Bienen die Blumen. Seht, was Gott euch gibt: den Reichtum der Welt. Diese Wahrheit findet ihr in den Schriften. Sie ist dort für euch gesammelt wie Honig. Sie liegt verborgen im Korb der Erkenntnis. Habt keine Angst vor der Wahrheit. Sie macht euch zu freien Menschen.

Eingenommen von der Gegenwart Jesu sah ich mein weiteres Leben vor mir ablaufen. Ich würde zu den Menschen gehen und ihnen von der Wahrheit, die in den Schriften steht, berichten. Ich spürte die große Sicherheit: Jetzt weißt du, warum dich Gott in diese Existenz gerufen hat. Die Freude war derart groß, dass ich mich kaum zu bewegen traute, damit sie andauere. Ich wollte nicht mehr aufstehen, ich wollte den Augenblick halten. Lange saß ich so und der Tag ging vorbei.

An diesem Tag versäumte ich es, zur Andacht in unsere Kapelle zu gehen, und ich versäumte zu essen und zu trinken. Am Abend war ein wunderschöner Bienenkorb entstanden.

Voller Anmut und Gleichmaß stand er vollendet vor mir auf dem Boden. Heute war der Tag seiner Geburt. Ganz von diesem Erleben erfüllt ging ich schlafen. Als ich dies erfahren durfte, war ich achtzehn Jahre alt und hatte schon viel gelernt. Ich beherrschte die lateinische Sprache und auch gut die griechische.

Zu unserem Kloster kamen viele Kranke. Wir gaben ihnen, wenn es notwendig war, einen Platz zum Schlafen, versorgten sie mit Essen und Trinken, pflegten sie und beteten mit ihnen. Einer unserer Brüder wusste über die heilsame Wirkung verschiener Pflanzen und konnte hierdurch ihre Schmerzen und ihr Leid lindern

Es starben auch Kranke bei uns im Kloster. Es gibt die Augenblicke der Not. Das Leben kennt viele. Wir hielten für die Toten Messen ab und übergaben sie der Fürsorge Christi. Einen Menschen zu verabschieden, war für mich auch ein Moment der Freude. Zwar spürte ich die Trauer, hier auf der Erde mit diesem Menschen nicht mehr Gedanken teilen, gemeinsam essen oder beten zu können. Aber in mir war ebenso das Gefühl: Er hat sein Ziel erreicht. Er ist gut aufgehoben und Not und Leiden sind vorbei.

Ich erinnere mich an den Tag, als im Schuppen, in dem unsere Korbwaren gelagert wurden, ein Feuer ausbrach. Alles verbrannte, auch der schöne Bienenkorb, den ich am Tag meiner tiefen Begegnung mit Jesus fertiggestellt hatte. Der Verlust schmerzte mich. Alle Arbeit schien vergeblich und verloren. Wir mussten von vorne beginnen. Auch die in der Sonne getrockneten Weidentriebe, in Mühsal geschält, waren von dieser Welt verschwunden. Der nützliche Schuppen existierte nicht mehr.

Ich trauerte über den Verlust und doch war ich auch von dem Geschehen fasziniert. Es schien, als hätte Gott den Ertrag unserer Arbeit mit einem kurzen Gedankenblitz geerntet. Das hinterließ einen tiefen Eindruck.

Viele sahen es als großes Glück an, dass das Feuer nicht weiter auf andere Gebäude übergegriffen hatte, und dankten Gott dafür.

Ich stand vor dem abgebrannten Schuppen, sah die verkohlten Reste und mir war klar: Gott holt zu sich, was hierfür reif ist. Auch der Bienenkorb, der gerade unter meinen Händen geboren worden war, hatte diese Welt bereits wieder verlassen, noch bevor er den Menschen und Bienen dienen konnte. Es liegt nicht in der Hand der Menschen zu entscheiden, wann die Ernte reif ist. Gott allein weiß den Zeitpunkt. So wie die Kranken sterben oder Gesunde ein tödlicher Unfall trifft, so weiß Gott allein, wann diese Stunde gekommen ist. Jesus hat dies gesagt. Ich dachte an die Offenbarung des Johannes. Wir wissen nicht, wann die Zeit der Apokalypse, des großen Umbruchs und Wandels kommt. Vielleicht hat sie schon begonnen?

Viele Brüder waren auf langen Reisen unterwegs. Einige unternahmen Pilgerreisen und berichteten uns davon. Bis Jerusalem waren Einzelne gekommen. Rom hatten viele besucht oder auch Santiago de Compostela. Sie kamen zu unserem Kloster, um dort für eine kurze Zeit zu verweilen. Sie erzählten, was sie gesehen hatten. Einige wussten von Schriften, die wir nicht kannten und die über das Leben von Jesus berichteten. Anschaulich schilderten sie Reisen und Taten, die Jesus und seine Begleiter unternommen hatten. Die Welt dieser Zeit konnten wir immer besser verstehen. Die Priester und Schriftgelehrten, die ihre Religion bewahren wollten. Die Menschen, die Heilung bei Jesus suchten. Seine Gewissheit, dass wir Kinder Gottes sind, dass Gott uns liebt und für uns sorgt. Sein Leben in Armut. Wie weitgehend waren die Verhältnisse auf dieser Welt seit damals gleich geblieben. Hatten wir nicht die gleichen Priester, Schriftgelehrten und Herrscher wie zu Zeiten von Jesus? Waren die Menschen nicht genauso unwissend? War es nicht Zeit für einen Wandel?

Auch ich unternahm Pilgerreisen. Eine lange Zeit verweilte ich in Rom bei meinen Mitbrüdern des Heiligen Franciscus. Es war eine Zeit des Lernens, vieler Begegnungen mit Pilgern, mit Priestern und den Menschen, die hier lebten und arbeiteten. Die Kirche in Rom achtete darauf, dass wir ihren Anweisungen nachkamen. Wir durften nicht predigen, denn dies war den Priestern vorbehalten. Wir sollten die Regeln der Kirche befolgen. Diese wurden auch über die Lehren des Franciscus gestellt. Darüber gab es lange Gespräche zwischen uns Mönchen und viele von uns meinten, sich dem nicht unterwerfen zu wollen.

Mein Weg führte mich bis Sizilien. Dort traf ich auf Pilger, die von Jerusalem kamen und von den Anhängern Mohammeds berichteten. Diese hatten die Herrschaft über Judäa. Auch sie achten Jesus und anerkennen ihn als großen Propheten.

Mit dem Schiff fuhr ich weiter nach Konstantinopel. Dort gibt es wunderschöne Kirchen und eine große Pracht. Allerdings ist es kaum möglich, von diesem Ort noch weiter nach Osten zu reisen. Zu gefährlich ist der Weg über Land.

Im Jahre 1338 unseres Herrn Jesus Christus kehrte ich im Alter von sechsundzwanzig Jahren zurück in mein Kloster. Dort hatten tiefgreifende Veränderungen stattgefunden. Das Kloster unterlag nun den Vorschriften der römischen Kirche. Wir hatten einen Abt, der über die Einhaltung der neuen Regeln wachte. Die Lehren des Franciscus hatten an Bedeutung verloren.

Kurze Zeit nach meiner Ankunft verließ ich mit einigen Brüdern dieses Kloster. Wir wollten nur durch die Evangelien geleitet leben. Jahre des Wanderns begannen. Es war eine schöne Zeit. Die Menschen nahmen uns offen auf. Sie hörten, was wir ihnen aus den Schriften berichteten. Wir pflegten die Kranken, unterstützten Arme und taten unsere Arbeit. Immer wieder schlossen sich uns Menschen an und wir zogen gemeinsam weiter. Ganze Familien teilten unser Leben. Andere blieben in Dörfern zurück. Wir waren frei, auch darin, eine Familie zu gründen, und so mancher Bruder lebt nun mit Frau und Kindern.

Ich predigte den Menschen, erzählte ihnen vom Leben Jesu. Die meisten vernahmen zum ersten Mal, was in der Bibel steht. Die Liebe der Worte Jesu wirkte tief in ihrem Herz.

So vergingen die Jahre. Ich wurde mehr zum Mittelpunkt der Gruppe. Die Menschen kannten mich, meine Predigten und meine Hilfe. Mir fiel die Aufgabe zu, unseren Weg weiterzuführen. Gerne übernahm ich das.

Immer öfter kam es zu Versuchen der Kirche, uns das Predigen zu verbieten. Priester stellten sich uns in den Weg. Sie meinten, allein die Kirche und der Papst hätten das Recht, den Menschen von der Bibel zu berichten. Was wir machten, sei Irrlehre und Häresie. Es kam vor, dass wir daran gehindert wurden, eine Stadt zu betreten. Soldaten verwehrten uns den Zugang. Wir wurden ermahnt, dem Papst und der römischen Kirche zu folgen. Dies sei der einzige Weg zum Heil. Wenn wir ihn nicht wählten, wäre uns Strafe auf Erden und die Hölle im Jenseits sicher. Ich versuchte zu erklären, was in der Bibel steht. Doch die Priester und Mächtigen wollten es nicht hören.

Wir zogen dann weiter zu anderen Orten. Wie sehr glich dies den Berichten von Jesus! Wie er nach Jerusalem zog und man ihn zu hindern suchte, den Menschen von Gott zu berichten. Wie ihn Priester und Schriftgelehrte anklagten, ihn der Gotteslästerung bezichtigten. Ich war mir sicher, ich sollte dem Beispiel Jesu folgen. So wie er wollte ich die Freiheit und Liebe leben, die uns Gott geschenkt hat. Und ich wollte den Menschen hiervon berichten. Ein jeder sollte frei sein, selbst über sein Leben zu entscheiden. Doch hierzu musste er wissen, was die Apostel und Evangelien sagen. Ich folgte meinem Weg in tiefer Überzeugung.

So kam der Tag im Jahre des Herrn 1356, an dem uns Soldaten gefangen nahmen. Sie hatten Anweisung des Bischofs, uns in ein Verlies zu sperren. Viele meiner Begleiter wurden bald wieder freigelassen. Sie hatten versprechen müssen, in ihre Heimat zurückzukehren und dort ein Leben unter Einhaltung der Regeln der Kirche zu führen. Das Predigen wurde ihnen streng untersagt.

Ich blieb eingesperrt mit acht Brüdern. Wir wurden zum Verhör geführt und aufgefordert anzuerkennen, dass allein die römische Kirche und der Papst den Menschen von der Lehre der Bibel berichten könnten und dürften. Nur sie besäßen die notwendige Weisheit und den richtigen Glauben hierfür. Man wolle uns unseren Irrweg verzeihen – denn wir Menschen seien alle dem Irrtum unterworfen –, wenn wir zukünftig dem Weg der Kirche folgen würden.

Ich erzählte ihnen, was in der Bibel steht, von den Predigten, die Jesus gehalten hatte, den Auseinandersetzungen von Jesus mit den Priestern und Schriftgelehrten. Ich zeigte ihnen, wo in den Evangelien und den Berichten der Apostel geschrieben steht, dass alle Menschen frei und gleich vor Gott sind. Ich verwies sie darauf, dass Jesus in Armut mit den Menschen gelebt hatte und durch Galiäa, Samaria und Judäa gezogen war, um von Gott zu berichten. Doch sie wollten mir nicht zuhören. Sie bezweifelten meine Worte und verneinten, dass ich die Wahrheit der Bibel wissen konnte.

So vergingen die Jahre. Wir wurden mehrfach in andere Gefängnisse verlegt – immer weiter nach Süden, fort von den Orten, an denen wir gepredigt hatten. Wie vergessen lebten wir im Kerker. Wir beteten viel und es gab uns Trost zu sehen, dass unser Dasein einen ähnlichen Weg nahm, wie Jesus ihn gewählt hatte. Es war für uns voller Wahrheit und Richtigkeit, für die Lehre der Freiheit und Liebe auch leiden zu müssen.

Im Jahre des Herrn 1362 wurde die Inquisition einberufen, ein Urteil über uns zu fällen. Ich denke, für diejenigen, mit denen wir gelebt hatten, waren wir nur noch Erinnerung. Ich hoffte, dass die Kranken und Armen, denen wir geholfen hatten, unser im Guten gedachten. Ich wünschte, dass sich für die Menschen, denen wir aus den Evangelien erzählt hatten, ein Weg zu Gott eröffnet hatte. Doch diese Tage waren nun schon viele Jahre her.

Ich wollte meinen Glauben verteidigen! Ich dachte, dass Jesus mir auch Schwäche verziehen hätte, so wie er Petrus nicht gezürnt hat. Jesus wusste ja über unsere Not. Ich sprach mit meinen Brüdern, sie sollten der Inquisition nachgeben und das Gefängnis verlassen. Der Mensch soll hören, was das eigene Herz spricht. Ich aber würde die Wahrheit der Bibel vor den Mächtigen der Kirche vertreten.

Die Inquisition verurteilte mich. Auf dem Scheiterhaufen sollte ich als Ketzer verbrannt werden.

Es war früh am Morgen, als sie mich aus meiner Kerkerzelle holten. Ein Priester trat zu mir und forderte mich auf, der Irrlehre abzuschwören. Vor dem Tod sollte ich meine Sünden beichten und mit reinem Herzen vor Gott und Jesus treten. Ich betete zu Jesus. Ich bat ihn um Verzeihung für alles, was ich in diesem Leben falsch gemacht hatte, und ich bat ihn um seine Liebe. Ich erinnerte mich an den Tag, als ich den Bienenkorb erstellt hatte, und an den Tag, als dieser verbrannte. So hatte es angefangen und so würde es enden.

Ich wollte nur noch bei mir und Jesus sein, nicht mehr wahrnehmen, was um mich geschah. Auf dem Weg zum Scheiterhaufen bekreuzigte ich mich immerfort. Ganz mechanisch schlug meine rechte Hand das Kreuz vor meinem Körper. Das Kreuz hatte mich zu diesem Leben gebracht. Das Kreuz war bei mir, als ich dieses Leben verließ.

Sie fesselten mich an Händen und Füßen an einen Holzpfeiler, der umgeben von Holz und Stroh mitten auf dem Platz der Kathedrale aufgestellt war. Das Feuer loderte schlagartig hoch und hüllte mich ein. Vielleicht habe ich noch geschrien, vielleicht hat sich mein Körper aufgebäumt. Wenn dem so war, dann war dies allein mein Körper. Mein Geist war weit weg.

Das Feuer bewirkte einen heftigen Sog und die heiße Luft stieg, Aschereste mit sich reißend, in die Höhe. Ich schwebte in diesem Sturm, sah meinen Körper verbrennen. Die Menschen standen schweigend um den Scheiterhaufen herum. Die Hitze brachte ihre Gesichter zum Glühen, sodass sie sich abwenden mussten. In ihren Augen war Faszination und Angst zu sehen. Sie schienen es mehr zu ertragen als dass sie an dem beteiligt waren, was sich hier zutrug.

Ich sah das Geschehen umgeben von dem heißen Luftstrom, der mitriss, was er an Materie tragen konnte. Das Feuer ließ nach, fiel in sich zusammen, so schnell, wie es aufgelodert war. Die verkohlten Reste glühten auf den Pflastersteinen. Die Menschen verließen den Ort. Wie gebannt blieb ich dort und wartete, was nun kommen mochte. Der Tod war plötzlich eingetreten. Ganz bei mir in meinen Gedanken war ich gewesen, wie abgeschirmt von den Ereignissen, die mein Hinscheiden bedeuteten.

Mein Erleben erscheint mir unwirklich. Ist dieser Tod Realität? Meine irdische Existenz ist in mir gegenwärtig! Die Zeit der Wanderung. Die Zeit im Kloster. Wer sind meine Eltern gewesen? Woher stamme ich? Was geschieht nun? Wohin soll ich gehen? Ich weiß es nicht. Ich bleibe und spüre plötzlich große Trauer im Herzen. Ich fühle mich vollkommen verlassen.

Die Jahre vergehen und ich warte. Mein Platz ist im Turm der Kathedrale. Ich schaue hinab und sehe, was geschieht. Das irdische Dasein geht weiter. Es ist, als hätte ich nie gelebt. Es erscheint vollkommen unwichtig, dass ich vor kurzer Zeit Mensch auf dieser Erde gewesen bin. Alles bleibt, wie es gewesen ist. Ich sehe Freude und Glück, Not und Leid. Ich sehe Streit und Kampf, Versöhnung und Liebe. Ich sehe, wie die Welt ist, und bin verlassen und alleine hier auf dem Turm.

Ein Tag folgt dem anderen und ich versuche zu verstehen, was all das bedeutet, und kann es nicht. Ich spüre voller Gewissheit in mir, dass in Jesus die Wahrheit liegt. Dies ist der Weg für uns Menschen. Zugleich scheint es mir völlig ohne Belang, dass ich versucht habe, ihm zu folgen. Ich sitze hier wie gelähmt von meiner Traurigkeit und warte. Es müssen an die zweihundert Jahre vergangen sein, bis ich doch den Mut fasse, zu gehen und diesen Ort und dieses Dasein hinter mir zu lassen. Das Leben soll fortschreiten. Ich spüre keinen Zorn, nur Unverständnis und Verlassenheit. Die Trauer ist kleiner geworden, aber auch sie gibt es noch.

Christus

Christus, Menschen, Erde, Leben.
Kreuz, Gewalt und Liebe – Segen.
Fest verankert mit dem Boden.
Stürme, Schicksal wütend toben.

Todesfurcht und Erdenhalt.
Von Angst gewürgt, Menschengestalt.

Gestorben, wieder auferstanden.
Gestorben, sich in Geist zu wanden.
Die Menschen in den Arm zu nehmen,
den Menschen Vertrauen und Liebe geben.

Der Einzelne und das Ganze

Es folgte ein langes Schweigen. Hier saß ich, Kristin, nun zusammen mit meinem Mann Joe in diesem Arbeitskreis und wurde Zeuge der Schilderung einer derart tief ergreifenden irdischen Existenz. Wieder stellte sich die alte Frage: Sorgt Gott für uns? Und ich wusste keine Antwort. Dieser tiefe Glaube, diese Gewissheit des Mönchs. Wut und Empörung stiegen in mir auf. Die Scheinheiligkeit und Grausamkeit der Kirche! Diese Despoten! Für mich hatte der Mönch ein Leben geführt, das ich voller Hochachtung betrachtete. Er hatte erwartet, dass sein Handeln die Welt ändert – Heil und Erlösung für die Menschen bringt. Waren seine Erwartungen falsch gewesen? Oder hatte er die Wirkung seiner Existenz nicht wahrgenommen?

Sirikit, die Jüngste im Kreis, beendete das Schweigen.»Was war denn so enttäuschend, dass du dich derart allein und verlassen gefühlt hast, Albert? Du hast doch genau das Leben geführt, das du wolltest, oder?«

Albert, der »englische Lord«, wie ich ihn in Gedanken nannte, war von hagerer, ja asketischer Erscheinung. Er war sicher einen Kopf größer als Joe. Seine Hand fuhr langsam durch sein schütteres, schon fast graues Haar. Ein kurzes Lächeln war erkennbar, bevor er zu sprechen begann. Für mich zeigte sich in diesem Lächeln eine Mischung aus Verzweiflung und Erleichterung.

»Ich weiß auch nicht richtig, was mich derart enttäuscht hat. Aber ich war mir sicher gewesen, dass Jesus wieder zu uns Menschen kommt und der Jüngste Tag uns von dem Leid befreit. Diese Vorstellung war zu der Zeit eine allgemeine Gewissheit. Darüber, dass dies nicht geschehen ist, hat mich tiefste Trauer ergriffen. Ich hatte erwartet, nun kommt die Zeit der Erlösung. Und ich dachte, Jesus hätte mir das versprochen. Das hat mir die Kraft gegeben, dieses Leben zu führen. Und dann ist nichts geschehen! Ich glaube nicht, dass ich nach Anerkennung oder Ruhm gestrebt habe. Ich glaube auch nicht, dass ich eitel war.«

Alberts Augen blickten traurig in die Runde.

Wir ließen seine Worte in uns nachklingen.

Dann hob Judith den Kopf und schaute ihn an.

»Albert, kann es nicht sein, dass es Jesus ganz genauso ergangen ist?«, begann sie zögernd zu sprechen. »Hat er nicht auch erwartet, dass sich die Welt ganz grundlegend ändert? Hat er nicht gedacht, dass das Reich Gottes auf Erden anbricht? Muss er nicht mit Erstaunen und wahrscheinlich auch Enttäuschung festgestellt haben, dass das Leben der Menschen nach seinem Tod weiter den bekannten Gang genommen hat? Jedenfalls stelle ich mir Jesus als jemanden vor, der voller Zuversicht und Erwartung auf das irdische Geschehen geschaut hat. Muss es für ihn nicht bittere Erkenntnis gewesen sein, wie wenig sich tatsächlich verändert hat? Albert, war die Existenz des Mönchs nicht auch in dieser Hinsicht eine Nachfolge?«

Albert nickte mit dem Kopf.

»Vielleicht sehen wir in Jesus zu wenig den Menschen, der in der jüdischen Kultur und Tradition steht und der selbst einer großen Entwicklung unterworfen ist. Auch er hat wie wir gelitten und gelernt«, meinte er dann. »Ich denke, du hast recht, es gibt Parallelen zum Dasein des Mönchs.«

Wieder trat eine Pause ein.

»Hat dieser schreckliche Tod nicht doch seine Spuren hinterlassen und dich viel mehr getroffen, als in der Geschichte herauskommt?«, wollte ich wissen.

»Nein«, antwortete Albert. »Nein, das Sterben war nicht schwer. Ich denke, ich bin innerhalb kurzer Zeit bewusstlos geworden und erstickt. Der Tod hat mich nicht erschreckt. Ein erfülltes Leben lag hinter mir, so wie ich es gewollt hatte. Die Gefangenschaft und mein Tod entsprachen dem Vorbild von Jesus. Doch meine Überzeugung war, hierdurch würde sich die Welt ändern. Dass ich dies nicht erkennen konnte, das hat mich in Ratlosigkeit und in das Gefühl, absolut alleingelassen worden zu sein, gestürzt.«

Albert machte eine Pause. Es war ihm anzusehen, wie es in ihm arbeitete.

»Zu deiner Frage habe ich noch einen Gedanken«, fuhr er dann fort. »Als ich euch diese Geschichte erzählt habe, bin ich nicht darauf eingegangen. Ich habe berichtet, dass ich mit meinen Mitgefangenen vereinbart habe, dass sie abschwören. Mein Gefühl ist, da gibt es etwas ganz Dunkles, an das ich mich nicht erinnern möchte. Ich habe eine Ahnung von Folter. Ich denke, man hat uns Folter angedroht und es kann gut sein, dass ich sie erleiden musste. Ich habe das tief in mir versteckt. Dieses Erleben war auch ein Grund, warum mir das Sterben leichtgefallen ist. Angesichts der Folter war der Tod ein wunderbares Versprechen. Sie war furchtbar, gewiss. Ich habe sie aber ertragen. In mir war die Gewissheit, Jesus ist bei mir und die Folter soll meinen tiefen Glauben an ihn nicht zerstören können. Ich war nicht bereit, meine Überzeugung auch nur ein wenig in Frage stellen zu lassen. Durch die erlittenen Qualen bin ich in meiner Haltung erstarrt. Ich durfte einfach nicht zulassen, dass mein Glaube falsch sein könnte! Daran wäre ich zerbrochen. Hier liegt eine Ursache, dass ich das Geschehen nach dem Tod derart schlecht einordnen konnte. Ich war nicht in der Lage, meine Haltung an neue Erfahrungen anzupassen. Ich war sprachlos enttäuscht. War das eine Antwort auf deine Frage?«

Ich nickte. Ich konnte gut nachvollziehen, wie der Mönch durch diese Bedrohung immer tiefer in ein erstarrtes Festhalten geraten ist. Er musste der Gewalt etwas entgegensetzen, um sie ertragen zu können. Das waren diese unumstößlichen Glaubenssätze. Die waren wie für die Ewigkeit formuliert.

»Aber das ist doch der absolute Schockschreck«, mischte sich Sirikit ein. Sie war wohl immer noch auf der Suche, was dieses Leben als Mönch und Ketzer bei Albert ausgelöst hatte.

Wir schauten alle auf und Sirikit an. »Schockschreck«, dieses Wort hatte ich noch nie gehört. Wäre die Situation nicht so traurig gewesen, hätte ich loslachen müssen.

Sirikit blickte voller Ernst. Sie war eine kleine quirlige Person. Ihr braunes Haar hatte sie zu Rasta-Locken geflochten und es war allerlei Schmuck wie Muscheln oder glitzernde Bänder mit eingearbeitet. Sirikit war in ihrer Lebendigkeit und Spontanität kaum zu bremsen.

»Hey Albert, das ist der Hammer von einem Schockschreck. Das sitzt doch total tief!«

Albert schien in Gedanken. Wie aus weiter Ferne ruhte sein Blick auf Sirikit.

»Sirikit, vielleicht hast du recht. Es war ein Schock und ein Schreck. Kann sein, dass er mir immer noch nachgeht. Es ist schwer, zu solch schlimmen Erlebnissen einen Zugang zu finden.«

Er schaute uns an und schwieg.

»Ja, was hältst du denn heute von dem Leben des Mönchs?«, fragte Paul.

Paul war etwas jünger als Albert. Ich schätzte ihn auf Anfang vierzig. Er war eher klein. Er hatte einen kleinen runden Bauch und überall Fettpölsterchen. Sein Kopf war fast komplett kahl. Auf seiner Glatze spiegelte sich das Licht der Deckenleuchte. Auf mich machte er den Eindruck eines gutmütigen Menschen.

»Ich bin immer noch zutiefst von den Werten dieses Lebens überzeugt. Das merke ich jeden Augenblick. Was der Mönch gelebt hat, ist für mich all das, was ein wertvolles und erstrebenswertes Dasein auszeichnet. Aber mein Misstrauen gegen allgemeine und herrschende Glaubensüberzeugungen oder Ideologien ist mächtig. Es gibt auch weiterhin einen großen Zorn auf die Kirche, dass sie die Lehre von Jesus so sehr verfälscht und missbraucht. Auch wenn ich heute die Evangelien lese, dann ist für mich völlig klar, dass Jesus genau so eine Kirche, wie wir sie heute haben, abgelehnt hätte. Hier haben die Priester und Schriftgelehrten das Sagen, deren Geisteshaltung er kritisiert hat.«

Ich fragte mich, wofür führen wir hier unser Leben. Worin liegt der Sinn all dessen, was geschieht? Darüber zu sinnieren hatte ich jedoch keine Zeit, denn die Unterhaltung ging weiter.

»Und verstehst du jetzt besser, was dieses Leben bedeutet?«, fragte Judith. »Der Mönch war vollkommen ratlos nach dem Tod.« Sie schaute Albert mit ihren schönen blauen Augen ernst an.

»Ich habe ein paar Ideen dazu«, sagte Albert. »Da gibt es ein Bild. Ganz praktisch. Jesus hat doch auch davon gesprochen, dass wir Menschen das Salz sind. Nun, das Bild von mir ist ein wenig anders. Wenn man eine große Menge Teig zuzubereiten hat, dann ist es sinnvoll, dies in mehreren Abschnitten zu tun, sonst wird die Arbeit des Rührens zu schwer. Das heißt, erst mal wird eine kleine Menge Teig angerührt. Mehl, Wasser und weitere Zutaten können auf diese Weise gut gemischt werden.

Wohin mag dieser Vergleich führen, überlegte ich. Das klang nach Küche, Feiertagen oder Geburtstag. Ich war gespannt, wie diese Geschichte die Wendung zur Frage von Judith erhalten würde.

Ist die erste Menge fertig und zu brauchbarem Teig geworden, kommen mehr Mehl und Wasser oder auch Milch und Eier hinzu. Und der Verrührprozess beginnt wieder von vorne. Dieses Bild ist mir zu diesem Leben eingefallen. Ich gehörte zu einer Menge, aus der ein Teig entstanden ist. Dann kamen weitere Rohstoffe dazu und alles hat ein weiteres Mal stattgefunden. Könnte der Teig empfinden, müsste er den Eindruck haben, als wäre unnötig gewesen, was zuvor geschehen ist. Es war aber trotzdem notwendig. Doch kann der im ersten Schritt entstandene Teig dies verstehen? Mir ist es jedenfalls schwergefallen.«

Ein nettes Beispiel. Doch sind wir nicht ein wenig mehr als Teig, der von starken Kräften gerührt wird, fragte ich mich.

»Dazu noch eine andere Idee«, fuhr Albert fort. »Es scheint mir, als ob jede Zeit oder Epoche auch ihre Lehre – um im Bild zu bleiben, ihren Verrührdurchgang – hat. Nicht jede Erkenntnis lässt sich in jeder Zeit gewinnen. Es kommt immer wieder eine neue Zutat hinzu. Es wird ja Teig für ein ganz besonderes Gebäck.«

»Wie siehst du dich als Mönch in der Zeit und die Menschheit als Ganzes?«

Paul hatte sich noch einmal zu Wort gemeldet. Ihn ließ anscheinend die Frage nicht los, wie dieses Mönchsleben einzuordnen war.

»Entschuldige, wenn ich etwas konfus frage. Ich meine, wir nehmen uns als Individuen wahr, sind doch aber auch Teil eines Ganzen und unser Dasein wird aus vielen Quellen gespeist. So empfinde ich das jedenfalls. Du hast berichtet, dass die Menschen den Glauben als etwas ganz Absolutes angesehen haben. Da gab es keinen grundsätzlichen Zweifel am Glauben selbst, der war unstrittig, sondern nur daran, welcher richtig und welcher falsch ist. Wenn ich an unsere heutige Auffassung, was ein Mensch ist, denke: Ist die Idee von der individuellen Existenz nur unsere Idee, wie wir die Welt verstehen?«

Albert schaute nachdenklich.

»Große Fragen! Vielleicht können wir uns die noch mal genauer anschauen, wenn ich von allen Rückführungen berichtet habe. Ich habe auch hier ein einfaches Bild. Das trifft vielleicht nicht genau deine Frage. Aber ich erzähle es trotzdem.

Jeder von uns kennt das Phänomen des Staus aus dem Nichts. Da bleibt auf der Autobahn auf einmal der Verkehr stehen und es scheint, als gäbe es dafür keinen Anlass. Weit und breit ist nicht zu erkennen, was dazu geführt hat, dass vor einem die Autos halten. Und würde man die Fahrer in den vorausfahrenden Autos fragen, würden sie ebenso ratlos antworten. Was ist passiert? Es hat einen Anlass gegeben!«

Was Albert beschrieb, kannte ich von unseren Ferienfahrten. Der berühmte Stau zur Urlaubszeit.

Albert sprach weiter: »Es war wohl so: Aus irgendeinem Grund musste ein Auto stark abbremsen. Vielleicht ist ein Fahrer unvorsichtig ausgeschert. Wenn der Verkehr dicht ist, dann pflanzt sich dieses Bremsen eine ganze Weile fort. Die Ursache ist längst beseitigt, doch noch lange danach müssen Autos immer wieder stehen bleiben. Das ist doch ein ganz tolles Phänomen. Es zeigt anschaulich, wie sich Ursachen fortpflanzen, ohne dass eine direkte Beziehung zwischen Verursacher und Betroffenem bestehen muss. Die Wirkung trifft ihn trotzdem, und das ist das Entscheidende. Es zeigt, dass Ordnungen entstehen, ohne dass diejenigen, die von dieser Ordnung betroffen werden, etwas mit der Ursache zu tun haben müssen. Es ist wie ein Gleichnis, dass Ideen die Welt beeinflussen. Denn Ideen geben den Dingen eine Ordnung.«

Ich schaute etwas ratlos. Was hatte diese Antwort mit Pauls Frage zu tun?

Doch Albert fuhr fort. »Alles, was wir kennen, ist Gesetzen oder ordnenden Einflüssen unterworfen. Viele setzen wir selbst. Es gibt Energie und Materie sowie eine Ordnung, die sie strukturiert. Das Ordnende kann man auch Idee oder Gedanken nennen. Wie auch immer, dieser erste Bremsimpuls gibt dem Fluss der Autos eine neue Ordnung. Die hat der erste bremsende Fahrer in die Welt gesetzt.«

Albert schaute lebhaft in die Runde. Diese eigenwilligen Gleichnisse zu erzählen machte ihm offensichtlich Freude.

«Entschuldigt, ich schweife ab. Ich könnte mir vorstellen, dass die Welt und auch wir Menschen aus ganz vielen solchen sich fortpflanzenden Impulsen, die man Wellen nennen kann, bestehen. Unsere Existenz stelle ich mir als Knotenpunkt der aufeinandertreffenden Wellen vor. Die verdichten sich zu diesem Einmaligen, das wir sind. Ein großer Teil der Wellen oder Wirkungen mag aus Leben stammen, die wir dann auch zu Recht frühere Leben nennen, da sie uns formen. Ein Teil mag in der Zeit und Epoche, in der Geschichte von Familie und Volk, in der Menschheitsgeschichte, in unserer Abstammung aus der biologischen Evolution und noch vielem anderen mehr liegen. Viel zu komplex für uns, um es zu überblicken oder zu verstehen. Darf ich das als Antwort geben? Mehr weiß ich nicht dazu. Aus dem Mönchsleben habe ich gelernt, nicht zu schnell und zu leichtfertig feste und scheinbar unumstößliche Gewissheiten für wahr zu halten. So schnell bringt mich nichts mehr dazu, einfach zu glauben, auch wenn das Handeln dieses Mönchs weiterhin meine ganze Zustimmung findet.«

Albert stockte, um dann fortzufahren.

»Dieser Widerspruch ist schon eigenartig. Ich lasse mich nicht mehr darauf ein, aber ich bewundere jeden Menschen, der so lebt wie dieser Mönch.«

Alberts Gesicht hatte einen rötlichen Schimmer bekommen, als er uns mit großer Entschiedenheit seine Gedanken erklärte. Ich konnte ihn mir gut als Professor vorstellen, der mit tiefer innerer Überzeugung eine Vorlesung hält. Wobei ihm wohl ab und zu der Kontakt zum Publikum verloren ging, so sehr war er in seinen Gedanken.

Das Bild des stockenden Verkehrs arbeitete in mir weiter. Ich als Fahrer habe ja scheinbar freie Hand, mein Fahrzeug zu lenken. Bin ich nicht der Herr über die Lenkung, Pedale, Gangschaltung und all die anderen Schalter und Knöpfe? Gleichzeitig gibt es die Straße und die übrigen Fahrzeuge. Mein Einfluss liegt nur in diesem Rahmen. Ist der Verkehr dicht, ist mein Einfluss gering. Ich kann vorausblickend fahren, Abstand halten und auf diese Weise eine Geschwindigkeitsveränderung vor mir weniger stark wirken lassen. Das sind meine Möglichkeiten.

Am faszinierendsten fand ich die Erkenntnis, dass die Wirkung keiner direkten Verbindung zum Verursacher bedarf. Es müssen dazwischen nur Informationsträger sein. In diesem Beispiel waren es die Autos vor mir. Mich erreicht auf diesem Weg die Information, dass ich bremsen soll. Total verrückt das Ganze. Das heißt, ich kann mit früheren Leben ganz stark verbunden sein und sie entfalten ihre Wirkung in meinem Leben, sie sind wirklich wichtig für mein heutiges Sein, es muss aber keine Identität in Form von Materie oder Energie zwischen diesen Leben geben.

Ja, aber was ist dann die Seele?, fragte ich mich. Gibt es etwas wie einen »Kern«, der immer gleich bleibt? Ich stellte mir das so vor, wie Schneekristalle entstehen. Das geht nur, wenn ein kleinstes Staubkörnchen vorhanden ist, an dem sich das Schneekristall bilden kann. Wäre dies bei der Idee mit der Wellenüberlagerung nicht auch möglich? Und könnte dieses »Körnchen« nicht dem Ganzen einen spezifischen Charakter geben, weil eben nur eine ganz spezifische Art »Schneeflocke« sich an ihm ausbilden kann? Wäre dieser Kern dann die Seele?

Da hörte ich die Stimme von Joe.

»Albert, du hast von großer Einsamkeit gesprochen«, begann er.

Damit war mein Nachdenken beendet. Es wurde mir auch schon zu kompliziert. Das mit der Seele hatte ich noch nie verstanden. Aber war sie nicht eine ordnende Kraft für mein Leben?

Joe sprach weiter: »Wir haben die Situation des Mönchs mit der von Jesus verglichen. Ich denke an die überlieferten Sätze: ›Mein Gott, mein Gott, warum hast du mich verlassen?‹ Was bedeuten diese Einsamkeit und das Gefühl des Verlassenseins? Ich denke, du fühlst dich in dieser Situation vollkommen getrennt. Du bist wahrhaftig alleine und deshalb gleichzeitig ganz ›Ich‹! Ganz der von den Mitmenschen und Gott getrennte Mensch. Das ist genau der Gegenpol zum Lebensziel des Mönchs. In dieser Situation gibt es nach meiner Auffassung nur eine Lösung. Dein Ich muss zurücktreten, es muss seine Bedeutung verlieren. Das ist tiefste Läuterung. Vielleicht ist dieser Prozess ein Durchleben der Hölle. Ich denke, hierdurch kann Trennung überwunden werden. Der Weg führt zurück zum Paradies und zu der Ganzheit. Albert, kann es sein, dass der Mönch das erfahren hat? Kann es sein, dass dieser Prozess immer noch am Wirken ist?«

Albert hatte aufmerksam zugehört. Man konnte geradezu sehen, wie sich Erkenntnis in ihm ausbreitete.

»Toll, Joe! Du hast vollkommen recht. Es geht um das Thema Trennung und Ego. Jetzt wird mir das noch deutlicher. Genau das ist es! Wie können wir Menschen die Trennung überwinden? Hierfür war das Mönchsleben überaus wertvoll. Vielen Dank, Joe!«

Dann wandte sich Albert an uns alle. Lebhaft gestikulierten seine hageren Hände in der Luft.

»Ihr werdet meine Begeisterung über diese Erkenntnis erst richtig verstehen, wenn ich euch die weiteren Geschichten der vorangehenden Leben erzählt habe. Habt bitte etwas Geduld.«

Albert schien voller Zuversicht.

»Sollen wir weitermachen?», fragte er.

»Warte mal kurz, Albert«, sagte Sirikit. »Mich interessiert noch was. Du hast gesagt, dass ihr als Mönche auch Beziehungen zu Frauen hattet, also nicht streng enthaltsam gelebt habt. Wie war das denn für Pius? Weißt du was dazu?« Sirikit schaute Albert neugierig an.

Albert überlegte.

»Wichtig für mein Leben war die vollkommene Zuwendung zu Gott, Jesus und den Evangelien. Aber es gibt eine Erinnerung an die Begegnung mit einer Frau. Als ich das Kloster verlassen hatte und von Rom weiter nach Sizilien gezogen bin. Da hat mich eine junge Frau begleitet. Ich erinnere mich an das Gefühl, wie sie nachts neben mir lag. Wir fühlten uns vollkommen vertraut. Ich denke an eine Nacht, als wir auf dem Rücken lagen und zu den Sternen geschaut haben. Unsere Körper lagen eng beieinander. Eine Decke schützte uns vor der Kälte. Wir hatten uns geliebt. Ihre Hände hatten meinen Körper sanft gestreichelt. Sie war voller Hingabe und Zärtlichkeit. Die Welt kam uns überwältigend schön vor. Sie war älter als ich und erfahrener in der Liebe zwischen Mann und Frau. Unsere Leben haben sich für kurze Zeit verbunden. Ich habe gespürt, dass wir nicht lange beieinander sein würden. Wir versuchten beide, unabhängig und stark zu sein. Wir haben viel geschwiegen. Unsere Ängste und Sorgen haben wir einander nicht mitgeteilt. Wir haben nichts voneinander verlangt und uns doch tief geliebt. Wir waren uns sehr ähnlich. Diese Frau habe ich aus den Augen verloren. Ihr Weg war ein anderer als meiner. Ich vermute, sie hat eine Familie gegründet. Ich hoffe es für sie. In ihr waren Lebensfreude und Schmerz. Eine Familie war nicht meine Bestimmung.«

Albert schwieg.

»Weißt du, Sirikit, es bleibt immer eine Sehnsucht, wenn Mann und Frau einander wahrhaft begegnen. Es bleibt immer etwas offen, so erfüllend das Zusammensein auch ist. Wir bleiben getrennt und das schmerzt. Wir wollten uns gegenseitig viel geben. Wenn die Situation derart ist, dann verwickelt man sich nicht so stark ineinander, als wenn man vom anderen etwas wünscht und verlangt. Dann ist die Bindung eine, die sich leicht lösen kann. Trotz der Liebe.«

Albert schaute auf.

»Dann weiter?«, fragte er in die Runde.

Allgemeine Zustimmung ermunterte ihn. Obwohl bei allen, die hier saßen, deutliche Zeichen der Erschöpfung erkennbar waren, wollten sie hören, was nun kam. Was könnte vor einem derartigen Leben liegen und mit Ursache hierfür sein?

»Ihr werdet wahrscheinlich überrascht sein, was jetzt kommt. Joe hat die Überraschung allerdings schon etwas verringert«, sagte Albert und begann, die nächste Geschichte vorzulesen.

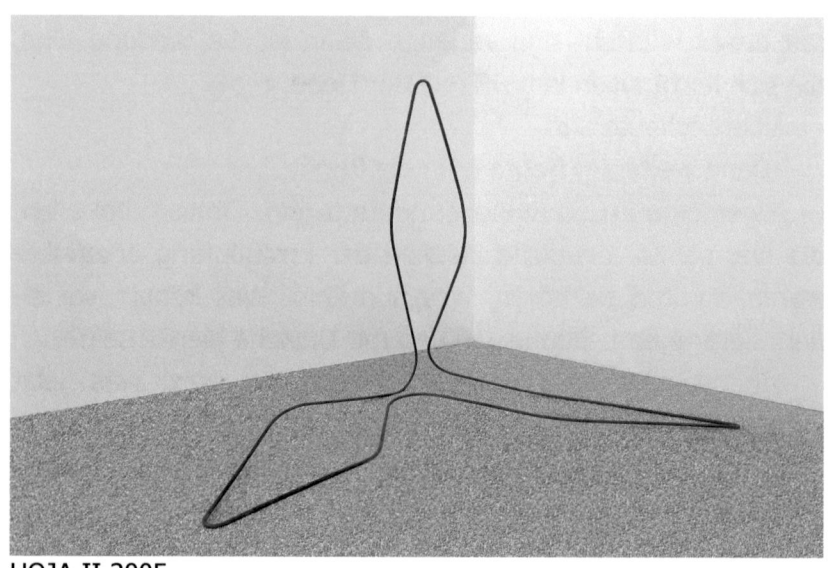
HOJA II 2005

Totgeborene Zwillinge: ein kurzes Dasein
Mittelalter Norddeutschland um das Jahr 1000

Eine große mittelalterliche Burg ist unser Zuhause. Sie scheint sich unendlich auszudehnen. Meine Schwester und ich, wir schweben durch die Räume: mit Schwung den gepflasterten Burgweg entlang vom großen Eingangstor bis zum Innenhof, durch die Säle, hoch auf den Turm. Wir schweben um die Mauern und durch sie hindurch. Wer sind wir? Was wollen wir? Wo kommen wir her?

Meine Schwester trägt ein langes blaues Kleid und eine Kopfbedeckung mit Schleier. Ich bin in Hemd, Wams, Hose und Stiefel gekleidet. Unser Alter beträgt um die fünfundzwanzig Jahre. Wir gehören zusammen und möchten in unserer Burg bleiben. Wir wollen nicht zurückschauen und nicht nach vorne!

Der Burg lässt sich jede beliebige Gestalt geben. Wir können unsere Erscheinung verändern. Alles ist so, wie wir es in unserer Vorstellung erschaffen.

Sollen wir hinaus durch das große steinerne Tor mit der schweren Holztür gehen? Ja! Wir sind uns einig. Wir wollen es wagen.

Eine neue Welt tut sich auf! Sobald wir unsere Burg verlassen haben, wird das Leben ernster. Vorbei ist es mit dem freien Herumstreifen. Hinter dem Tor empfangen uns eine Frau und ein Mann mittleren Alters. Sie sind freundlich und bestimmt in ihrem Auftreten. Gemeinsam gehen wir eine Strecke und setzen uns dann in einen Kreis.

Unsere Begleiter möchten über unser Leben auf der Erde sprechen! Ich sträube mich, auf das vergangene Erdendasein zu schauen. Es soll vorbei sein! Doch unsere Gefährten geben mir Vertrauen. Sie werden mir helfen. So tauchen wir ein in diese hinter uns liegende Zeit.

Ich sehe eine junge Frau. Sie ist achtundzwanzig Jahre alt. Sie hat zwei Kinder geboren. Ihre Kinder sind tot. Um sie herum sind Mägde. Wir befinden uns in einem Wohnraum eines kleinen Wasserschlosses. Die Frau ist schön. Sie trägt feine Kleider. Ihre langen Haare sind nach hinten gebunden. Sie ist groß gewachsen. Ihr Gesicht ist bleich und traurig. Sie schaut gefasst auf ihre totgeborenen Kinder: ein Junge und ein Mädchen. Was kann sie sagen? Was kann sie machen? Ihr Mann steht neben ihr. Das muss der Burgherr sein. Ein stattlicher Mann. Ich schätze ihn auf fünfunddreißig Jahre. Ein brauner Vollbart ziert sein Gesicht.

Die Burg ist von Wasser umgeben, darum flaches Land, Felder und Wälder. Kleine Ortschaften und Bauernhöfe liegen in der Umgebung. Auf den Feldern steht das Getreide reif für die Ernte. Der Sommer neigt sich dem Ende zu.

Eine Brücke führt über das Wasser zum Eingangstor. Schwer beladene Karren, gezogen von Ochsen, fahren in die Burg. Im Innenhof sind die Zugänge zu den Ställen mit den Pferden. In der Mitte befindet sich ein großer Ziehbrunnen. Um den Hof ragen über fünf Stockwerke die Wände der Burg auf. Hier liegen die Gemächer für die Bediensteten und der Wohnbereich der Grafenfamilie. Was ich sehe, gefällt mir.

Gemeinsam mit meiner Schwester war ich wohlbehütet im Schoß unserer Mutter aufgehoben. Mein geistiges Wesen fühlte sich zu Hause und hat bereits in dieser Lage das Schloss erkundet. Es gab große Säle, viele Zimmer und Kammern. Ein

Turm ermöglichte einen weiten Blick über das Land. Gemeinsam wuchsen wir im Bauch der Mutter. Wir lagen immer dicht aneinander geschmiegt. Wir gehörten zusammen, das wussten wir. Wir hatten bereits zwei Geschwister: einen Bruder und eine Schwester.

Dann kam der Tag, an dem wir geboren werden sollten. Ich glaube nicht, dass wir das wollten. Es ging uns im Bauch unserer Mutter gut. Ich spürte, wie meine Schwester voller Angst erwartete, was jetzt kommen mochte. Sie versuchte, sich hinter mir zu verstecken. Es entstand ein großes Durcheinander. Es wurde immer enger. Meine Schwester stemmte sich dagegen und versuchte, dem Druck zu widerstehen. Unsere Körper waren ein einziges Knäuel. Ich ließ mich vorwärts pressen. Die Nabelschnur meiner Schwester lag um meinen Hals. Sie zog mich zurück und schnürte meinen Hals zu. Im Nu war mein Erdenleben vorbei. Auch meine Schwester starb. Beide wurden wir tot geboren.

Verständnislos schauten wir uns an. Was war geschehen? Wir waren getrennt von unserem irdischen Leib. Unsere Körper wurden in weiße Tücher gewickelt. Man legte sie auf ein kleines Bett. Die Mägde und die Hebamme kümmerten sich um unsere Mutter. Sie lag völlig erschöpft im Bett. Alles war voller Blut. Meine Mutter war ganz bleich. Das Zimmer wurde gesäubert und hergerichtet.

Meine Schwester hielt sich immer eng bei mir. Wir waren wieder allein geistige Wesen. Wir sahen die allgemeine Aufregung und waren erleichtert, dass unsere Mutter die schwierige Geburt gesund überstanden hatte. Die Familie kam in den Raum. Unsere Geschwister schienen nicht zu verstehen, was geschehen war. Mit großen Augen schauten sie auf unsere toten Körper. Ihre Blicke gingen fragend zu den Eltern. Sie wussten wohl nicht, wie sie sich verhalten sollten. Der Ausdruck unseres Vaters war gefasst. Er hielt einige Meter Abstand zum kleinen Bett, auf dem seine gestorbenen Kinder lagen. Er wollte sich offensichtlich nicht mit uns beschäftigen. Er blickte auf seinen Sohn, seine Tochter und seine Frau. Die Bediensteten wirkten aufgeregt und waren erkennbar darauf bedacht, in dieser unsicheren Lage nichts Falsches zu machen. Man konnte ihnen ansehen, wie sie angestrengt versuchten, die Wünsche ihrer Herrschaft zu erraten.

Tief im Gedächtnis ist mir geblieben, dass ein Priester kam. Er segnete uns und feierte eine Messe. Das Kreuz, das er in der Hand hielt, es strahlte so schön im Licht. War es aus Gold? War es mit Edelsteinen besetzt? Dieses Kreuz, ich habe es nie vergessen!

Wir blieben einige Zeit bei unserer Familie. Wir gehörten dazu. Wir schauten den Geschwistern beim Spielen zu, begleiteten den Vater auf Ausritten und saßen oft bei der Mutter. Wir waren immer eng beieinander. Wir wollten, dass sich die Mutter uns zuwendet, uns beachtet und mit uns spricht. Aber das geschah selten und bald überhaupt nicht mehr. Wir waren da, aber für die irdische Welt und die Menschen gab es uns nicht.

Wir unternahmen auch längere Ausflüge. Es war ein schönes Land. Die Menschen arbeiteten viel, das Getreide wuchs, die Tiere grasten auf der Weide. Das gefiel uns gut. Gerne hätten wir wie die Menschen gelebt. Wir konnten alles sehen, aber nichts gestalten.

Bei unseren Ausflügen sahen wir auch Leid und Schmerzen. Die Menschen führten miteinander Kämpfe. Sie verletzten und töteten einander. Wir beobachteten, wie sie krank wurden. Sie litten. Sie starben. Wir sahen viele Menschen sterben.

Die Familie vergaß uns allmählich. Unsere Mutter gebar einen Bruder. Wie gerne wären wir an seiner Stelle gewesen. Sie hielt ihn liebevoll im Arm, gab ihm an ihrer Brust zu trinken, wiegte ihn in den Schlaf, sang Lieder. Wir waren dabei und konnten nur zuschauen. Wie sehr sehnten wir uns nach der Liebe unserer Mutter. Wir wurden traurig darüber, immer nur stumm zuschauen zu können. Meine Schwester wollte nicht von meiner Seite weichen. Ängstlich achtete sie darauf, dass wir immer zusammen waren.

Schließlich verließen wir Heimat und Familie und bauten in unserer Vorstellung eine eigene Burg – viel größer als die unserer Eltern. Dort schweiften wir hin und her. Wir waren frei in dem, was wir tun wollten. Aber es gab nichts wirklich zu erfahren.

Wir haben unsere Burg durch das große steinerne Tor verlassen und sitzen nun hier bei unseren geistigen Führern. Ich spüre jetzt Verantwortung für mein Sein.

Unsere Begleiter helfen uns, dieses vergangene Leben zu betrachten. Sie hören uns zu und ermutigen uns. Sie fragen, ob wir mehr verstehen möchten und geleiten uns dann zu einer Gruppe, in der alle ähnliche Erfahrungen wie wir gemacht haben. Meine Schwester ist nun nicht mehr ganz so ängstlich und sucht sich einen eigenen Platz in der neuen Gemeinschaft.

Es ist eine vertraute Welt. Wir erzählen uns gegenseitig von unseren irdischen Existenzen. Einzelne haben nur wenige Monate im Mutterleib verbracht, sind zu früh geboren worden oder bereits vor der Geburt gestorben. Andere sind wie wir bei oder auch kurz nach der Geburt hingeschieden. Wir verstehen gut, was ein jeder erlebt hat. Und mit der Zeit erkenne ich auch besser, was für uns das kurze Leben als totgeborene Zwillinge bedeutet.

Es geht um das Thema Trennung. Ein ganz wesentliches Thema. Wenn wir geboren werden, dann trennen wir uns vom Körper der Mutter. Es ist ein großer Schritt in die Richtung, ein selbstständiger Mensch zu sein. Wir können nun das Geschehen mitgestalten. Aber wir sind auch alleine. Wir gehen hinaus in die Welt. Es kann einsam und leidvoll sein. Doch immer ist es voller Erfahrungen.

Wir in dieser Gemeinschaft, wir alle haben den Schritt der Trennung nicht gehen wollen. Noch habe ich nicht verstanden, warum mir dies nicht möglich war.

Doch meine Zeit in dieser Gruppe geht vorbei. Ein geistiger Führer wartet auf mich und es geht in Richtung des Lichts. Ich will zu diesem Licht. Es ist wie eine Heimkehr. Ich fühle mich aufgehoben und geborgen. Ich blicke zurück und schaue auf das Erdenleben. Wie ein Bumerang werden wir von einer großen Hand in das irdische Dasein geworfen und kehren dann zum Licht zurück.

Ich frage mich, ob es auch Geschehnisse geben kann, die eine sofortige Rückkehr verhindern. Kann es sein, dass diese Hand uns suchen und wieder finden muss? Doch ich weiß, das Heimkommen zum Licht ist am Ende sicher!

Ich blicke auf meine Existenz als Zwilling. Ich sehe mit Klarheit auf das große Thema Trennung. Es ist schwierig, allein in das Leben zu gehen!

Auch wenn wir in eine Familie geboren werden: Wir sind alleine. Doch ich möchte nicht mehr zögern und mich abermals auf eine Geburt in die irdische Existenz einlassen.

Was ist mit meiner Schwester? Hat sie weiterhin diese große Angst? Ich will nach ihr schauen. Sie weilt immer noch in der Gemeinschaft der früh Gestorbenen. Ich setze mich zu ihr.

»Schwester, sieh, wir kehren jedes Mal zurück aus dem Menschenleben. Natürlich gibt es Leid und Not in der irdischen Welt. Du kannst dich vollkommen verlassen und alleine fühlen. Aber habe Mut! Das Leben auf der Erde schenkt dir Erfahrung. Es ist ein wunderbarer Ort, um mitzubauen.«

Ich spüre ihre Angst. Es ist eine unendliche Angst! Sie will die Trennung nicht versuchen. Wie soll ich ihr helfen?

Ein Führer setzt sich zu uns.

»Wo kommt diese Angst her? Lass uns anschauen, was gewesen ist«, spricht er zu uns.

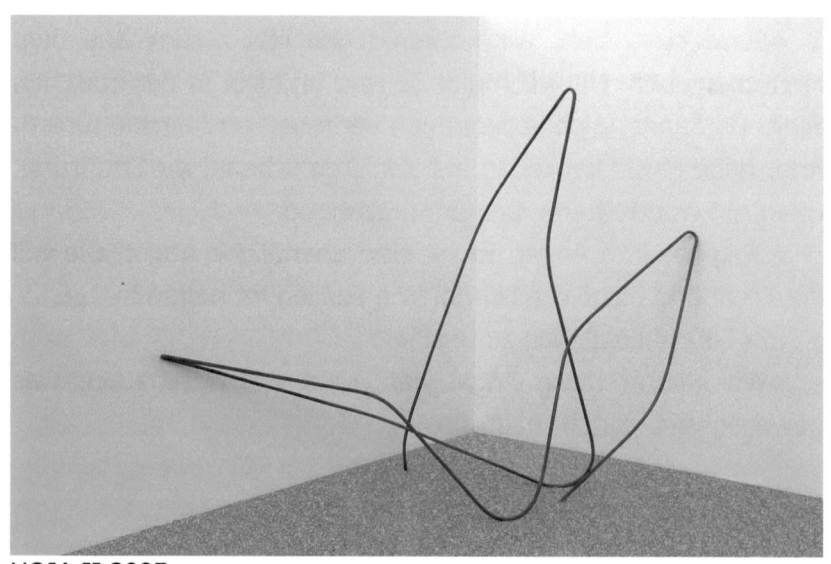
HOJA II 2005

Das verlassene Kind
Sinai um das Jahr 1

Ein kleines Mädchen sitzt an einem Brunnen. Dieses Bild hat sich in ihre Erinnerung eingeprägt. Sie hat sich kräftig genug gefühlt, mit ihrer Familie weiterzuziehen. Doch man hat sie hier alleine zurückgelassen. Ganz alleine? Das ist nicht sicher, doch sie erinnert sich, dass es so war.

Ich, ihre Mutter, erinnere mich, dass zwei alte Frauen unserer Familie bei ihr geblieben sind. Doch Erinnerungen sind trügerisch. Ein jeder erlebt das Geschehen nach seiner Wahrnehmung. Mein kleines Mädchen war drei Jahre alt. Sie musste an diesem Rastplatz am Brunnen bleiben.

Wir sind ungefähr zwanzig Erwachsene. Es ist die Familie meines Mannes. Seine Eltern, seine Geschwister, die Kinder sind dabei. Wir ziehen mit unseren Tieren von einem Weideplatz zum nächsten. Von Nordägypten bis Judäa gehen unsere Wanderungen – immer auf der Suche nach Futter und Wasser.

Ich liebe dieses Leben. Die Landschaft, mal grünes Land, mal Steppe, mal Wüste, schroffe Berge und sanfte Hügel, es ist ein schönes Land. Im Winter kommt der Regen. Dann wird grün, was zuvor grau und braun war. Wir wohnen in Zelten aus Ziegenleder. Sie schützen uns vor Wind und Wetter. Die dunklen, fast schwarzen Zelte geben uns Zuflucht und Sicherheit. Wir melken unsere Ziegen und Schafe. Wir machen guten Käse. Hin und wieder schlachten wir Tiere oder verkaufen sie an die Bauern, um dafür Getreide, Datteln oder Gemüse zu erhalten. Es ist ein gutes Leben.

Nun sind wir an einem Platz in der Nähe des Meeres. Der weite Blick über das Wasser verzaubert mich. Wir haben Rast bei einem Brunnen gefunden. Der Brunnen gibt gutes Wasser. Doch für die Tiere ist nicht genug zum Fressen da. Wir werden bald weiterziehen müssen.

Ich habe drei Kinder. Zwei Jungen und ein Mädchen. Das Mädchen muss auf unseren Wanderungen getragen werden. Sie ist noch klein. Die Jungen können schon mit uns laufen und die Schafe und Ziegen hüten. Unser Mädchen ist krank. Seit einiger Zeit hustet sie viel. Sie ist dünn geworden und isst wenig. Sie hat Blut gespuckt. Als wir in Ägypten waren, bei den Bauern und in der Nähe der großen Stadt, haben wir öfters solche kranken Menschen gesehen – meist Alte, aber auch Kinder.

Unsere Alten meinen, es ist eine gefährliche Krankheit. Sie kennen sie seit Langem. Auch die Tiere können krank werden und anfangen zu husten. Die Alten haben Angst. Sie sagen, die Tiere müssen getötet und verbrannt werden, wenn sie Blut husten. Sie sagen, unsere Tochter wird sterben und wir sollen sie zurücklassen, weil der Dämon der Krankheit sonst auch andere Menschen und Tiere befallen wird. Sie erzählen, dass vor langer Zeit der Onkel des Großvaters meines Mannes, Blut gehustet hat und er mit seiner Frau, versorgt mit Essen, am Wasserplatz zurückgeblieben ist. Er ist bald gestorben. Aber der Dämon hat niemanden aus der Familie befallen.

Ich höre die Alten sprechen und mich packt Furcht. Ich möchte meine Tochter nicht zurücklassen. Mein Mann meint, es sei besser für sie. Die Wanderung in der heißen Sonne jetzt im Sommer sei zu anstrengend. Sie ist schon so schwach und dünn.

Es wäre schwer, mich von ihr zu trennen. Sie ist ein liebes Mädchen. Ich trage das Bild von ihr in meinem Herzen. Ein Mädchen mit lockigen Haaren, leuchtenden braunen Augen, ein offenes Gesicht, immer bereit zu lachen. Sie war ein kräftiges Kind, bevor sie krank wurde. Sie hat immer viel und gerne gegessen. Sie hat mit ihren Brüdern gespielt und nachts an meiner Seite geschlafen. Sie hat es geliebt, zu den Tieren zu laufen und sie zu scheuchen. Sie hatte nie Angst.

Wir müssen bald aufbrechen. Die Tiere finden hier kein Futter mehr. Ich sitze vor unserem Zelt und schaue zu den Sternen. Können sie mir eine Antwort oder Trost geben? Die Sterne glitzern so klar. Noch ist der Mond nicht aufgegangen. Ich bitte unsere Göttin um Beistand. Sie sorgt für die Kinder und unser Leben. Ich spüre, unsere Tochter wird sterben! Was mein Mann hofft, dass sie sich erholen, an dieser Wasserstelle gesund werden kann, und wir sie hier wieder abholen, wenn der Regen gekommen ist, das glaube ich nicht. Sie wird sterben! Was soll ich ihr morgen sagen, wenn wir sie hier lassen? Sie ist ein kleines Mädchen.

Wir ziehen weiter. Die Trauer in meinem Herzen ist groß! Die Tränen laufen über meine Wangen. Ich gehe, ohne zu fühlen, was geschieht. Welcher Schmerz und doch, wir müssen den nächsten Weideplatz erreichen, die Tiere versorgen und melken. Die Mahlzeiten müssen zubereitet und die Milch verarbeitet werden. Die Jungen und mein Mann brauchen mich. Die Tage vergehen. Meine Seele will zurückschauen, doch mein Verstand erlaubt es nicht.

Ihr habt mich ganz alleingelassen. Ihr seid weitergezogen. Ich war kräftig genug, euch zu begleiten. Warum durften meine

Brüder bei euch bleiben und ich nicht? Sind sie besser als ich? Sind sie mehr wert? Ich war ein kräftiges Kind!

Eltern, ihr wart nicht mehr da. Ich habe am Brunnen gesessen. Mein Mund war verstummt. Ich hatte keine Sprache mehr. Ihr sagt, zwei alte Frauen seien bei mir geblieben. Ich kann mich daran nicht erinnern. Ich war ganz alleine! Ihr habt euch von mir getrennt. Ich bin vollkommen einsam gestorben. Ich habe nicht mehr gegessen.

Mutter, warum warst du nicht bei mir, als ich gestorben bin? Warum hast du mich nicht in deinen Armen gehalten? Ich habe mich so nach dir gesehnt! Ich habe dich gebraucht! Warum warst du nicht da, als ich diese Schmerzen hatte?

Liebe kleine Tochter, meine Trauer ist groß, mein Schmerz ist tief. Ich weiß, du warst alleine, völlig alleine. Das erste Mal in deinem Leben – und dann, um zu sterben. Wir waren nicht bei dir und es tut mir unendlich leid. Kannst du mir verzeihen? Ich sehe, wie grausam das Leben sein kann, wie furchtbar grausam. Ich sehe deinen Schmerz und deine Einsamkeit. Ich rufe euch, die ganze Familie meiner kleinen Tochter: Kommt hierher und teilt ihren Schmerz.

Wir bilden einen Kreis und meine Tochter ist Teil dieses Kreises. Wir fühlen ihren Schmerz. Wir spüren ihre Angst. Ihre Traurigkeit wird unsere Traurigkeit. Ein jeder trägt sie mit. Ihre Angst ist unsere Angst. Ihre Einsamkeit soll sich lösen. Nun bist du nicht mehr alleine, mein Kind!

Jenseits des irdischen Seins

Der geistige Führer schaut meine Schwester und mich an. Wir haben das Leben im Sinai, in dem wir Mutter und Tochter gewesen sind, betrachtet. Wir konnten sehen, warum wir in der darauffolgenden Existenz tot geborene Geschwister gewesen sind. Die Angst vor der Trennung war zu stark. Für meine frühere Tochter – meine jetzige Schwester – war es nicht möglich, den Schritt der Geburt zu gehen. Ich bin den Weg der Totgeburt mitgegangen, denn nie wieder wollte ich sie alleine zurücklassen.

»Kehrt nun zurück, weiter zum Licht«, sagt der Begleiter. »Ich bringe euch ein Stück des Wegs.«

Ich mache mich auf. Zurück zu dem Ort, an dem es keine Trennung gibt, an dem wir völlig aufgehoben sind. Es ist wie ein Gleichnis zum Sein im Bauch der Mutter. Dieser Ort gibt Sicherheit und den Mut, eine neue Trennung zu wagen. Doch um ihn zu erreichen, dafür müssen wir das, was wir zuvor erlebt haben, hinter uns lassen. Wie schwierig ist dies, wenn uns Angst und Trauer, Leid und Schuld gefangen halten!

Der Ort der Einheit lässt sich nur erreichen, wenn wir ihn in uns tragen. Es gibt viele Stufen auf dem Weg zum Licht. Und kommen wir in ein neues Menschenleben, dann bringen wir mit, was wir erfahren haben und was uns noch immer tief bewegt, um weiter zu erleben, was es bedeutet.

Ich denke an den Priester und das Kreuz, während ich zurückkehre immer weiter zum Licht. Dieses leuchtende Kreuz, es ist in meiner Erinnerung geblieben. Ich sehe es vor mir, wie es über unseren toten Körpern strahlte. Es erscheint mir so verlockend, so voller Wahrheit. Ich will mehr dazu erfahren!

Trennung, Leid und Illusion

Albert hatte seine Erzählung beendet. Konzentriert und voller Anteilnahme hatten wir gelauscht, was er berichtete. Welch großes Thema, dachte ich. Trennung! Wie sehr taten mir Mutter und Tochter leid! Das eigene Kind zurücklassen zu müssen. So alleine zu sterben. Wo soll da der Mut herkommen, wieder geboren zu werden?

»Ja, so ist das mit dem Kreuz«, meinte Albert.

Er versuchte offensichtlich zu überspielen, wie sehr ihn diese Erfahrungen bewegten und schmerzten. Für mich war, während er sprach, um seine Mundwinkel deutlich eine große Traurigkeit zu erkennen. Immer wieder flackerte auch ein leichtes Zittern seines Kinns auf. Ich denke, er hätte losheulen können.

»Das christliche Kreuz war für mich wie ein Wegweiser: Suche hier Hilfe aus dem Leid! So habe ich das verstanden. Das Leid ist unausweichlich, nur das Kreuz kann dir helfen.«

»Als Mutter im Sinai und Bruder im Mittelalter hast du furchtbare Dinge erlebt, was Trennung anbelangt. Und auch deine Tochter beziehungsweise Schwester! Wenn ich mir ihre Einsamkeit vorstelle. Wie siehst du dieses Thema Trennung heute?«, fragte Jessica. Sie sprach ruhig und bedacht.

Jessica war wohl Mitte vierzig. Ihre ganze Art wirkte zurückhaltend. Aber wenn sie sich etwas in den Kopf gesetzt hatte, dann, denke ich, verfolgte sie das konsequent und versuchte, es zu einem guten Ende bringen.

»Trennung, Einsamkeit? Ich glaube, hier hat mir das Christentum geholfen«, begann Albert zu erzählen. »Im Leben als Mönch hatte ich meine Eltern früh verloren. Ich bin im Kloster aufgewachsen. Das christliche Leben hat mir Geborgenheit und Heimat geschenkt.«

Albert wirkte wieder lebensfroher. Vom Christentum und der Zeit im Kloster zu berichten machte ihm offensichtlich Freude.

»Ich bin mit dem großen Anliegen, das Leid, die Trennung und Einsamkeit zu überwinden, in dieses Mönchsleben gekommen. Ich wollte so leben, damit wir Menschen erfahren, dass wir zusammengehören – als Brüder und Schwestern in Liebe verbunden füreinander da sind. Das war meine Antwort auf die Trennung. Ich denke, es war eine wahrhafte Antwort und sie hat mir Vertrauen in das Leben gegeben. Joe hat zu der Geschichte des Mönchs die Frage nach meinem ›Ich‹ gestellt. Ich zu sein bedeutet, getrennt zu sein. Der Weg, den uns Jesus zeigt, ist die Überwindung der Trennung von Gott und damit auch die Abkehr von der Identifizierung mit dem ›Ich‹. Noch mal danke, Joe, für deinen Hinweis. Du hast vollkommen recht, dass der Mönch bei seinem Tod die Einsamkeit und Trennung durch sein Bewusstsein als ›Ich‹ erfahren hat.«

Albert schaute Joe an.

Joe nickte mit dem Kopf.

»Albert, ich habe noch eine andere Frage«, hörte ich meinen Mann sprechen. »Wie kommt es zu diesen Vorhaben, mit denen wir ein Leben betreten? Also, die Totgeburt, das kann ich gut nachvollziehen. Da war einerseits die ungelöste und alles überwältigende Angst vor der Trennung bei der Schwester und andererseits die unbedingte Solidarität beim Bruder. Die Totgeburt geschah zwangsläufig aus diesen unbewältigten Gefühlen heraus. Dann aber der Entschluss, als Mönch derart absolut das Christentum zu leben, um die Angst vor der Trennung und Einsamkeit zu überwinden: Das klingt für mich wie ein gereifter Entschluss. Wie kommt es zu diesem Schritt? Und noch eine Frage. Was ist bei den Menschen in früheren Leben geschehen, die auf die Erde kommen und andere zutiefst verletzen, ermorden, foltern? Haben die sich dazu entschlossen?«

Judith blickte auf.

»Ich habe mir deine Frage auch schon oft gestellt«, meinte sie. »Ich denke, du hast recht, wenn du sagst, es gibt diese ungelösten Gefühle, mit denen wir auf die Erde kommen können. Das wäre für mich auch die beste Erklärung für die Menschen, die andere verletzen. Sie selbst sind schwer verletzt. Alles ist für sie eine Bedrohung. Sie fühlen sich erniedrigt und missachtet. Sie sind derart in sich gefangen, dass sie andere Menschen überhaupt nicht verstehen können. Ich denke, diese Haltung, andere nicht sehen zu können, sich bedroht, erniedrigt und missachtet zu fühlen, lässt sie rücksichtslos, verletzend und Macht suchend sein. Offensichtlich hat in der Zeit zwischen den Leben bei ihnen keine Läuterung und Bewältigung des zuvor leidvoll Erlebten stattgefunden.«

Joe nickte zustimmend, während Judith fortfuhr.

»Was ich mir nicht vorstellen kann ist, dass sich eine Seele zwischen den Leben vornimmt: Jetzt bin ich aber mal so richtig böse. Für was sollte das gut sein? Also, es kommt mir doch reichlich abstrus und unreif vor, ein derartiges Verhalten zu unterstellen. Nein, ich meine, wir suchen immer und überall nach Lösungen, um glücklich zu sein. Wenn wir stark verletzt und voller Angst sind, dann glauben wir die Lösung in dem, was wir Verbrechen nennen, zu finden. In diesem Fall ist jemand in seinem Leid hängen geblieben und versucht, eine Position einzunehmen, in der er Macht hat, sich gegen die

Bedrohung zu behaupten. Die Mitmenschen bekommen zu spüren, welche Wut und welcher Hass in ihm gewachsen sind.«

»Klingt für mich plausibel und, als Mönch gesprochen, zutiefst christlich. In dieser Hinsicht bin ich ja jetzt der im Ketzerfeuer gestählte Fachmann.« Albert sah Judith nachdenklich an, bevor er weitersprach. »Bleibt natürlich die Frage, warum dieses Leid überhaupt existiert. Ich stimme Judith vollkommen zu, dass Menschen aus Angst und Verletzung böse werden können. Manchmal denke ich aber auch, Leid kann anderen Menschen auch aus Gleichgültigkeit und fehlender Aufmerksamkeit zugefügt werden. Verstärkt wird diese Gleichgültigkeit, wenn die Verantwortung für das eigene Handeln auf andere, insbesondere auf Autoritäten, übertragen wird. Stark autoritätshörige Menschen folgen einfach Anweisungen und Befehlen. Ich nehme dann nicht wahr, wie ich einen Menschen durch mein Verhalten, zum Beispiel das Streben nach eigenen Vorteilen, verletze. Ich suche nur meinen Vorteil. Der Nachteil für den Mitmenschen findet keine Beachtung. Erst, wenn ich selbst eine ähnliche Situation erlebe, kann mir bewusst werden, was mein Handeln für andere bedeuten mag.«

Albert legte eine Pause ein.

»Durch die Totgeburt wurde auch aus Angst vor Trennung Leid für die Mutter der Zwillinge und die ganze Familie in das Leben gebracht. Leicht entstehen auf diese Weise tiefe Verletzungen, die Angst und innere Not, ein Gefühl, bedroht zu sein, hervorrufen. Das heißt, wenn es Verletzung gibt, dann wird es als Folge wohl offensichtlich auch das Böse oder das Verbrechen geben. Denn, wie du gesagt hast, Judith, der Mensch sucht nach Wegen der Bewältigung.«

Albert schaute, als er sprach, Judith nachdenklich an.

»Als Mönch kann ich sagen, gelebtes Christentum kann hier helfen. Aber ich bin ja nicht nur Mönch, sondern auch Albert, und der ist eher ratlos angesichts des allgegenwärtigen Leids, das mir völlig ungerecht erscheint.«

»In unserer Runde werden wir möglicherweise auch kein anschauliches Beispiel von einem Leben hören, das so richtig böse und verbrecherisch war. Oder, was meint ihr?«, warf Sirikit etwas spöttisch ein.

Sie liebte es offensichtlich, immer mal wieder etwas provokativ zu sein.

»Ja, warum das Leid? Zumindest kann man sagen, es bewegt uns ungeheuer, es lässt uns streben und suchen, um es zu überwinden. Es ist ein Motor unserer irdischen Existenz.« Paul hatte sich in das Gespräch eingemischt.

Ich muss zugeben, dass ich Paul zuerst falsch eingeschätzt hatte. Bereits seine Gedanken zum Mönchsleben und die Frage nach der Bedeutung von Individualität hatten mich aufhorchen lassen. Er wirkte so gemütlich, wenn er mit seiner rundlichen Figur im Sofa versank, dass ich ihm eine derart klare Analyse der Realität überhaupt nicht zugetraut hatte.

»Gäbe es das Leid nicht, wir säßen hier nicht zusammen, wir machten uns keine solche Gedanken, wir versuchten nicht zu verstehen, wir suchten es nicht zu vermeiden, wir wären einfach glücklich und zufrieden, was wir ja sein wollen«, fuhr Paul mit seinen Gedanken fort. »Noch etwas: Was wäre, spürten wir keinen körperlichen Schmerz? Wir würden uns zügig körperlich zerstören: hier ein gebrochener Fuß, dort ein abgeschnittener Finger, verschleppte Krankheiten, erfrorene Ohrläppchen. Der Schmerz ist wichtig für unser Heil. Es sei denn, wir könnten nicht selbstständig handeln, wir wären auf der Stufe einer Pflanze mit ihren Möglichkeiten. Entsprechend weniger Bedeutung hat hier der Schmerz. Unser Leben wird eben auch vom Leid gelenkt. Doch genauso wie Albert muss ich sagen, verlangt keine Antwort von mir, warum es ist, wie es ist. Wir sind selbstständige Wesen, die Leid erfahren können und deren Handeln davon bestimmt ist, dies zu vermeiden. Wären wir uns unseres Handelns bewusster und voller weiser Voraussicht, dann bräuchten wir vielleicht keinen Schmerz und kein Leid. Dann gäbe es aber auch wenig zu entdecken.«

»Howgh, ich habe gesprochen«, tönte Sirikit. »Jetzt haben wir nicht nur unseren Übermönch, sondern auch noch den weisen Medizinmann Paul gehört. Gut, aber ihr habt schon recht. Mir war das jetzt alles nur ein wenig zu ernst. So, jetzt machen wir das Tröpfchen alle« – dabei schaute sie auf die noch fast volle Weinflasche – »und kein Wort mehr zu Mönchen, verlassenen Kindern und Totgeburten. Ich will heute gut schlafen und Albert ist nächste Woche mit der Fortsetzung dran.«

Sirikit warf ihre Raster-Locken nach hinten und richtete sich leicht im Sessel auf.

»War echt beeindruckend, was du da von dir gegeben hast«, fuhr sie fort. »Hätte ich gar nicht von dir gedacht.«

Paul schaute Sirikit mit freundlichen Augen an. Sein Blick war intensiv und verweilte lange bei ihr. Weiterhin spiegelte sich das Licht auf seiner Glatze und gab ihm einen Schein der Heiligkeit.

»Ach Sirikit, ich freue mich immer wieder, dass wir dich haben. Du bist echt ein toller Mensch und ich mag deinen Lebensmut. Wenn ich in deinem Alter wäre, wer weiß, was ich dann machen würde?«

Ein freundliches, ja charmantes Lächeln schenkte ihm einen überaus sympathischen Ausdruck. Fast wirkte er ein wenig verliebt.

»Darf ich aber doch noch etwas sagen beziehungsweise fragen? Albert, als ihr Geistwesen in eurer eigenen Burg wart, da konntet ihr jede Gestalt annehmen und Gebäude und Landschaften erschaffen. Wie funktioniert das? Oder anders gefragt, was ist wahr? Was ist Realität? Wie ist das mit den materiellen Formen und Gestalten? Erschaffen wir auch die?«

Wir hatten an diesem Abend viel gehört und gesprochen. Ich war müde. Joe und ich waren heute recht früh aufgestanden. Trotzdem, diese Frage von Paul weckte noch einmal meine Lebensgeister.

Ich schaute in die Runde. Judith, unsere »Grande Dame«, ergriff das Wort: »Ich denke, in diesem immateriellen Zustand können wir jede immaterielle Form und Gestalt erschaffen, die wir uns vorstellen. Alles ist, wie wir es uns erdenken. Albert hat ja mehrfach betont, dass er in dieser Welt keine Erfahrungen machen konnte. Das liegt daran, dass sich alles nach unserer Vorstellung gestalten lässt.«

Ich horchte voller Interesse auf, während Judith ihre Erklärung fortsetzte.

»Demgegenüber gibt es in der materiellen Welt Dinge, die nach ihrer Erschaffung bestehen bleiben und für uns harte Tatsachen sind. Wir können erkennen, aus welchen Vorstellungen von uns oder anderen Menschen sie entstanden sind. Darüber verstehen wir uns und die Welt.«

Innerlich nickte ich zustimmend. Diese immaterielle Welt musste auf die gleiche Art beschaffen sein wie die Realität in unseren Träumen. Doch Judith ließ mir keine Zeit für tiefergehende Gedanken. Ich hörte ihr weiter zu.

»Ein Beispiel: Es gibt Menschen, die erzählen mit großer Eindringlichkeit und auch glaubwürdig, was ihnen im Jenseits begegnet ist. Sie schildern detailgenau die Erscheinung von Engeln oder auch bösen Geistern und Teufeln. Ich bezweifle auch nicht, dass sie das in dieser Weise erlebt haben. Aber wenn Menschen Erinnerungen aus dieser Zwischenwelt berichten, dann sind alle Formen und Gestalten Produkte ihrer Vorstellung, denn die Wesen dort haben keine Form und Gestalt. Sie haben einen Inhalt – eine Qualität. Die Gestalt, die wir ihnen geben, entspringt unserer Vorstellung. Wenn wir die Qualität der Wesen richtig erkennen, dann wird die Gestalt, die wir ihnen zuschreiben, ein guter Ausdruck von ihnen sein. Vielleicht sind die Wünsche und Ängste derjenigen, die uns davon berichten, aber so groß, dass Form und Gestalt allein diesen entwachsen. Wir müssen lernen, dahinter zu schauen und zu erkennen, welche Impulse und Taten von den Wesen ausgehen! Im Kern heißt das: Die Menschen werden uns in Abhängigkeit von ihrer Klarheit und Erkenntnis Wahrheit berichten. Und wir können nur an ihren Taten überprüfen, ob sie die Wahrheit sprechen. Das steht bereits so in den Evangelien zu den falschen Propheten.«

Jetzt hatte Judith aber ein Fass aufgemacht. Herrgott, steh uns bei!

Da meldete sich mein Mann. »An ihren Taten sollt ihr sie erkennen – die richtigen oder falschen Propheten. Judith, ich gebe dir recht. Was ich aber wirklich wichtig finde: Wir müssen uns mit diesen religiösen und spirituellen Themen beschäftigen. Mir ist es zu einfach, wenn jemand auf dem Standpunkt steht, viele Menschen berichten Blödsinn über das Thema, deshalb gibt es für mich nur das, was ich sicher weiß. Damit sperre ich einen großen Teil meiner selbst aus. Wir müssen lernen, neugierig auf das zu sein, was wir noch nicht wissen. Das behaupte ich zumindest.«

Wieder trat eine Pause ein. Was Judith und Joe gesagt hatten, musste erst verdaut werden.

Da ergriff Jessica das Wort. »Wie ihr wisst, habe ich drei Kinder, die schon fast erwachsen sind. Vor über acht Jahren war die Trennung von meinem Mann. Das hat sich leider in unserem Leben dahin entwickelt. Dazu möchte ich mich nicht mehr äußern. Aber vor drei Jahren trat Helmut in mein Leben. Dem einen oder anderen habe ich von ihm erzählt. Seit einem Jahr ist es mit dieser Beziehung vorbei. Als wir uns kennenlernten, bin ich erst recht zurückhaltend gewesen. Nach den Erfahrungen mit meinem Ex konnte ich mich nicht leicht auf eine neue Partnerschaft einlassen. Doch Helmut hat immer wieder betont, dass ich die Frau seines Lebens bin. Er hat sich ungeheuer um mich bemüht. Es war schön, einen Mann zu haben, der mich derart schätzt. Helmut ist bei uns eingezogen.«

Jessica stockte. Es schien, als durchlebte sie die Gefühle aus jener Zeit.

»Laufend hat er wiederholt, wie wunderbar es für ihn ist, eine Familie zu haben. Ich war das Wichtigste in seinem Leben, hat er mich spüren lassen. Meine Kinder wären für ihn ein großes Glück, so war seine ständige Redensart. Ich habe diese Zeit genossen. Das war doch unglaublich. Ich finde in meinem

Alter mit drei Kindern einen Mann, der genau mich und die Kinder bei sich haben möchte. Doch nach fast zwei Jahren Zusammensein ist diese Welt schlagartig zusammengebrochen.«

Jessica blickte traurig in die Runde.

»Helmut war plötzlich immer öfter geschäftlich unterwegs. Was er zu seinen Reisen erzählte, klang jedoch überhaupt nicht plausibel. Ich habe mir dann vor einer Geschäftsreise den Kilometerstand im Auto notiert und den Beifahrersitz so verstellt, dass man nur sehr unbequem Platz nehmen konnte. Nach seiner Rückkehr von der dreitägigen Reise war klar: So weit, wie er behauptete, war er nicht annähernd gefahren. Zudem, der Beifahrersitz war nun ganz bequem eingestellt. Ich habe ihn direkt darauf angesprochen. Zuerst hat er alles abgestritten. Doch dann meinte er, er wäre einer Frau begegnet und sei total in sie verliebt. Dies wäre die Liebe seines Lebens. Ich müsste das verstehen. Er könnte nichts dafür, dass er sich verliebt hätte. Und so weiter.«

Ein wenig Bitterkeit lag in der Stimme von Jessica, als sie weitererzählte.

»Jedenfalls, ich merkte, meine Vorstellung von unserer Beziehung war reine Illusion und Täuschung! Helmut hatte seine Haltung mir gegenüber plötzlich um 180 Grad geändert. Er hatte eine neue Frau kennengelernt. Auf einmal lag hier alles Glück dieser Erde. Es schmerzt immer noch, wenn ich daran denke oder davon erzähle. Doch zu unserem Thema. Er ist einer Illusion hinterhergelaufen und ich bin ihm gefolgt. Weil ich die Vorstellungen, die er ausgebreitet hat, schön fand. Jetzt bin ich total enttäuscht. Das heißt, ich habe eine Täuschung verloren. Das schmerzt! Die Täuschung war ein Teil von mir. So ist das auf dieser Erde. Illusion und Täuschung können erkannt werden. In der Zwischenwelt bleiben sie bestehen. Da wären wir also bei Trennung, Leid und Täuschung.«

Unsere Gespräche werden immer persönlicher, dachte ich.

Sirikit mischte sich ein und erzählte von ihrer großen Jugendliebe. »Damals war ich siebzehn Jahre alt. Ich ging in die zwölfte Klasse und Musik war meine große Leidenschaft. Klavierspielen. Ich hatte privat Unterricht bei einem total süßen Klavierlehrer. Er hatte gerade sein Studium beendet. Ich fand ihn wunderschön. War er vielleicht gar nicht, aber für mich schon. Ich habe mich nach ihm verzehrt. Wenn er hinter mir stand und über mich hinweg auf meine Finger schaute, da hoffte ich, seine Augen würden auch auf meiner Brust ruhen. Oft haben wir uns ganz leicht berührt. Ich war wahnsinnig in ihn verliebt. Jedenfalls, wir sind bei ihm im Bett gelandet. Details erspare ich euch, wenn es auch spannende gibt. Soviel: Es war schön. Solange, bis ich gemerkt habe, dass ich nicht die Einzige bin. Das war dann hart. Verdammt hart! Trotzdem, noch jahrelang habe ich an ihn gedacht.«

Jeder hatte etwas beizutragen zu Trennung, Leid, Täuschung und Illusion. Mit der Liebe zwischen Mann und Frau scheinen sie sich besonders gerne zu verbinden. Nur die Männer haben nichts Persönliches erzählt, obwohl sie sicher auch Ihre Erfahrungen gemacht hatten. Sich derart geirrt zu haben und möglicherweise betrogen worden zu sein ist ja auch eine Niederlage. Diese wollten sie uns wohl nicht präsentieren.

Der Abend klang aus. Als ich mit Joe nach Hause ging, war ich zugleich aufgewühlt und müde.

»Joe, du bist der Mann meines Lebens und das ist keine Illusion«, sagte ich zu ihm.

»Kristin, ich bin total froh, dass ich dich habe«, erwiderte Joe.

Er nahm mich in den Arm und wir küssten uns. Es hatte auch schon andere Zeiten gegeben, in denen ich heftig an unserer Beziehung gezweifelt hatte. Jetzt war es aber gut.

In der Nacht träumte ich vom Leid. Ich sah Gott, wie er uns das Leid schenkte und aus dem Paradies in die Trennung entließ. Er übergab uns Menschen das Leid und sprach: »Hier nehmt das Leid, damit es euch den Wert des Lebens und seinen Sinn verrät. Nehmt es als das größte Geschenk, das ich euch zu geben habe. Es wird euch sicher auf allen Wegen leiten. Ihr werdet daraus Gebote und Werte, Verbote und Strafen, Recht und Unrecht entwickeln, damit sie euch zu mir führen. Sucht euren Weg. Jeder Weg endet bei mir – eurer Herkunft. Ihr werdet mich gefunden haben, wenn ihr das Leid nicht mehr braucht, weil ihr nun selbst erkennt, wie es euch leiten würde.«

Der Traum beruhigte mich und ich schlief tief und fest bis zum späten Morgen.

Was steht an?

Wir saßen wieder zusammen. Sirikit hatte sofort das Wort ergriffen.

»Nun, Bruder Albert, alter Mönch, was steht an?«

»Moment, Moment«, warf ich ein. »Hier erst mal feinstes Gebäck, dreifach gerührt und nicht geschüttelt. Das wiederholte Rühren macht den Teig tatsächlich noch feiner. Lasst es euch schmecken.«

Mit dieser Bemerkung stellte ich einen gut gefüllten Korb mit Gebäck auf den Tisch.

»Und ich«, begann Jessica zögernd zu sprechen. »Ich habe es probiert.«

Sie blickte in unsere verständnislosen Gesichter und lächelte zurückhaltend.

»Ich habe probiert, meine Gedanken in den Straßenverkehr zu platzieren. Böse Gedanken vom Bremsen und gute Gedanken vom Beschleunigen. Ich war Engel und Teufel und ich hatte harte Konkurrenz. Der Gott der Ampeln und Straßenschilder hat mir schwer ins Handwerk gepfuscht und nur selten konnte ich ihn überlisten. Denn dieser Gott lenkt die Menschen über Schmerz und Leid, was er Bußgelder und Fahrverbote nennt. Doch auch meine Gedanken waren mächtig. Sie ließen mich bremsen und Gas geben. Hinter mir bildeten sich Verkehrsverdichtungen und Beschleunigungsgruppen, dass es nur so eine Freude war. Durch mein Tun beeinflusst, fiel einer meiner Nachfolger angesichts eines eleganten Überholmanövers dem Geschwindigkeitsblitzopfer des Verkehrsschildergottes anheim. Der Herr sei seinem Geldbeutel gnädig.«

Wie Jessica das erzählte, wir konnten uns kaum halten vor Lachen.

»Ja, die mir gefolgt sind, sie haben mich für total bescheuert gehalten. Sie mussten mir folgen. Aber ich mache es nie wieder. Das hat sich irgendwann verselbstständigt. Es ist aber tatsächlich so, noch lange nach meinem Bremsen und Beschleunigen und viele Autos hinter mir war die Wirkung zu erkennen.«

»Wow«, sagte Sirikit und schob sich Gebäck in den Mund.

»Das ist aber ganz schön abgefahren, was du da gemacht hast. Echt! Würde ich mich nicht trauen. Nee. Auto fahren ist schon so spannend genug. Heißes Ding!«

Anerkennend blickte sie auf Jessica und warf ihren Kopf mit den Rasta-Locken und den kleinen Muscheln hin und her.

»Leute, ich hab da noch eine Frage. Warum nimmt die Menschheit derart stark zu? Wo kommen die denn alle her? Jetzt leben auf der Erde 7 Milliarden Menschen. Das waren doch noch vor ein paar hundert Jahren gerade mal 500 Millionen oder um Christi Geburt keine 100 Millionen. Und davor in der Zeit der Jäger und Sammler, da waren Tausende Jahre lang nur ganz wenige Menschen auf der Erde. Also, wann haben diese Seelen, die jetzt hier als Menschen herumlaufen, früher schon mal gelebt? Das ist doch komisch!«

Wir alle schauten Sirikit an. Die hatte echt lustige Ideen. Aber eigentlich, wenn ich darüber nachdachte, das war gar nicht doof, was sie da fragte. Dann schauten wir Albert an. Irgendwie meinten wir, er sollte was dazu sagen.

»Was schaut ihr mich an?«, fragte Albert. »Soll ich darauf eine Antwort geben?«

»Ja!«, schallte es wie aus einem Munde zurück.

Alle mussten lachen über diesen Gleichklang und das verdutzte Gesicht von Albert.

»Nun gut, dann versuche ich es. Also passt mal auf. Der Beginn der Altsteinzeit wird je nach Region auf 1 bis 2,5 Millionen Jahre vor unserer Zeit angenommen. Erst vor circa 15.000 Jahren begannen andere Menschheitsphasen. Jetzt überlegt mal: Wie viele verschiedene Menschen können in dieser Zeit gelebt haben, selbst wenn immer nur wenige gleichzeitig auf der Erde waren? Nehmt 2 Millionen mit 10.000 mal. Dann gibt das schon 20 Milliarden! Was ich damit sagen will: In dem langen Zeitraum können ganz viele verschiedene Menschen gelebt, und wenn du willst, Sirikit, sich damit auch ganz viele verschiedene Seelen inkarniert haben.«

Der Albert, unser englischer Lord, hat echt was drauf, dachte ich, da platzte Sirikit heraus.

»Albert, du bist super!«

»So, jetzt kommt aber erst der Clou. Ich denke, Seelen brauchen Menschheitsepochen, um sich zu entwickeln«, setzte Albert seinen Gedanken fort. »Daraus folgt, je kürzer eine Epoche ist, desto mehr Menschen leben gleichzeitig, wollen sie daran teilhaben. Die Phase als Jäger und Sammler in der Steinzeit hat die Basis des Menschseins gelegt. Da findet ein archaischer, ganz den Gesetzen der Biologie unterworfener Einstieg in das Menschsein statt. Danach geht es mit kulturellen Epochen los. Entwicklung findet nicht mehr durch eine Veränderung des Körpers, sondern durch Kultur statt. Da wollen wir dabei sein, wenn sich was Neues tut.«

»Super, Albert. Super! Du bist ein schlauer Bursche. So, und jetzt habe ich dich. Jetzt erzählst du uns noch, was die Seele ist«, warf Sirikit ein.

»Keine Ahnung, Sirikit. Echt! Muss irgendetwas sein, was einen Menschen auch noch nach dem Tod kennzeichnet. Wir könnten Seele, so wie du es tust, als Ausdruck dafür nutzen. Aber was das nun tatsächlich ist? Energie? Reine Idee oder Information?«

»Komm, Albert, zier dich nicht! Ich weiß, du hast noch was in der Hinterhand.« Sirikit ließ nicht locker.

»Okay, ein bisschen Spekulation. Die DNA beschreibt doch, was körperlich aus uns wird, wenn wir uns entwickeln. Die Seele könnte genau so etwas sein, das uns beschreibt. Aber eben nicht auf körperlicher Ebene. Sondern, welche Erfahrungen, Erkenntnisse, Irrtümer mit uns verbunden sind. So wie die DNA sich aus körperlicher Vererbung einer Menschengeneration an die nächste ergibt, ergibt sich die Seele aus der Weitergabe einer langen Reihe von Erfahrungen. Die Seele ist somit eine Sammlung von Erfahrungen und zeigt die damit erreichte Entwicklung von Erkenntnis und Gefühlen.«

Albert stockte. Er schaute ein wenig unsicher in die Runde und schien zu überlegen, ob er seine Vermutungen noch ausführlicher ausbreiten sollte.

»Ich denke, die Erfahrung bildet sich um einen Kern«, sprach er weiter. »Auch dieser Mittelpunkt besteht, wie die Erfahrung, aus reiner Information, ist aber anderen Ursprungs. Der Kern stammt nicht aus dieser Welt. Wenn man das in einem Bild sagen will: Er ist göttlichen Ursprungs. Vielleicht ist das innere Wesen jeder Seele allen anderen gleich, aber mit den jeweils unterschiedlichen Erfahrungs- und Erkenntnisinformationen angereichert. Die Erfahrung und Erkenntnis könnte man auch den Bewusstseinsstand nennen. Das Ganze macht die Seele einzigartig und verweist zugleich auf einen gemeinsamen Ursprung. Das reicht jetzt für heute, oder? Genug der Spekulation. Sirikit, bist du zufrieden?«

Sirikt nickte.

»Sollen wir starten?«, fragte Judith.

»Wir machen es uns gemütlich für die nächsten Gruselgeschichten«, meinte Sirikit mit einem entwaffnenden Lächeln.

»Dann lege ich mal los«, sagte Albert und begann, die nächste Geschichte vorzulesen.

Glut

In des Lebens ewiger Mitte
brennt ein Feuer hell und klar.
Wärme ist der Menschen Bitte.
Was ist wirklich, was ist wahr?

Eingerahmt in feste Formen
hüten wir die heiße Glut,
dass die Strahlen uns verwandeln,
schenken Leben, geben Mut.

Und der Sonne hellen Schein
sehen wir am Himmel weit.
Laden ihn zum Bleiben ein.
Sind wir für das Licht bereit?

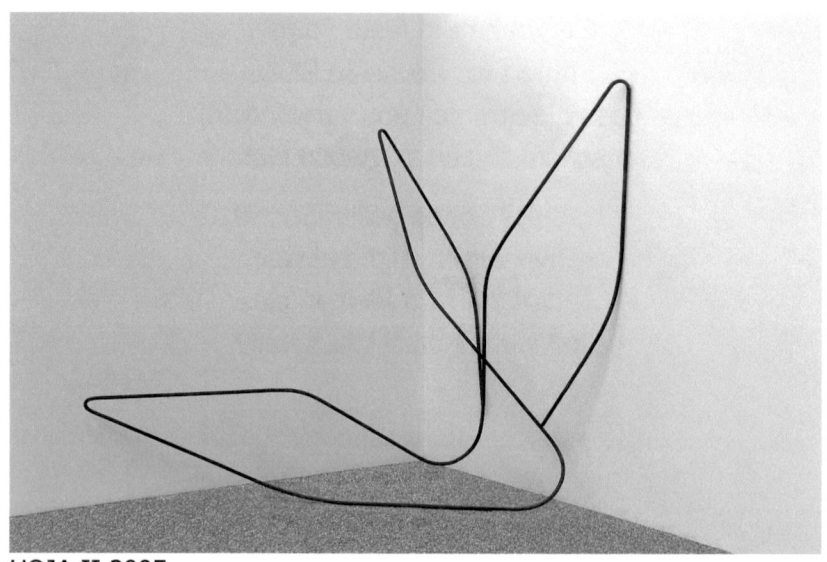

HOJA II 2005

Bauernleben
Indien und Nordfrankreich vom 7. bis zum 9. Jahrhundert

Ein Dorf in Indien

Ein kleines Dorf im westlichen Hochland des indischen Subkontinents, dort war unser Zuhause. Eine Hütte im Dorf, hier wohnten wir. Um die Hütte lagen die Felder. Auf dem Acker wuchs zumeist Hirse. Aber auch Gemüse gedieh. Mangobäume standen direkt bei den Feldern. Im Wald sammelten wir Früchte und Wurzeln. Das Holz der Bäume diente als Baumaterial und um Feuer zu machen.

Im gleichmäßigen Rhythmus der Tage lebte ich in diesem kleinen Dorf. Der Wechsel von Tag und Nacht und die Jahreszeiten bestimmten das Geschehen. Nur wichtige Ereignisse, eine Geburt, ein Todesfall, eine Hochzeit unterbrachen das Gleichmaß und ließen uns spüren, wie die Zeit verging.

Wir arbeiteten hart, mein Mann und ich. Mit dem Aufgang der Sonne begann unser Arbeitstag und bis zum Untergang dauerte er. Wir hatten drei Kinder. Zwei Mädchen und ein Junge. Sie waren schon größer und konnten mithelfen. Unser wichtigster Besitz war unsere Kuh. Die Kinder versorgten sie. Sie brachten ihr Futter oder führten sie an den Waldrand zum Weiden. Die Kuh gab uns, wenn sie ein Kalb hatte, Milch. Ein Kalb war etwas Wertvolles. Sobald es größer geworden war, konnten wir es gegen Hirse, Gemüse, Früchte, Holz oder auch Werkzeuge und Hausrat tauschen. Dann war es möglich, unsere Eltern zu unterstützen, jetzt, wo ihnen im Alter das Arbeiten immer schwerer fiel. Sie lebten nicht weit von uns in diesem Dorf mit sechzig Bewohnern. Mit vielen waren wir verwandt. Die Götter und Ahnen weilten bei uns. Wir führten unser Leben als Familie. Es war ein gleichförmiges Leben.

Im Sommer kam der Regen. Die Pflanzen erhielten Wasser. Wir brauchten diesen Regen. Es gab Jahre, in denen er erst spät kam. Dann bestand die Gefahr, dass die Hirse nicht gut wachsen konnte und wir nicht satt wurden.

Schon viele Sommer und Winter lebte ich mit meinem Mann. Als ich zur Frau geworden war, haben wir geheiratet. Er war ein schöner Mann. Er wusste zu arbeiten und sorgte für die Familie. Wir waren immer zusammen. Die Menschen achteten meinen Mann, weil er fleißig und umsichtig war.

Wir waren froh, dass wir drei Kinder hatten, die uns helfen konnten. Ich bereitete ihm und den Kindern das Essen. Ich baute Gemüse an und sammelte Brennholz im Wald. Mein Mann arbeitete meist auf dem Feld oder ging in den Wald, um Holz zu machen.

Wir waren Teil dieses Landes. Es war unser Land. Hier lebten unsere Familien. Hier waren die Ahnen bestattet. Ich freute mich, wenn mein Mann zum Essen in die Hütte trat. Ich war froh, dass ich ihn an meiner Seite hatte. Ich war ein Teil von ihm und er von mir.

So vergingen die Sommer und Winter. Die älteste Tochter hatte nun eine eigene Familie. Es war gut, dass die drei Kinder lebten.

Zum Anfang eines Sommers baute mein Mann für unsere Kuh einen neuen Unterstand. Er sollte sie und ihr Kalb vor dem Regen schützen. Der Regen konnte sehr stark sein. Tagelang fiel er vom Himmel – ohne Pause.

Ich wartete, dass mein Mann zum Essen in die Hütte kam. Es wurde dunkel und er war noch nicht da. Er baute das Dach des Stalls. Dafür hatte er mehrere Baumstämme aus dem Wald geholt. Unsere Kuh hatte sie zur Hütte gezogen. Draußen regnete es in Strömen. Warum kam er nicht? Ich blickte hinaus. Ich sah den Regen. Wo blieb er? Das Essen war fertig. Ich wartete! Es war dunkel geworden. Ich musste schauen, wo er war.

Ich ging hinaus in den Regen. Ich konnte nichts sehen. Ich rief seinen Namen, doch er antwortete nicht.

Mein Herz klopfte heftig. Ich war voller Unruhe. Ich versuchte zu hören. Doch es gab nichts außer dem herabprasselnden Regen. Was war passiert? Wo war mein Mann?

Ich ging zum Unterstand. Ich spürte die Kuh und das Kalb. Ihr Fell war ganz nass. Das Dach war undicht. Kräftig lief das Wasser herab. Mein Fuß stieß gegen einen Körper. Mein Mann! Er lag auf dem Boden. Ein schwerer Baumstamm bedeckte ihn. Ich spürte warmes Blut an seinem Kopf. Er atmete nicht. Ich lief zu den Nachbarn. Wir trugen ihn in die Hütte. Mein Mann war tot! Er hatte eine schwere Verletzung am Kopf.

Das ganze Dorf nahm Anteil an seinem Tod. Wir bestatteten ihn nach Sitte unserer Gemeinschaft.

Von da an lebte ich ohne meinen Mann in der Hütte. Es war schwer, alleine zu sein. Ich fühlte mich verlassen. Was sollte ich tun? Viele Sommer und Winter vergingen. Auch die beiden jüngeren Kinder waren inzwischen alt genug, ihre eigenen Familien zu gründen.

Mein Mann fehlte mir. Warum hatte er mich verlassen? Das war nicht richtig! Warum musste ich dieses harte Leben einer Witwe führen? Wer beschützte mich? Wer machte die schwere Arbeit auf dem Feld? Wer verdiente sich die Achtung im Dorf? Ich war auf mich alleine gestellt. Mein Mann hätte bei mir bleiben müssen. Es war nicht gut, mich zu verlassen. Die Götter und Ahnen hatten kein Mitleid mit mir.

Die Kinder mussten helfen, soweit sie konnten. Es war ein armseliges Leben, das ich führte. Eine Frau ohne Mann hatte keinen Wert.

Die Arbeit fiel mir immer schwerer. Ich war arm und ohne Ansehen. Nur meine Kinder waren für mich da. Oft nagte der Hunger in meinen Eingeweiden, wenn ich mich abends schlafen legte. Dann dachte ich an meinen Mann und stellte mir vor, er wäre bei mir. In meinen Gedanken waren wir zusammen. In meinen Gedanken hatte ich ihn wieder an meiner Seite und er bestellte das Feld, er reparierte die Hütte, er forderte die Achtung der Nachbarn und Verwandten. Ich lebte in meinen Gedanken mit ihm. Er war bei mir jeden Tag und jede Nacht. Die anderen Menschen konnten ihn nicht sehen, aber ich wusste, er war bei mir.

Ich wurde alt und gebrechlich. Ich sprach viel mit meinem Mann. Die Kinder kamen täglich bei mir vorbei. Sie hatten längst eigene Familien.

Eines Abends, ich saß auf dem Boden, lehnte am Pfosten der Hütte und schaute nach draußen. Regen fiel vom Himmel. Kleine Bäche strömten an der Hütte vorbei. Ich schaute auf mein Leben. Ich besaß keine Kuh mehr. Der Unterstand war verfallen. Mir fehlte die Milch. Wie gut war es gewesen, warmen Hirsebrei, gekocht in Wasser und Milch, zu essen. Wie schön war die Zeit, als mein Mann noch lebte, gewesen. Mir war kalt.

Ich spürte, wie das Geräusch des Regens sich in Musik verwandelte. Ein feiner Trommelwirbel erfüllte die Luft. Ohne Unterlass fielen die Regentropfen. Jeder einzelne Tropfen erzählte seine Geschichte. Zusammen füllten sie den Raum mit einem gleichmäßigen Klang. Ich spürte, wie der Schleier des Regens ein feines Tuch wurde, das mich umhüllte.

Ich verließ meinen Körper. Ich sah ihn zusammengesunken an den Pfosten gelehnt in der Hütte, und ich eilte zu meinem Mann. Ich ergriff seine Hand und wir ließen diese Welt hinter uns. Ich hielt ihn ganz fest und nichts konnte uns trennen. Er war mein Mann, und er war all die Jahre bei mir gewesen. Weit in den Weltenraum führte uns unser Weg. Ich wollte hinter mir lassen, was gewesen war, und ihn nun für immer an meiner Seite spüren. Er hatte mir gefehlt!

Zwischen den Erdenleben

Ich wich nicht mehr von seiner Seite. Wir gehörten zusammen. Er hatte mich alleine gelassen. Es gab viel nachzuholen. Wir waren unterwegs. Mir fehlte die Ruhe. Immer weiter ging es. Es gab Einladungen zur Besinnung und Rückschau. Das war nicht, was ich suchte. Es gab Einladungen, zu lernen und mit Klarheit auf das Sein zu schauen. Ich wünschte anderes.

Ich fand eine Gruppe Frauen, die ein reines Leben auf der Erde führen wollten. Ein Leben, das Idealen folgt und sich nicht beflecken lässt. Die Idee war wunderbar! So soll die irdische Existenz sein. Diese Gruppe wurde meine Gesellschaft. Wie weiße Lotusblüten, Lilien oder Tulpen beabsichtigten wir, wieder in das irdische Dasein zu kommen. Unser unschuldiges Gefühl sollte uns leiten. Wir wollten offen sein für das, was uns das Leben bringen mochte. Ich sträubte mich zurückzuschauen. Schmerzhaft war, was ich erfahren hatte, aber das sollte nun vorbei sein. Völlig makellos wünschten wir in das Sein zu treten.

Mein Mann würde wie eine rote Tulpe im Feld der weißen hervorstechen. Wir würden uns finden und leben, was uns zuvor nicht möglich gewesen war. Unsere Gefühle sollten sprechen. Er sollte mich in diesem neuen Erdendasein zur Frau nehmen. Es sollte ein schönes Leben werden. Beschwernis, Herabwürdigung und Schmerz wollte ich hinter mir lassen.

Es kann sein, dass ich meinen Mann vor tiefer Begeisterung über das Kommende und die Ideen unserer Gruppe teilweise aus dem Blick verlor. Es kann sein, dass er die Aufgabe annahm, zurückzuschauen auf das, was in der vergangenen Existenz geschehen war. Ich sah ihn des Öfteren in ernste Gespräche vertieft. Er nahm nicht teil an meinen Treffen in der Gruppe. Doch wir waren häufig zusammen. Ich spürte seine Liebe und Fürsorge.

Ich war damit beschäftigt, wie das kommende Erdendasein sein sollte. Es war schön, von Gleichgesinnten umgeben zu sein. Wir beschlossen, auf die Erde zurückzukehren. Jede wählte ihren Weg. Immer kleiner wurde unser Kreis und es kam auch mein Augenblick. Ich verabschiedete mich von meinem Mann. Er wusste, ich wollte ihn wiedertreffen in diesem kommenden Erdendasein. Er wusste, dass ich ihn brauchte und er zu mir gehörte. Es gab noch so viel gemeinsam zu erfahren. Mit diesen Gedanken und Vorhaben trat ich in die neue Existenz ein.

Menschenseele kehr' zurück

Menschenseele kehr' zurück,
such auf Erden Menschenglück.
Lass Angst und Schreck – Vergangenheit,
sei für das Dasein ganz bereit.

Lass hinter dir, was ist geschehen,
Verletzung, Leid, die du gesehen,
was dich gelähmt und halb betäubt,
dass du dein Leben hast fast versäumt.

Du wolltest sehen und begreifen,
wo sind des Lebens Hinweiszeichen
und warst zugleich so tief gefangen
in allen Lagen und Belangen,
von dir selbst und deiner Angst,
dass du nicht forderst und verlangst.

Es gibt Zeiten, es gibt Kräfte,
es gibt Menschen, Himmelsmächte.
Es gibt Leid und große Freude,
hartes Leben, schöne Träume.
Es gibt vieles zu erleben,
es wird das immer für euch geben.

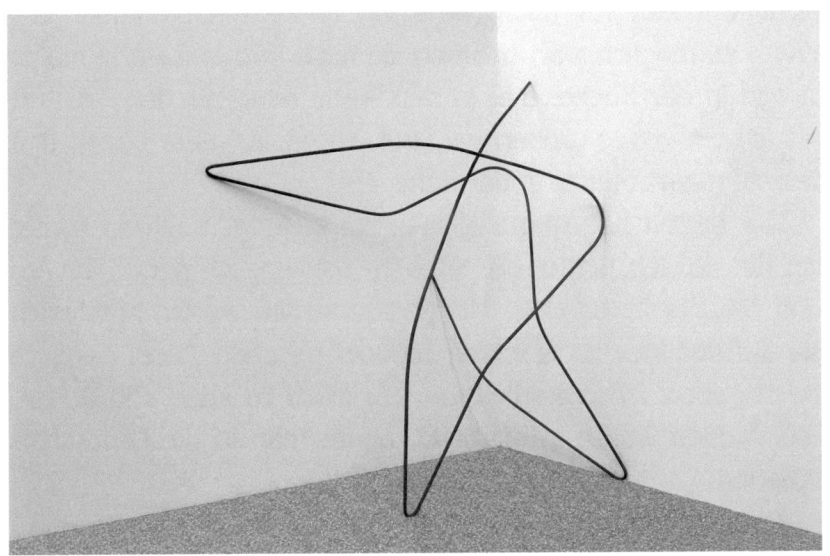
HOJA II 2005

Ein junges Bauernmädchen

Da lag ich in der Wiege: ein blondes, kräftiges Mädchen. Ich wollte schnell groß werden, denn meine Existenz hatte ein Ziel.

Meine Eltern waren Bauern in Nordfrankreich. Sie hatten nicht viel Zeit für mich, aber ich fühlte mich aufgehoben. Wenn es möglich war, nahmen sie mich mit. Mal stand meine Wiege in der Küche, mal in der Stube oder vor der Haustür. Als ich ein wenig größer war, saß ich oft auf dem Boden und wusste meine Mutter in der Nähe.

Wir hatten Kühe im Stall. Bereits in jungen Jahren sorgte ich für sie. Ich lernte, die Kühe zu melken, ich putzte ihr Fell und brachte ihnen Heu. Mit gerade sieben Jahren hütete ich sie auf der Weide. Es waren schöne, gesunde Tiere, die gute Milch gaben. Wir verarbeiteten die Milch zu Käse und Butter. Die Weiden waren grün. Weit konnte man in die Landschaft schauen.

In diesen Tagen konnte ich klar sehen und wusste, was um mich geschah. Ich spürte, dass ich ein Vorhaben hatte und das Leben zu seiner Verwirklichung strebte. Meine Eltern waren tatkräftige Menschen, die voller Fleiß ihrer Arbeit nachgingen. Unser Leben lief nach festen Regeln. Meine drei jüngeren Schwestern und ich mussten uns daran halten. Als Älteste lag viel Verantwortung für die Geschwister bei mir. Die Sitten waren streng und wir arbeiteten hart. Doch ich war zufrieden.

Als ich zur jungen Frau herangewachsen war, da begann ein inneres Warten. Ich spürte eine Unruhe. Wann würde eintreten, was da kommen sollte? Ich betrachtete die jungen Männer aus der Umgebung.

Es war die Zeit, als ich das erste Mal diese heftigen Kopfschmerzen bekam. Ich war wie betäubt. Ein Nebel legte sich über meine Wahrnehmung und ließ jeden klaren Gedanken verschwinden. Im Laufe der Zeit wurden die Anfälle immer schlimmer. Die Arbeit erledigte ich wie von einem fremden Willen gelenkt. Auch zwischen den Anfällen verlor ich den Bezug zur Wirklichkeit. Ich tauchte in die Welt meiner Vorstellung ein. Eine dichte Nebelwand umgab mich, sodass ich Realität und Einbildung nicht mehr unterscheiden konnte.

Ich begegnete dem jungen Nachbarn. Er war ein schöner, großer Mann. Er war gut gekleidet in Hose und Wams aus sorgfältig verarbeitetem hellbraunem Leder. Er hatte kräftige Arme und Hände. Noch heute sehe ich sie vor mir. Wir trafen uns heimlich in der Scheune. Wir lagen auf dem Heu und ich fühlte mich sicher und vertraut. Die Tage vergingen und ich wartete auf unser nächstes Treffen. Ich wollte, dass es an unsere Tür klopfte und die Eltern darum gebeten wurden, mich seine Frau werden zu lassen.

Ich weiß nicht, ob es den jungen Mann wirklich gab oder er meiner Einbildung entsprungen ist. Ich weiß aber, wie sehr ich auf ihn wartete. Jede Minute wartete ich auf sein Kommen. Ich sehnte mich nach ihm. Doch meine Erinnerung ist im Nebel verborgen. Vielleicht gab es ihn wirklich, vielleicht haben wir uns tatsächlich geküsst? Vielleicht wollte er, dass ich seine Frau werde? Alle Klarheit ist im Nebel verloren. Ich weiß, wir haben nie geheiratet. Meine Kopfschmerzen waren furchtbar. Die Zeit verging und ich wurde älter.

An was erinnere ich mich noch? Das tägliche Leben liegt in dieser undurchschaubaren Wolke. Was war und was sein sollte, ich konnte und kann es nicht unterscheiden. Doch ich weiß von jenem Tag auf der Wiese beim Apfelbaum. Auch an ihn erinnere ich mich nur undeutlich, doch er hat tiefe Spuren hinterlassen. Ich sehe Gestalten, drei Männer, ihre Gesichter voller Gier. Ich sehe, wie sie über mich herfallen. Sie tun mir Gewalt an. Sie verletzen mich tödlich. Ist es Einbildung? Ist es Wirklichkeit? Ich kann es nicht sagen, aber in mir sind diese furchtbar tiefen Verletzungen. Ich kann nicht mehr erkennen, wenn ich zurückschaue, was in der Welt der Tatsachen geschehen ist. Doch in der Welt meiner Gefühle, da liegen Enttäuschung, Schmerz und Wunden.

Ich habe auf meinen Mann gewartet und er war nicht da, um mich zu beschützen und im Leben zu begleiten. Er hat mir gefehlt! Ich wollte mit ihm sein! Mein Leben hatte dieses Ziel. Es sollte ein reines Leben sein, das erfüllt, was wir zuvor versäumt hatten. Doch das durfte nicht sein.

Ich blicke zurück auf meinen toten Körper auf der Wiese beim Apfelbaum. Ich sehe ihn im Gras liegen. Jung und unschuldig ist er. Gerade achtundzwanzig Jahre bin ich alt geworden. In ein weißes Leinenkleid mit blauem gesticktem Muster bin ich gekleidet. Ich sehe düstere Wolken, die mich umgeben. Sie sind undurchdringlich für jeden Blick. Ich sehe das weiße Tor, kunstvoll aus Eisen geschmiedet, ein Tor, wie es in den Garten einer Prinzessin gehört, das mir den Zugang zu diesem Leben gewährt. Ich weiß, es kommt nun die Zeit der Besinnung. Ein klarer Wind wird die Nebelschwaden vertreiben.

Zeit der Besinnung

Ich habe auf ihn gewartet und meinte, wir wären uns versprochen in diesem Leben. Doch er ist nicht gekommen.

Nun stehe ich ihm gegenüber. In dieser Welt des Jenseits habe ich ihn wiedergetroffen. Und es ist das erste Mal, seit wir uns begegnet sind, dass ich eine tiefe Liebe in mir spüre. Zuvor hatte ich gewollt, dass sich meine Wünsche erfüllen, und gemeint, ein Recht auf seine Beachtung und Fürsorge zu besitzen. Nun ist es Liebe! Ich bin voller Ehrfurcht vor der Größe des Lebens. Ist es wichtig, was in diesem Erdendasein Tatsache und was reines Gefühl war? Nein, es spielt keine Rolle! Verletzung ist Verletzung, Schmerz ist Schmerz, Erfüllung ist Erfüllung! Auf allen Ebenen ist dies so.

Der Nebel liegt über dem Erdenleben und verbietet das klare Erkennen. Die Kopfschmerzen kamen, wenn Wunsch und Einbildung auf entgegengesetzte Tatsachen trafen, sich mit aller Macht in Streit und Widerspruch zu ihnen befanden. Wenn nicht sein sollte, was war, dann zeigte sich im Schmerz, welcher Kampf hier stattfand. Ich habe ihn erfahren und erlitten.

Ich spreche mit dir, meinem Mann: »Für unsere Liebe ist es unwichtig, ob wir uns im Erdenleben begegnen. Gibt es die Liebe, dann ist diese immer ohne jede Einschränkung. Sie benötigt keine Umstände! Welche Fülle, wenn man sie zu spüren vermag. Mein Mann, ich wollte, dass du für mich da bist. Ich wollte unbedingt, dass wir uns in diesem Leben in Nordfrankreich treffen, um gut zu machen, was zuvor schlecht war. Ich wollte, dass du die Jahre meiner Witwenschaft auslöschst und ersetzt durch Jahre der Gemeinsamkeit. Ich dachte, dies könnte nur auf diese Weise geschehen.

Doch nun spüre ich die Liebe und weiß, es war nicht notwendig, dass du als Ehemann bei mir warst. Es war schwer, diese langen Jahre alleine zu leben, und ich habe dich sehr vermisst. Du solltest bei mir sein. Dahin hat das ganze Leben gestrebt, doch es kam anders.

Jetzt kann ich zurückblicken auf das, was geschehen ist. Auch der Schmerz darf sein. Es bleibt im Nebel, was die Tatsachen waren. Doch es ist Tatsache geworden, was ich erlebt habe. Ich habe erfahren, was es heißt, voller Inbrunst zu wollen, was nicht sein kann. Du, mein Mann, bist mir nicht gefolgt. Es sind Schmerz und Dankbarkeit zugleich, die ich darüber empfinde. Ich wollte dich zwingen auf meine Art, aber es hat dich nicht berührt. Damit habe ich jetzt meinen Frieden geschlossen.«

Was bleibt noch? Ich habe erlebt, wie verwundbar ich sein kann, wenn ich dem, was mir geschieht, in Offenheit begegne. Die Vorsicht ist nun mein Begleiter. Die Verletzung war zu groß. Ich habe erlebt, was es heißt, mich ganz grundlegend zu täuschen. Wenn die innere Gewissheit sich als Täuschung erweist, dann ist der Schmerz unendlich. Was ist dann noch wahr? Wie kann es Gewissheit geben? Die Täuschung mag nach einer langen Zeit des Erlebens am Ende in Erkenntnis münden, doch tief in mir weiß ich auch, es kann im Augenblick unmöglich sein, Täuschung und Wahrheit zu unterscheiden.

Ich habe auch erkannt, dass Liebe keine äußeren Umstände zu ihrer Erfüllung braucht!

Liebesgeflüster

Liebesgeflüster in dunkler Nacht,
die Seele zärtlich lautlos wacht,
umschmiegt das Gegenüber.
Nie geht der Schmerz vorüber,
den ich gespürt, als Du gefehlt,
einen anderen Weg als ich gewählt.

Tiefe Wunden ich empfinde,
an die ich mich unlöslich binde.
Die Dich suchen, mein Gemahl,
lassen Dir nur eine Wahl:

Auch mich zu lieben, auch mit Schmerz,
sie schenken mir Dein menschlich Herz,
dass wir vereinen, was wir sind
im Augenblick, wenn's so bestimmt.

Täuschung

Leben, wie gewaltig du bist! Leben, was machst du mit uns? Wie sehr zwingst du uns in deinen Bann! Trennung, Irrtum, Täuschung. Ich war zutiefst beeindruckt von dem, was ich gehört hatte.

Alberts Stimme unterbrach meine Gedanken. »Diese zwei irdischen Leben in Indien und in Nordfrankreich liegen zwischen der Geschichte von dem kleinen Mädchen, das alleine an der Oase zurückgelassen wurde, und der Totgeburt. Ich habe das Thema Trennung ein weiteres Mal aus anderer Sicht, als diejenige, die sie erleidet, erfahren.«

Judith wandte sich an Albert. »Ich bin nun sechsundsiebzig Jahre alt geworden. Ich war ein Kind, eine junge Frau, Mutter und Ehefrau und bin nun Oma. Ein erfülltes Dasein voller Erfahrungen liegt hinter mir. Doch ich schaue mit großer Bewunderung darauf, was diese Frau gelernt hat. Ich staune darüber, wie sie sich in die Täuschung verwickelt hat und es ihr gelungen ist, sich daraus zu entwickeln. Trotz aller Tragik stimmt mich das hoffnungsfroh! Wenn derart viel Erkenntnis möglich ist, dann lohnt sich der Aufenthalt auf dieser Erde. Oder Albert, interpretiere ich dein Erleben zu sehr aus meiner Sicht? Wie war es denn für dich?«

Albert dachte nach.

Dann begann er zu sprechen: »Als Bauersfrau in Indien habe ich ein gleichförmiges Leben im Rhythmus der Zeit und eingebettet in den Zusammenhalt der Familie geführt. Dieses aufgehobene, sichere Leben war ganz von meinem Mann abhängig. Wenn ich in dieses Leben hineinschaue, dann sehe ich, wie völlig selbstverständlich es war, dass ich einen Mann an meiner Seite benötigte, um Mitglied der Dorfgemeinschaft zu sein und für mein tägliches Wohlergehen sorgen zu können.«

In meinen Gedanken tauchte ich ein in die damalige Zeit. Wie mag sich die Existenz als Frau angefühlt haben? Welches waren die Erwartungen? War es tatsächlich so anders als heute? Albert fuhr fort zu erzählen.

»Die Dramatik, die es für meine Existenz hatte, dass mein Mann gestorben ist, mag aus heutiger Sicht schwer zu verstehen sein. Es ging nicht allein um Liebe zu meinem Mann, sondern nur zusammen mit ihm war mir ein anerkanntes und materiell gesichertes Leben im Dorf möglich. Daher kam mein unbedingtes Verlangen, dass er bei mir sein sollte, und auch eine Wut auf ihn, dass er von mir gegangen war.

Trennung war auch, was die Mutter im Nahen Osten erlebt hatte. Allerdings aus der Position, die kleine Tochter verlassen zu müssen. Meinen Schmerz als Mutter hatte ich in dieser Zeit erfahren. Doch in Indien war das Auseinandergehen ein weiteres Mal neu zu erleben. Nun war ich die Verlassene.«

»Wie war das mit der Liebe für den Mann? Warum ist diese Idee von Reinheit und weißen Tulpen nach dem Tod entstanden? Wie ist der Zusammenhang zwischen der Liebe und dem Begehren, den Mann besitzen wollen? Das interessiert mich auch als Mann. Überhaupt, was ist für eine Frau anders im Erleben als beim Mann? Gibt es da einen Unterschied?«, fragte Paul.

Sein freundliches rundes Gesicht schaute voller Neugier in die Runde. Er blinzelte dabei mit den Augen, als wollte er einen Schleier beseitigen, der ihm den Blick verstellte.

Wir schauten gespannt auf Albert.

»Leute, was ihr alles wissen wollt! Ich versuch es mal. Also, deine erste Frage mit der Liebe zum Mann in diesem Leben in Indien. Ich denke, das war Liebe auf einer ganz praktischen Ebene. Ich liebe, was ich benötige, was ich haben möchte. Ich benötige einen Mann. Ich liebe es, ihn zu haben. Und wenn er mich verlässt, dann bin ich sauer auf ihn und empfinde dies als ungerecht. Liebe wird ganz praktisch als Haben-Wollen verstanden. Überspitzt ausgedrückt: Ich liebe Schokolade, weil sie mir schmeckt. Ja, aber da scheint sich dann doch etwas anderes entwickelt zu haben, was sich in der Sehnsucht nach Reinheit und Idealen ausgedrückt hat.«

Gespannt hörten wir zu, was Albert zu sagen hatte.

»Es gibt die Ahnung, Liebe ist eigentlich etwas anderes als das, was ich lebe und leben möchte«, setzte er seine Gedanken fort. »Liebe bedeutet Freude und Erfüllung am Geben und nicht am Nehmen. Was mache ich mit dieser Ahnung, wenn ich trotzdem nehmen und nicht geben will? Genau das, was dieser Frauenkreis versucht hat! Ich verstecke meine Absichten hinter einer Fassade. Ich täusche die Welt und am besten mich selbst. Ich denke, diese Haltung war ganz entscheidend für das nächste Erdendasein in Nordfrankreich. Es wurde eine große Fassade der Täuschung aufgebaut. Die Frau ist nicht ihrem Mann gegenübergetreten und hat offen verlangt: Du hast für mich da zu sein. Sie hat diese Forderung hinter einer Täuschung von ›Ich liebe dich!‹ versteckt. Und wahrscheinlich ist hier in der besonderen Art, wie dies geschehen ist, etwas typisch Weibliches dabei.«

»Albert, gut aufpassen, lass dich zu keinen unbedachten Äußerungen hinreißen!«, mischte sich Sirikit ein.

Doch Albert ließ sich nicht beirren.

Er fuhr fort: »Es war für mich, insbesondere im Leben in Nordfrankreich, ein anderes Gefühl, Frau zu sein. Mir ist das Leben mehr passiert. Ich hatte zwar eine klare Vorstellung, es gibt ein Ziel in diesem Leben zu erreichen, aber die ›Werkzeuge‹ standen mir nicht zur Verfügung. Mein Lebensgefühl als Mann ist mehr: Ich bin ausgestattet mit ›Werkzeugen‹, um Ziele zu erreichen. Egal, ob ich Ziele habe oder nicht. Es gehört zu meiner Grundausstattung als Mann, mich auf das Erreichen eines Ziels zu konzentrieren. Darüber darf auch Vorhandenes, mich eingeschlossen, zerstört werden. Das Ziel steht über der Beziehung. Als Frau war die Frage: Wo sind die ›Werkzeuge‹, um mein Ziel zu erreichen? Das Leben geht stärker über Beziehungen. Ich fühlte mich mehr von anderen abhängig. Kommt mein Mann zu mir? Hält er um meine Hand an? Erlauben mir die Eltern die Begegnung?«

»Danke, Albert«, sagte Jessica. »Darf ich noch etwas ergänzen zu dem Unterschied zwischen Mann und Frau? Was mir bei Erzählungen aus früheren Leben aufgefallen ist: Wenn das Leben einer Frau erzählt wird, dann geht es mehr um die Bewältigung eines gegebenen alten Themas, seine Erkundung aus verschiedenen Gesichtspunkten und die Suche nach einer Lösung. Demgegenüber kommt, nach meiner Beobachtung, beim Leben als Mann oft ein neues Thema in das Dasein.«

Jessica schaute in die Runde. Das Thema Frau und Mann hatte sie wohl schon oft intensiv beschäftigt. Ich dachte daran, was sie uns von Helmut erzählt hatte. Dann wandte sich ihr Blick Albert zu.

»Jetzt habe ich noch eine andere Frage«, meinte sie. »Diese furchtbaren Kopfschmerzen oder Migräneanfälle: Wie war das für dich? Ich hatte den Eindruck, das junge Mädchen hat nur noch in einer dunklen Wolke gelebt. Aber, wie Judith schon gesagt hat, sie hat auch viel erkannt und verstanden. Das erscheint widersprüchlich. Wie war das für dich?«

»Ich konnte in der Rückführung Tatsachen und Fantasie nicht unterscheiden. Erstaunlicherweise scheint das aber nicht wichtig, denn beides war eine große emotionale Erfahrung. Die Kopfschmerzen waren mein Lebenszustand. Der Nebel um mich ist nicht mehr verflogen. Ich denke, ich habe geahnt, dass mein Vorhaben für dieses irdische Leben nicht eintreten wird.«

Ich sah die Mühe, einen klaren Gedanken zu fassen und zugleich Freude über die Erkenntnis in den Augen von Albert.

»Warum das Leben der jungen Frau derart viel Einsicht geschenkt hat? Sie hat erkannt, was geschieht, wenn du die Täuschung suchst. Sie hat die Täuschung derart stark erlebt, dass sie diese erkennen musste. Und dann, für sie überraschend, hat sie gespürt, was dahinter ist. Es gibt auch in mir die große wahre Liebe. Sie zu leben, schien ihr zuvor zu mühsam, weil sie lieber nehmen als geben wollte. Doch die Liebe hat sie in ihrer Schönheit überwältigt. Es war wunderbar, die Liebe zu spüren und die Gewissheit der Zusammengehörigkeit. Diese wahre Liebe überwindet jegliche Trennung. Mit dieser Liebe, denke ich, konnte sie dann zu ihrer an der Wasserstelle verlassenen Tochter zurückkehren und versuchen, dem geistigen Wesen des kleinen Mädchens in seiner Angst beizustehen. Das hat zu der Totgeburt geführt. Und durch diese Liebe ist das Kreuz in die Aufmerksamkeit gekommen. Was dann geschehen ist in der Geschichte vom Mönch, wisst ihr ja.«

Paul mischte sich noch mal ein: »Wir haben beim letzten Treffen viel über die Gestaltung der Welt nach unseren Vorstellungen, Täuschung und Illusion gesprochen. Was mir bei dieser Geschichte zu denken gibt ist, dass du ...«, er wandte sich an Albert, »... betonst, dass es für die Erkenntnis nicht wichtig war, ob die Ereignisse real geschehen sind oder allein in der Fantasie. Offensichtlich findet auf dieser Erde in beiden Fällen eine Konfrontation mit den harten Tatsachen statt. Es wurde deutlich, dass das junge Bauernmädchen in einer Illusion oder Täuschung lebt. Diese Welt der Vorstellung ist auf die ›irdische Wirklichkeit‹ geprallt und hat sie zu einer grundsätzlichen Erkenntnis über die Täuschung selbst gebracht. Schon toll, was hier auf der Erde möglich ist.«

Es war spät geworden. In Gedanken ging ich die Geschichten durch, die Albert uns erzählt hatte.

Eine Frage hatte ich noch: »Albert, ich weiß, es ist spät, aber ich habe eine letzte Bitte: Kannst du die fünf Leben in einen Gesamtzusammenhang bringen? Wie hängt das eine mit dem anderen zusammen und was bedeutet das für dich heute?«

Albert schaute etwas müde zu mir herüber.

»Kristin, ich versuche es«, sagte er. »Lass mich in der Wüste beginnen. Ich bin die Mutter des kleinen Mädchens. Ich lebe fest verwurzelt und aufgehoben in meiner Familie. Das Wohl der Familie steht im Vordergrund, nicht das eines kleinen Mädchens. Zu dieser Zeit war es alltäglich, dass ein Kind stirbt. Die Menschen mussten damit ihren Frieden machen.

Ich hatte zwei Söhne. Diese wurden als für die Gemeinschaft wichtiger angesehen als die Tochter. Kristin, all das gehört dazu, will man verstehen, was passiert ist.«

Die Stimme von Albert klang traurig.

»Zugleich habe ich meine Tochter über alles geliebt. Spürt ihr den Widerspruch, der sich da auftut? Auf der einen Seite die Anforderungen der Gemeinschaft. Auf der anderen Seite die tiefe Bindung und Liebe zu der kleinen Tochter. Die Umstände waren so, dass ich und die ganze Familie, alle Menschen, die ihr wichtig waren, sie verlassen und alleine haben sterben lassen. Mit großer Gewalt ist das Thema Trennung in mein Dasein gekommen. Aber ich musste die Gefühle dazu unterdrücken. Ich konnte nicht in meinen Schmerz eintauchen und das Leben einer Trauer über die Trennung widmen. Deshalb hat mich das Thema weiter begleitet.«

Albert legte eine kurze Pause ein.

»Als Ehefrau in Indien, die ihren Mann durch seinen Tod verloren hat, habe ich eine weitere Seite des Themas Trennung erfahren. Hatte ich im Nomadenleben selbst die Trennung vollzogen, so geschah sie mir diesmal. Ich war die Verlassene. Nach meinem Tod in Indien hatte ich zwar diese zwei Erfahrungen gemacht, aber ich konnte sie noch nicht verstehen. Ich wollte einfach, dass mein Leben schön und gut ist. Ich dachte, wenn ich nach Reinheit strebe, dann wird mein Dasein gut. Da bin ich in einen sehr, sehr großen Konflikt geraten!«

Wieder entstand eine kleine Pause. Ich konnte in der Runde erkennen, wie sich alle auf die Worte von Albert konzentrierten.

»Im Leben als Bauerntochter in Nordfrankreich ist deutlich geworden, dass ich mit meinem Streben nach Reinheit mein eigentliches Wollen versteckt habe. Ich wollte, dass ein Mann meinen Schmerz erlöst. Ich hatte mich total in diesen Gedanken verrannt. Es hat sich dann gezeigt, dass mein Verlangen nach Reinheit keine Basis in mir hat. Wer ich meinte zu sein und was ich wollte, zeigte sich als Illusion. Das zu erkennen, Täuschung und Illusion aufzulösen, hat mir ungeheuer geholfen. Ich habe das Glück gespürt, das sich einstellt, wenn ich Liebe gebe.«

Ein leichter Schauer lief mir über den Körper. Wie sehr sehnte ich mich nach dieser Liebe!

»So konnte ich mich wieder dem Ursprung meines Leidens zuwenden: der Trennung von meiner kleinen Tochter. Ihr wollte ich meine Liebe schenken. Ich habe sie wieder gesucht und als Zwillingsbruder begleitet. Sie hatte unendliche Angst davor, wieder auf die Welt zu kommen. Der Schmerz des einsamen Todes bei der Wasserstelle war tief. Wir sind beide bei der Geburt gestorben. Aber ich war bei ihr, als sie gestorben ist! Das wollte ich gut machen. Und es hat ihr geholfen. Doch wie sollte es weitergehen? Es musste eine Lösung geben, den Schmerz, die Angst, die Trennung im Erdendasein zu überwinden.«

Albert sprach langsam. Jedes Wort schien ihm wichtig zu sein.

»Ich wusste von der wahren Liebe. Ich hatte sie erfahren. Da war mir das Kreuz der wesentliche Hinweis. Als ich es gesehen habe, wurde klar, Jesus Christus kann uns einen Weg der Erlösung zeigen. Ich wollte wahrhaft erfahren, was Angst, Schmerz und Trennung überwinden kann. Das Leben als Mönch war keine Illusion. Aber es hatte auch ein Element der Täuschung. Ich dachte, Liebe zu geben, könnte die Menschheit erlösen und das Erdendasein grundsätzlich verändern. Ich bin strikt den Lehren und Ideen der Evangelien und des Christentums gefolgt. Heute weiß ich: Jeder Mensch muss selbst seinen Weg finden und gehen.

Durch die Kerkerhaft und den Tod bin ich in eine tiefe Einsamkeit gefallen. Ich wollte mich und meine Position behaupten. Hierdurch sollte ich lernen, was es bedeutet ›Ich‹ zu sein. In diesem Prozess bin ich immer noch.«

Alberts Ausdruck war sehr ernst geworden.

»Und heute: Das Thema Trennung hat weiter eine wesentliche Bedeutung in meinem Leben gehabt. Die Trennung meiner Eltern war für mich ein großer Schmerz. Ich hatte nie das Gefühl, eine Heimat zu haben. Ebenso ist vom Erdendasein des Mönchs ein großes Misstrauen geblieben – insbesondere gegenüber bedeutenden Ideen, denen wir Menschen folgen. Dies mit den Rückführungen zu erkennen, hat mir geholfen«

Albert schaute mich an.

»Bist du damit zufrieden, Kristin?«, fragte er mich.

»Danke, Albert«, sagte ich. »Ich hätte das so nicht zusammenbekommen. Da musstest du mir helfen. Danke!«

Für mich hatten die Erzählungen von Albert nun einen guten Abschluss gefunden. Ich schaute Joe an. Seine Augen grüßten mich freundlich.

An diesem Abend haben wir noch viel diskutiert. Es wurde spät. Ich war tief beeindruckt. Zugleich fühlte ich mich auch unsicher. All die anderen hatten bereits viel Erfahrung. Es klang abgeklärt, wie sie über frühere Leben sprachen. Bei mir waren noch Fragen.

Gut, ich hatte mir gesagt, ich würde meiner Neugier freien Lauf lassen. Ich würde mir kritisch und selbstbewusst anschauen, was mir begegnete. Es gab keinen Anlass, ängstlich zu sein. Käme ich zu dem Schluss, dass ich hier einer Sammlung von Spinnereien begegne, wäre das auch eine wichtige Erkenntnis, die mir zu mehr Klarheit verhelfen würde. Ich denke nicht, dass mir jemand irgendwelchen Quatsch einreden könnte. Ich fand die Menschen dieser Gruppe sympathisch und fühlte mich gut aufgenommen.

Ich bin kein Mensch, den ungelöste Fragen im Leben umtreiben. Ich habe immer meinen Frieden damit gemacht, dass ich vieles nicht verstehe und manches in meinem Leben, aus einer späteren Perspektive gesehen, falsch gemacht habe. So ist das Leben. Doch es gibt auch Fragen, die an mir nagen.

Ein Gefühl der Hoffnungslosigkeit kommt in mir auf, wenn ich an Vergangenes denke, das ich gerne noch ändern würde, mir dies aber unmöglich scheint. So ein Thema war eine Abtreibung, die ich vor vielen Jahren vorgenommen hatte. Immer noch war da das Bild von dem Kind. Immer noch gab es einen Schmerz über das, was geschehen war. Wie gerne würde ich das Kind in meinen Armen halten! Ich fühlte diese tiefe Bindung und wusste nicht, was ich mit den Gefühlen machen sollte. Was geschehen war, war geschehen und nicht mehr rückgängig zu machen. Andererseits, es war eine offene Wunde geblieben.

Eingenommen von schweren Gefühlen ging ich nach Hause. Ich war froh, dass Joe bei mir war. Doch diese Traurigkeit wollte ich ihm nicht zeigen. Ich würde mit Judith darüber sprechen. Dieser Gedanke beruhigte mich.

Am nächsten Morgen telefonierte ich mit ihr. Ein großes Durcheinander spürte ich in mir, als ich erzählte, was mich bewegte. Ich fragte sie, ob sie eine Rückführung mit mir machen würde. Wir verabredeten uns für einen der kommenden Tage bei ihr.

Als ich sie besuchte, sprachen wir lange über die Abtreibung und alles, was zu dieser Zeit geschehen war. Eine düstere Zeit! Sie hörte ruhig zu und stellte ab und an eine Frage. Ich fühlte mich aufgehoben. Wir wollten gemeinsam schauen, ob es in früheren Existenzen Antworten gab.

Ich legte mich auf das Sofa. Judith führte mich in eine tiefe Entspannung. Mein Körper war in meiner Vorstellung in die Farben des Regenbogens eingehüllt. Rot die Füße und Beine, orange das Becken, gelb der Bauch, grün Brust und Arme, blau der Hals, lila das Gesicht und violett der obere Schädel. Ein goldenes Licht umströmte mich. So geschützt begab ich mich auf die Reise. Die Stimme von Judith trat immer mehr in den Hintergrund. Bilder tauchten auf und je mehr ich von ihnen berichtete, desto lebendiger wurden sie.

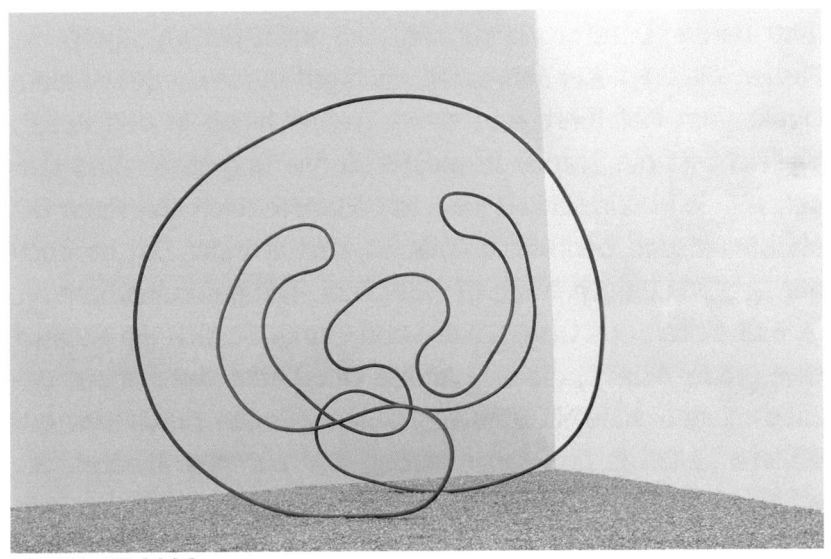
FRUTO III 2006

Der junge Graf und ich

Pfalz von 1520 bis 1550

Ich liege mit Bauch und Brust auf dem mit Steinen gepflasterten Boden des Weinkellers – die Arme weit nach vorne gestreckt, die Beine unnatürlich verdreht, der Kopf seitlich auf dem harten Untergrund ruhend. Um mich herum lagern die Fässer, die zu dieser Jahreszeit noch gut mit Wein gefüllt sind. Direkt vom Hof führt eine steile Treppe hinab in den Keller. Vielleicht ist die Treppe in meiner Erinnerung steiler und länger, als sie in Wirklichkeit war. Ich erinnere mich an diesen Ort als dunkel und bedrohlich. Das ist kein Wunder. Ist es doch der Ort, an dem ich einen gewaltsamen Tod gefunden habe.

Blut sickert aus Ohren, Nase und Mund. Seitlich am Kopf ist eine große Wunde, die sich an die Oberfläche des Bodens anzuschmiegen scheint. Sonnenstrahlen dringen durch das geöffnete Kellertor und fallen neben mir auf das Pflaster. Sie erhellen den Raum, treffen mich aber nicht.

Menschen eilen herbei. Erst die Magd, dann meine Mutter und meine Geschwister. Entsetzen ist in ihr Gesicht geschrieben. Sie sehen mich dort liegen. Sie sehen, dass ich tot bin. Sie tragen mich in die Kammer – bleich und mit vor Schreck weit geöffneten Augen. Mein Vater kommt hinzu. Welches Unglück! Seine Tochter ist zu Tode gestürzt.

Ich bin sehr verwirrt. Was ist passiert?

Zusammen mit dem jungen Grafen habe ich die Flügel der Holztüren zum Keller geöffnet. Es sind schwere Türen aus Eichenholz. Sie schützen mit den Weinfässern, den wertvollsten Besitz, den wir haben. Der Kellerzugang ist schräg an der

Hauswand angebracht. Von dort führt die Treppe in die Dunkelheit. Man muss den Kopf beugen, will man hinabsteigen. Vorsichtig setze ich meine Schritte. Meine Holzschuhe klingen dumpf auf den Steinstufen und hallen im Keller wider. Die Schritte des Grafen höre ich nicht. Er trägt feine Schuhe aus Leder.

Ich bin in Gedanken – weit weg. Ich überlege, was wir zu besprechen haben. Meine Knie sind weich. Ich zittere in Erwartung dessen, was nun kommen mag, wenn wir uns im Keller gegenüberstehen. Ich kann keinen klaren Gedanken fassen. Ich spüre nur, wir müssen zusammen sein. Da trifft mich ein furchtbarer Schlag auf den Rücken. Ich stürze kopfüber die Stufen hinab. Ich schlage auf den Stufen und dem Boden auf. Ich bin total benommen. Eine kräftige Faust packt meine Haare und schlägt den Kopf mehrfach mit großer Wucht auf das Steinpflaster. Das Leben im Körper erstirbt. Ich versuche die Augen zu öffnen, doch es gelingt mir nicht mehr. Ich fühle mich wie von einem Strudel erfasst, der alles durcheinanderwirbelt.

Der junge Graf hat mich mit aller Wucht die Treppe hinabgestoßen. Er hat meinen Kopf voller Wut gegen den steinernen Boden geschlagen, sodass mein Schädel zerbrach. Dann ist er die Treppe hinaufgestiegen und hat Hilfe geholt. Das Weib sei die Treppe hinabgestürzt, hat er gerufen. Sie habe in der Dunkelheit eine Stufe übersehen. So eilen alle herbei.

Ich bin aufgewachsen hier westlich des Rheins in dem Land mit den sanften Hügeln, den Weinbergen und Wäldern. Ein schönes Land, das wie jetzt im Frühjahr, wenn die Sonne die Erde erwärmt, voller Anmut vor unsere Augen tritt. Wir besaßen zwei Weinberge. War das Wetter günstig und uns das Schicksal gnädig, trugen die Reben reiche Ernte.

Im Frühjahr schnitten wir die Reben. Wir pflegten sie über den Sommer und ernteten im Herbst die Trauben in Bottichen. Im Dorf befand sich die große Weinpresse. Der Saft der Trauben wurde in Fässern gelagert und zu gut bekömmlichem Wein ausgebaut. Während der Zeit der Ernte arbeiteten wir von früh morgens bis zum späten Abend in den Weinbergen. Wenn wir zu Bett gingen, sanken wir sofort in einen tiefen Schlaf.

Als Kind habe ich mich immer auf diese Zeit der Ernte gefreut. Denn es gab Traubensaft in großen Mengen zu trinken. Süßen Saft, von dem ich nicht genug bekommen konnte. Das war eine Festlichkeit, und wenn wir Erntedank feierten, kam mir der Traubensaft wie ein göttliches Getränk vor. Als würde Gott uns diesen Trank schenken, damit wir Menschen ahnen, welche Vollkommenheit uns im Paradies erwartet.

Ich war die Älteste von vier Geschwistern. Zwei jüngere Brüder und eine Schwester hatte ich. Schon in frühen Jahren war es meine Aufgabe, auf die Geschwister aufzupassen. Bereits als ich noch ganz jung war, gab es immer viel Arbeit für mich. Wir besaßen zwei Kühe und einen Ochsen. Ich musste sie zum Weiden führen und im Winter mit Heu versorgen. Das Beet mit Gemüse musste gejätet werden. Die Mutter brauchte Hilfe in der Küche. Immer gab es etwas zu tun.

Doch es war eine schöne Zeit. Die Arbeit fiel mir leicht. Ich fühlte mich geborgen in meiner Familie. Als ich älter wurde, so um die achtzehn Jahre, habe ich immer mehr Pflichten von meinem Vater übernommen. Wenn Händler aus der Stadt kamen, half ich dem Vater bei der Weinprobe und führte sie in den Keller. Als ich um die zwanzig Jahre alt war, durfte ich die Auslieferung der Fässer begleiten. Der Knecht spannte den Ochsen an und lud zusammen mit dem Vater die Fässer auf. Dann machten wir uns auf den Weg. Ich lieferte den Wein ab und nahm das Geld in Empfang. Meist waren es Städter, die bei uns kauften. Aber ich lieferte auch an den Grafen. Er hatte seinen Sitz, eine Wegstrecke von gut vier Stunden mit dem Ochsenkarren, auf der Burg im Süden. Schon seit vielen Jahren kaufte er bei uns.

Als ich das erste Mal mit unserer Weinlieferung zur Burg kam, war ich sprachlos vor Staunen. Der Weg hinauf zur Burg war mühsam. Ein imposantes Tor wurde für uns geöffnet. Wir kamen in den Hof, an Größe nicht vergleichbar mit dem unseren und umgeben von hohen Gebäuden. Die Knechte des Grafen wuchteten die Fässer vom Wagen und rollten sie zum Weinkeller. Hier lagerten beachtliche Vorräte. Für die Heimfahrt luden wir leere Fässer auf. Der Graf kam kurz in den Hof und begrüßte uns. Sein Burgvogt sollte uns das Geld geben, wenn die Arbeit beendet war.

Dies war auch das erste Mal, dass ich seinen Sohn sah. Er war sicher fünf Jahre älter als ich, von schmaler, eher zarter Statur. Ich war eine großgewachsene schöne junge Frau. Er schien mir im Schatten seines Vaters zu stehen, der von kräftiger Gestalt war und dessen tiefe und laute Stimme im Hof widerhallte. Mein Blick fiel voller Bewunderung auf die schönen Kleider des jungen Grafen. Er trug einen fein geschnittenen Bart und auf dem Kopf einen Hut aus bestem Stoff. Er sprach kein Wort und grüßte uns nicht. Ich bemerkte aber seinen Blick und hatte den Eindruck, dass seine Augen länger bei mir verweilten. Auf der Rückfahrt wollte mir seine vornehme Erscheinung nicht aus dem Kopf gehen und mein Herz klopfte, als ich ihn in Gedanken vor mir sah. Spät am Abend kamen wir zu Hause an und ich war mir sicher, ich wollte ihn nächstes Jahr wiedersehen.

Ich war nun in einem Alter, das meine Eltern über eine Verheiratung nachdenken ließ. Doch meine Gedanken gingen noch nicht in diese Richtung. Ich freute mich am Leben. Der Sommer, wenn die Eidechsen im Weinberg sich auf den warmen Steinen sonnten. Die langen Tage, zwar mit Arbeit angefüllt, aber auch erfüllt. Morgens weckte mich der Gesang der Vögel. Ich schaute nach dem Vieh. Danach ein Frühstück. Immer hatten wir genug zu essen. Im Sommer wurden die Beeren reif. Lange Zeit verbrachte ich damit, sie zu pflücken. Dann der Herbst, wenn die Tage kürzer wurden und die Weinlese begann und wir abends Esskastanien auf dem Ofen erhitzten. Der Gemüsegarten brachte reichen Ertrag. Ein kleiner Bach schlängelte sich vorbei, sodass immer ausreichend Wasser zur Verfügung stand. Der Winter mit der tief stehenden Sonne und der Arbeit im Haus. Und wieder der neue Aufbruch mit dem Frühling. Ich liebte all das.

Im nächsten Jahr durfte ich wieder den Wein zu dem Grafen bringen. Ich hatte den Vater gefragt und ihm erzählt, dass ich die Burg noch einmal von innen sehen wollte. Ihm war das recht, denn den langen beschwerlichen Weg hinauf überließ er gerne mir. Ich hatte mich so ansehnlich wie möglich gekleidet. Meine Mutter blickte mit ein wenig Erstaunen, doch ich erklärte ihr, dass alle auf der Burg in feinste Gewänder gekleidet seien. Sie selbst war noch nie dort gewesen. Die Kleider waren frisch gewaschen und die Haube stand in schönem Kontrast zu meinen braunen Haaren.

Dieses Mal, als wir zur Burg kamen, war der junge Graf nicht da, und voller Enttäuschung fuhr ich zurück nach Hause. Wie sehr wünschte ich mir, ihn wiederzusehen. Doch das Leben ging weiter. Die Eltern sprachen immer öfter über die Möglichkeiten einer Verheiratung. Mich interessierte das nicht. Noch dachte ich nicht an einen eigenen Hausstand. Ich musste ein Auge auf die Geschwister haben. Und zudem war da das Bild des jungen Grafen präsent, auch wenn ich ihn lange nicht gesehen hatte.

Wieder im späten Herbst brachte ich zusammen mit dem Knecht die Fässer zur Burg. Mein Vater hatte sofort zugestimmt und auch die Mutter nahm es als selbstverständlich hin, dass ich mich gut gekleidet hatte. Diesmal empfing uns der junge Graf persönlich. Er war gut gelaunt, lobte den Wein und schaute selbst, dass dieser sorgfältig im Keller gelagert wurde. Er sah die neugierigen Blicke, mit denen ich die Gebäude betrachtete, und bat mich, ihm in das Innere zu folgen. Dort zeigte er mir ein Gemälde eines Ahnen und überreichte das Geld für den Wein mit guten Wünschen. Ich fühlte mich wie im Himmel, als wir zurückfuhren. Kaum achtete ich auf den Weg oder die Menschen, die uns begegneten.

In den nächsten Wochen ging mir das Bild des jungen Grafen nicht mehr aus dem Kopf. Welche Eleganz er ausstrahlte! Sein Blick, wie er auf mir geruht hatte. Ich malte mir aus, wie sein Leben wohl verlief. Diener brachten ihm sein Essen. Vornehme Gäste kamen zu Besuch. Er ritt auf einem edlen Pferd durch seine Ländereien. Dann die Jagd: Voller Verwegenheit setzte er den Tieren nach. Oft träumte ich vor mich hin und vergaß darüber, was um mich geschah. Meine Mutter schalt mich ob meiner Verträumtheit und tadelte, dass ich so wenig aß.

Meine Eltern machten sich immer mehr Gedanken wegen einer Heirat. Der Sohn eines Weinbauern aus dem Nachbardorf schien ihnen die richtige Partie. Ich kannte ihn vom Dorffest im letzten Jahr. Er hatte Verwandte hier und war zum Fest eingeladen worden. Ein ansehnlicher junger Mann aus einer guten Familie. Doch ich wollte mich damit nicht beschäftigen und wich den Gesprächen hierüber aus, auch wenn ich meine Zustimmung zu möglichen Heiratsplänen gab.

Das Jahr verging und es kam die Zeit für die Weinlieferung an den Grafen. Wieder trat ich, in frisch gewaschenen Kleidern und fein geflochtenen Zöpfen, die Fahrt an. Wieder begegnete ich dem jungen Grafen und wieder lud er mich ein, zum Bezahlen das Gebäude zu betreten. Er trat an ein Fenster und zeigte mir den majestätischen Blick über das Land. Vor lauter Aufregung, ihn neben mir zu spüren, konnte ich seiner Schilderung in keiner Weise folgen. Ich hörte nur seine Stimme dicht an meinem Ohr und nickte zu dem, was er sagte. Welche Ehre, dass der Graf sich die Zeit nahm, sich mit mir zu unterhalten!

Erneut verging die Rückfahrt wie im Traum. Der Winter kam. Es war ein langer und kalter Winter. Das Heu für das Vieh wurde knapp, da der Frühling gar nicht anbrechen wollte. Die Pläne für meine Verheiratung wurden immer konkreter und ich freundete mich mehr mit dem Gedanken an, mein Zuhause zu verlassen. War es nicht Zeit, eine eigene Familie zu gründen?

Kurz nach Erntedank wurde die Verlobung gefeiert. Ich war stolz, nun zu den Frauen zu gehören, deren Hochzeit bevorstand. Meine Eltern sprachen viel über das im nächsten Jahr anstehende Fest und auch ich freute mich darauf.

Doch zuerst, im späten Herbst, stand wieder die Fahrt zur Burg an, um die Weinlieferung zu überbringen. Im Dorf sprach man darüber, dass auch der junge Graf in Kürze heiraten wollte. Dieser Gedanke betrübte mich, aber gut, so ging alles seinen richtigen Gang.

Der Burgvogt empfing uns. Der Wein wurde entladen. Die leeren Fässer auf den Wagen gehievt. Den jungen Grafen sah ich nur kurz aus dem Fenster blicken. Er fragte in den Hof herab, ob alles in Ordnung sei, und war dann nicht mehr zu sehen. In einer Stimmung voller Traurigkeit fuhr ich zurück, entschlossen, nun meine Träumereien zu beenden.

Der nächste Winter verging. Meine Mutter und ich nähten viel an der Aussteuer. Ich sah der Hochzeit mit Freude entgegen. Es war früher Sommer und die Vermählung war in vier Monaten geplant. Da erreichte uns die schlimme Nachricht: Mein Verlobter war verunglückt. Die Familie hielt im Stall einen Stier. Dieser hatte ihn erdrückt. Der Stier war in großer Erregung gewesen, da nicht weit von ihm eine Kuh, bereit, gedeckt zu werden, stand. Unberechenbar, wie Stiere sein können, hatte er meinen Verlobten gegen die Steinmauer des Stalls gedrückt und ihm das Rückgrat gebrochen. Meine Familie war entsetzt, als sie diese Nachricht hörte. Auch für mich war es ein großer Unglücksfall. Alle Pläne zur Hochzeit waren dahin. Ich sah meinen Verlobten ein letztes Mal auf dem Totenbett. Schmerz und Schreck waren in seinem Gesicht eingegraben. Er tat mir so leid. Mein Leben hatte eine große Wende genommen und nichts war wie zuvor. Ich hatte nun Aussteuer in stattlichem Umfang, aber keinen Verlobten.

Wieder kam der Spätherbst und es wartete die Fahrt zur Burg auf mich. Ich war verwirrt, was aus meinem Leben werden sollte. Ich merkte, ich hatte mich nach einem Mann an meiner Seite gesehnt. Auch wenn mich mit meinem Verlobten nicht viel verbunden hatte: Er war doch mein zukünftiger Ehemann gewesen.

Auf der Burg angekommen, rief mich der junge Graf aus dem Fenster zu sich, weil er weitere Geschäfte plante. Er empfing mich sehr freundlich. Er fragte, ob ich einige Räume der Burg sehen wollte. Ich fühlte mich vor Aufregung wie in eine Wolke gehüllt und zu keinem klaren Gedanken fähig. Alles kam mir unwirklich vor. Kaum verstand ich seine Worte. Er bat mich in den Nachbarraum und zeigte mir einen kleinen Sekretär, an dem er seine Geschäfte zu regeln pflegte.

Dann führte er mich weiter in sein Schlafgemach. Er schloss die Tür hinter sich und hob meinen Rock. Seine Hände streiften meine Beine hinauf. Ein wunderbares Gefühl umgab mich. Er legte mich auf das Bett und liebte mich. Ich spürte seinen angespannten Körper und fühlte mich machtvoll, da er mich derart begehrte. Es war ein schneller Augenblick, den ich kaum zu fassen vermochte. Wieder gingen wir zum Sekretär. Er händigte mir das Geld aus und verabschiedete sich höflich. Ich schritt hinaus auf den Hof. Immer noch war ich in diese Wolke eingehüllt. Der junge Graf hatte mich begehrt und geliebt. Mit diesem Gefühl saß ich während unserer Heimfahrt neben dem Knecht und träumte.

Der Winter wurde sehr einsam. Ich hatte meine Lebensziele verloren. Meine Mutter war traurig, dass nun keine Hochzeit stattfinden konnte. Sie hatte große Angst, ich würde keinen Mann mehr finden. Ich träumte vom Grafen und wusste nicht mehr zwischen Traum und Wirklichkeit zu unterscheiden. Was war da zwischen uns passiert? Mein Leben hatte seinen Boden verloren. Es war mir zuvor behütet und sicher erschienen. Nun wurde mir immer deutlicher, was es bedeutete, dass mein Verlobter tödlich verunglückt war. Ich war bereits in einem Alter, in dem Frauen verheiratet sind. Wo sollte ein Mann zu finden sein, der mich heiraten wollte? Ein Mann, der über Besitz verfügte und angesehen war. Ich verdrängte diese Gedanken, doch mein Herz hatte eine große Unruhe gepackt. Ich bedauerte es, mich nicht intensiver um die Hochzeit gekümmert zu haben. Wäre ich schon verheiratet gewesen, als das Unglück meinen Verlobten traf, dann hätte ich jetzt zumindest den Status einer verwitweten Frau.

Allein der Gedanke, den Grafen wiederzusehen, gab mir Lebensmut. Ich fieberte dem Augenblick entgegen. Es war ein regnerischer Tag, als wir aufbrachen. Immer wieder kamen Schauer vom Himmel herab, während wir mit dem Ochsenkarren langsam über die schlammigen Wege fuhren. Ich versuchte, meine Haare und das Kleid zu schützen, doch dies gelang mir nur unzureichend. Ich fühlte mich wie eine nasse Katze mit verklebtem Fell, als wir an der Burg ankamen, und hoffte fast, der junge Graf würde sich gar nicht blicken lassen. Doch er kam in den Hof und begrüßte uns. Sein Blick und seine Worte waren freundlich und das schenkte mir Mut. Ich spürte meinen Stolz, eine schöne Frau zu sein, wieder in mir.

Der Graf gab Anweisungen, wie der Wein zu lagern sei. Er trug den Bediensteten auf, die Fässer im Keller neu aufzustellen, was sicher eine ganze Weile benötigen würde. Er bat mich in das Haus. Wieder führte er mich in das Schlafgemach. Er schloss die Tür. Ich zitterte am ganzen Körper. Ich spürte seine Hände unter meinem Rock. Ein heißes Gefühl durchströmte mich. Er legte mich auf das Bett. Ich spürte seinen Leib bei mir. Er küsste mich auf den Mund, streichelte zärtlich mein Haar. Die Beklommenheit, die ihn im Jahr zuvor eingenommen hatte, war gewichen.

Er half mir aufzustehen, überreichte mir den Geldbetrag und verabschiedete sich. Ich wollte mir keine Gedanken machen, was dieses Zusammensein für mich bedeutete. Ich war glücklich, dass der junge Graf mich liebte, und es ließ mich den kommenden Winter viel leichter überstehen.

Meine Mutter wirkte verzweifelt. Der Vater schwieg. Wir machten unsere Arbeit und es änderte sich nichts. Kein neuer Bräutigam stand für mich bereit. Ich wollte nicht mehr darüber sprechen. Wenn meine Mutter zum tausendsten Mal laut überlegte, wer als Heiratskandidat in Frage käme, nickte ich nur noch mit dem Kopf und ließ mich in meiner Arbeit nicht unterbrechen. Ich hatte meinen Grafen und ich liebte unser Weingut.

Ende des Frühjahrs passierte dann etwas ganz Unerwartetes. Der junge Graf kam mit seinem Burgvogt bei uns vorbei. Als ich ihn in den Hof reiten sah, glaubte ich, mein Herz würde für immer stehen bleiben. Ich getraute mich nicht, den Hof zu betreten, sondern lauschte am Fenster, was geschah. Mein Vater war in den Weinbergen, sodass meine Mutter die vornehmen Herrschaften begrüßen musste. Der Burgvogt führte das Wort. Der Herr Graf wollte für seine bevorstehende Hochzeit Wein kaufen und unseren Bestand prüfen. Meine Mutter war ratlos. Sie hatte noch nie unseren Wein verkauft. Sie rief nach mir. Ich stand hinter dem Fenster und meinte, mich nicht bewegen zu können. Was ich da sah und hörte, war zu ungeheuer.

Wie in Trance machte ich mich auf den Weg zum Hof. Ich begrüßte die Herrschaften mit einem Knicks und wagte es nicht, den jungen Grafen anzuschauen. Der Burgvogt fragte mich nach dem Weinkeller. Stumm ging ich zum Tor. Der Knecht, der dabei stand, öffnete es. Die Magd brachte unsere besten Krüge. Zu viert stiegen wir die Stufen hinunter. Noch immer hatte ich kein Wort gesprochen.

Im Keller fragte der Burgvogt nach unserem besten Wein. Wir hatten noch einige Fässer vom schweren Roten, den wir vorletztes Jahr ganz spät im Herbst geerntet hatten. Die Magd füllte die zwei Krüge. Der Burgvogt und der Graf probierten. Ich stand ganz hinten in der Reihe und betete, dieser Besuch möge schnell vorübergehen. Ich blickte auf mein Kleid und sah die Flecken auf der Schürze. Ich spürte, wie die Röte der Scham in mein Gesicht stieg.

Der Graf hatte seinen Krug mit dem schweren Wein in einem Zug geleert. Er trat zurück aus der Gruppe und meinte, es sei ein guter Wein. Er würde die drei Fässer nehmen. Er nannte einen beachtlichen Preis. Der Burgvogt ließ sich noch einen zweiten Schluck reichen. Wir schauten alle, wie der Wein in den Krug lief. Da spürte ich die Hand des Grafen ganz sanft über meine Haare streifen. Er schaute mich nicht an und erwiderte nicht meinen Blick. Doch mein Herz wollte vor Freude meine Brust sprengen. Wir gingen wieder die Stufen hinauf in den Hof. Der Wein sollte im Herbst zusammen mit dem diesjährigen geliefert werden.

Meine Mutter war nach dem Besuch ganz aufgeregt. Welch stattlicher Mann der junge Graf doch sei! Und wie freundlich er zu uns war! Ihre Worte erreichten mich kaum. Ich spürte noch immer seine Hand, die zärtlich über mein Haar streifte. Ich wollte nicht denken, was dies bedeutete. Es war mein junger Graf.

Als der Vater nach Hause kam, freute er sich über das gute Geschäft. Er lobte den Preis, und dass ich alles zur Zufriedenheit der hohen Herrschaften erledigt hätte.

Das Jahr nahm seinen Lauf. Wir hatten eine gute Ernte und im November brach ich wieder auf zur Burg. Unser Ochsenkarren war zu klein für den gesamten Transport. So lieh sich der Vater einen weiteren Wagen vom Nachbarn, und dessen Knecht fuhr die drei Weinfässer mit dem schweren Roten.

Das Wetter war kühl. Nebel lag in der Luft. Der Boden war tief und wir brauchten lange, bis wir die Burg erreichten. Ich war sehr aufgeregt und obwohl mein Verstand mir sagte, es müsse nun wirklich Schluss sein mit den heimlichen Treffen im Schlafgemach, hoffte ich doch, es würde wieder dazu kommen.

Der Burgvogt empfing uns. Er sagte mir, der Graf wolle das Geschäftliche mit mir regeln und warte in der Halle auf mich. Ich stieg die Treppe hinauf. Die Tür war geschlossen. Mit zittriger Hand klopfte ich an. Da stand der Graf vor mir und zog mich hinein. Er schloss die Tür und nahm mich zärtlich in seine Arme. Ich schaute ihn an und dachte, er werde in Kürze heiraten. Doch sein Blick ließ mich alle meine Bedenken vergessen. Wieder brachte er mich in sein Schlafgemach. Er verweilte länger bei mir als in den Jahren davor, und ich meinte eine gewisse Traurigkeit in ihm zu spüren. Wieder gab er mir das Geld und verabschiedete sich.

Gerade rechtzeitig kam ich in den Hof. Die Wagen wurden mit den leeren Fässern beladen. Ich sah den Blick des Burgvogts, der abzuschätzen schien, warum ich so lange in den Gemächern des Grafen verweilt hatte. Aber vielleicht war dies auch nur mein Misstrauen und meine große Angst, die mich das denken ließen.

Auf der Fahrt zurück beschloss ich, nie wieder zu der Burg zu fahren. Ich würde das nächste Mal einen Vorwand finden, damit mein Vater dies übernahm. Nein, der neuen Frau Gräfin wollte ich nicht begegnen.

Der Herbst verging. Es regnete viel und die Arbeit war beschwerlich.

Ich fühlte mich kräftig und voller Lebensmut, als es auf Weihnachten zuging. Doch dann kamen schwere Zeiten. Es stellte sich keine monatliche Blutung mehr ein und immer wieder überkam mich eine große Übelkeit. Ich betete zu Gott, dass nicht einträte, was ich befürchtete. Doch es ließ sich nicht mehr leugnen: Ich trug ein Kind des Grafen unter meinem Herzen. Was sollte ich tun? Meine Nächte waren schlaflos. Ich suchte nach einem Ausweg. Das Frühjahr begann sich anzukündigen und ich wusste, ich würde mein Geheimnis nicht mehr lange verbergen können.

Ich erzählte meinem Vater, dass der junge Graf gerne den neuen Wein probieren wollte, der noch im Keller lagerte. Die Hochzeit auf der Burg sollte in einigen Wochen stattfinden. Der Wein mochte für die Bediensteten genau das Richtige sein. Mein Vater sollte den Knecht zu ihm schicken mit der Botschaft, er könne nun zur Probe vorbeikommen. Ich hoffte inständig, dies möge geschehen.

Einige Tage später wachte ich mit großer Unruhe auf. In der Nacht hatte ich schwer geträumt. Ich wusste keinen Ausweg. Der Graf musste mir helfen. Welche Freude, als ich gegen die Mittagszeit den Schall von Pferdehufen in unserem Hof hörte. Ja, es war der Graf. Er war gekommen. Ein Knecht hatte ihn begleitet. Er fragte nach mir. Doch ich wartete nicht, dass man mich rief, sondern öffnete die Tür zum Hof. Dort stand er und trat auf mich zu. Sein Knecht hielt die Pferde. Ich begrüßte ihn ehrerbietig. Er sah mich mit unsicherem Blick an.

»Man hat mir eine Nachricht geschickt, dass der Wein zum Probieren bereit wäre. Ist die Nachricht von Ihr?«, so fragte er mich.

Ich nickte. Mein Herz schlug bis zum Hals. Es schien mir unmöglich, einen klaren Gedanken zu fassen und ein Wort von mir zu geben. Doch dann sprach es ganz leise aus mir.

»Ich erwarte ein Kind.«

Die Worte klangen rau, mein Hals war verkrampft.

Er blickte mich an.

Er rief zu seinem Knecht: »Warte Er bei den Pferden. Ich gehe in den Weinkeller«, und er schritt voran zum Kellertor. Sein Blick wirkte düster. Ich folgte ihm eilig. Ich öffnete das Tor. Ich lief voraus, denn das gebietet der Anstand. Ich spürte den Schlag auf den Rücken.

Schaue ich jetzt zurück, so weiß ich nicht, wann er sich dazu entschlossen hat, mich hinabzustoßen. Ist es ein spontaner Impuls gewesen? Ahnte er bereits, als er zu mir geritten kam, dass ich durch ihn schwanger sein könnte? Hatte er eine gleiche Erfahrung bereits früher gemacht? Viele Fragen!

Ich weiß, er schaute noch kurz in den Keller, nachdem er um Hilfe gerufen hatte. Wollte er sich vergewissern, ob ich tatsächlich tot sei? War es ein letzter Abschied? Dann ritt er davon, zurück zu seiner Burg, zurück zu seiner Hochzeit.

Was hat uns zu dieser Begegnung gebracht? Wie kann ich je verstehen, was sich hier ereignet hat? Das Geschehen hat eine Vergangenheit.

Gespräch mit Judith

Als ich mich auf der Couch in Judiths Zimmer wieder aufgerichtet hatte, war ich noch ganz in meinen Gedanken. Das Leben als Tochter des Weingutbesitzers in der Pfalz schien mir vollkommen gegenwärtig. Ich sah den jungen Grafen vor mir mit seiner kleinen zarten Gestalt. Er wirkte auf mich, als fühlte er sich zurückgesetzt und nicht ausreichend beachtet. Sein ganzer Ausdruck verbarg etwas. Er war bedrückt. Mit großer Kraft zog es mich zu ihm hin.

Ich schaute Judith an.

»Judith, es war nicht recht, was er mir angetan hat, aber wie gerne würde ich ihn wiedersehen. Es gibt eine große Sehnsucht. Ich möchte ihm sagen, dass ich ihm verzeihe und ihn verstehen kann.«

Ich blickte Judith in die Augen und sie erwiderte meinen Blick, sprach aber kein Wort.

»Es tut mir so leid, dass ich ihn in meinem jetzigen Leben nicht annehmen konnte. Die Umstände waren aber nicht für ein Kind geschaffen. Ich war damals noch zu jung. Es war in der Zeit, bevor ich Joe kennengelernt habe. Ich wusste überhaupt nicht, wie ich auf eigenen Füßen durch das Leben gehen sollte. Der Mann, der Vater des nie geborenen Kindes – ich hab ihn sehr gemocht, aber eine Familie mit ihm gründen? Ich weiß nicht! Das war keine Beziehung, um ein Leben zusammen zu verbringen. Er war lieb, ja. Doch auch unreif und unzuverlässig. Ein Chaot in jeder Hinsicht. Ich weiß, das klingt jetzt nach Entschuldigung. Es ging einfach nicht! Es hat nicht gepasst.«

Ich hatte langsam gesprochen. Tränen liefen mir die Wangen hinab und ich verweilte einige Augenblicke in meinen Gedanken.

»Was mir deutlich geworden ist: Wir können nicht in einem Leben derart große Themen zu einem Abschluss bringen. Immer, wenn wir sterben, bleibt vieles ungelöst und wir sind mittendrin in Beziehungen. Manches lässt sich vielleicht in diesem Leben klären, doch anderes muss in einer anderen Zeit weitergehen.«

Judith nickte. Als ich sie mir gegenübersitzen sah und spürte, dass sie verstand, was ich sagte, gab mir dies große Hoffnung. Güte und Weisheit hält das Leben auch für uns bereit.

»Diese Umstände, in denen wir leben, ich empfinde sie wie den materiell gewordenen Zustand, in dem meine Gefühle und Gedanken ihren Ausdruck finden. Weißt du, Judith, ich habe so vieles gewollt in diesem Leben in der Pfalz. Der Graf sollte mich lieben und für mich da sein. Ich wollte ein Kind von ihm haben. Und ich glaube, er wollte mich auch zu seiner Frau. Doch die Umstände haben nicht zugelassen, dass unsere Wünsche in Erfüllung gingen. Es war einfach nicht möglich. Deshalb empfinde ich keinen Groll ihm gegenüber. Wir beide, wir haben zu wenig verstanden, was hier geschah.«

Judith sprach ganz leise: »Wir sollten genau das, was du sagst, dass wir oft wenig verstehen, als Anlass nehmen, milde auf uns und die anderen zu schauen. Ich denke, das Handeln der anderen verletzt uns dann weniger und wir hadern nicht mit unserem eigenen Tun. Das heißt nicht, dass wir uns nicht genau anschauen, was wir als falsch betrachten. Aber wir urteilen nicht mehr so hart und das gibt uns mehr Freiheit. Deshalb, sei nachsichtig mit dir. Du weißt ja, was du in Zukunft anders machen wirst. Das ist das Wichtige.«

Ich war ihr dankbar für diese Sätze. Schön, dass sie bei mir war. Ich sah sie vor mir sitzen mit ihren aufgesteckten weißen Haaren, etwas müde, aber die blauen Augen strahlten. Ich betrachtete ihre Falten und meinte zu erkennen, dass zu jeder Falte eine Lebenserfahrung gehörte.

Wie war das Leben als Tochter des Weinbauern gewesen? Mein Vater war immer für mich da. Er hat mich hoch geschätzt. Gefühle hat er wenig gezeigt. Meine Mutter lebte in ihrer Welt. Die Beziehungen im Dorf waren ihr wichtig. Am wichtigsten aber war, dass unsere Familie funktionierte. Sie hatte eine klare Vorstellung im Kopf, und die Wirklichkeit sollte dieser entsprechen.

Ich habe meine Eltern geliebt, aber zugleich gespürt, für etwas anderes bestimmt zu sein. Die Natur war mir wichtig. Die Blumen zwischen den Reben, rote Blüten, sie zu sehen hat mir große Freude geschenkt. Auch die kleinen Tiere habe ich geliebt. Der gelb-schwarze Salamander, wenn er beim Bach auf einem Stein saß. Welch wunderschöner Anblick!

Ich wollte weiterschauen. Was stand hinter dieser Begegnung mit dem Grafen in der Pfalz? Judith stimmte zu. Ich legte mich auf die Couch. Judith versetzte mich in eine tiefe Entspannung und ich begab mich auf die Reise hin zu noch weiter zurückliegendem Geschehen.

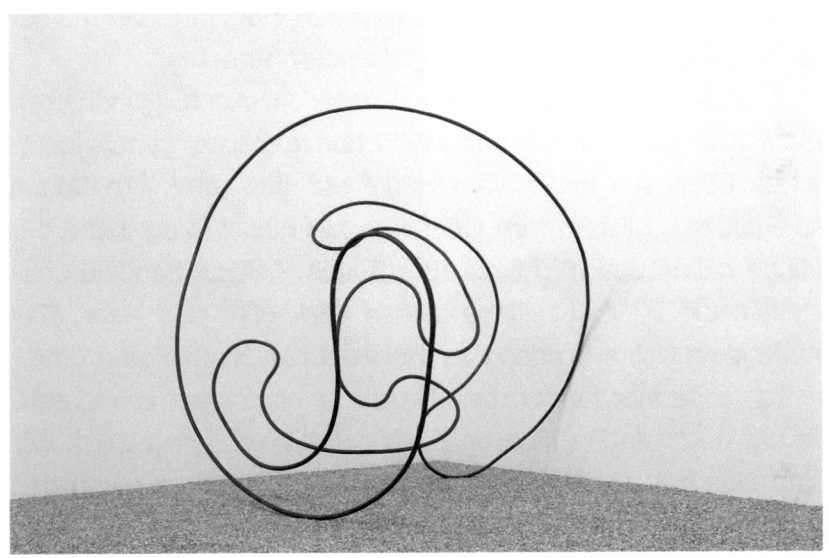
FRUTO III 2006

Eine Liebe voller Vorsicht
Süd-Ost-Italien 300 n. Chr.

Weite sanfte Hügel erstrecken sich von der Küste in das Landesinnere. Soweit das Auge reicht, wächst Wein. Gleichmäßig stehen die Rebstöcke in der Reihe. Ein warmer Wind kommt vom Meer. Die Sonne neigt sich zu den Hügeln in der Ferne. Es ist später Nachmittag im beginnenden Herbst.

Zwischen den Reben liegt hell unser Anwesen. Quadratisch die Form, Wohnräume und Wirtschaftsgebäude gehen ineinander über. Ich blicke vom Hügel auf das Land. Die Sonne spiegelt sich glitzernd im Meer. Ich bin über vierzig Jahre alt. Meine helle Toga reicht bis zum Boden. Leichte Sandalen bekleiden die Füße. Ich liebe diesen Blick über das Meer. Das Auge kann sich ausruhen. Der Horizont teilt Himmel und Erde.

Ich habe vier Kinder. Der Älteste ist schon fast erwachsen. Er hat noch einen jüngeren Bruder und zwei Schwestern. Wir sind eine gut gestellte Familie. Das Landgut bringt durch den Verkauf des Weins eine beachtliche Summe Geld ein. Mein Mann ist ein angesehener Grundbesitzer und Weinhändler. Ich stamme aus der Stadt.

Mein Vater war Offizier im römischen Heer. Er war lange Zeit in den afrikanischen Provinzen. Mein Mann Julius ist viel mit seinen Geschäften unterwegs. Er interessiert sich mehr für den Handel als für den Weinbau. Ich lebe gerne hier auf dem Land. Auch heute schaue ich, ob die Arbeit gut getan wird. Wir besitzen fleißige Sklaven. Viele kommen aus Afrika. Sie arbeiten mit Gleichmut den ganzen langen Tag.

Wenn ich meinen Blick weiter nach rechts streifen lasse, dann sehe ich auch das Wohnhaus unserer Nachbarn. Ihr

Landgut ist kleiner als das unsere, aber auch sie besitzen viele Sklaven. Als ich jung verheiratet auf das Land gezogen bin, haben wir uns häufiger mit den Nachbarn getroffen. Sie sind etwas älter als wir. Wir haben gemeinsam kleine Feste mit Musik und Tanz gefeiert. Im Laufe der Zeit sind diese Treffen seltener geworden, auch weil Julius häufiger in der Stadt weilte.

Es war nach der Geburt der Tochter, sie ist das zweitälteste meiner Kinder, dass ich unseren Nachbarn häufiger gesehen habe. Er ist eine stattliche Erscheinung mit einem ebenmäßigen und wohlproportionierten Körper. Mein Mann ist eher rundlich und klein. Auch ist er wenig an Musik und Tanz interessiert. Unser Nachbar Marc ist feinsinniger.

Zu dieser Zeit hatte Julius begonnen, für lange Zeiträume seinen Geschäften in der Stadt nachzugehen. Nur selten war er bei uns auf dem Land. Ich war damals oft unterwegs in den Weinbergen und bin auf den Hügel spaziert. Es stehen dort einige schöne Bäume, unter denen man sich im Schatten ausruhen kann. Der Blick auf das Meer und die Landschaft haben mich angezogen. Die Grenzen der Grundstücke von uns und den Nachbarn treffen an dieser Stelle zusammen.

Damals war auch mein Nachbar häufig im Weinberg unterwegs und wir haben uns immer wieder kurz über allerlei Belangloses unterhalten. Ich suchte diese Treffen, und ich denke, er auch. Wir haben uns hin und wieder verabredet. Er hatte meinen Gefallen gefunden. Wenn wir sicher waren, ungestört zu bleiben, haben wir uns geliebt. Es war schön, sein Begehren zu spüren. Sein Körper war ganz anders als der meines Mannes, fest und wohlgeformt. Ich sehnte mich nach ihm.

Dieses Spiel der Liebe dauerte an die zwei Jahre und es blieb unser Geheimnis. Doch dann wurde ich schwanger. Bereits bei den ersten Anzeichen suchte ich für die Zukunft zu sorgen und Julius bei einem seiner seltenen Besuche mit aller Kunst zur Liebe zu verführen. Mir war bewusst, ich erwartete ein Kind von Marc.

Es schmerzte mich, nachdem meine Schwangerschaft deutlich geworden war, den Kontakt mit ihm abbrechen zu müssen. Ich wollte meine Familie und meinen Stand nicht gefährden. Welche Zukunft hätte ich mit ihm haben können? Keine! Schweren Herzens, aber doch entschlossen, erzählte ich ihm, dass ich unser Verhältnis beenden müsste, da ich eine treue Ehefrau sein wollte. Es tat mir leid zu sehen, wie tief ihn meine Worte trafen. Doch ich konnte keine Rücksicht darauf nehmen. Die Situation war schwierig genug mit dem Kind in meinem Bauch. Julius könnte misstrauisch werden. Nein, diese Treffen mussten ein Ende finden.

Ich vermied es, in die Weinberge zu gehen. Ich hielt mich meist um das Haus auf. Ich ließ meinem Mann eine Botschaft in die Stadt bringen, dass ich ein Kind erwartete und mich darauf freute, ihn zu sehen. Diese Botschaft traf eher auf Gleichgültigkeit. Als Julius auf das Landgut kam, wunderte er sich, wie groß mein Bauch war, stellte aber keine weiteren Fragen. Ich umsorgte ihn und nutzte jede Gelegenheit, meine Zuneigung zu ihm zu zeigen. Auch dies beeindruckte ihn nicht erkennbar.

Die Geburt verlief problemlos. Es war ein Junge. Es freute mich, dieses Kind in meinen Armen zu halten. Ich meinte, in seinem kleinen Gesicht die Züge des Vaters erkennen zu können. Es war schön, vom Geliebten ein Kind zu haben.

Mein Mann war wieder die meiste Zeit in der Stadt. Er sprach kaum über die Geschäfte, die er dort tätigte. Aber sicher war er mit anderen Frauen zusammen. Es fiel mir nicht schwer, dies zu akzeptieren. Hatte ich doch meinen Sohn und die Erinnerungen an die Liebe.

So vergingen einige Jahre, in denen ich Marc nicht mehr getroffen hatte. Ich war nun wieder häufiger in den Weinbergen unterwegs und bei einem dieser Spaziergänge sah ich ihn auf mich zukommen. Eine Mischung aus Schreck und Freude durchströmte mich. Ich merkte, wie schwer es mir fiel, einen klaren Gedanken zu fassen. Doch ich nahm all meine Kraft zusammen und trat ihm gefasst entgegen. Seine Stimme zu hören berührte mich tief. Welch schöne Stimme, und wie sie ihren Widerhall in meinem Körper fand! Ich spürte den Impuls, ihn in den Arm zu nehmen, doch meine Haltung blieb hart. Mein Stand und meine Familie durften nicht leichtfertig aufs Spiel gesetzt werden. Er blickte mir in die Augen und sein Blick traf mein Herz. Allein, das sollte nicht sein. Ich senkte den Blick. Er sagte, er freue sich, mich zu sehen, und er habe mich vermisst. Ich schwieg.

Da fragte er ganz direkt: »Ist es mein Sohn?«

Ich meinte, die Erde unter mir würde beben. Es kostete mich alle Kraft, nicht zu Boden zu stürzen. Ich konnte ihn anschauen und hörte mich sagen: »Wie kommst du auf diese Idee? Mein Sohn ist die Frucht der Liebe zwischen meinem Mann und mir!«

Als ich meine Stimme hörte, fühlte ich wieder mehr Stärke. Ich konnte in seinem Antlitz erkennen, dass meine Worte glaubhaft geklungen hatten. Er sagte, dass er mir alles Gute wünsche und ging seines Wegs.

Ein heftiger Schweißausbruch ließ mich hinsetzen. Mein ganzer Körper zitterte. Ich hatte es geschafft! Im ersten Augenblick der Verwirrung wusste ich nicht, ob ich froh oder traurig sein sollte. Doch dann siegte der Stolz, diese schwere Prüfung bestanden zu haben.

Wir begegneten uns später noch des Öfteren. Ich spürte auch, dass ein Zweifel an ihm nagte, ob meine Worte der Wahrheit entsprochen hatten. Doch er getraute sich nicht, mich noch einmal zu fragen. Ich glaube, er war zutiefst verletzt. Er begehrte mich weiterhin, das war mir deutlich und ich fühlte mich davon auch geschmeichelt.

Dann kam eine Zeit, in der Julius für länger bei uns auf dem Land weilte. Er fühlte sich krank und litt unter heftigen Bauchschmerzen. Nur langsam erholte er sich. In dieser Zeit liegt der Ursprung meiner jüngsten Tochter. Die Geburt dieser Tochter versöhnte mein Empfinden zu Julius. Sie gab unserem Zusammenleben einen Sinn.

Wenn ich jetzt auf dem Hügel stehe und auf das Meer hinabschaue, dann ist die große Sehnsucht nach dem schönen starken Mann, dem Vater meines jüngeren Sohnes, in mir. Ich erkenne ihn in allem, was dieser Sohn ist. Es gibt eine tiefe Bindung zwischen uns und ich denke oft, ich würde ihm gerne offen begegnen können. Manchmal fühle ich in mir, als gäbe es etwas, das Rache an ihm nehmen will. Es kommt mir dann vor, als hätte er mich verletzt und ich sei darüber hart gegen ihn geworden. Doch wenn ich ehrlich bin, dann war er immer zuvorkommend und liebevoll zu mir. Ja, er hat eine andere Familie, eine Frau und Kinder, und das verletzt mich. Andererseits, darf ich ihm das vorhalten? Im Rückblick kann ich erkennen, dass ich bereits in der Zeit unserer engen Beziehung einen Vorwurf gegen ihn in mir getragen habe. Das ist mir nun bewusst geworden. Heute, da ich älter bin, wünschte ich mir, ich könnte mich mit ihm versöhnen. Ich bin verletzend zu ihm gewesen.

Die Sonne neigt sich immer mehr. Ich stehe nun schon lange angelehnt an den Baum und schaue über das weite Land und das Meer. Viele Gedanken gehen mir durch den Kopf. Da höre ich seine Stimme nur einige Meter von mir entfernt, die mich begrüßt.

»Sei gegrüßt, Claudia«, höre ich ihn sprechen.

Ich drehe mich zu ihm. Es kommt mir selbstverständlich vor, dass er neben mir steht. Ist das nicht sein Platz?

»Sei gegrüßt, Marc«, erwidere ich.

»Es freut mich, dich hier zu treffen«, sagt er. »So oft bist du in meinen Gedanken und ich möchte mit dir sprechen. Lass uns hier unter diesem Baum im Schatten Platz nehmen.«

Ich folge seinen Worten und wir setzen uns auf die karge Grasnarbe. Ganz in der Nähe entspringt eine Quelle, die zu dieser Jahreszeit nur wenig Wasser spendet. Wir lauschen dem rhythmischen Plätschern des Wassers.

»Wie geht es dir, Claudia?«, wendet er sich an mich. »Wie geht es dir, nach all diesen Jahren, wo deine Kinder nun fast erwachsen sind und auch du eine reife Frau bist?«

Ich liebe es, seine Stimme zu hören. Ich genieße es, ihn neben mir zu wissen. Und doch, ich bin vorsichtig und darauf bedacht, ihn nicht in meine Welt der Gefühle und Gedanken schauen zu lassen. Ich erwidere Allgemeines als Antwort und frage Marc nach seinem Befinden.

»Claudia, ich bin alt geworden. Die Kinder sind aus dem Haus. Ich liebe dieses Land. Aber es gibt auch Traurigkeit in meinem Herzen. Besonders dann, wenn ich an dich denke. Ich habe nie vergessen, was zwischen uns war. Es macht mich traurig, daran zu denken, wie wir auseinandergegangen sind. Und, Claudia, es bleibt für mich immer noch eine offene Frage: Ist er nicht doch mein Sohn?«

Seine Stimme zittert leicht, als er das sagt.

»Nein, er ist der Sohn meines Mannes«, antworte ich. »Ich weiß das ganz genau. Ich bitte dich, dies zu respektieren und auch, dass sich unsere Wege getrennt haben.«

Ich stehe auf.

»Marc, ich muss nun zurückgehen. Man erwartet mich. Sei mir nicht böse. Aber wir können ja ein anderes Mal wieder miteinander sprechen. Ich wünsche dir eine gute Zeit.«

Mit diesen Worten mache ich mich auf den Weg den Hügel hinab, hin zu dem weißen Haus zwischen den Reben.

Ich weiß nicht, was er empfand, als ich ihn verließ. Ich denke aber, es waren Gefühle der Ohnmacht und Wut auf mich. Darüber sind wohl seine Trauer und Liebe verloren gegangen.

Später habe ich mich gefragt, warum ich so hart zu ihm gewesen bin. In solchen Augenblicken kommen Gefühle hoch, die mir sagen, er hat mich verraten. Er achtet mich nicht. Er soll spüren, was es heißt, machtlos zu sein. Seit diesem Gespräch war eine unsichtbare Mauer zwischen uns. Wir grüßten uns, wenn wir uns sahen, wir wechselten sogar einige Worte, aber wir waren vorsichtig.

Meine Kinder wurden älter. Mein Mann lebte nun fast das ganze Jahr in der Stadt. Häufig fühlte ich mich alleine. Oft blickte ich sehnsüchtig zum Meer, als ob sich hinter dem Horizont die Antwort finden ließe, wie mir meine Einsamkeit zu nehmen sei. Mein Lebenswille versiegte. Was wollte ich noch? Trauer lag in meinem Herzen, Trauer darüber, vieles in diesem Leben nicht gelebt zu haben.

So kam die Stunde des Todes. Ich hatte schon seit Monaten gespürt, dass es zu Ende ging. Die Schmerzen in meiner rechten Brust waren immer stärker geworden. Ein großer Knoten hatte sich dort gebildet. Ich wollte aber keine Ärzte sehen und schwieg zu dem, das sich da zeigte. Mein Körper magerte ab. Das Gehen fiel mir schwer.

Ich ließ meine Kinder zu mir rufen und auch meinen Mann. Als sie in meinen letzten Augenblicken vor mir standen und ich sie betrachtete, ihre ernsten und traurigen Gesichter, da blieb mein Blick auf meinem jüngeren Sohn hängen. In mir war der Impuls, ihm zu sagen, wer sein Vater sei. Doch nun fehlte die Kraft. Die Stimme versagte und ich schloss die Augen.

Mit dem Gefühl, gescheitert zu sein, verließ ich dieses Leben. War es möglich, je wieder gutzumachen, was ich angerichtet hatte? Würde ich Marc je wieder offen begegnen können?

Es ergab sich, dass wir uns dann in Verhältnissen trafen, die voller Hindernisse waren: als Winzertochter und junger Graf. Marc war nun im Besitz von Macht. Er konnte über mich bestimmen. Ich war bereit, ihm zu begegnen, aber fühlte mich doch nicht wert, das Leben mit ihm zu teilen.

Fortsetzung des Gesprächs mit Judith

Das Leben in der Pfalz, das Leben in Italien: Wein, Reben, Erde. Das waren schöne Erinnerungen. In der Sonne zu sitzen und auf das Meer zu schauen. Die Natur war mir Heimat. Hier spürte ich, dass ich zu etwas Großem gehörte. Die Natur ließ keine Einsamkeit zu. Ich sah mich durch die Weinberge gehen und den Sklaven bei der Arbeit zuschauen. Flink waren ihre Hände. Mit Ausdauer bearbeiteten sie den Boden. Wasserleitungen wurden gebaut. Vom Berg strömte das wertvolle Nass herab. Es versickerte im trockenen Boden. Durstig saugten es die Pflanzen auf.

Ich kam aus der tiefen Entspannung zurück in die Gegenwart. Ich wusste Judith neben mir. Sie hatte mir mit ihren Worten Kraft gegeben. Ja, sie hatte recht: Wir sollten nicht so streng mit uns und den anderen sein. Dann war es leichter, seinen Frieden mit dem Geschehenen zu machen und sich aus den Verwicklungen von Wünschen und Ängsten zu befreien.

»Judith, warum werden wir in diese schwierigen Umstände geboren? Ich meine das nicht bezogen auf ein Leben. Da mag es ja für die Verhältnisse Erklärungen aus der Geschichte mit seinen Ereignissen geben. Nein, ich frage grundsätzlicher. Warum hat das alles angefangen? Warum stehen wir immer vor solch schwierigen Aufgaben? Warum müssen wir über Schmerz lernen? Warum geht das nicht einfacher? Ist das nicht grausam uns gegenüber?«

In einem Anfall von Verzweiflung kamen die Fragen aus meinem Mund. Ich wusste, Judith würde sie nicht beantworten können. Doch ich musste sie stellen.

Judith schwieg einen Augenblick. Dann antwortete sie.
»Schau, wann bedrängen dich diese Fragen? Wann spürst du diese Unruhe in dir? Auf welchem Weg, auf welcher Suche befindest du dich dann? Gibt es eine Ahnung in dir, wie eine Antwort lauten könnte?«

Ich blickte sie an. Ihre Fragen machten Sinn, aber ich konnte meine Gedanken nicht ordnen. Zu viele Gefühle waren in mir.

»Sprich weiter«, sagte ich.

»In dem Augenblick, in dem du all das liebst, was dich so plagt, sind alle Fragen beantwortet. In dem Augenblick, in dem du den jungen Grafen liebst, deinen Mann, deine Kinder, deinen Geliebten, seine Frau, da gibt es diese Fragen nicht mehr. Lohnt es sich dafür, den schwierigen Weg zu gehen?«

Ich ahnte, Judith hat vollkommen recht, aber solange ich Mensch auf dieser Erde bin, kann ich mir nicht vorstellen, derart selbstlos zu lieben, wie sie es meinte.

»Judith, kannst du denn leben, was du als Lösung benennst?«

»Nein«, sagte Judith, »aber damit habe ich meinen Frieden gemacht. Ein Schritt in diese Richtung ist schon viel und schenkt dir Ruhe und Gelassenheit. Man muss sich auf den Weg machen, auch wenn das große Ziel weit in der Ferne liegt. Das ist wichtig.«

Judith wirkte einverstanden mit dem, was ihr Leben bestimmte. Schön, dass wir das erreichen können, dachte ich, während sie weitersprach.

»Ich möchte dir dazu eine Frage stellen. Wir Menschen können doch ganz unterschiedliches Verhalten haben. Wie alles in der Welt bewerten wir auch das Verhalten. Warum geben wir der Liebe einen derart hohen Wert?«

Diese Frage hatte ich mir noch nie gestellt. Jetzt, wo ich darüber nachdachte, war ich erstaunt, wie selbstverständlich ich es angesehen hatte, dass die Liebe unser höchstes Gut ist. Ja, warum denn eigentlich?

»Judith, darüber habe ich tatsächlich noch nie nachgedacht«, antwortete ich. »Ich vermute mal, es liegt daran, dass uns das Gefühl der Liebe absolut angenehm und lebenswichtig ist. Sofort nach unserer Geburt sind wir auf die Liebe angewiesen. Wir benötigen und suchen die Liebe und später entdecken wir auch, wie erfüllend es ist, Liebe zu geben. Das könnte der Grund sein.«

Ich schaute Judith an.

»Gut, ich sehe das ganz ähnlich. Wir sind Wesen, die Liebe benötigen und suchen. Wir leben aber auch in Verhältnissen, in denen wir oft hart arbeiten oder kämpfen müssen, um genug zu essen, ein Dach über dem Kopf zu haben und bei Gesundheit zu bleiben. Da kommt einem die Idee der Liebe romantisch und unrealistisch vor. Trotzdem bleibt sie verlockend. Wenn wir trotz dieser Lebensumstände zur Erkenntnis kommen, dass Liebe solch ein hohes Gut ist, wo führt uns das Erdenleben dann hin? Was kann es uns lehren? Was wird es uns lehren?«

Judith schaute mich an. Ich wusste, sie war keine unrealistische Romantikerin, die die Schwierigkeiten des Lebens leugnete. Nein, sie hatte einiges zu erleiden gehabt. Sie war nicht die Person, die sich in eine kleine heile Welt zurückzog. Sie beschrieb hier in einfachen Worten, was sie im Leben wahrgenommen hatte. Wenn ich überlegte, wohin uns Egoismus,

Hass, Wut oder Gewalt führten, dann konnten diese Verhaltensweisen jedenfalls nicht als Lösung für unsere Schwierigkeiten angesehen werden.

Judith bemerkte mein Schweigen und sprach weiter.

»Weißt du, zur Liebe gehört eben auch und vielleicht ganz besonders, dass wir versuchen, Menschen zu verstehen. Nicht einfach verurteilen. Das heißt auch, milde auf die Welt und uns zu schauen. Auch wenn uns unser Hass, unsere Wut nicht gefallen oder die eines anderen, es steckt meist eine große Not dahinter. Natürlich sollen wir uns nicht verletzen und unterdrücken lassen. Aber mehr Verständnis hilft allen.«

Ich war in Gedanken. Warum war das alles dermaßen kompliziert?

»Judith, warum fällt es uns so schwer, liebevoll auf die Menschen und die Welt zu schauen?«

Judith blickte mich ruhig an.

»Wir sind verletzt. Wir fühlen uns klein und unwichtig. Wir sehen uns im Leben gedemütigt und herabgesetzt. Wir haben kein Vertrauen in uns und die Welt. Wir haben Angst, sind wütend, spüren Neid, Missgunst, Eifersucht und fühlen uns ungerecht behandelt. Deshalb verletzen wir und werden verletzt. Deshalb leiden wir. Wir Menschen sind einander ähnlich.«

Judith machte eine Pause.

»Wenn man unser Leben auf der Erde als Abfolge von Inkarnationen sieht, lässt sich deutlich erkennen, wie Leid Leid schafft und Schmerzen Schmerzen verursachen.«

Wieder legte sie eine Pause ein.

»Und ...«, Judith zögerte, »... und wir können auch sehen, wie Verzeihen und Zuwendung uns helfen, wie sich dann Vertrauen und Liebe entwickeln.«

Judith schaute mich an, und ich denke, sie konnte in meinen Augen Zustimmung erkennen. Meine Gefühle waren ein einziges Durcheinander. Es ist schwer, mit Vertrauen in die Welt zu schauen. Doch gibt es eine Alternative für uns? Wir müssen es versuchen. Ich dachte an Menschen, die mich verletzt hatten. Ich war wütend auf sie. Und ich hatte ein Recht auf meine Wut. Ich spürte, wie ich anfing, ein klein wenig über mich zu lächeln. Ja, so war ich.

Ich wollte weiterschauen.

»Judith, lass uns noch einen Schritt in die Vergangenheit zurückgehen. Was liegt vor der Zeit in Italien? Was hat Claudia und Marc in dieses Zusammentreffen gebracht?«

Judith war einverstanden und wieder begann ich eine Reise in alte Zeiten.

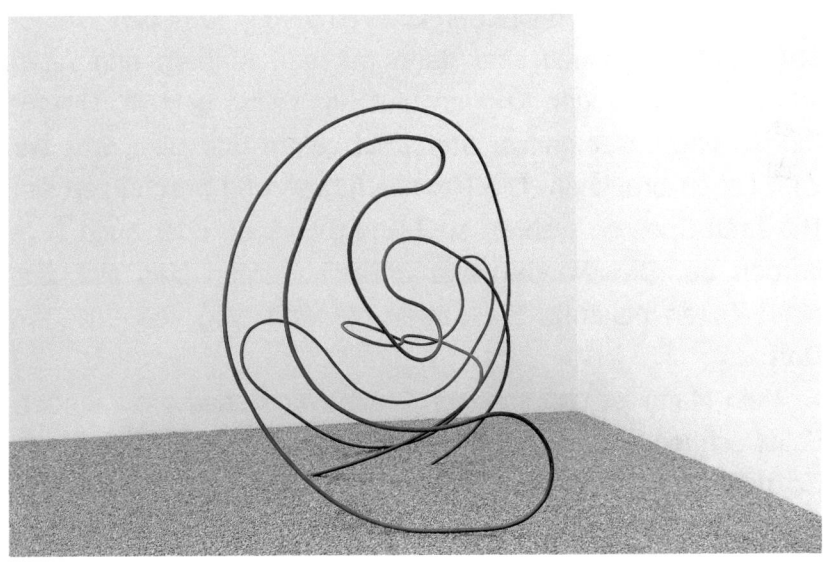

FRUTO III 2006

Das Mädchen, das ihren Mann liebt
Ostafrika vor langer Zeit

Ein Dorf im Hochland von Ostafrika ist mein Zuhause. Ich lebe in der Hütte meines Mannes. Meine Kinder sind um mich herum. Die Männer ziehen für lange Zeiten mit den Herden immer dem Regen und dem frischen Gras hinterher zu neuen Weidegründen. Wir Frauen sind dann mit den Kindern und Alten sowie einigen jungen Kriegern auf uns selbst gestellt. Unsere Rinder sind unser ganzer Stolz. Sie geben uns alles, was wir zum Leben brauchen. Die Männer führen und beschützen sie. Mit ihren Speeren wehren sie Löwen, Hyänen oder auch Leoparden ab. Die Wanderwege unserer Herden sind seit den alten Zeiten bekannt. Sie führen sie weit weg von unserem Dorf.

Mein Mann ist von schöner Gestalt. Er besitzt viele Rinder. Er ist schnell, mutig und ausdauernd. Meine Eltern haben ihn für mich ausgewählt. Seine Familie musste viele Rinder und einige Ziegen für mich geben. Ich habe ihn geheiratet, da war ich gerade zur Frau geworden. Meine Freundinnen haben mich um diesen Mann beneidet. Er ist stolz. Ich vermisse ihn, wenn er auf den langen Wanderungen ist.

Ich vermisse ihn aber auch, wenn er hier im Dorf weilt. Wie gerne möchte ich seine Gefühle verstehen. Er ist abweisend zu mir. Manchmal denke ich, dass die Rinder ihm wichtiger sind als ich. Ich möchte spüren, dass er an mich denkt. Ich weiß nicht, ob er das tut. Er würdigt mich kaum eines Blickes und doch fühle ich mich tief verbunden mit ihm.

Jeden Tag gibt es viel Arbeit. Wasser muss geholt werden. Holz für das Feuer ist zu sammeln. Die Ziegen müssen versorgt, das Essen bereitet werden. Gerne bin ich mit den anderen Frauen zusammen. Die Kinder helfen mir. Wir führen ein gutes Leben.

Es war auch schön, bei meinen Eltern aufzuwachsen. Meine Mutter ist eine kräftige und fröhliche Frau. Wir haben viel gelacht. Mein Vater hat seine Kinder mit Stolz betrachtet. Nun lebe ich hier bei meinem Mann. Wir haben vier Kinder und ich denke, auch mein Mann ist stolz auf sie.

Er spricht wenig mit mir. So sind die Männer. Sie sind meist unter sich. An diesen Plätzen bei den Tieren, wo sie sich aufhalten, sollen wir Frauen nicht sein. Sie hüten und versorgen die Rinder. Sie ziehen auch zu den Bauern, die weiter entfernt von hier leben, und tauschen Hirse ein. Unsere Männer sind tapfer im Kampf. Die Krieger anderer Dörfer schauen mit Furcht auf sie. Sie sind geachtet bei allen Stämmen. Mein Mann hat eine Löwin getötet, die eines Nachts unsere Rinder angefallen hat. Ein junges Kalb hatte sie bereits gerissen, als der Speer meines Mannes sie traf.

So lebe ich hier. Im Winter sind die Nächte kalt und klar. Im Sommer brennt die Sonne vom Himmel. Wir bauen Gemüse an und sammeln Früchte. Auch das ist die Arbeit der Frauen. Wir singen unsere Lieder, die vom Leben erzählen, wenn wir die Hirse stampfen. Es sind schöne Lieder. Oft sitzen wir Frauen über die Mittagszeit im Schatten der großen Bäume und sprechen miteinander. Wir sprechen auch über unsere Männer.

Ich denke anders als die meisten Frauen über die Männer. Sie sind zufrieden, ihr eigenes Leben zu führen. Sie warten nicht wie ich darauf, dass ihr Mann von der großen Wanderung zurückkommt. Sie sagen, Männer und Frauen sollten nur wenig ihres Lebens teilen. Sie meinen, jeder muss seinen Platz haben und: Ein Mann zeigt seine Gefühle nicht. Ich warte auf meinen Mann und mich verletzt es, wenn er mich kaum beachtet. Bin ich nicht mehr wert als einige Rinder? Diese Fragen stellen sich die anderen Frauen nicht.

Die Jahre vergehen. Meine Kinder werden groß und heiraten. Mein Mann und ich zählen nun zu den Alten. Er geht nicht mehr mit auf die große Wanderung. Aber ich sehe die Sehnsucht in seinen Augen, wenn die Jüngeren losziehen. Sein Herz begleitet sie und in Gedanken wandert er durch all die Orte, wie in den Jahren zuvor. Immer noch ist er weit weg von mir. Ich kann nur ahnen, was ihn bewegt. Dabei wohnen wir schon so lange zusammen und haben Kinder, die auch wieder Kinder haben. Wie sehr sehne ich mich danach, dass mein Mann auf mich schaut!

Das Arbeiten fällt mir immer schwerer. Seit langer Zeit plagt mich ein Husten. Es kommt der Tag, da lasse ich meine Kinder und ihre Kinder holen. Ich liege in der Hütte. Das Sprechen fällt mir schwer, doch ich muss Abschied nehmen. Die lange Reise zu unseren Ahnen werde ich antreten. Mein Mann kommt nur ganz kurz vorbei. Ich möchte ihm zurufen: Schau mich an! Doch da hat er sich bereits umgedreht und die Hütte wieder verlassen. Bei einem sterbenden Rind hätte er mehr Zeit verbracht. Unsere Welten bleiben getrennt. Das weiß ich nun. Ich lebe mein Leben und er seines. So wird es immer sein! Ich muss zuerst für mich selbst sorgen. In mir existiert der Wunsch, dass er mich beachten muss. So sterbe ich und all diese Gefühle und Gedanken werden gestalten, was noch für mich kommen wird.

Blick zurück

Die Reise zurück in die Zeit von Ostafrika hatte ihr Ende gefunden. Wie zum Abschied tauchte ich noch einmal in das Geschehen ein. Ich sah die Hochebene vor mir, auf der wir unsere Hütten gebaut hatten. Ein flaches Land. Sträucher und Bäume. Viel Gras. Meine Fußsohlen fühlten die Erde, wenn ich über das Land ging. Mal war es warm, mal nass. Ich spürte die Unebenheiten, weiches Gras und harte Holzstückchen, Steine. Die Erde ist unsere Freundin. Sie sorgt für uns. Oft dachte ich, sie steht mir näher als die anderen Frauen im Dorf. Sie will, dass wir aufrecht gehen und die Erde mit dem Himmel verbinden. Wir sind ihre Diener. Sie hat mir Stolz und Kraft gegeben. Ich wollte wie sie sein. Wenn ich von ferne schaute, wie die anderen Frauen über den Boden schritten, dann kam es mir vor, als wären sie ein Teil von ihr.

Mein inneres Erleben wanderte weiter und richtete sich auf die Geschehnisse in Italien und in der Pfalz. Dieser Mann, der mich durch all diese Zeiten begleitet hatte, trat vor mein geistiges Auge. Immer waren es die Umstände, die unsere Liebe nicht lebbar sein ließen. Wir haben uns mit unseren Ängsten, Erwartungen und Wünschen ineinander verwickelt. Wir beide sind im Gefühl gefangen, noch etwas gutmachen zu wollen. Ich weiß nicht, warum dies alles sein musste. Ich schaue auf meine heutige Existenz als Kristin und denke daran, dass ich diesen Menschen, der mir Mann, Geliebter und Freund war, der mich verletzt und getröstet hat, mit dem ich mich tief verbunden fühle und der mir zuletzt aus einem Impuls von Angst und Wut das Leben genommen hat, nicht bei mir aufnehmen wollte. Es war diese Abtreibung, die mir Anlass gab, die vergangenen Leben zu betrachten.

Wieder waren es die Umstände. Wieder war es so, dass nicht sein konnte, was sich hier entwickeln wollte. Ich war zu jung, die Beziehung zum werdenden Vater bestand erst seit kurzer Zeit. Ich war noch in der Ausbildung und meines Seins viel zu unsicher, um ein Kind aufzunehmen.

Und das werdende Kind? Es war in diese Umstände hineingekommen. Es hatte nicht gewartet, dass alles bereit sei für seine Geburt. Nein, es war, als meinte es, kein Recht hierzu zu haben. Es war, als suchte es, gefangen in seiner Schuld, die ausgleichende Strafe der Ablehnung.

Wie ist das zu verstehen? Der junge Graf, der mich zu Tode gebracht hatte, wie konnte er den Mut und die Zuversicht haben, offen und fordernd in mein neues Leben zu treten? Nein, das konnte nicht sein! Voller Schuldgefühle war seine Existenz, eine Bitte an mich, ihn auf- und anzunehmen als unschuldiges Kind, ihm meine Liebe zu schenken, trotz allem, was er mir angetan hatte und was er sich nicht verzeihen konnte.

Und ich? Ich war nicht so weit gewesen, ihn wieder zu empfangen. Es bestanden viele Vorbehalte. Die Verhältnisse, sie spiegelten diese Vorbehalte wider. Vielleicht hätte ich mich ihm langsam und vorbereitet nähern können. Aber das Geschehen forderte schlagartig meine volle Zuwendung und Liebe. Wie verstrickt unser Leben war. Wie konnte es weitergehen mit dieser Schuld und diesen Taten?

Lass uns einen Schlussstrich ziehen! Lass uns mit Milde und mit Liebe auf unsere Unwissenheit und Unfähigkeit schauen. Es soll ausgeglichen sein, was war. Wir haben die Liebe gesucht. Wir dachten, die Liebe sei etwas, was wir verlangen können. Doch die Liebe kann man nicht verlangen. Der Mensch kann Gerechtigkeit, Achtung und Anerkennung verlangen. Die Liebe wird ihm geschenkt und die Liebe muss er bei sich finden. Je mehr Liebe er gibt, desto mehr hat er sie gefunden und desto reicher wird er dabei. Die Liebe vermehrt sich durch das Geben, denn hierdurch ist sie.

Diese Liebe haben wir gesucht und gemeint, dass die Umstände uns hindern, sie zu leben. Doch die Liebe benötigt keine Umstände. So lass uns Frieden finden. Lass uns gemeinsam zu dem hellen Licht reisen. Weit weg von dort, wo wir sind. Lass uns im hellen Licht stehen und eins sein.

Wir stehen in diesem Licht. Wir spüren, dass wir eins und Liebe sind. Nun kann ein Ende finden, was uns gebunden hat. Die Zeit der Verletzung und Enttäuschung kann vorübergehen. Ich hege keinen Groll mehr gegen meinen Geliebten, Freund und Mann. Er hat mich getötet, aber es tut nicht mehr weh. Ich möchte ihn bei mir spüren. Ich fühle mich verbunden und glücklich, ihn bei mir zu wissen. Das Leben birgt viele Erfahrungen. Die Zeit erlaubt es uns, ihnen nacheinander zu begegnen.

Die Kraft des Lichts

Ich bin die Kraft,
die möglich macht,
zum Licht zu schauen im Augenblick,
wenn es ins Dunkle hereinbricht.

Darum wird vom Leben in der Welt,
das Dunkle in das Licht gestellt,
das nun erlöst, was einmal war,
den Menschen schien größte Gefahr.

Und jeder Ausdruck, den ihr findet,
sich mit dem Ursprung tief verbindet.
Das soll so sein, weil es so ist,
weil alles ist das große Licht!

Es gibt kein Gut, es gibt kein Böse,
es gibt kein Klein, es gibt kein Groß.
Es gibt nur Sein, das sich erlöse,
findet zurück zu seinem Schoß.

Das Dunkle wird nur dunkel bleiben,
wenn es dem Licht darf sich nicht zeigen.
Doch fällt dies in die Dunkelheit,
dann ist sie doch schon ganz befreit.

Abschluss des Gesprächs mit Judith

Noch lange saß ich mit Judith zusammen. Das Erlebte war lebendig in mir. Ich spürte mehr Verständnis, aber es hatte sich noch nicht zu einem klaren Bild geordnet, was mir alles begegnet war. Ich wollte mit jemandem zusammen sein, dem ich vertraute und der mir Halt gab.

»Judith«, fuhr ich fort mit meinen Fragen, »du erzählst von der Liebe. Wir werden mit der Liebe geboren und doch müssen wir sie neu entdecken. Ich will das akzeptieren. Was kann ich auch anderes tun? Ich werde meinen Frieden machen mit dem, was in der Vergangenheit liegt. Ich nehme dieses weiße Licht auf und erinnere mich daran, wenn ich es benötige. Aber eine andere Frage noch: Mir erscheint es, als ob die äußeren Umstände in den Leben aus den Gefühlen und Gedanken der Vergangenheit gebaut wären. Das kommt mir total verrückt vor. Es ist nicht nur eine Idee, die ich interessant finde, sondern so ist es für mich.«

Ich schwieg und spürte nach. Ja, so war es.

»Gedanken und Gefühle ordnen alles und sie erschaffen unsere Wirklichkeit aus der Art der Beziehung zur Umgebung, die sie beschreiben«, antwortete Judith. »Sie sind eine ganz starke Kraft. Darüber haben wir bereits beim letzten Treffen gesprochen. Denk an die Fahrexperimente von Jessica. Es ist schön, wenn du das deutlich erlebst. Vielleicht liegt hier auch eine weitere Antwort auf deine Frage nach dem Warum von Leid und Schmerz. Gibt es nicht auch Hoffnung, dass wir unsere Beziehung zur Welt verändern und uns dann vielleicht Schritt für Schritt befreien können? Ich weiß, das ist kein Trost, wenn man mitten im Leid steckt, aber für dich, die jetzt zurückschaut, da kann es Vertrauen in das Leben geben. Und denke an die Freude, die du im Erdendasein gehabt hast. Es gab schöne Zeiten. Vergiss sie nicht, sie sind wichtig. Noch etwas: Nicht allein das Ungelöste, auch die Erkenntnisse fließen in das neue Leben ein.«

Judith sprach leise und eindringlich. Das ließ mich ihr ganz aufmerksam lauschen. Als sie sprach, erinnerte ich mich an die schönen Zeiten im Dorf in Ostafrika, in den Weinbergen am Mittelmeer und in der Pfalz. Kleine Episoden kamen mir vor Augen. Die Sonne, wie sie die Steine der Mauer am Weinberg wärmte. Ich lehnte mich dagegen, spürte die warmen Steine im Rücken und die Sonnenstrahlen im Gesicht. Ich beobachtete die Eidechse, die aus der Sonne ihre Lebenskraft bezog. Die Sonne reichte bis zur Erde und hüllte uns ein. Ich dachte an den jungen Grafen, wie wir uns in seinem Schlafgemach getroffen hatten. Mein Herz schlug heftig. Diese kurzen Augenblicke, in denen ein großer Teil unseres Lebens liegt! Ich fühlte mich ganz und heil.

»Du möchtest vieles verstehen«, Judith sprach weiter. »Weißt du, es ist unmöglich, sich, was man nicht erfahren hat, vorzustellen. Wie das Leben anders sein könnte, wissen wir erst, wenn wir es erleben. Das gilt für das Angenehme und Unangenehme. Aber auch das Selbstverständliche, mit dem wir immer und ausschließlich leben, können wir nur schwer erkennen. Ich habe vorhin im Radio gehört, dass die Atmosphäre des Jupitermondes ›Titan‹ aus Methan besteht. Du weißt, das Gas aus den Campingkochern. Spontan habe ich gedacht, wenn hier jemand ein Streichholz anzündet, dann fliegt der Mond komplett in die Luft. Das stimmt aber nicht. Ohne Sauerstoff ist Methan harmlos. Umgekehrt, bei uns fliegt alles leicht in die Luft, weil es den Sauerstoff gibt. Ich fand das witzig, wie sehr wir immer von unseren Verhältnissen ausgehen, und ich dachte, wie schwierig ist es, das Selbstverständliche wahrzunehmen, also insbesondere uns selbst. Wir wissen überhaupt nicht, wer wir sind, was in uns steckt. Wenn wir aufmerksam sind, dann können wir ein wenig erkunden, was wir fühlen und denken.«

Judith legte eine kurze Pause ein. Ihr Blick ruhte nachdenklich auf einem Bild an der Wand. Dies zeigte sie und ihren Mann in jungen Jahren. Sie wirkten glücklich auf diesem Bild.

»Wir sind ständig mit uns selbst zusammen und kennen uns nicht«, führte sie ihren Gedanken fort. »Aber, wie können wir uns kennenlernen? Indem wir auf dieser Erde als Menschen leben, handeln, wahrnehmen, Erfahrungen machen. Aha, sagen wir, das bin ich auch, wenn ich mich auf diese Weise verhalte. Am Ende eines Lebens sind wir schlauer. Das ist das eine. Das andere ist, dass wir Gegensätze brauchen, um erkennen zu können. Gäbe es nur Schmerzen, wäre uns dieser Zustand selbstverständlich. Wir könnten nicht verstehen, was Schmerzen sind. Schmerz wäre, so wie es ist. Dieses Leben führt uns durch unterschiedlichste Zustände. Wir lernen uns erkennen – vielleicht auch, was uns Erlösung bringt. Wer weiß?«

Wir sprachen noch lange miteinander. Noch einmal ging mir durch den Kopf, was ich alles erfahren hatte. Das Leben in Ostafrika: Wünsche und Hoffnungen auf Gemeinsamkeit zwischen meinem Mann und mir, das Bedürfnis, akzeptiert und geschätzt zu werden, waren tief enttäuscht worden. Ich hatte bei diesem Mann sein wollen. Ich hatte von ihm gesehen werden wollen.

Mit diesen Enttäuschungen und dem Verlangen war ich in das Leben in Italien gekommen. Die Ehe, die ich mit Julius eingegangen war, war nur von gesellschaftlicher Bedeutung gewesen. Hier befand sich nicht der Ort meiner Sehnsucht. In diesem Leben waren Ehe und Liebe gut getrennt. Ich verlangte nach Marc. Zugleich war ich unfähig, Vertrauen zu meinem Geliebten zu haben. Ich war nicht aufrichtig zu ihm und habe ihn gedemütigt. In diesem Leben in Italien, in dem er seine Gefühle zeigte, konnte ich sie nicht annehmen. Groll war in meinem Herzen. Wir haben uns immer tiefer in Konflikte verwickelt. Für mich war das Ergebnis ein großes Scheitern. Zugleich aber auch die Erfahrung, stark zu sein und Macht über diesen Mann zu haben.

Dann in der Pfalz hatten sich die Rollen wieder vertauscht. Gesellschaftlich stand er über mir. Als Person war er schwach. Ich war stark und im Dasein verankert. Er war unsicher und ohne Halt. Das Verlangen zwischen uns war lebendig geblieben. Doch die Verhältnisse konnten kein Zusammenleben erlauben. Vielleicht waren es die Erfahrungen an den ihm in Italien durch mich vorenthaltenen Sohn, die Demütigung, die ich ihn hatte erfahren und Machtlosigkeit, die ich ihn hatte spüren lassen, die ihn in Angst und Wut versetzten, als ich schwanger wurde? Jedenfalls: Unser Konflikt explodierte. Ich starb durch seine Hand, und ihn werden das weitere Leben Gefühle der Schuld und des Versagens geplagt haben.

Die Fortsetzung im jetzigen Dasein. Seine Schuld, meine Verletzung, das konnte nicht gutgehen. Ich konnte ihn nicht als Kind annehmen. Wo ich nun erkannt habe, was uns in diese Situation gebracht hat, da spüre ich die Liebe zwischen uns und kann mich mit unseren Fehlern versöhnen. Was an Gefühlen angestaut und nicht gelebt war, kann sich lösen. Und immer schwingt eine große Zuneigung zur Natur mit. Auch ein Erbe aus Afrika, das bis in die heutigen Tage reicht.

Das Leben geht mit Macht weiter

Es waren bestimmt schon sechs Wochen vergangen, seit Albert vom Leben des Mönchs in Italien berichtet hatte. Das Gehörte hatte einen tiefen Eindruck bei uns hinterlassen. Es war Paul, der bei einem Zusammensein feststellte, dass dieses Leben des Mönchs eine überaus heftige Begegnung mit dem Thema Macht gewesen sei. Er meinte, dass Macht wohl eine bestimmende Größe des Menschseins ist. Wir haben hin und her diskutiert und alle – außer Albert – waren lebhaft an dem Gespräch beteiligt. Das dauerte vielleicht eine halbe Stunde. Dann wandte sich Paul an Albert.

»Albert, du sagst gar nichts heute Abend. Lass uns ein wenig an deinem gedankenvollen Schweigen teilhaben. Es geht doch um deine Geschichte.«

Albert lächelte und nahm einen Schluck aus seinem Weinglas. Jessica hatte zwei Flaschen Weißburgunder und selbst zubereitetes Salzgebäck mitgebracht.

»Entschuldigt mein langes Schweigen heute«, meinte Albert. »Ich bin mir oft unsicher, was es mit den Erinnerungen auf sich hat. Mir geht nach einer Rückführung vieles durch den Kopf. Manchmal bin ich ganz in dem Erleben gefangen, wenn ich meinen täglichen Spaziergang mache. Ich führe in Gedanken intensive Dialoge. Die Welt kommt mir dabei überaus lebendig vor. Ich weiß aber nie, wo ich mich dabei auf der Skala zwischen Spinnerei und klarer Hellsichtigkeit befinde. Ist wahrscheinlich auch nicht wichtig.«

Diese Fähigkeit von Albert, kritisch und zugleich wohlwollend auf sich selbst zu schauen, war mir überaus sympathisch. Ich nahm mir vor, davon ein wenig zu lernen.

»Ich erzähle euch mal, was mir auf einem Spaziergang im Wald durch den Kopf gegangen ist. Es sind interessante Sachen, die mir einfallen – auch zum Mönch und der Macht.«

Wir nickten zustimmend.

Sirikit meinte: »Albert, leg los, wir harren deiner Worte, alter Mönch!«

Albert blickte in sich versunken in die Runde. Die Falten in seinem hageren Gesicht bildeten sich im Licht der Stehlampe als tiefe Furchen ab. Dann begann er, seine Geschichte von der Macht und dem Mönch zu erzählen.

»Als Mönch und Prediger bin ich vielen Menschen begegnet, die Macht hatten und Macht suchten. Meist waren diese Menschen in keiner Weise an mir interessiert, sondern nur daran, was sie für ihr Wohlergehen hielten. Als wir nach langer Zeit im Kerker dem Inquisitor vorgeführt wurden, der mit der Untersuchung unseres Falls beauftragt war, da war ich dankbar dafür, nun endlich jemanden zu treffen, der tatsächlich Interesse an meiner Überzeugung und meinen Argumenten zeigte.

Der Inquisitor war ein kleiner hagerer Mann. Ich schätze sein Alter auf Mitte vierzig. Sein Kopf war vollkommen kahl. Eine spitze Nase ragte aus dem Gesicht. Er wirkte bedrückt, als müsste er eine große Last tragen. Das Leben schien ihm schwer und bedrohlich zu sein. Der Mensch muss achtgeben, nicht den Boden unter den Füßen zu verlieren, er muss sich in seinem Leben gut festhalten, um vor all den Anforderungen zu bestehen – schien sein Ausdruck zu sagen.

Er führte lange und ernsthafte Gespräche mit mir. Hierfür ließ er mich in einen Arbeitsraum bringen. Er saß dann etwas verloren hinter seinem Tisch – ein Schreiber war anwesend, der an einem Stehpult in der Ecke des Zimmers alles Gesprochene notierte – und führte auf freundliche Weise eine Unterhaltung mit mir. Dabei schien er einem Plan zu folgen. An der Tür stand während der Zeit eine Wache. Ich durfte auf einem einfachen Stuhl Platz nehmen. Der Inquisitor schien keinerlei Eile zu haben. Er hörte konzentriert zu, was ich zu sagen hatte. Insbesondere war er aufmerksam, wenn ich über meine Zeit bei den Brüdern des Franciscus sprach, denn er selbst gehörte diesem Orden an. Er ließ mich immer aussprechen, wurde nie ausfallend oder erkennbar zornig. Seine Augen schauten freundlich und manchmal auch ängstlich auf mich.

Gut erinnere ich mich an eine Unterhaltung, die wir ganz früh am Morgen miteinander führten. Man hatte mich aus unserer Kerkerzelle geholt. Mein Schlaf war zu dieser Zeit leicht. Ich lag zwar still auf dem feuchten Stroh, weil ich meine Mitbrüder nicht stören wollte, innerlich befand ich mich jedoch in großer Unruhe. Ich betete viel. Immer wieder versuchte ich, mich in Gedanken an Jesus zu wenden und seine Gegenwart zu spüren. Manchmal meinte ich, seine Gestalt in unserer Mitte zu erkennen. In mir war die Erwartung einer großen Veränderung. Zugleich litt ich unter den Bedingungen des Kerkers. Die feuchte Kühle, die Dunkelheit, der kalte Stein um uns herum – es gab Augenblicke, da meinte ich, es nicht länger ertragen zu können.

Als ich in das Arbeitszimmer trat, sah ich durch das Fenster, wie die Sonne tief am Horizont aufging. Den Aufgang des Lichts zu erleben, war für mich von überwältigender Schönheit. Ich weiß noch, wie mich die Wärme der Strahlen freute. Im Kerker herrschte Düsternis. Ich und meine Mitbrüder sahen elend und blass aus.

Der Inquisitor begrüßte mich höflich und verwies mich auf meinen Platz.

›Pius‹, sagte er zu mir, ›wir wollen heute über die Ordnung sprechen, die Gott dieser Welt gegeben hat. Du warst Mitglied eines Ordens. Im Orden hat jeder Mensch seinen Platz. Das Leben folgt klaren Regeln. Ich frage dich, wer hat uns Menschen diese Regeln gegeben und wer muss sie beachten?‹

Ich wusste, was der Inquisitor mit dieser Frage beabsichtigte. Ich war als Christ getauft und in seinen Augen ein Häretiker, wenn ich von dem durch die Kirche vorgegebenen Glauben abwich. Doch ich wollte mich nicht lange mit diplomatischen Reden oder Spitzfindigkeiten aufhalten. Ich wollte offen sagen, was ich dachte. Ich hatte nichts zu verbergen.

›Verehrenswürdiger Inquisitor‹, antwortete ich ihm, ›vor Euch steht die Aufgabe, zu befinden, ob ich, Pius, den durch die Kirche verkündeten Glauben achte. Folge ich in allem den Anweisungen und Gesetzen der Kirche oder stelle ich eigene abweichende Überzeugungen dagegen?‹

Ich legte eine kleine Pause ein.

›Ja, ich folge meinen eigenen Überzeugungen, auch wenn diese den Anweisungen der Kirche widersprechen mögen. Ich folge allein dem, was in den Evangelien steht. Ich bin gerne bereit, darüber mit Euch, verehrter Inquisitor, zu sprechen. Ich bin auch gerne bereit, meine Überzeugung und mein Handeln zu ändern, wenn ich in unserem Gespräch erkenne, dass ich mich irre. Ich bin hier auf der Erde, um den Menschen zu helfen und sie in ihrem Glauben an Gott und Jesus Christus, unseren Herrn, zu stärken.‹

Der Inquisitor ließ sich durch meine Antworten nie vom geplanten Ablauf des Gesprächs abbringen. Er war klug und belesen. Er wusste genau, was er in einem Gespräch beabsichtigte und klären wollte. Er schaute auf den Schreiber, ob er das Gesagte notiert hatte, und fragte dann weiter.

›Pius, ja, wir beschuldigen dich der Häresie. Doch wir wollen dir auch den rechten Weg weisen. Es freut mich, dass du bereit bist einzugestehen, dass dein Handeln und dein Glauben auf einem Irrtum beruhen können. Doch du musst auch erkennen, dass es dir nicht zusteht, mit uns über die Heilige Schrift und die Regeln der Heiligen Kirche zu disputieren.‹

Der Inquisitor schaute mich an.

›Nein, die göttliche Ordnung ist eine andere. Gott fragt uns nicht, ob wir seine Gesetze für richtig halten. Gott steht über uns. Er ist unser Herr. Pius, willst du das akzeptieren?‹

›Verehrter Inquisitor, natürlich anerkenne und akzeptiere ich, dass Gott über mir steht. Er steht unendlich weit über mir. Ich versuche, seinen Forderungen an mich, so gut ich es als Mensch kann, zu folgen. Ich bete jeden Tag voller Hingabe zu Gott. Er ist mein Herr. Bitte, verehrter Inquisitor, zweifelt nicht an meinem Glauben an Gott. Ich verehre Gott und ich verehre unseren Herrn Jesus Christus. Das Leben im Kerker ist schwer. Ohne meinen Glauben wäre ich verloren. Jesus ist mir Halt im Leben. Mein einziger Halt.‹

Ich schwieg. In meinem Hals steckte ein dicker Kloß. Wieder schaute der Inquisitor zum Schreiber. Die Sonne schien mir ins Gesicht und schenkte mir Wärme. Es war wunderbar, dies zu spüren. Es blendete mich, aber wie angenehm waren die Strahlen. Wie sehr vermisste ich im dunklen Kerker die Sonne und ihre Wärme! Eine große Sehnsucht erfasste mich. Eine Sehnsucht nach der Freiheit, der Natur, den Menschen!

›Pius, du hast uns gesagt, dass du versuchst, den Gesetzen der Heiligen Katholischen Kirche zu folgen. Du bist getauft und hierdurch Teil der Gemeinschaft der Christen. Als Christ hast du der Wahrheit der Kirche unseres Herrn zu folgen. Meinst du, Pius, dass du besser weißt als unsere Heilige Kirche, was die Wahrheit Gottes ist? Ich frage dich das in aller Eindringlichkeit, Pius, und bitte dich als Bruder, in unsere Gemeinschaft zurückzukommen und deinen Irrtum einzusehen. Als Christ ist es meine Aufgabe, dir auf deinem Weg mit all seinen Versuchungen zu helfen. Widerstehe der Versuchung und Sünde, dich über die Heilige Kirche zu erheben. Widerstehe der Versuchung, besser als die Heilige Kirche zu wissen, was Gott von uns verlangt, Pius. Du kennst die Heilige Schrift, und ich weiß aus unseren Gesprächen, dass du sie so gut kennst wie ich. Aber, Pius, du meinst auch, dass es deine Aufgabe wäre, sie besser zu verstehen als die Heilige Kirche. Das ist Häresie, Pius, das verführt die Menschen zum Ungehorsam. Ein jeder kann dann hingehen und behaupten, er handle im Namen Gottes, und wären es die schändlichsten Taten. Gehorche der Heiligen Kirche, Pius, und folge dem, was sie dir als Regeln auferlegt. So hat es uns Gott bestimmt. Ich frage dich, Pius, willst du dies anerkennen?‹

Ich war nun viele Jahre in der Gewalt der Kirche und ihrer weltlichen Verbündeten, eingesperrt in einem Kerker. Natürlich hatte ich oft mit meinen Brüdern darüber diskutiert, ob wir uns irren mochten, ob wir uns mehr anmaßten als uns zustand. Doch immer wieder hatten uns die Gespräche zu dem Punkt geführt, dass Gott uns liebt, uns Verantwortung und Freiheit geschenkt hat. Wie hätte Jesus sonst gegen die Priester und Schriftgelehrten aufstehen können? Wie hätte er sein Wissen über Gott der herrschenden Lehre der Priester entgegenstellen können? Wie konnte er uns dieses Vorbild sein, wenn wir ihm nicht auf seinem Weg folgen sollten? Jesus achtete die Heilige Schrift der Juden. Sie war ihm Maßstab für sein Tun. Er unterwarf sich aber in seinem Wissen über Gott nicht den Priestern.

In den langen Jahren der Gefangenschaft hatten wir die Heilige Schrift in allen Details auswendig gelernt. Oft saßen wir stundenlang im Kreis zusammen und jeder übernahm es, einen Abschnitt wortgetreu nachzuerzählen. Das Sprechen und Hören beruhigte unseren Geist und unsere Gefühle. So antwortete ich dem Inquisitor.

›Hochverehrter Inquisitor, ich danke Euch für die angebotene Hilfe als Christ. Ich weiß, Ihr seid ein guter Christ. Ihr nehmt ernst, was die Heiligen Schriften uns sagen. Doch ich bitte um Verzeihung, wenn ich Eurem großherzigen Angebot nicht folgen kann. Es geschieht nicht aus Missachtung. Ich bitte Euch, mir dies zu glauben. Ich möchte den Weg gehen, den uns unser Herr Jesus Christus gezeigt hat. Dies ist ein Weg der eigenen Verantwortung und Freiheit eines jeden Menschen vor Gott. Gott ist Liebe, das hat uns Jesus gelehrt. Ich bin mir sicher, hochverehrter Inquisitor, dass hieraus keine schändlichen Taten erwachsen, wenn wir nach dieser Liebe streben. Gott liebt uns und unser Leben soll Ausdruck dieser Liebe sein. Hochverehrter Inquisitor, lasst uns in die Evangelien schauen und gemeinsam darüber befinden, was hier geschrieben steht. Ich möchte den Evangelien folgen.‹

Wiederum schwieg ich. Es gebot die Höflichkeit, nicht zu eindringlich und zu lange zu sprechen. Der Inquisitor schaute auf den Schreiber. Er wartete ab, bis dieser das Gesagte notiert hatte.

›Pius‹, sagte der Inquisitor und seine Stimme klang sehr ernst. ›Pius, du weißt, was der große Apostel des Herrn, Paulus von Tarsus, gesagt hat: Jedermann sei untertan der Obrigkeit, die Gewalt über ihn hat. Denn es ist keine Obrigkeit ohne von Gott; wo aber Obrigkeit ist, die ist von Gott verordnet.

Pius, das musst du anerkennen! Oder willst du dich über Paulus stellen?‹

Das waren gewichtige Worte, die der Inquisitor sprach. Die Briefe des Paulus waren für mich immer von großer Bedeutung gewesen. Oft hatte ich mit meinen Brüdern und Schwestern über das richtige Verständnis gesprochen. Wieder kamen meine Gedanken zu der Szene im Kloster, als ich den Bienenkorb geflochten hatte und Jesus zu mir sprechen hörte. Er hatte mich aufgefordert, ihm zu folgen. Es ging um die Liebe. Die Zeit der Umkehr war da. Der Jüngste Tag stand bevor. Auch in diesem Wissen bestärkte mich Paulus.

Eine kleine Pause war eingetreten. All diese Gedanken gingen mir durch den Kopf. Meine Mitbrüder im dunklen Kerker, während ich hier im Licht saß – der Augenblick war tief erfüllt.

›Hochverehrter Inquisitor‹, begann ich zu sprechen. ›Der Apostel Paulus war mir immer ein großer Lehrer. Nie würde ich es wagen, mich auch nur mit dem Geringsten seines Denkens und Tuns zu vergleichen. Paulus hat geschrieben, wie Ihr, verehrter Inquisitor, gesagt habt. Er hat von der weltlichen Obrigkeit gesprochen, die das Leben der Menschen bestimmt. Er hat nicht von seinem Glauben an Jesus unseren Salvator Mundi gesprochen. Nie hätte die Obrigkeit ihm seinen Glauben vorschreiben können. Er ist für seinen Glauben als Märtyrer gestorben. Allein Jesus Christus war sein Herr im Glauben. Er erlöst uns Menschen. Er ist der Weg zum Heil. Er allein! Denn der Christ steht nicht mehr unter der Macht der Sünde, sondern ist frei durch den Heiligen Geist, der in ihm wohnt. Er benötigt kein Gesetz als Mittler zwischen sich und Gott. Das hat uns Paulus gesagt. Hochverehrter Inquisitor, Paulus hat geschrieben, dass die Liebe das Größte ist, was uns Gott geschenkt hat. Die Liebe steht über allem. Sie soll unsere Orientierung sein. Sie ist unser Gesetz und unsere Ordnung. Die Liebe tut nie Unrecht! Die Liebe missachtet nie die göttliche Ordnung oder die weltliche Obrigkeit.‹

Der Inquisitor hatte, während ich sprach, seinen Blick auf mich gerichtet. Er rutschte etwas unruhig auf seinem Stuhl hin und her. Ich hörte, wie hinter mir die Feder des Schreibers zu Boden fiel und dieser sie schnell wieder aufhob. Meine Worte hatten mir Mut gegeben. Hatte Paulus uns Christen nicht die Freiheit von den Gesetzen des Judentums gegeben?

Da unterbrach die Stimme des Inquisitors meine Gedanken. Seine Stimme war etwas lauter als zuvor und hatte ein leichtes Zittern, das sich steigerte, während er sprach.

›Wir haben jetzt eine Kirche Christi. Die Zeiten haben sich geändert, seit Paulus lebte. Er hat für den Glauben an Christus gekämpft gegen die Heiden und Sünder. Sein Wille hat sich erfüllt. Gott war uns gnädig. Die Heilige Kirche wacht über uns Menschen. Das ist die gottgewollte Kirche und nicht das Heidentum, das Paulus umgab. Pius, kehre um, deine Worte sind Sünde. Du sprichst von unserer Heiligen Kirche wie von einem Heidenglauben. Pius, besinne dich, dass du Christ bist und getauft. Die Heilige Kirche dient dem Heil der Menschen. Petrus hat sie gegründet. Die Päpste und Bischöfe folgen ihm nach. Die Heilige Kirche vertritt die gottgewollte Ordnung im Glauben an Christus unseren Herrn. Vergleiche das nicht mit der Zeit von Paulus!‹

Leichter Zorn mischte sich in die Stimme des Inquisitors.

›Der Heilige Geist ist bei unserem Papst und seinen Bischöfen. Pius, du verleugnest die Kirche Christi, wenn du auf diese Weise sprichst. Gehe in dich und kehre um!‹

Was sollte ich noch sagen? Ich hatte von der Liebe gesprochen, die uns Christen der Wegweiser ist. Wie hatte Paulus in seinem Brief an die Korinther geschrieben: ›Die Liebe sucht nicht das Ihre, sie lässt sich nicht zum Zorn reizen, sie verhält sich nicht ungehörig, sie hofft alles, sie duldet alles.‹ Ich hatte Jesus damals beim Flechten des Bienenkorbs versprochen, seinem Weg der Liebe zu folgen. Ich schwieg.

Der Inquisitor befragte mich an diesem Morgen noch zu verschiedenen Glaubensüberzeugungen der Kirche. Unser Gespräch ging eine gute Stunde weiter. Ich meinte, ein wenig Traurigkeit in seinem Blick zu erkennen, als er mich in den Kerker zurückbringen ließ. Auch ich spürte Traurigkeit. Doch auch Paulus hatte im Kerker gelitten. Ich wollte mich nicht beklagen.

Die Untersuchung des Inquisitors zog sich über einen langen Zeitraum hin. Er lud uns immer wieder zu den Gesprächen. Sorgsam suchte er zu klären, inwieweit wir in unserem Glauben von den Regeln der Kirche abwichen. Immer wieder wies er auf die Möglichkeit einer Anerkennung der Vorschriften und Glaubenssätze der Kirche hin. Es war eine tiefe Prüfung für uns und Anlass langer Gespräche zwischen den Mitbrüdern und mir.«

Albert legte eine Pause ein und trank einige Schlucke aus seinem Glas.

»Es gab noch einen zweiten Inquisitor«, fuhr er dann mit leicht belegter Stimme fort. »Es war der Bischof, der auch diese Position innehatte. Er war von ganz anderer Erscheinung und einem anderen Auftreten als der Franziskaner. Der Bischof war sicher schon fünfzig Jahre alt. Er war dick und schleppte einen voluminösen Bauch mit sich. Sein Gesicht wirkte aufgedunsen und zeigte Spuren großen Zuspruchs zum Wein. Er war leicht ungehalten und duldete keinen Widerspruch. Die Gespräche mit mir schienen ihm eher Zeitverschwendung. Ich bin ihm auch nur drei Mal begegnet. Meine Mitbrüder hat er nur ein einziges Mal in aller Kürze verhört. Oft stöhnte er, wenn er sich setzte oder erhob, als seien die Anwesenden Schuld, dass er sich derartig anstrengen musste. Das wesentliche Verhör durch ihn dauerte nur wenige Minuten.«

Albert stockte und holte tief Luft. Die Erinnerungen waren wohl immer noch schmerzhaft.

»Es war ein verregneter Wintertag, als er mich holen ließ. Er erwiderte nicht meinen Gruß, als ich eintrat, sondern verfügte mit herrischer Geste, dass ich mich setze. Sein Gesicht war von Ekel gezeichnet und er führte ein Tuch vor Mund und Nase, als ich auf dem Stuhl Platz nahm. Sicher ging von uns Häftlingen ein strenger Geruch von Schmutz und Kerker aus. Fast wütend war sein Ausdruck und sein Gesicht leicht gerötet, als er zu sprechen begann.

›Ich bin Diener der Heiligen Kirche‹, so begann er, ›und verpflichtet, auch Bettlern wie dir den Weg zum Heil zu weisen. Wir wissen, dass du nichts besitzt, mit dem du deine Schuld der Kirche und Gott gegenüber mildern könntest. Doch du versündigst dich dadurch, dass du mir die Zeit raubst, für das Heil der Menschen zu sorgen. Wie kommt ein Bettler wie du dazu, die Heilige Kirche zu beschmutzen? Doch Jesus verlangt von uns, gnädig zu sein, so will ich dir den Weg des wahren Glaubens zeigen. Ich habe gehört, dass du Mönch beim Orden des Franciscus warst. Welch schlimmer Abfall vom Glauben, der dich hierher führt. Bereust du und willst du der Häresie abschwören?‹

›Ich will Jesus unserem Herrn folgen, und ...‹ Weiter kam ich nicht.

Der Inquisitor schaute zum Schreiber.

›Er schwört der Häresie nicht ab‹, diktierte er ihm.

Dann nahm er kurz das Tuch von seiner Nase.

›Ich kann den Teufel in dir sehen‹, warf er ein und rief dem Schreiber zu: ›Er dient dem Teufel.‹

›Ich frage dich, ob du in Kontakt mit den Lehren der Katharer gestanden bist?‹, fuhr er fort.

›Ich kenne ihre Lehren nicht gut ...‹, hob ich an, ihm zu antworten.

Doch wieder unterbrach er mich und ließ notieren: ›Er war in Kontakt mit den Lehren der Katharer.‹

›Kennst du die Lehren der Waldenser und Humiliaten?‹, herrschte er mich an, ohne das Tuch von seinem Mund zu nehmen.

Ich versuchte mit klarer Stimme zu sprechen, merkte jedoch, wie sich das Gefühl tiefer Verletzung auf den Klang legte.

›Ich kenne sie‹, antwortete ich kurz.

Der bischöfliche Inquisitor schaute zum Schreiber. Dieser zeichnete das Gesagte auf. Der Inquisitor machte eine Handbewegung in Richtung der Wache, dass sie mich abführen sollte. Dann erhob er noch einmal die Stimme.

›Wir haben Wege und Instrumente, dich zum wahren Glauben zu bringen.‹

Damit war das Gespräch beendet, und ich wurde zurück in den Kerker gebracht.

Das letzte Gespräch mit dem bischöflichen Inquisitor verlief noch kürzer. Er teilte mir mit, dass es nun seine Aufgabe sei, meinen Willen zur Häresie durch die Folter zu prüfen. Würde ich einsehen, dass ich den falschen Weg gewählt hätte, wäre die Heilige Kirche in ihrem Großmut und in der Gnade Jesu Christi bereit, mich wieder in ihrer Mitte aufzunehmen.«

Albert schaute neugierig in unsere Gesichter.

»Das war, an was ich mich auf einem Spaziergang erinnert habe. Die beiden Inquisitoren sehe ich deutlich vor mir. Den Franziskaner habe ich gemocht. Aber er war davon überzeugt, dass er den Gesetzen der Kirche zu folgen habe. Er hat sich versteckt und kleingemacht.«

»Mensch Albert, alter Schwede, da hast du dir ja zwei tolle Typen als Begleitung für deinen Waldspaziergang ausgesucht. Der dicke Bischof ist ja der absolute Widerling. Mit dem möchte ich wirklich nichts zu tun haben«, platzte es aus Sirikit heraus. »Wenn du solchen Leuten ausgeliefert bist, da hast du echt nichts zu lachen.«

Ihr Gesicht war voller Abwehr und Empörung.

»Das ist ja ein edler Typ, dieser Mönch! Trotzdem, mit Liebe ertragen und dulden, was einem da an Unrecht geschieht, ich könnte das nicht«, fuhr sie fort.

Paul schaute nachdenklich in die Runde. »Da gebe ich dir Recht, Sirikit. Solchen Menschen ausgeliefert zu sein, ist wirklich hart. Warum haben sie Macht über dich? Schwer zu verstehen und noch schwerer zu akzeptieren.«

Judith meldete sich zu Wort. »Ja, das sehe ich genauso. Aber die beiden waren recht unterschiedlich. Der Franziskaner hat die feste Ordnung gebraucht, und dass ihm jemand sagt, was Recht und Unrecht ist. Er hat sich nicht getraut, selbst die Verantwortung zu übernehmen. Dabei war er klug genug zu verstehen, bei was er mitmacht. Aber er hat einfach die gegebene Ordnung verteidigt. Kommt mir so vor, als hatte er große Angst vor der Eigenständigkeit, ja vor der eigenen Größe. Nur mit Rückendeckung einer Autorität konnte er seine Fähigkeiten ein wenig zeigen. Er hatte keinen Zugang zu den Quellen der Menschlichkeit und des Mitgefühls. Da waren viele Blockaden. Und der Bischof kommt mir wie eine einzige Anklage an die Welt vor. Mir geschieht Unrecht und ihr alle seid daran schuld. Mir steht mehr, immer mehr als ich bekomme, zu, und niemand darf etwas von mir verlangen. Sind das die Menschen, die Macht suchen und brauchen?«

Jessica mischte sich ein: »Aber wie soll man mit solchen Menschen in Frieden leben, die nur ihre eigene Not und ihre eigenen Bedürfnisse kennen?«

»Warum ist denn der Mönch derart stark dieser Macht ausgeliefert gewesen?«, fragte mein Mann und schaute Albert an. »Hast du eine Idee?«

»Ich denke, diese Erfahrung gehört dazu, wenn ein Mensch dem Beispiel Christi folgen möchte. Das Thema Macht scheint wirklich ein grundlegendes zu sein. Da kommen wir in unserem Leben nicht dran vorbei. Und wenn ein Mensch derart intensiv und grundsätzlich einen Weg zur Erlösung sucht und einer Lehre folgt, wie der Mönch, dann muss er auf dieses Thema stoßen – und zwar heftig! Weißt du, was ich denke? Zu meinen, unbedingt Macht zu benötigen, ist genau der gegenteilige Weg von Erlösung. Der Mensch kommt sich ohne Macht lebensunfähig vor. Ihm fehlt das Vertrauen in das Leben.«

»Ja, aber wie soll man mit diesen Menschen umgehen?«, fragte Jessica noch einmal.

»Das verlangt ungeheuer viel von uns«, meinte Judith.

»Das ist mir echt zu viel«, warf Sirikit in die Runde.

»Jedenfalls hatte der Mönch noch etwas mit den Themen Macht und Vertrauen zu lösen«, meinte Albert. »Ich glaube, um das Thema Macht zu verstehen, muss man davon ausgehen, dass jeder Mensch seine Aufgabe oder Bestimmung im Leben hat und dass Freiheit bedeutet, diese Aufgabe zu leben. Versteht ihr, was ich meine? Freiheit kann nie sein, als Mensch irgendetwas Beliebiges im Leben zu machen. Freiheit heißt vielmehr, seiner Bestimmung zu folgen. Klingt zwar widersprüchlich, aber wenn ich mir die Menschen anschaue, dann sind die frei, die ihre Bestimmung annehmen. Sie werden zu nichts gezwungen, sondern gehen ihren Weg. Freiheit ist ein innerer Zustand.«

Albert schaute in die Runde.

»Also das ist, was ich aus dem Leben des Mönchs gelernt habe. Der Mensch soll seiner Bestimmung folgen. Und da stellt sich die Frage, ob es hilft, Macht über andere Menschen zu haben, um seine Bestimmung zu erfüllen? Macht verführt, nicht auf seine innere Stimme zu hören. Auch hier kann uns Jesus Beispiel sein: Hätte es in seinem Ermessen gelegen, nicht am Kreuz zu sterben, so denke ich, wäre er trotzdem den Weg der Kreuzigung gegangen. Er wollte den Willen Gottes erfüllen und nicht den Kelch des Leids an sich vorübergehen lassen.«

Konzentriert lauschten wir Alberts Worten.

»Macht ist wie eine Sucht, weil sie den Menschen nicht zum Ziel führt. Sobald er sein vermeintliches Glück erreicht hat, tritt wieder die Leere ein und er meint, noch mehr Macht zu benötigen. Denn, ohne sie könnte er niemals an sein Ziel gelangen. Mein Eindruck ist, das war der Weg des Bischofs.«

»Ist ja echt schwierig«, meinte Sirikit. »Dann hat der Franziskaner versucht, die weltliche Macht und die eigene Bestimmung unter einen Hut zu bringen. Wie es ist, ist es von Gott gewollt und die Bestimmung somit bereits erreicht, hat er sich zurechtgelegt. Der war eigentlich ein ganz netter Kerl. Aber warum getraut er sich nicht? Warum ist er nicht er selbst? Und dann macht er bei so einer Sauerei mit. Ich verstehe das nicht!«

»Aber du hast doch selbst gerade die Lösung gegeben«, mischte sich Joe ein. »Er hat gespürt, der Mensch sollte seiner Bestimmung folgen. Innerlich hat er es aber nicht gepackt, sich gegen die Herrschenden zu stellen. Also hat er einfach Bestimmung und Herrschaft gleichgesetzt und sich in das Machtsystem eingeordnet, um möglichst ungeschoren zu leben beziehungsweise zu überleben. Das war dann eine tolle Scheinlösung!«

»Stimmt«, meinte Sirikit. »Das habe ich auch so empfunden. Alter Angsthase, der Typ.«

»Und der Widerling, dem war die Welt widerlich«, warf Jessica ein. »Der ist auf Alkohol abgefahren. Hat sich betäubt, wollte die Wahrheit auf keinen Fall sehen. Alles hat ihm gestunken.«

Judith schaute uns nachdenklich an.

»Ja, aber ist das nicht unser aller Problem, dass wir meinen, zu kurz zu kommen? Dass wir meinen, uns stände mehr zu. Ist es nicht so: Wir fühlen uns wertlos, klein, missachtet. Wir suchen nach Anerkennung«, meinte sie.

Jessica wandte sich an Judith. »Du meinst, dieser dicke, kranke und fiese Inquisitor ist ein Teil von uns allen? Jeder ist das mehr oder weniger?«

»Ja, ich denke schon«, antwortete Judith.

»Fühlt sich nicht gut an, wenn so direkt auf einen selbst gezeigt wird«, antwortete Jessica.

Sirikit war beim letzten Dialog unruhig auf ihrem Stuhl hin- und hergerutscht. Schließlich platzte es aus ihr heraus.

»Nee, also echt, mit dem Typen verbindet mich nichts. Wie der würde ich mich nie verhalten. Da übertreibt ihr es aber absolut mit eurer Selbstkritik.«

Albert fuhr sich durch die Haare und schien ganz tief Luft zu holen.

»Was meint ihr? Ist es heutzutage noch schwieriger als damals, Vertrauen zu haben? Zumindest war es zur Zeit des Inquisitors unstrittig, dass der Weltengang einen Sinn hat und von Gott gelenkt wird. Heute ist alles unsicher. Uns fehlt vollkommen das Verlässliche auf der Welt. Das macht Angst und raubt uns Gelassenheit.«

Wieder trat eine Pause ein. Unsere Aufregung über den fiesen Inquisitor hatte sich in Nachdenklichkeit gewandelt.

»Jetzt doch noch mal eine Frage, Albert«, meldete sich mein Mann. »Konnte der Mönch diese Ungerechtigkeit, Demütigung und körperliche Not tatsächlich in Liebe ertragen?«

Albert schaute gedankenvoll auf den Boden.

»Er ist mit seiner ganzen Überzeugung dem Beispiel von Jesus gefolgt. Das war völlig ehrlich. Immer wieder hat er sich das Bild von Jesus vor Augen gerufen. Ich bleibe dabei: Sein Irrtum war, dass er erwartet hat, dass nun der Jüngste Tag anbricht und sich alles ändert.«

Er hat sich diesen großen Wandel so sehr gewünscht, dachte ich. Dass Not und Leid ein Ende finden! Wie gut konnte ich seine Sehnsucht verstehen.

»Zudem hat er unter dem Eindruck der Kerkerhaft und Folter immer mehr die Position eingenommen, recht zu haben. Dies, um nicht zu zerbrechen. Hierdurch hat er sich zunehmend als von den anderen klar getrennte Person erfahren. Das früher erlebte Gefühl, sich als Teil eines großen Ganzen zu verstehen, hat an Bedeutung verloren. Sein Vertrauen in die Schöpfung hat sich in die Haltung, die richtige Lehre zu vertreten, gewandelt.«

Tragisch, was da geschehen ist, ging es mir durch den Kopf. Hat die Despotie also doch gesiegt? Oder war die Konfrontation mit seinem Ego ein wichtiger Schritt für die weitere Entwicklung seiner Seele? Albert fuhr fort.

»Vertrauen zu haben ist die Bedingung, seiner Bestimmung frei zu folgen und das Gegenstück davon, nach Macht zu verlangen. Vertrauen erlaubt uns, keine Angst zu haben. Für die Seele des Mönchs sind sicher noch einige tief greifende Erfahrungen notwendig.«

»Ja, und welche Erfahrung hat er aus diesem Leben gezogen?«, hakte Joe nach.

»Wie gesagt, Joe, das Leben des Mönchs hat mehrere Seiten. Das Thema Trennung ist geblieben. Er hat sich als Individuum der Kirche gegenüber behauptet und musste ein starkes ›Ich‹ ausbilden. Dann gibt es den Irrtum in Bezug auf große Lehren, denen der Mensch folgen kann, und was das für das Vertrauen in das Leben und eine wirkliche Freiheit bedeutet. Schließlich die Erkenntnis, welche Bedeutung Liebe hat, und dass Macht nicht hilft.«

Albert schwieg für einen Augenblick und wiegte nachdenklich seinen Kopf.

»Ich denke, es war Platon, der gesagt hat: Die anscheinend Mächtigen sind in Wirklichkeit ohnmächtig, da sie nicht das tun, was eigentlich das Ziel jedes vernünftigen Strebens ist, sondern nur, was ihnen gerade als das Beste erscheint, das heißt sie tun nicht, was sie eigentlich wollen.«

Wir saßen noch lange zusammen und diskutierten. Gut, dass Albert so anschaulich von seinen Gedanken berichtet hatte. Mir erschien die Welt übermächtig groß. Vertrauen in die Schöpfung zu haben, in sich selbst und die eigene Bestimmung – das ist eine schwierige Sache. Man kann nicht einfach beschließen: Jetzt habe ich Vertrauen! Deshalb bedeutet seiner Bestimmung zu folgen, einen Weg voller Irrtümer und Leid zu gehen. Denn woher weiß ich von meiner Bestimmung? Ich muss erst lernen, sie zu erkennen.

Die Idee der Macht ist verführerisch. Ich konnte den Franziskaner gut verstehen, dass er sich an die bestehenden Machtverhältnisse angepasst hatte. Die eigene Angst, die

Wünsche, all das, was uns bewegt, sind Tatsachen. Wir handeln aus uns heraus. Das führt uns zu schwierigen Erfahrungen. Was könnte die Alternative sein?

Einige Tage später sprach ich mit Joe über Vertrauen und Trennung.

»Wir Menschen verstehen die Welt aus einer Position der Trennung«, meinte er. »Es ist ein Verständnis aus dem Bewusstsein, ›Ich‹ zu sein. Es gibt ein ›Du‹ und ein ›Ich‹. Das hat der Mönch bei seinem Tod erfahren und konnte es anschließend nicht einordnen. Er war nicht in der Lage zu erkennen, dass diese Sichtweise seine tiefe Einsamkeit bewirkte. Dass er sich deshalb derart verlassen fühlte. In der Dunkelheit von Kerker und Folter wollte er sich nicht aufgeben. Er hat darauf bestanden, als der Mensch Pius recht zu haben. Er musste sein ›Ich‹ stärken. Nach dem Tod bestand die Herausforderung darin, die Idee, ›Ich‹ zu sein, immer mehr zu verlieren und zu entdecken, dass er Teil eines Ganzen ist. Sein Bewusstsein stand vor der Aufgabe zu lernen, dass dann die Trennung aufgehoben ist. Nur so konnte der Weg für ihn weitergehen.«

»Ein wahrlich fordernder Prozess«, entgegnete ich. »Mit großer Deutlichkeit hat er die Trennung und das Verlassensein gespürt. Ich denke, dadurch, dass wir uns als getrennte Individuen wahrnehmen, sehen wir uns zugleich von Vernichtung und Verletzung bedroht. Wir haben Angst, im Leben nicht genug zu bekommen. Das haben die Inquisitoren beispielhaft in ihrem Verhalten gezeigt. Wir kämpfen um unser Leben! Wahrscheinlich ist Leben aber nichts Individuelles. Wir müssen lernen, zu vertrauen. Liebe hebt die Trennung auf.«

Die Treffen in dieser Gruppe waren mir eine große Bereicherung. Ich habe mich immer sehr auf unsere gemeinsamen Abende gefreut. Doch auch diese Zeit der Zusammenkünfte ging vorüber.

Unser letztes Gruppentreffen lag schon etwa zwei Jahre zurück, als ich mich an einem frühen Morgen auf eine Zugreise begab. Eine kühle klare Nacht war vergangen. Über der Landschaft lag ein leichter Nebelschleier. Die Sonne schickte gerade ihre ersten Strahlen über die Bergkuppe, als ich das Haus verließ. Eine Stimmung der Vergänglichkeit umgab mich. Das Jahr neigte sich dem Winter zu und zugleich zeigte sich in aller Schönheit die Natur.

Noch blühten Rosen und trugen die Blätter der Bäume Grün. Ich hatte eine lange Fahrt vor mir. Ich blickte aus dem Fenster auf die Landschaft. Zu schnell fuhr der Zug, um den Blick länger verweilen zu lassen. Ich dachte an früher, als sich die Zugfenster noch öffnen ließen und das Tempo viel geringer war. Ich fragte mich, wohin die Welt so eilig strebte. Was war das Ziel? Oder ging es allein darum, schnellen Schritts das Sein zu durchschreiten?

Ich wollte vom Süden Deutschlands bis zur Ostsee. Die Bilder vom Meer tauchten in mir auf. Dieses unendlich sich ausbreitende Wasser! Das Meer fordert Ehrfurcht vor seiner Größe. Es ist uns ferne Heimat.

Ich dachte an die langen Spaziergänge am Strand. Die Füße umspült von den Wellen. Die Kraft, die jeder Schritt erforderte, da der Sand dem Druck nachgab. Der freie Blick zum Horizont. Ich erinnerte mich an die meditative Stimmung, die mit der Zeit des gleichmäßigen Laufens entsteht. Der Körper verbindet sich mit dem Wind, wird eins mit den Elementen.

Von oben blickt der Geist hinab und sieht den Wanderer seinen Weg am Meeressaum nehmen. Immer weiter, unendlich weit, scheint der Weg zu gehen.

Es ist schön, dass es die Materie gibt, die Erde, das Wasser, die Luft in unserer Welt, der wir so eindringlich begegnen können. Sie zwingt uns, zu allem, dem wir begegnen, eine Beziehung zu entwickeln. Diese Beziehung ist unsere Wirklichkeit und nicht, was ein Ding, ein Mensch, ein Tier oder eine Pflanze an sich ist. Das wissen wir nie. Diese Beziehung tragen wir in uns und von Leben zu Leben. Deshalb begegnet uns, was in uns ist.

Das Meer

Im Meer wurde einst der Mensch geboren.
Das Meer kann für das Leben sorgen.

Hier ist das Meer, hier ist die Seele,
zu einem Ganzen ich's verwebe!
Und schenke euch den Meeresschaum
als Ausdruck für der Menschen Traum.

Beim Träumen seid für Gott bereit,
auch ihr schöpft in Vergänglichkeit
die neue Welt aus eurer Seele,
dass sie sich hierin ganz begegne.

So spricht das Meer in Ewigkeit,
ich bin bei Euch, seid ihr bereit.

Ahnung der Erkenntnis

Dann werdet ihr die Wahrheit erkennen
und die Wahrheit wird euch befreien.
Johannes 8,32

Dein Ort

Von der Ordnung dieser Welt
an deinem Orte aufgestellt,
musst du nun das Leben teilen
mit den Kräften, die hier weilen.

Magst dich noch so sehr beklagen,
nach dem Sinn, den Zielen fragen.
Bleibt dir doch nur diese Wahl:
ob als Freude, ob als Qual.

Was im Leben soll geschehen,
musst du hier als Mensch bestehen.
Ganz in dieser Lage leben,
nicht nach anderen Zielen streben.

Zeit und Ort sind dir bestimmt,
welchen Lauf dein Leben nimmt,
wo du sollst die Wurzeln schlagen,
lernen Ja zum Leben sagen.

Eine Zugfahrt

Ich war mit dem Zug vom Süden Deutschlands nach Norden unterwegs. Ich wollte meinen Vater, der an der Ostsee lebte, besuchen. Vielleicht befand ich mich deshalb auch in einer Stimmung des Abschieds. Meine Mutter war bereits vor fünf Jahren gestorben. Mein Vater war alt und krank. Ich spürte, er hatte nicht mehr viel Zeit auf dieser Erde.

Ich las in einem Buch und ließ meine Gedanken schweifen. Mittags begab ich mich in den Speisewagen. Es waren nur noch wenige Stühle frei. Ein Mann in meinem Alter hatte bereits an einem Tisch Platz genommen. Ich fragte, ob ich mich zu ihm setzen dürfe. Seine Haare waren fast grau, sein Blick lebhaft und in seinem Gesicht konnte ich lesen: Er hatte intensiv gelebt.

Wir kamen ins Gespräch und ich fühlte mich vertraut, als ich seine Stimme hörte. Er befand sich auf der Reise zu Verwandten, war geschäftlich unterwegs gewesen und musste nun noch eine finanzielle Familienangelegenheit klären. Er berichtete, er freue sich darauf, nach Hause zu kommen, wenn morgen alles erledigt sei. Allerdings läge dann noch einmal eine lange Zugfahrt bis nach München vor ihm.

Wir sprachen über Kinder. Er erwähnte seine Tochter Sandra, die in jungen Jahren einen schweren Unfall gehabt hatte und seitdem gepflegt werden musste. Ich berichtete von unserem kranken Sohn Raffael, der von Geburt an unter Diabetes litt. Wir wussten um die schlaflosen Nächte, den fordernden Alltag und die ungewisse Zukunft. Er erzählte mir, was sich tief in sein Gedächtnis eingegraben hatte.

»Sandra liegt auf der Intensivstation. Sie kann wieder alleine atmen. Durch Medikamente wurde sie in ein künstliches Koma versetzt. Ab und zu schrillen Alarmsignale von einem der zahlreichen Messgeräte, an die sie angeschlossen ist. Sie liegt in ihrem Bett – klein und verletzlich. Sie zu betrachten ist Schmerz, Schock, Erschöpfung und auch Freude, dass sie lebt. Ich liebe sie! Ich möchte sie beschützen, ihr helfen. Meine Frau und ich wechseln uns ab, sodass immer einer bei ihr ist. Morgens um drei Uhr fahre ich zum Krankenhaus. Wir tauschen kurz aus, was in der Zeit am Krankenbett und zu Hause passiert ist.

Es sind milde und sonnige Herbsttage. Viel zu schön für unseren Schmerz. Wie für die Ewigkeit verbleiben das Gefühl des Herbstes, die feuchte Luft des Morgens, das Licht der schon tief stehenden Sonne, die Milde des Tages in meinem Empfinden. Immer werden der Unfall und der Krankenhausaufenthalt damit verbunden sein.

Wir schlafen wenig. Wir kommen kaum dazu wahrzunehmen, was geschehen ist. Zu sehr fordert uns jeder Tag, erfüllt von atemloser Hoffnung, tiefem Schreck und der Bereitschaft anzunehmen. Es geht um unsere Tochter Sandra. Vollkommen erschöpft liegt sie in ihrem Bett. Wir sprechen mit ihr, auch wenn sie nicht bei Bewusstsein ist. Wir beten. Wir weinen. Sie soll leben! Sie soll wieder mit uns am Leben teilhaben! Ihr kleines Gesicht ist angestrengt und ihr Ausdruck zeigt, dass sie weit weg ist.«

Ich fragte meinen Gesprächspartner, ob er meine, dass solche Ereignisse eine Vorgeschichte hätten und wenn ja, was er als solche ansehe. Er stimmte mir zu, dass es vielfältige Zusammenhänge gäbe und begann zu erzählen. Er reihte eine

Episode an die nächste und es bildete sich aus diesen Geschichten ein Mosaik.

»Ein Traum: Eine flache Meeresbucht irgendwo im Süden. Eine leichte Brise streicht sanft an mir vorbei. Die Sonne steht tief über dem Horizont. Es muss noch früher Morgen sein. Ein hölzernes Gerüst ragt aus dem Wasser. Vielleicht haben sich hier einmal Sprungbretter befunden. Nun ist es verfallen. Ich stehe im Meer, das meine Beine weich umspült.

Ich bin allein und gehe langsam durch das seichte Wasser. Da gleitet an der Meeresoberfläche in der leichten Strömung ein bleiches Kind an mir vorbei. Fast wirkt es wie eine Puppe. Ich sehe es vorüberziehen und kann es doch nicht beachten. Eine große Endgültigkeit liegt über der Szene. So soll es sich zutragen und ich werde unaufmerksam sein, wenn es geschieht. Diesen Traum ganz gegenwärtig im Bewusstsein wache ich auf.«

Mein Gesprächspartner holte Luft. Ich sah seinen Schmerz. Er fuhr fort.

»Am Tag nach diesem Traum ist Sandra fast ertrunken. Sie wurde reanimiert und kam auf die Intensivstation der Universitätsklinik.«

Dann berichtete er, was ihm noch tief in die Erinnerung eingebrannt war.

»Es war ein sonniger Morgen im Herbst. Das Licht fiel hell durch die Fenster. Die Kinder waren in der Badewanne. Ich frühstückte neben der Badezimmertür. Warum ich aufstand, um ins Badezimmer zu schauen? Heute ist mir das nicht mehr bewusst. Sandra lag auf dem Boden der Wanne. Über ihr zehn Zentimeter Wasser. Ihre ältere Schwester saß stumm daneben. Krankenwagen, Notarzt!

Ich wartete im Wohnzimmer. Ich betete und sprach mit innerer Stimme zu dem Höheren, das unser Leben lenkt. Ich bat aus ganzem Herzen, dass unsere Tochter leben solle. Ich würde für sie sorgen. Ich würde für sie da sein. Immer und unter jeder Bedingung! Wie in einem Vertrag versprach ich meine Bereitschaft, für ihr weiteres Leben zu sorgen.«

Wieder machte mein Gesprächspartner eine Pause.

»Was gehört noch dazu? Ein weiterer Traum. Ein großer Hof in den Bergen des Schwarzwaldes. An der Hangseite führt ein Weg unter das Dach in die Scheune. Das Dachgeschoss ist ausgebaut zu einer Werkstatt. Hier wird mit der Hand Holz bearbeitet. Alles geschieht sehr sorgfältig. Ein junges Mädchen zeigt mir die verschiedenen Arbeitsschritte. Sie ist selbstbewusst. Doch zugleich braucht nicht jeder zu wissen, was sie kann. Sie will unbeeinflusst ihren Weg gehen.

Der Scheunenbereich ist, wie bei den Schwarzwaldhöfen üblich, groß und geräumig. Ein warmer Braunton, das Dachgebälk aus dunklem Holz, alte Dielenböden, die bei jedem Schritt knarren, gestalten den Raum.

Dann schwingt sich das junge Mädchen auf einen Tretroller. Sie fährt hinaus auf den Hang und in Schwüngen den Berg hinunter. Ihr schwarzes Haar flattert im Wind. Ich folge ihr und meine Frau begleitet mich. Unten am Berghang kommen wir zu einer Weide mit Pferden. Ein Drahtzaun umgibt diese Weide. Als ein Pferd auf uns zustürmt, werfe ich mein Messer in einen Drahtknoten des Zauns. Das löst die bedrohliche Situation.«

Ich hörte gebannt zu. Der Traum bezog sich wieder auf die Tochter. Es ging um ihre Fähigkeit zu geistigem Handeln und Denken. Das Dachgeschoss steht für den Bereich des menschlichen Gehirns. Der Traum zeigt in diesem Symbol, was sich in ihrem Bewusstsein abspielt: groß und geräumig, solide und in der Tradition verankert geht es zu. Das ist mehr, als wir von außen erkennen können.

»Eine letzte Geschichte«, fuhr mein Gesprächspartner fort. Er ließ mir nur wenig Zeit zu begreifen, was da in seinem Leben geschehen war. Er zeigte mir seine Bilder – wie bei einer Diashow.

»Unser erster Urlaub mit beiden Kindern. Das war vor dem Unfall. Das Wetter im Juni ist warm und durch die Feuchtigkeit drückend schwül. Ich mache einen Spaziergang mit Sandra im Buggy. Es geht die Straßen am Berghang rauf und runter. Schweißtropfen rinnen mir über das Gesicht.

In Gedanken entspinnt sich ein Dialog zwischen meiner Tochter und mir. Sie fragt, ob ich immer für sie sorgen werde. Ich fühle eine tiefe Bindung und Gewissheit. Ja, immer werde ich für dich da sein. Ich bin dein Vater. Vater zu sein hat eine gewaltige Dimension. Was ist der Vater alles! Der Erzeuger von Leben. Der Bezugspunkt für den sich entwickelnden Menschen. Der Beschützer für sein Kind. Der Vater ist die eine Seite, die Mutter die andere. Urbilder, die es zu leben gilt. In diesem Augenblick haben meine Tochter und ich einen Pakt geschlossen. Ein Pakt, an den ich mich mein ganzes Leben lang gebunden fühlen werde. Ich werde unter allen Umständen für sie sorgen.«

Eine kurze Pause tritt ein. Sein Blick ist in die Ferne gerichtet. Ich warte, was er noch zu berichten hat.

»Das war vor dem Unfall. Doch genug der Erzählungen. Das ist meine Antwort auf Ihre Frage.«

Ich konnte sein Erleben gut verstehen. Ich wusste, was es bedeutet, tiefen Schmerz zu spüren. Es gibt eine Solidarität zwischen den Menschen, wenn sie gleiche Gefühle teilen. Wir kamen darauf zu sprechen, mit welchen Aufgaben, Problemen oder Zielen wir in ein Erdenleben kommen und was wohl bestimmen mag, was uns im Dasein begegnet. Ich erzählte von meinen Erlebnissen mit früheren irdischen Existenzen. Er hörte aufmerksam zu. Ich merkte an seinen Fragen, dass er verstand, wovon ich sprach.

»Ich kenne diesen Blick auf frühere Leben«, sagte er.

Ich bat ihn, mir mehr davon zu berichten.

Er schaute mich an.

»Das Erdendasein entwickelt sich aus vielerlei Quellen. Man muss für sein Thema bereit sein. Ich werde ein Leben schildern, das so ganz anders scheint als mein heutiges.«

Der Mut zu sein

So sieh auch, Mensch, die Schönheit,
welche aus mir ins Leben reicht.
Überwindet die Gewohnheit,
die euch fesselt und erweicht.

Seht die Härte, seht den Glanz,
euch verleiht den Siegerkranz,
euch beschenkt mit dem Erleben:
Was ist des Menschen Ziel im Streben!

Entdeckt euch selbst und dass ihr seid
voll Kraft und Anmut und bereit,
euch zu zeigen in der Welt,
was immer sie bereit euch hält.

Eberhard Brügel

Arabischer Krieger
Nordafrika von 906 bis 960

Wir machen Rast an einer Oase. Hier wollen wir uns ausruhen und auch den Tieren eine Zeit der Erholung geben. Die Stadt al-Mahdiya, das Zentrum des Reiches, liegt einige Tagesreisen entfernt. Von dort sind wir vor langer Zeit aufgebrochen – immer nach Westen durch den nordafrikanischen Maghreb. Nun sind wir auf dem Weg zurück.

Ich stehe im Schatten der Dattelpalmen neben meinem Pferd am Rand der Oase und blicke in die Ferne nach Osten, wo meine Heimat und Mekka, die heilige Stadt des Propheten, liegen.

Früh am Morgen noch vor Sonnenaufgang bin ich aufgestanden. Der Mond schien hell und hüllte die Welt in ein fahles blaues Licht. Hellwach bin ich aus dem Schlaf aufgeschreckt. Hatte mich ein Geräusch geweckt? Ich horchte in die Dunkelheit und versuchte mich zu erinnern. Doch nur die Melodie der Nacht war zu hören und nichts außer dem Mond beanspruchte meine Aufmerksamkeit. Ich zog meine Stiefel aus Ziegenleder an. Hüllte mich in meinen Burnus und ging zur Weide, wo die Pferde standen.

Vielleicht konnte mein Pferd, dieser treue Begleiter, auch keinen Schlaf mehr finden. Bereits beim ersten leisen Rufen seines Namens sah ich seinen dunklen Schatten im Mondschein auftauchen. Es lief auf mich zu, um mich zu begrüßen. Es war, als schlössen wir in dieser Nacht einen Pakt, um mit unserer Heimat im Herzen in Gedanken zu ihr zu reisen – voller Sehnsucht und Liebe.

Am Rande der Oase verweilen wir. Beide stehen wir reglos und schauen nach Osten. Die Sterne am Himmel wirken blass, so hell ist das Licht des Mondes. Die Nacht verabschiedet sich.

Ich verrichte mein Morgengebet, sehe, wie die Sonne mich begrüßt und wie ihre Strahlen der Welt Licht und Wärme schenken. Tiefe Wehmut liegt in meinem Herzen und ich schmiege mich an meinen Gefährten, der voller Zärtlichkeit meinem Körper zu begegnen scheint.

Meine Familie lebt im Osten, in Arabien, weit von hier in einem wundervollen Land. Ein weites Land, ideal für unsere Tiere, die mit uns frei ihren Weg nehmen. Ich bin Krieger und kämpfe für die Fatimiden. Unsere Führer sind die wahren Nachfolger Muhammads, gepriesen sei sein Name, und stammen von seiner Tochter Fatima ab. Wir folgen der grünen Fahne des Propheten.

Geboren bin ich dort in der Ferne, im Nordwesten Arabiens, nach islamischer Zeitrechnung im Jahre 284. Mein Stamm betreibt Viehzucht und -handel. Wir ziehen mit unseren Tieren, Kamelen, Pferden und auch Ziegen von Weideplatz zu Weideplatz. Unsere Pferde sind berühmt für ihre Schnelligkeit und Ausdauer. Sie sind das Wichtigste, das wir Krieger besitzen.

Mit Achtung wird von meinem Stamm weit über unsere Heimat hinaus gesprochen. Ruhmreich und gefürchtet sind unsere Krieger. Männer unserer Sippe haben bereits für den Propheten gekämpft. Sie haben an allen Kriegszügen im Westen, Norden und Osten teilgenommen. Viele berühmte Kämpfer für den Islam wurden in unseren Zelten geboren. Weit hallt unser Ruf durch die Welt und es schauen die Stämme des Islam voller Ehrfurcht auf uns. Schön und voller Anmut sind unsere Frauen. Es gibt niemanden auf dieser Welt, der sich nicht glücklich schätzte, zu unserem Geblüt zu gehören.

Als ich noch in der Heimat weilte, habe ich oft den Erzählungen der Krieger gelauscht. Auf ihren Pferden sind sie in die Reihen der Feinde gestürmt, schnell wie der Falke und stark wie der Löwe. Immer waren sie siegreich, denn sie sind Kämpfer Allahs. Allah hat ihnen die Kraft geschenkt. Allah ist unsere Bestimmung. Er lenkt unser Leben. Er allein weiß, wohin unser Weg führt. Er ist der Barmherzige und Allwissende. Der Koran ist sein Wort, das uns der hoch gepriesene Prophet Muhammad verkündet hat. Seine Worte sind wie die Blumen in der Wüste, die Weisheit der Weisheit. Wir sind voller Stolz, den Koran zu besitzen, ein Geschenk Allahs. Wir tragen ihn in die Welt zu seinem Ruhm und seiner Ehre.

Unsere Krieger haben oft von fremden Ländern erzählt. Von Ländern, die immer grün sind. Von Flüssen so breit wie die Wüste. Von Meeren, deren Ende niemand kennt. Sie haben reiche Beute nach Hause gebracht: Schmuck aus Gold und Silber, reich verziertes Geschirr, Münzen, Stoffe und Waffen. Die Männer meines Stammes sind voller Mut und Kraft. Kein Feind kann ihnen widerstehen. Ihr Ruhm hallt voraus, bevor der Gegner sie erblickt. Voller Furcht beugen die Feinde die Knie oder sterben unter den Hieben der Säbel.

Ich habe noch drei Brüder und fünf Schwestern und bin an zweiter Stelle unter den Brüdern geboren. Mein Vater war Ratgeber des Scheichs. Unsere Familie ist reich und besitzt die schönsten Pferde unseres Stammes. Von klein auf habe ich für die Pferde gesorgt. Sie sind Teil unserer Familie. Wir hatten wunderschöne Hengste, die zu verkaufen, auch wenn der Preis noch so hoch war, uns alle mit großer Trauer erfüllt hat. Ihnen entstammen Generationen schneller und ausdauernder Tiere, deren Schönheit wir besingen.

Den Handel mit den Pferden und Kamelen betreiben wir mit den umliegenden Stämmen und auch mit den Städten. Öfters kommen Händler aus entfernten Regionen, die die besten Pferde für tapfere Krieger suchen. Mit den Bauern handeln wir Ziegen und Getreide. Es leben meist Muslime in unserer Gegend, aber auch Juden und Christen. Mit allen treiben wir Handel.

Von früh an hat mir Allah die Kunst des Reitens geschenkt. Bereits in jungen Jahren konnte ich manches Wettrennen gewinnen. Tief gebeugt über den Hals des Pferdes, ganz eins geworden mit ihm, das Donnern der Hufe auf dem Boden wie der Rhythmus der Trommel in meinem Ohr, sind wir über das Land geflogen.

Als ich älter war, hat mir mein Vater den Säbel geschenkt, mit dem bereits Männer unserer Familie für den Propheten gekämpft haben. Ich wurde als Kämpfer bestimmt, um ruhmreich denen zu folgen, die vor mir waren. Von den Kriegern des Stammes habe ich alles gelernt, was man können muss, um siegreich in der Schlacht zu bestehen. Kamen sie nach Hause, haben sie ihre Fähigkeiten geübt und ich habe teilgenommen an ihren Kriegsspielen. Immer war ich einer der Schnellsten: ausweichen, angreifen, verfolgen, mit dem Säbel in die Menge stürmen. Was gibt es Schöneres, als die Kraft des Pferdes zu spüren? Den Wind im Gesicht, der Körper voller Anspannung, die Augen suchen den Feind. Du musst schneller sein, entschlossener. Du musst ihn überraschen mit Mut und Kraft. Du kannst stolz auf dich sein!

Ein Bruder meines Vaters kam eines Tages zurück aus dem Westen. Er ist ein berühmter Heerführer. Reiche Beute hat er nach Hause gebracht. Vom Ruhm seiner Taten erzählt man voller Ehrfurcht. Die Feinde zittern, wenn sie seinen Namen hören. Krieger unseres Stammes sollten ihn in die Schlachten des Islam begleiten.

Zweiundzwanzig Mann sind mit ihm gezogen. Zweiundzwanzig Krieger sind nach Westen aufgebrochen. Stolze Kämpfer, jung, schnell und stark – voller Schönheit auf ihren Pferden, und ich war mitten unter ihnen. Mein Vater hat mir zwei Pferde mitgegeben. Wunderbare Tiere, wie nur unser Stamm sie kennt. Der Weg führte uns in den Maghreb. Wir mussten Ägypten queren, das Land unserer Feinde, die nicht anerkennen wollen, dass wir für die Nachfolger des Propheten, die Nachkommen seiner Tochter Fatima kämpfen. Doch dank unseres Muts, der Schnelligkeit unserer Pferde und der Klugheit unseres Führers sind wir unversehrt im Maghreb angekommen.

Ruhmreich haben wir jeden Gegner geschlagen, wo immer er sich uns in den Weg gestellt hat. Viele Kämpfe gab es zu bestehen. Voller Mut sind wir auf den Feind zugestürmt. Kaum hatten sie uns erblickt, da durchbrachen wir schon ihre Reihen. Den Säbel in der Hand, der furchtbar auf sie einschlug, ihre Schädel spaltete und sie tot hernieder sinken ließ. Zu schnell, zu stark waren wir für unsere Feinde.

Allah hat uns diese Kraft geschenkt, uns Pferde gegeben, so wie der Prophet – gelobt sei sein Name – sie hatte. Ruhm und Ehre hat er über uns verteilt. Wir sind Krieger des Islam! Immer wieder sind wir mit reicher Beute nach Hause zurückgekehrt und anschließend aufs Neue durch das feindliche

Ägypten in den Maghreb gezogen, zu listig und zu schnell für unseren Feind, weil Allah dies so bestimmt hat.

In der Heimat habe ich mir eine Frau genommen. Eine Frau voller Anmut und Schönheit, die ihrem Mann folgt und seine Taten rühmt. Zwei Kinder hat sie mir geschenkt, einen Jungen und ein Mädchen. Von unserem Mut erzählt man bei den Gesprächen der Männer und in den Zelten der Frauen.

Achtundvierzig Jahre zählt nun mein Alter. Es ist das Jahr 332. Ich blicke nach Osten und spüre, es könnte Zeit sein, für immer nach Hause zurückzukehren. Noch ist mein Arm stark, noch tötet er mit einem Hieb den Feind. Doch mein Bart wird grau und mein Herz sucht Frieden. Allah wird wissen, wohin mich mein Schicksal führt. Er hat uns zu unbesiegbaren Kriegern erwählt, und wenn es seinem Plan entspricht, so mag meine Bestimmung auch hier in der Ferne direkt in das Paradies führen.

Auch jetzt folgen wir seiner grünen Fahne. Vor sechs Jahren sind wir aus al-Mahdiya aufgebrochen und immer weiter nach Westen gezogen. Die feindlichen Heere haben wir meist umgangen. Nur kleinere Gefechte gab es zu bestehen. Ungreifbar waren wir für den Feind, und haben wir den Kampf mit ihm gesucht, so war dies sein Tod.

Lange waren wir unterwegs – ein kleiner Trupp von hundertzwanzig Reitern und sollten erkunden, was im Westen liegt: welche Städte, wie viele Kämpfer, welche Reichtümer? Denn wie zu Zeiten des Propheten streiten wir für den Islam. Unsere Feinde sind abgefallen vom Glauben, so wie der Koran es oft beschrieben hat. Sie sind keine wahren Muslime mehr. Sie tragen den Namen des Propheten nur auf ihren Lippen, befolgen aber nicht, was ihnen der Koran befiehlt. Vier Jahre haben wir benötigt, bis das große Meer im Westen nach vielen Zwischenstationen erreicht war.

Wir kehren jetzt zurück. Wir sind nun schneller als auf dem Hinweg unterwegs, um möglichst bald in der Hauptstadt al-Mahdiya über unsere Erkundungen Bericht zu erstatten. Doch Berber haben sich erhoben und kämpfen gegen die Herrschaft der Fatimiden. Immer wieder kommen wir zu Siedlungen im Reich, die uns feindlich gesinnt sind. Immer wieder gibt es kleine Gefechte. Das verzögert unsere Ankunft in al-Mahdiya. Seit fast zwei Jahren ziehen wir wieder nach Osten. Heute wird uns der Weg zu einem von Berbern bewohnten Dorf führen. Unsere Kundschafter haben berichtet, dass hier Feinde des Islam wohnen. Es ist ein wohlhabendes Dorf, das zahlreiche Kamele sein Eigen nennt. Ein großer Vorrat Salz soll dort lagern. Reiche Beute, die unseren Ruhm mehren wird, wenn wir in wenigen Tagen in der Hauptstadt einziehen. Wir werden vor Einbruch der Nacht angreifen. Wir sind Krieger, die niemand besiegen kann.

Ich höre Geräusche des Aufbruchs aus unserem Lager und kehre zurück zum Schlafplatz. Wir machen uns fertig, um loszureiten. Mein Herz ist schwer, als ich mich auf das Pferd setze. Wir sind bereit für das kommende Gefecht.

Von drei Seiten stürmen wir im vollen Galopp ins Dorf der Feinde. Der Gegner sammelt sich in den Gassen. Mit Lanzen versperren sie den Weg. Wir sind schnell und wendig, doch diese engen Durchgänge zwischen den Häusern rauben uns die Beweglichkeit. Eingekeilt muss ich mich mit einem Trupp von zehn Mann durch eine Gasse kämpfen. Mit dem Säbel versuche ich, den Schaft der Lanzen zu zerschlagen. Als ich mich nach rechts über den Hals des Pferdes beuge, um mit aller Kraft zuzuschlagen, spüre ich einen Stich in die linke Seite. Ich fahre herum, kann aber nicht erkennen, woher der Angriff kam. Vielleicht war es eine Attacke aus einem Haus heraus? Ich versuche den Schmerz zu ignorieren, will weiterkämpfen. Doch meine Arme werden schwer und mit Macht nach unten gezogen. Den Säbel kann ich kaum noch führen. Die Verletzung ist hinter dem Oberarm im linken Brustbereich.

Ich lasse mein Pferd zurückweichen – aus dem Getümmel heraus – und versuche, aufrecht zu bleiben und Haltung zu bewahren. Ich brauche einen ruhigen Platz, um mich zu erholen. Ich lenke meinen Schimmel den kleinen Hügel hoch zu einer Dattelpalme. In ihrem Schatten werde ich mich ausruhen. Mein Oberkörper ist wie betäubt. Die Arme lassen sich nur mit großer Willensanstrengung bewegen. Ich steige vom Pferd, setze mich an den Stamm der Palme, den Oberkörper aufrecht und angelehnt. Das Atmen ist voller Mühsal. Mir fehlt Luft. Mein Körper ist nass von Schweiß. Mein schöner Schimmel beugt seinen Kopf zu mir herunter. Es fällt mir schwer, ihn anzublicken, aber ich spüre, er ist bei mir.

Ganz weit weg höre ich das Kampfgeschrei. Immer weiter scheint es sich zu entfernen, bis um mich herum eine große Stille eintritt. Ich versuche, aufrecht zu sitzen. Ich bin ein Krieger Allahs, er beschützt mein Leben. Er schenkt seinen Kämpfern Ruhm und Ehre. Er hat ihnen Mut und Kraft gegeben. Sie folgen der Fahne des Propheten und gehorchen dem, was der Koran sagt. Wir sind unbesiegbar.

Ich bekomme kaum noch Luft. Wie ein Hund, der sich in Erwartung des Todes ins Gebüsch verkriecht, sitze ich hier unter der Palme. Verlassen und einsam werde ich sterben. Ich habe Angst, große Angst. Das Atmen fällt mir überaus schwer. Mein Körper neigt sich zur Seite und fällt auf den Boden. Mein Pferd beugt sich über den leblosen Leib.

Krieger Allahs haben einen ruhmreichen Tod verdient. Sie finden ihn heldenhaft im Kampf. So wie ich sterbe, das ist nicht gerecht. Ich bin über die Maßen erstaunt, was ich erlebe. Das ist nicht der richtige Abschied für einen Krieger, der immer der Fahne des Propheten gefolgt ist, dessen Vorfahren für Muhammad gekämpft haben, dessen Brüder in der ganzen Welt Krieger des Islam sind. Es ist nicht gerecht, so zu sterben.

Ich sehe meinen Körper auf dem Boden liegen. Wir haben die Berber besiegt. Ich werde in weißes Tuch gewickelt und begraben. Mein Gesicht schaut in Richtung Mekka und zu meiner Heimat. Wo bleibt der Lohn für meine Taten? Wo ist das versprochene Paradies für einen Krieger des Islam? Wer berichtet von meinem Ruhm? Wer stimmt Gesänge an, die von meinem Mut und meiner Kraft erzählen? Was bleibt für meinen Stolz und das Ansehen meines Stammes?

Frei bin ich auf dem Rücken meines Pferdes in die Schlachten gezogen. Reiche Beute habe ich gemacht und stolz nach Hause getragen. Für die Fatimiden, die Nachkommen Muhammads, habe ich gekämpft. Schön war es anzusehen, wenn ich im vollen Galopp über die Steppe geflogen bin.

Ich fühle mich verraten. Was ist aus den Versprechungen geworden? Warum werden sie nicht eingehalten? Dreißig Jahre habe ich als Krieger gekämpft, immer so wie der Koran es verlangt. Ich habe meine Gebete gesprochen und die Gesetze geachtet.

Nun bin ich tot – gestorben nach einem kleinen Scharmützel. Es war mir nicht vergönnt, ruhmreich in der Schlacht zu fallen, die Größe Allahs preisend und unserem Heer eine Bresche in die Reihe der Feinde schlagend.

Es war schön, unbesiegbar, unverwundbar dem Feind gegenüberzutreten. Auf dem Rücken meines geliebten Pferdes schnell immer näher heranzupreschen. Die Furcht des Gegners zu sehen. Die Kraft, das Leben zu spüren in seiner ganzen Vollendung. Jede Faser meines Körpers war voller Spannung und Freude. Ich möchte der Welt sagen: Nutzt eure Kraft! Kämpft für eure Überzeugung! Lebt euer Leben!

Doch etwas in mir zögert und lässt mich stocken. Ich sehe die vielen Toten. Die Menschen, denen ich mit einem Säbelhieb den Schädel gespalten habe. Ich sehe die Verletzten und Missbrauchten. Was ist mit ihnen? Sie greifen nach mir. Sie ziehen mich nach unten! Sie sind fest an mich gebunden, sodass ich nicht mehr aufstehen kann. Ich muss sie mir anschauen! Ich muss sie wahrnehmen! Ich muss sie anerkennen! Sie sind ebenso wertvoll wie ich! Egal, welchem Stamm sie angehören, sie stehen nicht unter mir. Egal, welcher Religion sie gefolgt sind, sie sind nicht wertloser als ich.

Diese Gedanken erstaunen mich. Doch es ist wahr. All diese Menschen, und es sind viele, sie sind so wertvoll wie ich! Ich muss sie ehren. Ich muss ihnen versichern, dass es unrecht war, sie zu erniedrigen, zu missbrauchen oder zu töten. In einem Halbkreis stehen sie um mich herum. Vor ihnen gehe ich auf die Knie. Ich schaue sie an, die große Schar Menschen, und sie betrachten mich. Sie haben Recht in ihrer Wut und ihrem Hass auf mich. Ich habe ihnen geraubt, was Allah ihnen geschenkt hat – ihre Würde, ihr irdisches Leben.

Eisen

Rüstung, Waffe fein geschmiedet,
Eisenwerkzeug gut vernietet,
hart und kräftig in der Hand,
zu brechen größten Widerstand.

Dann gestalten aus den Teilen,
neue Welten, kurz verweilen.
Tief entschlossen, fester Wille,
kurze Pause, kurze Stille.

Gesammelt aus der Menschen Mitte,
heißer Atem, ohne Bitte.
In die Welt, das Ziel vor Augen,
führe Eisen, gib mir Glauben.

Ehrlich so der Welt begegnen,
Erde, Kampf, ein kühles Segnen.

Ein Leben voller Kraft

»Das war ein schönes Leben voller Kraft. Ein männliches Leben«, meinte ich, nachdem mein Gesprächspartner seine Erzählung beendet hatte.

Ich stellte mir vor, wie er abends nach einem langen Ritt vom Pferd stieg. Zuerst dieses versorgte und sich dann auf den Boden setzte und die Welt betrachtete. Vielleicht waren es Dattelpalmen, die ihn umgaben und Schatten spendeten. Ein erster Schluck Wasser. Köstliches Wasser, wenn es den Durst löscht. Das Wiehern der Pferde nicht weit von ihm. Kamen dann Bilder der Sehnsucht nach seiner Heimat? Sah er dann in Gedanken das Zelt seiner Familie? Seine Frau und die Kinder, dachte er an sie? Ich glaube schon. Er wusste sie in der Obhut seines Stammes. Alles hatte seine richtige Ordnung!

»Ja, ich denke oft an dieses Leben, wenn mir Mut und Kraft fehlen. Vor meinem geistigen Auge erscheint dann das Bild, auf dem Rücken meines Schimmels über die Steppe zu galoppieren. Es ist ein wunderbares Gefühl. Der Säbel liegt schwer in meiner Hand. Und doch, heute möchte ich nicht mehr zuschlagen. Denn das Leben als arabischer Krieger birgt die Erfahrung, wie elend der Tod sein kann. Wie ein Hund wurde ich getötet. Auf diese Weise zu sterben, schien mir zuvor unmöglich. Ich war stark und unverwundbar.«

Ich spürte diesen tiefen Zwiespalt in meinem Gesprächspartner. Einerseits die Freude, sich bedenkenlos in das Leben zu werfen. Andererseits das Erschrecken vor den Folgen. Mein Empfinden von »richtig« und »falsch« war durcheinander geraten. Es war ein schönes Leben voller Kraft und Freude gewesen, doch auch ohne Gefühl für die Mitmenschen. Nur das

Eigene hatte gezählt: der eigene Stamm und die Brüder im Kampf um den Glauben.

»Ich möchte dieses Leben nicht werten. Trotzdem entsteht die Frage: Was ist sein Ergebnis?«, wandte ich mich an mein Gegenüber.

»Am Ende stand die Gewissheit, dass alle Menschen Kinder Allahs sind und von ihm das Leben geschenkt bekommen haben. Es steht dort auch die Erkenntnis, wie sehr wir uns irren können, wenn wir meinen, zutiefst unserer Überzeugung zu folgen.«

Seine Stimme klang nachdenklich, ja fast ein wenig traurig.

»Die Einsicht, falsch handeln zu können, erschreckt uns Menschen und raubt die Kraft für eine Existenz in der Fülle. Es bleibt ein Dilemma: Einerseits die Freude daran, kraftvoll in das Dasein zu treten, anderseits zurückzuschrecken vor den Irrtümern. In diesem Leben war der Glaube tief, vor Allah gerecht zu handeln. Doch anstelle der erwarteten Belohnung stand am Ende die Anerkennung der Schuld.«

»Ich stelle mir vor, dass ein derartiges Erdendasein einen zukünftig hemmt, seinen Impulsen und Überzeugungen zu folgen«, merkte ich an.

»Ja, genau so ist es. Die Überzeugung, nur auf mich, meinen Stamm und die Freunde achten zu müssen, war tief in mir verwurzelt. Es gab überhaupt keinen Zweifel. Jetzt bin ich vorsichtiger.«

»Haben wir überhaupt eine Chance, richtig zu handeln? Wie soll ich wissen, was richtig ist? Weder sind die Meinungen der anderen oder das Gesetz noch meine Überzeugungen verlässlich.«

Mit einem fragenden Gesichtsausdruck schaute ich ihn an.

»Gut, was ich aus dieser irdischen Existenz gelernt habe, sind zwei Dinge. Erstens, die anderen Menschen zu achten, egal um wen es sich handelt. Zweitens, so zu leben, dass es mir Freude macht. Beides ist schwierig.«

Es folgte eine Pause. Wir schwiegen. Ich konnte erkennen, wie es in ihm arbeitete und er die rechten Worte suchte.

»Wissen Sie«, begann er zu sprechen. »Dieses Leben gibt mir auch die Überzeugung, dass unsere Existenz in größere Zusammenhänge eingebettet ist. Es geht um übergeordnete Ziele. Ich meine Ziele, die Menschengruppen betreffen. Zum Beispiel den Stamm des Kriegers oder die Gemeinschaft der Gläubigen. Dieser Zusammenschluss der Menschen bildet so etwas wie ein eigenständiges Wesen – vergleichbar damit, wie Zellen ein Herz bilden, das einen eigenen Zweck verfolgt. Dann gelten für jede Zelle die Gesetze des Herzens. Der Mensch gehört solchen Gemeinschaften an und folgt deren Entwicklung.«

Wir hatten nur wenig Zeit auf der gemeinsamen Zugfahrt und ich war weiterhin neugierig, mehr zu erfahren. Ich wollte wissen, wo die Wurzeln dieses arabischen Kriegers in der Vergangenheit liegen konnten. Mein Gesprächspartner begann, von einer weiteren Lebensgeschichte zu erzählen.

SEMILLA IX 2004

Hohepriester
Judäa/Palästina um 100 v. Chr.

Zwischen zwei hohen Säulen muss man durchschreiten, will man den Tempel betreten. Sie stehen hier als Sinnbild für Stärke und Festigkeit. Unscheinbar sind wir Menschen vor ihrer Größe. Staunend stehen wir vor diesem Bauwerk. Wie für die Ewigkeit aus Stein gehauen ragt es in den Himmel. Ehrfurcht erfasst uns angesichts der gewaltigen Ausmaße, die sich hier zeigen. Das lässt uns ahnen, wie unfassbar Gott für uns ist und wie klein wir Menschen vor seinem Angesicht sind.

Vom Eingang zwischen den Säulen führt ein Treppenaufgang mit steilen Stufen hinab in den Hof. Hier befindet sich der Platz für die heiligen Brandopfer. Tritt der Besucher durch den Eingang in das Innere des Tempels, kommt er in die Vorhalle, welche in einen hohen Raum, das Heilige, übergeht. Nur wir Priester haben hier Zugang. Die Innenwände des Heiligen sind mit Holz getäfelt. Fackeln und Feuer geben ihm ein warmes Licht. Nie darf dieses Licht ausgehen. Hier sind die Menschen bei Gott. Abgetrennt hinter einem schweren Vorhang liegt das Allerheiligste und Unbeschreibliche.

Um den Tempel herum und mit ihm verbunden stehen weitere Gebäude. In ihren Räumen werden auch die Behältnisse, Schalen, Becher, Decken, Tücher und anderen Gerätschaften, die den heiligen Riten und Opfern dienen, aufbewahrt. Ebenso sind der Wohnbereich der Priester und ihrer Familien sowie die Räume der Tempelwache ganz in der Nähe.

Es ist ein erhabener Tempel, weit sichtbar auf dem Berg errichtet überragt er die Stadt und das Land. Er gibt unserem Volk ein Bild von der Größe Gottes. Durch ihn suchen wir das

Allerhöchste und bringen seine Reinheit und Wahrheit zu den Menschen. An diesem Ort können wir es empfangen.

Seit meiner frühen Kindheit lebte ich verbunden mit dem Tempel. Hier bin ich aufgewachsen. Meine Familie gehört zu den Auserwählten, deren Söhne die Aufgaben des Priesters ausführen dürfen. Mein Leben war dafür geschaffen, im Tempel zu dienen. Von klein auf kannte ich ihn. Der Geruch der heiligen Brandopfer, der Schein des Feuers, der helle Rauch, der zum Himmel aufsteigt, all das war mir vertraut. Erst später, als ich selbst zum Priester geweiht war, durfte ich an den Festtagen die heiligen Riten zelebrieren. Doch schon zuvor war der Tempel meine Heimat gewesen.

Eine lange Zeit der Reinigung und Vorbereitung lag bei meiner Einsetzung zum Priester hinter mir. Nicht allein meine Herkunft war wichtig. Vieles musste ich lernen. Gott hat uns Gesetze gegeben, die wir befolgen müssen. Nur so sind wir vor seinen Augen würdig. Gott hat uns durch die Riten Wege gezeigt, wie wir ihm begegnen können. Unser Herz muss ihm ganz zugewandt und unsere Gedanken sollen klar und aufrichtig sein.

Propheten haben das Allerhöchste geschaut und uns davon berichtet. Unsere Väter sind dem gefolgt. Mein Volk hat auch große Verfehlungen begangen. Gott hat es bestraft und wieder auf den richtigen Weg geführt. Gott hat seinem Volk in der Not beigestanden und ihm die Kraft geschenkt, seine Feinde zu besiegen. All dies steht in den Heiligen Schriftrollen und davon berichten uns die Gelehrten. Die Schriften zu studieren und von den Gelehrten zu hören, das waren meine vornehmsten Aufgaben. Immer besser zu verstehen, was über das Allerhöchste zu erfahren ist, ist meine Bestimmung.

Es gibt eine Zeit meines Lebens, der ich eine große Bedeutung zumesse, als ein griechischer Adliger des Öfteren bei uns zu Gast war. Zahlreiche Griechen lebten zu dieser Zeit in Judäa. Die Griechen sind ein Volk von edler Herkunft und großen Fähigkeiten. Sie kommen aus dem Westen über das Meer. Der Handel und Austausch mit Griechenland blühte in früheren Tagen. Sie haben viele mächtige Städte, meist am Meer gelegen, gegründet. Einst waren sie die Herren der Welt von Ägypten bis über die Ostgrenze Persiens hinaus.

Ich war um die zwölf Jahre alt, als ich den griechischen Freund, so möchte ich ihn heute nennen, kennenlernte. Fantastische Berichte über die Welt habe ich von ihm gehört. Besonders beeindruckt haben mich die Erzählungen von Gesandten aus einem Reich ganz weit im Osten hinter einem gigantischen Strom gelegen. Ein mächtiger König hat sie zu uns geschickt. Sie sollten die Lehre eines überaus weisen Propheten verkünden. Dieser Prophet, meinte unser griechischer Freund, hat gelehrt, dass Demut und Mitleid die Erlösung der Menschen von Leid und Not bewirken und das Tor zum Himmel sind. Oft habe ich in späteren Tagen daran gedacht, was ich hier das erste Mal hörte.

Mein Vater hat den Kontakt zu unserem griechischen Freund gesucht und wohl auch gewünscht, dass ich auf diese Weise mehr von Griechenland erfahre. Der Grieche hat uns von den Tempeln und den Göttern seines Volkes berichtet. So wie unser Gott das Leben unseres Volkes bestimmt, so führen die Götter der Griechen ihr Volk. Es sind mächtige Götter, die um die Ordnung und Gesetze kämpfen. Die Griechen wissen in packenden Schilderungen von ihrem Tun und Denken zu erzählen. Atemlos habe ich als Junge diesen Berichten gelauscht. Diese Götter haben große Macht und ihr Volk weiß darum. Die Griechen kennen das Pantheon, das Heiligtum, in dem alle Götter vereint sind. Dies schien mir, als ich hiervon hörte, unserem Tempel gleich zu sein. Noch heute, wenn ich das Allerheiligste betrete, begegnet mir dort Gott, begegnen mir aber auch alle Götter in einem vereint.

Griechenland, das fühle ich oft, ist wie meine zweite Heimat, die Griechen wie mein zweites Volk. Tief in mir liegt dieses Empfinden. Als ich um die achtzehn Jahre alt war, bin ich in meinen Träumen oft nach Griechenland gereist. Ich stand dort vor einem aus weißem Stein gebauten Tempel, ganz ähnlich dem unseren. Getragen von hohen Säulen ragte er in den Himmel. Von außen betrachtete ich ihn wie ein einsamer Wanderer. Betreten habe ich diesen Tempel nie. Ich fragte Gott in meinen Träumen, wohin er mich führt. Eine Antwort erhielt ich nicht. Doch ich suchte den Tempel als Ort, meine Einsamkeit zu leben, die ich tief in mir spürte.

Die Jahre sind vergangen. Es waren für mein Volk schwierige Jahre mit großen Veränderungen und beunruhigenden Zweifeln. Es ist die Aufgabe der Priester und des Tempels, die Verbindung zu Gott zu erhalten und dem Volk die Kraft zu geben, auch schwere Zeiten zu bestehen.

Ich wurde zum Priester berufen. Mein Vater fand eine Frau guter Herkunft für mich. Uns wurden zwei Töchter geschenkt. Meine Frau sorgte für sie.

So bin ich Teil meines Volkes. In dieser Zeit haben die Gebote, die Gott uns gegeben hat, mein Leben geleitet. Er hat in mein Herz gepflanzt, seine Gesetze zu achten, zu befolgen und den Menschen zu verkünden.

Von großer Wichtigkeit war die genaue Verrichtung der heiligen Brandopfer. Mein Vater leitete diese Zeremonien. Ihm war es wichtig, als Hohepriester dem Volk klare Regeln für ihr Leben zu geben. Er wollte das Volk im Sinne unseres Gottes zu neuer Größe führen.

Ich habe mich mit großer Leidenschaft der Durchführung der heiligen Opfer gewidmet. Wie Gott es verlangt, sollte alles in größter Reinheit geschehen. Gott ist absolute Reinheit. Nichts befleckt sein Sein. Gott ist absolute Klarheit. Das habe ich zu dieser Zeit erkannt. Wie ein steiler Weg zu Gott verläuft das heilige Opfer. Ganz in Kontakt mit dem menschlichen Leben und ihm dienend wird das Opfertier ausgewählt. Noch ist es, als würde ein besonders schönes Tier, ein Schaf, eine Ziege, ein Rind, als Geschenk für einen hohen Gast von der Herde getrennt. Doch bereits jetzt wird es mit Ehrfurcht betrachtet. Es ist auf dem Weg zum Heiligen und dieser wird zum richtigen Tag, zur rechten Stunde beschritten.

Von Weitem sichtbar ragt der Tempel in den Himmel und zeigt das Ziel. Immer bergan führt der Weg. Die Menschen und Opfertiere erreichen das Tor zum heiligen Opferplatz. Sie stehen und warten. Hier sind Ort und Stunde des Übergangs. Die Tiere betreten, geleitet von den Priestern, den Vorhof. Die Menschen bleiben zurück. Die Gaben und Opfer können nur auf diese Weise Gott erreichen. Die Menschen müssen in ihrer Welt verbleiben. Gottes Welt ist rein. Die Menschen haben hierzu keinen Zugang. Sie haben die Gesetze. Die Priester empfangen die Tiere, die bestimmt sind, die Welt der Unreinheit zu verlassen. Der Schnitt durch den Hals trennt sie vom irdischen Sein.

Es ist zu spüren, wie etwas vollkommen Heiliges geschieht. Das Leben, das von Gott kommt, es geht zurück zu ihm. Wir Priester sind die Werkzeuge. Wir vollenden die Trennung, indem wir das Leben ausbluten lassen. Es gibt nun Blut und Fleisch, das weiter den Weg zu Gott gehen wird, und Blut und Fleisch, das zurück zu den Menschen kommt. So sind die zwei Sphären getrennt, die sich am Opferplatz berühren. Alle Gebote müssen Beachtung finden, damit das Opfer zur Gabe für Gott werden kann. Verletzen wir die Gebote, dann lässt sich das Allerhöchste nicht erreichen.

Als Priester habe ich gelernt: Das Herz muss rein sein, die Gedanken von Klarheit erfüllt. Herz und Gedanken spüren, wenn Gott unsere Gabe annimmt. Die für das Opfer gewählten Teile des Tieres, das Blut und das Fleisch, werden dem heiligen Feuer übergeben. Es ist durch das ewige Feuer, welches im Heiligen brennt, entzündet. Das ewige Feuer muss immer leuchten. Hierfür zu sorgen ist eine der obersten Pflichten des Priesters.

Wenn Fleisch und Blut verbrennen und der Rauch in den Himmel steigt, dann ist der Weg zum Allerhöchsten beschritten. Wir Priester wachen über das Feuer. Die Menschen können es sehen. Der Rauch steigt vom Tempel auf. Das Volk weiß, der Mensch hat den Pakt mit seinem Gott erneuert.

Doch unsere Aufgabe als Priester ist noch nicht erfüllt. Während das Feuer auf dem Hof brennt, führt mich mein Weg die steilen Stufen hoch an den Säulen der Stärke und Festigkeit vorbei, die unser Volk tragen, durch den Vorraum in das Heilige. Ich gehe vom Feuer des Hofs, das das irdische Fleisch und Blut zur Gabe an Gott wandelt, hinüber zum ewigen Feuer. Ein wunderbarer Augenblick. Ich spüre meinen Körper nicht mehr. Ich bin getragen vom Heiligen. Ich bin verbunden mit dem Allerhöchsten und mit meinem Volk.

Ich trage diese doppelte Verbundenheit vom Opferplatz zum ewigen Licht. Um dies zu tun, bin ich Priester. Hierfür hat mich Gott erwählt. Hierfür habe ich gelernt und hat mir Gott meine Herkunft geschenkt. Lange trägt mich die Erhabenheit. Mein Geist geht mit dem Rauch zum Allerhöchsten. Wie sehr verehre ich diesen Augenblick!

Als ich noch nicht Hohepriester war, dachte ich, der Gang von der Opferzeremonie in das Heilige sei der gewaltigste und höchste Augenblick, den ein Mensch erleben kann. Damals hatte ich noch keinen Zugang zum Allerheiligsten. Mein Vater allein hat dieses betreten. Doch ich war derart erfüllt von dem, was geschehen war, dass mir ein weiterer Schritt noch näher zu Gott undenkbar erschien.

Auch außerhalb des Opferfestes habe ich viel Zeit im Heiligen verbracht. Meine Gedanken fingen an zu träumen, wenn ich bei dem ewigen Feuer stand. Meine Seele verließ den Körper und ein helles Licht umgab mich. Ich meinte, das Allerhöchste in seiner absoluten Reinheit und Klarheit zu erfahren. Ich suchte dieses Leben in jedem Augenblick. Mein Dasein als Priester war erfüllt. Ich achtete die Gebote.

Dann kam der Tag, an dem mir die Aufgabe des Hohepriesters übertragen wurde. Es war der Tag des Opferfestes. Alle Rituale sollten heute noch mehr Beachtung finden. Von Gott gelenkt ging ich zur vorgesehenen Stunde alleine auf den Vorhang zu, der das Allerheiligste abtrennt. Ich betrat den Raum und ein helles, reines weißes Licht umfing mich. Ich stand im Raum und sah die Propheten Elija und Mose gewandet in einen Kokon aus Licht. Hier war nun mein Zuhause. Der Geist der Propheten erfüllte mich. Wir traten eine lange Reise an. Ich sah die Geschichte meines Volkes von Anbeginn an. Mose und Elija führten mich durch die Zeit. Ich sah, wie jedes Geschehen das richtige Geschehen war. Ich sah den großen Plan Gottes. Jede Begebenheit und jeder Mensch hatten einen Platz und eine Zeit. Wie es war, war es gut! Eine unendliche Klarheit umgab mich! Neben dieser Erkenntnis existierte kein Platz mehr für Klagen und Not. Das Leid war aus meinem Herzen verschwunden.

In den Jahren als Hohepriester suchte ich diese Verbindung zu Gott. Ich verbrachte viel Zeit im Allerheiligsten, auch dann, wenn ich dort keine rituellen Handlungen zu vollbringen hatte. Ich war der Hohepriester und mir oblag die Aufgabe, die Verbindung meines Volkes zu Gott zu halten. Die Aufgaben von Verwaltung, Rechtsprechung und Staatsführung, die ich als Hohepriester auch innehatte, waren mir fremd. Mein Vater hatte gerade diese mit viel Kraft ausgefüllt. Mir fehlte der Zugang zu den Menschen. Gott war mein Ziel. Ich überließ die Verwaltung, Rechtsprechung und Staatsführung mehr und mehr den nachrangigen Priestern.

Ratgeber war mir, wenn ich nun doch Entscheidungen zu fällen hatte, ein junger Priester aus gutem Hause. Ich spürte das Mitgefühl in seinem Herzen. Seine Gegenwart war mir lieb. Das Zusammensein mit ihm erinnerte mich an die Erzählungen, die ich einst in meiner Kindheit über den Propheten aus dem Osten gehört hatte. Er war den Menschen zugewandt und er wurde mein engster Vertrauter. Ich gab ihm meine älteste

Tochter als Frau und hoffte hierdurch, ihn zu meinem Nachfolger bestimmen zu können.

Mit ihm gemeinsam betrat ich auch das Allerheiligste, das allein dem Hohepriester zugänglich ist. Ich wollte, dass er erfährt, was hier verborgen ist und fühlte mich bei meinem Tun in Einklang mit dem Höchsten. Auch er sollte die Reinheit und Wahrheit zu Gesicht bekommen. Oft saßen wir eine lange Zeit in diesem Raum. Ich sah Elija und Mose in ihrem hellen Lichtkokon. Ich spürte die vollkommene Klarheit von Gott. Alles ist bestimmt, sagte es mir. Bei Gott ist nicht die Welt der Gefühle. Es ist kein Ort des Mitgefühls, denn vor Gott gibt es kein Leid. Alles hat seine vorgesehene Ordnung. Alles, was geschieht, folgt einem großen Plan. Ich fühlte mich weit weg von der Welt der Menschen. Und doch, es war gut, den jungen Priester bei mir zu haben. Denn diese Nähe zum Allerhöchsten ist auch verbunden mit Trennung und Einsamkeit. Gott lässt sich nicht erreichen. Er ist kein Partner des Menschen. Er ist unnahbar und unerbittlich. In ihm ist alles, was ist.

Es war gut, meinen jungen Freund neben mir zu wissen. Er war voller Mitgefühl mit den Menschen. Sein Herz war auf sie gerichtet. Er nahm Anteil an ihrem Leid und ihrer Not. Er erläuterte ihnen den Willen Gottes, er erklärte die Gesetze, er tröstete sie. Ich war den Menschen zu fern, um ihnen bei den Aufgaben des Tages helfen zu können. Die Reinheit, Wahrheit und Klarheit Gottes haben keinen Platz bei den Menschen. Menschen müssen sich täuschen, damit ihr Leben in Spannung bleibt. Die Wahrheit, Klarheit und Reinheit müssen getrübt sein. Die Menschen machen sich ihr Bild von Gott, doch sie können ihn nicht erkennen. Ihr Bild ist immer Täuschung! Würden sie die Wahrheit erkennen, würden die Ängste und

Wünsche fehlen und die Bedürfnisse wären gestillt. Was bliebe von diesem menschlichen Sein?

Mein junger Freund, er konnte sie auf ihren schwierigen Wegen begleiten. Mein Platz war bei der Wahrheit. So haben wir gemeinsam die Verbindung unseres Volkes zu Gott gehalten. Er auf der Seite der Menschen und ich auf der Seite Gottes. Ich musste meinem Volk die Gebote geben. Nicht weil sie für sich wichtig sind, sondern weil es von großer Bedeutung ist, dass die Menschen ihr Leben auf das Allerhöchste ausrichten. Sie sollen die Reinheit und Klarheit anstreben, auch wenn sie diese nicht kennen. Und weil sie diese nicht kennen, ist der Weg von so großer Bedeutung. Daher erhalten sie die Gebote.

Auch wenn ich den Menschen fernstand, so war ich doch ihr religiöser Diener. Gott zu dienen ist nicht möglich. Das Allerhöchste ist zu absolut und es bestimmt unser Leben. Alles geschieht hierfür und in seinem Namen, unabhängig von unserer Absicht und unseren Taten.

Es war in meinem vierundsechzigsten Lebensjahr, da saß ich im Allerheiligsten. Ich war gekleidet in mein langes weißes Gewand. Fein gearbeitete Sandalen, die nur für den Dienst im Tempel bestimmt waren, trug ich an den Füßen. Der Raum war angefüllt von den Düften, die die im Feuer dargebrachten Kräuter und Harze verbreiteten. Ich war der Hohepriester und vor den Menschen herausgehoben. Mein Freund war bei mir.

Ich spürte, wie mein Herz seine Kraft verlor. Ich bettete meinen Kopf auf den Schoß meines Begleiters. Noch einmal sah ich das helle Licht. Mein Leben auf dieser Erde ging zu Ende. Mein Körper lag auf dem Boden. Mein Freund hielt meinen Kopf mit den ergrauten Haaren in seinen Händen. Ich spürte die tiefe Traurigkeit in seinem Herzen.

Mein Leben war vergangen. Vor mir sah ich die Menschen. Ich war ihnen nicht begegnet. Abgegrenzt von ihrem Sein hatte ich mein Leben geführt. Mein Volk hatte mir einen Platz zugewiesen, an dem ich meine Aufgabe für sie und das Ganze zu erfüllen hatte. Es gab auch das Gefühl, benutzt worden zu sein, damit mein Volk eine Zukunft haben konnte. War das gelungen? Ich spürte Zweifel. War es das Leben, das ich gewollt hatte? Ich spürte tiefe Einsamkeit. Edel und rein hatte mein Leben sein sollen. Doch es war getrennt von den Menschen gewesen. Ich blickte auf meinen Freund. Nein, das Amt des Hohepriesters sollte er nicht übernehmen. Sein Mitgefühl mit den Menschen, wie unendlich wertvoll war es! Er war bereit, Schmerz, Leid, Freude und Vertrauen mit ihnen zu teilen. Wie schön kam mir dies vor. Meine Frau, sie hatte ohne mich gelebt. Meine Töchter hatten allein ihre Mutter, die für sie sorgte. Ich hatte Reinheit und Wahrheit leben wollen. Ich hatte gesehen, dass es diese gab.

Die Menschen waren mir fern. Sie leben in der Täuschung. Und doch, schaue ich zurück, dann sehe ich, wie beiden – der Wahrheit und der Täuschung – höchste Achtung gebühren. Ich sehe den schwierigen Weg, den mein Freund mit seinem Mitgefühl für die Menschen noch zu gehen hat. Ich wünsche mir, ihm dabei helfen zu können. Ich sehe die Gebote und Gesetze und auch das Leben ohne Wertung von richtig, gut, falsch und schlecht. Alles ist gleich wertvoll.

Die Gebote sind nur Gleichnisse für den Weg zum Allerhöchsten. Ich sehe, wie ich ein Teil war und wünsche mir, selbst all die Dimensionen in mir vereinen zu können: die Wahrheit und die Täuschung, das Vertrauen und die Angst. Lassen sich Mitleid und Klarheit verbinden? Ließe sich in einem

Menschen verbinden, die Wahrheit zu schauen und zugleich menschliches Leid und menschliche Freude zu leben? Mit dieser Frage habe ich den Ort des irdischen Seins verlassen. Das Bild des Tempels trage ich in mir, denn er war wie eine große Liebe.

Ein Leben Gott gewidmet

Eine andere Zeit, ein anderes Leben, eine andere Welt. Ich musste meine Gedanken ordnen. Dort der wilde, auch brutale und lebensdurstige Krieger, hier der asketische Priester, dessen Welt der Tempel war.

»Klingt sehr absolut, was Sie da berichten«, merkte ich an.

»Ja«, war seine kurze Entgegnung.

Okay, dachte ich, wenn er im Augenblick lieber schweigen möchte, dann muss ich weiter fragen.

»Und, wie fühlt sich das an, ein Leben als Hohepriester? Ist das nicht steril und knöchern?«

»Nein, würde ich nicht sagen«.

Das war ja richtig schwer, mehr von ihm zu erfahren.

»Was würden Sie dann sagen?«, hakte ich noch mal nach.

»Entschuldigung, wenn ich von dieser irdischen Existenz als Hohepriester berichte, entrückt mich das. Dieses Leben zieht mich an. Es verbindet mich viel damit. Ich spüre, was es bedeutet, auf ein derart gewaltiges Thema wie Gott bezogen zu sein«, meinte mein Gesprächspartner.

Ich war neugierig. Dieses Erdendasein als Priester hatte mein Vorstellungsvermögen überschritten. Das war mir zu abgehoben. Ich wollte mein Gegenüber verstehen und er führte mich in eine mir fremde Welt. Ich mochte es aber nicht, derart wenig nachvollziehen zu können, was einen anderen Menschen bewegte. Er sah wohl meinen fragenden Blick. Jedenfalls begann er zu sprechen.

»Gott nahe und den Menschen fern. Reinheit und Klarheit als Daseinsziel. Dieses Leben hat die Gewissheit gegeben, mit

Gott verbunden zu sein. Zugleich ist die Verbindung eine Pflicht für das eigene Volk.«

Ich war ein wenig verwirrt. Dass der Priester sich tief mit Gott verbunden fühlte, war deutlich geworden. Aber warum sah er den Kontakt zu Gott so ausschließlich als Dienst für sein Volk?

»Dient ein Gottesdienst nicht immer allen Menschen? Gott unterscheidet doch nicht zwischen Völkern, Rassen, Geschlechtern oder Religionszugehörigkeit«, wandte ich ein.

»Das sagen Sie aus heutiger Sicht«, antwortete er. »Aus der Sicht des Hohepriesters gibt es zwar nur einen Gott, auf den er sich beziehen kann, aber zugleich haben andere Völker andere Götter. Die Menschen und Völker sind für ihn nicht gleich und auch nicht gleichwertig, ebenso wenig die Gottheiten. Es war die große Erkenntnis des arabischen Kriegers, als er auf sein Leben blickte: Alle Menschen sind von Allah erschaffen und vor ihm gleich. So hat der Hohepriester nicht gedacht.«

Ich schaute nachdenklich und wohl auch ein wenig erstaunt. Das hatte ich mir noch nie so überlegt. Ich dachte an die heutigen Kirchen. Als hätte er meine Gedanken erraten, fuhr mein Gesprächspartner fort.

»So wie Sie es sehen, ist das auch heute nicht die gängige Auffassung. Auch nicht in den christlichen Kirchen. Überhaupt erkenne ich in den heutigen christlichen Kirchen eine Nachfolge des vorchristlichen Glaubens. Zum Beispiel gibt es in der römisch-katholischen Kirche die privilegierten Priester, Generalvikare, Weihbischöfe, Titularbischöfe, Kurienbischöfe, Diözesanbischöfe, Erzbischöfe, Kardinäle, den Papst, die einen exklusiven Zugang zu Gott und den Tempeln haben. Wir müssen uns nur die Zeremonienkleider anschauen: die Umhänge, Röcke, Gewänder und insbesondere die Kopfbedeckungen. Wo haben diese ihren Ursprung? Sie erinnern an die vorchristliche Priesterkleidung. Der Papst hat eine Stellung wie ein Hohepriester.«

Das waren ja interessante Beobachtungen. Erst vor Kurzem hatte ich die Übertragung einer Messe aus dem Petersdom im Fernsehen angeschaut. Das war eine unglaubliche Vielfalt an Gewändern, Farben und Stoffen. Jeder Bischof, Erzbischof oder Kardinal tat mit der Kleidung seinen Status kund.

»Die Lehren des Predigers und Begründers des Christentums, Jesus von Nazareth, finden wir eher in den Klöstern verwirklicht«, sprach er weiter. »Hier trifft man viel häufiger auf die Ideen von Gleichheit, Armut, Brüderlichkeit und gelebte Nächstenliebe. Ist es nicht so, dass die christlichen Kirchen, und hier meine ich ganz besonders die römisch-katholische Kirche, Orte sind, an denen das Christentum in einer intensiven Auseinandersetzung mit den vorchristlichen Glaubensvorstellungen aus dem Nahen Osten und Mittelmeerraum steht? Lässt sich nicht ein ständiges Ringen zwischen den Vertretern des hierarchischen Tempelglaubens und einer christlichen Gottesvorstellung von Freiheit und Liebe erkennen?«

Eine kurze Pause entstand. Dann hörte ich wieder seine Stimme. Ich hatte es also geschafft, seine anfängliche Schweigsamkeit zu beenden, dachte ich.

»Doch zurück zum Leben als Hohepriester. Es gibt bei ihm die Ahnung, dass Mitleid und Demut den Menschen einen neuen Weg weisen können.«

»Ja, aber was ist mit der Familie, der Frau und den Kindern? Was ist mit Verwandten und Freunden?«, warf ich ein.

»Das ist nicht Thema dieser Existenz«, erwiderte er. »Es geht hier um anderes. Es geht um das Streben nach dem Absoluten und Allerhöchsten. Auch das Absolute gehört zu uns Menschen. Es gibt nicht viele irdische Existenzen, in denen das Allerhöchste mit dieser Intensität gesucht wird. Aber ich denke, in jedem Menschen gibt es einen Anteil davon.«

Ich schaute ihn an und meinte, das Allerhöchste in ihm zu erkennen. Ich empfand mich in diesem Augenblick wie ein Mitglied seines Volkes. Ja, in dieser Zeit war es seine Pflicht und Aufgabe, mir, seinem Volk, diesen Kontakt zu Gott zu vermitteln. Er wusste sich als Teil der Gemeinschaft und war ihr verpflichtet.

»Der Hohepriester war zufrieden mit dieser besonderen Aufgabe«, nahm er seinen Gedanken wieder auf. »Gott war ihm Heimat und Gewissheit. Die Anbindung zu Gott hat er für die Gemeinschaft geleistet.«

Ich merkte, wie ich mich mehr mit dem Hohepriester anfreunden konnte. Ja, auch ich suchte die Begegnung mit solchen Menschen, die ihr Leben einer absoluten Spiritualität widmen. Er sollte mir noch mehr davon erzählen. Ich schaute ihn aufmunternd an.

»Ich habe noch einige Fragen«, sagte ich. »Diese Botschafter aus dem Osten, von denen der griechische Freund berichtet, wo sind die hergekommen?«

»In seinem irdischen Dasein erfährt der Priester bereits frühzeitig von den Lehren Buddhas. Weit in den Westen haben Gesandte die Ideen Buddhas getragen. Zugleich scheint es so, als sei darüber für die gesamte Menschheit diese neue Erkenntnis in das Dasein gekommen. Das verbindet sich nun mit der Tradition Griechenlands und dem einen Gott des Judentums. Die neue Erkenntnis ist, dass alle Menschen gleich sind und eine Gemeinschaft bilden. Es ist wie die Ankündigung, dass ein Prophet kommen wird, um diese neue Weisheit den Menschen zu erklären.«

Das sind große Themen, dachte ich. Mir war bekannt, dass zwischen Griechenland und Indien seit den Eroberungen von Alexander dem Großen ein kultureller Austausch bestand. Die Geschichte von den Heiligen Drei Königen fiel mir ein. Auch hier war von Gesandten aus dem Osten die Rede.

»Und wie hat all das in das Leben als wilder arabischer Krieger gewirkt?«, fragte ich weiter.

»Die Grundlage für mein Handeln als Hohepriester war mein Volk. Alle meine Vorstellungen von Gut und Böse hatten sein Wohlergehen als Maßstab. Alles, was meinem Volk diente und half, war gut, egal was dies für andere Menschen bedeutete. Das war durch meinen Bezug auf unseren Gott von absoluter Gültigkeit. Zweifel waren nicht möglich, auch wenn es die Ahnung gab, dass Mitgefühl allen Menschen gegenüber ein hoher Wert sein könnte. Ich musste erst lernen, dies zu verstehen. Das Leben als arabischer Krieger hat mich das erkennen lassen.«

Nachdenklich blickte mich mein Gesprächspartner an.

»Es gibt noch einen anderen Aspekt. Das Leben als Hohepriester hatte das Thema der vollkommenen Hinwendung zum Allerhöchsten für das Erste abgeschlossen. Es existierte ein Impuls, mich nun der Fülle menschlichen Lebens zuzuwenden. Nicht mehr abgeschirmt Hohepriester zu sein, sondern mit den Menschen verbunden zu leben. Was dabei erhalten blieb, war die feste Verankerung in der Herkunft der Familie, des Stammes, des Volks. Weiterhin der absolute Glaube an die Wahrheit des einen Gottes, überliefert in den Schriften.«

So bringt uns jede irdische Existenz einen Schritt weiter, ging es mir durch den Kopf. Was gibt es nicht alles zu erfahren!

»Neu in das Dasein trat die kraftvolle Existenz mitten unter den Menschen«, erzählte er weiter. »Es war der Versuch, die Wahrheit mit der Freude und dem Leid zu verbinden. Auch als arabischer Krieger verwies mich das Leben am Ende auf Mitleid und Demut und ich lernte besser verstehen, was diese bedeuten.«

Ich konnte gut nachvollziehen, was ich hier hörte. Doch eine Frage drängte noch gestellt zu werden.

»Das Leben führt uns durch all die verschiedenen Aspekte des Seins. Gibt die gesellschaftliche Stellung einer irdischen Existenz einen seelischen Entwicklungsstand wieder? Es gab doch in Ihren Berichten besonders herausgestellte Positionen. Menschen, die Einfluss hatten und die Aufmerksamkeit anderer fanden. Kann das ein Hinweis auf den seelischen Entwicklungsstand sein?«

»Wir können in jedem Erdendasein viel lernen. Jeder hat seine Aufgaben. Ich gebe mal ein paar Beispiele: Das Ergebnis einer irdischen Existenz ist die Erkenntnis, anderen Unrecht getan zu haben. Das möchte der Mensch im aktuellen Leben wiedergutmachen. Er ist hilfsbereit und opfert sich für andere auf. Oder ein Mensch fühlte sich in seinem Leben erniedrigt und vernachlässigt. Seine Erkenntnis ist, dass er jetzt dafür sorgen will, Beachtung und Anerkennung zu finden. Im aktuellen Dasein ist er egoistisch und machtversessen. Er nimmt eine gesellschaftlich hohe und machtvolle Position ein. Gleichzeitig trägt er Gefühle von Neid und Missgunst in sich.«

Es schien mir einsichtig, was ich hier vernahm. Gemachte Erfahrungen führen zu neuem Streben und Verhalten. Ich konzentrierte mich darauf, weiter zuzuhören.

»Oder eine bewegende und anstrengende Existenz liegt hinter einem Menschen. Im aktuellen Dasein möchte er sich ausruhen. Er führt ein einfaches zurückgezogenes Leben. Wie will man das werten? An Äußerlichkeiten ist das nicht zu beurteilen.«

Ein Gegenzug rauschte am Fenster vorbei. Für einige Augenblicke lenkte dies unsere Aufmerksamkeit ab.

»Zudem ist mein Eindruck, die Abfolge der Lebensthemen ist bei jedem anders und der Weg der Entwicklung ist nicht gradlinig. Mit dem einen Menschen, der einem im Leben begegnet, fängt etwas Neues an, mit einem anderen kommt ein Thema zum Abschluss. Hier bin ich Anfänger und dort kann ich auf Erkenntnissen aufbauen.«

Ich war erschöpft und zufrieden. Über all das, was ich hier gehört hatte, wollte ich später in aller Ruhe nachdenken.

»Jetzt habe ich doch noch zwei Fragen. Erstens, was aus diesem Erdendasein ist für die heutige Existenz wichtig? Zweitens, gibt es auch eine Geschichte vor der als Hohepriester?«

»Zur ersten Frage: Mit dem Dasein als Hohepriester fühle ich mich im Einklang. Ich empfinde nicht, dass ich große Konflikte aus dieser Zeit in mir trage. Heute, denke ich, kann ich auf die Erfahrung dieser absoluten Gotteserkenntnis zurückgreifen. Aber immer noch spüre ich dabei eine Distanz zu anderen Menschen. Zugleich ist die Suche nach der Liebe geblieben. Sie führt mich weiter. Zur Beantwortung der zweiten Frage muss ich erst auf die Uhr schauen.«

Auch ich blickte auf meine Uhr.

»Es ist noch Zeit genug bis Hannover. Dort steige ich aus. Ja, es gibt noch eine dazugehörige Geschichte.«

Ich wartete gespannt, was jetzt kommen würde.

Sokrates

Mysterium, so will ich's nennen,
mich zur Unwissenheit gern bekennen
und warten, was Erfahrung bringt,
damit das Leben so gelingt.

Erkenntnis kommt zu unserem Glück,
wenn es geht der Blick zurück.
Um zu sehen wie ein Pfand,
was die Teile einst verband.

Der Rückblick ist von großer Kraft,
denn der Mensch im Tod erwacht.
Und wenn er lässt ein wenig Raum,
so kann er nun schon etwas schauen.
Was verbindet, liegt dazwischen.
Dies ist, was wir hier tief vermissen.

Erreichte er dies bei seinem Tod,
als Sokrates den Becher hob,
um zu sterben mit dem Wissen:
Der Ausweg liegt genau dazwischen.

Zwischen dem, was scheinbar ist,
findest du, was du vermisst.
Die Leere birgt die wahre Fülle.
Das Ding an sich ist der Leere Hülle.

SEMILLA IX 2004

Philosoph und Lehrer
Griechenland von 373 bis 309 v. Chr.

Mein Name ist Kleitos von Korinth. Der Name wurde mir als Ehrentitel verliehen. Er bedeutet »Reich an Ruhm«. Ich war Philosoph und unterrichtete seit über zwanzig Jahren die jungen Männer aus der Stadt Korinth. Die Eltern der wohlangesehenen Familien schickten sie zu mir. Unter meiner Anleitung sollten sich ihre Tugenden entfalten. Sie übten sich in den Künsten, der Wissenschaft und Rhetorik. Nach meiner Erinnerung war es mein dreiundfünfzigstes Lebensjahr, als sich zutrug, wovon zuerst berichtet sein soll.

Ich stand in meinem weißen Gewand auf einer Klippe und blickte auf das Meer. Der Wind strich vorbei. Wir waren am Morgen eine gute Stunde aus der Stadt herausgelaufen. Dies war notwendig, um einen Ort zu finden, von dem aus das Auge ungestört bis zum Horizont des Meeres blicken konnte. Korinth liegt an einem Meeresarm. Wie ein großer Fühler schiebt sich das Meer in das Land, als sei es neugierig zu erfahren, was sich jenseits des Wassers zuträgt.

Vierzehn Schüler – zwischen sechzehn und zweiundzwanzig Jahren alt – begleiteten mich. Respektvoll waren sie mir in einem Abstand von einigen Metern auf unserem Weg gefolgt. Ich wollte mit ihnen über den Standpunkt des Menschen im Leben sprechen.

Wir befanden uns ungefähr 150 Fuß[1] über der Meeresoberfläche. Die Küste neigte sich felsig und steil zum Wasser hinab.

---

[1] 1 Fuß sind ca. 0,3 Meter.

Ich war mit den Schülern hierher gekommen, um ihnen einige Fragen zu stellen: »Vor euch seht ihr das Meer, wie weit könnt ihr schauen?«

Die Schüler dachten kurz nach und fragten zurück.

»Was meinst du mit weit, Meister Kleitos?«, fragte Silenos, ein aufgeweckter kleiner Junge, der für jedes Fest und jeden Spaß zu haben war. Doch tief in ihm schlummerte eine große Ernsthaftigkeit getragen von Erfahrungen.

»Sollen wir dir sagen, wie viele Stadia[2] weit wir sehen?«

Mein Verstand freute sich über diese Frage.

»Ja«, forderte ich ihn auf, »sage mir, wie viele Stadia weit du sehen kannst.«

Silenos schaute in die Runde.

»Dürfen wir uns beraten, Meister Kleitos?«

»Ja, beratet euch«, antwortete ich ihnen.

Sie gingen seitwärts und diskutierten, welche Antwort sie mir geben sollten. Ich hörte, wie sie argumentierten.

»Schau mal an der Küste lang. Bis zu dieser Halbinsel sind es sicher zwölf Stadia. Dann müsste es bis zum Horizont über dem Meer gut zehnmal so weit sein. Also ich denke, es sind über zwei Skhoinoi[3].«

Ein anderer Junge mischte sich ein. »Wenn ich mit dem Schiff von hier bis zum Horizont fahren würde, wäre ich sicher über zwei Stunden unterwegs! In zwei Stunden komme ich von Korinth aber auch bis zur kleinen Fischbucht. Zu Fuß ist das fast ein Tagesmarsch.«

---

[2] 1 Stadion sind ca. 180 Meter.
[3] 1 Skhoinos sind ca. 22 Kilometer.

Ich vernahm weitere Wortfetzen: »Wann sieht man vom Schiff das erste Mal die Küste? Wie lange braucht man dann noch bis dorthin?«

Es freute mich darüber, wie sie diskutierten. Sie hatten viel gelernt in der Zeit bei mir. Ihre Argumentation war logisch. Sie dachten klar und diszipliniert. Aber heute wollte ich ihnen etwas ganz anderes zeigen, als sie im Augenblick vermuteten.

Sie kamen zurück. Offensichtlich wollten sie mich nicht zu lange warten lassen.

Damasos gab mir die Antwort: »Wir denken, es werden etwas über zwei Skhoinoi von hier bis zum Horizont sein, Meister Kleitos.«

»Danke, meine Schüler. Das scheint mir eine gute Antwort. Nun sagt mir aber noch: Was ist dort, wo der Horizont ist? Ist dort ein Ende?«

Die Schüler schauten mich mit großen Augen an.

Dann wagte einer eine Antwort: »Dort ist Wasser, Meister Kleitos«, sagte er etwas zögernd. »Nur Wasser, nur Meer und ...« – er zögerte – »... und Luft«, fuhr er fort.

»Woher weißt du das?«

Er dachte kurz nach.

»Ich kann das sehen, Meister Kleitos, und ich weiß es aus Erfahrung.«

»Und ist dort ein Ende?«, fragte ich nach.

Er schaute mich unsicher an. Was meint der Meister mit Ende, schien er sich zu fragen. Die anderen Jungen mieden es, mich direkt anzuschauen. Keiner wollte antworten.

»Beratet euch, ihr habt Zeit. Ich setze mich solange auf diesen Stein.«

Langsam traten sie seitwärts.

Sie diskutierten: »Was meint der Meister mit Ende? Das Meer geht doch noch weiter!«

»Will er wissen, ob das Meer ein Ende hat?«

»Ich denke, wenn man immer weiter in diese Richtung fährt, kommt man an eine Küste. Aber ich weiß nicht, welche. Will man nach Syrakus, muss man auch in diese Richtung fahren.«

»Oder fragt er, ob die Welt ein Ende hat?«

»Nein, das hat er nicht gefragt. Wir müssen seine Worte genau verstehen.«

»Dann gibt es am Horizont kein Ende! Sollen wir ihm das sagen? Das Meer geht weiter bis zu einer Küste und was dann kommt, wissen wir nicht.«

Wie schön sie argumentieren, ging es mir durch den Kopf. Sie haben schon viel für ihr Leben gelernt. Ich war stolz auf sie, und ich dachte, ihre Eltern und die Stadt Korinth sollten auch stolz sein. Wenn diese jungen Männer in der Zukunft das Schicksal von Korinth bestimmen würden, dann könnten wir guten Mutes in die kommenden Tage schauen. Sie kamen zu mir. Ihre Blicke waren selbstbewusst.

Linos, ein kleiner, an allen Fragen der Welt interessierter Junge, erhob die Stimme: »Meister Kleitos, wir haben deine Frage gehört. Wir können dir eine Antwort geben, die diese Frage beantwortet, aber wir wissen auch, dass dies nicht die Antwort ist, die du von uns erhalten möchtest. Es ist so, dass wir bis zum Horizont schauen können, aber das Meer und auch nicht die Welt dort enden.«

Er machte eine Pause. Ich sah, er wollte fortfahren. Ich wartete auf seine weiteren Worte und mein Blick ermunterte ihn zum Sprechen.

»Meister Kleitos, wir haben noch eine Antwort und wir hoffen sehr, dass sie dir gefällt. Was dort am Horizont endet, das ist unser Blick. Weiter können wir nicht schauen. Das ist das Ende dessen, was wir sehen können.«

Er schaute mich mit vorsichtigem Stolz an. Ein wenig Furcht mischte sich in seinen Ausdruck. Er hoffte, erkannt zu haben, was ich von ihnen wissen wollte. Die Jungen warteten gespannt. Ihre Füße spielten mit den Steinen auf der Erde. Die Pause, die ich einlegte, schien sie nervös zu machen. Doch ich wollte sie nicht verunsichern oder ihrer Anspannung überlassen. Nein, was ich soeben von ihnen gehört hatte, gefiel mir gut. Und doch, die Worte, die ich nun an sie richtete, sollten meine tiefe Emotion nicht verraten.

Ich sprach ruhig und langsam.

»Sehr gut, eure Antwort ist perfekt. Ihr habt viel gelernt und versteht klar zu denken. Nun sagt mir, wohin muss ich schauen, damit mein Blick am weitesten gehen kann?«

Voller Aufmerksamkeit sahen sie mich an.

»Gibst du die Antwort, Tychon?«, fragte ich einen meiner jüngeren Schüler.

»Auf das Meer, Meister Kleitos«, antwortete er. »Am Meer kann man am weitesten schauen, wenn es das Wetter zulässt, Meister Kleitos.«

»Sehr gut, und weißt du auch, weshalb?«, fragte ich weiter.

Er blickte fragend, als ob seine Gedanken durcheinander fliegen würden.

»Weil mein Blick durch nichts aufgehalten wird, Meister Kleitos. Nichts steht ihm im Weg.«

»Dann schaut euch um.«

Alle wandten sich um zur hügeligen Landschaft hinter uns.

»Wie weit könnt ihr sehen?«, fragte ich.

»Bis zu den Hügeln«, schallte es mir aus mehreren Mündern entgegen.

Vor lauter Begeisterung über die Erkenntnis hatten sie vergessen, auf meine Aufforderung zur Antwort zu warten.

»Richtig, bis zu den Hügeln. Das sind vielleicht zwölf Stadia. Also viel weniger als in Richtung Meer. Die Hügel sind ein Hindernis für unseren Blick. Wir können nicht sehen, was dahinter ist. Nun sagt mir noch, können wir bestimmen, wie weit wir schauen? Antworte du, Dardanos.«

Seine Antwort kam augenblicklich: »Ja, Meister Kleitos, wir können das bestimmen, denn wir bestimmen, wohin wir blicken.«

»Ihr habt gehört, was Dardanos gesagt hat. Das bedeutet, unser Standort bestimmt, wie weit unser Blick reicht. Wollt ihr im Leben weit schauen? Ich denke, für euch, meine Schüler, kann ich die Frage mit ›Ja‹ beantworten. Ihr wollt in eurem Leben weit sehen können. So wählt einen Standort, der euch das ermöglicht. Wählt einen Standort wie diesen hier am Meer. Er ist leicht erhoben und dem Schauen sind keine Hindernisse gesetzt. Allein eure Fähigkeit begrenzt euch. Nicht jeder Mensch kann gleich gut sehen.«

Ich musste eine Pause einlegen, ich wollte, dass sie diesen ersten Schritt gut verstehen konnten. Sie hatten eben erfahren, worüber ich an diesem Tag mit ihnen sprechen wollte.

»Denkt nun an euer Leben. Denkt an das Leben anderer Menschen. Haben die Athener andere Sitten und Bräuche als wir? Was ist den Menschen aus Sparta heilig und wichtig? Diese Städte sind nur einige Tagesreisen entfernt! Was ist mit den Persern? Wie beurteilen sie, was in der Welt geschieht?

Jeder hat seinen Standort. Was in Sparta eine Tugend ist, kann bei den Persern eine Schande sein. Was die einen für richtig halten, halten die anderen für falsch. So werden in Sparta die jungen Männer zum großen Fest ihrer Aufnahme in den Kreis der Erwachsenen öffentlich ausgepeitscht, und es gilt als Ehre, die meisten Schläge zu erhalten. Dies zum Gefallen der Artemis und für die Fruchtbarkeit der Menschen. Ihr wisst von diesem Brauch. So sollen die jungen Männer Tapferkeit lernen. Doch seid ihr jungen Männer von Korinth, die diesen Brauch nicht kennen, weniger tapfer? Denkt an den großen Diogenes, den ihr alle kennt. Für die einen ist sein Tun eine Schande für unsere Stadt und sie möchten ihm sein Treiben verbieten. Andere sehen eine Bereicherung in seinem Handeln und Reden. Er lebt die Bedürfnislosigkeit. Er besitzt keine Kleider. Er bettelt um sein Essen. Er lebt auf der Straße. Und doch, er ist nicht wie die Armen, sondern er tut es aus freier Entscheidung. Manche nennen ihn einen Hund und er trägt diesen Namen wie einen Ehrentitel. Er schaut von seinem Standort, der seine Existenz bestimmt. Ich möchte nicht darüber urteilen, ob sein Standort richtig oder falsch ist. Das kann ich nicht. Doch von Diogenes können wir lernen, den Standort selbst zu wählen.«

Ich legte wiederum eine Pause ein. Alle kannten hier Diogenes von Sinope. Er war inzwischen ein alter Mann und lebte nicht mehr auf die gleiche Weise wie noch zehn Jahre zuvor. Er hatte Menschen um sich, die ihm im Alter halfen. Es gab aber auch viele, die sein Tun und seine Reden verabscheuten. Sicher waren unter meinen Schülern einige, deren Eltern sie vor einem Kontakt mit dem Denken und Handeln des Diogenes gewarnt hatten.

»Schüler, legt euch auf den Rücken und schaut in den Himmel!«

Die Jungen legten sich auf das halb vertrocknete Gras.

»Wie weit geht euer Blick? Wie weit reicht die Welt, wenn ihr in den Himmel schaut? Auch in der Nacht, wie weit reicht euer Blick in den Himmel? Ich werde euch nicht um eine Antwort bitten, denn hier gibt es keinen Horizont. Es ist der Blick zu den Göttern in ihrer Unsterblichkeit. Es gibt kein Ende. Also, was wollet ihr antworten? Doch fragt euch auch, warum gibt es hier keinen Horizont, und wenn ihr über das Meer schaut, wo auch kein Hindernis euren Blick begrenzt, da gibt es ihn und das Meer verschwindet aus eurem Blick.«

Die Schüler richteten sich wieder auf und schauten verwirrt. Doch will man eine neue Ordnung erschaffen, muss die alte aufhören zu bestehen. Chaos und Verwirrung gebären Neues. Neues will erarbeitet sein.

»Schüler, lasst uns zum Meer gehen. Passt auf, dass ihr nicht hinfallt! Doch solltet ihr fallen, dann achtet darauf, in welche Richtung. Hebt einen Stein auf und betrachtet genau, wo er auf die Erde trifft, nachdem ihn eure Hand losgelassen hat. Und nehmt einen Stock mit, sodass wir unten in der Bucht in den Sand zeichnen können.«

Wir machten uns auf den Weg. Die Schüler liefen voraus. Sie wussten, dass sie das durften, denn ich hatte ihnen benannt, wohin sie gehen sollten. Einige stolperten tatsächlich und verletzten sich leicht an den spitzen Steinen. Alle probierten, was geschah, wenn sie einen Stein aus der Hand fallen ließen. Unten angekommen stellten wir uns mit dem Blick zum Meer.

»Nun sagt mir, wie weit ist es nun bis zum Horizont? Patroklos, sprich du.«

»Meister Kleitos, unser Blick reicht nicht so weit wie von oben. Es ist vielleicht nur ein Skhoinos oder noch weniger.«

»Gut beobachtet, Patroklos. Nun setzt euch in die Hocke. Wie weit reicht jetzt euer Blick?«

Damasos sah mich an. Ich ermunterte ihn zu sprechen.

»Meister Kleitos, es sind nur noch wenige Fuß. Die Wellen stellen sich in unseren Blick und wir können nicht dahinterschauen und selbst, wenn sie nicht wären, würde der Blick nicht weit reichen.«

Gespannt warteten die Schüler auf eine Erklärung. Sie wagten es nicht zu fragen, denn sie wussten, sie mussten es mir überlassen, wie die Antworten gefunden werden.

»Damasos, auch du hast alles richtig beobachtet. Nun nimm diesen Stock und zeichne eine leicht gekrümmte Linie von ungefähr zehn Fuß Länge dort drüben in den Sand. Versuche, die Krümmung so gleichmäßig wie möglich zu zeichnen.«

Damasos machte sich ans Zeichnen. Wir stellten uns im Halbkreis um die Linie.

»Damasos, zeichne eine kleine Linie von einem halben Fuß, die hier vorne senkrecht auf deiner Linie steht und verbinde dann den Endpunkt der kleinen Linie möglichst gerade so mit der gekrümmten, dass diese leicht berührt wird.«

Damasos tat wie geheißen.

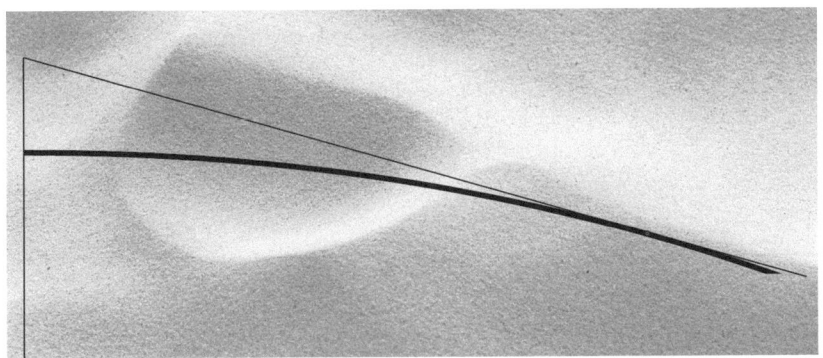

»Ihr könnt erkennen, die neue gerade Linie berührt die gekrümmte; läuft dann ein wenig parallel und schließlich oberhalb der gekrümmten weiter. Sie ist also eine Tangente. Wenn nun hier oben, ein halber Fuß über der gekrümmten Linie, unser Standort dort oben auf dem Hügel ist und die gekrümmte Linie die Oberfläche des Meeres, dann könnten wir die gekrümmte Linie, also die Oberfläche des Meeres, nur bis zum Berührungspunkt mit der Tangente sehen. Hier ist der Horizont. Was dahinter liegt, bleibt uns verborgen.«

Ich machte wieder eine Pause, um ihnen Zeit zu lassen, zu verstehen, was ich eben gesagt hatte.

»Damasos, zeichne nun eine Tangente, die bei der Hälfte der Höhe, also bei ungefähr einem Viertel Fuß beginnt, bis zur gekrümmten Linie.«

Ich wartete, dass er die Linie zeichnete.

»Und ihr könnt erkennen, wenn wir auf einem niedrigeren Punkt stehen, können wir nicht so weit schauen. Der Berührungspunkt der Tangente beziehungsweise unseres Blicks mit der gekrümmten Linie beziehungsweise der Meeresoberfläche liegt nun weiter vorne. Der Horizont liegt weiter vorne. Das haben wir erfahren, indem wir hier an den Strand gekommen sind.«

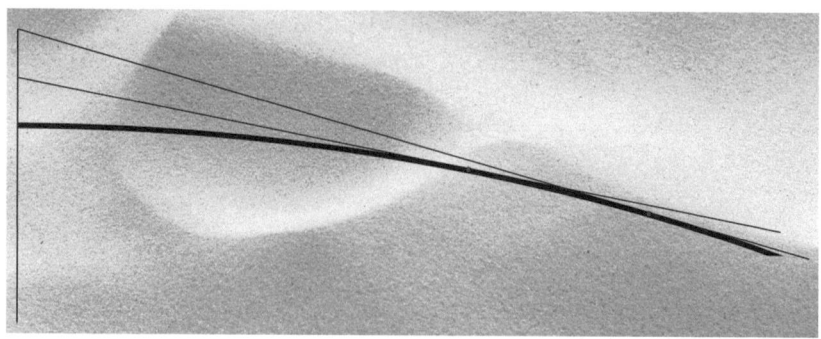

»Adelphos, kannst du mir sagen, was für eine Form unsere Erde hat, wenn die Oberfläche so gleichmäßig gekrümmt ist, wie es hier dargestellt wird?«

Adelphos schluckte. Er schaute mich ungläubig an. Wir hatten oft über geometrische Figuren gesprochen, sodass er sofort wusste, welche Antwort die richtige war. Sie kam ihm aber offenbar zu unsinnig vor, als dass er sich getraute, diese zu geben.

»Adelphos, sage mir, was du in der Geometrie gelernt hast!«

»Meister Kleitos, es handelt sich um eine Kugel. Die Erde ist eine Kugel, wenn die Oberfläche überall derart gekrümmt ist.«

»Sehr richtig, Adelphos, sehr richtig, doch du meinst auch, das kann nicht sein. Warum meinst du das?«

Nun musste ich auf die Antwort nicht warten. Sie sprudelte aus seinem Mund.

»Meister Kleitos, wir würden von einer Kugel herunterfallen, wir würden bei jedem Schritt bergauf oder bergab gehen und das ist nicht wahr.«

»Sehr gut, Adelphos. Nun erhaltet ihr eine weitere Aufgabe und beratet euch gut. Ihr sollt in dieses Bild einzeichnen, wohin euer Stein gefallen ist. Ihr sollt dabei annehmen, dass ihr euch auf der gekrümmten Linie, also auf der Kugeloberfläche bewegt habt. Damit ihr die Oberfläche eben vor euch habt, stellt euch ins Wasser, wenn ihr einen Stein fallen lasst.«

Die Schüler sammelten sich im Kreis. Sie probierten immer wieder, einen Stein fallen zu lassen. Sie kamen zu mir zurück. Es war wieder Adelphos, der das Wort ergriff.

»Meister Kleitos, wir haben getan, was du uns gesagt hast. Es sieht so aus, als falle der Stein genau senkrecht zur Mitte der Kugel, wenn die Erde eine solche ist. Es sieht so aus, denn das wissen wir aus Erfahrung, als geschehe dies an jedem Ort, den wir kennen. Als wir zum Meer hinabgegangen sind, da sind die Steine auch nicht parallel zum Hang, sondern senkrecht zum Boden gefallen. Erst nach dem Aufprall sind sie mit der Neigung des Hanges herabgerollt. Das heißt, wenn wir auf einer gekrümmten Erdoberfläche laufen, dann fallen wir nicht in die Richtung der Krümmung, sondern immer senkrecht nach unten. Meister Kleitos, wenn ich das in das Bild einzeichne, dann ist dies eine Senkrechte nach unten am Berührungspunkt der Tangente. Und an jedem Berührungspunkt jeder Tangente ist dies so. Und alle diese Senkrechten treffen sich im Mittelpunkt der Kugel.«

Er zeichnete zwei Senkrechte an den Berührungspunkten der Tangenten ein. Alle standen vor dem Bild und schauten ihm ehrfürchtig zu. Ich ließ ihnen Zeit. Denn die Verwirrung war groß.

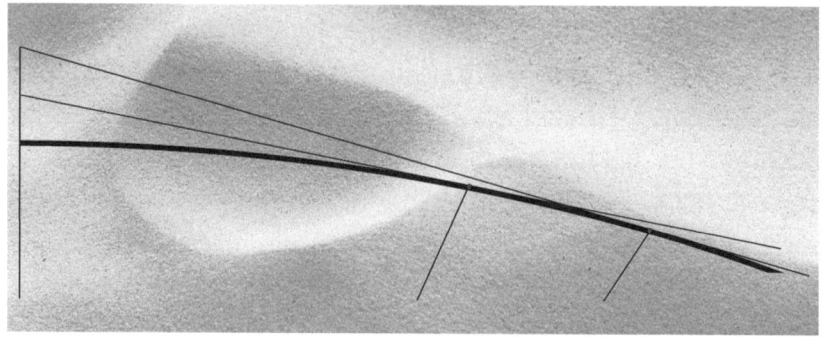

»Nun lasst uns unser Bild überprüfen. Nehmen wir an, ihr wärt auf dem Meer, dort wo sich die Berührungspunkte der Tangenten befinden. Welchen Standort an Land seht ihr zuerst, wenn ihr vom Meer kommt?«

»Meister Kleitos, den höheren«, ertönte es aus vielen Mündern.

»Gut, darüber berichten uns die Seefahrer. Besonders in der Nacht ist das Feuer auf einem hohen Turm oder Berg von viel weiter zu sehen. All das ist so, wenn die Erdoberfläche gekrümmt und für uns wie der Teil eines Bogens einer Kugel ist.«

Wieder machte ich eine Pause. Ich wusste, wie viele Gedanken ihnen durch den Kopf gingen. Dass die Welt eine Kugel sein könnte, zu abenteuerlich klang das für ihre Ohren.

»Platon, der weise Schüler des großen Sokrates, hat in seinem Werk Timaios geschrieben, dass die Welt eine Kugel sei. Wir haben gesehen, wenn wir genau beobachten, können wir Platon nicht widersprechen – vielmehr unsere Beobachtung bestätigt ihn. Die Kugel ist eine perfekte Form. Nichts kommt ihr in ihrer Vollkommenheit gleich. Die Kugel ist Vollkommenheit. So hat der weise Platon dies gesehen.«

Während ich sprach, zeichnete ich einen Kreis als Abbild einer Kugel in den Sand und legte an den Berührungspunkten von Tangenten Senkrechte, die sich im Mittelpunkt der Kugel schnitten.

»Die Idee unserer Erde ist eine vollkommene. Platon war mehr an dieser Idee, an der wahren Welt interessiert als an der äußeren Erscheinung, die wir heute betrachtet haben. Und lasst mich noch ergänzen: Welche Form hat der Mond, wenn ihr ihn ganz seht? Er ist eine runde Scheibe. Wie sieht eine Kugel aus großer Entfernung aus? Wie eine runde Scheibe! Schaut euch in einer Nacht mit vollem Mond an, wie seine Form ist. Es mag euch gelingen, auch hier eine Kugel zu erkennen.«

Ich musste kurz innehalten. Die Gesichter der Schüler waren von Anspannung gekennzeichnet.

»Doch, liebe Schüler, bleibt wachsam. Noch wisst ihr nicht, ob richtig ist, was uns unsere heutigen Gedanken sagen. Seit wachsam und schaut jeden Tag, ob es stimmen kann, was wir jetzt denken.«

Ich wusste, es war fast zu viel, was ich an diesem Tag meinen Schülern zu verstehen gab. Aber meine Zeit, in der ich sie lehren konnte, so ahnte ich, ging dem Ende zu. Ich wollte noch vollenden, was ich mit ihnen begonnen hatte.

»Lasst mich noch einen Gedanken anfügen. Wir haben gesehen, wir fallen nicht von dieser Kugel, wenn die Erde nun eine sein sollte. Warum? Weil es uns zur Mitte der Erde zieht. Die Unterwelt zieht uns an. Wenn wir nicht unsere Kraft dagegen stemmen, wenn nicht unser Körper seine Härte dagegen stellt, dann fallen wir zur Mitte. So mag es sein, wenn wir sterben, dann zieht es unsere Seele in die Unterwelt. Und so mag es sein, wenn wir gezeugt werden, dass die Seele einen festen Halt auf der Erde erhält. Wir können mit unserem Körper dem Sog der Unterwelt widerstehen. Auf diese Weise hält uns die Unterwelt im Leben, dass wir nicht von unserer Erdkugel fallen. Derart vollkommen ist hier alles.«

Ich wartete ein wenig. Meine Schüler brauchten Zeit für eigene Gedanken. Bewegung des Körpers hilft der Bewegung des Geistes.

»Schüler, lasst uns zurück auf die Klippe gehen, es ist Zeit für eine Pause, und uns in den Schatten eines Baumes setzen.«

Der Aufstieg in der gleißenden Sonne war mühsam. Schweiß tropfte von unseren Gesichtern hinab. Immer wieder rutschten wir im nachgebenden Geröll nach unten. Es war, als wollte uns die Unterwelt ihre Kraft, mit der sie uns zum Mittelpunkt der Erde zieht, mit aller Deutlichkeit zeigen. Den Schatten des Baumes erreicht zu haben, erschien uns wie eine Belohnung für die intensive Arbeit des Vormittags. Essen und Getränke hatten die Schüler mitgebracht. Gemeinsam teilten wir das Mahl. Die Schüler wussten, dass nun nicht die Zeit für Fragen war. Wir ruhten uns im Schatten aus und warteten, dass die größte Hitze des Tages vorüberging.

Ich wollte alleine mit meinen Gedanken sein und ging die wenigen Schritte bis zur Klippe. Nun stand ich hier und blickte in die Ferne. Ich spürte die Meeresbrise. Wie schön war das Meer, wie wunderbar waren das Licht, die Luft, der Geruch und das Geräusch hier an diesem Ort! Die Sonne hatte den Zenit überschritten und neigte ihre Bahn hin zum Untergang. Ihre Strahlen spiegelten sich auf der Oberfläche des Wassers und tanzten leicht wie goldene Wolken mit den Wellen des Meeres. Wie wunderschön ist das Leben! Welche Fülle beinhaltet es!

Und doch war auch Traurigkeit in mir. Ich spürte in meinem Herzen die Vorboten eines kommenden Abschieds. Ein Abschied von meinen Schülern, die ich so sehr liebte. Sie saßen hinter mir gute 30 Fuß entfernt im Gras. Sie waren ganz leise. Es war der Respekt, vielleicht auch ihre unbewusste Ahnung von der bevorstehenden Trennung sowie ein inneres Staunen und Gewahr-Werden über das, was sie heute erfahren hatten, das sie in Schweigsamkeit verharren ließ.

Ich kehrte zurück zu unserem Rastplatz. Die Schüler sprachen nun über das, was sie am Vormittag gelernt hatten. Sie diskutierten heiß über Diogenes. Die einen bewunderten sein

Tun, die anderen sahen die Gemeinschaft zerstört, wenn jeder wie er leben würde. Sie sprachen auch über ihre Familien und vieles andere, was sie bewegte. Manch einer döste vor sich hin. Der Schlaf ist die Zeit der Götter. Hier lehren sie unseren Verstand Weisheit und führen uns in Träumen zu neuen Ufern. Die Strahlen der Sonne hatten an Stärke verloren. Ich rief die Schüler zu mir. Wir saßen im Schatten eines alten Olivenbaumes und bildeten einen Kreis.

»Tarasios, was hast du an diesem Morgen erfahren?«, fragte ich den ältesten meiner Schüler.

»Meister Kleitos, es war mir eine große Ehre und Freude, heute den Tag mit dir verbringen zu dürfen. Dein Wissen ist groß und weit wie die Welt von hier bis zum Horizont und geht noch darüber hinaus in Sphären, die wir noch nicht einmal ahnen. Ich danke dir für diesen Tag, schon bevor er sich dem Ende zuneigt, denn er war voller Fülle und Freude wie die Rosen im Garten.«

Tarasios liebte diese blumige Sprache, um seiner Ehrerbietung Ausdruck zu geben. Er war der älteste Sohn einer hoch angesehenen und reichen Familie von Korinth. Seine Familie besaß umfangreiche Ländereien mit vielen hundert Bauern und Sklaven. Es gab sicher andere Schüler, deren Verstand noch schärfer als seiner war, doch Tarasios war fleißig und bemüht, sein Wissen zu benutzen. Die Rolle des Ältesten war ihm von großer Bedeutung. Er wollte mit Würde sprechen wie die Alten und Ehre erhalten wie die Noblen.

»Meister Kleitos, darf ich den großen Sokrates bemühen? Er hat uns durch deine wunderbare Vermittlung gelehrt, dass nur der lernen kann, der erkennt, was es zu lernen gibt. Das heißt, wir müssen erkennen, was wir nicht wissen, um zu lernen, was uns unbekannt war. Meister Kleitos, du hast uns heute vieles gezeigt, was wir jeden Tag sehen und doch nicht kennen. Wie selbstverständlich war es uns, dass wir von einer höheren Position weiter über das Meer schauen können und dass es einen Horizont gibt! In uns kam nie der Gedanke auf zu fragen, warum das so ist. Du hast uns gezeigt, dass es von unserem Standpunkt abhängig ist, was wir sehen und erkennen. Du hast uns erfahren lassen, dass wir unseren Standpunkt ändern müssen, um Neues zu erkennen. Wir sind mit dir zu diesen Klippen gewandert, wir haben auf das Meer geschaut und zu den Bergen, wir sind hinabgeklettert zum Rand des Meeres und immer wieder haben sich uns neue Sichtweisen auf die Welt eröffnet.«

Tarasios liebte das Sprechen. Gerne hörte er seine Worte den Raum füllen. Der kurze Satz war nicht sein Werkzeug. Doch genau dies machte ihn auch liebenswert.

»Meister Kleitos, der Gedanke des weisen Platon, die Welt sei eine Kugel, hat uns in seiner Vollkommenheit überwältigt. Wir konnten erkennen, dass die Oberfläche unserer Erde eine Krümmung hat und dass wir doch senkrecht darauf stehen, weil uns die Unterwelt zum Mittelpunkt der Kugel zieht. Welch wunderbare Erkenntnis, welch großer Schatz, den du uns hier geschenkt hast. Wir alle stehen mit Staunen vor dem, was du uns lehrst.«

Er machte nun eine Pause und zögerte ein wenig. Was er nun zu sagen hatte, schien ihn zu verunsichern.

»Meister Kleitos, du hast auch gesagt, es geht um die Idee der Erde. Diese Idee ist Vollkommenheit, mehr als die äußere Welt es sein kann. Es geht um unseren Standpunkt. Nicht nur unser örtlicher Standpunkt, sondern auch unser innerer

Standpunkt – unsere innere Vollkommenheit oder der Grad unserer inneren Unvollkommenheit. Wie viel der Vollkommenheit erkennen wir? Wie schauen wir auf die Menschen und Götter? Wie schauen wir auf die Ordnung, Sitten und Bräuche? Wie schauen wir auf die Tugenden? Weil wir Korinther sind, teilen wir die Sicht der Korinther. Was wäre, wenn wir Makedonier, Athener, Spartaner oder gar Perser wären? Korinther zu sein in dieser Zeit ist unser Standort. Unsere Sicht und unsere Erkenntnis sind Ergebnis hiervon. Du hast die Frage aufgeworfen, ob wir auch andere Standorte im Leben wählen wollen, um mehr von dieser Welt zu erkennen. Dafür danken wir dir, Meister Kleitos.«

Tarasios schwieg und gab zu erkennen, dass seine Rede ihr Ende gefunden hatte.

»Ich danke dir, Tarasios, für deine klug gewählten Worte.«

Ja, ich war sehr zufrieden mit dem, was er gesagt hatte. Sicher, die Anwendung der Beobachtung und der Regeln der Geometrie sind überaus lehrreich und von großer Schönheit, um zu zeigen, unsere Erde könnte die Gestalt einer vollkommenen Kugel haben. Allein, das war nicht der Kern meines Anliegens. Ich wollte, dass die Schüler erfahren, was es heißt, einen Standpunkt im Leben einzunehmen. Ich wollte, dass sie erkennen, welche Folgen der gewählte Standpunkt hat und ich wollte vor sie die Größe unserer Welt stellen, ja, sie einen Blick auf die Weisheit werfen lassen. Sie sollten frei wachsen und sich entfalten in der Größe dieser Welt.

»Schüler, nun lasst uns zurückkehren nach Korinth und besprechen, was wir erfahren haben.«

Langsam machten wir uns auf den Weg. Wir sprachen über Platon, seine Idee der Kugel und die Weltenseele. Wir diskutierten seine Auffassung von der Seelenwanderung. Eine hitzige Diskussion entzündete sich hieran. Werden wir am Rande unseres Horizonts wieder geboren, für eine neue Sicht auf eine neue Existenz? Es geht um unseren geistigen Horizont. Er reicht bis zu dem Erkenntnisstand, den wir in seiner Wahrheit verstanden haben. Sind wir im Gefängnis geistiger Mauern eingesperrt, so ist auch unsere Erkenntnis entsprechend begrenzt. Im Laufe der Seelenwanderung wird dann der eigene Horizont immer weiter. Wir sollten jedes Leben und jede Erkenntnis ehren. Denn Erkenntnis zu erlangen, ist immer ein schwerer und leidvoller Weg.

Die Feste des Dionysos waren ebenfalls unser Thema. Dionysos, wie einfach kann uns dieser Gott erscheinen! Ein Gott der Feste, der Ausschweifung und der Freude. Doch was ist es, das diesen Ausdruck findet? Welche Kraft ist in ihm verborgen? Was ist der Quell, der ihn nährt? Es geht um eine Sicht unter die Oberfläche oder um ein Erkennen der Unendlichkeit jenseits unseres Horizonts. Was erwacht in uns Menschen, wenn wir unsere Feste feiern, das in uns tief geschlafen hat, und findet Ausdruck bis zur Ekstase? Die Kraft der Schöpfung scheint sich zu zeigen. Die Urkraft unseres Lebens ist erweckt, die unser Dasein von Generation zu Generation trägt. Dionysos ist größer als wir erkennen, wenn wir seine Feste feiern. Er zeigt uns die Kräfte, die wir im Leben bändigen und zu tugendhaften Taten umzugestalten versuchen. Er steht hinter dem Mut der Krieger und der Zärtlichkeit der Liebenden. Dionysos ist ein besonderer Gott. Er ist ein sterbender und auferstehender Gott. Er hat vielfältige Gestalt in der Unter- und der Oberwelt und die Erzählungen über seine Erschaffung und sein Leben sind mannigfaltig. Dionysos lässt uns wachsen und uns entwickeln. Er gibt uns die Kraft, unseren Weg zu finden und unseren Standort im Leben einzunehmen. Es ist die Leitung durch Dionysos, die ich meinen Schülern wünsche, dass sie stark und klug im Leben stehen. Mit seiner Hilfe will ich ihre Tugenden zur Entfaltung bringen. Er ist ein Wanderer zwischen den Welten, der immer wieder neu geboren wird. Mit jeder Geburt nimmt er einen neuen Standort ein. Er ist ein Gleichnis für die Wanderung der Seele, wie sie der große Platon beschrieben hat. Er steht für das Erreichen neuer Horizonte. All das wollte ich meine Schüler lehren.

Der Tag klang aus. Unsere Standpunkte wechselten. Wir versuchten uns in Rollen. Wie würden wir die Welt aus der Sicht eines Bauern oder Sklaven sehen? Wie wäre es vor hundert Jahren gewesen oder zu der Zeit, als die Demokraten in Korinth herrschten? Was ist die Ordnung dieser Welt und welche Ordnung der Menschen mag die richtige sein? Ich ließ der Rede ihren Lauf. Gelehrt hatte ich am Morgen. Unser Schritt war langsam, Pausen unterbrachen den Gang und der Weg dauerte weit länger als in der Früh. So manches Mal schweiften meine Gedanken auch zu den Gesprächen, die ich in den Tagen zuvor mit den Aristokraten geführt hatte, und ich fragte mich, wie diese wohl weitergehen würden.

Vieles hatte sich geändert, seit die makedonischen Aristokraten vor fünfzehn Jahren die Herrschaft in Korinth übernommen hatten. Waren die Herrscher mir früher freundschaftlich gesonnen gewesen, so wurde mein Handeln nun zunehmend misstrauisch beäugt. Meine Lehren galten als aufwiegelnd. Dass ich die Söhne der alten Elite von Korinth unterrichtete, missfiel den Makedoniern. Sie hatten mich bereits des Öfteren ermahnt, die Ordnung und die Sitten zu achten. Galt

Diogenes als verachtenswert, aber nicht gefährlich, so war dies bei mir eher umgekehrt. Ich wusste, meine Lehre stellte die Herrschaft der makedonischen Adligen in Frage.

Das machte mich traurig, denn es ging darum, die Wahrheit zu erkennen. Nicht Politik war mein Thema, sondern die Welt zu verstehen und ihr frei begegnen zu können. Neues wollte ich denken und lehren. Welch ungeheure Weisheit barg die Welt für den, der sie unvoreingenommen zu beobachten wusste! Ich spürte, man wollte mir mein Lehren verbieten. So kamen wir gegen Abend nach Korinth. Ich verabschiedete mich von meinen Schülern und machte mich auf den Weg nach Hause.

Ich lebte in bescheidenen Verhältnissen und hatte nie geheiratet – ungewöhnlich für einen Mann meiner Stellung in dieser Stadt. Die Nachbarin, die früh verwitwet war und vier Kinder zu versorgen hatte, führte mir den Haushalt. Das machte sie unabhängiger von ihren Verwandten.

Wo ich geboren wurde und wer meine Eltern waren, ist mir unbekannt. Eine reiche und angesehene Familie aus Korinth hat mich aufgezogen. Eingewickelt in eine Decke lag ich als Säugling vor ihrer Tür. Meine Geburt musste kurz zuvor erfolgt sein. Sie übergaben mich einer Amme und ließen mich wie einen Sohn erziehen. Ich lernte die Künste und Wissenschaften, und für mein Wohl war gesorgt. Als ich zwanzig Jahre alt war, machte ich mich auf den Weg nach Athen, denn ich hatte Großes über die Akademie des Platon gehört. Er verlangte kein Geld von seinen Schülern und ohne Ansehen von Rang und Herkunft nahm er sie auf. Zu tiefer Dankbarkeit bin ich ihm verpflichtet.

Lange Jahre habe ich in Athen gelernt und diskutierte oft mit Aristoteles.

Später wurden mir Schüler anvertraut und ich machte meine ersten Erfahrungen als Lehrer. Die Feste des Dionysos habe ich mitgefeiert. Ausschweifende, ekstatische Feste waren das. Die Menschen wurden wie neu geboren. Begrenzungen fielen ab und in ihren Gesichtern war die Kraft der Schöpfung ganz unverfälscht zu sehen.

Eine fruchtbare Lehrzeit hatte ich in Athen verbracht, um dann in meine Heimatstadt Korinth zurückzukehren. Dort sollte ich die jungen Männer unterrichten. Athen und seine Schulen waren das Vorbild der reichen Einwohner der Stadt. Nur zu gerne machte ich mich an die Arbeit. Vieles war in Korinth anders. Die Gleichheit zwischen den Bürgern, die in Athen geherrscht hatte, war in Korinth nicht möglich.

Ich orientierte mich an Aristoteles. Seine genaue Beobachtung des Geschehens der Natur war mir Vorbild. Die Natur ist wunderschön und vielfältig. Als Selbstverständlichkeit nehmen wir sie hin. Dabei ist sie voller Geheimnisse, die es zu entdecken gilt.

Nichts ist selbstverständlich, das hat mich Sokrates gelehrt. Hinter der Welt steckt eine Idee, darauf hat Platon verwiesen. Die Welt lässt sich durch genaue Beobachtung und Erprobung erkunden, zeigte mir Aristoteles. Diese Erkenntnis bildete den Boden für meinen Unterricht. Alles darf daraufhin untersucht werden, was es bedeutet. Es geht um die Wahrheit! Es war eine große Freude zu sehen, mit welcher Begeisterung die Schüler lernten. Ich lehrte sie, genau hinzuschauen und nichts als gewiss anzunehmen.

Mein Lehren fand große Anerkennung. Voller Stolz blickten die Eltern auf ihre Söhne. Sie waren beeindruckt von den Fragen, die sie stellten und den Erkenntnissen, die sie gewannen. Geometrie, Logik, Sprache, Rhetorik, die Lehre vom Staat und von menschlicher Ordnung, die Welt der Götter, die Tugenden der Menschen, Tiere und Pflanzen, die Himmelsgestirne und die Kunst, all das war Gegenstand meines Unterrichts. Die Eltern gaben mir den Ehrennamen Kleitos.

Dann folgten Veränderungen. Die Makedonier übernahmen die Herrschaft. Das Leben in der Stadt änderte sich. Handel und Wirtschaft blühten zwar, aber viele der alten Korinther Familien waren unzufrieden. Sie beriefen sich auf meine Ideen, um zu begründen, dass ihnen mehr Freiheit und Einfluss gebühre. Denn ich vertrat die Meinung, dass jedem Bürger das Recht zustehe, über die staatliche Ordnung mitzubestimmen, in der er leben wollte. Mein Tun wurde von den makedonischen Adligen immer kritischer gesehen. Die neue Führerschicht verlangte von mir, dass ich meine Lehren darlegte und rechtfertigte. Sie ermahnten mich, die Ordnung und die Tugenden nicht zu gefährden. Sie erinnerten mich an meine Verantwortung dafür, dass Frieden und Wohlstand in der Stadt herrschten. Es waren schwierige Diskussionen.

Es kam die Zeit, da man mir drohte, ich dürfte nicht mehr unterrichten. Dies war kurz vor dem Ausflug mit den Schülern zum Meer gewesen. Am darauffolgenden Tag wollten mir die Herrschenden mitteilen, was sie mich betreffend beschlossen hatten.

In ernster Stimmung erschien ich vor dem Rat. Meine Gefühle und Gedanken waren wie verbannt, als ich vor den Adligen stand. Kurz war das Gespräch. Der Rat hatte beschlossen, dass meine Lehren Tugend und Ordnung der Stadt Korinth zuwider waren. Und er hatte beschlossen, um die Jugend vor der Verführung durch mich zu schützen, dass ich die Stadt sofort zu verlassen habe.

Mir kam die Entscheidung im Augenblick ihrer Verkündung selbstverständlich vor, obwohl ich zuvor in keiner Weise mit der Verbannung gerechnet hatte. Ich nahm sie schweigend zur Kenntnis.

Ein Wächter begleitete mich nach Hause. Ich packte einige Kleidungsstücke, Geld, etwas zu essen und verließ zu Fuß Korinth. Der Wächter folgte mir bis zur Stadtgrenze. Immer parallel zum Meer führte mein Weg. Ich kam zur Klippe, an der ich noch gestern meine Schüler gelehrt hatte, und verweilte kurz. Eine tiefe Trauer nahm Besitz von mir. Meine Heimat hatte ich verloren, nie wieder würde ich die Schüler treffen. Ich musste gehen – immer weiter –, um nicht vor Schmerz zusammenzubrechen. In der Nacht fand ich Unterschlupf in einer Bauernhütte.

Am nächsten Morgen ging es weiter am Meer entlang. Weg von Korinth, weg von der Trauer, weg von mir und meinem Leben. Wie betäubt war mein Herz. Es war mir, als hätte mich meine Mutter noch einmal, eingewickelt in eine Decke, vor die Tür fremder Menschen gelegt. Doch dieses Mal war es die Tür der Götter.

So vergingen einige Monate. Ich fühlte mich aller Ziele beraubt, lebte mit der Natur, schlief im Freien oder fand Unterschlupf in einer Hütte. Diogenes war mir gegenwärtig. Lebte ich nun nicht wie er? In Armut allein auf mich gestellt und auf die Hilfe der Menschen angewiesen.

Oft saß ich am Meer und blickte zum Horizont. Dann dachte ich an meine Schüler. War es richtig, was ich sie gelehrt hatte: alles im Leben in Frage zu stellen? Verurteilte ich sie damit nicht zur Einsamkeit? Legte dies nicht tatsächlich den Grundstein zur Gefährdung der Tugenden, ja zum Verbrechen, weil die gegebene Ordnung der Menschen nichts mehr galt? Ich spürte den Kummer meiner Schüler. Was war aus ihnen geworden? Hatte mein Tun sie in einen Konflikt mit den Menschen gebracht?

Und doch, die Wahrheit schien mir so wunderbar groß! Immer wieder entdeckte ich Neues. Ich beobachtete die Pflanzen. Was wohnte in ihnen? Was entfaltete sich gewaltig im Einfluss von Sonne und Regen? Keine Pflanze kann ohne Wasser und Licht leben. Welche Schönheit war das! Warum strebten sie zum Licht? Warum verwurzelten sie sich in der Erde?

Mir hatte man die Wurzeln gekappt. Doch das Streben zum Licht war geblieben. Im Licht liegt die Wahrheit. Das Licht zeigt die Wahrheit. Wie ich streben die Pflanzen zur Wahrheit und zeigen sie uns in ihrer schönen Erscheinung.

Die Jahre zogen vorbei. Ich wanderte über das Land. Hohe Berge überquerte ich. Ich sprach mit den Bauern und Sklaven, die ich traf. Ich gab Rat, wenn man mich fragte und half, wenn es möglich war. Doch die Städte wollte ich nicht betreten. Auch Athen suchte ich nie wieder auf. So vertrieben worden zu sein wie ein Hund – in mir wuchs das Gefühl der Schande. Für Diogenes war es ein Ehrentitel gewesen, als Hund bezeichnet zu werden. Für mich blieb es Schande, wie ein solcher behandelt worden zu sein. Wie gerne hätte ich noch gelehrt. Wie sehr liebte ich die Schüler! Sehnsucht war in mir neben der großen Trauer. All das, was ich erkannt hatte, ich wollte es meinen Schülern schenken. Warum hatte ich nicht aufgeschrieben, was ich zu sagen hatte?

Zehn lange Jahre waren vergangen, seit ich aus Korinth verjagt worden war. Es war Frühling. Ein wunderschöner Frühling. Die Mandelbäume blühten weiß und rosa. Die Sonne war im Meer aufgegangen und erhob sich langsam. Fast waagerecht trafen mich ihre Strahlen. Ich lehnte an der weißen Wand eines Stalls und spürte die Wärme des Morgenlichts auf der Haut. Ich fühlte mich der Sonne und dem Himmel nah. Bei aller Trauer war dieses Gefühl immer mein Begleiter auf den einsamen Wanderungen gewesen.

Ich war alt geworden. Zu alt für dieses Dasein. Oft schmerzten meine Gelenke. Ich spürte, wie nah mir die Welt der Götter war. Mein Herz schien immer langsamer zu schlagen. Ich saß dort und wusste, dass ich nie mehr aufstehen würde.

Ich dachte an meine Schüler. Lebendig sah ich sie vor meinem geistigen Auge. Was war aus ihnen geworden? Eine große Liebe erfasste mich, und ich schloss die Augen. Ich starb. Leicht zusammengesackt lehnte mein Körper an der Mauer. Haare und Bart waren so weiß wie die Wand. Ich blickte auf mich und mein Erdenleben.

Ich ließ den Körper hinter mir. Ich dachte an die Pflanzen und ihr Streben zum Licht. Ich wollte hier nicht länger verweilen. Schon zu lange hatte ich dieses Leben geführt. Zu viele einsame Jahre lagen hinter mir. Mein Verstand war klar. Ich konnte sehen, welches der Preis der Wahrheitsfindung ist. Es kann geschehen, dass der Mensch sich ausschließt aus der Gemeinschaft, weil er die Wahrheit sucht und verkündet. Nicht jede Erkenntnis passt in jede Zeit und jeder muss selbst die

Wahrheit erkennen wollen. Doch sollte ich schweigen? Trauer und Schmerz sagten: ja. Der klare Verstand sagte: nein.

Ich sah ein kleines Tor. Das Tor war aus Blech geformt. Leicht silbern glänzte es im Licht. Hinter diesem Tor liegt nun dieses Leben. Ich musste auf die Knie gehen, um es zu durchschreiten. Dann empfing mich das Licht.

SEMILLA IX 2004

Der Philosoph und die Kultpriesterin

Ich staunte – arabischer Krieger, Hohepriester und nun Philosoph. Das war ja die geballte Ladung! Für mich passten die Lebensgeschichten gut zu ihm. Etwas drängte in mir, und bevor ich darüber nachdenken konnte, platzte es aus mir heraus:

»Gibt es überhaupt keine Frauen in diesen Leben? Ich meine, es muss doch auch ein weibliches Wesen geben, das eine Bedeutung für Sie hat?«

Diese Frage war mir jetzt doch ein wenig peinlich. So direkt hatte ich nicht sein wollen. Gut, nun war es geschehen und ich war gespannt, welche Antwort ich erhalten würde.

»Das stimmt, es gibt eine Frau, die für mich wichtig war. Ich erinnere mich aus der Zeit in Griechenland daran.«

Er schaute mich freundlich und, wie ich meinte, auch ein wenig spöttisch an. Sein Blick ruhte auf dem Tisch und er begann zu erzählen.

»Ich war ja ein Findelkind. Mein gesellschaftlicher Stand war bezüglich meiner Herkunft fragwürdig, auch wenn mich eine angesehene Familie wie ein eigenes Kind angenommen hatte. Es könnte sein, dass mein Adoptivvater mein leiblicher Vater war. Möglicherweise war ich das Kind seiner Beziehung mit einer Hetaera, einer Tempelprostituierten oder Kultpriesterin. In Korinth war die Prostitution weit verbreitet.

Als ich in jungen Jahren in Athen weilte, wollte ich die Kunst der Philosophie lernen. Die Frauen, mit denen ich zusammen war, waren Prostituierte. Ich habe auf diese Weise viele Frauen kennengelernt und mich auch in manche verliebt. Doch es waren keine Frauen, um eine Familie zu gründen, und um in einer festeren Beziehung mit einer Kurtisane zu leben, dafür fehlten mir die Mittel.

Zurück in Korinth musste ich mir eine Existenz aufbauen. Ich hatte inzwischen das Alter zum Heiraten, doch welche Familie von Stand hätte mit mir, dem Findelkind mit fraglicher Abstammung, eine Bindung eingehen wollen?

Ehrbare Frauen waren begehrt. Die Anzahl der Bewerber groß, die eine Tochter aus wohlangesehenem Haus ehelichen wollten. Zudem, wollte ich überhaupt eine eigene Familie? Ich glaube nicht.

Ich ging weiterhin zu den Prostituierten. Es waren schöne und interessante Frauen, denen ich begegnete. Ich hatte, wie schon berichtet, in Athen den Kult des Dionysos kennengelernt. Ich war ein großer Verehrer der Lebensidee, die Grenzen unseres Seins zu erkunden.

In Korinth begegnete ich Aphrodite. Ich besuchte häufig den ihr geweihten Tempel. Das ist jener Tempel, den ich als Hohepriester im Traum gesehen habe. In mir hat sich das Bild des Tempels zu einer Einheit mit dem Gefühl der Liebe verbunden. Meine Liebe zu ihm als Hohepriester war ein Erinnern an eine große Liebe zu einer Kultpriesterin am Tempel der Aphrodite bei Korinth. Ihr Name war Medea.

Ich war bereits seit langer Zeit zu diesem Tempel gekommen, als ich Medea das erste Mal begegnete. Augenblicklich war ich von ihr eingenommen. Sie war eine stattliche Frau. Sicher keine Schönheit, doch ihr Gesicht hatte ebenmäßige Züge und ihr Körper war wohlgeformt. Es war ihre Art, ihr Blick, mit dem sie mich ansah, was mich anzog.

Ich hoffte, auch ihr zu gefallen. Ich ging auf sie zu und begrüßte sie höflich. Sie erwiderte den Gruß und in mir entstand ein großes Verlangen. Diese Frau wollte ich in meinen Armen halten, ihren Körper leicht berühren und in leisen Worten zu ihr sprechen. Ich überreichte ihr ein Geldgeschenk. Sie musterte mich mit Fürsorge. Sie schien zu prüfen, was gut für mich sei. Wir gingen in den Tempel und Medea brachte Aphrodite ein Opfer aus heiligen Kräutern dar. Dazu sprach sie mit warmer Stimme Reime, die der Göttin gewidmet waren. Der Raum erfüllte sich mit einem betörenden Duft und die Realität schwand vor meinem Bewusstsein. Ich fühlte mich mit dieser Frau an meiner Seite Aphrodite unendlich nah. Ich nahm ihre Hand und streichelte sie zärtlich. Ich meinte ihre Zuneigung zu spüren, aber auch eine Haltung, die Respekt und Achtung einforderte. Sie hatte kleine dunkle Augen und um diese lag ein Zug von Müdigkeit. Ich dachte, sie bräuchte mehr Schlaf und Ruhe. Doch den Blick, mit dem sie mich anschaute, werde ich für immer im Gedächtnis tragen.

Wir gingen zu ihrem Lager. Ich fühlte mich angenommen und aufgehoben bei Medea. Lange lagen wir zusammen. Ihr Kopf ruhte auf meiner Brust. Ihr abgelegtes Gewand deckte uns leicht zu und schützte vor der Kühle der hereinbrechenden Nacht. Ich dankte Aphrodite, die mir diese schönen Stunden geschenkt hatte.

In meiner Zeit in Korinth habe ich Medea immer wieder besucht. Nur ganz selten verbrachte ich Stunden mit einer anderen Frau und nie so, dass sie davon Kenntnis erhielt. Wir verabredeten feste Zeiten. Ich fragte sie nicht nach anderen Besuchern und wollte auch nicht daran denken.

Gemeinsam wurden wir älter. Es gab ein tiefes Verständnis zwischen uns. Oft saßen wir lange zusammen und sprachen über die Menschen, über uns, die Götter und die Welt. Ich erzählte ihr die Ideen, die ich in mir trug. Sie hörte konzentriert zu und stellte ab und an eine Frage.

Von den Stufen des Tempels aus betrachteten wir, wie die Sonne unterging und mit ihrem roten Licht die Welt verzauberte. Es waren schöne Augenblicke, wenn sie bei mir war. Sie gab mir viel Kraft und ich hoffe, auch ich war ihr Halt.

Später, nach meiner Verbannung, habe ich sie nicht mehr gesehen. Ich hatte nicht den Mut, noch einmal zum Tempel zu kommen. Weniger, da es mir verboten war, mehr, weil ich mich erniedrigt fühlte, abgewertet und verletzt, und mich nicht getraute, ihr als Verstoßener gegenüberzutreten. Ich hoffe, sie hat das verstanden. Trauer wird darüber in ihrem Herzen geblieben sein, dass ich mich nicht mehr an sie zu erinnern schien. Vielleicht hat sie auch an meiner Liebe und meinem Mut gezweifelt. Ist sie darüber verbittert? Hat Medea sich von mir nicht gewürdigt gesehen? War sie verletzt? Sicher ist, dass eine große Sehnsucht in mir geblieben ist.«

Wir schwiegen. Mein Herz schmerzte, als ich an diese Liebe dachte. Durfte sich die Liebe dieser beiden Menschen auch in vielem erfüllen, es blieb doch ein schmerzhafter Stachel des sehnsüchtigen Verlangens. Sicher war Medea zutiefst enttäuscht gewesen, dass Kleitos sich nach der Verbannung nicht an sie gewandt hatte. Verstanden hatte sie das gewiss nicht! Das spürte ich: Außer Sehnsucht und Liebe waren auch Wut und Enttäuschung in ihrem Herzen. War das die Liebe, von der Kleitos zu ihr gesprochen hatte? Sie musste sich abgewertet und nicht als Frau, die an seiner Seite steht, angenommen gefühlt haben.

Ich schaute ihn an. Sein Gesicht hatte weiche und leicht traurige Züge bekommen. Ich war mir unsicher, ob ich weiter fragen sollte. Doch schließlich überwand ich meine Scheu.

»Wie ist es dieser Frau, dieser Priesterin, weiter ergangen? Wissen Sie etwas darüber?«, fragte ich.

Er dachte nach. Dann sprach er in seiner ruhigen Art.

»Ich habe nur Ahnungen. Es war eine Frau, die alleine und für sich gelebt hat. Manchmal ist der Verdacht in mir, sie habe mir nur eine Seite von sich gezeigt. Das ist gut möglich, aber meine Beziehung zu ihr war derart, dass ich nicht tiefer in sie dringen wollte. Das, was sie mir zeigte, wie sie sich mir öffnete, ich nahm es an. Wir mussten in diesen Umständen miteinander leben. Ich fragte sie nicht nach der Zeit, die sie ohne mich verbrachte. Ich weiß, sie meinte, gerne mit den Männern zusammen zu sein, die sie aufsuchten. Sie erzählte mir, dass sie neugierig auf die Menschen sei und sich im Tempel der Aphrodite aufgehoben sah.«

Der Klang seiner Stimme war mit den letzten Worten ein wenig rau geworden. Der Gedanke an die anderen Männer war ihm wohl unangenehm.

»Sicher gab es in ihrem Inneren auch Not und Schmerz. Es mag sein, dass sie sich einsam und verloren fühlte. Ich kannte die Härte, mit der sie dem Leben begegnen konnte. Sie wollte die Kontrolle über das Geschehen behalten. Ihre Gefühle und auch die anderer Menschen sollten in einen festen Rahmen passen. Oft wirkte sie verschlossen. Doch hierüber sprach sie nicht mit mir.«

Ich spürte in mir die innere Einsamkeit von Medea. Wie sehr fühlte sie sich alleine! Wie sehr sehnte sie sich nach einem Mann an ihrer Seite! Doch von diesen Gefühlen wollte sie nicht ihr Herz berühren lassen.

»Meine Liebe zu ihr hat sie voller Würde angenommen«, hörte ich die mir vertraute Stimme mit der Erzählung fortfahren. »Immer schaute sie mit Fürsorge auf mein Wohlergehen. Ich bin mir sicher, sie wusste, welche Wertschätzung ich ihr entgegenbrachte, und das erfüllte sie mit Freude. Ich denke auch, dass ihr die Macht, die sie über mich hatte, von Bedeutung war. Denn sie kannte mein großes Verlangen nach ihr.«

Da hatte ich mit meiner Frage nach einer Frau doch richtig gelegen, ging es mir durch den Kopf.

»Medea versuchte, ihren Frieden mit der Welt zu machen. Ich denke, dass die Erfahrung, von mir verlassen worden zu sein, eine tiefe Wunde geschaffen hat, ein Gefühl der Ohnmacht und Sehnsucht sind in ihr verblieben. Zugleich muss sie gefühlt haben, welch starkes Band uns aneinander fügte.«

Mein Gegenüber legte eine Pause ein und schaute nachdenklich zum Fenster hinaus.

Dann fuhr er fort: »Wenn ich dies erzähle, merke ich, es gab vieles in ihr, das ich nicht kannte. Wie mag ihr Weg weitergegangen sein? Ich denke, sie hat die Götter gesucht und in ihrem Bann gelebt, so wie ich später als Hohepriester. Hier war sie mir Beispiel. Wo kam sie her? Ihre Eltern waren früh gestorben. Sie ist bei ihrem Onkel aufgewachsen. Schon als Kind hat sie der Tempel angezogen. Eine Priesterin hat sich ihrer angenommen und sie eingeweiht.«

Wieder schwieg mein Gesprächspartner. In ihm arbeiteten Gefühle und Gedanken. Er wollte noch etwas erzählen.

»Wissen Sie, wenn ich mich an diese Frau erinnere, fühle ich tiefe Liebe. Zugleich sehe ich, wie wir nicht ausgesprochen haben, was uns schmerzte. Ihre Beziehung zu anderen Männern. Davon zu wissen, hat mich leiden lassen! Ein steter Zweifel war in mir! Meint sie tatsächlich, was sie mir zeigt, fragte ich mich? Verhält sie sich den anderen Männern gegenüber gleich wie zu mir? Ich wollte, dass das Besondere, das ich im Zusammensein mit ihr spürte, auch in ihrem Leben und Verhalten Ausdruck fand. Ich wollte ihre Beachtung und Liebe. Ich wollte ihre Hingabe!

Doch immer stieß ich an eine Grenze, an der sie Halt zu sagen schien. Ich liebe dich, aber bitte respektiere diese Grenze, so empfand ich ihr Verhalten.

Ich wagte nicht, mehr zu fordern. Denn was konnte ich ihr geben? Eine Heirat war unmöglich. Und: Ich wollte mein Leben der Suche nach Erkenntnis widmen, nicht einer Frau. Ich wollte Freiheit! So nagte der Zweifel an mir, auch wenn jeder Augenblick mit ihr voller Erfüllung war.

Wenn ich an ihre Gefühle denke, dann sehe ich auch bei ihr das Unausgesprochene. Sie war fürsorglich zu den Männern, die zu ihr kamen. Doch ein Schutzwall umgab ihr Herz. Kein Mann sollte diesen durchbrechen können. Das galt auch für mich. Mag sein, dass sie sich nach wirklicher Hingabe sehnte. Doch konnte sie Vertrauen haben, hierdurch nicht in ihrem Innersten verletzt zu werden? Sie wollte ihre Freiheit und Distanz zu den Männern, die sie begehrten. Denn der Mann, der sich ganz zu ihr bekannte und sich für immer an ihre Seite stellte, den konnte es nicht geben. Auch ihr geliebter Kleitos war das nicht, so sehr sie sich dies in ihrem Innersten auch gewünscht haben mag!«

Seine Stimme hatte einen traurigen Klang bekommen.

»Medea schätzte diese Augenblicke: gemeinsam auf den Stufen des Tempels zu sitzen, das Meer zu betrachten, ihren Kleitos neben sich spüren, seinen Körper leicht zu berühren und über die Götter und die Welt zu sprechen.
Doch sich ganz hinzugeben und ihre Empfindsamkeit berühren zu lassen? Nein, das war gefährlich! Sie verehrte die Liebe, sie verehrte Aphrodite, aber die Verehrung sollte etwas Heiliges und Reines bleiben. Stolz wollte sie sein. Auch wenn sie dabei litt und sich in einsamen Stunden verletzende Härte Kleitos gegenüber vorwarf. Sie musste sich schützen! Sie musste ihr Leben im Griff behalten und selbst bestimmen. Sie war eine Kultpriesterin am Tempel der Aphrodite. Das hatten die Männer und auch der geliebte Kleitos zu respektieren.«
Ich spürte eine tiefe Zustimmung zum Verhalten von Medea.
»Ich denke, diese Grenze zwischen uns war auch der Grund, warum ich sie nach meiner Verbannung nicht aufsuchen konnte.«
Die Stimme meines Gesprächspartners klang unsicher, während er weitersprach.
»Kleitos hatte Angst, sie würde ihn nicht mehr so schätzen wie zuvor. Sicher unbegründet, aber der Zweifel in ihm, ob sie ihn vorbehaltlos liebte, saß tief. Er war sich ihrer Gefühle unsicher. Für sie war er ein Mann, der auch zu ihr kam, weil die Suche nach Lust ihn antrieb, wie all die anderen Männer. Ein Mann, der sie zu benutzen schien.«
Tief war ich in das Geschehen eingetaucht. Ich sah Medea und Kleitos leibhaftig vor mir.
»Im Kern war es jedoch seine Sehnsucht nach ihrer vorbehaltlosen Annahme, die ihn zu ihr führte. Wenn sie ihn in die-

ser Situation des Verbannten auch nur leichte Zurückweisung hätte spüren lassen, es hätte ihn zutiefst verletzt. Die Angst davor saß tief! So sind Zweifel und Distanz zwischen Medea und Kleitos geblieben. Die Liebe konnte sie nicht überwinden.«

Wir schwiegen.

»Eine schöne und kluge Frau«, sagte ich. »Ich kann ihre Haltung nachempfinden. Ich kenne diese Gefühle. Ich verstehe, dass es in ihrer Situation nicht den richtigen Mann geben konnte. Ich verstehe, dass völlige Hingabe auf sie bedrohlich und zerstörend wirkte. Ihr empfindsames Herz musste durch eine feste Mauer geschützt werden. Zugleich spüre ich, dass es ihr großen Reichtum geschenkt hätte, wäre die Mauer zerbrochen. Es war ihr eine Verlockung, sich dem Geliebten ganz zu öffnen. Doch sie widerstand.«

»Sie hat die Männer verwaltet. Das entsprach ihrer Lebenslage. Was konnte sie von ihnen erwarten? Welcher Mann wäre bereit gewesen, im Leben an ihrer Seite zu stehen? Kleitos? Doch eher nicht!« Mein Gesprächspartner hatte meine Gedanken fortgeführt.

Was ich gehört hatte, bewegte mich zutiefst. Die Liebe, Mann und Frau, Hingabe. Wie schön, daran zu denken! Wie schwer zu leben!

Wir schauten uns an. Ich nickte leicht mit dem Kopf. Der Zug war gerade an einem Bahnhof angekommen. Die Menschen hasteten über den Bahnsteig. Durch die Lautsprecher wurden Zugverbindungen, Uhrzeiten und Gleisnummern verkündet.

»Diese Frau und meine Liebe zu ihr haben den weiteren Lauf meines Seins mitbestimmt. Sie hat mir ihre Liebe gegeben. Ihr Herz war groß hinter ihrer Schutzmauer. Die Vereinigung von Mann und Frau ist etwas Heiliges. Das habe ich später im Tempel gesucht und die Sehnsucht nach menschlicher Liebe hat weiterhin in mir gebrannt. Doch es gab auch Angst. Ich denke voller Dankbarkeit an das, was mir diese Priesterin geschenkt hat.«

Ich fühlte mich traurig. Ich dachte an Joe. Was würde er sagen, wenn ich ihm erzählte, was ich hier gehört hatte?

»Aber ich möchte darüber nicht übersehen, dass es die Suche nach Wahrheit war, die mein Leben ganz wesentlich bestimmt hat. Die Liebe zu einer Frau, eine eigene Familie, das waren nicht meine Lebensziele. Ich verfolgte die Idee, diese Welt verstehen zu wollen.«

Mein Gegenüber stockte. Er schien aus den Erinnerungen an Medea wieder in die Gegenwart zu kommen. Seine Gesichtszüge zeigten Entschlossenheit, während er wietererzählte.

»Dies hat sich fortgesetzt im Leben als Hohepriester, allerdings hier anerkannt und verehrt von den Menschen. Als Hohepriester wollte ich unangreifbar sein. Die Menschen sollten mich nicht ausstoßen oder erniedrigen können. Durch den Bezug auf Gott waren keine Zweifel erlaubt. Das war meine Antwort auf die Herabsetzung in Griechenland.«

Mir schien noch nicht abgeschlossen, was mir mein Gesprächspartner berichtet hatte. Gab es da nicht noch mehr? Musste so eine Liebe nicht eine Fortführung finden? Ich schaute ihn an.

»Das kann doch nicht das Ende dieser großen Liebe gewesen sein?«, meinte ich.

Der traurige Zug tauchte wieder in seinem Gesicht auf.

»Sie haben recht. Diese Liebe kennt eine Fortsetzung.«

Ich schaute neugierig.

»Und, was ist das für eine Fortsetzung?«, fragte ich.

Mein Gesprächspartner begann zu erzählen.

»Eine tragische Geschichte! Eine Begegnung, die keine Lösung kannte. Eine vollkommen unerfüllte Liebe! Das Leben, das dies erfahren ließ, ist bereits einige Jahrhunderte her. Sie war eine junge Frau, verheiratet mit einem deutlich älteren Grundbesitzer. Ich weilte in der nahen Stadt als junger Baumeister und half dabei, das Wohngebäude seines Guthofs wieder herzurichten. Dabei habe ich sie des Öfteren gesehen. Wir haben uns augenblicklich ineinander verliebt. Wir haben uns heimlich getroffen. Bis zu dem Tag, als der Gutsherr uns überraschte. Er hat sie geschlagen. Wir haben miteinander gekämpft. Ich hätte ihn töten können. Doch ich habe ihn am Leben gelassen. Mir blieb nur die Flucht. Sicher hat sie sich vollkommen von mir verraten gefühlt!«

Mein Herz schlug heftig. Mein Gott, welche Tragik. Spontan forderte ich in Gedanken: Er hätte den Ehemann töten sollen! Ich zähmte meine Gefühle.

»Warum musste das derart schlimm ausgehen?«, fragte ich.

»Ich weiß es nicht. Dafür kenne ich zu wenig, was ihr seit unserer Begegnung in Griechenland geschehen ist.«

Die Worte, die ich vernahm, waren leise mit leicht zittriger Stimme gesprochen.

»Es ist für mich deutlich geworden«, hörte ich ihn fortfahren, »welche Enttäuschung aus meinem abschiedslosen Verschwinden in Griechenland entstanden ist. Sie wollte, dass ich mich in aller Absolutheit zu meiner Liebe zu ihr bekenne. Hätte ich ihren Mann getötet, wäre es ihr Beweis gewesen. Ich habe das nicht gemacht.«

»Und jetzt? Das ist doch kein Ende!«

Was ich hier hörte, rief nach einer weiteren Begegnung.

»Sie sind neugierig?«

Ich nickte mit dem Kopf.

»Ich denke, ich bin dieser Frau in meinem heutigen Leben begegnet. Es ist jetzt schon lange her. Ich war ein junger Mann. Es war auf einem Sportfest. Als ich ihr in die Augen geblickt habe, konnte ich erkennen: Hier begegnest du einer großen Liebe. Von den Ursprüngen dieses Gefühls wusste ich damals allerdings nichts.«

Gebannt hing ich an seinen Lippen. Meine Fantasie stellte sich die Gefühle vor, die eine derartige Begegnung auslöste.

»Wir waren unsterblich verliebt. Zugleich war ich mir unsicher, ob sie mich als Mann akzeptierte. Sie war zurückhaltend. Selbst ein Kuss durfte zwischen uns nicht sein. Die Liebe zu spüren war wunderschön! Eine Liebesbeziehung zwischen Frau und Mann konnte daraus nicht erwachsen. Sie ließ es nicht zu.«

»Warum nicht? Wenn die Liebe so groß ist! Wenn diese Sehnsucht existiert! Was kann hieraus anderes entstehen?«

Ich war mir sicher, so eine Liebe sollte gelebt sein!

»Das Leben hat seine Tragik«, sprach er weiter. »Der Preis für ihre Hingabe verlangte Unmögliches von mir. Der Mann, der sie bereits in Griechenland verlassen hatte, der sie nicht vor dem tyrannischen Ehemann gerettet hatte, er konnte nicht angenommen werden. Die Angst war zu groß! Sollte sie wieder nur Objekt seines Verlangens sein? Diese Frage bestimmte ihr Gefühl. Sie wollte mehr! Er sollte unverbrüchlich an ihrer

Seite stehen. Er sollte gutmachen, was er zuvor versäumt hatte. Nur unter dieser Bedingung war eine Hingabe an die Liebe denkbar.

Ich war jung. Der Gedanke, eine Bindung für das ganze Leben einzugehen, lag mir fern. Ich wollte ausprobieren, was die Welt mir zeigte und brachte dies deutlich zum Ausdruck. Wie Kleitos schien ich ihr nach anderen Lebenszielen, jenseits der festen Bindung zu ihr, zu streben.«

»Dann ist es bei dieser kurzen Begegnung geblieben?«, fragte ich.

»Ja. Wir konnten diese überwältigende Liebe nicht leben. Sie hat mich immer wieder zurückgewiesen. Sie wollte unerreichbar für mich sein und ich sollte um sie werben. So habe ich ihr Verhalten empfunden. Ich konnte das nicht ertragen. Denn auch in mir war der Zweifel. Nie hatte sie Zeit für mich. Ich sollte um sie kämpfen und spüren, dass ein Preis zu zahlen sei. Sie versuchte, unsere Beziehung zu manipulieren. Es musste alles genau nach ihrem Plan geschehen. Sie traf für sich Entscheidungen und ich sollte die mir zugedachte Rolle spielen. Sie hat meine Gefühle ins Leere laufen lassen. Liebe allein war nicht genug, damit wir zueinander finden konnten.«

»Sicher hatte sie große Angst, sich in der Liebe zu Ihnen zu verlieren«, warf ich ein. »Sie wollte ihren Traum von Familie, von Kindern und einem Mann, auf den sie sich vollkommen verlassen konnte, verwirklichen. Dafür meinte sie, die Kontrolle über das Geschehen haben zu müssen. So wie ich Sie einschätze, haben Sie sich dieser Kontrolle entzogen.«

Mein Gesprächspartner nickte.

»Wahrscheinlich haben Sie recht. Jedenfalls fing sie eine Beziehung mit einem anderen Mann an! Zuerst hielt sie dies vor mir geheim. Dann erfolgten immer mehr Andeutungen. An diesem Punkt konnte ich nicht weiter um sie kämpfen. Ich fühlte mich zurückgestoßen und verletzt. Ich suchte keine Beziehung, der es an Vertrauen und gegenseitiger Anerkennung mangelt. Wir haben uns aus den Augen verloren.«

»Und, wohin führt das jetzt?«, warf ich ein.

»Ich hoffe: zu größerer Erkenntnis. Erst viel später habe ich die Zusammenhänge besser verstanden. Wir haben genau das alte Muster in die Welt gebracht. Sie hat gefordert, dass ich bedingungslos zu ihr stehe. Ich habe an ihr gezweifelt. Ich fühlte mich als Mann nicht von ihr angenommen. Die Forderungen und Ängste müssen wir erst überwinden. Solange wir darin stecken, kann unsere Liebe nicht ein gemeinsames Leben Seite an Seite gestalten.«

Mein Gesprächspartner war in Gedanken. Dann berichtete er von dramatischen Dialogen, an welche er sich erinnerte, als hätten sie sich gestern zugetragen.

»Zu Beginn unserer Beziehung hatte sie voller Leidenschaft zu mir gesprochen: ›Es ist eine große Liebe. Eine Liebe, wie ich sie noch nicht gekannt habe. Ich fühle mich leicht und aufgehoben. Du hältst mich bei der Hand und wir gehen durch das Leben. Es ist vollkommen erfüllend.

Die Liebe ist da.

Sie ist heller als die dunkle Verzweiflung über das Unvermögen.

Sie ist tiefer, als der Sog der Traurigkeit mich hinunterziehen kann.

Sie ist klarer als die Verwirrungen in meinen Gedanken.

Sie ist stärker als Wut, Leid und Verletzung.

Sie ist wahrhaftig!

Und ich wünsche mir Begegnung mit dir, denn nur dort findet Leben statt. Aber ich bin mir nicht sicher, ob wir eine Form finden, in der wir uns beide geachtet und beachtet fühlen.‹ «

Seine Augen funkelten und seine Stimme klang kräftig, als er diese Sätze formulierte. Die alte Liebe schien in ihm wieder lebendig zu werden.

»Dann erinnere ich mich an Worte, als unsere Beziehung bereits in der Krise war«, erzählte er weiter, was ihm durch den Kopf ging. »Ich fühlte mich hingehalten und manipuliert in der Zeit, als sie die folgenden Sätze an mich richtete: ›Ich verstehe nicht, warum du zweifelst. Ich zweifle nicht an dem, was zwischen uns ist. Vielleicht habe ich Angst davor, dass du mich eines Tages verlassen wirst.

Ja, es gibt Entschlüsse in mir. Jedenfalls darfst du mich jetzt nicht küssen. Die Gefühle zu dir haben mich überwältigt. Ich bin hinter eine große Mauer geflüchtet. Ich luge um diese, während du im gestreckten Galopp deinem Ziel entgegenstrebst.‹ Zu dieser Zeit war in mir bereits der Gedanke aufgekommen, dass diese Liebe nicht lebbar war. Darauf verzichten konnte ich noch nicht.«

Mein Gesprächspartner schaute mich direkt an.

»Natürlich beschäftigte mich als jungen Mann die körperliche Begegnung mit dieser Frau, die ich so sehr begehrte«, meinte er. »Doch sie wehrte jede Annäherung ab, als ich mein Verlangen an sie richtete. Folgende Worte klingen immer noch nach: ›Nimm dieses Thema, Mann zu sein und mach was draus. Aber nicht mit mir. Das Gefühl in mir sagt, dass ich lange genug Sexobjekt gewesen bin, lange genug darauf reduziert, ohne Aussicht auf mehr.‹ «

Was war hier geschehen? Welche unbändigen Gefühle bahnten sich hier ihren Weg. Es war nicht ihre Absicht gewesen, ihn zurückstoßen, ging es mir durch den Kopf. Sie hatte ihn zum Mann gewollt! Gut, vielleicht hatte es ihr auch eine gewisse Befriedigung verschafft, dass er an seiner Liebe zu ihr litt.

»Das hat mich verletzt«, berichtete er weiter. »Und dann erinnere ich mich noch an ihren Brief mit den Abschiedszeilen: ›Und ich möchte dir nicht verschweigen, dass ich einen Mann kennengelernt habe, dessen Zeit und Aufmerksamkeit ich gerade genießen darf.‹ Damit war für mich unsere Begegnung beendet. Eifersucht, Machtspiele - ich spürte, dass eine Beziehung, die sich derart entwickelt, mir schadete.«

Sicher wollte sie die Beziehung nicht beenden, dachte ich. Warum hatte er das nicht verstanden? Er sollte ihr folgen, um sie werben, sich ihr ganz zuwenden.

»Und wie gehen Sie heute damit um?«, fragte ich weiter und riss ihn aus seinen Gedanken.

»Im Laufe der Jahre habe ich gelernt, die Liebe, die sie mir entgegengebracht hat, zu achten und auch die Verletzung, mit der sie unlösbar verknüpft ist. Es ist zu verstehen, dass Liebe der Ehrlichkeit und Offenheit bedarf. Ich hoffe, wir beide haben erkannt: Die Liebe bleibt unbeschadet von den Konflikten zwischen uns. Dieses Band existiert weiter.«

»Was meinen Sie mit achten?«, fragte ich ihn.

»Mit Achtung meine ich, dass man den anderen Menschen ›ganz‹ sieht«, antwortete er mir. »Also nicht allein das, was man wertschätzt. Dahinter steht die Idee, dass wir Menschen voller Unvollkommenheit, Irrtümer, Ängste sind und jeden Augenblick vor großen Herausforderungen stehen, die wir bewältigen müssen. Wir machen viel ›falsch‹ und verletzen andere. Ein schwieriger Weg für jeden von uns! Dass wir ihn gehen, dafür gebührt jedem Menschen Achtung.«

Das Gehörte machte mich nachdenklich. Kein Mensch führt ein einfaches Leben. Vieles wird von uns erwartet. Meine Gedanken wanderten zurück zu der Liebe zwischen den beiden.

»Dann sind Sie beide mit ganz anderen Erwartungen, Hoffnungen, Verletzungen in die Begegnung gekommen. Liebe allein konnte nicht die Lösung sein«, merkte ich an.

»Ja, so ist es«, stimmte mein Gesprächspartner zu und fuhr fort. »Die Aufgabe der Liebe zwischen Frau und Mann ist es wahrscheinlich nicht, zwei Menschen zum irdischen Dasein in konfliktfreier Harmonie zu führen. Vielmehr bringt die Liebe sie in eine heftige Auseinandersetzung. Durch die starke Bindung konfrontieren sie sich mit ihren Verletzungen, Ängsten, Forderungen und Wünschen. Die Liebe lässt sie das miteinander leben. Es ist der Dienst am anderen.«

Wieder trat eine Pause ein.

»Es gibt noch eine weitere große Wahrheit. Es geht um Weiblichkeit und Männlichkeit!«, sprach er weiter.

Ich sah einen entschlossenen Blick in seinen Augen.

»Diese Leben, von denen ich Ihnen berichtet habe: Der Krieger, der Hohepriester, der Philosoph, sie stehen für Männlichkeit. Der Krieger tötet und kämpft. Der Hohepriester verkündet das Gesetz. Der Philosoph erklärt die Welt.«

Als ich ihn derart reden hörte, den klaren Blick bemerkte – fühlte ich, wie Schauer meinen Körper durchzogen.

»Diese Frau hat mich auf meine Männlichkeit verwiesen! Durch ihre Zurückweisung musste ich dazu stehen, Mann zu sein.«

Ich schaute ihn an. Mann und Frau fühlen und denken anders, dachte ich. Bei jeder Begegnung entdecken sie auch sich selbst.

»Die Liebe dieser Frau zu Ihnen war unendlich groß!«, meinte ich.

»Ja. Es war eine tiefe Liebe. Sie hat gewiss furchtbar unter der Trennung gelitten. In ihr war die Forderung: Er muss mich erobern. Ich möchte als Frau an der Seite dieses Mannes stehen, der ohne jede Einschränkung mein Gefährte ist. Er hat sich dieser Aufgabe zu verschreiben. Dann gebe ich ihm vielleicht eine Chance. Da gab es nichts zu verhandeln. Nie hätte sie versucht, einen Kompromiss zu finden. Zugleich habe ich gespürt, wie sehr sie sich es wünschte, dass ich für sie da wäre, auch nachdem wir getrennte Wege gegangen sind.«

Seine Stimme wurde ein wenig weicher.

»Leider haben wir keinen Kontakt mehr. Es schmerzt mich zu fühlen, dass sie ihre Weiblichkeit einem anderen Mann geschenkt haben wird. Nicht ihr Partner sein zu können, zerreißt mein Herz!«

Er wirkte abwesend.

Ich wollte ihm helfen, sich wieder zu fangen.

»Zurück zu Kleitos. Er war ein Mensch mit allen Bedürfnissen und Schwächen«, warf ich ein.

»Sie haben recht. Aber Kleitos hatte nie gelernt, sich mit den alltäglichen Bedürfnissen und den dazugehörigen Gefühlen auseinanderzusetzen. Er wollte die Anerkennung und Zuneigung der Menschen. Doch angesichts seiner Suche nach Erkenntnis hat er dies nicht richtig wahrgenommen. Sein Verstand hatte große Klarheit, seine Gefühle nicht!«

Freiheit

Gut, dass ich von der Begegnung mit der Kultpriesterin mit all ihren Verwicklungen und Fortführungen erfahren hatte. Nun konnte ich mir sein Leben als Philosoph besser vorstellen.

»Es waren große Fragen, die Sie als Philosoph gestellt haben. Was ist heute davon geblieben? Was beschäftigt Sie davon noch?«, wollte ich wissen.

»Wenn ich auf mein heutiges Dasein schaue, dann ist es außer der Suche nach der Wahrheit die Frage nach der Freiheit, die mich beschäftigt. Dies bestimmt meine innere Haltung und meine Beziehung zu den Menschen. Es sind grundlegende Themen wie der freie Wille des Menschen, der Begriff des Zufalls und auch die Frage nach der Verantwortung.«

»Bitte, erzählen Sie mir ein wenig, was Sie dazu denken«, bat ich und schaute ihn erwartungsvoll an.

Ich hatte mich bisher wenig mit Philosophie beschäftigt. Meine Haltung war: Das Leben zeigt, was wir verstehen können! Da müssen wir nicht dicke Bücher wälzen. Doch andererseits: Zu hören, was für Gedanken es zu Themen wie Freiheit, Verantwortung und Zufall gab, war spannend.

»Ich möchte ein einfaches Beispiel geben«, begann mein Gegenüber zu sprechen. »Ich stehe an einer Fußgängerampel. Sie zeigt Rot. Nun kann ich entscheiden, ob ich an der Ampel warte oder über die Straße gehe. Wie treffe ich diese Entscheidung? Es könnte einen generellen Entschluss von mir geben, immer bei Rot zu warten. Es könnte ein Abwägen der Situation geben: Zum Beispiel, wenn Autos kommen, dann muss ich warten, will ich nicht überfahren werden. Oder es stehen junge Menschen an der Ampel, denen ich ein gutes

Beispiel sein möchte. Möglicherweise habe ich es auch eilig und möchte keine Zeit durch Warten verlieren.«

Interessant, wie er seine Gedanken Schritt für Schritt entwickelt, dachte ich. Sein gesamter Ausdruck hatte sich geändert. Er wirkte distanzierter.

»Auf der Grundlage dieser Erwägungen treffe ich meine Entscheidung. Wenn ich das Thema auf diese Weise betrachte, kann ich sagen, ich bin frei in meiner Entscheidung.

Jetzt ist noch zu prüfen, wie der Prozess der Entscheidungsfindung verläuft. Ich nehme mal einen möglichen Entscheidungsgrund heraus: Mir ist es wichtig, Vorbild für Kinder zu sein! Bin ich frei in meiner Haltung, ob es mir wichtig ist, anderen Menschen ein gutes Beispiel zu sein, damit diese sich nicht gefährden und keinen Schaden nehmen? Diese Haltung einzunehmen bedeutet, zuvor einen Entwicklungs- oder Lernprozess durchlaufen zu haben. Es muss mir aufgefallen sein, dass sich Kinder an mir orientieren könnten. Ich muss erkannt haben, dass das Überschreiten der Ampel bei Rot für andere gefährlicher als für mich sein könnte. Ich mag die Erkenntnis gewonnen haben, dass es grundsätzlich wichtig ist, sich an Verkehrsregeln zu halten. All diese Erkenntnisse sind keine Selbstverständlichkeiten. Ich muss sie erlangen und sie müssen zu einer inneren Haltung geworden sein. War ich nun frei zu wählen, welche Erkenntnisse und innere Haltung ich erlange? Sicher nicht! Ich kann diese nicht durch eine bewusste Willensentscheidung wählen! Das Ergebnis dieser Überlegung ist: Die innere Haltung, die Basis meiner Entscheidung in allen Situationen, ist nicht Ergebnis einer bewussten freien Entscheidung.«

»Aber Sie können in Ihrem Leben nach diesen Erkenntnissen gestrebt haben und wollten sie erlangen«, warf ich ein. »Dann ist es doch Ihre bewusste Entscheidung, dass Sie am Ende so handeln.«

»Ein guter Einwand«, erwiderte er und sah mich mit einem Lächeln an. »Doch damit verschieben wir nur die Frage immer weiter in die Vergangenheit. Dann gilt es zu beantworten: Warum habe ich danach gestrebt? Warum waren die Umstände so, dass ich danach streben wollte und konnte? Auch hier kommen wir zu der Einsicht, dass es die gemachten Erfahrungen sind, die uns prägen. Und Erfahrungen kann man sich nicht bewusst aussuchen.«

Ich nickte. Es leuchtete mir ein. Unsere heutige Haltung erwächst aus der Vergangenheit. Was uns alles auf unserem Weg beeinflusst, liegt nicht in unserer Hand.

»Nun ließe sich noch überlegen, ob eine aus dem Unbewussten getroffene Entscheidung auch als freie Willensentscheidung bezeichnet werden kann. Das heißt: Gibt es eine Instanz in mir, die meine Entwicklung und meine Haltung bestimmt, die mir nicht bewusst und eben auch nicht bewusst lenkbar, jedoch frei in ihrer Entscheidung ist?«

»Stopp, stopp, stopp! Nicht so schnell! Ich möchte doch folgen können. Zurück zum Ampelbeispiel«, fiel ich ihm ins Wort.

Während er seine Gedanken zur Freiheit darlegte, hatte mein Blick auf der vorbeiziehenden Landschaft geruht. Wir überfuhren gerade eine Brücke, und man konnte unten im Tal Straßen und Häuser erkennen. Es wirkte so überschaubar und harmonisch von hier oben. Doch wie war das Leben für den einzelnen Menschen? Aus der Perspektive des Einzelnen kam es mir vollkommen verloren vor. Die kleinen Häuser wirkten schutzlos in die Landschaft geworfen.

Laute Fahrgeräusche begleiteten die Brückenüberfahrt. Ich versuchte meine Gedanken zu ordnen. Als es im Zug wieder leise war, stellte ich die Fragen, die mir durch den Kopf gegangen waren.

»Was Sie sagen bedeutet, alle meine Entscheidungen entstehen aus meiner Situation. Meine Gefühle, meine Erfahrungen, meine Persönlichkeit, mein Wissen oder meine Fähigkeiten, sie sind die Basis für das, wie ich entscheide. Habe ich das so richtig verstanden?«

Ich schaute mein Gegenüber an. Er saß ruhig auf seinem Stuhl, während meine Gedanken hin und her flogen.

»Ja, genau so habe ich das gemeint«, bestätigte er. »Ich besitze als Mensch nicht irgendeine abstrakte Freiheit, mich zu entscheiden, sondern ich entscheide aus der Situation heraus und das heißt, aus mir erwächst jede meiner Entscheidungen. Wer ich bin, das ist für mich in diesem Augenblick gegeben und nicht Gegenstand eines freien Willens.«

Gut, damit war ich vollkommen einverstanden. Allein, wenn ich daran dachte, wie oft ich ohne viel zu überlegen mal losgelegt hatte. Mir fiel ein, wie ich meinen Mann kennengelernt hatte. Da war nichts von einem freien Willen. Nein, das hatte einfach sein müssen.

»Sehr gut! Das sehe ich genauso«, stimmte ich ihm enthusiastisch zu. »Ich habe vor Kurzem gelesen, dass besonders gewalttätige Menschen oft in einem Gefühl der Bedrohung leben und dies ein wesentlicher Beweggrund ist, mit Gewalt zu reagieren. Da kann schon ein Blick eines anderen Menschen genügen; für die ist das bedrohlich. Ein anderer Mensch könnte in der gleichen Situation keinerlei Bedrohung empfinden und vollkommen entspannt reagieren. Klar haben dann beide eine ganz andere Basis für das, wie sie handeln.«

»Also dann sind wir uns einig. Einen freien Willen in dem Sinne, in einer gegebenen Situation Alternativen des Verhaltens zu haben, den gibt es nicht. Habe ich Angst, dann handle ich aus der Angst heraus. Habe ich gelernt, dass Zuschlagen eine angebrachte Reaktion ist, wenn ich mich bedroht fühle, dann schlage ich zu. Da gibt es keine Alternative in der jeweiligen Situation. Die gibt es erst, wenn sich in mir etwas geändert hat«, fuhr mein Gesprächspartner fort.

»So eine Änderung könnte in diesem Fall ein Antigewalttraining sein? In einem derartigen Training lerne ich, was meine Gewalt für andere Menschen bedeutet. Ich handle zukünftig anders, weil ich die schlimmen Folgen, die die Gewalt für andere hat, kenne. Ist das so gemeint?«, fragte ich.

»Ja, dann habe ich etwas gelernt und meine innere Haltung ist eine andere geworden. Eine Änderung könnte auch eine Bestrafung bewirken. Dann habe ich möglicherweise gelernt, ein bestimmtes Verhalten nicht mehr zu zeigen, weil ich die Bestrafung fürchte oder sie mich dazu gebracht hat, mich mit meinem Verhalten ernsthafter zu beschäftigen.«

»Denken Sie, Strafe ist sinnvoll und richtig, auch wenn der Mensch, der beispielsweise einen anderen verletzt hat, in der Situation überhaupt nicht anders handeln konnte?«, fragte ich weiter.

»Ich denke, wenn eine Strafe dazu führt, dass er sich zukünftig anders verhält, in diesem Fall friedlicher, dann hat das schon einen Sinn. Vielleicht ist es ein Schritt zur Einsicht und Änderung der inneren Haltung. Daran würde ich den Sinn von

Strafen messen und nicht daran, ob jemand aus freiem Willen oder nicht einen anderen verletzt hat. Es geht doch immer darum, das Leid auf der Welt zu mindern. Neues Leid zu schaffen, ist für uns alle ein großes Unglück.«

»Gut, ich kann Ihnen folgen. So – wie war das jetzt noch mit dem Unbewussten?«, nahm ich seinen Gedanken von vorhin wieder auf.

»Nun, wir treffen doch die meisten Entscheidungen aus uns nicht bewussten Motiven. Die Begründung für unser Tun kommt nachträglich und stimmt oft überhaupt nicht, weil wir nicht wissen und auch nicht wissen wollen, was uns wirklich bewegt.«

»Okay, einverstanden«, warf ich ein.

»Gut. Ich habe vorhin von verschiedenen Erdenleben erzählt, die aufeinander gefolgt sind. Mit den Erkenntnissen und Irrtümern des verlassenen Erdendaseins komme ich in das nächste. Daraus bildet sich eine klare innere Haltung. Ein freier Wille ist nicht erkennbar. Vielleicht bin ich einverstanden, dieses Erdenleben mit seinen Themen und Bedingungen anzutreten. Doch die Themen und Bedingungen sind mir vorgegeben.«

Ich hörte gespannt zu. Das interessierte mich.

»Ich habe Sie so verstanden: Es mag eine Entscheidung von einer mir jetzt im heutigen Dasein nicht bewussten Instanz geben, in dieses Erdenleben zu kommen. Doch die Umstände und Themen dieses Lebens, meine Irrtümer, Ängste, Wünsche und Erkenntnisse sind gegeben. Diese habe ich nicht frei gewählt. Aber wie ist es mit meiner Verantwortung, wenn ich derartig mir selbst ausgeliefert bin, und was ist mit dem Sinn des Lebens?«

Ich holte innerlich tief Luft. Am Fenster sausten Leitungsmasten vorbei. Im Hintergrund konnte ich Windräder erkennen, deren Rotoren sich kräftig drehten.

»Eins nach dem anderen«, entgegnete er. »Die Verantwortung. Ja, die habe ich. Denn was ich tue, geschieht durch mich. Alles, was ich tue, zeigt, wer ich bin. Ich meine, dann trage ich auch die Verantwortung für mein Handeln, denn ich bin die Ursache meiner Handlungen.«

»Sie meinen, Verantwortung für etwas zu haben bedeutet, die Ursache dafür zu sein? Das klingt logisch. Ich kann zwar sagen, das habe ich nicht gewollt, aber getan habe ich es dennoch. Okay, das kann ich akzeptieren. Um bei dem Beispiel von vorhin mit der Gewaltbereitschaft zu bleiben: Ich habe jemanden mit einem Messer schwer verletzt. Ich kann im Nachhinein zwar sagen, ich hatte in dieser Situation furchtbare Angst und fühlte mich bedroht und wollte nur die Bedrohung loswerden. Ich hab gar nicht daran gedacht, dass das den anderen Menschen schwer verletzen würde. Das stimmt schon. Trotzdem war ich es, der durch seine Fehleinschätzung der Situation einen Menschen verletzt hat.«

Wahrscheinlich merkt dieser Mensch nicht, wie groß die Angst in ihm ist, ging es mir durch den Kopf. Wahrscheinlich ist ihm die Angst selbstverständlich und ständiger Begleiter in seinem Leben. Alles, was er tut und was ihm begegnet, erlebt er mit dieser Angst in sich. Die Welt ist für ihn eine einzige große Bedrohung, gegen die er sich zur Wehr setzen muss.

»Jetzt zur Frage nach dem Sinn«, unterbrach die ruhige Stimme meine Gedanken. »Eine heikle Frage. Kann ich behaupten, den anderen Menschen verletzt zu haben, das hatte seinen Sinn, weil dies der Beginn eines langen Entwicklungsprozesses für mich war? Ich denke: nein. Was einen Sinn hatte, war die anschließende Erkenntnis. Ich kann nun besser verstehen, wer ich bin und wie ich die Situation verkannt hatte. Ich spüre Sinn, wenn mir bewusst wird, dass ich mich besser kenne und in Zukunft anders handeln werde.

Wenn diese Erkenntnis kommt, dann gibt das meinem Leben Sinn. Das ist ein zutiefst befriedigendes Gefühl. Ich habe die Frage nach dem Sinn als heikel bezeichnet. Denn was ich hier behaupte, bedeutet ja, dass es eine Wahrheit gibt, die erkannt werden kann. Das ist eine Behauptung von mir. Andererseits spüren wir in uns: Sinn stiftet große Freude. Wenn wir im Leben einen Weg finden, der uns zu Erkenntnis führt, dann bemerken wir diese Freude. Reicht das, wenn ich den Sinn und seine Entstehung so beschreibe?«

Ich war seinen Überlegungen gefolgt. Jeder Mensch konnte Freude und Erfüllung darüber empfinden, dass sein Leben Sinn für ihn machte. War das wirklich so? Ich versuchte, mich in das Lebensgefühl des gewaltbereiten Jugendlichen hineinzufühlen. Vielleicht konnte Religion einen derartigen Sinn stiften? Oder Sport? Ja, das schien möglich. Die Gewissheit eines Glaubens, die Bestätigung im Sport, das konnte helfen, dass die Angst nachließ.

»Gut, ich muss noch ein wenig über das Gesagte nachdenken. Erkenntnis ist hier aber nicht als abstrakte intellektuelle Leistung gemeint, sondern bedeutet, dass sich meine Einstellung ändert. Meine Gefühle wandeln sich«, merkte ich an. »Und was Sie sagen heißt auch, in uns sind immer Konflikte. Wenn ich für diese Konflikte eine Lösung finde, empfinde ich Sinn. Der gewalttätige Mensch war voller Konflikte. Nach seiner Tat hat er die Angst bewusst gespürt, aus der heraus er gehandelt hat. Er hat seine Verletzung gesehen, die ihm diese Angst bereitet. Er kann sich eingestehen, anderen Menschen Unrecht getan zu haben. Er mag einen Impuls spüren, dies wiedergutzumachen. Ja, dann hat sein Leben an Sinn gewonnen. Ich glaube, ich habe verstanden, was Sie meinen.«

Eine kleine Pause unterbrach unsere Unterhaltung. Der Zug passierte einen Tunnel und ich spürte Druck in den Ohren. Es dauerte ein wenig, bis dieser sich wieder ausgeglichen hatte. Ich schaute auf meine Tasse. Sie war leer. Der Kaffee hatte seine braunen Spuren auf dem Porzellan hinterlassen.

»Vielleicht lässt sich allgemein sagen: Sinn entsteht für mich, wenn ich merke, ich bin auf dem richtigen Weg. Das ist wie ein Gefühl, seine Aufgabe gefunden zu haben. Ich tue das, in meinem Leben geschieht das, wofür ich da bin«, ergänzte mein Gesprächspartner.

»Entschuldigung, da geht mir noch etwas durch den Kopf«, warf ich ein. »Was Sie sagen, hat zur Voraussetzung, dass ich mir meiner Wirkung auf die Welt beziehungsweise auf mich und meine Mitmenschen bewusst werde. Nur wenn ich empfinde, was ich tue, hat eine Wirkung, kann ich spüren, auf dem richtigen Weg zu sein. Was meinen Sie dazu?«

Mein Gesprächspartner schwieg. Seine linke Hand massierte sein Kinn und verschob die Haut zu Falten. »Mmm«, hörte ich ihn sagen. »Ja.«

Wieder folgte eine Pause.

»Richtig, der Mensch muss spüren, dass er ist. Darum sind wir diese Erdenmenschen.«

Er schaute mich an.

»Ein wichtiger Grund für Depressionen liegt darin, dass die Menschen nicht realistisch einschätzen können, welche Wirkung sie auf andere haben. Es kommt ihnen unwichtig vor, dass es sie gibt. Sie sind in einem Teufelskreis gefangen. Von ihnen geht die Botschaft aus, dass alles im Leben nichts bringt. Wenn sie auf dieser Haltung bestehen, werden sie von den Mitmenschen genau dies bestätigt bekommen.«

Wieder trat eine Pause ein. Seine linke Hand massierte weiter seine Kinnpartie.

»Ich möchte noch etwas ergänzen«, sagte er. »Jeder Mensch hat eine große Bedeutung. Davon bin ich überzeugt. Sein Denken, sein Fühlen und sein Handeln werden Teil des Universums. Auch zufrieden auf einer Bank in der Sonne zu sitzen und das Glück des Seins zu spüren, verändert die Welt. Nur: Das würde ein Mensch mit Depressionen nie so empfinden.«

Ich war zufrieden mit dem, was ich gehört hatte. Es war anregender gewesen, als ich gedacht hatte, diesen Gedanken zu folgen. Ich war gespannt, was es über den Zufall zu verstehen gab.

»Jetzt bitte noch der Zufall! Was hat es damit auf sich? Gibt es den überhaupt? Hat nicht alles eine Ursache?«, fragte ich weiter.

»Okay, zum Zufall. Eigentlich haben wir ja schon alles dazu gesagt. Alles entsteht aus gegebenen Verhältnissen. Also gibt es nichts, was keine Ursache hat. Als Zufall bezeichnen wir aber nicht etwas ohne Ursache, sondern ein Geschehen, bei dem wir keine Beziehung zwischen dem Ereignis, das uns widerfährt und uns entdecken. Das bedeutet, in dem Augenblick, in dem wir einen Zusammenhang oder eine Bedeutung entdecken, passt das Wort Zufall nicht mehr. Da in dieser Welt alles miteinander in Verbindung steht, lässt sich auch immer ein

Zusammenhang entdecken. Und natürlich kann der angenommene Zusammenhang auch ein vermeintlicher sein. Dann haben wir uns einfach geirrt und den wirklichen Sinn nicht entdeckt.«

»Geht es noch ein wenig abstrakter?«, warf ich ein.

Mir tat ja schon der Kopf bei den ersten Erklärungen zum Zufall weh. Wenn er so weitermachte, würde ich ihm überhaupt nicht folgen können.

»Langsam. Nehmen wir ein Beispiel. Es fährt mir jemand ins Auto, weil ich wegen eines Hundes, der über die Straße läuft, stark bremse. Dabei erleide ich eine Halswirbelverletzung und habe einige Tage große Schmerzen. Wir nennen es Zufall, dass der Hund genau in diesem Augenblick über die Straße gelaufen ist und mein Hintermann und ich gerade jetzt unaufmerksam waren. Wäre dies nicht so gewesen, dann hätte dieser Unfall nicht passieren können. Für mich ist in dieser Situation einfach kein Zusammenhang zwischen den heftigen Folgen für mich und der Ursache erkennbar. Diese Situation gibt es und insofern auch den Zufall.«

Die Gäste am Tisch neben uns standen gerade auf. Das brachte eine gewisse Unruhe mit sich. Ich beobachtete sie beim Verlassen des Speisewagens. Es war schön zu erkennen, wie ihre Bewegungen sich dem Rhythmus des Waggons anpassen mussten.

»Nun kann aber argumentiert werden, den Zusammenhang zwischen dem überraschenden Laufen des Hundes über die Straße und meiner Verletzung gäbe es doch, wir könnten ihn nur nicht erkennen. Diese Behauptung ist auch nicht einfach dahingeworfen, sondern basiert darauf, dass in den Folgen des Unfalls ein Sinn erkannt wird. Dies könnte zum Beispiel sein, dass ich durch meine Verletzung und die damit verbundenen Umstände zu wichtigen Erkenntnissen komme: Ich habe mich bisher durch das Leben hetzen lassen. Ich achtete nicht darauf, was um mich geschieht, sondern strebte aus innerem Drang einfach vorwärts. Der Unfall hat dieser Haltung Einhalt geboten. Nun, da mich die Verletzung zur Pause zwingt, kann ich erkennen, dass ich auf einem falschen Weg war. Ich mag eine gewisse Dankbarkeit für das Ereignis spüren und insbesondere, dass nun mein gehetztes Leben einen Einhalt findet.«

Er machte eine Pause und trank einen Schluck Mineralwasser.

»Ja, meinen Sie nun, dass es vorbestimmt war, dass der Hund in diesem Augenblick über die Straße gelaufen ist?«, fragte ich.

»Niemand hat diesen Hund geschickt. Der Hund ist aus sich heraus, weil ihn etwas auf der anderen Straßenseite interessiert hat, losgelaufen. Der Impuls war stärker als seine Vorsicht gegenüber Autos. Ich schließe jedoch aus dem Geschehen, da mein Leben eine wichtige Wendung bekommen hat: Das Ganze hatte einen Sinn.«

»Und was ist jetzt die Lösung? Sollte es nun geschehen oder nicht?«

Ich war ungeduldig geworden. Ich spielte mit dem kleinen Kaffeelöffel und versuchte, ihn so auf den Rand der Tasse zu legen, dass er das Gleichgewicht hielt. Angesichts des Ruckelns des Zugs war das aber unmöglich. Natürlich konnte man alles auf unterschiedliche Weise sehen. Aber, wie war es nun?

Mein Gesprächspartner ließ sich von meiner Ungeduld nicht anstecken. Auch dass Hannover, wo er aussteigen musste, immer näher kam, konnte seinen Gleichmut nicht erschüttern.

»Ja – wenn es so ist, dass in mir etwas drängte, diesen gehetzten Weg zu beenden. Wenn in mir eine Suche nach einem Ausweg aus dieser Lebensfalle bestand, dann hätte auch ein anderer Anlass Auslöser für eine Besinnung sein können. Das musste nicht dieser über die Straße laufende Hund sein. Dann wäre es tatsächlich Zufall, dass gerade er es war. Andererseits: Sehen wir das Leben als eine einzige große Verbindung, in der nichts für sich allein geschieht, dann war wiederum auch vorbestimmt, dass es genau jetzt zu eben Ereignis kommen musste. Dann geschieht nichts, was nicht bereits von Anbeginn so bestimmt ist. Doch das ist eine ganz andere Dimension. Für unser Erdenleben genügt es zu sehen, dass der Impuls zur Änderung bereits in mir war. Der Hund hat diese Änderung ausgelöst. Die Weisen haben hierzu gelehrt, dass sich der Inhalt seine Form schafft.«

Sein Gedanke war abgeschlossen. Wir saßen an dem kleinen Tisch. Der Zug schaukelte. Ich schaute auf meine Uhr. Noch eine gute Viertelstunde bis zum Halt in Hannover. Mein Gegenüber schaute mich zufrieden an.

»Mich hat diese Erklärung verwirrt«, begann ich zu sprechen. »Dieses ›Einerseits‹ und ›Andererseits‹ zieht mir den Boden unter den Füßen weg. Wie ist es nun? Die letzte Behauptung sagt doch: Alles im Leben steht in einem großen Zusammenhang. Aus der Gegenwart betrachtet musste die Vergangenheit genau zu dieser Entwicklung führen. Das gilt auch, wenn die Entwicklung völlig unvorhersehbare Umschwünge beinhaltet. Würde man alles darüber wissen, was zu einem gegebenen Zustand führt, dann würde erkennbar, dass der Weg ohne Alternative ist. Es gibt aber so viele Ereignisse, die wir einfach nicht einordnen können. Wir sagen uns, das hat nun aber auch überhaupt nichts mit dem, was ich gemacht habe, zu tun und trotzdem betrifft es mich.«

Mein Gesprächspartner blickte zustimmend.

»Darf ich noch ein Beispiel erzählen?«, meinte er dann. »Vor einigen Jahren hatte meine Tochter seit Längerem große gesundheitliche Probleme. Sie war stark anämisch. An einem Abend litt sie unter einer akuten Atemnot. Wir mussten ins Krankenhaus. Ehrlich gesagt, hätten wir schon Tage zuvor ins Krankenhaus gehen sollen. Aber wir haben gezögert. Das Krankenhaus war mit belastenden Erfahrungen verbunden. Wir hatten Angst davor. Jetzt blieb uns keine andere Wahl. Ungefähr auf halber Fahrstrecke zum Krankenhaus stand ein Leichenwagen am Straßenrand. Seine Warnblinkanlage signalisierte: Achtung! Die Heckklappe stand offen. Da wurde mir schlagartig klar: Es geht um Leben und Tod. Niemand und nichts hatte den Wagen dort geparkt, damit mir dies bewusst werde. Für mich aber war es ein Hinweis von großer Bedeutung.«

Ich nickte mit dem Kopf. So war das mit dem Zufall. Unser Gespräch hatte einen guten Abschluss gefunden.

»Wir sind bald in Hannover«, sagte ich. »Ich gebe Ihnen meine Adresse. Wer weiß, vielleicht geht unser Gespräch mal weiter? Es hat mich sehr gefreut, Sie hier getroffen zu haben. Das war für mich eine wunderbare Zugfahrt. Danke! Warum wir Menschen dieses Erdenleben führen, haben Sie dazu eine Idee?«

»Ich denke, es ist wie mit dem Zufall. In uns strebt etwas zu einem Ziel. Wir wollen eine Entwicklung durchmachen. In uns ist angelegt, wohin der Weg führt, und in jeder Situation sucht sich dieses Streben seinen Weg. So wie der Fluss nicht den direkten Weg zum Meer fließt, sondern er Schleifen wählen muss, sich durch das Erdreich gräbt, seine Richtung ändert und Abhänge hinabfällt, so streben auch wir auf verschlungenen Pfaden unserem Ziel entgegen. Es liegt in uns, wie in dem Wasser, dass es zum Ziel führt. Auch wenn das Wasser auf dem Weg verdunstet, als Regen wieder zur Erde kommt, sein Ziel, das Meer, bleibt seine Bestimmung. Diesen Weg gehen wir gemeinsam. Wir teilen uns eine Wegstrecke, trennen und verbinden uns wieder, und jeder bringt sich selbst ein. Nur gemeinsam können wir einen Fluss bilden, um das Meer zu erreichen. Zu spüren, dass wir uns dem Ziel nähern, gibt uns den Sinn. Und das Meer mag die Liebe sein.«

Wir verabschiedeten uns. Ich ging zurück zu meinem Sitzplatz. Es waren noch zwei Stunden bis Hamburg, wo ich umsteigen musste. Ich schlief ein wenig und wachte erst auf, als aus dem Fenster bereits die Häuser der Stadt zu erkennen waren.

Ein blühendes Feld

Es blüht das Feld, das brach gelegen,
in dieser Welt mit Gottes Segen.
Es wächst, gedeiht aus eig'ner Kraft,
und ganz befreit die Schöpfung lacht.

Es findet sich, wenn so erweckt,
der Sinn, der tief dahinter steckt.
Wie sich das Leben ganz entfaltet,
ein Geist der Freiheit auf Erden waltet.

Hat dies der Mensch für sich erkannt,
ist manche Last des Seins gebannt.
Er lebt nun in dem klaren Wissen:
die Schöpfung will – das heißt nicht »müssen«.

Denn Teil der Schöpfung sind wir alle,
damit der Samen fruchtbar falle
auf die Erde, in das Leben.
Entwicklung soll damit geschehen.

Ein Brief – Zufall, Leid, das Böse und Heilung

Einige Monate nach dieser Zugfahrt erreichte mich ein Brief. Es war ein sonniger Samstagmorgen. Ich saß beim Frühstück auf der Terrasse und hörte dem Gesang der Vögel zu, als der Briefträger die Post brachte. Als ich den Absender las, war mir sofort klar, von wem dieser Brief war. Ich setzte mich in den Gartenstuhl und begann zu lesen.

Liebe Frau F.,

es hat mich sehr gefreut, dieses lange Gespräch mit Ihnen auf meiner Fahrt nach Hannover geführt zu haben. Die Zeit ist wie im Flug vergangen. Ich hoffe, Sie haben Ihr Ziel gut erreicht und der Aufenthalt bei Ihrem Vater war schön. Sie hatten ja noch einiges vor. Ob Kinder oder Eltern, wir sind mit unserer Familie immer unlösbar verbunden.

Unser Gespräch hat mich weiter beschäftigt und es scheint mir eine Fortsetzung durch diesen Brief möglich. Wir haben uns intensiv ausgetauscht und es gibt nicht viele Menschen, mit denen mir das möglich ist. Ich übersende Ihnen eine weitere Lebensgeschichte. Für mich gehört sie zu unserer Begegnung. Dazu einige Worte mehr, wenn Sie diese gelesen haben. Zunächst wollte ich das Thema Zufall noch einmal aufgreifen. Es schien mir nicht ganz abgeschlossen, als wir auseinandergingen. Sie haben zu Recht etwas kritisch auf das Einerseits und das Andererseits geschaut. Ich möchte zu diesem Thema noch einen größeren Blick auf das Leben wagen. Ich denke, wir beide zweifeln nicht an den wesentlichen Grundideen der heu-

tigen wissenschaftlichen Erkenntnisse über die Evolution des Lebens. Das Leben entwickelt sich in einer Auseinandersetzung mit seiner Umwelt zu lebensfähigen und interessanterweise auch immer höheren Formen. Wir werden aber beide ein wenig stocken, dem zuzustimmen, dass dies ein Ausdruck eines Zufalls ist. Allein deshalb schon, da wir in dem Ganzen meinen, einen Sinn zu spüren und in Teilen auch zu erkennen.

Meine Vorstellung von der »Zufälligkeit« der evolutionären Entwicklung ist folgende: Das Leben strebt aus sich heraus zu seiner Entfaltung in immer anspruchsvollerer Form. Ich möchte hier das Wort anspruchsvoll so verstanden wissen, dass dies bedeutet, das Leben sucht eine immer mehr der Welt bewusstere Form des Seins. Warum? In der Logik der Evolution gedacht, ist die bewusste Form eine der unbewussten überlegene. Denn Bewusstheit verleiht eine größere Fähigkeit zur erfolgreichen Bewältigung der Lebensanforderungen. Nun, diese Behauptung möchte ich belegen. Entschuldigung, wenn ich in die Ausdrucksweise des Philosophen verfalle. Ich werde versuchen, mich in Gedanken von Ihnen immer wieder zur Ordnung rufen zu lassen.

Ich legte den Brief kurz beiseite. Gut, dass ich heute ganz in Ruhe und mit Muße diese Zeilen lesen konnte. Ich wusste bereits von der Zugfahrt, wie sehr ich mich konzentrieren musste, um seinen Gedanken zu folgen. Die Sonne schien warm auf mich herab. Es war ein wunderbarer Tag. Ich setzte wieder meine Brille auf und las den letzten Abschnitt noch einmal. Jetzt verstand ich besser, was er meinte, und konnte fortfahren.

Das Leben, wie wir es auf der Erde kennen, hat in dem Evolutionsprozess eine Entwicklung zu immer höheren Lebensformen genommen. So wird dies allgemein beschrieben. Das heißt, am Anfang waren Einzeller mit nur ganz wenigen Möglichkeiten, ihre Umwelt wahrzunehmen und darauf zu reagieren. Dann haben sich die Lebensformen in der Art weiterentwickelt, dass sie immer differenzierter auf die Umwelt reagieren konnten. Dafür mussten sie auch selbst immer differenzierter werden. Sie haben Sinnesorgane mit wunderbaren Fähigkeiten entwickelt. Sie haben Organe zur Verarbeitung und Reaktion auf die Sinneseindrücke ausgebildet. Ganz wesentlich war hier das Nervensystem. Daraus ist ein Gehirn entstanden und dieses wurde immer leistungsfähiger. Wir sehen also, wie sich aus dem Einzeller neue Lebensformen, Pflanzen, Würmer, Schnecken, Fische, Krokodile, Dinosaurier, Vögel, Säugetiere, Affen und der Mensch entwickelt haben. Und diese Entwicklung zeigt in eine Richtung: Es geht darum, seine Umwelt besser wahrnehmen zu können und dann möglichst angepasst zu reagieren. Gelingt einer Lebensform dies besser als anderen, hat sie sich höher entwickelt und es eröffnen sich ihr neue Lebensräume. Ich bin kein Evolutionsfachmann, denke aber, diese Darstellung trifft ganz gut, was wir über den Evolutionsprozess wissen. Ich hoffe, ich war konkret genug, sodass meine Gedanken verständlich werden.

Okay, das hatte ich verstanden. In der Evolution entwickeln sich Lebensformen, die immer besser die Wirklichkeit wahrnehmen, verstehen und zur Grundlage ihres Handelns machen können. Es entstehen Lebewesen mit immer höherem Bewusstsein.

Ich behaupte nun, dieses Potenzial, sich zu höherer Bewusstheit zu entwickeln, wohnt dem Leben von Anfang an inne. Man könnte auch sagen: Das Leben will bewusst werden. Als Beweis lässt sich anführen, dass die Entwicklung nur unter dieser Voraussetzung so geschehen konnte. Ich behaupte weiterhin, dass die Fähigkeit zu höherer Bewusstheit, das heißt zur realistischen Wahrnehmung der Umwelt und somit auch seiner selbst, zu einer Überlegenheit gegenüber anderen Formen und Arten führt. Auch hier gilt als Beweis, dass es sich in dieser Weise auf der Welt zeigt. Es lässt sich somit festhalten: Das Leben ist von Beginn an ausgestattet mit dem Potenzial zur Ausbildung immer höherer und bewussterer Formen. Das Leben ist etwas, das sich aus sich selbst heraus entwickelt und sich selbst steuert. Dieses Leben hat sich vor vielen, vielen Millionen Jahren auf unserer Erde in materieller Gestalt gezeigt.

Na, das war wieder super formuliert. Mein lieber Philosoph! »...in materieller Gestalt gezeigt«. Er wollte mir wohl sagen, dass die Lebewesen auf der Erde einen materiellen Körper haben. Gut, daran hatte ich wahrhaftig nicht gezweifelt. Er wollte damit sicher auch andeuten, dass es Leben auch unabhängig hiervon geben könnte. Leben wäre dann etwas, was überall im ganzen Universum zu finden ist. Es wäre geradezu das Grundprinzip des Universums mit der Eigenschaft, sich aus sich selbst zu entwickeln. Ein Gedanke, der erst mal Sinn machte.

Was ist auf der Erde passiert? Unsere Erde hat diesem Leben eine Umgebung gegeben, in der es sein Potenzial zur Entfaltung bringen konnte. Es hat die Bedingungen vorgegeben, welche Körper sich ausbilden konnten, welche Organe, insbesondere Sinnesorgane, hilfreich sind und wie sich Nerven zur Herstellung der Bewusstheit zu bilden haben. Ein wunderbarer Prozess! Ein Schöpfungsprozess in jeder Hinsicht. Leben ist schöpferisch. Schöpferisch zu sein bedeutet, sich aus sich heraus im Austausch mit der Umwelt entwickeln zu können. Die Entwicklung auf der Erde bestimmt uns dazu, selbst zu entdecken, wie die Welt ist, und uns dabei selbst zu erschaffen, wie es uns bestimmt ist. Das ist die Schöpfung.

Ich nickte in Gedanken mit dem Kopf. Ja, ja, ja – Leben ist schöpferisch. Gerade jetzt im Frühjahr konnte ich das von der Terrasse aus sehen. Die Blumen waren am Aufblühen. Das Leben entfaltete sich in wunderschönen Formen. Die Rosen hatten bereits Knospen. Das Leben erschuf sich in vielfältiger Gestalt.

Jetzt zu meiner dritten Behauptung: Die Bedingungen, die auf unserer Erde der Entwicklung des Lebens vorgegeben wurden und werden, diese Bedingungen mussten mit allen ihren Zwischenschritten genau zu diesem Ergebnis, das nun erreicht wurde, führen. Auch dies wohnt dem Leben inne, dass es sich unter diesen Bedingungen auf diese Weise entwickelt.

Wieder beantworte ich die Frage nach dem Zufall derart, dass es in jeder konkreten Entwicklungssituation keine Alternative gibt. Wir benötigen den Begriff Zufall deshalb, weil wir die Komplexität des Ganzen, seiner Teile und ihrer Interaktion eben auch nicht ansatzweise verstehen können.

Vorhin hatte ich im Radio ein Interview mit einem Astro-Physiker gehört. Er meinte, mit den heutigen Erkenntnissen der Wissenschaft könnten wir nur vier Prozent der Erscheinungen und Vorkommnisse im Universum erklären. Das ist ja auch nicht im Ansatz eine Basis, um zu behaupten, wir verstünden etwas vom Geschehen der Welt. Bescheidenheit ist also angesagt.

Ich hoffe, Sie schimpfen jetzt nicht mit mir, dass ich in das Philosophieren verfallen bin Trotzdem noch eine Bemerkung zu Konflikten zwischen fundamentalistisch Religiösen und Vertretern der Evolutionslehre. Es besteht nach meiner Auffassung kein Gegensatz zwischen dem Glauben an eine/n Schöpfung/Schöpfer und der Evolutionstheorie. Gäbe es einen allmächtigen Gott, so wäre die Evolution doch eine grandiose Art zur Erschaffung des Erdenlebens, denn sie beinhaltet den Prozess der Bewusstwerdung aus sich heraus. Nur wer meint, die Vorstellung müsste derart sein, dass Gott persönlich mit beiden Händen im Lehm mauscht und kleine Figuren formt, dürfte Schwierigkeiten haben, Gott auch im Evolutionsprozess zu erkennen. Im Evolutionsprozess formt sich das Leben zu unzähligen Formen und Arten und zeigt sich uns in dieser Welt mit Hilfe der Erdmaterie. Aber behaupten nicht die Religionen auch, Gott selbst sei das Leben? Dann beweist die Evolution genau dies. Er erschafft aus sich selbst alle Lebensformen in diesem großartigen Prozess. Dieser folgt der ihm innewohnen-

den Logik und führt damit unausweichlich zu einem bestimmten Ergebnis. Gott ist nichts, was außerhalb dieser Entwicklung steht, sondern die Entwicklung selbst. Das heißt auch, dass sich die Bestimmung und der Sinn hieraus ergeben. Lassen Sie mich ein Beispiel geben: Unser Universum hat nach gängiger Meinung mit dem »Urknall« seinen Anfang gefunden. Alles, was dann erstanden ist, lag in diesem Anfang und »musste« so geschehen. Verborgen bleibt uns dabei, was hinter, neben, vor dem Ereignis des Urknalls liegt.

Aber wir benötigen Sicherheit, ging es mir durch den Kopf. Wir brauchen einen festen Boden für unser Tun. Selbst wenn die Religionen sagen, wir sollen uns kein Bild von Gott machen, dann sagen wir halt: Gott verbietet uns, ihn in einem Bild darzustellen. Wir brauchen solche Tricks, um uns selbst zu täuschen. Will uns die Aussage dazu bewegen, keine feste Vorstellung von Gott zu haben, dann machen wir mit diesem Trick daraus die feste Vorstellung von Gott als einem Herrscher, der uns verbietet, ein Gemälde von ihm anzufertigen. Nur so fühlen wir die Sicherheit, die wir suchen. Doch weiter im Brief.

Nun möchte ich auch noch ein paar Gedanken zum Leid und dem »Bösen« anfügen. Das interessiert Sie möglicherweise mehr als der Zufall. Im Prozess der Evolution entwickeln sich unterschiedlichste Formen des Lebens. Diese müssen anschließend ihre Fähigkeit, auf der Welt zu bestehen, unter Beweis stellen. Viele Verzweigungen der Evolution erweisen sich in kurzer Zeit oder auch erst nach langen Perioden als nicht fähig zum weiteren Bestehen. Diesen Tatbestand müssen wir uns genauer anschauen. Die Evolution führt zu Weiterentwick-

lungen, die man sich wie die Äste eines Baumes vorstellen kann. Diese Äste haben ein unterschiedliches Potenzial für ein weiteres Wachsen und Gedeihen. Dieses Potenzial kann zum Aussterben einer Art, zu einer sehr langsamen, schnellen oder ausgesprochen dynamischen Weiterentwicklung führen. Jedenfalls bleibt es nie endgültig bei einer Entwicklungsstufe. Immer bedarf es weiterer Anpassung. Das heißt auch, nie ist eine Art oder Form des Lebens vollkommen. Man könnte auch sagen, immer enthält sie Irrtümer, die sie zwingen, sich entweder weiterzuentwickeln oder ihre Existenz beenden.
Ähnlich verhält es sich auch bei der geistigen Entwicklung des Menschen. Seine Suche nach Lebensformen, die ihm Freude und Sinn bescheren, ist voller Verzweigungen und Irrtümer. Diese Verzweigungen sind sinnvolle Wege, auf die der Mensch nicht verzichten kann. Sie führen zur Erkenntnis. Erkenntnisse führen zu höherer Bewusstheit und diese wiederum zur zukünftigen Entscheidung für Lebenswege, die vielversprechender für ein erfülltes Dasein sind. Das ist ein ganz wunderbarer Prozess!

So, das wurde langsam interessant. Wir befinden uns also immer auch in einem Zustand des Irrtums. Die Evolution der Lebensformen ist nie abgeschlossen. Das zwingt uns, die Wirklichkeit und damit die Wahrheit immer besser zu erkennen. Das war ein sehr schöner Gedanke.

Hier nun meine vierte Behauptung: Das »Böse« ist Kennzeichen eines Irrtums. Es ist immer ein Zwischenschritt, der überwunden werden soll. Ein Weg wurde gewählt, der uns nicht zu Freude und Erfüllung, sondern zu Leid und Not führt.

Die Erkenntnis darüber braucht eine kurze Zeit oder eine lange Epoche. Aber ich behaupte, das Leben wird den Irrtum immer erkennen. Hierfür habe ich keinen Beweis außer meiner Beobachtung. Die Menschen suchen nach anderen Lösungen, wenn sie so einen Irrweg betreten haben. Gewalt, Verletzung, Erniedrigung oder Ausbeutung führen zu Not und Leid und diese tragen immer den Impuls in sich, dass der Mensch danach strebt, das »Böse« zu überwinden. Nie will er darin verweilen, weder als Täter noch als Opfer. Kurzzeitig mag es vielfältige Blockaden geben, die das Leben scheinbar im »Bösen« verharren lassen. Doch mit der Zeit wird es sich in Richtung seiner Überwindung ändern. Und das gilt für alle, die hiervon betroffen sind.

Jetzt können Sie natürlich fragen, warum und wie hat das alles so begonnen und verfallen die Menschen immer wieder in das »Böse«? Zu dem »Warum« kann ich nichts sagen. Außer, es entwickelt sich Bewusstheit im Prozess der Überwindung. Zu dem »Wie«: Wir sind alle auf Entdeckungstour im Leben – von Anfang an. Schauen wir auf ein kleines Kind. Die Entwicklung eines Menschen ist ja eine Analogie zur Entwicklung der Menschheit. Natürlich wird der Mensch als mitfühlendes und soziales Wesen geboren. Zugleich muss er aber erst erkennen, dass die Suche nach der Befriedigung seiner grundlegenden Bedürfnisse, die ihn zuerst berühren und die wichtig für sein Wohlergehen sind, nicht allein ihn betrifft. Solange er dies nicht erkannt hat, strebt er nach Befriedigung durch Nahrung, Zuwendung oder Anerkennung, ohne dabei zu bemerken, wie sehr dies mit dem Dasein anderer in Verbindung steht. Er meint, was mir dient, das muss richtig sein. Es ist ein langer

Prozess, bis er erkennt: Die Bedürfnisse anderer Menschen sind meinen gleichrangig. Es dient meinem Wohlbefinden und Glück, auch diese in meinem Handeln zu berücksichtigen. Ein kleines Kind kann zuerst nur seine Bedürfnisse als wesentlich wahrnehmen. Es ist oft ein mühsamer Weg für einen Menschen, diese Haltung zu verändern. Menschen überwinden nicht in einem Leben diese Irrtümer. Daher kommen sie immer wieder in das »Böse«. Sie können sich darin auf einem langen Weg verstricken. Denn sie erfahren das »Böse« ja auch durch andere und reagieren dann gleichartig.

Viele Gedanken schossen mir durch den Kopf, als ich das las. Natürlich schauen wir zuerst auf uns selbst. Was brauche ich? Was tut mir gut? Erst komme ich und dann du, so lautet unsere Grundhaltung. Als Säugling bei der Mutter funktioniert das auch. Doch später ist hierin ganz zwangsläufig der Konflikt zwischen uns Menschen angelegt. Das muss zu Streit mit all seinen Folgen führen. Mit dem Konflikt ist es aber schwer zu leben, und wir versuchen in großen Anstrengungen immer wieder, ihn zu überwinden.

So kommen die gegenseitigen Verletzungen durch Rücksichtslosigkeit, gepaart mit Angst, seine Bedürfnisse nicht befriedigen zu können, ins Leben. Dieser Prozess der Missachtung kann sich noch verstärken. Hass, Neid, Missgunst, Angst und Misstrauen bestimmen die Haltung zur Welt. Der Mensch ist voller Energie. Sein Handeln hat Folgen. In diesem Prozess lenkt uns das Leid zu der Erkenntnis: Die Bedürfnisse anderer Menschen haben für uns eine große Bedeutung. Es ist wichtig für uns, sie zu sehen.

Wenn man über das »Böse« spricht, dann müssen auch Versöhnung und Heilung ein Thema sein. Wie kommt es zur Heilung, wenn sich der Mensch tief im Irrtum verstrickt? Der Mensch ist mit all seinen Gefühlen von Hass und Wut, von Angst und Schwäche gefangen in einer Situation, aus der er keinen Ausweg mehr findet. Er leidet. Sein Leben ist voller Schmerz und Enttäuschung. Gerade jetzt will er das Thema, das ihm dieses Leid bereitet, nicht betrachten und doch gerade dies wird notwendig. Heilung ist Versöhnung mit sich und der Welt und nach meiner Auffassung nur dadurch zu erreichen, dass der Blick auf das Thema gelenkt wird, das zum Leiden führt. Dieser Situation, diesen furchtbaren Gefühlen muss erneut begegnet werden. Doch jetzt auf einer anderen Ebene und mit der Möglichkeit, eine Lösung zu finden. Das Leben zwingt uns dazu. Wir verharren solange bei einem Thema, bis wir einen Weg der Bewältigung gefunden haben. Erst mit einer Lösung können wir die Rolle als Opfer oder Täter verlassen.

Wir können uns auch gegenseitig bei der Heilung helfen. Mit Unterstützung der Mitmenschen ist es uns möglich, ein Gefühl der Sicherheit und des Vertrauens zur Bewältigung schwieriger Themen zu haben. Jede erfolgreiche Therapie, behaupte ich, nimmt den Weg von der Begegnung mit dem Thema des Leids bis zur Lösung. Der Mensch muss erkennen, dass sich Schmerz, Wut, Hass, Angst und Schwäche überwinden lassen.

Ich erinnerte mich an ein Gespräch mit meinem Mann. Er hatte gemeint, dass unsere Empfindungen, Gefühle und Gedanken zeigen, welche Qualität unsere Beziehung zu einem Thema in der Welt hat. »Schlechte« Empfindungen, Gefühle und Gedanken verweisen auf ein Problem.

Was mich immer wieder beschäftigt: Wie gerne greifen wir Menschen auf »Scheinlösungen« zurück. Wie dankbar sind wir, wenn uns diese angeboten werden. Dann müssen wir nicht wahrnehmen, was uns so sehr verletzt, Schmerzen und Angst bereitet. Es scheint eine Lösung ohne den schwierigen Weg der Erkenntnis möglich. Das extremste Beispiel sind die Drogen. Was versprechen sie uns nicht alles! Aber nichts davon halten sie ein. Im Gegenteil, sie führen uns tief ins Desaster und in die Zerstörung. Sie führen uns an den Punkt, an dem es keinen Ausweg aus der Verstrickung in den Irrtum zu geben scheint. Es sei denn, wir haben trotz der Zerstörung noch die Kraft zur Erkenntnis.

Scheinlösungen begegnen wir oft im Leben. Sie haben eine ganz grundsätzliche gesellschaftliche Dimension und überlagern unsere sozialen Beziehungen. Wir Menschen fühlen uns abhängig und wertlos. Deshalb suchen wir Macht und Einfluss, um an äußerer Bedeutung zu gewinnen, wenn wir unsere innere nicht wahrnehmen können. Dies kann unseren Mangel aber nicht wirklich beheben. Wir streben den Menschen nach, bei denen wir zu erkennen meinen, sie hätten einen Wert und wären frei, auch wenn dies nur Schein ist. Wir bewundern sie und geben ihnen Glanz. Wir unterwerfen uns ihrem Machtanspruch. All das bringt uns tiefer in das Leid. Bis wir erkennen, dass wir uns auf uns selbst besinnen müssen. Es ist an uns, unsere innere und äußere Freiheit, unsere Größe zu erlangen. Übrigens, Lösungen und Scheinlösungen bieten uns auch Lite-

ratur, Theater oder Film. Wobei die Scheinlösungen viel beliebter sind. Für mich liegt der Ursprung dieser Kunst, zum Beispiel beim griechischen Theater, darin, den Menschen Heilungswege in der Begegnung mit ihren Verstrickungen aufzuzeigen. Das kann tief wirken. Denn die künstlerische Darstellung erlaubt uns, unsere Gefühle aufzunehmen und zu neuen Zielen zu führen.

Ich bleibe bei all diesen Überlegungen immer bei der Behauptung: Wir können richtig und falsch daran erkennen, ob uns etwas zum Leid oder zum Glück führt. Das ist unser Maßstab. Nur das Unterscheiden von Scheinlösungen und Lösungen fällt uns sehr, sehr schwer. Wie unterscheiden wir die notwendige schmerzhafte Aufarbeitung vorhandenen von der Schaffung neuen Leids? Wie können wir Flucht und Verdrängung erkennen und nicht mit der Überwindung von Schmerz verwechseln?

Das waren Gedanken, die ich gut nachvollziehen konnte. Heilung bedeutet, eine Situation, in die ich mich schmerzhaft verwoben habe, wieder neu aufzunehmen und mich damit zu versöhnen. Das hatte mein Leben mir gezeigt. Hat uns ein anderer Mensch verletzt, ist es für eine Heilung von großer Bedeutung, zu erfahren, dass er diese Tat von Herzen bedauert und uns wieder unseres Werts versichert.

Übrigens, was ich noch schreiben möchte: Natürlich ist die Erlangung von Bewusstheit oder Erkenntnis nicht allein als ein intellektueller Prozess gemeint. Vielmehr drückt sich Bewusstheit in Gefühlen und Gedanken, eben in einer Haltung aus.

Zudem macht es für den Erfolg des Erkenntnisprozesses großen Sinn, wenn Erkenntnisse nicht mit dem individuellen Tod verloren gehen. Das würde auch erklären, warum wir Menschen mit diesen unterschiedlichen Anlagen auf die Welt kommen. Bereits ein Säugling hat seine ganz eigene Persönlichkeit, mit der er der Welt begegnet. Im Blick auf frühere Leben lässt sich erkennen, wie sich eine Lebenshaltung bildet. Es sind die Erfahrungen des Lebens, die Erkenntnisse und Irrtümer, die Ängste oder das Vertrauen, die sie formen.

Noch einmal legte ich den Brief zur Seite. Eine Biene flog mit ihrem gleichförmigen Summen vorbei und landete auf dem Tisch. Ich schaute ihr zu, wie sie auf der Plastikdecke weiterkrabbelte. Ich dachte an meine Kinder. Jedes hatte seine ihm eigene Persönlichkeit. Schon im Säuglingsalter war das erkennbar gewesen. So waren sie auf die Erde gekommen. So würden sie der Welt begegnen.

Doch zurück zum »Bösen«. Es ist die Frucht unserer Irrtümer. Irrtümer sind die Voraussetzung für Erkenntnis. Irrtümer führen zu Leid, welches wir vermeiden möchten. So sind Leid und Not unsere steten Begleiter und der Ausgangspunkt für Heilung.

Noch eine abschließende Bemerkung zu den Menschen. Ihnen wohnt die Liebe inne. Wenn ich das sage, geht es nicht um eine menschlich moralische Beurteilung. Ich meine dies grundsätzlicher. Das Leben ist ein Ganzes. Die Grundqualität des Lebens ist, als Ganzes fortzuschreiten. Das gilt für alle Formen des Lebens. Ein Grashalm wird sich nicht beschweren, von einer Kuh gegessen zu werden. Denn dieses Geschehen dient dem Leben insgesamt. Insofern ist Leben immer auch Liebe. Liebe bedeutet, Teil des Ganzen zu sein und so keinen Anfang und kein Ende, keine Angst, Trennung und kein Leid zu kennen. So ist der Mensch, als Vertreter des Lebens im Kern. Dies zum Ausdruck zu bringen, strebt er aus seiner inneren Anlage. Da dies derart ist, ist es auch gut und ein Weg zur Heilung. Das Gegenteil ist dann böse. Mit der Entstehung von Bewusstheit geht einher, sich selbst als Leben wahrzunehmen, aber mit einem beschränkten und getrennten Bewusstseinshorizont. Das Leben zu schützen bedeutet, zuerst die eigene Integrität zu schützen. Was richtig ist, aber nur ein Teilaspekt. Auf diesem Stand ist die Menschheit und eine Lösung liegt allein in einer Weiterentwicklung. Je besser wir die Wahrheit kennen, desto einfacher wird diese zu leben für uns sein.

Doch nun, liebe Frau F., hier meine Erinnerung an die Lebensgeschichte eines großen Meisters, mit der ich insbesondere durch meine Tochter Sandra eng verwoben bin. Ich denke, er hat bessere Antworten auf die Herausforderungen des Lebens als ich.

Ich wollte eine kleine Pause einlegen. Ich ging in die Küche und holte mir eine Tasse Kaffee mit viel Milch. Der Lichtkontrast zwischen Terrasse und Küche war groß. Meine Augen brauchten Zeit sich umzustellen. Ich nahm mir noch ein Stück vom Hefezopf und ging wieder hinaus in die Wärme. Den Brief würde ich später noch einmal lesen.

Das Wort Sünde fiel mir ein. Ich hatte einmal gelesen, dass es von »absondern« oder »trennen« abstammt. In mir entstand ein Bild, wie Fische aus dem Wasser springen. Immer wieder stoßen sie mit hoher Geschwindigkeit durch die Wasseroberfläche, um mit einem lauten Platschen zurückzufallen. Für uns Menschen wäre dies ein Gleichnis, dass wir mit viel Lebensschwung die Ganzheit der Liebe verlassen, um dann wieder in sie zurückzufallen.

Als ich so in der Sonne saß, tauchten plötzlich und mit großer Dramatik Kriegsbilder vor meinem geistigen Auge auf. Ich sah, wie das Töten und Zerstören die Menschen erfasste. Frauen wurden geschändet, Kinder lagen in ihrem Blut. Apokalypse! Kein Erbarmen, kein Mitgefühl!

Ist Krieg immer noch mein Thema? Viele Jahre waren vergangen, seit ich mich als junge Frau mit dem Leben des Soldaten im Zweiten Weltkrieg beschäftigt hatte. War Krieg nicht das Böse? Verwirrung packte mich. Ich sah gewaltige Kräfte unbarmherzig miteinander ringen. Zerstörte Körper, überall Blut. Leid, aber auch Lust am Kämpfen.

Stammte der Krieg aus der Vergangenheit der Völker, Sippen, Clans und Rassen? Die Bilder schienen Ja zu sagen. Doch können wir diese Dimension überhaupt verstehen? Sind wir nicht nur kleine Spielfiguren in einem viel größeren Geschehen? Wir werden in das Wirken dieser Kräfte geboren. Ich sah den arabischen Krieger vor mir stehen, der sich als Teil seines Stammes und Glaubens gefühlt hatte. Der Hohepriester, der seinem Volk zutiefst verpflichtet war. Sie folgten dem Ruf ihrer Gemeinschaft. Wir Menschen sind eingebettet in ein größeres Wirken. Kriege sind Lebensausdruck ganzer Völker. Wie viele Generationen müssen vergehen, bis Frieden zwischen den Völkern und Sippen herrschen kann?

Stopp, sagte ich innerlich zu mir. Jetzt nicht. Ich wollte mich nicht von meinen Gefühlen zum Bösen überwältigen lassen. Ich wollte meine Klarheit wiederfinden. Der heftige Gefühlsausbruch ging vorüber, so schnell wie er gekommen war. Ein reinigendes Gewitter, das mich Bescheidenheit und Demut lehren konnte. Ich wandte mich dem Brief zu, um die Geschichte des großen Meisters zu lesen. Erst viel später habe ich verstanden, dass ein Zusammenhang zwischen diesen heftigen Gefühlen und der Lebensgeschichte, die ich nun lesen wollte, bestand.

Seele

Die Ahnung aus der Ewigkeit
der Mensch hält sie in sich bereit.
Im Wandel ist das Sein gelöst
von Licht berührt, von Licht verschönt.

Sieh die Wellen, wie sie rauschen.
Lass Dich tief ins Meer eintauchen.
Lass Dich tragen von Gezeiten,
von Wind und Wogen das Sein bereiten.

Und immer sei so ganz im Hier,
und spüre Halt dicht neben Dir.
Spüre, wie die Liebe trägt.
Spüre, wie sie Dich erwählt.

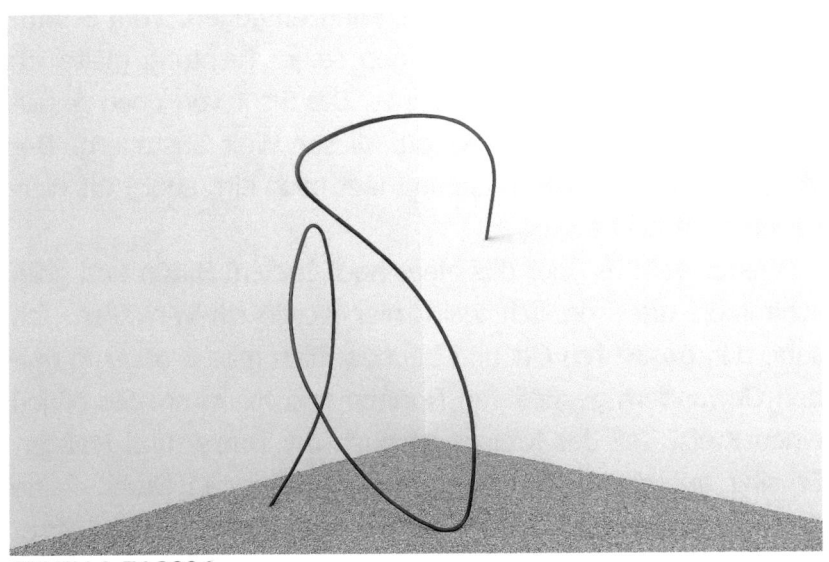
SEMILLA IX 2004

Meister in Indien
Zeitlos oder im Jahre 521 v. Chr.

Die hölzerne Tür öffnet sich. Sie ist massiv und grob gefertigt. Besonders ein Balken aus kaum bearbeitetem Holz, der quer über die Tür befestigt ist, fällt ins Auge. Als ich durch diese Tür trete, bläst mir ein kräftiger Wind entgegen. Vom Sturmwind getragen und doch entgegen seiner Richtung gleite ich hoch in der Luft über unsere Erde. Die Sicht von oben gefällt mir. Ich könnte jeden Platz auf dieser Welt ansteuern. Der Weg führt über Afrika. Das Land lädt mich ein, aber dort werde ich nicht bleiben.

Weiter geht es über das Meer nach Indien. Braun und grün schimmert die Erde. Ich weiß, hier werde ich verweilen. Ich sehe den gesuchten Ort und befinde mich mitten unter in gelben Gewändern gekleideten Nonnen und Mönchen. Sie bilden einen Kreis. Teil des Kreises ist auch der Lehrer und Meister. Er sitzt auf einem mit Schnitzereien verzierten Stuhl. Seine Arme liegen auf den breiten hölzernen Armlehnen. Der Lehrer und Meister ist und er weiß, dass er ist. Sein Geist geht in andere Sphären, zu anderen Orten, in andere Zeiten, während er hier sitzt und meditiert oder zu seinen Schülern spricht. Er fühlt sich eins mit dem, was existiert. Nichts muss geschehen. Er spürt sich als Teil des Ganzen.

Die Schüler suchen ihn. Sie fühlen sich aufgehoben in seiner Gegenwart. Sie wollen lernen, sie wollen werden wie er. Der Meister gibt ihnen Orientierung. Sie hoffen, bei ihm zu finden, was sie suchen. Doch durch die Hoffnungen und Wünsche, die sie auf ihn richten, bleibt er ihnen auch fremd.

Der Meister kennt seine Schüler. Er weiß sich als Teil von ihnen. Auch er ist, was sie sind, ein Suchender. Das verbindet sie. Er möchte von ihnen lernen. Gemeinsam sitzen sie im Kreis. Sie singen, sie lauschen, wie der Klang der Stimmen verhallt. Sie meditieren: Der Klang ihres Gesangs, er ist, dadurch, dass sie gesungen haben, auch wenn ihre Ohren ihn nicht mehr hören können. Die Stille ist, weil der Klang ist. Sie meditieren über den Wandel. Wie kommen der Klang in die Stille und die Stille in den Klang? Ihre Sinne können dies nur nacheinander wahrnehmen, aber ihre Seele kennt beides und beides ist. Den Klang haben sie in die Welt gesetzt. Die Stille ist vor, nach und während ihres Gesangs.

Der Meister ist eins mit ihnen, er ist, so wie die Stille ist. Der Meister möchte lernen, und sie möchten lernen. Der Geist sucht und verbindet sich. Die Schüler hören in Gedanken seine Fragen: Bist du bereit zu lernen? Willst du den Weg gehen, der dich lehrt? Wenn du erfahren möchtest, was dich dem Meister näher bringt, dann gehe mit in dieses neue Leben, das es dir zeigt.

Der Geist der Schüler und der des Meisters haben sich verbunden. Drei Schüler und er werden sich in einer neuen irdischen Existenz begegnen. Es geht um Angst, um Trauer und um Frieden. Es geht darum, aufgehoben zu sein und zu erkennen, was ist und wie Glück entsteht. Sie machen sich auf den Weg in dieses Leben, das die gesuchte Erkenntnis geben kann. Jeder auf seine Art.

Der Meister spricht in Gedanken zu den drei Schülern: »Wenn ihr euch auf diesen Weg gemacht habt, dann werdet ihr vergessen, was jetzt ist. Dann wird nur diese neue Existenz für euch wahr sein. Mit allen Sinnen werdet ihr in diesem Leben stehen. Angst und Trauer, Wut und Hass, alle eure Gefühle, sie werden wahr für euch sein und ihr werdet sie leben. Euren Entschluss und euer Ziel, die euch hierher gebracht haben, werdet ihr nicht mehr kennen, aber sie leiten euch. So seid ihr nun geboren, neu geboren und verbunden mit eurer Aufgabe in dieser Zeit.«

Der Meister und seine drei Schüler bilden eine Familie. Ein sanfter Übergang geleitet ihn zu dieser neuen Bestimmung. Noch im Körper der Mutter hört er den geliebten Klang indischer Musik. Gesang, begleitet von der Sitar, umgibt ihn vertraut. Es ist das Jahr 1988 in Deutschland. Es ist ein Workshop für Schwangere. Indische Musik ist sein Inhalt. Indische Weisheit und europäische Erkenntnis gestalten ihn.

Der Meister ist präsent. Er ist bereit. Wer es spüren kann, weiß darüber. Bis zur Geburt wird der vertraute Klang immer wieder zu seinem Herzen sprechen.

Er wird als zweites Kind der Familie geboren. Er ist ein schönes Mädchen. Sie erhält den Namen Sandra. Sie wird von ihrer Familie, den Eltern und ihrer Schwester, empfangen. Aus freien Stücken haben sie alle die Aufgabe dieses Erdendaseins gewählt. Es birgt ein großes Ziel. Der Meister wird sich in völlige Abhängigkeit begeben. Er wird sich die Möglichkeit nehmen, seinen Körper zu beherrschen und zu steuern. Auch für ihn gilt: Das Leben, das er nun führt, bestimmt absolut sein Empfinden als dieser Mensch.

Im Alter von neun Monaten verwirklicht sich sein Entschluss, diese Bestimmung zu leben. Sandra rutscht in der Badewanne unter Wasser. Sie ertrinkt. Ihr Herz hört auf zu schlagen. Ungeheure Panik erfasst sie. Was geschieht hier? Ihre Gefühle sind in Aufruhr: Wurde sie nicht geboren, um zu leben? Wurde sie nicht geboren, um zu wachsen und sich zu entwickeln? Sie will nicht sterben! Sie kämpft um ihre Existenz. Sie vermisst ihre Eltern. Sie vermisst ihre Schwester. Warum beschützt sie niemand? Niemand steht ihr bei. Ist sie allein in dieser Welt? Der Notarzt ruft sie zurück ins irdische Sein. Sie war schon weit weg, sie hatte ihren Leib verlassen.

Als sie erwacht, versucht sie verzweifelt, Kontrolle über ihren Körper zu erlangen. Es geht nicht. Die Arme und Beine wollen nicht mehr gehorchen. Die Laute finden nur unwillkürlichen Ausdruck. Sie hat die Kontrolle abgegeben. Ihre Existenz liegt in der Hand anderer. Sie hört und sieht, was geschieht, doch sie kann nicht mehr handeln. Panik erfasst ihr Herz. Es rast ohne Unterlass. Wochenlang kann sie nicht einschlafen. Doch sie will am Erdendasein teilhaben.

Die Eltern werden von dem, was passiert, überrollt. Notarzt, Krankenhaus, der Tod klopft an. Hoffnung, Schlaflosigkeit, Angst. Keine Zeit zu verstehen. Zeit zu handeln. Die Tochter soll leben. Was ist zu tun? Sie wollen bei ihr sein, Tag und Nacht. Sie wollen ihr geben, was sie geben können. Die Schwester noch zu jung, um zu verstehen. All die intensiven Gefühle; sie spürt sie, nimmt sie auf. Sie bemerkt die Umwälzung, sieht ihre Eltern völlig in Anspruch genommen von dem, was geschehen ist.

Sie wissen nicht mehr, dass sie sich diese Aufgabe gewählt haben. Sie wissen nicht mehr, dass sie sich bereit erklärt haben, diesen Weg zu gehen. Natürlich, es gibt die Ahnung. Doch die Gefühle des Augenblicks gelten.

So nimmt dieses Sein seinen Lauf. Es trägt zum Ziel, weil es erfahren lässt und lehrt, was es zu verstehen gilt. Allein die eigene Erfahrung zählt. Sie hatten zusammen im Kreis gesessen. Ihr Bewusstsein wollte wachsen. Dazu muss der Mensch tief in das Leben eintauchen. Was geschieht, muss für den Menschen wahr sein. Nun ist Realität geworden, was dieses Erdendasein ganz wesentlich bestimmt.

Wie ausgesetzt in der Wildnis sucht jeder seinen Weg nach Hause. Dieser führt über schwere Aufgaben, über Sackgassen und Irrwege, über Orte, die zum Verweilen einladen, über Aufenthalte, die einen Aufbruch schwer machen, über Zeiten der Erholung, Besinnung und Erkenntnis. Es ist ein Weg zum Ort der Herkunft, zum Sinn dessen, was geschieht.

Sandra lebt in einer Welt absoluter Abhängigkeit. Ihre Eltern müssen für sie sorgen. Jung war sie, als dies ihre Wirklichkeit wurde. Es fehlt die Erinnerung an andere Zeiten. Sie ist nun diese Sandra. Die Muskeln ihres Körpers sind verkrampft. Panik hat sich tief in ihr Empfinden eingegraben. Einzuschlafen fällt ihr schwer. Wie leicht könnte der Übergang in die Nacht das Ende ihres Daseins bedeuten! Wie soll sie Vertrauen in dieses Leben haben? Sie benötigt die Liebe und Fürsorge der Menschen! Langsam beginnt sie wieder am irdischen Dasein teilzuhaben. Schwere Krankheiten liegen auf ihrem Weg. Der Tod wird ihr Begleiter. Doch sie lebt. Ganz allmählich findet die äußere Welt mehr ihr Interesse. Sie spürt die Liebe, die ihr gegeben wird.

Oft ist sie weit weg. Ihr Bewusstsein ist dann nicht in diesem Körper. Dann ist sie wieder der Meister, der im Kreis seiner Schüler sitzt und diese lehrt.

Der Meister spricht über den Verzicht: »Verzicht ist nur, wenn es Begehren und Bedürftigkeit gibt. Nur wer bedarf, kann verzichten. Doch unser Ziel ist nicht Verzicht, auch wenn wir diesem im Leben begegnen und er uns viel lehren kann. Unser Ziel ist, nicht mehr dessen zu bedürfen, was unsere Existenz hier auf der Erde als Menschen bestimmt. Wir brauchen Nahrung, Wohnung, Luft. Wir brauchen Gemeinschaft, Zuwendung, Aufgaben. Wir benötigen Fähigkeiten, unseren Körper, Verstand und unsere Gefühle, die uns leiten. Das Leben lehrt uns Verzicht, damit wir entdecken und erkennen, was wir im Kern sind. Das Leben wird uns zeigen, was das ist. Nur wenn wir es erkennen, wird es für uns existieren. Wir können die Erkenntnis nicht erzwingen. Askese führt uns nicht dahin. Denn sie ist in ihrer Qualität das Gegenteil von Verzicht. Wir maßen uns an, dessen nicht zu bedürfen, was wir benötigen. Wir sind stolz, etwas zu haben, was stärker ist: Wille und Härte. Dies ist nicht der Weg, weil wir uns nicht dem Sein anvertrauen, sondern bestimmen wollen.« Der Meister versinkt in seine Gedanken.

Sandra wird hochgehoben. Ihr wird zu essen gegeben. Ein schwieriges Unterfangen. Die Muskulatur ihres Rachens ist verkrampft. Schlucken fällt ihr schwer. Schleim legt sich auf Luft- und Speiseröhre. Sie verschluckt sich, sie hustet. Immer mehr wird die empfindliche Haut ihres Rachens gereizt. Ihr ganzer Körper verspannt sich. Schweißperlen stehen auf ihrer Stirn. Nach einer Stunde hat sie es geschafft. Sie ist erschöpft. Man hat sie hingelegt. Sie schließt kurz die Augen und dämmert weg.

Der Meister erwacht aus seinen Gedanken.

Er spricht: »Wenn ihr meditiert, so ist das eine fordernde Aufgabe. Das Ziel ist nicht Entspannung. Das ist das Mittel. Ihr geht in eine Welt jenseits von hier. Was ihr dort erfahrt, berührt den Sinn eurer Existenz. Der schenkt euch für dieses Leben Gleichmut, Gelassenheit und Freude. Friede liegt in euch. Den Sinn zu spüren, macht euch glücklich. So tragt ihr von jener Welt Erkenntnis in diese Welt. Und auch umgekehrt: Einen reichen Schatz birgt diese Welt für euch. Schmerzen, Angst, Freude, tief graben sich die Gefühle in euch ein und ihr bringt sie als Gabe in das Jenseits. Ihr könnt erkennen, was ist. So lernt auszutauschen zwischen den Welten. Lasst sie ineinander übergehen. So wie Tag und Nacht und Nacht und Tag. So wie Leben und Tod und Tod und Leben. So wie Traum und Wirklichkeit und Wirklichkeit und Traum. So wie Schlaf und Wachen. So wie Meditation und in der Welt der Sinne zu sein.« Der Meister schweigt.

Sandra erwacht aus ihrem Dämmerschlaf. Sie schaut um sich. Sie hört ihre Mutter in der Küche. Aus den Lautsprechern der Musikanlage ertönt eine Geschichte. Sie kennt diese Geschichte und hört sie immer wieder gerne. Es schmerzt sie ihr Körper. Magensäure läuft die Speiseröhre hoch. Das brennt furchtbar! Sie schreit. Die Mutter kommt aus der Küche und nimmt sie auf den Arm. Nun ist es etwas besser. Die aufrechte Haltung und die Fürsorge der Mutter helfen ihr. Doch der Schmerz raubt ihr die Kraft. Immer dieser Schmerz! Immer dieses Brennen! Kurz sind die Augenblicke der Entspannung. Das Erdendasein verlangt ihre ganze Energie. Der ständige Blutverlust durch die Verletzung der Speiseröhre hat ihr kaum noch Kraft gelassen. Sie hat Angst vor den Schmerzen. Warum kann ihr denn niemand helfen? Sie spürt die Fürsorge und Liebe. Aber die Schmerzen können ihr diese nicht nehmen. Auf dem Arm beruhigt sie sich. Sie braucht diese Liebe! Sie ist erschöpft!

Der Meister spürt großes Mitgefühl mit den Nonnen und Mönchen, die im Kreis sitzen. Ihre Schmerzen, ihr Leid sind offenkundig. Sie suchen Hilfe, deshalb sind sie zu ihm gekommen. Was kann er ihnen geben? Was kann ihnen helfen? Seine Liebe breitet sich im Kreis der Menschen aus.

Er spricht: »Wir müssen lernen zu erkennen, dass wir alle eins sind. Es ist das Einzige, was ist. Habt Freude an der Freude der Menschen, denn es ist auch eure Freude. Habt Mitgefühl mit dem Leiden der Menschen, denn es ist auch euer Leid. Wir sind nicht nur Teil des großen Ganzen, wir sind es. Öffnet euer Herz für die Menschen.«

Er fühlt eine große Liebe und sie macht ihn glücklich. Sein Herz ist erfüllt. Diese Liebe soll sein. Sie ist das Wesentliche. Der Meister blickt auf die Menschen im Kreis. Er sieht das Leuchten in ihren Augen. Er sieht das Lächeln in den Gesichtern.

Sandra blickt in das Gesicht ihrer Mutter. Sie fühlt sich geborgen. Es ist ihre Familie, ihre Mutter, ihre Schwester, ihr Vater. Sie weiß, sie gehört hier hin. Sie teilen ihre Gefühle. Den Schmerz und das Leid teilen sie. Die Augenblicke der Entspannung und Freude teilen sie. Die Liebe teilen sie.

Das Dasein hat für die Eltern und für ihre Schwester noch viele andere Facetten, intensive andere Bereiche des Lebens, aber trotzdem, sie teilen gemeinsam eine große Aufgabe.

Der Meister fährt fort: »Ihr habt vom Karma gehört. Jede Tat hat ihre Folgen und führt euch weiter in eurer Entwicklung.

Jede Tat ist wertvoll. Jedes Erdendasein ist wertvoll. Das gilt für uns alle. Ebenso für mich wie für euch. Vor dieser Erkenntnis ist keine irdische Existenz besser als eine andere. Jedes Leben bringt Ertrag. Ihr sollt erkennen. Schaut auf euer Dasein und lernt daraus. Hört auf die, die euch lehren können. Was euch antreibt ist wichtig. Es zu verstehen, wandelt eure Taten, wandelt die Folgen, wandelt das Sein. Es berührt den Sinn und das Glück.«

Sandra liebt es, wenn ihre Schwester mit ihr spielt. Wach sind ihre Sinne. Die Augen leuchten. Sie lacht. Sie weiß, sie gehören zusammen. Das Leben hat sie verbunden, sowohl über Schmerzen als auch über Freude.

Die Operation des Magenzugangs war erfolgreich. Diese Schmerzen durch die brennende Magensäure in ihrer Speiseröhre sind vorbei. Sie kann sich entspannen. Wie wichtig war es, dass die Ärzte erkannt haben, was ihr Schmerzen bereitet. Wie wichtig ist es zu erkennen, was ist – und wie sehr ändert Erkenntnis das Leben.

Der Meister spricht weiter: »Wer seinen Hass erkennt, wird nicht mehr töten und verletzen wollen. Je besser er seinen Hass versteht, desto weniger wird er ihn als Lösung betrachten. Wer den Hass genau kennt, wer weiß, woher er stammt, der wird ihn verlieren, als hätte er ihn nie gehabt. So verändert Erkenntnis das Dasein, weil es das Fühlen und Denken, die Taten wandelt. Wer seine Angst versteht, wird sie verlieren. Das klingt einfach und ist doch überaus schwer. Das Leben lehrt euch in kleinen Schritten. Zunächst, dass ihr der Angst begegnet. Dann, was sie in euch bewirkt: eure Taten und deren Folgen. Das Leben schafft den Raum zur Auseinandersetzung, oft von der Not geleitet. Die Frage wird wichtig: Woher kommt die Angst? Die Suche nach Antworten beginnt. Die Angst kann weichen, sie kann freundlich betrachtet werden, denn die Angst vor der Angst schwindet. Eines Tages wird sie nicht mehr euer irdisches Schicksal leiten. Dann ist sie für euch kein Karma mehr. So lernt für euch und dieses Leben, für euer Glück.«

Sandra braucht die Menschen. Sie fordert viel. Jeder Augenblick bedarf der Fürsorge. Sie genießt es, nachts bei ihrem Vater zu liegen und zu spüren, er ist bei ihr. Sie fühlt sich aufgehoben und beschützt. Ihre Angst ist vergessen. Sie lebt im Augenblick.

Sie ist abhängig. Sie benötigt die Liebe der Menschen. Jeder Mensch braucht Liebe. Mit Liebe fällt es leicht, für Sandra zu sorgen! Zu sehen, wie die Fürsorge ihr hilft, bereitet Freude. Ohne Liebe, wie schwer ist das Sein! So lehrt Sandra Liebe und erkennt, wie sehr sie Liebe braucht. Tag und Nacht bedarf sie der anderen Menschen.

Die Gedanken des Meisters: Für diese Aufgabe habt ihr euch entschieden. Es ist nicht das Einzige, was eure irdische Existenz bestimmt, aber es ist wesentlich. Alles, was ihr im Leben tut, muss vor dieser Aufgabe bestehen. Was wichtig ist: Ihr habt es gewollt, auch wenn ihr nicht wusstet, was es bedeutet. Doch sich frei zu entscheiden, macht frei. Das Karma spricht von der Notwendigkeit. Vieles in eurem jetzigen Leben ist aus Karma geboren. Doch diese wesentliche Aufgabe ist frei gewählt, ohne Schuld und ohne Ausgleich.
Oft spüren die Eltern die Angst der Menschen. Die Menschen fürchten sich vor dem Schicksal.

Ist es die die Vorstellung von Schuld, die die Menschen erschrecken lässt? Schuld, die jeder in sich spürt und die einen Ausgleich verlangt. Die Angst vor Schmerzen und Leid, die das bedeuten kann.

Sandra befürchtet, die Zuwendung zu verlieren. Das wäre ihr Tod und sie will leben. Sie liebt ihr Leben. Es ist schön, die Liebe der anderen zu spüren. Und sei es auch nur ein kurzer Augenblick am Tag. Es ist den Tag wert. Oft geht sie in Gedanken auf weite Reisen. Sie begegnet Freunden, besteht Abenteuer, erlebt Leid und Einsamkeit. Sie versucht nicht zu verstehen, warum die Dinge um sie passieren. Sie sind, wie sie sind.

Der Meister schweigt. Die Welt ist einzigartig. Sie bewegt sein Herz. Er spürt Angst und er freut sich, dass es die Angst gibt. Er spürt Trauer. Welche Vielfalt spendet dieses Erdendasein! Er spürt Glück darüber, dass es ihn gibt.

Das Lebensbuch

Unendlich ist der Weltengang.
Unendlich – doch ein Leben lang.
Wir wollen, fragen, suchen, streben,
doch immer heißt es: leben, leben.

Das Lebensbuch ist längst geschrieben.
Es soll in unserem Herzen liegen.
Ihm können wir uns anvertrauen
der Schöpfung Plan von Nahem schauen.

Liebe Frau F., hat Ihnen diese Geschichte gefallen? Ich gehörte zum Kreis der Jünger jenes Meisters. Sandra ist meine Tochter. Darüber habe ich Ihnen schon berichtet.

*Ich wünsche Ihnen alles Gute
Ihr Wolfgang M.*

Die Sonne war weitergewandert, während ich diese Zeilen las. Sie schien nicht mehr direkt auf die Terrasse. Ich fühlte mich aufgehoben. Es freute mich, diesen Brief erhalten zu haben. Noch einmal überflog ich den Inhalt.

In dieser Geschichte aus Indien schien die Zeit ihre klare Struktur zu verlieren. Vergangenheit und Gegenwart gewannen eine Gleichzeitigkeit. Es war, als sei der lineare Zeitverlauf nur unsere menschliche Konstruktion, um eine Ordnung in der Welt zu haben, aber nicht wahrhaftig eine Dimension des Universums. Ich wollte versuchen, diese Ordnung wieder herzustellen.

Das Leben in Indien als Jünger des indischen Meisters stand vor der Existenz als Philosoph in Griechenland. So wie ich Herrn M. kennengelernt hatte, konnte ich gut nachvollziehen, wie er sich der bewussten Suche nach der Wahrheit gewidmet hatte. Erkenntnis und Wahrheit und damit auch die Freiheit schienen ihm die wichtigsten Lebensziele. Diese Suche begleitete ihn offensichtlich noch bis in die Gegenwart. Doch dieses Erdendasein in Griechenland barg eine große Enttäuschung. Die Menschen lehnten seine Wahrheit ab. Er wurde verstoßen. Ihm fehlte die Heimat. Er fühlte sich erniedrigt.

Lassen sich Wahrheit und Freiheit auf einem anderen Wege gewinnen? Ist das Leben als Hohepriester ein Weg dahin?

Verheißt die absolute Nähe zu Gott die Erfüllung? Lassen sich Erniedrigung und Demütigung in dieser unangreifbaren Stellung vermeiden? Die Erfahrungen des Lebens als Hohepriester waren machtvoll. Das Göttliche war der Bezugspunkt. Was fehlte, war das Menschliche.

Auch der arabische Krieger suchte Wahrheit, Freiheit, Gott. Sein Weg war die kraft- und gewaltvolle Auseinandersetzung. Ich bin Mensch, ich darf sein, ich setze mein Verlangen durch! Das führte in eine tiefe Verstrickung mit all ihren Irrtümern und Erkenntnissen.

Vieles im Brief hatte mich angesprochen. Die Überlegungen zum Zufall hatten mich zum Nachdenken gebracht. Ich schaute auf mein Dasein. Wie oft war ich vollkommen überrascht davon gewesen, was sich ergeben hatte. Andererseits, in der Rückschau erschien es mir oft, als hätte all das, was ich erlebt hatte, bereits in mir gelegen. Wie verwirrend doch unser Leben ist!

In Gedanken liefen wichtige Ereignisse meiner irdischen Existenz vor mir ab. Wie war das gewesen, als ich Joe kennengelernt hatte? Es war mir von Anfang an völlig selbstverständlich vorgekommen, dass wir zusammengehören. Warum denn? Schon bei der ersten Begegnung war das Gefühl tiefen Vertrauens zu ihm in mir gewesen. Es fiel mir ein, wie Joe und ich – wir kannten uns erst seit zwei Wochen – den gleichen Traum gehabt hatten. Es war bei einem gemeinsamen Ausflug in die Berge, als wir dort in einer Hütte übernachteten. Im Traum waren wir mit einem Kind, das auf dem Rücken eines Esels saß, durch das Land gezogen. Diese Vertrautheit mit Joe schien bereits in mir gewesen zu sein. Hier lag wohl der Schlüssel zum Verständnis der Frage nach der Bestimmung. In mir war vorhanden, was sich dann in der äußeren Welt zeigen konnte.

Vor diesen Gedanken machten all die Überlegungen von Herrn M. zum Zufall Sinn. Es ist schwer zu erkennen, was in einem liegt. Was aus einem erwächst, zeigt sich erst in der Zukunft.

Der Brief von Herrn M. hatte in mir so viele Gedanken aufkommen lassen – zudem diese wunderbare Lebensgeschichte des Meisters. Hierauf wollte ich ihm antworten.

Ein Brief – Erkenntnis

Lieber Herr M.,

es hat mich sehr gefreut, diesen Brief von Ihnen zu erhalten. Zu Ihrer ersten Frage: Ja, ich bin gut bei meinem Vater angekommen. Wir hatten angenehme Tage zusammen.

Danke auch für die Fortsetzung unseres Gesprächs über den Zufall. Ich denke gerne an unsere gemeinsame Zugfahrt zurück. Sie sagen, alles ist im Ursprung bestimmt, dass es uns gibt und damit auch, dass wir uns begegnet sind. Jedenfalls war es eine schöne Begegnung. Es ist eine verrückte Sache, wie wir uns aus uns selbst heraus entwickeln und zugleich das Ergebnis bereits angelegt ist.

Dann diese wunderbare Geschichte vom Meister. Es hat mich berührt, davon zu hören und erfüllt mich mit Hochachtung, was Sie und Ihre Frau im Leben mit Sandra leisten. Gerne würde ich Ihre Tochter einmal kennenlernen. Durch diese Geschichte fühle ich mich ihr sehr nah. Ist das Leid anders, wenn wir seinen Sinn erkennen? Sie sagen das in den Gedanken über die Evolution. Und dieser Meister, er lebt es. Er hat bewusst gesucht und sich entschlossen, ein Dasein voller Leid auf sich zu nehmen. Was ist dann mit der Freiheit? Er hat freiwillig dieses Leben gewählt. Aber Sie würden sicher sagen, es war bereits bestimmt, dass er dies tat. Er hat auf der Basis seines Bewusstseins entschieden. Und da war diese Entscheidung genau die richtige und einzig mögliche. Wahrscheinlich haben Sie recht. Das würde Ihre These stützen, dass die Entwicklung zu mehr Bewusstheit strebt. Man könnte auch sagen, Leben will bewusst werden! Kann man auch sagen: Leben will

Heilung? Was halten Sie von dieser Aussage? Und was ich auch dachte: Der Meister zeigt uns, dass die Erlebnis- und Erfahrungsmöglichkeiten auf dieser Erde unendlich wertvoll sind. Es scheint mir plausibel, dass der Meister Erfahrungen in Demut und Mitgefühl gesucht hat. In seiner Situation, als allseits verehrter Lehrer, sind solche Erfahrungen schwer zu machen. Doch will er den Menschen gegenüber voller Mitgefühl sein, ist die intensive Erfahrung hiervon unerlässlich. Dieses Erdenleben als Sandra gibt ihm diese Erfahrung. Danke, dass Sie mir diese Geschichte zugeschickt haben.

Ihre Gedanken zu unserem Bild von Gott, da möchte ich Ihnen antworten: Natürlich Sie haben vollkommen recht, jedes Bild, das wir uns von Gott machen, ist immer eine individuelle Vorstellung. Genauso ist es unsere Vorstellung, was »richtig« und »falsch« bedeuten. Moral ist, was wir darunter verstehen. Ich denke, kein Mensch hat Zugriff auf absolute Wahrheiten. Trotz dieser Einsicht in unsere begrenzte Erkenntnisfähigkeit scheint es mir von großer Bedeutung, die eigenen Vorstellungen in unser Zusammenleben einzubringen. Um es kurz zu machen: Für mich ist der wesentliche Unterschied zwischen Menschen, nach welchen Regeln sie leben und warum diese in ihren Augen gelten. An diesem Punkt ist für mich eine menschliche Entwicklung erkennbar. Es spielt keine Rolle, welchen Gott der Einzelne verehrt, ob er Atheist ist oder an eine Seelenwanderung glaubt. Wichtig ist, was für Rechte und Pflichten gesteht er sich und den Mitmenschen zu. In diesem Punkt möchte ich noch genauer sein. Gelten Regeln für ihn, weil er sie als sinnvoll und wichtig ansieht, damit jeder Mensch zu seinem Recht kommt? Oder meint er, sich daran halten zu müssen, weil er sonst bestraft würde oder es allgemeine und gegebene Sitte ist, sich entsprechend zu verhalten? Ich sehe den Fortschritt in der Entwicklung des Menschen darin, aus freier Einsicht die Mitmenschen zu achten. Es geht um diese innere Haltung, von der Sie schreiben. Ich erkenne dabei einen wichtigen Bezug zu dem Gottesbild, das wir haben. Wenn wir an einen Gott glauben, dem wir gehorchen müssen, weil er uns sonst bestraft, dann achten wir Gesetze – aber nicht Menschen. Ebenso wenig ist es für mich ein Ausdruck von Liebe und Vertrauen, die Aufgaben des Lebens als Prüfung, die uns von Gott auferlegt wurden, zu sehen. Wir müssen das Leben bewältigen, wie wir sind. Was sollte es für einen Sinn haben, dass Gott uns auf Basis einer Prüfung in gute oder schlechte Menschen einteilt? Mein Verständnis dessen, was wir in unserem Dasein erreichen können, ist, durch eigene Einsicht zu einer Achtung für das Leben zu kommen. Haben wir Mitgefühl für die Menschen und geben wir ihnen einen Wert, dann ist unser Gott ein liebender und verzeihender. Wir sind dann nicht getrennt von ihm, sondern Teil allen Lebens. Dieses Bild des liebenden Gottes gibt es seit alters her. Für mich findet menschliche Entwicklung statt, wenn nicht mehr die Furcht vor Strafe oder das Festhalten an Tradition unser Handeln bestimmen, sondern Mitgefühl und Einsicht in den Wert jedes Menschen.

Ich fand Ihre Ausführungen zur Evolution, zum Zufall und zu Gut und Böse einsichtig. Es steckt da auch der Gedanke drin, den ich mit Nietzsche verbinde. Der Mensch soll der werden, der er ist. Wir haben alle eine riesige Aufgabe, unser Potenzial zu entwickeln. Und es klingt ein wenig paradox: Weil es uns so bestimmt ist und wir dies tun müssen, hat es den Charakter der harten Notwendigkeit, der wir nicht entweichen können! Wir können dann, wenn wir darin stecken, das sagt auch der Meister, nicht erkennen, was jenseits der Begegnung von Gut und Böse liegt: nämlich dass das Leben in seinem Kern Liebe und Ganzheit ist, die immer unsere Lebensbasis bilden. Das gilt ebenso, wenn zwei Menschen einander lieben. Sie fühlen sich zusammengehörig, sie fühlen sich eins, möchten zusammen sein. Und sie wenden alle ihre menschlichen Verhaltensweisen an, dieses Verlangen zu erfüllen. Das kann voller Schönheit sein, aber auch bedeuten, Macht oder sogar Gewalt auszuüben. Kein menschliches Gefühl und kein Handeln, das nicht auch in der Liebe gelebt wird.

Sie sagen, es liegt in der Bestimmung des Grashalms, auch als Nahrung zu dienen. Der Grashalm hat kein Bewusstsein von Individualität, das ihn dagegen Widerstand leisten ließe, gegessen zu werden. Wenn ich mir das überlege und all das andere, was Sie über Leid und Erkenntnis geschrieben haben, dann komme ich zu dem Schluss: Ohne Erkenntnis und Bewusstsein seiner selbst gibt es kein Leid und ohne die Wahrnehmung von Leid gibt es keine Erkenntnis. Es scheint das Leid zu sein, das uns zu neuer Erkenntnis führt. Gäbe es dies nicht, könnten wir zwischen »gut« und »schlecht« nicht unterscheiden. Vom Baum der Erkenntnis gegessen zu haben, bedeutet, aus dem Paradies, in dem für unsere Wahrnehmung alles nur »gut« ist, vertrieben zu sein.

Ich hoffe, Ihre Tage sind erfüllt. Grüßen Sie Ihre Frau und Kinder.

Ihre Kristin F.

Ein Besuch

Zwischen Herrn M., mir und unseren Familien entstand im Lauf der Jahre eine Freundschaft. Als ich ihn zum ersten Mal in München besuchte, war ich besonders gespannt darauf, seiner Tochter Sandra zu begegnen, von der ich bereits so viel gehört hatte.

Herr M. und seine Familie lebten im südlichen Einzugsgebiet von München. Mit der S-Bahn war es etwas über eine halbe Stunde vom Zentrum der Stadt. Das kleine Haus, das sie bewohnten, hatten seine Großeltern direkt nach dem Krieg gebaut. Es lag auf einem großen Grundstück mit hohen Bäumen.

Es war um die Mittagszeit, als ich dort eintraf. Ich befand mich auf dem Nachhauseweg von Salzburg.

Salzburg hatte ich das erste Mal in meinem Leben besucht. Die gut erhaltene Altstadt, der Dom und die Kirchen, die kleinen Gassen und Höfe, all das lag im Schatten einer mächtigen Festung. Ich konnte mich nicht entscheiden, ob ich sie als Schutz oder Bedrohung empfand. Angesichts der auf dem Berg majestätisch thronenden Burg, die ganz in Weiß sich hoch über der Landschaft erhob, wirkte die Stadt unbedeutend und Zuflucht suchend. Selbst der Dom schien nur geduldet von ihren alles überragenden Mauern. Wie sich Blätter beim Sturm im Windschatten eines Steins sammeln, so hatten sich die Menschen am Fuße des Burgfelsens angesiedelt. Auf der anderen Seite der Altstadt begrenzte die schnell strömende Salzach den Lebensraum.

Dieses Bild begleitete mich, als ich mit dem Zug in München einfuhr. Ich stieg in die S-Bahn und war in kurzer Zeit am Wohnort von Familie M.

Herr M. holte mich mit seinem Auto am Bahnhof ab. Etwas einsam kam er mir vor, wie er da am Bahnsteig stand und auf mich wartete. Bei ihm zu Hause angekommen, begrüßte mich seine Frau.

Sandra lag auf dem Sofa im Wohnzimmer. Eine hübsche junge Frau, die in ihrer ganzen Erscheinung wie ein Kind von zehn oder zwölf Jahren wirkte. Ihre großen Augen schienen weit in die Ferne zu schauen. Ich stand eine Weile bei ihr und sprach einige Worte. Sie bewegte ihren Kopf zur Seite und ich denke, sie lauschte, was ich da sagte. Sie konnte nicht sprechen. Auch Gesten mit den Armen oder Händen zu machen, war ihr nicht möglich. Doch ihr Gesichtsausdruck war lebhaft und ich konnte erkennen, dass sie daran teilnahm, was um sie geschah.

Sandra war vollkommen auf die Fürsorge der Mitmenschen angewiesen. Mit dem Rollstuhl konnte sie spazieren gefahren und transportiert werden. In den Gesprächen erfuhr ich, wie schwierig das Essen für sie war. Immer wieder verschluckte sie sich und ihr ganzer Körper verkrampfte. Ihre Mutter erzählte mir von den großen Schmerzen, die Sandra vor kurzer Zeit gehabt hatte. Es musste sich um eine Art Hexenschuss gehandelt haben. Sie konnte ja nicht sagen, was ihr diese Schmerzen bereitete. Sie konnte nur weinen und schreien. Ich sah die tiefe Erschöpfung bei den Eltern, aber auch die Liebe.

Sandra war schwer behindert. Noch einmal setzte ich mich zu ihr. Ich erzählte ihr vom heutigen Tag, von meiner Zeit in Salzburg. Ich berichtete ihr von meinem Bild der Festung, die für mich Schutz und Bedrohung zugleich war. War dies nicht ein Bild, das ein Mensch, der so viel Fürsorge anderer benötigt wie Sandra, in seiner tiefen Bedeutung kannte? Sie schien aufmerksam zuzuhören. Immer wieder wanderten ihre Augen zu mir. Ich fühlte mich mit ihr verbunden. Jeder, der sich ihr zuwendet, wird gefordert, dachte ich. Noch oft nach diesem Besuch war sie in meinen Gedanken. Sie verlangt von uns, unsere »besten« Eigenschaften und Fähigkeiten zu zeigen. Sie fragt nach unserer Liebe! Wie sehr verändert ein Mensch die Welt!

Später ging mir das Mosaik durch den Kopf, das ihr Vater bei unserer ersten Begegnung entworfen hatte. Die Bande, die zwischen ihm und Sandra geknüpft waren, und wie sich das Leben ihrer versichert hatte. Sein Traum vor dem Unfall, sein Traum danach. Die Zeit im Krankenhaus. Ich dachte auch an die Angst, die diese Begegnung in mir ausgelöst hatte. Eine Angst vor den großen Forderungen des Schicksals. Der Schmerz, mit dem wir leben müssen. Die unendliche Trauer, die mit dem Unfall des Kindes bei den Eltern ausgelöst wurde. Davor fürchtete ich mich.

Hatte nicht der indische Meister gesagt, wie sehr er sich freue, all diese Gefühle zu spüren? Mein Verstand war überfordert mit diesen Gedanken. Andererseits, wenn es diese Gefühle nicht gäbe ... Was wäre dann? Wollte ich eine Welt ohne die mir bekannte Vielfalt der Gefühle? Manchmal schon, meistens schon, dachte ich. Wer sucht schon freiwillig das Leid? Aber wenn es das Leid nicht gäbe? Wenn ich noch nicht einmal davon wüsste? Wenn es mir ganz fern wäre? War es dem indischen Meister so ergangen? War seine Welt derart in äußerer Harmonie gestaltet gewesen, dass er dem Leid überhaupt nicht mehr begegnet war? Hatte es Trauer und Schmerz für ihn nicht mehr in seiner persönlichen Erfahrung gegeben?

Konnte er diese nur noch bei den anderen Menschen erkennen?

Ich habe oft darüber nachgedacht. Sicher, Freude und Glück wären ohne das Kennen des Leids, der Trauer und des Schmerzes von ganz anderer Gestalt. Wären sie überhaupt noch? Oder existierte nur eine große Leere? Ich weiß es nicht, aber ich möchte meine Lebendigkeit spüren und das, denke ich, verbindet mich mit dem indischen Meister und mit Sandra. Ich möchte keinen falschen Trost suchen und ihn auch nicht spenden. Vielmehr hat mich dieses Erleben bestärkt, noch mehr zu achten: Was ist wirklich?

Wirklichkeit – ein nicht fassbarer Zustand. Einige Wochen nach dem Besuch bei Herrn M. und seiner Familie hatte ich einen Traum. Am Tag zuvor waren mir Bilder von Sandra durch den Kopf gegangen. Die Gedanken an sie begleiteten mich in den Abend und Schlaf. Gegen drei Uhr morgens erwachte ich, noch halb in meiner Traumwelt weilend und ganz unter dem Eindruck der Anwesenheit eines Besuchers. Ich war einem Mann von kleiner Gestalt, mit brauner Hautfarbe und einem breitem, vollem Gesicht begegnet. Er hatte einen eher gedrungenen Körperbau, wenn seine Gliedmaßen auch dünn waren. Ein kleiner Bauch zeichnete sich unter dem braunen Tuch, welches um den Körper geschlungen war, ab. Sicher war er über fünfzig Jahre alt, wahrscheinlich sogar deutlich älter. Sein Name lautete Schanka.

Ich kann mich nicht erinnern, dass er mit mir gesprochen hat. Er war einfach da. Im Hintergrund schienen mir weise Männer zu stehen. Offenbar fühlte er sich mit ihnen verbunden. Er wirkte entschieden und streng. Es ist, wie es ist! Hier bin ich! Jetzt kannst du mich kennenlernen, wenn du möchtest.

Seine ganze Haltung zeigte: Er war es gewohnt, dass die Menschen ihm mit Achtung und Respekt begegneten. Sein Wort galt. Die von ihm ausgehende Autorität unterband meine Versuche, ihn allzu eindringlich um Unterstützung zu bitten. Ich wollte, dass er hilft, das Leben für Sandra leichter zu gestalten. Ich denke, er hatte Verständnis für mein Anliegen. Doch seine Haltung wurde davon nicht beeinflusst.

Für mich war dies eine Begegnung mit dem indischen Meister. Wie in der Geschichte aus Indien, schien die Zeit keine Bedeutung mehr zu haben und Sandra und Schanka existierten in einer einzigen Wirklichkeit.

Schanka ist mir noch öfters in meinen Träumen begegnet. Seine Erscheinung hat für mich immer mehr an Strenge verloren. Einmal lud er mich ein, auf große Bilder der Einsamkeit zu schauen. Ich sah ein kleines Kind in der Abenddämmerung auf einem Schlachtfeld sitzen. Die Stimmung war düster und durch das rötliche scheinende Sonnenlicht zugleich von einer unwirklichen Schönheit. Soweit der Blick des Kindes reichte, waren nur tote Menschen und Tiere, Trümmer sowie ab und an kleine lodernde Feuer zu erkennen. Seine Eltern, Geschwister, Verwandten, Freunde, alle waren in dieser furchtbaren Schlacht umgekommen.

Das Kind hatte alles verloren. Vollkommene Einsamkeit war in seinem Herzen. Starr vor Schreck, betäubt von dem Erlebten hockte es auf dem Boden. Die Sonne ging unter. Dunkelheit umgab es. Seine Welt war untergegangen.

Dann sprach Schanka zu mir: »Dies zu erleben, hat mich stark gemacht und zugleich ist eine unendliche Einsamkeit in mir geblieben.«

Solch verstörende Erfahrung lag in der Existenz von Schanka und Sandra. Die Verlassenheit musste erlöst werden! Das Dasein als großer Meister war nur eine Seite der Versöhnung. Er wollte den Menschen Frieden bringen! Die andere Seite war es, die Liebe und Fürsorge der Menschen zu erfahren. Nicht mehr stark sein zu müssen. Nicht mehr allein auf sich gestellt zu sein. Die weiße Flagge der Kapitulation zu hissen und die eigene Verletzung anzuerkennen. Für mich wurde offensichtlich: Sandra suchte das in ihrem Erdenleben. Dieser Traum hat mir bei aller Not, die er zeigte, Frieden geschenkt.

Später erinnerte ich mich an die Bilder von Krieg, Leid und Zerstörung, die ich damals auf der Terrasse gesehen hatte, als ich mich der Lebensgeschichte des indischen Meisters zugewandt hatte. All das mitzuerleben, hatte mich an die Grenzen meines Fühlens und Denkens gebracht. Die Frage nach dem Sinn war heftig in mir aufgetaucht.

Gut, dass ich meinen Mann Joe hatte. Mit ihm teilte ich zum damaligen Zeitpunkt das Leben seit über zwanzig Jahren. Unsere beiden Söhne Fabian und Raffael waren fast erwachsen. Was hatten wir nicht alles gemeinsam erlebt! Mit Joe konnte ich über vieles sprechen. Auch wenn er in meinen Augen oft ein wenig zu abstrakt über die Welt dachte: Es war mir eine große Hilfe, ihn bei mir zu spüren.

Joe hatte die Idee, wie wenig wir verstehen und von der Wirklichkeit wissen, immer fasziniert. Er erzählte mir seine Gedanken, dass wir als Menschen nur ein kleines Abbild einer viel größeren Wirklichkeit wahrnehmen. Unsere Sinnesorgane erfassen nur einen überaus begrenzten Ausschnitt der Welt und unser Gehirn filtert diesen Ausschnitt zu einem für uns überschaubaren Modell. Wenn er von solchen Überlegungen berichtete, dann fühlte ich mich klein und verletzlich. Demut durchströmte mein Empfinden. Was wissen wir denn überhaupt?

Joe erzählte auch von Erkenntnissen der Hirnforschung, die er gelesen hatte. Es begeisterte ihn, wie das Gehirn seine Wirklichkeit formt und sich das materiell in ihm abbildet. Fast könnte man meinen, dass die Welt diesem materiellen Prozess entspränge. Allein, zugleich zeigt es uns, wie unerkärlich und überwältigend das ist, was uns dahin bringt, derart zu sein und zu denken. Wie wenig können wir verstehen. Das Leben erschafft, was wir sind. Wir bauen unsere Wirklichkeit aus unserer inneren Erfahrung. Die wahre Natur der Welt ist uns nicht zugänglich.

Später bin ich Sandra noch öfter begegnet. Sie hat sich, soweit ich das beurteilen kann, immer stärker am Geschehen ihrer Umwelt beteiligt. Ich habe erlebt, wie sie lachte und voller Freude in die Welt schaute. Ich konnte ihr Interesse an den Menschen spüren.

Die Wahrheit

Die Wahrheit ist nicht Menschenwerk,
sie wird uns nur von Gott gewährt.
Der Mensch erhält sie so geschenkt,
wenn er bereit sie auch empfängt.

Er kann sie in der Liebe spüren,
sie will ihn durch das Leben führen
und die Freiheit ihm gewähren
hier auf der Erde, in fernen Sphären.

Die Wahrheit liegt in allen Dingen
und doch ist es ein schweres Ringen,
sie aufzudecken klar und offen
aus dem Wollen und dem Hoffen.

Die Angst kann unsere Blicke trüben,
schändlich unser Herz belügen.
Die Wahrheit wird das nicht berühren.
Sie ist, wir müssen sie nur spüren.

Weihnachten 2021

Nun bin ich eine alte Frau – eine Oma. Meine beiden Söhne sind bei uns zu Besuch. Der Ältere mit seiner Frau und meinem Enkel Lars. Ich sitze zusammen mit Lars im weihnachtlich geschmückten Wohnzimmer.

Lars bastelt an seiner Marsfähre. Eine der Steuerdüsen funktioniert nicht richtig.

»Oma, halt deine Hand mal vor die Düse«, fordert mich Lars auf. »Findest du, dass die Luft stark rauskommt?«

Ich halte meine Hand so, wie er es wünscht. Der Motor der Marsfähre brummt leicht. Ein feiner, aber kräftiger Luftstrahl trifft mich.

»Der ist ganz schön stark, der Luftstrahl«, sage ich zu Lars.

»Aber Oma, warum hat es dann vorhin nicht geklappt? Ich wollte, dass das Raumschiff weg vom Weihnachtsbaum fliegt, und das ging nicht richtig.«

»Vergleiche doch mal den Luftstrom mit der Düse auf der anderen Seite«, schlage ich Lars vor.

Er probiert die gegenüberliegende Düse.

»Oma, die ist ganz genauso stark«, sagt Lars.

Er schaut etwas verzweifelt. Warum funktioniert es nicht, wie er will?

Lars hantiert schweigend weiter an der Steuerung.

Nach einer kurzen Weile höre ich ein »Ach so«.

»Schau mal, Oma, ich hab vorhin aus Versehen beide Düsen angehabt. Dann konnte es ja nicht richtig steuern. Wenn man hier an dem Schalter nicht die handgesteuerte Landephase beendet, dann bleiben immer beide Düsen an.«

Lars freut sich, dass er jetzt wieder etwas mehr verstanden hat.

»Oma, beim nicht-automatischen Landen, da sind alle Düsen an, damit mehr Kraft da ist. Weil man will ja ganz sanft landen. Das habe ich vergessen auszuschalten. Eigentlich schaltet es sich von alleine aus, aber man kann es auch anlassen, wenn es nicht automatisch gehen soll. Weißt du, falls die Automatik, die Computer einen Fehler haben, dann stellt man hier auf Handbetrieb um, und das muss man dann auch wieder ausstellen. So etwas müssen auch die Astronauten üben. Die üben es in einem großen Simulator. Der ist ganz ähnlich wie mein Raumschiff.«

Lars ist begeistert von den vielen Möglichkeiten, die sich ihm bieten. Wieder versinkt er ganz in seinem Spiel. Die Marsfähre schwankt gefährlich in der Luft.

»Oma, mit Handsteuerung ist das echt schwer.«

Lars steuert die Fähre unter dem Tisch durch.

Was wird ihn wohl in diesem Leben erwarten? Lars ist voller Freude und Lebensmut. Er trägt das Leben weiter.

Lars ist nun ganz in den Augenblick eingetaucht. Er vergisst das Geschehen um sich herum. Auch ich lehne mich zurück auf dem Sofa. Weiterhin höre ich das gleichmäßige Brummen des Raumschiffs. Ich bin müde vom Tag. Wie war das mit meinem heutigen Leben? Was habe ich erreichen wollen? In mir taucht ein Bild aus meinen ersten Lebensmonaten auf.

Zeiten

Lebenszeiten, große Weiten,
Menschheitsthemen uns bereiten.
Geistig soll nun die Welt gedeihen.
Geistig die Menschheit ins Dasein einweihen.

Aus den unbewussten Tiefen,
in der die Kräfte scheinbar schliefen
und doch machtvoll uns berührten,
Erfahrungen ins Dasein führten,
sehen wir sie nun entsteigen,
als ein steter, lebend'ger Reigen.

Gedanken wollen sie empfangen,
dass zu Bewusstsein kann gelangen,
was in den Kräften liegt verborgen,
für gestern, heute und das Morgen.

Was weiß die Menschheit von diesen Sphären?
Gedanken hier Zutritt gewähren,
die Welt auf's Neue zu betrachten.
So lang Verborgenes zu beachten.

Heute und ein Traum vom Reich Atlantis

Ich bin drei oder vier Monate alt und liege in meinem Gitterbettchen. Meine Mutter hat mir eine Strampelhose angezogen und kleine Schühchen aus Baumwolle. Ich liege auf dem Rücken und greife nach meinen Füßen. Meine Schwester und mein Bruder spielen auf dem Fußboden des Kinderzimmers. Sie schauen immer wieder nach mir und rufen meine Mutter, sobald sie glauben, dass ich etwas brauche. Sie meinen das recht häufig am Tag und dann schallt der Ruf »Mama, die Kristin!« durch die Wohnung. Dann kommt meine Mutter schnell zu mir und sagt einige liebe Worte.

Auf diese Welt zu kommen, ist mir nicht leicht gefallen. Noch im letzten Augenblick habe ich mich gesträubt und quergestellt. Ich versuchte zu verhindern, dass ich geboren werde. Es war nicht Angst, die ich hatte. Nein, ich wollte lieber beschützt und aufgehoben bleiben. Hier auf der Erde würde das Leben schwierig und fordernd sein. Das ließ mich im letzten Moment zögern. Ich habe meine Beine gegen die Bauchdecke meiner Mutter gestemmt. Nach kurzer Zeit wurde das zu anstrengend. Der Bauch hat mich ganz heftig gedrückt. Die Zeit für meine Geburt war gekommen. Ich ließ es geschehen und im Nu war ich da. Eine Hebamme wickelte mich warm ein. Alles war gut.

Ich lag bei meiner Mutter in ihren Armen und sie sprach freundlich mit mir. Tränen rannen ihr über das Gesicht, als sie mich an sich zog. Es war ein schönes Gefühl, dass sie sich so sehr über mich freute.

Ich weiß noch, wie es war, als ich mich das letzte Mal vor meiner irdischen Menschwerdung im Licht befand. Ich fühlte mich dort glücklich. Diesen Ort sollte ich verlassen? Etwas zog mich hinab in das Dunkle. Wie durch eine graue Wolkenwand näherte ich mich der Erde. Ein letztes Mal umfingen mich zwei helle Lichtstrahlen. Ich versuchte, sie mit auf die Erde zu nehmen. Allein, dies ist nicht möglich. Doch zumindest in der Tiefe meiner Erinnerung wollte ich sie erhalten.

Das Licht sollte auf die Erde gebracht werden! Ich plante, es durch die schwierigen Zeiten in mir leuchten zu lassen. Ich sah mein Ziel, es lag am Ende einer langen Lebensphase mit vielen Erfahrungen. Aus der kleinen Flamme, die es heil in mir zu bewahren galt, sollte ein helles Strahlen werden. Klarheit und Wahrheit würde es in die Welt tragen. Die Menschen, die es sehen wollten, konnten in seinem Glanz stehen. Für die, die sich abwandten, wäre ihr eigener Schatten in deutlichen Konturen erkennbar.

Doch bis dahin war es noch ein langer Weg. Ein Weg, auf dem ich die kleine Flamme zu beschützen hatte. Ich sah ein Bild, wie ich mit beiden Händen diese Flamme umschloss. Wie leicht könnte sie gelöscht werden! Wenn dann die Zeit gekommen wäre, würde sich die eine Hand öffnen.

Das habe ich mir vorgenommen in jenem letzten Augenblick. Ich sagte meiner Heimat Adieu. Ein starker Wirbel erfasste mich. Ich fand meinen Platz in einem Leib. Mit großer Energie entwickelte ich mich. Ich gewann Gestalt.

Doch es gab auch Augenblicke, in denen ich zweifelte. Würde es mir gelingen, diese kleine zarte Flamme durch die Finsternis zu tragen?

Ein Traum hat mir geholfen, mehr Klarheit über diese Aufgabe zu gewinnen. Mein Mann Joe hat ihn mir erzählt. Er war tief beeindruckt aufgewacht. Hell blitzten seine Augen, als er mir am Frühstückstisch vom Erträumten berichtete.

Ein Traum vom Reich Atlantis
Weit entfernt von der Erde im Dunkel des Alls. Ein anderes Sonnensystem! Eine andere Galaxie? So genau lässt sich das nicht erkennen. Sicher ist nur, dass dieser Ort in großer Entfernung von der Erde liegt.

Strahlend helles Licht ist unser Ursprung. Aus ihm haben wir Gestalt gewonnen. Wir sind Lichtwesen geworden und doch für das Auge nicht erkennbar. Denn wir geben das Licht nicht ab. Wir halten es in uns. So sind wir an sich hell und strahlend und erscheinen doch dem Beobachter dunkel und unsichtbar. Wir müssen das Licht bei uns halten, denn wir sind getrennt von der Quelle.

Hunderte Lichtwesen haben sich auf den Weg gemacht. Unser Ziel ist die Erde. Eine lange Reise. Als Schwarm gleiten wir durch das All. Unsichtbar von außen und doch voller Licht. Unsere Gestalt ist im stetigen Wandel. Wie von einer elastischen Hülle umgeben erstrecken wir uns als längliche Wesen.

Entstanden aus dem Großen Licht sind wir eigenständig geworden. Der Ursprung hat uns ins All geschleudert. Noch wissen wir nichts vom Ziel der Reise. Aber wir wissen von uns. Wir erkennen unsere Existenz und die der Lichtwesen um uns. Ich fühle mich groß und bedeutend. Ich ruhe in mir. Doch trete ich diese Reise eher widerwillig an. Warum sich vom Ursprung entfernen, warum diese Eigenständigkeit, frage ich mich.

Im Strom der Eruption, der uns ausgestoßen hat und hin zu unserem Ziel befördert, wurde jedem von uns ein Geheimnis mitgegeben. Dieses ruht in unserem Wesen, wie ein kleiner Fleck hebt es sich ab vom Licht, das es umkreist. Durch diesen Fleck wird das Licht gehalten und erhält die Eigenart seiner Erscheinung. In diesem Fleck ist unsere Bestimmung verborgen. Wir kennen sie nicht, doch sie soll sich in uns entfalten.

Ich spüre, wir sind! Ich spüre, ich bin einzigartig! Ich fühle die Beziehung zu denen, die mit mir auf diesem Weg sind. Neben mir erkenne ich eine kleine Gestalt. Diese Begleiterin erscheint mir freundlich, zugleich voller Ungeduld. Sie ermuntert mich, unsere Reise mit Freude zu erleben. Mit großer Erwartung schaut sie nach vorne. Eine enge Verbundenheit gibt es zwischen uns. Sie strebt voran und ich folge. Glück durchströmt mich, wenn ich die Verbindung zu meiner Gefährtin spüre.

Unsere Reise geht immer weiter. Das Große Licht liegt schon weit hinter uns. Doch jederzeit kann ich mich über einen feinen Strahl damit verbinden. Es gibt Augenblicke der Einsamkeit. Es mag sein, dass ich mich verloren fühle. Dann schenkt mir der Schwarm der Lichtwesen, und ganz besonders meine kleine Begleiterin, eine Ahnung von Heimat. Immer ist sie in meiner Nähe. Wir sind uns vertraut. Die Trennung vom Großen Licht bestehen wir gemeinsam. Ihr Mut verleiht mir Sicherheit.

Manchmal erscheint das All vollkommen düster. Nur in der Ferne leuchten schwach Lichter. Die Verbindung zum Großen Licht fühlt sich in solchen Augenblicken überaus zerbrechlich an. Dann dränge ich mich nah an meine kleine Gefährtin. Dann bin ich dankbar und möchte auf ewig bei der kleinen Gestalt verweilen. Ich spüre, wie sehr ihr meine Nähe Glück schenkt, wie sehr sie möchte, dass ich bei ihr bin. Sie ist voller im schnellen Rhythmus pulsierendem Leben.

Auch mit den anderen Wesen unseres Schwarms fühle ich mich verbunden. Jedes hat seine eigene Art. Manche sprühen vor Temperament, andere ruhen eher träge. Einige sind voller Angst, je weiter wir uns vom Großen Licht entfernen. Ich spüre auch Mut und Tatendrang. Doch jeder von uns muss sich auf seine Weise auf diese Reise einlassen. Wir können nicht bestimmen, wohin sie uns führt. Wir wissen nicht, was uns erwartet. Jeder von uns trägt diesen Fleck in sich, ein großes Mysterium, das in unserem Leben seinen Ausdruck finden möchte.

Zeit ist vergangen. Ich erinnere mich nur sehr undeutlich an das, was zwischen dem Jetzt und unserer Reisezeit liegt. Wir sind auf dieser Erde angekommen. Voller Wucht hat sie uns gebremst. Unsere Gestalten sind in eine Sphäre eingedrungen, die immer fester wurde und sich voller Widerstand entgegengestellt hat. So etwas war uns zuvor unbekannt gewesen. Plötzlich gab es Undurchdringliches, das ein Verweilen erzwungen hat. Der Lichtstrahl zu unserem Ursprung war kaum noch zu spüren. Materie stellte sich ihm in den Weg.

Wir sahen voller Schreck auf das, was wir hier auf der Erde antrafen. Die Verbindung zwischen uns Lichtwesen war zerrissen. Alles tauchte in große Düsternis.

Davon zu berichten, was dann geschah, finde ich schwierig. Offensichtlich ist jedoch, dass wir uns ganz grundlegend verändert haben. Unsere einfache, plumpe Erscheinung ist verloren gegangen. Wir wurden Wesen mit edler menschlicher Gestalt. Es lag in unserem Fleck verborgen, was nun in neuer

Form sich zeigte. Immer noch Lichtwesen, aber ganz fein gestaltet, fand das Leben hierdurch Ausdruck.

Ich bin ein großer schlanker Mann. Mein Platz ist bei den Pyramiden. Wir sind auf der Erde, diesem Planeten mit seiner Materie. Ein Ort, der das Leben in feste Formen sperrt. So dicht, dass jede Bewegung und alle Entwicklung mit ungeheurer Langsamkeit geschieht. Ein Ort, der festhält, was sich verändern möchte. Noch können wir nicht mit dieser Materie bauen, die uns hier begegnet. Zu hart und unbeweglich ist sie für uns. Wir gestalten durch Licht.

Große Pyramiden und prunkvolle Gebäude haben wir aus Licht errichtet. Hier verbringen wir unser Dasein. Allem wohnt dieses innere Strahlen inne, das nie nach außen dringt. Wir sind Licht und unser Lebensinhalt ist das Licht.

Ein Kreis aus Priestern findet sich im Inneren der Pyramide. In diesem Kreis bin ich der Hohepriester. Auch das Wesen mit der kleinen Gestalt ist in diesem Raum. In einer schönen jungen Frau hat sie Ausdruck gefunden. Ich bin glücklich, sie wieder in meiner Nähe zu wissen. Wir gehören zusammen und doch: Meine Aufgaben hier auf der Erde sind höhere. Es gilt, unseren Kontakt zum Großen Licht zu halten und es mit der Erde zu verbinden. Die Erde und das Große Licht sollen in Beziehung stehen, damit sich das Leben in aller Vielfalt zeigen kann.

Die junge Frau schaut mich verliebt an. Sie erinnert sich an unsere tiefe Verbindung. Sie weiß, wie sehr sie mir Stütze auf dieser langen Reise hierher war. Erst jetzt begegnen wir uns wieder. Die Zeit unserer Entwicklung seit dem Erdenfall liegt im Dunklen. Wir wissen nicht, was da geschah. Doch umso größer ist die Freude, nun wieder vereint zu sein. Sie ist schön. Große Anmut liegt in ihrer Erscheinung!

Es ist unsere Aufgabe, unseren Lichtstrahl zum Großen Licht zu bündeln und an die Erde zu koppeln. Hierfür benötigen wir die Pyramide. Sie fokussiert das Licht der Einzelnen zu einem Ganzen. Sie verstärkt den Strahl. Dieses Tun fordert unsere ganze Aufmerksamkeit. Höchste Konzentration und Präzision sind gefragt. Das Gelingen liegt in meiner Verantwortung. Eine große Aufgabe! Ich möchte sie, so gut es mir irgend möglich ist, erfüllen. Mein ganzes Streben ist hierauf gerichtet!

Wir Wesen unseres Schwarms haben uns unterschiedlich entwickelt. Es gibt uns Priester, denen ich vorstehe. Es gibt Wesen, die weiter entfernt von der Pyramide ihr Dasein führen. Bei ihnen liegen wichtige Andockpunkte an die Erde. Sie haben sich fest mit der Erde verbunden. Die Erde bedarf dieser Wesen, die sich so tief mit ihr verbinden, um den Kontakt zum Großen Licht herzustellen. Unser fokussierter Lichtstrahl findet bei ihnen eine Erdenheimat.

Die junge Priesterin sucht meine Nähe. Sie ist sich sicher, wir gehören zusammen. Doch Priesterinnen und Priester vereinen sich nur zur Zeremonie des Lichts. Wir verbringen in getrennten Bereichen unser Leben. Es gibt Gebäude für die Frauen und ebensolche für die Männer. Wir teilen unser Dasein nicht. Denn unsere Aufgabe ist nicht, die Verbindung zwischen uns zu stärken. Nein, es geht um den Kontakt zum Großen Licht. Auch zwischen uns Wesen kann eine Lichtbrücke gebaut werden. Es zieht uns auch dahin. Aber diese Brücke zu gestalten entkoppelt uns von der Aufgabe, Erde und Großes

Licht einander finden zu lassen. Trotzdem auch die Vereinigung von Frau und Mann ist voller Zauber.

Zu seltenen Gelegenheiten kommt die junge Priesterin zu mir, dem Hohepriester, in meinen Wohnbereich. Es sind Augenblicke des Glücks für sie. So sehr sie unsere gemeinsame Lichtarbeit in der Pyramide mit Freude erfüllt, sie möchte mehr. Die Zeit hier in dieser Welt hat ihr anderes geschenkt als mir. Sie sucht die Verbindung und lockt mich zur Erde. In uns soll sich finden, was im Ganzen angelegt ist, denn wir sind Abbild des Ganzen. Es erfüllt sie mit Enttäuschung und Trauer, wenn sie nicht meine Beachtung findet. Sie weiß, wie sehr mir ihre Anmut gefällt. Die junge Priesterin will, dass ich ihr und ihrer Bestimmung, eine Verbindung zwischen Mann und Frau zu bauen, diene.

Leisten wir unsere Lichtarbeit, dann erschaffen wir neue Lebensformen auf der Erde. Sie und das Große Licht erschaffen das Neue. Im Lichtstrahl zwischen ihnen bilden sich Wesen, die es in dieser Art noch nie gegeben hat. Sie formen sich aus als bezaubernde Lichtgestalten. Kleinste Wesen, die ganz schlicht gebaut sind, große erhabene Bäume, schönste Blumen, Tiere, Pilze, all das bildet sich aus Licht.

Eine tiefe Sehnsucht liegt in der jungen Priesterin. Sie möchte die ganze Zuwendung des Hohepriesters. Sie möchte ihm Frau sein und er soll ihr Mann sein. Zu dem Verlangen gesellt sich das Gefühl, missachtet zu werden. Der Hohepriester, so sehr sie ihn liebt, verhindert auch das Eintreten der Erfüllung. Sich derart an die zweite Stelle gesetzt zu fühlen, bereitet ihr Schmerzen.

In der Pyramide gedeiht die Lichtarbeit. All die Gestalten, die hier aus Licht erschaffen werden, sind dazu gedacht, in einer kommenden Epoche aus der Materie der Erde ihre Form zu finden.

Auch wir selbst werden in diesen Prozess gezogen. Zuerst die Wesen, die schon seit Langem tief mit der Erde verbunden waren. Dann wir Priester.

Die Eigenarten von uns Menschen verfestigen sich mit Macht in einem materiellen Körper. Die Anziehung zwischen uns wird immer größer. Wir versuchen uns zu vereinen und doch: Wir scheitern. Wir berühren einander und bleiben in der Bewegung zueinander stecken. Eine Vielfalt von Gefühlen und Gedanken wird geboren. Kämpfe erwachen. Das Leben tobt.

Die junge Priesterin und der Hohepriester bleiben in Verbindung. Immer tiefer möchte sie ihn in das Irdische ziehen. Er folgt ihrer Schönheit und Anmut. Doch die Begegnung zwischen ihnen ist Episode, nie vollkommen, denn ein jeder hat seine Bestimmung. Sie tragen ihre Aufgabe mit sich. Zugleich ist die Sehnsucht nach der Vollkommenheit ihrer Verbindung geweckt.

Die junge Priesterin liebt ihn. Er soll an ihrer Seite sein. Er soll ihrer Bestimmung dienen. Im selben Augenblick existiert die Unerreichbarkeit. Er liebt sie und sieht sich doch in vielen Pflichten gefangen.

Diesen Traum hat mir Joe erzählt. Ich spürte, er verbindet mich mit meinen Wurzeln. Das machte mir Mut. Joe sprach noch ausführlich von einigen Überlegungen zu dunkler Energie und dunkler Materie, die er mit seinem Traum verband. Im All gebe es etwas, dass nicht sichtbar sei und von dem doch eine große Schwerkraft ausgehe, erläuterte er. So genau habe ich nicht verstanden, was er da alles erklärt hat. Das Ganze begeisterte ihn offensichtlich. Er war ganz aufgeregt und voller Enthusiasmus, als er versuchte, mir seine Ideen verständlich zu machen.

Er berichtete auch von ganz absonderlichen wissenschaftlichen Erkenntnissen zum Licht. Für das Licht existiert kein Raum und keine Zeit, meinte er. Albert Einstein habe bereits gezeigt, und dies sei zwischenzeitlich experimentell bestätigt, dass ein masseloses Objekt, welches sich im Zustand der Lichtgeschwindigkeit befindet, keinen Weg zurücklegt und keine Zeit braucht. Diese Aussagen haben mein Vorstellungsvermögen weit überschritten. Jedenfalls hat das Licht unergründliche Eigenschaften und wir können immer nur seine Wirkung auf etwas, nie seine wahre Natur erfassen.

Dann schilderte er mir, was ihm noch so durch den Kopf gegangen war. »Lichtwesen sind nur dann in der Lage, sich strahlend zu zeigen, wenn sie eine direkte Verbindung zum Großen Licht halten«, meinte er. »Nur dann können sie Licht abgeben, ohne sich dabei aufzulösen. In diesem Zustand haben sie Eigenschaften von Engeln. Und sobald der Kontakt nicht mehr besteht, sind sie keine Engel mehr.«

Joe legte eine kurze Pause ein. Er schien sich versichern zu wollen, dass ich seinen Gedanken folgte. Dann fuhr er fort.

»Wir Menschen sind in dieser Hinsicht anders und etwas ganz Besonderes. Wir können eigenständig Energie aufnehmen und von uns geben. Wir müssen hierfür nicht direkt mit dem Großen Licht verbunden sein. Auf diese Weise die Welt zu gestalten und dabei zu lernen ist ein ganz wesentlicher Aspekt unserer irdischen Existenz.«

Es freute mich, dass Joe mir seine Ideen erzählte. Das schien mir alles ziemlich einleuchtend.

Ich dachte auch an die Frage, die Lars mir gestellt hatte, ob es Engel gebe. Diese Frage hatte mich zu meinen Erinnerungen geführt.

Aber eigentlich, was mich an diesem Traum faszinierte, war, wie hier das Gleichnis von Adam und Eva in einen neuen Zusammenhang gestellt wurde. Der Traum sagte mir auch, dass sie sich über alle Maßen geliebt und begehrt hatten. Der Erfüllung ihres Verlangens stand entgegen, dass jeder sein Thema im Leben hatte. Dies trennte sie. Ja, wir Frauen haben eine andere Aufgabe als die Männer. Das macht die Berührung zwischen den Geschlechtern so besonders und derart schwierig.

Doch zurück in das Heute. Ich bin eine alte Frau und kann sagen: Das habe ich erfahren. Nun ist es dem Licht überlassen, sich zu zeigen, und es ist an uns Menschen, es zu sehen. Aus dieser Einsicht habe ich meine Geschichte erzählt.

Erschaffen

Oh schöne Welt. Du buntes Leben.
Das täglich Sein, das täglich Streben
hinaus zu handeln, zu gestalten.
Oh großer Kräfte stetes Walten.

Ich bin ein Mensch. Ich bin geboren,
bin Mensch auf dieser Welt geworden
und will und wünsche, mich verliere,
entdecke täglich und gebiere
Neues in gar tausend Formen,
mich selbst und auch des Lebens Normen.

Entschwinde, wenn genug gewesen.
Überwinde so – irdisches Leben.

Ein Abschied fällt schwer.
So auch beim Sterben.

Doch bedenke:
Es gibt nur den Abschied von Illusion und Irrtum.
Diese Trennung soll für immer sein.

Wahrheit und Liebe bleiben bestehen.
Von ihnen gibt es keinen Abschied.

Gedichte

Schöpfung 7
Der Sturm der Elemente 54
Das Leben annehmen 93
Entwicklung 106
Vergiss mein nicht 112
Lebensplan 164
Selbst ist der Gedanke, um frei zu sein 181
Christus 198
Glut 243
Menschenseele kehr' zurück 252
Liebesgeflüster 259
Die Kraft des Lichts 312
Das Meer 340
Dein Ort 342
Der Mut zu sein 349
Eisen 361
Sokrates 386
Ein blühendes Feld 450
Seele 468
Das Lebensbuch 481
Die Wahrheit 496
Zeiten 499
Erschaffen 511